김우창 金禹昌

1936년 전라남도 함평 출생. 서울대학교 문리과대학 정치학과에 입학해 영문학과로 전과했다. 미국 오하이오 웨슬리언대학교를 거쳐 코넬대학교에서 영문학 석사 학위를, 하버드대학교에서 미국 문명사 박사 학위를 취득했다. 서울대학교 영문학과 전임강사, 고려대학교 영문학과 교수와 이화여자대학교 학술원 석좌교수를 지냈으며 《세계의 문학》 편집위원, 《비평》 편집인이었다. 현재 고려대학교 명예교수, 대한민국예술원 회원으로 있다.

저서로 『궁핍한 시대의 시인』(1977), 『지상의 척도』(1981), 『심미적 이성의 탐구』(1992), 『풍경과 마음』(2002), 『자유와 인간적인 삶』(2007), 『정의와 정의의 조건』(2008), 『깊은 마음의 생태학』(2014) 등이 있으며, 역서 『가을에 부쳐』(1976), 『미메시스』(공역, 1987), 『나, 후안 데 파레하』(2008) 등과 대담집 『세 개의 동그라미』(2008) 등이 있다. 서울문화예술평론상, 팔봉비평문학상, 대산문학상, 금호학술상, 고려대학술상, 한국백상출판문화상 저작상, 인촌상, 경암학술상을 수상했고, 2003년 녹조근정훈장을 받았다.

시대의 흐름과 성찰 2

시대의 흐름과 성찰 2

김우창 전집

17

민음사

간행의 말

1960년대부터 글을 발표하기 시작한 김우창은 문학 평론가이자 영문학자로 글쓰기를 시작하여 2016년 현재까지 50년에 걸쳐 활동해 온 한국의 인문학자이다. 서양 문학과 서구 이론에 대한 광범위한 천착을 한국 문학에 대한 깊은 관심과 현실 진단으로 연결시킨 김우창의 평론은 한국 현대 문학사의 고전으로 읽히고 있다. 우리 사회의 대표적 지성으로서 세계의 석학들과 소통해 온 그의 이력은 개인의 실존적 체험을 사상하지 않은 채, 개인과 사회 정치적 현실을 매개할 지평을 찾아 나간 곤핍한 역정이었다. 전통의 원형은 역사의 파란 속에 흩어지고, 사회는 크고 작은 이념 논쟁으로 흔들리며, 개인은 정보 과잉 속에서 자신을 잃고 부유하는 오늘날, 전체적 비전을 잃지 않으면서 오늘의 구체로부터 삶의 더 넓고 깊은 가능성을 모색하는 김우창의 학문은 우리가 믿고 의지할 수 있는 소중한 자산의 하나가 아닌가 한다. 그리하여 간행 위원들은 그 모든 고민이 담긴 글을 잠정적이나마 하나의 완결된 형태로 묶어 선보여야 할 필요성을 절감했다. 이것이 바로 이번 김우창 전집이 기획된 이유이다.

김우창의 원고는 그 분량에 있어 실로 방대하고, 그 주제에 있어 가히 전면적(全面的)이다. 글의 전체 분량은 새로 선보이는 전집 19권을 기준으로 약 원고지 6만 5000매에 이른다. 새 전집의 각 권은 평균 700~800쪽 가량인데, 300쪽 내외로 책을 내는 요즘 기준으로 보면 실제로는 40권에 달한다고 봐야 할 것이다. 이 막대한 분량은 그 자체로 일제 시대와 해방 전후, 6·25 전쟁과 군부 독재기 그리고 세계화 시대에 이르기까지 한국 현대사를 따라온 흔적이다. 김우창의 저작은, 그의 책 제목을 빗대어 말하면, '정치와 삶의 세계'를 성찰하고 '정의와 정의의 조건'을 탐색하면서 '이성적 사회를 향하여' 나아가고자 애쓰는 가운데 '자유와 인간적인 삶'을 갈구해 온 어떤 정신의 행로를 보여 준다. 그것은 '궁핍한 시대'에 한 인간이 '기이한 생각의 바다'를 항해하면서 '보편 이념과 나날의 삶'이 조화되는 '지상의 척도'를 모색한 자취로 요약해도 좋을 것이다.

2014년 1월에 민음사와 전집을 내기로 결정한 후 5월부터 실무진이 구성되어 본격적인 활동을 시작했다. 방대한 원고에 대한 책임 있는 편집 작업은 일관된 원칙 아래 서너 분야, 곧 자료 조사와 기록 그리고 입력, 원문 대조와 교정 교열, 재검토와 확인 등으로 세분화되었고, 각 분야의 성과는 편집 회의에서 끊임없이 확인, 보충을 거쳐 재통합되었다.

편집 회의는 대개 2주마다 한 번씩 열렸고, 2016년 8월 현재까지 42차례 진행되었다. 이 회의에는 김우창 선생을 비롯하여 문광훈 간행 위원, 류한형 간사, 민음사 박향우 차장, 신새벽 대리가 거의 빠짐없이 참석했다. 이 회의에서는 그간의 작업에서 진척된 내용과 보충되어야 할 사항에 대해 서로 의견을 교환했고, 다음 회의까지 무엇을 해야 할지를 결정했다. 일관된 원칙과 유기적인 협업 아래 진행된 편집 회의는 매번 많은 물음과 제안을 낳았고, 이것들은 그때그때 상호 확인 속에서 계속 보완되었다. 그것은 개별 사안에 대한 고도의 집중과 전체 지형에 대한 포괄적 조감 그리고 짜임새 있는 편성력을 요구하는 일이었다. 이렇게 19권의 전체 목록은 점차 뚜렷한 윤곽을 잡아 갔다.

자료의 수집과 입력 그리고 원문 대조는 류한형 간사를 중심으로 서울대학교 국어국문학과 대학원의 천춘화 박사, 김경은, 허선애, 허윤, 노민혜, 김은하 선생이 해 주셨다. 최근 자료는 스캔했지만, 세로쓰기로 된 1970년대 이전 자료는 직접 타자해야 했다. 원문 대조가 끝난 원고의 1차 교정은 조판 후 민음사 편집부의 박향우 차장과 신새벽 대리가 맡았다. 문광훈 위원은 1차로 교정된 이 원고를 그동안 단행본으로 묶이지 않은 글과 함께 모두 검토했다. 단어나 문장의 뜻이 불분명한 경우에는 하나도 남김없이 김우창 선생의 확인을 받고 고쳤다. 이 원고는 다시 편집부로 전해져 박향우 차장의 책임 아래 신새벽 대리와 파주 편집팀의 남선영 차장, 김남희 과장, 박상미 대리, 김정미 대리, 김연정 사원이 교정 교열을 보았다.

최선을 다했으나 여러 미비가 있을 것이다. 독자 여러분들의 관심과 질정을 기대한다.

2016년 8월

김우창 전집 간행 위원회

일러두기

편집상의 큰 원칙은 아래와 같다.

1 민음사판 『김우창 전집』은 1964년부터 2014년까지 한국어로 발표된 김우창의 모든 글을 모은 것이다. 외국어 원고는 제외하되, 『풍경과 마음』의 영문판은 포함했다.(12권)

2 이미 출간된 단행본인 경우에는 원래의 형태를 존중하였다. 그에 따라 기존 『김우창 전집』(전 5권, 민음사)이 이번 전집의 1~5권을 이룬다. 그 외의 단행본은 분량과 주제를 고려하여 서로 관련되는 것끼리 묶었다.(12~16권)

3 단행본으로 나온 적이 없는 새로운 원고는 6~11권, 17~19권으로 묶었다. 이 책은 신문 칼럼을 묶은 것으로, 1부는 16권에 이어 2011년부터 2014년까지 발표된 《경향신문》 칼럼을, 2부는 1967년부터 1976년까지 발표된 문학에 관한 칼럼을, 3부는 1978년부터 2014년까지 여러 일간지에 발표된 칼럼을 실었다.

4 각 권은 모두 발표 연도를 기준으로 배열하였고, 이렇게 배열한 한 권의 분량 안에서 다시 주제별로 묶었다. 훗날 수정, 보충한 글은 마지막 고친 연도에 작성된 것으로 간주하여 실었다. 예외로 자전적 글과 수필을 묶은 10권 5부와 17권 4부가 있다.

5 각 권은 대부분 시, 소설에 대한 비평 등 문학에 대한 논의 이외에 사회, 정치 분석과 철학, 인문 과학론 그리고 문화론을 포함한다.(6~7권, 10~11권) 주제적으로 아주 다른 글들, 예를 들어 도시론과 건축론 그리고 미학은 『예술론: 도시, 주거, 예술』(8권)에 따로 모았고, 미술론은 『사물의 상상력과 미술』(9권)으로 묶었다. 여기에는 대담/인터뷰(18~19권)도 포함된다.

6 기존의 원고는 발표된 상태 그대로 싣는 것을 원칙으로 삼아 탈오자나 인명, 지명이 오래된 표기일 때만 고쳤다. 단어나 문장의 의미가 불분명한 경우에는 저자의 확인을 받은 후 수정하였다. 단락 구분이 잘못되어 있거나 문장이 너무 긴 경우에는 가독성을 위해 행 조절을 했다.

7 각주는 원문의 저자 주이다. 출전에 관해 설명을 덧붙인 경우에는 '편집자 주'로 표시하였다.

8 맞춤법과 외래어 표기는 국립국어원 규정에 따르되, 띄어쓰기는 민음사 자체 규정을 따랐다. 한자어는 처음 1회 병기하는 것을 원칙으로 하고, 문맥상 필요하다고 판단되는 경우 여러 번 병기하였다.

본문에서 쓰인 기호는 다음과 같다.

책명, 전집, 단행본, 총서(문고) 이름: 『 』

개별 작품, 논문, 기사: 「 」

신문, 잡지: 《 》

차례

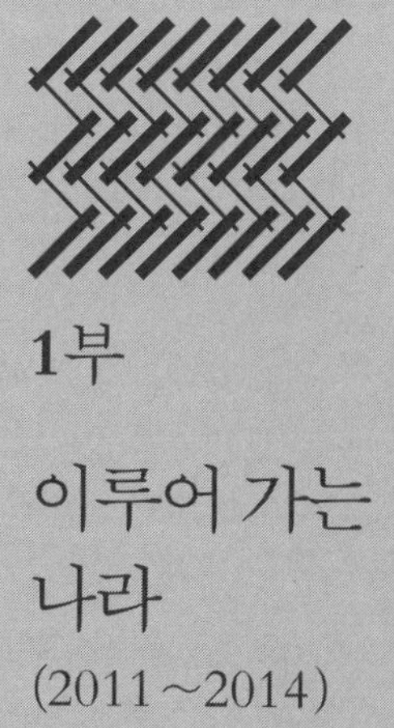

1부

이루어 가는 나라

(2011~2014)

윤리에 기반한 복지가 필요하다

정보 전달의 범위와 속도가 커진 때문인지 세계 곳곳에서 전해 오는 천재지변과 환란에 관한 뉴스가 끊임없다. 어떤 뉴스는 부질없이 우리 마음을 산란하게 하고, 세상에 대한 우리의 신뢰를 손상할 뿐이다. 그렇기는 하나 세계화되어 가는 시대에서는 먼 곳에서 일어나는 일들도 우리의 삶에 여러 가지 관련을 갖는 경우가 많다.

신문에 보도된 최근의 큰 해외 뉴스의 하나는 8월 6일에 시작된 영국의 도시에서 일어난 난동 사건이다. 시작은 런던에서 경찰이 검문하던 흑인 한 사람을 쏘아 죽인 사건이다. 이것을 규탄하는 데모가 일어났고, 그것은 난동과 방화 그리고 약탈로 이어지고, 런던의 다른 구역과 다른 도시들로 번져 나갔다. 난동 사건에 대한 해석은 여러 가지다. 당국은 처음의 사건에 대해 피살자가 총을 발사하려 했기 때문에 경찰이 응사한 것이라는 설명을 내놓았다. 신문과 TV에 나온 난동에 대한 많은 의견은 요즘의 젊은이들이 법과 윤리 규범에 대한 존중을 배우지 못한 때문이라는 것이다. BBC 회견에서 유명한 사학자이며 방송인인 데이비드 스타키는 근본 원인이 폭력을 당연시하는 '흑인 문화'가 백인에게까지 전파된 데 있다고 했다. 그는 흑인들의 폭력이 부당한 사회적 처우에 관계된다고 하는 동석한 다른 사람들의 의견을 조금도 수용하지 않았다.

미국에서 방영된 또 하나의 의견으로, 진보 정치 운동가이면서 저널리스트인 다커스 하우가 강조한 것도 차별과 가난의 사회적 배경이다. 그러면서 그의 의견은 개인적인 경험과 연결되고, 오늘의 사회 문화에 대한 통찰을 담고 있다. 자기의 열네 살짜리 손자에게 길에서 경찰 검문과 수색을 받은 것이 얼마나 되는가 하고 물으면, 너무 많이 당한 일이어서 횟수를 헤아릴 수도 없다고 대답한다. 흑인이기에 이러한 일을 당하는 것이다.

가난과 실직은 빈곤층 젊은이의 숙명이다. 다른 보도에 나온 것이지만, 한 젊은이는 직장에 입사 원서를 30번이나 냈지만, 면접이라도 하겠다는 회사는 한 군데도 없었다. 하우는 규율을 모르는 젊은이들의 혈기가 난동의 한 동기로 작용한다는 것도 인정한다. 여자 친구를 얻기 위해서는 좋은 물건들이 필요하고, 그것을 절취할 기회를 놓치지 않으려 하는 것은 그러한 젊은이들의 심정의 일단이다. "최신 운동화를 신고 최신 옷을 입고 머리에 작은 모자를 얹고 우쭐거리며 걷는 모델들의 광고물과 명사라는 인물들을" 보고 그들의 마음이 그렇게 움직이는 것은 당연한 일이다. 그는 빈민가 젊은이들의 형편이 어느 때보다 궁하다면서도 그들의 난동이 단순한 가난이 아니라 물질주의와 소비주의 세계의 헛된 가치에 관계되었다고 판단하는 것이다. (어떤 통계에 의하면, 영국은 세수의 반을 복지와 빈민 구제에 쓴다.) 그의 판단은 성공회의 신부였던 아버지의 기준을 그대로 따르는 것이라고 한다. 사회의 부패상을 나타내는 증거의 하나는 영국의 상하원 의원들이 횡령 혐의로 감옥에 간 일이다. 그들이 감옥에 간 것은 당연하다. 그러나 가난한 젊은이들의 경우를 같은 차원에서 말할 수는 없다. 거기에는 깊은 사회적·정치적 원인이 있기 때문이다. 2011년의 난동은 그전에 있었던 난동의 재판(再版)이다. 난동 지역에 살고 있던 그는 이러한 난동이 다가오고 있다는 것을 몸으로 느끼고 있었다. 객관적인 사실만을 보도해야 하는 저널리스트로서 그것을 공언하지 않았을 뿐이다.

가난의 문제를 극복하는 한 방법은 복지 제도이다. 그것은 가난과 사회적 차별에 시달리는 사람들을 위해서만 필요한 것이 아니다. 잘사는 사람들에게도 그것이 가져오는 안정된 질서 없이는 잘사는 것이 불가능하다. 이번 난동 사건의 원인은 복지 혜택을 크게 축소한 캐머런 총리의 긴축 정책이라는 견해가 있다. 그리스를 비롯해 국가 부채에 허덕이는 여러 나라의 곤경으로 보아 긴축이 필요하다는 주장은 일리가 있는 것으로 볼 수 있다. 그러나 그것은 오늘의 시장 제도 범위 안에서의 이야기다. 균등 분배를 가능하게 하는 사회 구조의 조정을 생각하는 것이 문제를 보다 대국적으로 보는 일일 것이다. 어쨌든 빈부 격차가 문제인 것은 틀림이 없다. 그러나 거의 완벽한 복지국가에서도 엄청난 일이 일어난다. 조금 전의 큰 뉴스는 32세의 아네르스 베링 브레이비크라는 우파 극렬분자가 지난 7월 22일 노르웨이의 오슬로와 우퇴위아 섬에서 폭탄과 소총으로 77명의 무고한 사람을 살해한 사건이다.

사건 후에, 작가 요 네스뵈는 복지 국가로서 노르웨이의 모습을 회고하는 글을《뉴욕 타임스》에 기고했다. 모든 사람의 물질적 필요가 고르게 충족되는 곳이 노르웨이다. 그러나 필요가 헛된 욕망으로 과장되지는 않는다. 네스뵈의 어린 시절의 행복은 피오르의 높은 벼랑으로부터 얼음처럼 찬 바닷물에 뛰어드는 일이었다. 17세에 프랑스를 여행했을 때, 주머니에 10프랑을 가진 소년으로서 그는, 요트에서 내린 여인이 애완견을 데리고 두 사람의 사공이 젓는 보트를 타고 기슭으로 가는 것을 보고, 평등 사회와 다른 사회의 차이를 처음으로 깨달았다. 석 달 동안 세계 여행을 하면서 쿠데타, 암살, 기아, 학살, 쓰나미를 볼 수 있었지만, 노르웨이는 석 달 전이나 후나 다름이 없었다.

지난 6월에는 두 사람의 경호원이 자전거로 일정한 거리에서 따르기는 했지만, 옌스 스톨텐베르그 총리와 나란히 자전거로 오슬로 시를 지난 일이 있는데, 그들은 교통 신호에 맞추어 자전거를 세웠고, 총리는 자동차 창밖으로 손을 내민 아이와 악수했다. 그런데 이번 살인 사건이 사회 분위기를 바꾸어 놓았다. 그는 이러한 변화의 원인에 대해 언급하지 않고 있다. 또 인간 공동체의 가능성을 고민하지도 않는다. 다만 민족적·문화적 동질성의 사회가 노르웨이였는데, 이제는 그 동질성을 잃어버리게 되었다고 말한다.

그런데 브레이비크가 주장하는 것은 바로 이슬람교도의 이주를 금지하고 유럽의 전통문화를 회복하자는 것이다. 그의 변호사는 그를 정신 이상자라고 말한다. 그의 행동은 분명 정상적인 사람의 행동이 아니다. 그러나 그에게 그 나름의 정치 이념이 없는 것은 아니다. 그중에도 그가 자신을 십자군에 참가했던 중세의 기사단(Knights Templars)을 계승한 단체의 일원이라고 말한 것은 그의 심리를 추측하게 한다. 그는 화려한 금줄과 훈장으로 장식한 군복을 입은 자신의 모습을 비디오로 돌리기도 했다. 대중 사회의 현대인들은 과시 소비로 자신의 존재감을 드러내고자 한다. 브레이비크는 유행 의상을 입은 스타보다 희생을 무릅쓰고 큰 목적에 헌신하는 기사의 이미지에서 자기를 찾고자 한 것일 것이다. 브레이비크의 뒤틀린 마음이 엿보게 하는 비극적 모순은 사람의 마음에는 큰 무엇을 향해 가고자 하는 욕구가 존재한다는 사실이다. 그것이 잘못되어 그는 지옥의 사자(使者)가 된 것이다.

영국의 캐머런 총리는 오늘날 정부가 너무 크다고 말하면서 동시에 시장도 너무 크다고 말한 바 있다. 그리고 좋은 사회를 만드는 데는 복지 방안에 못지않게 가족과 이웃이 서로 돕고, 공동체적 연대를 만들고, 기업들이 사회적 책임을 가지고 행동해야 한다고 말했다. 이러한 개인 윤리의 강조는 보수 정책을 분식하려는 계책이라는 견해가 있다. 그러나 개인의 깊은 윤리적·도덕적 동기가 없는 행정 제도만으로 인간적 사회를 만들 수 없다는 생각만큼은 틀린 것이 아니다. 더구나 우리 사회에서처럼 복지 정책을 새로 수립·확대하려는 경우 사람들의 윤리 의식에 호소하는 것은 인간적인 사회를 위해서, 그리고 정치 동력을 얻는 데 중요한 일이다. 그러나 우리 사회에서는 사람의 근원적 도덕의식이 정치의 동력이라는 것이 별로 생각되지 않는 것으로 보인다. 그것은 개체로서의 인간이 가지고 있는 윤리적 자기실현을 지향하는 의식이면서 정치의 기반이 되는 의식이다. 복지 제도는 여기에도 호소할 수 있어야 한다. 그래서 그것은 인간적 사회의 일부가 된다.

(경향신문, 2011년 8월 15일)

정치 프로그램의 재설정이 필요하다

1970년대 중반에 밀라노 대학에서 온 한 교수를 만난 일이 있다. 그는 1960년대 구미를 휩쓸었던 진보적 정치 운동에 참여한 경험을 가지고 있었다. 1968년에 큰 데모들이 연쇄적으로 여러 나라에서 일어났기 때문에 68운동으로 불리는 이 정치 움직임은 베트남 전쟁, 학교 제도에 대한 불만, 인종·여성 차별, 자본주의 체제하에서의 불평등과 비인간화 등에 항의하는 것이었다. 68은 작은 부분에서도 여러 개혁 운동을 촉발하였다.

위에 말한 밀라노 대학 교수의 이야기 가운데에는 밀라노의 교육 민주화 운동에 관계된 작은 사건도 있었다. 학교 교육을 교사나 제도에만 맡기지 말고 학부형이 적극적으로 참여하게 하자는 운동이 일어나 사친회가 강화되었다. 학부형의 의견을 널리 반영시키는 것이 민주적이라는 생각에 따른 것이었다. 학부형들도 여기에 동의하고 사친회에 적극적으로 참여하였다. 그러나 그것은 처음 조직할 때의 일이고 모임에 참여하는 학부형 수는 점점 줄어들었고, 일 년이 못 가서 모임의 활동은 와해 직전에 이르게 되었다. 대부분의 학부형들은 나날의 바쁜 삶 속에서 사친회에 참석할 시간이나 마음의 여유를 가지지 못하였고, 교육에 관한 실속 있는 아이디어를 내놓지도 못하였다. 교육에 대한 관심과 민주적 열정을 지탱하는 것은 쉬운 일이 아니었던 것이다.

이 교수가 말하였던 작은 에피소드는 정치나 공적 활동과 개인 생활 사이에 존재하는 거리를 생각하게 한다. 말할 것도 없이 정치는 나라와 사회, 또 여러 작은 공동체와 집단의 일을 관장하고 처리하는 활동이다. 정치의 일은 공적인 일이면서 집단의 모든 사람에게 자신의 일이기도 하다. 그러나 나의 일과 정치 또는 공적인 일이 반드시 일치되는 것은 아니다.(전체주의 체제는 두 일 사이의 거리를 인정하지 아니한다.) 나 자신의 일도 모두 내가 처리할 수 있는 것은 아니다. 몸이 아프면 의사를 찾아가야 한다. 내가 할 수 있는 일이라도 남에게 맡기고 싶어 하기에 예로부터 잘사는 사람들은 하인을 두고 살았다. 프로이센의 계몽 군주 프리드리히 대왕이 자기를 '국가의 제일 공복(公僕)'이라고 한 것은 유명한 말이지만, 민주주의 체제하에서도 공무원 또는 공복이라는 말은 정치에 대하여 사람이 자연스럽게 갖는 기대의 일면을 표현한다. 사람들은 일을 맡아 처리해 줄 대행자를 정치에서 기대하는 것이다.

물론 국가는 공복의 체제이면서 권력의 체제이다. 정치에서는 자칫하면 하인이 주인을 부리게 된다. 이런 일이 일어나지 않도록 해 보자는 장치의 하나가 민주주의이다. 그래도 공복은 곧 주인 또는 지도자가 된다. 그것을 잘못이라고 할 수만은 없다. 맡은 일을 처리하려면 힘이 있어야 한다. 그래야 일을 알아서 처리해 달라는 기대를 충족해 줄 수 있다. 일을 맡기려면 믿을 수 있는 사람을 얻어야 한다. 그런데 믿을 수 있다는 것은 능력과 힘에 더하여 인격을 말하는 것이지만, 이러한 것들은 일단 정책의 전체적인 방향에서 표현된다. 그러면서 그것은 공동의 목표에 대한 깊은 인식에서 나온다는 느낌을 주어야 한다.

얼마 전에 있었던 무상 급식에 관한 시민 투표는 개표도 하기 전에 한편이 지고 다른 한편이 이긴 것이 되었다. 투표율이 33.3퍼센트 선을 넘지 못한 것은 투표 자체를 거부함으로써 부표를 던진 시민이 많기 때문이라는 해석이 있다. 무상 급식 문제는 상당히 미묘한 안건이었다. 투표는 급식에 대한 찬반을 묻는 것이 아니었다. 전면 급식인가 부분 급식인가 또는 급식 시행의 연차적 속도를 어떻게 할 것인가, 이러한 물음에 간단히 답할 수는 없다.

투표하지 않은 사람은 부분 급식안에 반대하기 때문만이 아니라 문제를 정확히 파악하기 어려웠기 때문이기도 하였을 것이다. 그것이 시민의 의견을 직접 물어보아야 할 만큼 화급한 것인가에 대하여 의문을 가진 사람도 많았을 것이다. 이러한 관점에서는 그것은 전문가와 국민 의사를 대의(代議)하는 사람들이 알아서 처리할 일이라고 할 것이다. 거기에는 보다 자세한 토의가 필요하고, 그것은 전문가들의 의견을 참조하면서 시의회가 — 정상적인 기능을 발휘하고 있는 시의회가 있다면 — 토의 절충해야 할 문제라는 말이다. 전문가들의 의견 참조, 토의, 그리고 결정, 이러한 과정이 일을 처리하는 순서이다. '숙의(熟議) 민주주의(deliberative democracy)'라는 말이 있다. 정치학자들 사이에 논란의 대상이 되는 개념이지만, 이 말 자체는 투표만이 아니라 검토하고 숙의하는 과정이 민주주의에 포함되어야 한다는 지적을 담고 있다. 숙의는 많은 경우 국민의 대표자들이 대행할 수밖에 없다.

급식은 지금 많이 논의되는 복지의 문제에 속한다. 복지는 지금의 한국 경제 수준과 사회 현실에 비추어 자연스러운 요청이다. 거기에는 이미 대체적으로 사회적 동의가 있다고 할 수 있다. 우리가 선택해야 하는 것이 선별적 복지나 보편적 복지라는 주장이 있는데, 이것이 양자택일의 문제일까? 복지치고 선별적이지 않은 복지가 있는 것일까? 문제는 그 선별의 폭과 크기, 거기에 따르는 자세한 사실적 검토와 숙의와 토의 그리고 결정에 관계되는 것이지, 양자택일이 아닐 것이다. 물론 이것을 양자택일로 이야기하는 것은 문제들의 향방을 결정하는 근본적이고 전체적인 선택이 그 뒤에 잠재해 있다는 느낌이 있기 때문이다. 그러나 지금의 많은 논란들은 그 자체로 이러한 큰 정책적 선택을 말하는 것이 아니라 주로 파당적 입장을 강화하려는 것이라는 인상을 준다. 급식이나 복지에 대해서도 일단의 사회적 동의가 있는 것은 분명하다. 물론 세부 사항을 가지고 시비하는 것은 큰 방향에서 다른 것이 있다는 것을 암시하려는 것이라고 할 수는 있다. 그러나 자기 생활에 바쁜 보통의 국민들에게는 논란이 되는 선택은 자세한 숙의가 필요한 일에 속하는 것으로 보일 것이다.

비정치인 안철수 씨의 정치적 부상을 두고 오늘의 정당과 정파 그리고 정치 현실에 대한 사람들의 피로감을 나타내는 것으로 보는 해석이 있다. 근본적인 문제를 고민하는 것보다 파당적 차이를 크게 할 방편을 찾는 데에 열중하는 정치에서 사람들이 국가의 장래에 대한 큰 비전을 느끼지 못하고 피로감을 갖는 것은 당연한 일이다. 다가올 대통령 선거를 비롯하여 여러 정치적 선택의 기회에 정치가 보여 주어야 할 것은 큰 테두리의 정강 정책과 비전이다. 이익 집단들의 충돌과 타협을 처리하는 것이 정치의 기능이라고 하지만, 사람들을 하나로 묶을 수 있는 큰 비전이 정치를 크게 움직이게 하는 것도 사실이다.

지금까지는 자주독립, 민족, 통일, 근대화, 경제 발전, 민주화, 분배와 정의 등과 같은 말들이 표방하는, 의견 차가 있으면서도 쉽게 거부할 수 없는 국가적 목적들이었다. 이러한 목적들이 현실이 됐었다고 할 수는 없지만, 그것을 표현하는 말들은 이제 정치 동력으로서의 활력을 상당히 잃은 것으로 보인다. 다른 한편으로 이러한 거창한 말들의 힘은 대중적 열정을 불러일으킬 수 있는 자원이 될 수 있다는 데에 있었다. 이러한 열정의 동원에 익숙해 온 것이 우리 정치이다. 열정의 동원 없이는 정치는 무력한 느낌을 갖는다. 그리하여 정치 운동가들은 대중적 정열을 격발할 크고 작은 문제들을 찾는 데에 골몰한다. 그것이 어찌 되든 할 일이 없는 것은 물론 아니다. 모든 지표로 보아 경제력이 이만한 사회로서 우리 사회만큼 불안감과 불행 의식으로 차 있는 사회도 많지 않다. 정치가 사명을 다하는 데에 필요한 것은 참여를 유도할 수 있는 새로운 정치적 프로그램이다.

그러나 그것은 우리 정치가 익숙해 왔던 대중적 정열을 불러일으키는 일보다는 현실 이해를 심화하고 그것에 기초한 공감을 넓혀 가는 데에서 찾아져야 할 것이다. 넓고 깊은 이해와 공감이 참으로 긴 정치적 신념과 신뢰 그리고 참여의 바탕을 이룬다.

(경향신문, 2011년 9월 19일)

위기의 자본주의

세계 곳곳에 시위와 저항의 사건들이 연속되고 있다. 이것은 작은 일들의 연쇄이지만 오늘의 세계 체제의 근본에 있는 문제점을 드러내는 일들이라고 할 수 있다. 지금의 시점에서 가장 증후적인 사건은 미국 뉴욕의 복판에서 일고 있는 "월가를 점령하라"라는 대중 집회이다. 이것은 규모가 큰 것은 아니지만 워싱턴을 비롯하여 미국의 여러 도시에 같은 성격의 항의 시위를 촉발하고 있다. 또 런던에서는 증권 시장을 점령하라는 시위가 계획되고 있다고 하는데, 세계의 다른 도시에도 시위가 확산되어 가고 있는 것으로 보인다. 그 앞, 8월 초에는 런던과 영국의 여러 다른 도시에서 시위와 난동이 있었다. 이러한 일들보다 더 큰 사건은 튀니지, 이집트에서 정권이 무너진 일이었고, 아랍에서의 시위와 갈등과 권력 투쟁은 지금도 계속되고 있다. 적어도 서방 진영의 관점에서 더 중요한 것은 자본주의 세계의 주축의 하나인 유럽에서 국가 부채 위기가 계속되고 있다는 사실이다. 이 문제는 해결에 가까이 갈 듯하면서도 해결되지 않고, 또 해결의 방안 자체가 경제 위축과 실업 위기로 이어지는 것이기 때문에 그것으로 하여 참으로 유럽 경제가 종전의 번영을 회복할 것인지는 확언할 수 없다.

1920년대 초에 아일랜드의 시인 예이츠는 「제2의 강림(降臨)」이라는 시에서 당시 아일랜드의 정치적 혼란을 정체를 분명히 파악할 수 없는 괴수(怪獸)의 이미지로 상징한 일이 있다.(그는 후에 이 괴수를 파시즘의 대두에 관계되는 것으로 말하였다.) 모든 것이 중심을 잃고 혼란과 피의 물결이 밀려드는데, 성난 새들이 퍼덕거리며 날아오르는 사막에서 사자의 머리에 사람의 몸을 한 괴수가 어슬렁어슬렁 베들레헴을 향하여 간다. — 예이츠는 그의 예감을 이런 식으로 표현했다. 이 사막의 괴수는 새로운 시대를 주도할 수호신을 말하는 것이지만, 그것이 어떤 종류의 미래를 준비하는 귀신인지는 알기 어렵다는 것이다. 오늘날 일고 있는 여러 사태들은 이와 비슷하게 새로운 역사적 전기의 도래에 대한 조짐인 듯하면서도 그 정체가 무엇인지는 불투명하다. 연쇄적으로 일어나고 있는 여러 사태들은 자본주의의 기초가 흔들리고 있다는 것을 말한다 할 수 있지만, 그것이 세계의 미래를 위하여 무엇을 의미하는지는 분명치 않은 것이다.

객관적이든 아니든 미래에 대한 일정한 전망이 없이는 현재를 하나로 파악하는 것도 불가능하다. 그것을 가능하게 해 주던 공산주의는 그 위광을 잃어버린 이후 미래를 예감케 하는 힘으로 생각되지 아니한다. 지금의 여러 증후가 자본주의의 종말을 나타내는 것이라는 진단이 없지는 않다. 그러나 현상을 대체할 미래가 어떤 것인지는 말하지 못한다. 최근 BBC와의 인터뷰에서, 마르크스주의자였던 인도 출신의 영국 귀족원 의원 메그나드 데사이 경은, 지금의 위기의 주 원인 — 서방 자본주의 위기의 원인은 자본주의가 아시아로, 즉 중국, 인도, 인도네시아, 한국, 일본으로 옮겨가고 있다는 사실에 있다는 견해를 피력했다. 미국 프린스턴 대학의 철학 교수이면서 정치 운동가인 코넬 웨스트는 지금 일고 있는 '아랍의 봄'에 대조하여 지금 월가 점령 운동과 같은 사건은 '미국의 가을'을 준비하는 일이라는 의견을 내어놓았다. 그것은 그의 다른 설명을 들어 보면, 자본주의가 지금의 형태로 지속할 수는 없다는 뜻을 말하는 것이기는 하지만, 가을이 오면 어떤 형태의 변화가 오는 것인지를 예측할 수 있게 하는 말은 아니다.

미래에 대한 전체적인 전망이야 어찌 되었든, 풀릴 듯하다가도 풀리지 않고 되풀이되는 자본주의의 위기의 향방은 심히 점치기 어려운 것으로 보인다. 이것은 전문가에게도 그러하고 일반 사람의 느낌으로도 그러하다. 다만 일반인들이 절감하는 것은 실업과 빈곤과 소득 감소와 불안한 삶의 현실이다. 월가 점령 운동에 참가하는 사람들이 표현하는 것도 이러한 불안의 현실에서 터져 나오는 울분이지만, 시위를 비판하는 사람들이 말하는 것의 하나는 그들이 무엇을 하자는 것인지 모르겠다는 것이다. 그런데 그간 금융업의 탐욕에 대하여 여러 글을 발표한 미국의 독립 언론인 맷 타이비는 최근의 글에서 이들이 내놓아야 할 몇 개의 요구 사항을 제시하고 있다. 월가 점령 운동에 깊은 공감을 표하면서도 그 요구가 무엇인지가 분명치 않기 때문에 운동이 시들해질 가능성이 큰 것으로 생각하면서 이러한 항목들을 제시한 것이다.

그의 논설은 우선 미국에서 물가 상승으로 배고픈 사람이 수천만 명에 이르게 되고, 수백만 명이 집값을 내지 못하여 집을 잃었는데도 그 책임이 어디에 있는가를 분명히 하기가 어렵다는 것을 지적하는 것으로 시작한다. 그 원인들을 한군데로 몰아서 생각하기가 어렵고 그에 대한 책임자를 잡아내어 밝힐 수도 없다. 책임을 져야 할 체제가 복잡하고 분산되어 있어서 원인과 책임의 소재를 잡아내지 못하는 것이다. 말하자면 책임져야 할 사람들이 체제 뒤에 숨어 있고 체제 자체에 문제가 있는 것이지만, 거기에서 딱 이것이 문제라고 꼬집어 내 말하기가 어렵게 되어 있는 것이다. 그의 비유로는 이 익명의 체제는 50개의 머리를 가진 뱀과 비슷하다.

그러나 정치계, 경제계, 금융계에서의 내부자 거래, 등 뒤에서 이루어지는 정경유착의 담합, 규제 제도의 내파(內破) 등이 여기에 관계되어 있는 것은 부정할 수 없다. 그리하여 타이비는 시위 군중이 요구하여야 할 사항 다섯 가지를 내놓는다. 첫째, 보험과 투자 금융과 상업 금융을 하나로 뭉치는 통합 금융 체제를 깨트려야 한다. 둘째는 주식 거래, 파생 금융 상품 거래에 각각 0.1퍼센트와 0.01퍼센트의 세금을 부과하고, 급속도의 전자 거래에 제한을 가하여야 한다. 그의 생각으로는 이 세금만으로도 파산 직전의 금융 기관 구제에 사용한 국고 지출금과 국가 부채를 쉽게 갚을 수 있을 것이다. 그리고 이에 따라 건전한 기업 투자가 늘어날 것이고, 고용 증대가 가능해질 것이다. 셋째, 공적 자금을 받은 회사가 사적인 이익을 위해서 로비하는 것을 불법화하고, 일반적으로 그들이 대통령 선거와 같은 일에 영향을 행사하지 못하게 한다. 넷째, 헤지펀드에 세금 혜택을 주지 않는다. 마지막으로 은행 임원들에게 그때그때의 업적에 맞추어 보수를 지급하는 것은, 은행은 망해도 본인은 흥하게 하는 결과를 가져오는 일이기 때문에 구태여 보상을 한다면, 이삼 년 후에나 회수할 수 있는 스톡옵션을 준다.(사실은 더 적극적인 보수 상한제가 필요할 것이다.)

사회적 위기를 극복하는 데에 고쳐져야 할 항목으로 이 정도가 충분한 것인지는 알 수 없는 일이다. 다만 이러한 목록이 그럴싸한 느낌을 주는 것은 그것이 입법 조치만으로도 시정될 수 있는 사항들이라는 것이다. 대체 전망이 불투명하게 되어 있는 것이 오늘날의 상황이라고 한다면, 많은 세부적 수정 노력은 사태를 조금 더 나은 것이 되게 하는 데에 도움을 줄 것이다. 거대 권력에 의한 유토피아의 실현이 실패로 끝난 것을 많이 보게 된 것이 20세기 여러 사회의 경험이라고 한다면, 보다 살 만한 사회를 만드는 데에는 세부 공학의 방법밖에 없다는 주장은 맞는 말로 들린다.

타이비의 시정 항목들은 말할 것도 없이 미국의 사회 위기에 대한 진단에서 나온 것이다. 우리 사회의 문제가 미국 또는 유럽 또는 아랍 여러 나라의 문제와 같은 것일 수는 없다. 지금 우리 사회에서는 경제의 표면적인 지수로 보아 체제가 미국이나 유럽 여러 나라와 같은 차원의 전면적 위기를 보여 주는 것은 아니라고 할는지 모른다. 성격이 다른 종류의 부정 사건이라고 할, 부산저축은행의 문제를 제외하고는 미국이나 유럽에 일어난 바와 같은 금융 위기가 없었다고 할 수 있다. 그러나 부정과 부패는 우리의 일상적 관습이 되어 있고, 또 실업자나 빈곤 또는 복지의 문제, 또 그 이외의 여러 원인이 합쳐져서 불안과 불행의 느낌이 세계적으로 높은 사회가 한국이다. 이것은 사회 체제 전체의 문제이기도 하지만, 관련된 여러 원인들의 발견과 시정책을 강구함으로써 조금은 나아질 수 있는 현실이라고 할 것이다. 그러나 대체로 유토피아와 종말론적 타도(打倒) 사이에 움직이는 것이 우리의 정치적 관심의 형태이다.(적어도 정치 논쟁의 측면에서는 그러하다.)

(경향신문, 2011년 10월 17일)

지리적 인간

라트비아 주마간산기走馬看山記

지난달 말 라트비아의 수도 리가의 라트비아 대학 동아시아센터에서 있었던 회의에 참석하느라고, 동유럽에 위치한 이 나라를 처음으로 찾을 수 있었다. 회의 주제는 '동아시아의 풍경과 시'라는 것이었다. 어느 문화 전통에서나 자연이 예술의 소재가 되는 것은 당연한 일이었으나, 풍경 또는 산수는 옛날부터 동아시아 문학과 예술의 특별한 주제였다. 또 여기에는 교훈이 있었다. 그것은 세속적인 명리 — 정치나 부를 높이 생각하지 않고 자연에 순화하면서 겸허하게 사는 것이 사람이 사는 방법이라는 것이었다. 자연 속에서, 한 뙈기의 밭을 갈아 굶주림을 없애고 조그만 오두막을 지어 추위와 더위를 피할 수 있다면, 인생은 그것으로 흡족한 것으로 생각되었다. 그렇다고 이것이 고행의 인생을 말하는 것은 아니었다. 작년에 작고한 생태철학자 아르네 네스는 자연 속에서의 검소한 삶이 기쁨과 자아실현을 위하여 가장 풍요로운 삶이라는 생각을 가지고 있었다.

여러 학문에는 그 나름으로 인간의 본성에 대한 기본 상정들이 들어 있다. 아리스토텔레스의 '정치 인간(zoon politikon)'은 정치학의, 이윤 추구에 골몰하는 '경제 인간'은 경제학의 인간 개념이다. 사회 과학 아래에는 일반적으로 사회적 존재로서의 인간에 대한 가정이 들어 있다. 그런데 동아시아 문학의 지혜는, 이러한 것을 넘어서 삶의 원형은 자연 환경과 전원의 삶에 있다는 것이다. 송시열처럼 정치와 이데올로기에 관심이 많았던 유학자도 서울을 향해 가면서, "조용히 산수의 뜻을 살펴보니, 내가 '정치의' 풍진 세상으로 가는 것을 혐오한다(靜觀山水意, 嫌我向風塵)"라는 시를 썼다. 강조되는 것은 자연 속의 삶이 경제나 정치에 선행한다는 사실이다. 자연에 대한 이러한 인간의 관계는, 환경 문제가 커지는 오늘에 있어서 특별한 의미를 갖는다고 할 수 있다.

이번 회의에서 의미 있었던 것은, 적어도 나에게는, 라트비아를 방문한다는 사실 자체였다. 주최자가 그것을 생각한 것은 아니겠지만, 4박 5일의 짧은 체제 중 주마간산 격으로 살펴본 리가와 라트비아는 기술 문명이 지배하는 오늘의 세계에서 특별하게 좋은 자연환경, 지리적 환경을 가진 곳이었다. 라트비아 같은, 말하자면, 유럽의 변두리 국가를 방문한 것은 처음이었다. 수도 리가는 독일의 어느 도시라고 할 수 있을 만큼, 완전히 유럽적인 도시였다. 지금 라트비아는 유럽 연합의 회원국이 되어 있지만, 유럽은 역사적으로 상호 문화 교류가 활발한 지역이었다는 것을 실감할 수 있었다.

리가는 고풍스러운 느낌이 잘 보존되어 있는 도시였다. 리가의 구시가지의 조약돌 포장길에는 석조와 벽돌의 옛 건물들이 어깨를 맞대고 빽빽이 서 있었다. (고층 건물이 많지 않은 이곳에서 신흥 지역 쪽으로 높이 솟아 있는 고층 건물의 하나는 '삼성'이라는 광고판을 달고 있었다.) 간판이 없는 좁은 길들에서 있는 건물들은 음침하면서도, 오히려 그것이 오래 눌러살아 온 곳이라는 느낌을 주었다. 구건물의 상당수는 자세히 보면 화려하게 장식을 새겨 넣은 건물들인데, 이것들은 19세기 말의, '유겐트슈틸' 또는 '아르 누보'라고 부르는 양식의 건물들로서, 이곳이 유네스코에서 아르 누보 문화유산 지역으로 지정한 곳이라고 했다. 과히 넓지 않은 강을 끼고 펼쳐진 공원의 푸른 나무와 잔디는 구시가지 전체를 자연의 일부가 되게 했다. 인구 70만의 리가는 우리 기준으로는 작은 도시이다. 사람이 북적대지 않는 공원은 시인이 시를 명상하면서 거닐 수 있는 한적한 곳이었다. 공원의 한쪽에는 흰 주랑(柱廊)이 받쳐 든 오페라 하우스가 서 있는데, 10월 한 달 내내 오페라, 콘서트, 발레 등이 하루도 빠짐없이 공연되는 것으로 되어 있었다.(입장료는 6000~7000원 정도인 것 같았다.)

도시도 오랜 시간 속에서 자연의 일부가 되는데, 리가는 그러한 도시였지만, 라트비아는 자연의 나라였다. 주최자인 프랑크 크라우스하르 교수의 호의로 나는 리가를 벗어나 라트비아의 시골을 돌아볼 기회를 가졌다. 리가 시를 가로지르는 다우가바 강은 도시를 벗어나자 곧 강변을 채운 무성한 나무들과 그 위의 맑은 하늘을 비추면서 흐르고 있는 유유한 모습을 드러내었다. 그 후에 이어서 농가들이 외롭게 서 있는 초원이 보이기 시작했다.

특이하게 눈에 띄는 것의 하나는 집 곁에 전신주처럼 우뚝 솟아 있는 커다란 나무 기둥들이었다. 그 꼭대기에는 새둥주리를 받들고 있는 나뭇대들이 얹혀 있었다. 이것은 철따라 옮겨 오는 황새들을 위한 것이었는데, 한번 자리를 정하면, 같은 곳으로 돌아오는 것이 황새들의 습관이라고 했다. 드문드문 나타나는 농가들 가운데에는 폐가처럼 보이는 집들이 눈에 띄었다. 그것은 많은 경우 폐가가 아니라 건축 중인 집들이라고 했다. 새 집을 짓거나 귀농하는 사람들은 집을 짓다가 몇 년 그대로 덮어 두고 돈이 모이면 다시 계속해 짓는 식으로 집을 짓는데 그러한 집들이 폐가처럼 보이는 것이었다. 거주지와 집의 진정한 뜻을 생각하게 하는 참으로 여유 있는 삶의 표현이었다. 원래 라트비아는 12세기부터 독일에서 진출해 온 모험가,

기사, 신부들이 개척하면서 유럽 문명권으로 들어가기 시작한 곳인데, 그러한 사람들의 성(城)들의 유적이 있다고 했지만, 그러한 성곽을 찾아보지는 못했다.

우리의 국도 넓이의 길에는 자동차가 많지 않았다. 우리가 갔던 도로의 상당 부분은 비포장도로였다. 크라우스하르 교수의 설명으로는 인구 밀도가 높지 않은 곳에는 포장도로가 필요한 것이 아니기 때문에 나라에서 하는 일은 계절에 따라 도로의 흙을 고르게 다지는 정도라고 했다. 사실 라트비아의 면적은 남한의 3분의 2 정도가 되지만, 인구는 230만 명밖에 되지 않는다.

전체적으로 안정된 느낌을 주는 것이 주마간산으로 살펴본 라트비아였다. 그러나 지금 유럽을 휩쓸고 있는 금융 위기를 라트비아가 피해 갈 수 있었던 것은 아니었다. 2008년 이후 라트비아 경제는 25퍼센트 정도가 축소되었는데, 금년 들어 경제가 상당히 회복되고 성장률이 3퍼센트에 이를 것이라고 한다. 앞에서 이야기한 공원에서 며칠 사이에 나는 세 사람의 걸인을 보았다. 한 사람은 아코디언을, 또 다른 사람은 트럼펫을 연주했는데, 재미있는 것은 마지막에 본 50대 후반이나 60대 초의 부인네였다. 그녀는 별로 날씬하지 않은 몸매를 흔들며 춤을 추고 있었다. 이들은 돈을 구걸하는 것보다는 공연에 대한 요금을 청하는 것이었다. 어떤 경우에나 주변에 사람이 많이 모여들지는 않았다. 저녁 무렵에는 호텔 근처의 길에 수레를 밀고 온 장사꾼들이 기념품을 팔다가 일정 시간 후에 짐을 거두었다. 금융 위기 이후 실업률이 20퍼센트가 되었다고 하니 사회 불안이 적지 않았을 것으로 생각된다. 그러나 그것이 표면에 크게 드러나 보이지는 않았다. 내각을 뒤흔드는 정치적 혼란이 이어졌으나, 돔브로브스키 총리는 몇 번의 연립 내각을 재조직하여 사태를 수습하였다.

역사적으로 볼 때도, 라트비아 사회의 평정은 표면적 인상에 불과한 것일 수 있었다. 라트비아만큼 오랫동안 외세의 각축장이 된 나라도 없을 것이다. 그 지역에 사람이 옮겨 온 지는 1만 년이 넘는다고 했지만, 유사 이래 독일, 러시아, 스웨덴, 폴란드의 패권 쟁탈전이 끊임없다가, 정작 독립한 것은 1차 대전 이후의 20여 년간, 그리고 소련이 붕괴하면서 있었던 1990년의 독립 선언 이후이다. 물론 이것은 정치 조직의 여러 가능성 가운데, 민족 국가라는 단위만을 가지고 말하는 것이다. 그런데 정치적 불안정 속에서 어떻게 도시를 만들고 문화를 이루고 자연의 아름다움을 유지한 것일까? 이러한 점에서 문명의 인상은 주마간산의 피상적 인상일 수도 있지만, 피상적인 대로 그 인상이야말로 라트비아의 근본에 닿아 있는 것인지도 몰랐다. 라트비아의 핵심은 정치와 사회 그리고 경제를 넘어 자연과 지리에 밀착한 삶에 있다고 할 수도 있기 때문이다.

홍콩 대학에서 온 허순이(何珣怡) 교수의 발표는 산과 물 등 지리적 조건에 민감한 『시경』의 시들을 논하는 것이었다. 따지고 보면, 사람의 근본은 가장 원초적으로 볼 때, 자연환경을 이리저리 갈라놓은 지리적 조건이라고 할 수 있다. 이것을 상기하자는 것이 아시아적 통찰이었지만, 지금의 시점에서 동아시아 사회들이 이 통찰을 편안하게 현실화하였다고 할 수는 없다.

(경향신문, 2011년 11월 21일)

새로운 문화·윤리, 인간주의가 필요하다

유교적 질서가 강하게 느껴지던 20세기 초반에만 해도 "공자 말씀 같은 소리 그만해."라는 말이 있었다. 되풀이되는 좋은 말씀은 듣기 좋은 것이 아니다. 사실 그러한 말은 (말하는 사람의 권위를 세워 주기는 하겠지만) 사람들을 물리게 할 뿐 아니라, 거기에 들어 있는, 말씀대로만 하면 문제가 없을 것이라는 현실관은 문제 해결에 별 도움이 되지는 않는다. 애덤 스미스의 경제학에 함축되어 있는, 사람들이 알아서 자기의 이익을 추구하면 결국 그것은 나라를 부강하게 할 것이라는 명제는 경제학적인 타당성을 넘어서, 좋은 말씀으로부터의 해방을 약속하는 것이었다. 마르크스의 핵심적 통찰은 삶의 문제 해결이 개인의 뜻이나 노력이 아니라 사회 구조의 혁명적 변화에 달려 있다는 것이다. 그 관점에서 개인 차원에서의 선의나 도리는 큰 의미를 갖지 못한다.(이러한 도덕적 강제로부터의 해방은 도덕을 없애는 것이 아니라 그 책임을 개인의 자유 영역으로 옮긴다는 것이지만, 그것은 방종과 증오와 폭력을 정당화하는 현실 효과를 갖는 경우가 많다.)

사회 과학과는 달리, 인문 과학 또는 인문학적 추구는 대체로 사회의 구조적 역학 관계의 분석으로부터 일정한 거리를 갖는다. 그 관심의 중심은 인간의 본성이나 존재론적 근거에 대한 반성적 이해에 있다. 그 결과 인문학의 발언은 객관성을 잃고 도덕적 훈계에 빠져 부질없는 좋은 말씀 또는 거룩한 말씀이 되기 쉽다. 그러나 다른 한편으로 그것은, 인간 존재의 근본에 이어지는 것인 만큼 때로는 보다 넓고 긴 관점에서의 진실을 표현할 수도 있다.

지난달 말 부산에서는 '다문화와 보편주의'라는 주제하에 유네스코 주최로 '세계인문학포럼'이라는 회의가 열렸다. 이 회의에서의 선·후진국 여러 나라의 인문학자들의 발표들은 세계화와 더불어 심각해지고 있는 세계적인 문제들—환경 조건의 악화, 국가 간 또 사회 내의 빈부 격차 심화, 거기에서 일어날 수 있는 갈등 문제에 대하여 우려를 표현하고, 대책을 촉구하는 것이었다. 대책으로는 주로 평화로운 인류 공동체를 위한 새로운 인간주의 또는 인도주의가 이야기되었다.

대책으로서 이러한 인간주의를 상기하는 것은 필요한 일이라고 하겠지만, 문제는 그것을 위한 현실적 수단이 무엇인가 하는 것이다. 오늘의 세계적인 문제를 생태 환경의 위기에 중점을 두고 논하면서, 유엔(UN) 대학의 존 클래머 교수가 그 강연의 끝에 강조한 것도 이 점이었다. 그러나 그도 NGO와 같은 사회 운동 단체의 움직임을 제외하고는 별다른 현실적 방편을 제시하지는 못하였다. 보다 근본적인 대책으로 대학의 교육과 연구 방향을 바로잡을 것을 말했지만, 이것은 매우 장기적인 관점에서의 희망 사항에 불과하다고 할 것이다.

프린스턴 대학의 폴 윌리스 교수는 변형된 형태이지만, 오늘의 문제에 대한 마르크스주의적 이해를 가지고 있었다. 논제로 삼은 것은 그가 일찍이 연구했던 영국 노동 계급의 '생활문화'였는데, 그 문화에서 발견할 수 있는, 자본주의 체제에 대한 노동 계급 젊은이들의 거부감, 그리고 거기에서 나오는 유대감을 근거로 하여, 새로운 보편적 인간 윤리 — 모든 인간의 고통에 대한 공감 그리고 인간적 위엄의 존중을 내용으로 하는 보편 윤리가 나올 수 있을 것이라고 말했다. 한 가지 문제는, 이러한 보편 윤리의 태동을 위한 동력이 없어질 수 없다고 말하면서도 윌리스 교수 자신이 인정하듯이, 세계 자본주의 문명의 여러 문제들에 대한 책임을 물을 수 있는 주체, 또 그에 대한 대항책이 분명치 않다는 것이다.

세계를 움직이고 있는 동인들은 너무나 착잡하고 다원적이다. 상황의 복합성에 대한 가장 흥미로운 지적의 하나는 저명한 현상학자인 알폰소 링기스 펜실베이니아 주립 대학 명예 교수의 '풍요의 시대'라는 제목의 발표에서 볼 수 있었다. 링기스 교수는 다른 진단자와 마찬가지로 우려되는 문제 영역으로 생태 환경 훼손, 국가의 윤리 규제를 넘어가는 다국적 기업의 과대화, 증대하는 빈부 격차 들을 언급하였다. 그러나 그는 동시에 과학 기술의 발달, 생산성 증대, 새로운 과학적 이기(利器)의 발명, 특히 인간의 생물학적 운명을 바꿀 수 있는 생물 공학의 발달 등, 위태로우면서도 새로운 가능성을 열어 놓는 발달의 사례 등에 주목했다.

링기스 교수에 의하면 인간 존재의 특징은 풍요 지향, 풍요 창조력이다. 인간 생존의 바탕 자체가 풍요를 가리킨다. 사람이 지금까지 찾아내고 앞으로 확인할 가능성이 있는 생명체의 총수는 870만 종에 이른다. 시야를 좁혀 1척(약 30.3센티미터) 평방의 땅을 3인치 깊이로 파 보면, 거기에서 9759마리의 절족 동물이 발견된다. 눈을 높이면 우주에는 1250억 개의 은하계가 있고, 지구와 비슷한 행성의 수는 20억 개로 추측된다. 풍요의 바탕으로부터 발명과 발전이 나온다. 그러나 이 발명에는 '망상의 풍요'가 포함될 수 있다. 대표적인 것이 다른 사람과의 비교 경쟁에서의 과시를 돕는 유명 브랜드의 초(超)고가 상품 같은 것이다. 오늘날 미국에서 생산되는 상품의 3분의 1이 5퍼센트의 부자들을 위한 것이고, 60퍼센트가 상위 20퍼센트의 소득자를 위한 것이다. 얼마 전에는 막대한 국가 예산의 지원으로 파산을 면한 은행의 장이 1억 2500만 달러의 퇴직금을 받았다. 링기스 교수의 생각으로는 68세의 노인에게 이러한 금액은 비교 우위의 존재감을 확인하는 것 이외에는 별다른 의미를 가질 수 없다.

링기스 교수는 다른 한편으로 대책의 가능성이 풍부하게 되어 가고 있는 것이 오늘의 세계라고 생각한다. 망상적 풍요는 다른 사람들의 삶의 자원을 박탈하는 결과를 낳는다. 하나의 사회적 테두리 안에서, 지나친 빈부의 격차는 정치적인 불안정의 요인이 될 뿐만 아니라 결국은 경제 성장의 방해 요인이 된다. 세계적으로 볼 때, 풍요한 나라들의 국민 총생산의 0.7퍼센트를 문제 해결에 사용한다면, 하루 2달러 이하의 빈곤 속에서 살고 있는 43퍼센트의 인류의 삶이 빈곤선 이상으로 끌어올려질 수 있다. 여러 기술적 발전 또한 문제 해결의 잠재력을 가지고 있다. 녹색 에너지, 에너지 절약형의 제품 개발, 건전한 목재 생산을 위한 새로운 삼림 조성법 등은 기후 변화의 문제를 완화할 수 있다. 해산물 양식법은 근년에 식량 자원을 크게 늘렸다. 새로운 담수 제조법은 식수 문제의 해결을 보다 용이하게 한다.

그러나 오늘날 여러 사회와 인류가 부딪치는 문제들을 적절하게 해결하는 데에는 새로운 문화와 윤리 — 인간주의가 필요하다. 링기스 교수의 의견으로는 새로운 인간주의는, 인류로 하여금 앞으로 '망상의 풍요'에서 삶의 일시적인 흥분을 찾는 것이 아니라 "자연과 우정과 이방인과의 만남과 앎과 문화에서 풍요의 고양(高揚)을 찾게 할 것이다." 실질적인 차원에서 오늘의 문제를 충분히 고려하고 방향을 바르게 하는 데에는 여러 전문가 — 기후학, 지리학, 생물학, 환경학, 지리 경제학, 법학, 행정학, 정보, 문화와 윤리학의 전문가 그리고 정치 지도자들의 도움이 필요하다. 어떻게 이 도움, 그 지혜를 하나로 모이게 할 것인가? 링기스 교수의 제안의 주안점을 현실 방편의 관점에서 해석하면, 필요한 것은 정치적 리더십이다. 그리고 독재적 권력의 가능성을 배제한다고 할 때, 새로운 인간주의 또는 진정한 보편적 윤리의 확장에 호소하는 것이 방편이 될 수밖에 없다.

오늘의 세계 현실과 전망에 대한 링기스 교수의 비판적이면서 긍정적인 진단이 맞는 것이든 아니든 그 복합성에 비추어 문제의 인식과 해결에 대한 다양한 고려가 있어야 한다는 것은 분명하다. 그러나 이것을 일단 매개하는 것은 방금 말한 바와 같이 정치이다. 그런데 오늘의 우리 정치 현실을 볼 때, 정치가 합리적이고 책임 있는 해결책을 집약할 수 있는 것으로 말하기는 심히 어려운 것이 아닌가 한다. 비방과 욕설과 폭력을 불사하는 파당적 투쟁이 정치라는 것이 우리의 정치 인식이다. 우리의 정치에서 '망상의 행동주의'를 넘어 공동의 문제에 대한 숙고와 보편 윤리에 입각한 진정한 행동을 말하는 것은 '좋은 말씀'에 불과한 것으로 보인다.

(경향신문, 2011년 12월 19일)

정치 지도자의 명예

독일의 정계와 매체에서 두어 달 연속해서 크게 보도되고 있는 기사 하나는 크리스티안 불프 대통령의 어떤 행적에 관한 것들이다. 우리에게 관계가 되는 일도 아니고 또 앞으로의 귀추를 보고 판단해야 할 일이기도 하지만, 지금까지의 보도들만 보아도 불프 독일 대통령의 일은 정치와 도덕 윤리의 착잡한 관계에 대하여 많은 것을 생각하게 한다.

맨 먼저 문제가 된 것은 니더작센 주 주지사로 재직하는 동안 그가 부자 우인들로부터 돈을 빌려 주택을 구입한 일이다. 빌린 돈 50만 유로가 문제시되는 것은 돈을 빌린 일 자체보다도 주 의회에서의 그의 답이 완전히 정직하지는 못하였다는 이유 때문이다. 질문은 주지사에게 혹 특정한 관계를 가지고 있는 기업가가 있는가 하는 것이었다. 지난 10년 동안에는 그런 관계가 없었다는 것이 답이었다. 그런 답이 가능했던 것은 돈이 기업가에게서 빌린 것이 아니라 그의 부인으로부터 빌린 것으로 되어 있었기 때문이었다. 그런데 부부가 소유한 재산을 쉽게 구분할 수 없다고 한다면, 부인으로부터 돈을 빌린 것은 기업가와 어떤 관계를 가진 것이라고 할 수 있고,

이 관계를 부정한 것은 잘못일 수 있다.(채권자 에디트 게에르킨스의 남편 에곤 게에르킨스는, 자신이 니더작센에서 토건업을 하고 있는 것도 아니고 거주지도 스위스이기 때문에, 이해관계가 있다고 할 수 없다고 말했다.)

나중에 불프 대통령은 빌린 돈을 계약 만기 전에 은행에서 빌린 돈으로 갚았다. 그런데 이 은행에서 빌린 돈의 이자율이 통상 이자보다 1퍼센트 정도가 낮았던 것이 다시 의혹의 대상이 된다. 니더작센의 차용금 건은 그대로 넘어간 것으로 보였는데, 지난 12월에 그때의 답변이 연방 의회에서 문제가 되었다. 이때 불프 대통령은 "그때의 답변이 법적으로는 맞는 것이나 반드시 옳은 것은 아니었다."라 변명하였다. 니더작센 주 의회에서는 이 일과 관련하여 법적인 문제가 있는가를 조사하였지만, 분명하게 법률적인 문제가 있다는 답을 내놓지 아니하였다.

이러한 사건들과 관련하여 또 다른 일들이 문제가 되었다. 하나는 그가 플로리다 그리고 마요르카에 있는 독일 기업가들의 별장에서 휴가를 보냈다는 것이다. 또 다른 하나는 불프의 저서 『진실을 말하는 것이 좋다』라는 책이 출판되었을 때, 광고비 4만 유로를 어떤 금융업자가 부담하였다는 것이다. 또 하나 크게 문제가 된 것은 차용금 관계가 《빌트》에 보도되기 직전, 중동을 방문하고 있던 불프 대통령이 그 소식을 듣고 《빌트》 편집 담당자에게 전화하여 그 보도를 중단 또는 연기하게 하려 했다는 사실이었다. 이것은 언론 자유에 대한 중요한 침해로 간주될 수 있는 일이어서 비판의 표적이 되었다.

다시 말하건대, 공직자로서 이해관계가 개입될 수 있는 사람으로부터 돈을 빌린 것, 오해의 근거를 은밀하게 바로잡기 위하여 은행으로부터 돈을 빌린 것, 그 이자가 통상보다 낮은 것, 보도를 막으려 한 것 — 이러한 사항들이 논란이 된 것이다. 그러나 흥미로운 것은 금전 거래의 적법 여부보다 여기에 따르는 도덕적 문제가 많은 사람에게 더 중요한 것으로 생각된다는 사실이다. 논란의 대상이 되는 것은 사실 문제에 있어서의 정당성이고(부패한 사회에서는 그 사실 내용이 작고 하찮은 일로 보일 것이다.) 다른 하나는 사실을 정시하고 말할 수 있는 개인적 정직성이다. 주택 자금 대부 건은 대통령 자신이, 위에 본 바와 같이, 법적으로 문제가 없지만, 도의적으로 반드시 옳았다고 할 수 없다는 것을 인정하였다. 언론 보도에 대한 설명은, 대통령의 전화는 보도를 막으려는 것이 아니라 해외에 체재하고 있는 만큼 귀국 시까지 보도를 보류할 것을 요청하였다는 것이다.

독일 국민에게 중요하게 생각되는 정직성은 사실 단순한 정직성 이상의 높은 행동 기준에 대한 요구로 보인다. 이번 일에 대한 우회적인 논평 하나의 제목은 「진실과 명예 사이」였다. 이 사건에서 요구되는 정직성은 정치인이 지켜야 하는 명예에 연결된다고 할 수 있다. 이 명예란 우리가 흔히 이해하는 바 밖으로부터 주어지는 관직이나 훈장이라기보다는 떳떳하게 행동하고 드높은 이상에 따라서 사는 사람의, 도덕적 자존심을 말한다.

여기에서 약간 샛길로 들어가 말한다면, 정치적 명예는 막스 베버가 정치인의 자격 요건으로서 말한 "기사(騎士)적인 기개"로 다시 옮겨서 생각할 수 있다. 베버는 정치와 사회에 엄격한 의미에서의 도덕적 기준만이 적용될 수 없다는 사실을 크게 강조한 대표적인 현실주의의 이론가이다. 그는 정치가에게 무엇보다도 중요한 것이 사실에의 충실성이고, 자기가 인지한 객관적 사실에 따라서 책임과 정열을 가지고 일을 추진하는 힘이 정치 지도자의 척도가 된다고 하였다. 그러면서도 특이한 것은 정치 지도자에게 기사적 성품이 필요하다고 한 것이다. 이것은 베버의 개인적인 선호에 스며들어 있던 보수성을 드러낸 것이기도 하지만, 그가 강조한 정치에서의 책임 윤리의 심리적인 자원과 인품상의 자질을 말한 것이라고 할 수 있다. 기사가 가질 수 있는 명예 감각은 계급적 함의를 가지면서도 많은 독일인에게 보편적인 의미를 갖는 가치로 보인다. 그러한 명예의 이념이 없다고 하더라도 정치 지도자가 단순한 권력자가 아니라 높은 인격적 모범을 보여 주는 인물이기를 바라는 것은 사람들의 심리에 깊이 스며 있는 기대일 것이다. 이번의 일에 대한 여러 반응들을 보건대, 독일에서 이러한 도덕적 모범은 정치의 토대로서 특히 강하게 요구하는 것으로 보인다.

연립 내각에 참여하고 있는 자유민주당(FDP)의 부대표 차슈트로프는 불프 대통령이 "우리가 대통령직에 있는 사람에게서 기대하는 위대함"을 보여 주지 못했다고 말했다. 야당의 반응도 비슷하다. 클라우디아 로트 녹색당 대표는 "우리와 같은 민주주의에는 강한 도덕적 권위가 존재해야 한다."라 하면서 이 권위는 연방 대통령에 의하여 대표되어야 하고 또 역대 연방대통령들이 대표하여 왔던 것이라고 말했다. 사회민주당(SDP, 사민당) 대표 지그마르 가브리엘은, 문제의 해명이 있어야 한다고 말하는 것은 대통령의 사퇴를 요구하려는 것이 아니라 그 직책을 "바르게, 믿을 수 있게" 수행하는 데에 그것이 필요하기 때문이라고 말했다. 사회민주당 연방 의회 원내 대표 슈타인마이어 의원은 인터뷰에서 "도덕적 성실성"을 가지고서 수행될 때에만, "신뢰할 수 있"는 공직이 대통령의 직책이라고 말했다.

인터넷 신문의 독자가 표현한 것들도 대통령 그리고 정치인들의 모습에서 도덕적 귀감을 찾을 수 있기를 원하는 것이었다. 한 독자는 정치적 소신이 달라도 신뢰할 수 있는 사람이 대통령 자리에 있어야 한다고 했고, 다른 독자는 이번 일이 정치에 대한 자신의 믿음을 또 한 번 손상했는데, 대통령은 국민이 그 정직성을 믿을 수 있는 국민의 대표라야 한다고 말했다. 대통령 관저 앞에서 벌어졌던 시위대가 내건 플래카드에는 "그는 거짓말을 했다."라는 것이 있었다. 좌파당의 네스코비치 연방 의원의 말은 이러한 도덕의 핵심을 가장 날카롭게 지적한 것이다. "불프 대통령은 진실에 대하여 윤리적 관계가 아니라 계산적인 관계를 가진, 직책의 소임에 맞지 않는 대통령이라는 인상을 준다."라고 그는 말했다.(불프 대통령이 주변 인사에게

"이러한 일은 1년이면 잊혀질 사건"이라고 했다는 이야기는 바로 진실을 그 자체로 존중하는 것이 아니라 전략적 계산의 관점에서 생각하는 태도를 드러낸다고 할 것이다.)

지금 펼쳐지고 있는 불프 대통령 관련 사건은 우리에게는 너무나 다른 정치 상황에서 벌어지는 일이다. 돈 봉투 거래, 정경유착, 특혜, 거짓 해명, 윤리 도덕의 정치적 전략화 — 이러한 것들이 일상화된 우리 정치의 특징이다. 여기에서 도덕적 명예가 중요한 정치 요인이 될 수 없는 것은 말할 필요도 없다. 우리에게 정치는 철저하게 현실 전략이다. 그러나 역사의 긴 시간을 두고 볼 때, 도덕적 위엄을 갖추지 않은 지도자가 강한 지도자가 될 수 없고, 도덕적 신뢰를 가질 수 있게 하지 못하는 정부가 안정된 정부가 될 수는 없다. 독일에서 일고 있는 정치 문제는 이러한 잊혀진 정치 원리를 새삼 생각하게 한다.

(경향신문, 2012년 1월 16일)

모든 것이 정치다

쉼보르스카의 시

예부터 한국인의 큰 관심사는 — 개인적인 인생 문제 다음으로 — 정치이다. 이제 큰 선거들이 다가오니, 정치가 더욱 중요해지는 것은 당연하다. 그러나 한국인의 경우가 아니라도, 폴란드의 시인 비스와바 쉼보르스카가 「시대의 자식들」이라는 시에서 "하루 내내, 밤중 내내, 모든 일은 — 당신의 일, 우리 일, 그들의 일은/ 모두 정치이다"라고 한 것은 오늘의 세계에 두루 해당한다고 할 것이다. 그러나 이것은 세태를 말한 것이고, 쉼보르스카 자신이 정치를 그렇게 중요하게 생각했다는 말은 아니다. 이 시는 "정치가 번창하는 가운데에도, 사람들은 죽고/ 동물은 죽고, 집들은 불타고,/ 들녘은 황폐해져/ 상황은 정치적이지 않던 태곳적과 다름이 없다"는 말로 끝난다.

1996년 노벨 문학상을 수상한 시인 쉼보르스카가 지난 2월 초하루에 88세의 나이로 별세했다. 2차 세계 대전, 독일군의 침공, 유태인과 폴란드인 학살, 강제 이송과 노동, 소련군 진주, 숙청과 학살, 공산 정권 수립과 붕괴, 자본주의 이행 등의 사건으로 인한 정치적 격동기가 쉼보르스카가 살

앉던 시대이다. 무력과 폭력의 대사건이 모든 것을 정치화할 수밖에 없었다. 폴란드에 들어선 정치 체제가 전체주의를 지향하는 나치즘이나 공산주의 체제였다는 사실도 삶의 정치화를 심화했다.

모든 것이 정치라면 쉼보르스카의 시도 당연히 정치적 내용을 가졌을 것으로 생각할 수 있다. 그러나 그의 시는 정치에서 멀리 있는 삶을 이야기하는 것으로 일관한다. 그러면서도 정치의 시대에서 정치에 대한 직접·간접의 언급은 피할 수 없다. 「제목이 필요 없다」라는 시는 작은 것들이 삶의 내실이라는 것을 확인하는 내용이지만, 이것을 정치 또는 역사의 거창한 사건과 대비한다. 중요한 것은 "햇빛 밝은 아침/ 강가의 나무 밑에/ 내가 앉아 있다는 것이다." "그것은 전혀 중대한 사건이 아니어서/ 역사에 기록되지 않을 것이다." 그것은 "동기를 따지고 연구 대상이 될/ 전투도 비밀 조약도 아니고/ 전제 군주를 주살한 사건도 아니다." 그렇다고 작은 사실에 역사가 없는 것이 아니다. "덧없이 지나가는 순간에도 많은 과거가 있다." 토요일 전에는 금요일이 있고, 유월 전에는 오월이 있고, 포플러는 오랜 세월 뿌리를 내린 것이고, 강물은 상류로부터 내려오고, 구름은 바람에 불려 왔다가 다시 불려 간다. 정치 음모나 대관식에만 사연이 있는 것이 아니다. 혁명 기념일이 돌아오듯이, 강기슭의 자갈도 돌아든다. 개미와 풀밭과 물결을 들여다보면 거기에는 그 나름의 모양과 인과가 있다. "중요한 일은/ 중요하지 않은 일보다도 더 중요하다"——이렇게 말할 수는 없다.

처음 시를 쓰기 시작했을 때, 쉼보르스카는 사회주의 리얼리즘의 이상에 따라 레닌에 관한 시 또는 새로운 공장을 짓는 노동자를 예찬하는 시를 썼다. 그러나 얼마 가지 않아 그는 저항 작가들과 합류했다. 그러나 발표된 시로 보건대, 그때 이미 정치보다는 개인적인 생활의 여러 뉘앙스에 인생의 현실이 있다고 생각했다. 그중에도 정상적인 일상생활, 어떻게 보면 부르주아적인 삶의 일상성을 그리워한 것으로 보인다. 한 고전적인 풍경화를 말하는 시에서 그는 나무와 풀 그리고 오월의 오후가 그대로 있는 광경을 묘사하고 자신을 그림 속의 흰 보닛을 쓰고 노란 치마를 입은, 바구니를 들고 가는 여인이라고 생각한다. 이 여인의 세계는 모두 해야 10킬로미터 정도의 자기 주변이다. 그러나 그 범위 안에서 병에 쓸 수 있는 약초는 잘 알고 있다. 그에게는 집이 있고 고양이가 앉아 있는 의자가 있고 물주전자가 있고 남편이 있다. 세상의 선악에 대한 고민이나 심리적 갈등에 시달리지 않는 그 여인에게 모든 일은 세상이 가르치는 상투적인 문구들로 설명된다. 물론 이러한 단순한 삶은 아이러니를 가지고 그린 것이지만, 어려운 시대의 쉼보르스카에게 동화적인 매력을 가졌을 것으로 생각된다. 「가족 사진」은 이것을 조금 더 현실적인 관점에서 확인한다. 사진 속에 들어 있는 조상들은 비극적인 사랑이나 정신의 고민을 알지 못하던 보통 사람들이다. 이러한 조용한 삶에 대조하여 "열광적이고 거대한 죽음"이 있다면, 그것은 오로지 다른 사람들에 해당되는 일일 뿐이다.

극장에서 연극을 보고 난 다음의 생각을 적은 「연극 인상기」에서 그는, 연극에서 자기에게 제일 좋은 부분은 연극이 끝난 다음, 죽었던 사람들이 가슴에 꽂혔던 칼, 목에 걸렸던 밧줄을 풀면서 일어나 청중을 향하여 인사할 때이다. 그렇다고 영웅들의 비극이 없는 보통의 삶이 고독과 고통과 죽음을 피할 수 있다는 것은 아니다. 비극이 끝난 다음에 무대에 흩어진 꽃이나 칼을 거두어들이는 일이 끝나면, 관중의 삶도 그렇게 불원간 거두어질 것이라는 사실을 깨닫지 않을 수 없는 것이 연극의 다른 효과이다. 사람의 일로 지속되는 것은 없다. 그리고 슬픔과 고통을 피할 수는 없다. 「풍경을 뒤로하고」에서 쉼보르스카는, 다시 봄이 오고, 초목에 새싹이 움트고 젊은이들이 사랑을 하는 것을 기피할 이유가 없고 세상의 모든 것을 받아들이겠지만, "그 가운데 다시 사는 것"은 사절하겠다고 말한다. 세상의 아름다움은 고통과 슬픔에 대한 위안이었다.

높은 관점에서 내려다보는 눈에 인생을 테두리하는 것은 죽음이다. 정치와 역사와 이데올로기의 틀도 사람의 삶을 아는 데에는 너무 크고 먼 관점을 제공할 뿐이다. 공산 치하에서 쓰여졌을 여러 편의 시에는, 이데올로기적 질서에도 불구하고 사람의 삶은 우연의 연속 또는 행운과 불운의 연속이라는 것을 말하는 생각들이 표현되어 있다. 「그럴 수도 있었을 일」이라는 제목의 시는 사람이 살고 죽는 것은 순전히 재수라고 말한다. 맨 먼저 와서 잘되는 수가 있고 맨 먼저 와서 잘못되는 수가 있고, "숲이 있어서, 다행이었을 수 있고/ 나무가 없어서 다행이었을 수가 있고……." 「테러리스트는 보고 있다」라는 시는 "13시 20분"에 터지게 되어 있는 폭탄이 장치된 장소에 들락거리는 사람들을 묘사한다. 마지막 사람은 10초를 남겨 두고 일단 나왔다가 장갑을 찾으러 들어간다. 그리고 폭탄이 터진다. 다른 한편으로, 시 「유토피아」는 모든 것이 정연하게 정비되어 있는 세상이 사람 살 만한 곳은 아니라고 말한다. 정치 계획이 지향하는 유토피아에서는 "왼편에 있는 깊은 확신의 호수에서는/ 바닥으로부터 진리가 방울져 올라온다./ 흔들리지 않는 소신이 골짜기 위로 치솟아/ 그 꼭대기에 가면 사물의 본질을 환히 내다볼 수 있다." 그러나 이곳은 "사람이 살 수 없는 곳이다."

삶에서 발견하는 작고 아름다운 것 이외에 가치 있다는 것이 있다면, 쉼보르스카에게 그것은 개인의 심성 깊이에서 나오는 본능적 반응들 — 윤리적 의미를 가진 반응들이다. 진정한 사랑은 무상(無償)의 것이기에 값진 것이다. 자책감, 후회, 양심, 인간애, 연민 또는 동물에 대한 사랑 등은 삶의 귀중한 체험이다. 「방주(方舟)에 실어야 할 것」이라는 시는 구출해야 할 가치로 "차이가 있다는 기쁨/ 보다 나은 사람에 대한 찬양/ 둘 중 하나만을 택하도록 줄여 놓은 것이 아닌 여러 선택/ 묵은 망설임/ 생각할 시간/ 언젠가는 이런 것들이 쓸모가 있을 것이라는 믿음" — 이러한 것들을 말한다.

사람의 감정이 만들어 내는 것에는 나쁜 것이면서도 화려하고 장엄한 것이 있다. 「증오」라는 제목의 시가 말하는 것이 그것이다. 증오는 정치를 움직이는 동력이 되기 쉽다. "인간애", "연민", "고민하는 사람의 회의"—이러한 것들은 군중을 열광하게 하지 않는다. 증오는 사람을 열광하게 하고 사람들로 하여금 장애물을 타고 넘을 수 있게 한다. 증오는 아름다움을 창조한다. 그것은 한밤중 찬란한 불꽃을 만들어 내고 "장밋빛 새벽에 폭발하는 거대한 폭탄"을 만들어 낸다. "증오는 폐허에서 비극적 감동/그 가운데 솟아오른 기둥에서 잡스러운 유머"를 발견한다. 종교와 국가 그리고 정의도 그것으로 힘을 얻는다.

작은 것들이 삶의 내용이 되는 것이라고 하면서도 우리가 생각하지 않을 수 없는 아이러니는 그것들을 지탱하는 정치가 있어야 한다는 사실일 것이다. 작은 것들의 옹호가 바로 정치를 위한 교훈이 되는 것은 그 때문이다. 쉼보르스카 자신이 그것을 몰랐다고 할 수는 없다. 모든 것이 정치가 된 우리의 시대를 생각함에도 이런 아이러니는 교훈을 가지고 있다. 쉼보르스카의 죽음을 기하여, 그의 시를 돌아보는 소이(所以)이다.

(경향신문, 2012년 2월 13일)

유권자의 선택

총선거일이 다가오니, 출마자 누구에게 표를 던질 것인가를 생각해 보아야 할 때가 되었다. 유권자로서 고려해야 할 것은 후보자들의 정치적 비전이라고 할 것이다. 그러나 이것을 충실하게 따져 볼 수 있는 사람이 많지는 않을 것이다. 살아가는 일이 바쁜 많은 사람들은 그럴 마음의 여유를 갖지 못한다. 여유가 있다고 하더라도 정치적 계획과 현실을 바르게 평가할 수 있다고 자신할 수 있는 사람이 얼마나 될까? 자신의 이익이 직접 관계되는 부분에 대해서는 조금 다르겠지만, 아마 많은 선택에 작용하는 것은 우연한 연줄과 인상 그리고 후보자의 사람됨에 대한 막연한 느낌일 것이다.

그러나 이러한 주관적인 느낌도 조금 더 공정한 것이 되게 하면, 반드시 그릇된 것이라고만 할 수는 없을는지 모른다. 일상생활에서 사람의 판단과 결정은 이러한 느낌에 의하여 이루어지는 것이 보통이다. 어떤 일과 관계해서 사람을 고르는 경우에도 마찬가지이다. 이때에 판단 기준이 되는 것은 수임자의 능력이겠지만, 이에 선행하여 또는 그것과 동시에 결단에 중요한 것은 일을 맡을 사람이 믿을 만한 사람인가 하는 것이다. 능력이 있다고 하여도 신뢰할 수 없는 사람은 능력을 성실하게 사용하지는 않을 것이다. 물론 이러한 것들이 객관적으로 검증되는 것은 아니다. 그것은 일상적 삶의 차원에서 쌓여 가는 막연한 느낌일 뿐이다.

어떤 경우에나 우리의 선택을 움직이는 가장 중요한 요소의 하나는 이해관계이다. 국회 의원 후보에 대한 선택에서도 마찬가지이다. 후보 편에서도 손쉬운 설득의 방법은 이해관계를 강조하는 것이다. 선거를 자주 치르면, 사람은 애덤 스미스의 경제학에서보다도 더 이기적인 동물이 된다. 물론 이것이 개인적인 이해관계일 수는 없기 때문에, 그것은 집단이나 지역에 연결된다. 그러나 진정한 이해를 가려내는 일은 쉽지 않다. 이해는 입장에 따라서, 시간이 흘러감에 따라서 달라질 수 있고, 그 자체로도 자신의 다른 이해와 자기도 모르는 모순 속에 있을 수 있다. 중요한 것은 총계이다. 한 가지 이해가 아니라 보다 넓고 지속적인 관계 속에서 이해가 고려되어야 한다. 개인들과 지역의 이해를 생각하는 것이 민주적인 정치 질서에서 공적 임무의 일부임에는 틀림이 없다. 그러나 중요한 것은 바로 이러한 이해를 보다 넓은 이해 그리고 어쩌면 목전의 이해를 초월할 수도 있는 공적인 당위에 비추어 조정하는 일이다. 정치적 역량은 이해를 전체 속에서 생각하는 사고의 능력을 포함한다.

국회 의원 후보의 정치적 비전이나 역량 또는 신뢰도가 거기에 반드시 일치하지는 않겠지만, 정치 행위의 전체적인 향방은 일단 소속 정당의 정강 정책에 나와 있다. 후보자 개인의 선택에 못지않게 중요한 것이 정당의 선택인 것은 말할 필요도 없다. 그러나 당의 정강 정책에 천명된 원리가 반드시 현실에 맞아 들어가는 것이 되지는 않는다. 많은 경우, 당의 정치 원리는 당의 자기 정당성을 다짐하는 선언일 뿐, 현실 문제 처리의 역량을 보장해 주지 않는다. 그것은 언제나 현실 문제에 대한 답을 가지고 있는 것으로 행세하지만, 연역되어 나오는 답변들은 사안들에 대한 숙고를 방해하기도 한다. 자기 정당성을 확신하는 정치 조직은 이념성, 인민성, 당파성 셋이 언제나 일치한다고 주장한다. 당파적 확신이 내놓는 진리는 흐트러진 삼실(麻)을 단칼로 베어 내는 것으로 보인다. 그것은 사람들의 마음에 쌓인 원한과 증오를 넘어 자신감을 주고 집단적 충성과 열광을 만들어 낸다. 그러나 이때 진리가 베어 내는 어지러운 삼실은 희생되는 개인이고 문제의 다른 이점들일 수 있다.

정치 노선의 의의는 확신을 다짐하는 것보다는 현실 문제를 새롭게 검토하고 논의하는 숙고의 과정을 도와주는 데에 있다. 최근 미국에서 전해 오는 뉴스의 하나는 올림피아 스노 상원 의원이 다음번 선거에 출마를 포기한다는 발표이다. 그가 17년간의 상원 의원 생활을 청산하겠다는 이유는 양극화하는 정당과 그 이데올로기의 경직화가 합리적이고 공정한 논의를 불가능하게 하고 그 분위기 안에서는 자신이 생각하는 바 공공 임무를 바르게 수행할 수 없기 때문이라는 것이다. 스노 의원은 공화당원이지만, 그간 여러 문제에서 당의 입장에 반대하는 견해를 발표하고 그러한 의안에 표를 던진 바 있다. 그에게 상원 의원의 의무는 "침착성"과 "일관성"과 "지혜"로써 국가의 문제를 논의하고 결정하는 일이다. 물론 정치에서 침착한 반성적 지혜는 혼자 얻어지는 것이 아니다. 많은 경우, 그것은 전문적 지식 또는 적어도 그에 대한 진지한 연구와 검토를 요구한다. 국회의 토의는 넓은 토의의 사회 공간에 연결되어야 한다. 우리의 상황에서 예를 들어 보면, 최근에 강렬한 쟁점이 된 이슈의 하나는 FTA이다. 이것이 위태로운 가능성을 가진 것은 사실일 것이다. 그러나 지금의 시점에서 국가의 국제적 위상을 손상하지 않고 그것을 일방적으로 파기하는 것이 가능한 일일까?

상식적인 입장에서는 약속한 것을 일방적으로 파기하는 일은 여러 부정적인 결과를 가져올, 심히 주저되는 일로 생각된다. 종횡가(縱橫家)들의 냉소주의는 사적인 윤리와 국가 윤리를 혼동하는 것은 어리석은 일이라고 한다. 그러나 참으로 그러한 것일까? 최근 연세대 손열 교수는《경향신문》 칼럼(2012년 3월 8일)에서 FTA의 영향은, 좋건 나쁘건, 국가의 경제에서 매우 작은 비중을 차지할 뿐이라고 말한다. 그렇다는 것은 그것이 지금 시점에서 정치계에서 주장하는 것처럼 거대한 정치 이슈가 되지 않아도 된다는 말이 된다. 그리고 FTA는, "개방에 따른 승자의 이득을 나누고 패자의 손실을 보상하는" 방침이 따를 때에, 오늘의 국제적인 경제 환경에서 좋은 협약이 될 수도 있다고 진단한다. 좋은 협약이 되게 하는 구체적인 방책이 어떤 것인가에 대해서는 손열 교수가 분명히 말하고 있지 않지만, 분명한 것은 지금의 시점에서 FTA가 과격화하는 정치 담론이 주장하는 것처럼 국가의 운명을 결정하는 거대한 정치 이슈라기보다는, 섬세한 고찰과 대책을 필요로 하는 정책적 이슈라는 점이다.

이것은 다른 많은 이슈들에 대해서도 말할 수 있는 것이다. 이러한 이슈들의 사실적 토의를 위해서는 정치 담론의 공간에 침착성이 회복되어야 한다. 맞버텨 길항하는 것이 정치의 본질이고 의의라고 하더라도, 여기에는 근본적인 존중과 신뢰의 바탕이 있어야 한다. 우리 정치에 과연 이러한 바탕이 있는가 의문을 가질 수도 있지만, 정치 수사의 과격함에도 불구하고, 우리 정치에도 공유하는 것들이 없지 않다고 말하는 것은 틀린 말이 아닐 것이다. 자유, 평등, 복지, 녹색 성장, 남북 평화 공존, 통일 — 이러한 정치 이상은, 거기에 이르는 전략의 차이에도 불구하고, 거의 모든 정치 집단들이 공유하는 공리라고 할 수 있다.

최근의 외신에서 듣게 되는 다른 뉴스의 하나는 독일의 크리스티안 불프 대통령이 사임한 일이다. 여기에 대해서는 전에도 본 칼럼에서 언급한 일이 있다. 그의 사임이 불가피했던 것은 적어도 독일의 정치 테두리 안에서는 중요한 실수를 범했기 때문이다. 사임하면서 그는 "대통령은 과반수가 아니라 그 이상 다수자의 넓은 신뢰를 얻는 사람이라야 한다."라고 했다. 그리고 자신은(그는 법적으로는 자기가 잘못한 것이 없다고 말한다.) 이 신뢰를 잃었기 때문에 "직책의 수행 능력에 손상을 입었고" 사임이 불가피하다고 말하였다. 이것은 자신의 견해이면서, 독일 대통령의 특별한 국가적 위상—국가 전체의 도덕성의 상징이라는 위상을 확인하는 발언이다. 이 위상에 대한 일치된 이해는 후임 대통령 후보가 좌파당을 제외한 모든 정당의 합의하에 선정되었다는 사실에서도 볼 수 있다.

이러한 신뢰의 필요는 모든 나라에서 모든 정치인에게 두루 해당된다 할 수 있다. 정치인을 뽑는 데 중요한 것은 정당이고 노선이기도 하지만, 그보다 중요한 것은 노선이 어떻게 되었든 어떤 사안을 진지하게 숙고할 수 있는 능력이다. 물론 그것은 신뢰가 따라야 의미 있는 것이 된다. 이러한 요구 사항들은 일상적 차원에서나 지도자 선택에서나 크게 다르지 않다. 공공의 일에서는 판단의 기준들을 조금 더 의식화하는 노력이 있어야 한다고 하겠지만.

(경향신문, 2012년 3월 12일)

자유의 조건, 정의의 조건

대중 매체에 보도되는 사건들을 쫓다 보면, 저절로 종말론자가 될 수 있다. 세상이 곧 끝장날 것 같은 느낌이 드는 것이다. 하지만 많은 큰 사건은 시간이 지나면서 큰 사건이 아니었던 것으로 드러난다. 그러나 이러한 것에 상관없이 신문 매체의 보도는 신속해야 하고 또 현실에 직접적인 의미를 가진 것이어야 한다. 좋든 나쁘든, 이것은 매체의 생존 조건의 하나이다. 그러니 이번 칼럼도 조금 동떨어진 이야기를 하게 되는 것에 대해 양해를 구하지 않을 수 없다. 이야기하려는 것은 시간이 조금 지난 독일 정치 이야기이다.

지난 3월 18일에는 독일에서 대통령 선거가 있었다. 여야 여러 당의 합의로 후보가 된 요아힘 가우크 목사가 대통령 선출 대회에서 절대다수의 표를 얻어 당선됐다. 그는 당선 직후에 당선 수락 연설을 하고, 다시 3월 23일에는 국회 상하원 합동 회의에서 취임 연설을 했다. 정치 연설이란 대체로 당대의 상투구를 짜깁기한 공허한 수사이기 쉽다. 가우크 대통령의 연설들이 그러한 것이라고 할 수는 없지만, 그렇다고 눈에 띄는 내용이 있다고 할 수는 없다. 그러나 민주주의 체제의 기본을 확인하는 것이라는 점에서 우리에게도 의미 있는 것으로 생각된다. 정치에 권력 투쟁이 있게 마련이라는 것은 인간 현실의 하나로서 인정하지 않을 수 없는 사실이다. 그리하여 거기에 비방과 폭로와 욕설 — 우리의 경우에는 공공 공간의 엄숙성을 전적으로 부정하는 막말들이 오고 가는 것도 어쩔 수 없는 것인지 모른다. 그러나 다른 한편으로 정치의 존재 정당성은 그것이 보여 주는 사회윤리 그리고 정치 원리에 있다. 가우크 대통령의 연설의 핵심은 이것을 확인하는 데에서 찾을 수 있다. 이것은 사실 독일에서 상기할 필요가 있는 것이기도 하겠지만, 민주주의를 지향하는 나라들이 공유하는 원리들이다.

독일이 당면한 여러 과제들을 철학적 또는 일반적 관점에서 두루 언급하고 있는 가우크 대통령의 연설에서 되풀이되는 주제는 자유이다. 민주주의가 자유의 이념에 기초한다는 것은 새로울 것이 없다. 독일의 언론에서도 이것을 진부한 것으로 받아들이는 논평이 있었다. 그러나 이것이 확인될 필요가 있는 민주주의의 기초인 것은 틀림이 없다. 동독에서 살면서 교회 활동을 하고 베를린 장벽의 붕괴를 가져온 정치 운동에 참여한 바 있는 가우크 대통령에게 자유의 주제는 특별한 개인적인 의미를 갖는다. 수락 연설의 첫 마디는 "참으로 아름다운 일요일"이라는 것이었다. 이것은 자기가 대통령으로 선출된 날인 3월 18일을 두고 하는 말 같지만, 사실은 베를린 장벽이 무너진 후 처음 민주 선거가 있었던 1990년 3월 18일을 가리킨 것이었다. 그때의 선거는 동독인들로 하여금 처음으로 자유로운 시민이 되게 하고, 자신들이 주권자로서의 국민이며 독일이 자기 나라라는 것을 깨닫게 했던 감격적인 사건이었다. 현존하는 민주주의에 대한 환멸감이 커져 가는 마당에 가우크 대통령은 개인적인 체험을 회고하여 민주정치의 이념을 다시 다짐하고자 한 것이다.

말할 것도 없이 자유만으로 국가가 바로 설 수는 없다. 자유는 정의의 짝이 돼야 한다. 취임사에서 그는, "자유는 정의의 조건, 정의는 자유의 조건 — 자유와 자기 발전을 누리는 조건으로" 하나가 돼야 한다고 말한다. 그렇다고 정의가 전체주의적인 명령으로 확립될 수 있는 것은 아니다. 정의가 무엇을 의미하며 정의를 위해 무엇을 할 것인가는 진지한 민주적 토의와 토론으로만 결정될 수 있다. 그러면서 정의는 자유의 수호를 위한 조건이 된다. 많은 사람들이 국가가 정의로운 사회 질서에 대한 진지한 관심이 없다는 느낌을 갖게 되면 민주주의에 대한 신뢰는 쇠퇴할 수밖에 없다.

토의가 어떻게 되든, 그가 생각하는 바 정의에 대체적인 테두리가 없는 것은 아니다. 정의란 우선적으로 사회 정의를 말한다. 정의로운 사회는 소외나 빈부 격차를 방치하지 않고, 국외자(局外者)가 사회 변두리에 버림받지 않게 하는 것이다. 그것은 가난한 사람, 노인, 장애자를 돌보고, 사회 참여를 가능하게 하는 사회이다. 또한 정의롭다는 것은 평등만이 아니라 성장하는 아이들이 자신의 재능을 한껏 발휘할 수 있으며, 열심히 일하는 사람이 과실을 기대할 수 있고, 그것을 통해 자신의 사회적 입지를 향상할 수 있게 하는 사회가 된다는 것을 말한다.

후자, 사회적 유동성에 조건이 되는 것은 정의에 못지않게 자유이다. 가우크 대통령이 이 후자를 새삼스럽게 강조하는 것은 동독 출신으로서의 정치적 체험에서 나오는 발언이라고 할 수 있다. 정의를 "자유와 자기 발전의 조건"이라고 두 가지로 규정하는 데에도 그러한 뜻은 들어 있다. 그는 공산주의 체제가 설정하는 정의를 긍정적인 눈으로 보지 아니한다. 그는 다른 곳에서 집단을 강조하는 계획들이 "자유", "삶의 즐거움", "법치의 안정성", "복지"를 줄어들게 하는 결과를 가져왔다는 것을 지적한 일이 있다.(소책자 「자유를 위한 호소」) 그에게 "대의 민주주의는 집단 이익과 공동의 복지를 고르게 하는 일에 적정한 유일한 정치 체제"이다. 그것이 완전하다는 것은 아니다. 적어도 좋은 점은 그것이 "새로운 배움의 능력을 가진 체제"라는 것이다. 자유는 새로운 배움을 위한 조건이다.

물론 개인적 자유를 그가 절대화하는 것은 아니다. 그가 말하고자 하는 것은 독일의 기본법이 규정한 "사회 국가"이다. 그것은 자유와 정의를 하나로 묶어 놓고자 하는 체제이다. 강제적 정치 질서를 거부하고 자유를 옹호하면서도 정의의 질서를 확보하려 할 때, 중요한 것은 책임의 개념이다. 책임은 자유와 정의를 하나로 이어 줄 수 있다. 그것은 정치에서 논의되고 법률로 규정할 수 있는 것이기도 하지만, 주로 도덕적·윤리적 개념이다. 독일 사회가 이주민을 포용할 수 있는 다원적 사회여야 한다는 것을 말하면서, 가우크 대통령은 국가는 이제 민족의 운명 공동체가 아니라 정치적·윤리적 가치 공동체라고 주장한다. 국가 질서를 만들어 내는 것이 정치라면, 그것은 가치를 옹호하고 창조하는 수단이라야 하고, 윤리에 의해 뒷받침되어야 한다.

거꾸로 여기의 가치란 정치적 의미를 가진 것이다. 그것은 모든 사람의 개인으로서의 존엄성을 지키고 모든 사람을 위하여 "사회 정의와 참여와 사회적 유동성"을 보장하려는 일을 가리킨다. 흔히 정치의 숨은 동기로 작용하는 "불안과 원한과 부정적인 계획"들로 하여금 정치를 이끌게 하지 말아야 한다. 그가 소망하는 것은 "자유와 평화와 유대"가 하나가 되는 사회이고, "우리의 자손들에게 이것이 우리나라라고 물려줄 수 있는" 나라이다. 가우크 대통령은 그의 취임사의 마지막에서 이러한 이상을 위해 민주주의에 대한 신뢰를 회복해야 한다는 것을 강조한다. 그리고 대통령으로서의 그 자신에 대한 신뢰, 정치적·윤리적 책임을 담당하는 사람들에 대한 신뢰, 그리고 국민에 대한 신뢰를 당부한다. 가우크 대통령은 그가 말하는 정치 이상이 유럽의 전통 — 고대 그리스, 법에 의한 정치, 그리고 유대로부터 내려오는 기독교의 전통에서 나오는 것이라고 말한다. 이런 전통을 새삼스럽게 말하는 것은 독일이 서구의 민주주의 전통에서 오랫동안

이탈했던 사실과 오늘날 유럽 공동체의 위기적 상황을 생각하기 때문이 아닌가 한다.

과제와 전통을 달리하는 나라에서 반드시 민주주의의 이상과 현실이 같은 것일 수는 없다. 이러한 차이에도 불구하고, 그가 말하는 민주주의 이상은 민주주의 국가에 두루 해당되는 것이라 할 것이다. 분명한 것은 자유와 정의 그리고 윤리적 책임을 버리고서는 민주주의가, 가우크 대통령의 표현을 빌려, "인간 생존의 가장 아름답고 위대한 가능성의 하나"로 남아 있을 수 없다는 사실이다. 그런데 오늘의 우리 정치 현실은 어떠한가? 거기에서 자유와 정의의 이상과 책임과 윤리 그리고 삶의 위대한 가능성을 확인할 수 있는가? 이것은 이상이기도 하면서 현실 정치의 현장에서도 느낄 수 있는 것이라야 한다. 오늘의 우리 정치 공간에서 이러한 높은 가치의 존재를 느낄 수 있을까? 가장 천박한 싸움터가 된 듯한 정치 공간에 절망하면서도, 총선일 투표소로 가는 사람들의 고민은 이러한 민주주의의 이상의 관점에서 신뢰할 수 있는 사람을 찾아야 한다는 것이다.

(경향신문, 2012년 4월 9일)

말의 무게, 사람의 무게

정치 담론의 공간

프랑스에서는 대통령 결선 투표가 지난 일요일에 있었다. 이 글이 신문에 실릴 즈음에는 그 결과가 이미 알려져 있을 것이다. 지난 수요일에 있었던 TV 토론 후의 여론 조사는 여야 두 후보의 지지율이 46.5퍼센트 대 53.5퍼센트라고 한다. 지지율이나 신문 논평들로 보아 사르코지 대통령이 낙선하고 올랑드 후보가 당선될 확률이 크다고 하겠다. 재임 중의 대통령이 재선되지 않은 것은 드문 일로서 지스카르 데스탱 대통령이 재선에 실패했던 1981년 이후 처음이고, 올랑드 후보가 당선된다면, 사회당 후보가 대통령이 되는 것은 미테랑 대통령 퇴임 후 17년 만이라고 한다. 이번에 정권 교체가 이루어진다면, 그것은 그런대로 안정돼 있던 정국의 교체를 요구할 만큼 프랑스 인들의 위기의식이 커졌다는 말일 것이다.

유럽 연합(EU)의 유로 구역에서 그래도 위기를 잘 버텨 나가고 있는 것이 독일과 프랑스인데, 현시점에서 위기는 프랑스에도 압박을 가하는 것으로 보인다. 경제 성장이 느려지고, 실업자 수가 500만에 이른다고 한다.(TV 토론에서 올랑드 후보가 이 숫자를 600만이라고 했다가 사르코지 대통령의 신랄한 교정을 받아야 했다.) 스탠더드앤드푸어스는 연초에 프랑스의 국가신용평가를 AAA에서 AA+로 내렸다. TV 토론에서 사르코지 대통령은 그래도 프랑스의 형편이 그다지 나쁘지 않고 위기가 거의 지나갔다고 했다가 올랑드 후보에게 호된 공박을 받았다.

경제가 나빠지면 다른 모든 것들에서도 문제가 일어난다. 경제가 정치의 중심에 놓이지 않을 수 없다. 사르코지 대통령의 정책이 긴축을 기조로 하는 데 대해, 올랑드 후보는 성장에 역점을 둬야 한다고 한다. 그렇다고 어느 쪽이나 자신의 정책을 일방적으로 추진하는 것이 옳다는 것은 아니다. 가령 사르코지 대통령이 균형 예산 달성을 2016년까지 하겠다는 데 대해, 올랑드 후보는 그 기간을 2017년까지로 잡는다. 올랑드 후보는 6만 명의 교사 증원을 포함해 일자리 창출을 급선무로 하겠다고 한다.(그 돈이 어디에서 나오느냐에 대해 경제학자들을 포함해 여러 군데에서 논란이 있었다.)

눈에 띄는 올랑드 후보의 제안 하나는 100만 유로 이상의 소득에 75퍼센트, 45만 유로 이상의 소득에 45퍼센트의 세금을 부과하겠다는 것이다. 사르코지 대통령도 세금 기피를 위한 자본의 해외 이동을 규제하고, 부가세나 사회 보험세 인상 등 세입 증가를 위한 다양한 조치를 취할 계획을 가지고 있다고 한다. 두 후보는 이러한 민생 경제 외에 유럽 연합 관계, 유럽 연합 중앙은행 채권 문제, 대독 관계, 이민자 문제 등 많은 사항들을 토의와 정책의 과제로 내놓고 있다. 이러한 자세한 프로그램들은 국가의 필요와 국민의 생활 현실에 섬세하게 대응하려는 진지하고 현실적인 노력이라는 인상을 준다. 물론 입시 문제에 답하듯 문제를 만들고 정답을 내놓는 것이 지도자의 자격을 결정한다고 할 수는 없다. 더욱 중요한 것은 면밀한 정책에 못지않게 말의 무게 속에 드러나는 사람의 무게이다.

수요일의 토론은 거친 전면 대결의 인상을 주었지만, 그 전의 여러 보도들에 의하면 올랑드 후보는 우리 식으로 표현해 '물렁팥죽' 또는 부드러운 사람이라는 인상을 준다고 한다. 다른 한편으로 사르코지 대통령은 프랑스인들이 기대하는 대통령으로서의 위엄을 갖추지 못한 경망한 사람으로 보였다고 한다. 영국 BBC의 해설은 출마를 결정할 무렵, 올랑드 후보는 자신에게 두 가지 문제점이 있다고 느끼고 있었는데, 하나는 몸이 비대한 것이고 다른 하나는 유머를 너무 즐긴다는 것이라고 했다. 최근에 와서 체중을 줄이는 데에는 성공했지만 심각한 정치 이야기를 하다가도 유머에 빠져드는 습관은 버리지 못했다고 한다. 영국 논평자들은 그에게 미스터 나이스(상냥한 사람) 또는 미스터 노멀(보통 사람)이라는 별명을 붙인다. 사르코지 대통령은 우왕좌왕 씨(Mr. Zigzag) 또는 반짝 씨(Mr. Bling-bling)라고 한다.

분명한 이슈 대결이 프랑스의 정치 풍토이고 유권자를 결정으로 이끄는 것은 결국 자신의 삶의 현실에 관련된 분명한 정책의 제시인 만큼, 호인(好人)이라는 인상이 유권자들의 결심에 큰 의미를 갖는 것은 아닐는지 모른다. 그러나 올랑드 후보가 상승세를 타게 된 데에는 정책 이외에도 사람들이 그에게서 느끼는 인간적 친밀감이나 신뢰감이 작용한 것일 수 있다. 우리 정치에서는 분통을 터뜨리는 욕지거리, 막말, 비웃음, 사실 비틀기 등으로 사람의 감정을 끓어오르게 하는 것이 정치 전술이 되어 있는 것 같다. 그러나 감정적인 흥분 또는 무의식에 쌓인 억압의 배설과 같은 것이 긴 관점에서 정치를 움직일 수 있다고 생각하는 것은 사람들의 삶의 무게를 잘못 헤아리는 일이다. 결국 사람의 마음을 움직이는 것은 삶의 현실의 무게이고, 그것을 정확하게 설명해 내는 언어이다. 이 설명은 다시, 그것이 갖는 인간적 의미로 인하여 중요한 것이기 때문에, 깊은 인간 인식에 의해 뒷받침되는 것이라야 한다.

올랑드 후보가 이번의 TV 토론에서 사르코지 대통령의 분열주의에 대항해 자신은 국민과 국가를 하나로 통합하는 데에 관심이 있는 사람이라고 봉공 정신을 강조하기는 했지만, 격투 장면들은 그가 소문만큼 합리적이고 섬세하고 깊이 있는 사람인가 하는 데 대해 의심을 가지게 했을 수 있다. 마주 앉아 공을 치고받게 하는 짧은 대결 형식의 탁상 토론도 문제였지만, 대결의 격투장이 되지 않을 수 없는 것이 정치인지도 모른다.

얼마 전 자라 바겐크네히트 독일 좌파당 부당수가 저서를 출간했는데, 그 일부 내용이 독일 신문에 소개됐다. 바겐크네히트 부당수는 동독의 공산당(통합 사회주의당) 당원이었다가, 지금은 좌파당의 국회 의원이 된 정치인이다. 그는 대학에서 헤겔과 마르크스에 관한 논문으로 학위를 받았다. 그의 저서가 자본주의 비판이 되는 것은 자연스러운 일일 것이다. 놀라운 것은 그가 긍정적으로 평가하는 인물이나 사례들이 이데올로기의 한계를 넘어간다는 점이다. 그의 관점에서는 2차 대전 후의 새로운 유럽 이념은 '사회 시장 경제'였다. 이러한 유럽의 건설에 공헌한 인물에는 드골 대통령 그리고 독일의 루드비히 에르하르트 경제상이 포함된다. 에르하르트는 전후 서독의 '경제 기적'을 이끌었고 기회균등과 사회 보장으로써 "모든 사람의 복지"를 지향하는 새로운 사회의 기초를 닦았다.(바겐크네히트는 공산주의자로서 출발하였음에도 전후의 서구 체제를 긍정적으로 본다.)

이러한 새로운 유럽의 이념의 바탕에는 유럽의 문화 전통 — 소포클레스, 플라톤, 아리스토텔레스 등 고전 시대의 그리스 철학과 문학에서 비롯된, 그리고 셰익스피어, 몰리에르, 실러, 데카르트, 헤겔 등에 의해 계승된 유럽의 정신문화가 있다고 한다. "모든 인간 사회 가운데에서도 그리스인들은 인간의 삶에 대해 가장 아름다운 꿈을 꾸었던 사람들"이라고 한 괴테의 말을 바겐크네히트 여사는 기억해 내고자 한다. 그러나 이 '삶의 꿈'은 이제 주제가 아니다. '정신과 예술과 민주주의'가 아니라 수단 방법을 가리지 않는 경제가 오늘의 인간의 관심사이다. 그것을 중요하게 생각하던 유럽은 막을 내렸다. 그러나 "사랑, 사회 유대 그리고 인간의 존엄과 아름다움을 향한 갈망 등 인간의 최선의 특성들을 시들게 하고, 최악의 특성—소유욕, 이기심, 사회적 몰지각만을 막무가내로 자라나게 하는 사회는 인간의 이름에 값할 수 없다." —바겐크네히트 여사는 오늘의 자본주의 체제를 이렇게 비판한다. 그리고 새로운 유럽이 시작되어야 한다고 주장한다.

여기에서 이러한 주장에 언급하는 것은 거기에 독창적인 통찰이 있다고 생각되기 때문은 아니다. 놀라운 것은 젊은 좌파 정치인이 사회와 인간의 존재 방식에 대한 이러한 깊은 문화 의식을 가지고 있다는 사실이다. 프랑스의 대통령 후보들이 적어도 TV 토론 등의 인상으로는, 최고의 문화 의식, 윤리 의식을 보여 준다고 할 수는 없지만, 적어도 그 발언들은 공공성의 기준을 잃지 않은 정치 공간에서 전개되는 정책 제안이다. 이제 대선을 향해 가면서 우리 정치 논쟁의 모양은 어떤 것이 될 것인가? 적어도 정치 공간의 위엄 손상을 방지하고 그 수준을 높게 유지하는 것이 지금의 시점에서 여야 좌우를 넘어 정치에 참여하는 모든 사람들의 기본적인 의무가 아닌가 하는 느낌이 든다.

(경향신문, 2012년 5월 7일)

공허한 중심

가까운 일본에 일어난 지진이나 백두산이 폭발할 가능성이 있다는 뉴스는 인간의 삶이 얼마나 불안정한 기초 위에 놓여 있는가를 느끼게 한다. 그러나 삶이 자리하고 있는 지각판에 대한 걱정은 인간 실존에 대한 형이상학적 불안에 가깝다. 환경 문제들은 천재보다는 인재라고 하겠지만, 인간이 저지르는 잘못으로 자연이 재난을 향해 가고 있다는 것을 알면서도 사람들은 거기에 대해서 대책을 마련하지 못한다. 그러나 그보다 더 가깝게 닥쳐드는 사회나 정치의 문제에 대해서도 속수무책인 것이 오늘의 우리 상황인 것으로 보인다.

뉴스 보도를 쫓아가면 거의 하루도 빠지지 않고 부정, 부패, 독직, 폭력, 폭언의 사건들이 터져 나온다. 이것은 사회 전체에 거의 천재지변의 규모로 계속적인 충격을 가하는데, 이러고도 사회가 하나의 질서 있는 총체로서 버텨 나갈 수 있는 것인가 하는 의문이 일게 한다. 금융 사기, 전·현직 고위 공무원, 공공 기구의 장, 그 인척의 불법, 의료업자들의 탈세, 교육 행정자의 학교 자산 횡령, 교수들의 논문 표절, 학교 폭력, 정치인들의 허위

진술 등등 사건이 끊이지 않는다.

한 저축 은행의 부실 운영으로 예금을 잃게 되는 예금자만 3만 명이 넘는다고 한다. 숫자로 계산되지 않아도 날마다 터져 나오는 여러 사건들의 피해 규모나 피해자의 수도 그에 못지않게 거대할 것이다. 피해 당사자들의 괴로움은 말할 것도 없지만, 이러한 사건들이 번져 나가게 하는 불안과 불신은 사회 전체를 잠재적인 만인 전쟁의 터가 되게 한다. 이것은 우리의 나날의 삶에서도 느끼는 것이다. 만인 전쟁이라는 표현을 만들어 낸 홉스가 말한 바와 같이 사람들이 죽느냐 사느냐 하는 싸움에 들어가는 것은 반드시 생명을 보존하려는 본능 때문만이 아니라, 부와 명성 또는 사회적 지위, 권력을 얻고자 하는 투쟁으로 인한 것이기도 하다. 위에서 말한 부정적인 상황과 관련하여 생각되는 아이러니는 최근의 국력 지표들이다. 최근에 어떤 보도들은 한국이 이제 20-50 클럽에 진입했고, 머지않아 30-50 클럽 가입을 내다볼 수 있게 되었다고 한다.

20-50 클럽이란 1인당 국민 소득이 2만 달러를 넘고 인구가 5000만을 넘는 경제 강국을 말하는 기묘한 용어이다. 한국은 개인 소득에서는 2만 2000달러이나, 구매력의 관점에서는 이미 3만 달러에 가깝고 수년 내로 일본을 앞지를 것이라고도 한다. 그러나 적절한 준비가 없는 상태에서, 이러한 지표들이 반드시 환영할 만한 사실만을 가리키는 것은 아니다. 황당하게 큰 금액을 횡령하려다가 감옥에 가는 사람들은 경제 성장이 만들어 낸 부의 꿈에 들뜨게 된 사람들이다. 그러한 위치에 있지 않은 사람들, 또 그래서는 안 되는 사람들도 그와 비슷한 거대한 '꿈'의 소용돌이에 휩쓸리게 되어 있는 것이 요즘 세상이다.

또한 그러한 꿈은 공공 이데올로기가 되어 가고 있다. 공적으로나 개인적으로나 지금의 사회에서 경제적 명성은 모든 것의 척도이다. 그리하여 모두가 스스로를 팔 수 있게 다듬어 자산을 늘리고 명성을 얻어야 한다. 심지어 대학에서 학생이 배워야 하는 것도 어떻게 스스로를 유리하게 팔 것인가 하는 것을 궁리하는 것이 되어 간다. 판촉의 강박은, 허황된 꿈과 함께 불안, 폭력, 절망을 낳는다. 그러나 그것은 다시 열광과 광기에 의해 보상된다. 푹 빠지고, 반하고, 소비자를 사로잡는 것, 이러한 것들이 오늘의 문화 가치이다. 이러한 꿈속에 부침하는 삶이 지속 가능한 것일까? 삶의 난장 속에서 가장 불행한 사람은 말할 것도 없이 경쟁에서 탈락하여 빈곤과 수모의 삶을 살아가야 하는 사람이다. 그러나 그것을 벗어난 사람에게도 문제가 많다고 하는 것이 옳다. 그것이 쉽게 의식되지 않을 뿐이다. 경제의 테두리 안에서만 생각해도 그러하다.

미국의 경제학자 조지프 스티글리츠 교수는 최근 한 글에서, 공평한 분배는 가진 자를 위해서도 경제의 필수 조건이라고 말하고 있다. 소득의 상위권 집중은 결국 소비 시장을 위축하게 하여 가진 자의 삶도 어렵게 할 것이라고 한다. 그의 계산에 의하면, 연 수입이 2100만 달러가 되는 롬니 미국 대통령 후보의 소비 총액은 얼마 되지 않을 것인 데 대하여, 그 돈을 연봉 4만 3400달러의 직장인 500인에게 나누어 주면 그 돈은 결국 시장으로, 생산적 경제로 다시 투입될 것이라고 한다. 그는 한 유엔 위원회의 보고서를 인용해 사회적 불평등은 얼마 안 있어 경제적 불안정으로 이어진다고 말한다.

그런데 이러한 경과에 대한 고려가 저절로 생겨날 수 있을까? 그것은 물론 경제 전체를 생각하는 경제학자의 존재를 필요로 한다. 즉 생각하는 사람이 있어야 한다. 그런데 이러한 생각이 경제적 안정 또는 성장이라는 관점에만 한정되어도 충분한 것인가? 무한한 부의 추구 — 그리고 명성과 지위만을 생각하는 삶이 참으로 인간다운 삶을 고려하는 삶일까? 그것이 삶의 자원을 확보하기 위하여 필요한 것이라고 하더라도, 적어도 그것이 의미 있는 자아실현의 일부가 될 수 있는가를 생각하고 저울질하는 중심을 잃지 않아야 그 자원은 참으로 원하는 삶의 수단이 될 것이다. 개인의 삶을 넘어, 나라의 삶에서도 이것은 마찬가지이다. 다른 정치적 맥락에서 말한 것이기는 하지만, 1차 대전 직후의 시대적 혼란을 진단하는, 아일랜드의 시인 예이츠의 말에 "모든 것이 무너져 내린다. 중심이 버티지 못한다."라는 것이 있다. 중심이 완전히 공허해진 것이 오늘의 우리 사회가 아닌가 하는 생각이 든다. 그리하여 사람들은 사회의 지각판이 계속 흔들리는 것을 느낀다. 그러나 끄떡없이 가운데 버티면서 전체를 거머쥐는 것으로 보이는 모든 중심이 우리가 필요로 하는 바른 중심이 되는 것은 아니다.

최근의 정치 분쟁들은 이것을 다시 생각하게 한다. 전체를 통괄할 수 있는 중심을 가져야 사람은 자기 존재를 입증할 수 있다. 그리하여 사람들은 혼란의 시대일수록, 그것이 어떤 것이든지 간에, 중심을 부여잡으려고 안간힘을 쓰게 마련이다. 여기에 관련된 것이 광신적 이데올로기이다. 그것은 개인들을 연약한 고립으로부터 구하여 단단한 집단을 이룰 수 있게 한다. 이 집단은 절대 충성을 요구하고 배신자의 무자비한 박살을 명령한다. 이러한 집단 이데올로기의 특징은 전체를 포괄하는 듯하면서, 반대되는 모든 것을 분리 제거하려 한다는 것이다. 그것은 전체성의 원리이면서 분열의 원리이다. 이러한 이중성은 정치 투쟁의 현장에서 흔히 보는 일이다.

그러나 진정한 중심은 궁극적으로 사회의 모든 성원, 모든 인간의 포용과 화합을 고려하고 존재 일체에 대한 존중으로 나아가는 원리이다. 세계의 근본 원리에 대한 모든 깊이 있는 가르침은 그것이 말로 표현하기 어려운 것이라는 것을 전한다. "여기 한 가지 물건이 있는데, 본래부터 한없이 밝고 신령스러워 일찍이 나지도 않았고 죽지도 않았다. 이름 지을 길 없고 모양 그릴 수도 없다."(『선가귀감(禪家龜鑑)』) 이것은 종교적 명상에서나 나올 수 있는 존재의 근본에 대한 어려운 설명이다. 그러나 정치 공동체를 뒷받침하는 중심도, 진정한 중심은 이데올로기나 파당성이나 광신으로 표현되기 어렵다는 것을 시사한다고 할 수 있다. 그러한 중심이 멀리 있는 것만은 아니다. 법이나 정치는 사회의 외면적 제도에 불과하지만, 그 밑에는 최선의 경우, 인간 존재가 규범을 통하여 더 높은 차원으로 나아갈 수 있다는 전제가 들어 있다고 할 수 있다. 그렇지 않다면 법은 인간의 (살인과 약탈을 포함한) 자유를 제한하는 일에 불과하고 폭력 없는 정치는 유혈 투쟁을 사술(詐術)로 위장하는 타협일 뿐이다. 법이나 정치가 인간적 제도가 되는 것은 사람들이 인간 존재의 규범성을 인정할 때이다. 이 규범성은 감성의 차원에서 다시 모든 것을 감싸는 삶의 전체의 신령스러움에 대한 느낌에 이어질 수 있다. 이 느낌은 일상적 삶에 스미고, 문화 그리고 학문적 사고의 바탕으로도 존재한다.

그러나 부와 명성을 더 많이 확보하려는 만인 전쟁에서 삶의 중심은 공허한 것이 되고, 법, 정치, 사회관계 그리고 언어 담론은 자기 정당화의 방법, 이권과 권력 투쟁의 수단이 된다. 다만 이것은 너무나 많은 것이 변한 — 경제 발전과 민주주의의 백가쟁명을 포함하여 — 이 시점에서의 과도기 현상일 것이다. — 이렇게 생각하여 우리 스스로를 위안할 수 있을는지는 모른다.

(경향신문, 2012년 6월 11일)

경제 민주화의 자리

말할 것도 없이 정치에 있어서 정의와 윤리는 핵심적인 가치이고 원리이다. 그러나 그것을 표방한다고 그것이 그대로 진실이 되지는 아니한다. 이미 수천 년 전에 사회적인 규제 일체를 싫어한 장자(莊子)는 정의와 덕망이란 좋은 것일 수도 있지만, 그것을 내세우는 것이 다른 사람이 잘되기를 바라는 것이기보다 이기적인 의도를 숨겨 가진 것이기 쉽다는 것을 지적했다. 정의와 덕망은 "새를 잡기 위한 덫"으로 변하고 "위선으로 둔갑"할 수 있는 것이므로 그러한 명분은 한껏 멀리하는 것이 제일이라는 것이다.

동서양을 막론하고 근대화 혜택의 하나는 윤리 도덕으로부터의 해방이다. 이 해방을 환영하는 것은 사회적 명분의 양면성으로 인한 것이기도 하지만, 어떤 종류의 것이든 윤리나 도덕은 일단 억압을 의미하기 때문이다. 최소한으로 생각해도 윤리와 도덕을 엄숙하게 말하는 사람은 스스로의 행동을 조심하자는 것보다 남을 내 뜻대로 얽어매려는 것일 경우가 많다. 보다 순수하게 나의 삶을 절제하는 도덕률도 나의 행동은 물론 나의 생각의 여러 가능성을 제한하는 결과를 가져올 수 있다. 이러한 부정적인 가능성들을 막고 도덕의 본질을 정립하고자 하는 철학자들은 윤리와 도덕의 의의가 나의 삶을 좁히는 것이 아니라 그것을 심화하여 완성하려는 데 있다고 주장했다.

그러나 원하든 아니하든, 의식하든 아니하든, 모든 사회적 담화에는 도덕의 틀이 들어 있게 마련이라는 것이 미국의 저명한 언어학자 조지 레이코프의 생각이다. 이것은 우리 사회의 현실에서는, (주로 타자를 탓하는) 시비의 기획이 들어 있게 마련이라는 공식으로 고쳐 말해야 할지 모른다. 레이코프 교수는 최근에 한 공저자와 쓴 글에서, 미국의 오바마 대통령과 공화당 대통령 후보 및 롬니 두 사람의 정치 연설들에는 다 같이 일정한 도덕적 전제의 틀이 들어 있는데, 오바마 대통령은 이 도덕적 틀을 분명하게 설명하지 않아 자신의 진보적 정치 견해의 이점을 돋보이게 하지 못한다고 말한다.

롬니 후보의 주제는 경제적 자유이다. 자유는 물론 미국 민주주의의 중심 가치이다. 그것은, 개인이 자신의 삶을 사는 것 — 자신이 원하는 '꿈을 꿀 수 있는 자유' 그리고 보다 현실적으로는 자신의 이익을 추구하는 권리를 말한다. 기업에 대한 과도한 세금이나 규제는 이러한 근본적인 자유를 제한하는 것이다. 오바마 대통령은 반론을 펼치면서, "기업에 대한 규제를 없애고 세금을 삭감하면 시장 기능이 저절로 작동하여 우리의 문제를 해결한다."라는 롬니의 주장을 인용한 다음, 다시 그것이 직업을 창출하고 경제 문제를 해결하지 못한다고 말한다. 레이코프 교수의 의견으로는 이렇게 말하는 것 자체가 롬니의 정책의 도덕적 틀을 인정하고 들어가는 것이다. 그렇게 말할 것이 아니라 개인적 자유와 가치를 보호하는 '사적 영역'도 '공적 영역'이 건재하지 않고는 존재할 수 없다는 것을 지적해야 한다. 이 필수 불가결의 '공적 영역'을 살리는 민주주의는 "시민의 다른 시민에 대한 공감, 자기와 타자에 대한 책임감, 자신을 위해서만이 아니라 가족과 공동체와 나라를 위하여 최고의 우수성을 추구하는 윤리"를 통하여 유지된다는 점을 주장해야 한다고 레이코프 교수는 충고한다.

그런데 도덕을 내세우는 것은 대체로 보수주의자들이고 진보적인 민주주의자가 아닌 것이 미국의 정치 풍토이다. 사실 진보적 민주주의는 공평한 소득 분배의 문제 이외에 있어서는 전통적 의미의 도덕을 강조한다고 할 수 없다. 얼마 전 뉴욕 대학의 스턴경영대학원 교수 조너선 하이트는 미국의 노동 계급이 어떤 이유로 보수당에 투표하는가를《가디언》의 기고에서 논한 바 있다. 국가 차원의 투표에서 중요한 동기로 작용하는 것은 단순히 개인적인 이해관계나 구체적인 정책이 아니라 막연하나마 "국가적인 단합과 위대함을 약속하는 도덕적 비전"이다. 보수적 인간은 민주당이 옹호하는 동성애, 이민자, 스페인어의 공용어 채택, 정부 규제, 자신의 삶을 자신의 힘이 아니라 국가에 의존하는 것으로 보이는 사회 보장제 등을 부도덕한 것으로 본다. 보수주의적인 미국인의 가치는 애국심, 사회 질서, 가족 제도, (사회 안전망에 의존하는 것이 아니라) 자신의 삶을 스스로 책임지는 일, 기업의 자유 등이다. 그리하여 현실적으로는 상층 고소득자들에게 유리하게 작용하는데도 이러한 가치들이 노동 계급들의 상황 판단 기준이 된다.

미국인의 보수적 도덕 항목들이 참으로 보편적 인간 윤리에 일치한다고 할 수는 없다. 그러나 세목은 다르다 하더라도, 인간의 인지 구조의 도덕적 성격에 대한 레이코프와 하이트 교수의 관찰은 맞는 것이라 할 것이다. 그러면 우리나라에서 정치적 담론은 어떤 윤리적·도덕적 틀을 가지고 있는 것일까? 복지 국가론은 도덕적 비전으로부터 파생해 나온다 할 수 있다. 그러나 그 배경의 도덕적 틀을 분명히 하는 논의는 별로 많지 않다고 할 수밖에 없다. 복지 논의는 교육, 의료, 일자리 문제에 북구의 복지 국가에서 보는 바와 같은 체제를 도입하자는 것으로 생각되지만, 역점은 소득에 있어서의 안정망 구성에 있는 것으로 보인다. 최근에 이야기되기 시작한 경제 민주화 논의는 그 초점이 재벌 중심의 경제를 개혁해야 한다는 데 있는 것으로 생각된다. 그러나 경제의 민주화라는 용어 자체는 보다 넓은 의미를 갖는다. 이러한 용어를 살리면 논의는 고용, 빈부 격차, 노동 조건 그리고 기타 삶의 물질적 조건 전반을 포괄하는 것이 될 수 있을 것이다. 재벌 체제도 분격의 대상이 되기보다는 민주적 경제 질서 안에서 그것이 어떤 자리를 차지해야 하는가를 가늠하면서 논해질 것이다.

지금의 시점에서 대체적으로 경제의 사회적 의의에 대한 논의의 핵심에 있는 것은 공정 분배의 문제라고 할 수 있다. 왜 공정 분배가 중요한가? 투자와 생산에서 얻는 소득이 한쪽으로 쏠리는 것이 부당하다는 판단에는 많은 사람이 공감할 것이다. 그러한 쏠림이 사회 질서와 평화의 확보에 도움이 되지 않는다는 것도 틀림이 없다. 그러나 분배는 돈을 고르게 나누고 싸움을 방지하자는 목적만을 가진 것인가? 생각해야 할 것은 그 점에서 사회 정의가 확보된다고 하더라도, 그 정의의 질서가 반드시 참으로 사람다운 삶의 질서와 일치하는 것이 아닐 것이라는 사실이다. 전리품을 고르게 나누어 갖는 것만으로 살 만한 세상이 되지는 아니한다. 결여되어 있는 것은 분배의 정의에서 인간적 동기가 될 수 있는 윤리나 도덕 또는 높은 인간적 가치이다.

사람이 사람답게 함께 사는 바탕에는 사람과 사람 사이를 맺어 주는 유대감, 모든 삶의 존엄성, 자신과 이웃 그리고 생명체에 대해 스스로 동의하는 책임감, 그리고 우수성의 추구 — 나쁜 의미의 경쟁이 아니라 지선(至善)의 자기실현, 사회 실현을 위한 우수성의 경쟁적 추구, 이러한 가치들이 있어야 한다. 자본주의 경제가 만들어 내는 비인간적 부산물들을 처리하는 방법의 하나가 복지 정책이다. 거기에 큰 테두리가 되는 것은 보다 민주적인 경제 체제이다. 그러나 이러한 경제 체제는 다시 보다 큰 인간적 가치의 틀 안에 자리함으로써 참으로 의미 있는 것이 된다. 이 가치의 틀은 보다 큰 정신적 이상을 말하는 것일 수도 있고, 작게는 단순히 모든 사람이 누릴 수 있는 조용한 "저녁이 있는 삶"에 드러날 수도 있다.

우리의 정치 지도자들이 말하는 정책적 제안들에 테두리가 되는 틀들이 없는 것은 아니다. 그것은 대체로 피(彼)와 아(我)를 구별하는 시비(是非) 도덕의 틀이다. 그것은 아(我)를 위한 모든 투쟁의 수단을 정당화한다. 그러나 보다 넓고 깊은 도덕적 비전에 이어지지 않는 정책들은 진정으로 인간적인 삶을 실현하는 정책이 될 수 없다. 그러한 비전은 물론 어떤 독단, 독선의 세계관을 말하는 것이 아니다. 그것은, 위에서 말한 바와 같이 큰 생각의 모태이면서 작은 삶을 받들어 주는 보이지 않는 토대이다. 그러나 더 간단하게는 그것은 지도자의 인간적 깊이와 품격으로 집약될 수 있다. 현실의 가능성을 두루 수용하면서 그 변화에 유연하게 대처하고 인간화를 섬세하게 도모할 수 있는 것은 관념의 체계가 아니라 사람의 결정이다. 현실 정책의 구상력과 함께 이러한 인간적 능력을 — 물론 지나치게 엄숙한 것일 필요는 없지만 — 느낄 수 있게 해 주는 지도자가 진정한 정치 지도자일 것이다.

(경향신문, 2012년 7월 9일)

오늘의 정치와 인간의 공간

적어도 지금의 시점에서, 대통령 선거에 나서려는 여러 후보 지망자들의 정책들은 차이보다는 공유하고 있는 바가 두드러진다는 인상을 준다. 물론 그것은 사회 현실에 부딪힘에 따라 또 정책을 맡는 지도자에 따라 천지의 차이로 다시 바뀔 수도 있을 것이다. 그러나 지금 두드러지는 것은 여야를 막론하고 복지 사회 체제를 강화하겠다는 것이다. 경제 성장을 포기하자는 것은 아니지만, 경제 성장 과실의 보다 공정한 분배 그리고 그것을 위한 체제의 정비가 다음 정권의 과제라는 것을 받아들이는 것이다. 이것은 후보자들의 견해이기도 하지만, 두루 일반화된 생각이기도 하지 않나 한다. 많은 사람에게 한국 사회가 새로운 단계에 들어섰다는 느낌이 들게 된 것이다. 맹렬하게 앞을 향하여 나아가다 보면, 일단 멈추고 몸을 추스르고 앞뒤 그리고 주변을 돌아보아야 한다는 느낌이 들게 마련이다. 시간을 멈추고 공간을 둘러 살피는 것이다.

이러한 전환은 활력과 피로 또는 기분의 리듬에서 일어나는 일이기도 하고, 사람의 삶의 구조 속에 들어 있는 일이라고 할 수도 있다. 하이데거의 대표 저작 제목은 『존재와 시간』이다. 여기의 존재와 시간은 더 일반화하여 공간과 시간으로 바꾸어 놓을 수 있다. 사람의 삶뿐만 아니라 모든 사물, 우주 만물의 존재에서 기본 축을 이루는 것이 공간과 시간 또는 시간과 공간이라는 것은 말할 필요도 없다. 거대한 물리 현상만이 아니라 사람의 삶에서도, 태어나고 자라고 늙고 병들고 죽고, 학교에 가고 학교를 졸업하고 직장을 얻고, 계절의 리듬에 따라 농사를 짓고 또는 하루하루 일하면서 아침에 나가고 저녁에 들어오는 것 — 이 모든 것은 시간의 리듬 속에 움직인다. 이러한 시간의 축에 더하여, 집, 동네, 고향, 도시, 나라 또는 학교 직장 등 — 이러한 것들은 삶의 터전으로서의 공간을 말한다.

우리가 잘 깨닫지 못하는 것은 시간을 나누어 쓰는 것보다도 어려운 것이 이러한 공간을 확보하는 일이라는 것이다. 부족하고 비싸기 때문이기도 하지만, 참으로 부족한 것은 진정한 공간이다. 그리하여 공간은 사람의 그리움의 대상이 된다. 시간 속에 행하게 되는 사람의 일은 이 공간을 얻거나 보다 좋게 만들려는 노력이다. 하이데거에 있어서 존재는 사람에게 신비스럽게 드러나는 근원으로 생각되지만, 보통의 삶에서 느끼는 공간에 대한 향수도 이에 대한 작은 예감이라고 할 수 있다.

사람이 사는 곳 어디에나 있는 것이 공간이지만, 시간에 쫓기다 보면 참으로 머물 수 있는 공간은 허용되지 않는다. 계속 움직이지 않을 수 없는 것이 사람의 삶, 특히 현대 사회의 삶이다. 작업의 시간은 사람의 삶의 거의 모든 것이고, 일이 급하다 보면 공간은 스쳐 지나가는 시간의 부속물에 불과하다. 옛날 농업 사회에서 일하는 것은 익숙하게 느낄 수 있는 공간에서 일한다는 것을 의미했다. 말하자면 시간과 공간이 삶의 신진대사 속에 유기적으로 통합되어 있었던 것이다. 오늘날 자신의 직장이 옛날의 토지에 비슷하게 삶의 유기적 총체의 일부가 되는 수는 많지 않다. 그것은 잘 알 필요도 없고 익숙해지지도 않는, 스쳐 지나게 되는 정류장일 뿐이다. 그것은 영상물 속의 공간에 비슷하다.

전체주의를 비판하는 저서에서 한나 아렌트는 나치즘이나 공산주의의, 즉 전체주의의 역사 철학은 과정의 철학으로서, 역사나 사회 과정을 일정한 입장에서 파악하고 그것에 따라서 사람의 삶 — 모든 사람의 삶을 동원할 수 있다는 철학인데, 그것은 과정에 빠져들어 존재의 경이로움을 알아보지 못하게 한다고 말한 일이 있다. 존재의 경이를 알아보지 못하게 하는 것은 전체주의만이 아니다. 모든 정치적인 동원은 사람들로 하여금 시간을 따라 '빨리빨리' 움직이면서 어떤 공간에도 머물지 못하게 하는 일이라고 할 수 있다. 루소가 교육을 논하면서 가졌던 고민의 하나는 어린이의 오늘의 행복과 미래를 지향하는 교육의 목표를 어떻게 적절하게 조화시킬 것인가 하는 문제였다. 돈을 벌기 위해서 또는 성공하기 위해서 모든 것을 바치는 일은 공간에 체재하는 것을 어렵게 한다. 그리고 성공의 그래프에서 모든 공간은 시간 속에 이루어지는 소득의 상징으로서의 의미만을 갖는다. 그래서 집과 땅은 부동산이 된다.

여기에 대하여 자연은 예로부터 그 자체로 존재하는 공간이었다. 예나 지금이나 자연으로부터 소유와 권리를 분리하기는 쉽지 않지만, 적어도 심리적으로 또 자연 산수의 관점에서, 옛날에는 자연을 향한 사람의 마음까지도 사회와 정치에 완전히 지배되는 것은 아니었다. 산수화가 말하여 주는 것은 정치나 사회에 복무하라는 압박으로부터 벗어날 수 있는 공간 — 그에 맞설 수 있는 존재의 차원이 있다는 사실이었다. 화조(花鳥)와 호접(胡蝶) 같은 자연물도 사람으로 하여금 복무의 시간으로부터 돌아갈 수 있는 휴식의 공간이 있다는 것을 상기하게 하였다.

사회를 공동체로 생각하고자 하는 것은 그것을 생존을 뒷받침해 주는 튼튼한 공간으로 생각하자는 것이다. 오늘의 도시화는 공간을 물리적으로는 넓어지게 하지만, 안정된 생활의 공간을 만들어 내지는 못한다. 뿔뿔이가 된 사람들이 내비게이션으로 길을 찾고 인터넷으로 지인(知人)을 만들어 가는 곳이 현대적 도시 공간이다. 출세의 사다리를 찾고 그것을 올라가려는 것도 비슷하게 인위적 공간을 만들어 보려는 몸부림이다. 복지 제도가 튼튼해지고 사회적 유대가 공고해진다면 이 공간은 조금 더 안정된 것이 될 것이다. 그러나 그것이 사람을 여러 외적인 복무로부터 완전히 풀어내 주지는 못한다.

사회적 약자라는 말이 있다. 약자의 편을 들고 약자를 돌보는 사회가 좋은 사회라는 것을 설득하는 데에서 나온 말이다. 그것은 사회적 불균형을 시정하는 데에 중요한 지표임에는 틀림이 없다. 그러나 인간 본성의 자연스러운 공간은 그것을 넘어간다. 돈이 없고 권력이 없으면 약자인가? 약자라는 말 자체가 시체(時體)의 가치 기준을 받아들인 것이다. 릴케의 초기 시에는 어려운 사람들의 참상을 간단히 요약하려 한 시들이 있다. 이들 시에 관계하여 그는 한 편지에서 자신의 의도를 설명한 일이 있다. 다른 사람의 형편을 개선하려고 한다는 것은 그 사람의 상황을 잘 들여다볼 수 있다는 것을 전제한다. — 그는 이렇게 말한다. 시인 스스로가 상상해 낸 인물의 속셈을 알기도 어렵거늘, 자신의 한계 안에 갇혀 있는 타인이 이것을 알아낸다는 것은 얼마나 어려운 일이겠는가? 그가 자기 시에 그렸던 거지나 난쟁이는 자신의 마음에서 만들어 낸 틀에 맞추어 주조(鑄造)해 낸 것들이다. 이 틀의 자료는 그들의 신세를 바로잡자는 희망으로부터 추출된 것이 아니다.(물론 타자에 대한 공감이 자연스러운 인간 본성의 일부라는 것을 그는 인정한다.) 시인은 그러한 의도 때문이 아니라 그들만의 개체적인 운명을 기리고자 하는 의도에서 시를 쓴다.

그런데 기이하게도 이 기림을 위한 시적 집중이 시인으로 하여금 근본적인 진실에 이르게 한다. 두려운 것은 정상인이라는 규격에 맞추어 난쟁이의 키를 늘이고 거지를 부자가 되게 하겠다는, 새로 교정되는 세계이다.—릴케는 이렇게 말한다. 이러한 말은 보수 반동의 발언이라고 할 수 밖에 없을는지 모른다. 그러나 그것은 인간 각자에게는 정치와 사회의 틀을 넘어, 그만의 삶이 있다는 사실을 상기하게 한다. 난쟁이를 잡아 뽑아 규격화하려 한다면 그것은 얼마나 무서운 일이겠는가? 거지가 일용할 양식을 걱정할 필요가 없게 되는 것은 좋은 일이지만, 우리나라에서도 모든 사람이 존경하고자 하는 사람은 스스로 거지가 되기로 결정한 사람—무소유의 수도자가 아닌가?

우리 사회는 이제 공동체적 유대의 강화 필요성에 동의할 수 있는 단계에 이르렀다고 할 수 있다. 이것이 현실이 되게 하려면 물론 여러 정책적 조처가 있어야 한다. 그런데 이러한 전환은 조금 더 넓은 의미에서 편안한 공간을 만드는 일로 고쳐 생각해 볼 수 있다. 이제는 앞으로 바삐 나아가는 일보다도 사람이 편할 수 있는 공간—물리적·사회적 그리고 초월적인 공간이 사람의 사람됨을 용이하게 한다는 것을 생각할 때가 된 것이다. 앞으로 나아가는 일이 필요하다면, 이러한 공간의 마련에 그것이 필요할 수도 있기 때문이다.

(경향신문, 2012년 8월 13일)

스펙터클, 정책, 사람의 삶

미국의 대선

미국의 저널리스트 맷 타이비는 플로리다에서 열린 대통령 후보 지명 공화당 전당 대회를 말하면서, 밋 롬니 후보의 수락 연설을 하루 미루었다가 다음 날에야 들었다고 쓰고 있다. 들으나 마나 한 연설일 것이라고 생각했다는 말이다. 그는 그러한 정치 연설이란, 서로 다툼을 벌이는 38명의 자문 위원들이 준비한 원고에다 TV 방영, 연설의 무대 연출 효과를 감안하여 만들어 내는 쇼일 뿐이라고 말한다. 타이비가 이런 말을 한 것은 물론 그가 롬니 대통령 후보를 높이 평가하지 않기 때문이다. 공화당 후보의 정책 발언은 그가 비판하는 것처럼 사실과 어긋나고 논리가 일관된 것이 아니라는 인상을 준다. 한 가지 예만 들자면 롬니 후보는 시간당 임금 22달러 50센트를 받던 근로자가 9달러를 받는 직업 둘을 갖지 않을 수 없게 된 것이 오늘의 상황인데, 그만한 노동을 한다면 그에 맞는 대가가 있어야 한다고 말했다. 타이비에 의하면 롬니의 투자 회사 베인캐피털이 인수한 철강 회사에서 일어난 것이 바로 그가 말한 것과 똑같은 임금 절하였다.

미국 경제가 원활하지 못한 것은 사실인데, 공화당은 그것을 오바마의 무능 탓이라고 공격한다. 민주당 측의 변호는 경제적 불황의 원인을 만들어 낸 것은 전임자 부시인데, 오바마는 그것을 바로잡으려는 노력에 임기의 많은 부분을 소비하지 않을 수 없었다는 것이다. 공화당이 주장하는 정책의 핵심은 세금을 탕감하고 긴축을 강행해 경제를 부양한다는 것이다. 민주당의 후보 지명 연설에서 클린턴 전 대통령은, 공화당의 감세 정책의 혜택은 연 소득 300만 달러 이상의 사람들에게 돌아가고 중산 계급의 세금은 오히려 늘어날 것이라고 지적했다. 또 감세와 긴축은 환경·식품 안전·교육·인프라의 후퇴를 가져올 것이고 기회와 책임의 균등을 보장하는 공동체 윤리를 파괴하는 것이 될 것이라고 했다.

오바마 대통령의 연설은 미국이 당면한 국가적 과제 — 경제, 고용, 과세, 국가 부채, 에너지와 환경, 교육, 전쟁과 평화를 두루 언급한 것이었으나, 주조(主調)는 클린턴 전 대통령과 비슷한 관점에서 경제 정책의 지표를 확인하고, 기회의 포착과 성공 그리고 실패를 개인의 의지와 노력에 맡겨야 한다는 미국 사회의 기본적인 전제를 확인하면서도, 이러한 과정의 공정성을 보장하고, 그에 필요한 사회의 기본 구조를 유지하는 것이 정부 소임이라는 것을 강조했다. 이러한 일들을 뒷받침하는 것은 사회에 대한 인간적이고 공동체적인 윤리 의식이다. 이러한 정책의 방향과 사회 윤리를 확인하는 오바마 대통령의 연설은 많은 사람에게 정당한 것으로 받아들여지면서도, 어쩌면 감동이 없는 의례적인 연설로 비춰질는지도 모른다.

위에서 타이비의 정치 연설 비판을 말했지만, 더 나아가 오늘의 정치 참여란 열광의 스펙터클에 참여하는 것을 의미할 뿐이라는 냉소적 관점을 상기할 수도 있다. 정치적 발언의 공연적 성격을 떠나, 보다 심각하게 문제될 수 있는 것은 정책 프로그램의 진정성이다. 동기가 아니라 정책이 문제라고 할 수도 있지만, 상황 속에서의 판단의 중요성을 생각한다면, 역시 진정성이 저울질되지 않을 수 없다. 3주 전《뉴욕 타임스 매거진》에는 오바마와 관련, 시사 평론가 폴 터프의 글이 게재됐다. 그의 에세이는 빈곤의 문제를 논하면서 거기에 오바마론을 곁들인 것이지만, 오바마의 정치적 지향을 구체적 삶 속에서 느끼게 한다. 오바마는 대학 졸업 후 시카고의 빈민가에서 3년 동안 사회 활동가로 일했다. 빈곤층의 문제를 취재하기 위해 시카고의 로즈랜드 지역을 찾은 터프는 거기에서 오바마의 활동 자취를 발견하고 그 의의를 확인하였다. 오바마는 자기가 시카고 빈민가에서 최고의 교육을 받았다고 말한 바 있다.

로즈랜드에서의 오바마의 주된 관심 대상은 빈곤 계층의 청소년들이었다. 그들은 흔히 학교에서 탈락하고 희망이 없는 암담한 미래를 맞이하는 삶을 살았다. 필요한 것은 경제적 보조에 못지않게 인간적 도움이었다. 오바마는 이들 청소년을 위해 개인 지도, 부모 상담 등을 제공하는 상담 조직을 만들고자 했다. 인도네시아에서 소년기를 보냈던 그는 시카고와 자카르타의 빈곤층을 비교해, 가난에도 불구하고 인도네시아인들의 삶에는 "알아볼 만한 질서"가 있었지만, 시카고의 빈민가 "앨트겔드를 절망의 지역이 되게 하는 것은 그러한 질서가 없다는 것이었다."라고 회고록에 썼다. 터프가 인용하고 있는 그의 회고담은 사회와 정치에 대한 오바마의 구체적이고 세부적인 관찰력을 말해 준다.

오바마는 하버드의 법과대학원에 입학하면서 시카고를 떠났다. 그는 죄의식을 느꼈지만, 정치에서 보다 적극적인 도움의 방편을 찾는다는 것으로 스스로를 위안했다. 나중에 대통령에 입후보하게 되었을 때에도 그가 내건 중요한 정치 과제의 하나는 빈곤 문제였다. 반대의 평가가 있기는 하지만, 터프는 오바마가 빈곤층을 위해 한 일이 적지는 않다고 말한다. 경제 불황 대책으로 공공 지출을 확대할 때, 민간 차원에서 가장 큰 혜택을 입은 것은 저소득 계층이었다. 가령 식품 교환권 수령자는 2007년의 2700만 명에서 2009년, 2010년에는 4500만 명이 되었다. 터프는 현금 소득만이 아니라, 식품·주택·의료 보조, 실업 보험, 세금 환불 등의 혜택을 종합하면 존슨 대통령 이후 빈곤층을 위해 가장 많은 일을 한 대통령이 오바마라는, 윌리엄 줄리어스 윌슨 하버드 사회학과 교수의 평가를 인용한다. 그러나 업적이 약속에 미치지 못한다는 비난이 있는 것은 사실이다.

복지 제도의 문제점 하나를 아동 교육과 관련하여 살펴보면, 오바마가 부딪힌 문제의 복잡성을 짐작할 수 있다. 미국의 복지 제도는 노동과 복지를 연결하는 '노동 복지(workfare)'의 개념으로 규정된다. 이것은 성격과 종류는 다르지만 유럽의 여러 나라에서도 받아들이고 있는 개념으로서, 구직·직업 훈련·사회봉사 등으로 표현되는 노동 의지를 확인하면서 저소득자에게 국가적인 보조를 준다는 것이다. 미국의 노동 복지 제도는 오래 토의되고 시험된 것이지만, 현 제도의 기본은 클린턴 대통령이 공화당과 타협해 확정한 것이다. 이 제도를 교육과 관련해서 말한다면, 깨어진 가정에서 어머니 단독으로 아동을 양육하는 경우, 어머니가 집에 있는 것보다는 직장을 가져야 적극적인 사회 보조가 주어진다. 이것은 아이들에게 가정의 보호가 더욱 약화된다는 것을 말한다.

로즈랜드에서 활동하던 오바마의 관심사는, 위에서 말한 바와 같이, 빈곤을 넘어 아이들이 건강하게 자라날 수 있는 가정 환경, 사회 환경이었다. 두 부모가 건재하고, 부모가 아이들과 시간을 함께하고, 정기적으로 교회에 가는 그러한 가정이 아동들의 건강한 성장에 좋은 조건이라는 것은 여러 연구에서(터프에 의하면, 진보적인 경향과 보수적인 경향을 가진 학자들의 연구에서 일치하여) 나오는 보고이다. 이러한 안정된 조건을 갖지 않은 가정의 아이들이 충동 억제력을 기르지 못하고 폭력과 범죄의 유혹을 이겨 내기 어렵게 되는 것은 당연하다. 신경 과학자들은 이러한 환경의 청소년들은 수업 조건을 개선해도 학업 능력을 발전시키지 못한다는 보고를 내놓고 있다. 노동 복지에 대한 개선의 노력이 없지는 아니하였지만, 오바마는 이런 개선 노력에서 별 성과를 거두지는 못했다.

여기에서 이런 문제들을 말하는 것은 그것을 논하자는 것보다 오바마의 관심사의 한 가닥을 살피자는 것이다. 오바마는 대통령 후보 수락 연설에서 대통령 취임 후 그의 생각이 많이 바뀌었다는 것, 그리고 미국 사회의 문제를 해결하는 데에는 많은 시간과 실험이 있어야 할 것이라는 것을 강조했다. 이러나저러나 그의 연설은 국정 전반을 두루 언급하는 것이어서 빈곤 또는 불우한 가정의 아동 문제를 중점적으로 말할 수 있는 것은 아니었다. 어쨌든 그의 연설은 앞에서 말한 것처럼 특히 사람들을 흥분하게 할 만한 것은 아니었다. 여론 조사는 오바마의 인기가 전당 대회 이전이나 이후나 롬니 공화당 후보와 아슬아슬한 차이를 나타낸다고 한다. 오늘날 세계 어디에서나 정치에서 중요한 것은 문제의 심각한 검토보다는 열광의 스펙터클이다.

(경향신문, 2012년 9월 10일)

세계화 속의 과학

정치가 모든 것은 아니다

최근 언론 매체에 크게 보도된 뉴스 하나는 국내외의 싸이 열풍이다. 싸이는 영국과 미국의 인기 가수 리스트에서 1등, 2등을 차지했다. 한국의 국제적 위상이 올라가고 있는 것을 도처에서 느낄 수 있다. 9월 중순 경주의 국제 펜클럽 대회에 참가한 외국 작가들은 내가 만났을 때 한결같이 한국의 발전상에 대해 감탄을 표현하였다. 작가들은 경주의 유적과 관리 상태, 대회의 조직, 작가들의 발표가 좋았고 길거리가 깨끗하게 정비되어 있다고 말하였다. 주마간산의 인상을 요약하는 잡담의 하나는 한국에서는 일본에서와 마찬가지로 장바닥에서 음식을 사 먹어도 안심할 수 있다는 것이었다.

얼마 전 미국의 《사이언티픽 아메리칸》은 한국 과학 연구 현황에 대한 평가를 담은 글들을 실었다. "2012년 세계 과학의 현재 상황"이라는 특별보고에 의하면, 과학 수준에서 한국은 전체적으로 10대 과학 우수국에 들고, 세계 우수 저널에 수록되는 논문 편수로 따지면, 순위에서 미국, 독일, 중국, 일본, 영국, 프랑스, 캐나다에 이어 8번째가 된다. 이러한 연구와 관련하여 새로운 특허를 낸 숫자로는 (미국 특허상표국 집계) 한국 순위는 미국과 일본에 이어 세 번째가 되고, 독일, 대만, 캐나다, 프랑스, 영국, 중국, 이탈리아, 오스트레일리아 등이 그 뒤를 따른다.

눈에 띄는 것은 과학 연구가 미국과 서구로부터 다른 지역으로 확산해 가고 있다는 사실이다. 실려 있는 도표에는 비서구 국가로는 중국, 한국, 인도, 대만, 이스라엘, 싱가포르, 러시아, 홍콩, 브라질 등이 포함되어 있는데, 기사 내용은, 한국과 같은 나라의 비약적 발전에 대한 언급도 있지만, 주로 중국과 인도에서의 과학 발전을 주목한다. 대체로 세계 전체를 통하여 과학 발전이 인류 역사의 어느 때보다도 고속으로 이루어지고 있는 것이 현재라는 사실은 많은 사람들이 지적한 바다. 이것은 세계화의 한 부대효과라고 할 것인데, 세계화가 전체적으로 무엇을 뜻하든지, 이 특집에 실린 글들은 적어도 과학 발전에 세계적 교류나 협동이 큰 역할을 하고 있다는 사실을 지적하고 있다.

이론 물리학을 위한 중요 실험시설인, 제네바의 유럽입자물리연구소(CERN)가 운영하는 대형강입자충돌기(Large Hadron Collider), 인류의 에너지 문제 해결에 궁극적인 답을 기대하면서, 한국을 포함하여 일곱 나라가 발주한, 핵융합발전로(ITER)와 같은 것이 가시적인 국제 협력의 예가 될 것이다. 이 보고에 실린 인터뷰에 나온 영국왕립학회 회장 폴 너스는 DNA에 관계되는 연구로 노벨상을 받았는데, 이 분야에서 중국 학자들이 내놓는 자료들의 중요성을 언급하고 있다. 그리고 무엇보다도 과학자들이 국경을 넘어 서로 의견을 교환하는 것이 학문 발전에 지대한 역할을 한다는 점을 강조하고 있다. 총론을 쓴 존 섹스턴 뉴욕대 총장도 국제적 교류를 중요 요인으로 지적하면서, 르네상스 시기에 뛰어난 인재들이 밀라노, 베네치아, 피렌체, 로마로 두루 옮겨 다닌 것과 비슷하게 오늘날 학자들이 미국의 실리콘 밸리, 상하이, 런던, 뉴욕을 자유롭게 옮겨 다닐 수 있는 것이 과학 발전에 큰 자극이 되고 있다고 말한다. 그가 제시하는 통계에 의하면, 다른 나라의 집필자와 공동 집필한 미국 학자들의 논문들이 2006년에서 2008년까지 2년 사이에 12퍼센트에서 30퍼센트로 증가하였다.

다른 한편으로 근년의 폭발적인 과학 발전은 오랜 문화적 축적에 기초하면서 교육이나 연구에 대한 재정적 정책적 지원이 있어서 가능해진 것이다. 위에 말한 펜클럽 회원들과의 만남에 동석했던 캐나다의 한 외교관은 한국의 교육 인적자원이 한국의 발전 요인이라는 것을 지적했다. 《사이언티픽 아메리칸》에 실린 중국의 국제적 진출을 다룬 글은 중국 정부가 1990년대 이후 교육에 얼마나 많은 정책과 노력을 투자했는가를 이야기하고 있다. 그 결과 고등 교육을 받은 학생이 엄청나게 불어났고, 정부의 발전 정책의 수혜 대상이 된 100개의 대학이 세계적 수준에 이르게 되었다. 그러나 상하이 자오퉁 대학(交通大學) 교수가 공동 집필한 이 보고는 정책적 지원을 얻지 못한 대학의 사정은 여전히 열악한 상태에 있고, '관시(關係)'라는 사적 인맥을 중시하는 문화, 정치와 관료 제도의 경직성 등이 보다 정상적인 발전에 장해가 되고 있음을 말하고 있다.

총체적인 업적에 있어서는 미국이 압도적이지만, 과학 진흥의 가장 좋은 조건을 가지고 있는 것은 독일의 대학들로 이야기된다. 저널리스트 슈테판 타일은 독일의 강점은 연구, 실용 기술 그리고 기업이 긴밀한 관계를 유지하는 데에 있다고 본다. 이것이 독일로 하여금, 세계 금융 위기에도 불구하고 튼튼한 경제 체제를 유지할 수 있게 한다. 독일의 직물 산업은 새로운 기술과 물질의 개발을 통해서 중국과 같은 신흥 산업 국가들의 도전을 이겨낼 수 있었다. 뮌헨 공과 대학에서 진행하고 있는 연구의 하나는 로봇과 탄소 섬유이다. 로봇은 사람의 손으로는 다룰 수 없는 미세한 탄소 섬유를 집성할 수 있다. BMW 자동차 회사는 탄소 섬유로 이루어진 최경량의 전기차를 생산할 계획이다. 칼스루에 공과 대학은 재생 에너지를 저장하는 배터리를 제작하기 위한 나노 기술과 신자료 개발에 주력하고 있다. 드레스덴 공과 대학은 전자 관계 회사들과 협동하여 현재의 전자 기구가 사용하는 전기의 100분의 1 정도의 에너지를 소비하는 전자 회로를 개발하고 있다. 기업과 대학의 협동은 양 파트너의 직접적인 관계이기도 하지만, 막스플랑크 연구소 그리고 프라운호퍼와 같은 연구 기관의 연합 관리 기구에 의하여 중개되는 것이기도 하다.

여러 연구 가운데에도 특히 이러한 연구 기구들이 지원하는 연구는 단기적인 수확만을 겨냥하는 것이 아니라 장기적인 결과를 허용하는 것이지만, 위의 글을 쓴 필자는, 독일의 과학 기술 체제를 높이 평가하면서도 기업과 대학의 지나친 밀착이 현재의 필요에 얽매여 멀리 내다보는 연구를 어렵게 하지 않을까 하는 우려를 표명하고 있다. 그런데 우리의 다른 걱정은 기업에 밀착된, 그리고 단기적인 발전을 위한 과학 연구가 참으로 인간의 복지에 기여하는 것이 될 것인가 하는 것이다. 새로운 기술과 소재 개발의 많은 것이 적어도 자원 우호적인 것은 다행한 일이다. 앞에 언급한 섹스턴 총장은 연구의 국제화는 저절로 기후 변화, 식량 확보, 기타 인도주의적 과제들을 중요 안건이 되게 할 것이라고 말한다.

그러나 중요한 것은 과학 발전을 보다 더 긴밀하게 인류 복지에 연결하는 일일 것이다. 한 필자는 학생들로 하여금 과학에 보다 적극적인 흥미를 가지게 하고 과학 발전의 창조적 도약을 위하여, 분과 과학을 통합하는 것이 필요하다고 주장한다. 하지만 이 통합은 주로 과학과 사회 과학의 통합을 말하는 것인데, 과학을 철학적·문학적 반성에 연결시키는 것은 그것을 보다 본질적인 인간적 의미를 향하여 열어 놓는 것이 될 것이다. 물론 이것은 인문적 성찰 자체를 교조적이고 독단적인 사고에서 벗어나 과학의 사실적·이론적 엄밀성에 열리게 하는 계기가 될 것이다. 그리고 이러한 일들에 궁극적인 모태가 될 문화적 성숙을 위한 노력이 중요하다.

여기에서 과학에 대한 보고를 소개하는 것은 반드시 그것을 제대로 논하자는 것은 아니다. 우리 사회에서 공론을 지배하고 있는 것은 거의 전적으로 정치 사회 경제의 의제이다. 선거를 앞두고 대통령의 직무를 논하는 데에서도 그렇다. 경제학자 폴 크루그먼은 최근의 한 칼럼에서 공화당의 밋 롬니 후보를 비판하면서, "대통령만 교체하면 경제 회복이 이루어질 것"이라고 생각하는 것 같다고 말한 바 있다. 구체적인 정책은 제쳐 두고 자기가 대통령만 되면 만사가 잘될 것이라고 생각한다는 말이다. 우리도 자기가 지지하는 후보가 대통령이 되면 모든 것이 잘되리라고 생각하는 것이 아닐까? 크루그먼의 말을 좀 더 확대하여 보면, 정책이 있다고 하더라도, 국가의 장래는 대통령의 한 임기보다는 길게 생각되어야 하고, 대통령의 정책은 넓은 폭의 관심과 장기적인 발전의 방향을 느끼게 하는 것이라야 한다. 과학과 문화는 정책으로 촉진되면서도 궁극적으로는 그것을 의제화하는 매트릭스가 된다.

(경향신문, 2012년 10월 8일)

쓸모의 세상, 쓸모없는 학문

지난 10월 26일 한국인문학총연합회가 창립 기념 행사를 가졌다. 이 연합회는 인문학 관계 학회들을 하나의 모임으로 엮어 보자는 것이다. 사실의 면밀한 조사 검토가 학문의 기본적인 방법이기 때문에, 연구는 그 연구 대상에 따라서 전문화되고 세분화되지 않을 수 없다. 그러나 다른 한편으로 여러 갈래로 쪼개지는 분과적인 학문을 하나로 종합하는 것도 학문 연구의 중요한 과제이다. 학문은 궁극적으로 세계와 사람의 삶을 전체적으로 또 하나로 이해하고자 하는 인간 기획이다. 이번에 출발하는 연합회 구성에는 26개의 학회가 참가하였다. 자료를 보면 우리나라의 등록된 학술 단체는 2011년 현재 7621개에 이른다. 쪼개져 나간 학회들을 연합하여야 할 이유는 충분하고도 남는다고 할 것이다.

발표된 「인문학 선언문」은, "인문학은 인간의 인간에 관한 이야기로서, 과학조차 이 이야기의 일부이다."라고 선언하고 있다. 학문이 "이야기"인지 아닌지는 더 생각해 보아야 할 일이지만, 세계와 사람에 대한 전체적인 이해가 학문의 최종 목표의 하나인 것은 틀림이 없다. 지난번의 본 칼럼에서 한국 과학에 대한 국제적인 평가를 소개하면서 필자가 지적한 것도 그러한 종합의 필요였다. 한편으로 종합은 장기적인 과학 발전을 위하여, 다른 한편으로 그 인간 복지에의 수렴을 위하여 필요한 일이라고 하였다. 이것을 검토하기 위해서는 과학과 기술을 문학이나 철학의 반성적 사고에, 물론 더욱 넓혀서, 종합적·인문적 사고에 열리게 하는 일이 중요하다.

그러나 단기적으로 볼 때, 이것은 쓸데없는 일일 수 있다. 인문학총연합회의 토론회에서 건국대의 성태용 교수는 「인문학, 쓸모 있다고 말하지 말자」라는 제목의 글을 발표하였다. 발표문의 요지는 유용한 것만을 찾는 세상에서 인문학은 절로 무용지물로 보일 수밖에 없는데, 쓸모가 없는 것이 인문학이라는 것을 확인하여야 한다는 것이다. 물론 이것은 역설을 포함하는 주장이다. 성 교수는 어떤 나무가 쓸모가 없었기에 큰 그늘을 제공해 주는 나무로 자라게 되었다는 장자의 우화를 인용하여, "쓸모없음의 큰 쓸모(無用之大用)"를 언급하였다. 성 교수의 정의에 의하면, 인문학은 쓸모가 없는 듯하면서 "성숙한 삶을 살게 해 주는 학문"이다.

미국 프린스턴에 있는 고등연구소 초대 소장을 지낸 에이브러햄 플렉스너의 글에는 성 교수의 말을 그대로 옮겨 놓은 듯한, 「쓸모없는 것의 쓸모」라는 제목의 글이 있다. 그는 이 제목의 주장을 입증하기 위하여, 쓸모없는 이론들에서 나온 발명들을 예로 들고 있다. 1939년에 쓰인 글이기 때문에 오래된 이야기가 나올 수밖에 없는데, 맥스웰의 전기와 자기에 대한 쓸모없는 이론이 마르코니의 무선 통신과 같은 쓸모 있는 발명으로 이어지는 것 — 이러한 것이 과학과 기술의 우회적인 연계의 예가 된다.

그렇다고 큰 쓸모가 나올 것을 기다려, 쓸모없는 것을 참고 너그럽게 보라는 것만은 아니다. 그가 강조하는 것은 학문에서 제일 중요한 것이 자유로운 인간 정신이라는 점이다. 학문은 그 자체로써 삶의 보람을 이룬다. 이것은 과학에도 해당되지만, 시나 음악이나 그림 또는 다른 인문적 탐구의 경우는 더욱 그러하다. 이러한 것 없이 스스로 즐거운 삶은 존재하지 않을 것이다. 그러면서 학문은 실용에 봉사한다. "증오가 휩쓸고 있는 세계에서도 사람은 '이득이 있든 없든' 아름다움을 함양하고 지식을 쌓고 병을 고치고 인간의 고통을 완화하는 일"을 한다. 물론 사회, 경제, 정치의 실제적인 목적에 봉사하는 일도 학문이 할 수 있는 일의 하나이다. 다만 그러한 실용적 기능은 지나치게 강조되는 경향이 있다.— 플렉스너는 이렇게 말한다. 그리고 그는 자유로운 정신을 존중하면서 고등과학원을 운영하고 아인슈타인, 수학자 헤르만 바일이나 노이만, 미술 이론가 파노프스키 등의 자유로운 학문 생활을 뒷받침했다.

지금은 이러한 자유로운 학문의 이상은 미국에서도 시대착오적인 것이 되었다. 그러나 무용(無用)과 대용(大用)은 사람이 생각하고 행동하는 모든 곳에서 서로 넘나들게 마련이다. 급한 쓸모의 문제를 해결하고자 하는 경우에도 쓸모로부터 거리를 유지하면서 문제를 초연하게 바라보는 일이 필요하다. 거리를 두고 보아야 넓은 지평 안에서 해답의 여러 가능성을 찾아내고 문제의 깊이를 짐작할 수 있게 된다. 현실의 문제를 풀어 나갈 사람을 구할 때도 급한 가운데에도 느긋할 수 있는 능력이 중요한 자격 요건이다. 물론 모든 사람들에게 이것을 쉽게 요구할 수는 없다. 그러나 학문의 사명은 사회적으로 그러한 능력이 나올 수 있게 하는 지적 자산의 축적에 기여하고 그것을 일반적인 문화가 되게 하는 일이 포함된다.

이번 대통령 선거에는 어느 때보다도 많은 학계의 인사들이 후보자의 소위 '캠프'에 참여했다. 이것은 우리나라에서도 그러하지만, 다른 나라에서도 보기 드문 현상이다. 요즘에는 급한 현실 속의 발언만이 학문하는 자의 눈에 띄는 의무로 보는 경향이 있다. 그리고 보다 넓은 정신의 자유로운 탐구의 자율 구역도 그렇게 정의되는 쓸모에 따라야만 하는 것으로 생각된다.

'경제 민주화'는 이번 선거에서 핵심 안건으로 등장한 정책 지표이다. 그 방법 그리고 현실 요건의 관점에서 면밀하게 검토되어야 하는 사항들이 많을 것이다. 이것은 학계의 도움이 필요한 작업일 것이다. 그런데 '성숙한 삶'이라는 기준에서 경제 민주화는 무엇을 의미하는가? 경제 민주화는 지극히 단순화하여 말하면, 소유의 평준화를 말하는 것이라 할 수 있다. '성숙한 삶'과의 관계에서 보다 복잡하게 말하면, 그것은 구김 없는 인간성의 실현을 가능하게 하고, 증오와 원한이 아니라 상호 존중의 윤리에 기초하는 사회를 위한 물질 질서를 구축하는 일이 될 것이다. 이 기준은 정치를 맡겠다는 사람들의 현장적 사고에도 그대로 적용되어 마땅하다.

정책의 논의가 차이를 드러내는 것은 당연하다. 그러나 논의의 근본이 되는 것은 사람들을 하나가 되게 하는 어떤 기초이다. 그 기초가 단단해야, 정책 토의는 파당적 갈등을 넘어 우리 삶에 대한 토의가 될 수 있다. 정책은 궁극적으로는 존재의 깊이에 대한 사회적 탐구에 그 뿌리를 갖는다. 정치 지도자에게서 사람들이 바라는 것은 정책만이 아니라 정책의 뒤에 있는 바 이 뿌리에서 나오는 인간적 삶에 대한 깊은 인식이다. 이것을 느끼게 하는 것이 그의 인격이다. 이 인격이 주축이 되어 정책은 일관성을 얻고 동시에 상황 변화에 대처할 수 있는 유연성을 갖는 것이 된다.

『장자』에 나오는 이야기로, 사람의 생사, 화복, 수명 그리고 일의 연월일을 귀신처럼 예언하는 신들린 무당이 있었다. 제자가 안내하여 호자(壺子)라는 현자의 관상을 보게 하였다. 무당은 그의 상을 보고 한 번은 죽음이 임박했다고 하고, 그다음은 병이 나아 생명의 싹이 트기 시작했다고 했다. 그다음 번에 무당은 얼굴의 상이 변화가 심해서 관상을 볼 수 없다고 하면서 호자를 피해 달아나 버렸다. 처음 호자는 무당에게 땅의 조짐을 보여 주었고, 두 번째는 하늘과 땅의 조짐을 보여 주었다. 무당은 이 조짐에 따라 점을 친 것이다. 호자가 세 번째 보여 준 것은 표면적인 증상을 넘어가는 본질적 실체였다. 그러나 무당은 그것을 견디지 못하고 도망쳐 버리고 말았다.

이 우화의 뜻은 근본을 알지 못하고 표면적 증상만으로 사물을 판단하는 것은 잘못이라는 것이라고 할 수 있다. 그런데 현상적 증후가 아니면 무엇으로 세상 형편이나 추세를 판단하라는 말인가? 그러나 수시로 나타나고 없어지는 증후에 더하여 그 너머에 있는 사실의 근본에 또 존재론적 진리에 가까이 가고자 하는 노력을 버릴 수는 없다. 학문 — 인문 과학이나 자연 과학이 이러한 근본에 접근할 수 있는 것일까? 그러나 학문의 근본이 그러한 근본에 다가가고자 하는 것이라는 것, 그리고 그것이 사람의 삶을 깊이 있게 하는 일이라는 것은 사실이다. 체제를 다스리는 법술(法術)을 고안하고 스스로 쓸모에 봉사하는 것이 학문의 전부라 할 수는 없다.

(경향신문, 2012년 11월 5일)

정신적 대통령

우리 언론에도 보도된 일이 있는, 우루과이의 호세 무히카 대통령 이야기는 다시 한 번 되새겨 볼 만하다. 외국 언론들에 보도된 것을 보면, 가장 눈에 띄는 것은 그의 검소한 삶이다. 그는 대통령 궁에 사는 것을 거절하고 수도 몬테비데오 근처의 허름한 농장에 산다. 경호를 맡고 있는 것은 경관 두 명과 다리 하나를 잃어버려 세 발로 다니는 개 한 마리이다. 대통령의 월급은 우리 돈으로 1200만 원을 조금 넘어가지만, 생활비로 80만 원을 제한 다음(이것이 우루과이의 평균 소득이다.) 남은 돈은 자선 사업에 기부한다. 법의 요구대로 공개된 재산은 원래 낡은 폭스바겐 한 대였으나 지금은 부인 소유 농장의 반을 함께 신고하여 2억 2000만 원 정도가 된다. 단임제이기 때문에 2014년에는 은퇴하게 되는데, 은퇴 후에는 연금을 받게 된다. 따라서 퇴임 후에도 생활 문제는 일어나지 않을 것이다. 지금도 농장에서 채소와 꽃을 재배하는 일을 그만두지 않은 그는 채식주의자다. 스스로 설명하여, "들고양이였는데 채식주의자로 변모했다."라고 말한다. 독재 정부에 대항하는 게릴라 조직의 일원이었던 과거를 생각하여 자신의 평화주의를 스스로 다짐하기 위한 결정이 아닌가 한다.

정치 모토의 하나가 '깨끗한 정부'인 것은 자연스러운 일이다.(또 하나의 모토인 '일급 국가 건설'은 그의 성향으로 보아 조금 해설을 요할 것으로 생각되지만.) 검소한 삶은 그의 정치적 신조 그리고 도덕적 결단에 관계된 것만은 아닌 듯하다. 그는 스스로 설명하기를 익숙해 왔던 인생이 그런 것이고 그것은 자유로운 의사로 선택한 것이라 한다. 세상에서는 자기를 세계의 가장 가난한 대통령이라고 하지만, 자기는 전혀 가난한 사람이라는 느낌을 가지고 있지 않으며, 정말 가난한 사람은 화려한 생활을 유지하느라고 노예처럼 일하는 사람들이라고 말한 바 있다. 지난 6월 리우데자네이루에서 열린 '유엔 지속가능한 경제발전회의'에서는 대중 빈곤 해결의 주제 자체에 대하여 의문을 제기하였다. 대중 빈곤을 없앤다는 계획은 지구 환경이 견뎌내지 못할 것이고, 물질적 추구에 쫓기는 삶이 행복한 삶이 아니라고 그는 말했다.

무히카 대통령의 이야기를 하는 것은 절로 우리 상황을 생각하는 것이 되겠는데, 동화에나 나올 법한 이러한 이야기를 우리와 비교하는 것은 큰 의미가 없을지 모른다. 우선 우루과이의 사회적 환경은 우리와는 너무나 다르다. 그중에도 인구가 350만 명이 안 된다는 것은 가장 큰 차이가 될 것이다. 그러나 현실적으로 가능할 성싶은 것만 생각하여도, 부럽게 여겨지는 것이 없을 수는 없다. 무히카 대통령이 그렇게 돈으로부터 초연할 수 있는 것은 우루과이에서는 돈이 없는 정치가 가능하기 때문일 것이다. 정치와 돈의 연결은 우리에게는 너무나 당연한 것이 되어 있다. 제일 부러운 것은 청렴이다. 물론 그것만으로 정치가의 요건이 충족되는 것은 아니다. 높았던 그에 대한 지지도가 하락한 것은 경제 등 현안 문제들을 풀지 못했기 때문이라고 한다. 도덕성에 못지않게 정치에 중요한 것은 문제 해결 능력이다.

우리 형편과의 관계에서 제일 중요한 것으로 생각되는 것은 그가 인간으로 하나의 분명한 모델을 보여 준다는 점이다. 그의 삶이 정치 신조나 자선 행위 때문에만 전범(典範)이 된다는 말이 아니다. 그는 성인이나 성군은 아니다. 그러나 그는 인간과 인간의 삶에 대하여 그 나름으로 건전한 판단을 가지고 있는 사람이라는 느낌을 준다. 그가 사는 소박한 삶은 보통 사람도 선택할 수 있는 삶이다. 특히 연금 제도가 확실하다면 그렇다. 무히카 대통령의 소박한 선택도 퇴직 후의 연금 때문에 안정성을 얻는 것이 아닐까? 그러면서도 그는 뚜렷한 전범적 인간임에 틀림이 없다.

퇴임 대통령이 받는 연금 혜택은 우루과이 복지 제도의 일부를 이루는 것인데, 이와 관련하여 우리의 복지 문제를 생각해 보면 그 대조가 흥미로울 것으로 생각한다. 지금 우리 대통령 후보들의 주요 정책 제안에도 복지가 들어 있다. 보다 구체안의 제시가 요구되는 일이라고 하겠지만, 이것이 당 소속에 관계없이 의제가 되는 것은 다행한 일이다. 위에서 언급한 바와 같이 무히카 대통령의 리우 유엔 회의 연설에는 대중으로 하여금 무조건 빈곤에서 벗어나게 하는 것이 현명한 일이 아니라는 주장이 들어 있다. 소비주의의 삶은 인간의 진정한 행복에 도움이 되지 않는다는 것이 그의 생각이다. 그렇다면 빈곤에 대한 소비주의적 대책은 해답이 아니라 문제가 된다. 그러나 그의 철학에 빈곤 대책 — 적절한 한계를 갖는 대책이 없으리라고 생각할 수는 없다. 가난한 사람을 돕자는 것은 그의 정치 철학의 핵심의 하나다. 그는 대통령 관저를 노숙자 숙소로 개방하겠다고 한 일이 있다.(물론 결국 정부는 다른 조처로서 관저의 개방을 대신하였다.)

우리의 복지 논쟁을 움직이고 있는 인간 철학은 무엇일까? 경제 발전과 그에 따른 부의 증대에도 불구하고 생존의 불안이 사람들의 인간적인 삶을 위협한다면, 그것은 방치될 수 없는 일이다. 벌어지는 빈부 차는 사회 질서의 기초를 무너지게 한다. 이것은 어느 관점에서나 긴급한 조처를 요구한다. 그런데 대체로 우리에게 빈곤의 문제는 물질적 부의 분배 문제로 환원된다. 거기에서 인간의 도덕적 의무의 문제는 별 역할을 하지 못한다. 그렇다하더라도 대통령 선거에 분배나 복지에 대한 제안이 나오지 않을 수 없는 것이 지금의 형편이다. 그것은 무엇보다도 표를 위하여 필요하다. 그 외에도 정치적 타산은 정책 제안들을 날로 불려 간다. 무히카 대통령에게서 느낄 수 있는 바와 같은 원칙과 이상은 있어도 좋고 없어도 좋다. 이런 모호한 상태가 많은 사람들로 하여금 후보자를 가리는 데에 어려움을 겪게 한다. 그러나 정책을 선택하면서 선택해야 하는 것은 사람이다.

우리는 정치 지도자가 정치의 지도자일 뿐만 아니라 여러 인간적인 의미에서도 지도자일 것을 바란다. 금년 초에 독일에서 전임 대통령이 물러가고 새로운 대통령이 선출되었다. 그때 이 칼럼에서도 그 사정을 소개한 바 있지만, 전임 대통령이 퇴임해야 했던 것은 약간의 불투명한 행적 때문이었다. 여러 당의 지도자 그리고 국민 여론이 강조한 것은 퇴임하게 된 불프 대통령이 대통령직의 도덕적 위엄을 손상했다는 것이었다. 여야 좌우합의 위에 당선된 가우크 대통령의 취임 연설은 구체적인 정책을 나열하는 것이 아니고 민주주의의 정치 원리 — 자유, 정의, 불우한 자에 대한 배려, 도덕적 책임 등으로 이루어지는 민주주의 원리를 확인하는 것이었다. 그는 독일이 민족 공동체라기보다는 가치 공동체라는 것을 강조하였다.

옛날 우리 대통령 선거에 등장했던 말을 빌려, 가우크 대통령의 의무는 '정신적인 대통령'이 되는 것이다. 이것은 대통령과 총리의 이원 체제로 하여 가능하다고 할 수 있다. 현실적 정치 문제는 총리의 책임이다. 대통령 선거는 그 목적을 위하여 선출된 연방 회의에서 행해진다. 그것은 후보자를 정신적 전범의 관점에 집중하여 평가할 수 있게 할 것으로 보인다. 그렇게 한정되는 공공 공간은 후보자를 보다 깊이 있게 생각해 볼 수 있는 기회를 줄 것이다. 우루과이의 대통령 선거가 직접 선거인 것을 보면, 중요한 것은 제도에 못지않게 사회 전체의 정신 풍토라고 할 수 있다. 사실 국민 정서의 여러 증거로 보아 독일은 대통령직의 존엄성을 이해하고 그에 따라 판정하고 그것을 투표에 반영할 수 있는 정신 기율을 가진 사회로 보인다. 가우크 대통령이 취임사에서 독일을 가치 공동체라고 한 것은 희망이면서 현실일 것이다.

정신 풍토, 제도, 어느 쪽 때문이든지 우리 사회는 지금 '정신적 대통령'을 선출할 준비가 되어 있다고 할 수 없다. 대중 영합적인 모든 수단—흑색선전, 막말, 흥미를 끄는 연출 등을 동원하여 표를 모으는 데에만 힘이 집중되는 것이 우리 선거다. 이러한 것들을 넘어 후보들의 정신 자세, 인간 이해, 도덕적·윤리적 원칙들을 짐작해 내기는 극히 어려울 수밖에 없다. 그것을 모르고 정책들의 진정성을 평가할 수 있을까? 누구에게 표를 던져야 할지 모른다고 느끼고 있는 사람들이 많은 것은 너무나 당연하다.

(경향신문, 2012년 12월 3일)

같은 밥상에서 밥 먹기

미국의 경제학자 앨버트 허시먼이 12월 10일에 작고하였다는 외신 보도가 있었다. 그는 주로 경제 발전 이론에 관심을 가지고 1950~1960년대의 경제 발전론에 동조하기도 하고 비판하기도 하였을 뿐만 아니라, 2차 대전 후의 마셜 플랜이나 남미 발전 계획들에도 참가한 유명한 경제학자였다. 그러나 여기에서 해 보려는 것은 그의 경제 이론을 논하는 것이 아니고, 한 에세이에서 그가 논하고 있는 어떤 개념 또는 그 말이 불러일으키는 어떤 연상을 음미해 보자는 것일 뿐이다. 그 개념이란 라틴어에서 나온 단어 '커멘살리티(commensality)'라는 말이 표현하는 것인데, 이 말은 식탁을 함께한다는 뜻을 가진 말로서, "한 밥상에서 밥 먹기" 정도로 번역할 수 있다.

목숨을 부지하기 위해서 사람이 하지 않을 수 없는 것이 밥 먹는 일이다. 그런데 흔히 사람들은 혼자보다는 여러 사람과 함께 밥을 먹는다. 그럼으로써 생물학적인 필요를 충족시키는 일은 사회적 연대를 만들어 내는 자연스러운 기회로 바뀌게 된다. 특히 이것이 잔치가 되면 그러하다. 그렇게 하여 먹는 일은 즐거운 행사가 된다. 또는 거꾸로, 마지못해서 행하는 사회 행위는 음식을 먹는다는 개인의 필요와 즐김에 맞물림으로써 즐거운 일로 바뀌게 된다. 허시먼은 그 에세이에서 여러 학자들의 연구를 인용하여 이러한 함께 먹는 일에 따를 수 있는 의미를 생각한다. 중요한 것은 그가 고대 그리스의 그러한 잔치에서 민주주의의 원형을 발견할 수 있다고 생각하는 것이다. 그리스 사람들의 잔치에서는 참여자가 다 같이 고르게 음식을 나누어 먹었다. 잔치에 쓰이는 그릇은 누구에게 주어지든지 그 크기가 같았다. 분배되는 음식도 그 분량이 같았다. 잔치에서 음식을 이와 같이 고르게 나누는 일은 허시먼의 생각으로는 정치적 권리의 평등한 분배를 기초로 하는 민주 정치로 이어졌다.

잔치 음식의 고른 분배는 역사적으로 볼 때 성스러운 의례에서 동물을 제사에 바치고 그 고기를 고르게 나누어 먹는 데에서 시작되었다. 그것은 참여한 사람들을 엮어 하나의 집단, 하나의 정치 공동체가 되게 하였다. 같은 밥상에서 나누는 음식이 사람들을 하나로 묶는 일을 하는 것이다. 물론 다른 해석은 이미 그러한 공동체가 존재하였기 때문에 제물을 고르게 나누어 먹을 수 있었다는 것이다. 어쨌든 허시먼의 생각은 이러한 잔치에서 평등 분배와 민주주의는 긴밀한 관계를 가지고 있었다는 것이다. 아테네 민주 정치의 기본 원리는 동등권의 유지 — 이소노미아(isonomia)라고 불리는 원칙이었다. 잔치에서의 참여 방식이나 제비로써 공직자를 뽑는 아테네의 민주 제도는 다 같이 이러한 평형의 원칙을 나타냈다.

테두리를 넓혀 볼 때, 잔칫상의 식사가 반드시 좋은 일이 아닐 수 있는 것도 사실이다. 허시먼이 인용하고 있는 짐멜에 따르면, 한 밥상에서의 고른 식사는 개체적 선택을 허용하지 않고 잔치 모임의 대화는 통념과 상투어들을 건네는 것에 한정된다. 또 달리 생각해 보면 잔치의 특권이 모든 사람에게 주어지는 것은 심히 어려운 일이다. 모든 사람이 잔치에 참여하여 음식을 나누어 먹을 수는 없다. 잔치에는 끼는 사람이 있고 끼지 못하는 사람이 있다. 잔치가 정치 공동체의 기반이 된다고 한다면, 그 공동체는 모든 사람을 포용하는 정치 공동체가 아니다. 공동체가 먼저 존재하고 그다음에 잔치에서의 고른 분배가 있다고 하는 것은 저절로 이러한 한계를 미리 정하는 일이라 할 수 있다. 또 사람들이 음식을 같이한다고 하여 반드시 그것이 건전한 공동체, 말하자면 일정한 규칙이나 정치적 질서를 가진 공동체가 된다고 보장할 수도 없다. 허시먼은 그리스의 잔치에 비교하여 고대 독일이나 스칸디나비아에 있었던 젊은이들의 잔치 모임 — 함께 모여 먹고 마시고 난동과 약탈에 나섰던 젊은이들의 잔치 모임에 대한 연구를 언급하면서, 그러한 전통이 결국 나치즘과 같은 것으로 연결될 수 있었던 것이 아닌가 하고 말한다.

문제점들을 무시할 수는 없지만, 민주 체제와 잔치의 제례 사이에 깊은 상관관계가 있다는 사실을 보여 주는 고대 그리스의 사례는 한국 민주주의에도 교훈을 주는 것으로 생각할 수 있다. 민주주의와 물질의 평등 분배 사이에는 떼어 놓을 수 없는 관계가 있다. 그러나 이 관계는 모든 사람의 물욕을 고르게 만족시키는 분배보다는 조금 더 깊은 원리에 의하여 매개되는 것으로 취하는 것이 옳다. 고르게 나누어 먹는다는 것은 단순한 사실 행위를 넘어 생명의 귀중함을 인정하는 행위이다. 그것은 생물학적이면서 동시에 정신적 의의를 갖는다. 허시먼이 반드시 그렇게 말하는 것은 아니지만, 그리스의 나눔 의식의 종교적 기원은 이 점을 밝혀 주는 것으로 해석할 수 있다.(우리는 이와 관련하여 기독교의 성찬 예식을 생각할 수도 있다.)

잔치에 참여한 사람의 생명이 중요하다는 것은 그것을 넘어 모든 생명이 중요하다는 것을 말하는 것으로 확대될 수 있다. 이와 같이 생각하면, 잔치에 끼거나 끼지 않는 것은 우연한 기회의 문제일 뿐이다. 적어도 잔치의 공동체는 동정과 연민이 미칠 수 있는 범위에서 또는 그것을 넘어서 모든 인간 그리고 생명을 포괄한다. 이렇게 일반화되는 동참의 원리는 일상 생활의 규범에서 그대로 실현된다. 잉마르 베리만의 영화 「처녀의 샘」을 보면, 중세의 영주가 주재하는 만찬에 지나가는 행상들도 함께 참여하는 광경을 볼 수 있다. 결국 이 행상들은 영주의 딸을 살해했던 사람들로 드러난다. 그만큼 밥상을 같이하는 것은 은수(恩讎)를 넘어 생명을 가진 모든 인간의 일체성을 암시한다고 할 수 있다. 이 영화에서 모두가 동참하는 만찬은 일상적이면서도 비극적일 수 있는 일체성을 암시한다.(사람은 하나이면서 깨어지고, 깨어지면서 하나이다.)

다른 한편으로 사람이 공유하는 생명은 — 경제 그리고 문명에 발달이라는 것이 있다고 한다면 — 목숨을 부지한다는 의미에서의 생명만이 아니라 생명의 넓고 높은 가능성을 말한다고 할 수 있다. 허시먼은 사람들이 서로 상극됨이 없이 향상하고 향유할 수 있는 것은 개인이 소모하고 소유하는 물질이 아니라 모든 사람이 함께 가질 수 있는 것 — 정치, 질서, 교육, 예술, 학문, 정신적 완성과 같은 것이라고 말한다. 생명의 가능성은 먹고사는 일의 풍요에 더하여 이러한 것들에 있어서의 성취를 포함한다.

한쪽이 이기고 다른 한쪽이 질 수밖에 없는 대통령 선거에 갈등이 없을 수는 없다. 그러면서 국민 통합이 가능한가? 그러나 인간의 삶의 근본에 대한 인정 — 그 생물학적 토대와 동시에 그 도덕적 인정에 대한 합의가 없이 사회가 성립할 수는 없다. 인간적 사회는 모든 사람이 같은 밥상에서 밥을 나누는, 그리고 보다 높은 삶을 꿈꿀 수 있는 사회이다. 이 점에 대한 합의는 모든 차이를 넘어갈 수 있다. 갈등의 재점화를 북돋고자 하는 말들이 일기 시작하는 것도 사실이지만, 사회의 근본은 원한과 시샘과 증오로 추동되는 만인 전쟁에서의 일시적 휴전이 아니라 보다 넓고 높은 생명에 대한 인정이다. 그러한 인정에 기초하여 비로소 정치 집단들의 차이는 자기 주장의 오만과 권력 쟁탈의 무자비를 넘어서 진정으로 공적 이익을 위한 정책적 차이가 될 수 있다.

작고 시에 허시먼의 나이는 아흔일곱이었다. 독일 출신의 유태인이었던 그는 청소년기에 이미 사회 민주주의 운동에 참가하고 스페인 내란 시에는 공화파로서 이에 참전하였다. 나치즘을 피하여 프랑스로 도망한 다음에 그는 저항 운동에 가담하고 독일로부터 망명하려는 지식인들을 도와주는 일을 하는 등 역사의 격변을 몸소 여러 가지로 경험하였다. 만년의 한 저서의 제목 『경계를 넘으면서』는 국적이나 거주지 그리고 사상적 편력을 두루 체험한 사람의 삶을 적절하게 포괄하는 제목이 된다고 할 수 있다. 그로 하여금 경제학의 전문 분야를 넘어 여러 문제에 대한 인간학적 해석을 시도하게 한 것은 많은 경계를 넘어야 했던 그의 인생 경험에 관계되는 일이었을 것이다. 여기서 그의 경제에 대한 생각을 평가할 수는 없지만, 위에 언급한 바와 같은 그의 인간학적 사고의 넓이는 경의를 표할 만하다고 할 수 있다.

(경향신문, 2012년 12월 31일)

민주주의와 정신적 존재로서의 인간

최근 미국에 있었던 큰 사건은 코네티컷 주 뉴타운에서 있었던 총기 난사 사건이다. 우리 신문들에도 보도된 바와 같이, 이것은 20세의 한 청년이 초등학교에 침입하여 20명의 어린이와 6명의 교사 등을 살해한 사건이다. 범인은 학교에 침입하기 전 집에서 어머니를 살해하였고 자신도 자살로 사건을 마감하였다. 이것은 미국의 사건이면서, 우리 모두의 인간관을 어둡게 하는 일이기도 하고, 우리 사회를 포함하여, 어떤 종류의 인간 공동체 이념 그리고 민주주의의 의미에 대하여 새로운 반성을 요구하는 사건이라 할 수 있다.

비슷한 사건으로 우리나라에서 크게 보도되었던 것은 2007년 버지니아 공대에 재학 중이던 한국계 학생 조승희의 총기 난사로 32명이 살해되고 많은 사람들이 부상한 사건이었다. 미국의 각급 학교에서 일어나는 이러한 총기 사건은 드문 일이 아니다. 전체적으로 미국에서 각종 총기에 의한 살인은 연평균 3만 명에 이른다고 한다. 이러한 일들이 연쇄적으로 일어나는 것을 볼 때, 이것은 우발적인 것이라기보다는 그 원인이 사회 자체에 있을 것이라고 하는 것이 맞는 말일 것이다.

이번 사건은 다시 미국에서 총기 소유 문제를 국가적인 의제가 되게 하였다. 사건 직후 15만 명이 청원서에 서명하여 무기 문제에 대한 논의를 촉구하였고 오바마 대통령은 20여 개의 행정 명령을 발하여 총기 판매를 규제하는 조처를 취하였다. 그리고 다시 총기 판매와 소유 제한을 새로 규정하는 법안을 의회에 제출하였다. 그러나 이 법안이 통과될 것인가 아닌가 그 전망은 분명치 않다. 간단하게 찾을 수 있는 이유로 총기 제조와 판매로 막대한 수익을 올리고 있는 무기 업자들의 로비와 공화당의 많은 의원을 비롯한 보수 정치인들의 반대가 말하여진다. 무기 소유의 자유는 헌법이 보장하는 권리라는 것이 이들이 내거는 명분이다.

정치적·법률적인 문제를 떠나서 이번 사건의 원인에 대해서는 여러 설명이 나오고 있다. 제일 쉬운 설명은 범행 청년이 정신 장애가 있었다는 것이다. 그러나 그를 알았던 사람들은 그가 사람들과 교섭을 싫어하는 비사교적인 성품을 가졌다고 하면서도, 비교적 얌전하고 공부도 잘하는 학생이었다고 말하는 것으로 보인다. 보다 넓은 차원에서의 하나의 설명은 이번 사건이 미국의 문화에 관련되어 있다는 것이다. 《프랑크푸르터 알게마이네 차이퉁》의 한 논평자는 미국의 한 사학자의 견해를 인용하면서, 이번 사건의 원인이 미국 사회의 "군사화"에 있을 것이라고 말한다. 아이젠하워 대통령이 우려를 표현하였던, "군과 기업의 유착 관계", 계속되는 미국의 해외 전쟁, 국민들 사이에 일반화된 군사 애국주의, 영화나 컴퓨터 게임에서의 전쟁 살인 놀이 — 이러한 것들이 전체적으로 미국의 문화와 일반적 심리를 "군사화"한 결과 청소년이 자신의 문제를 총기와 폭력으로 해결하고자 하게 된다는 것이다.

그런데 이러한 논평에 추가하여 생각할 것은 민주주의 이념 자체에도 그러한 군사주의를 배태할 요인이 들어 있다는 것이다. 미국의 보수주의 정치 여론이 무기 소유를 규정한 헌법 조항을 들고 나오는 것은 반드시 근거가 없는 것은 아니다. 이 헌법 조항은 국민의 자기 방위권 — 자위권을 규정한 것이다. 이것은 외국의 침략에 대항해 국민이 민병대를 조직하고 국토를 방위할 권리가 있다는 것을 말한 것이지만, 개인이나 집단이 타자에 대해 스스로를 방위할 권리를 갖는다는 것으로도 해석된다. 건국 초의 사정 또는 그 이전의 인민 자위권의 역사를 생각할 때, 이것은 국가에 대한 인민의 저항권을 규정한 것으로 볼 수도 있다.(무기 보유는 미국에만 고유한 것이 아니다. 민병대 의무를 갖는 국민 모두가 무기를 자기 집에 보관하는 스위스는 그 대표적인 예이고, 캐나다나 노르웨이도 무기 소유가 자유화되어 있다.) 넓게 살펴볼 때, 개인의 무기 소유와 자기 방위의 권리가 국민 또는 인민의 자위권에 포함된다고 하는 것은 그렇게 특이한 것은 아니다.

민주주의는 국민 한 사람 한 사람의 자유와 권리를 존중하는 데에 기초한다. 미국의 무기에 대한 헌법 규정은 헌법 전체의 맥락에서 시민의 권리 규정의 일부로서 존재한다. 그런데 각자의 권리란 결국 각자의 생명과 행복 또는 이익을 방어할 수 있는 권리를 말한다. 물론 그것은 일정한 법질서 속에서만 가능하다. 한 사람의 생명권 또는 행복 추구의 권리는 다른 사람의 권리와 갈등하는 것이 될 수 있기 때문이다.

민주주의는 개인적 이해관계, 그 갈등과 타협을 불가피한 사회 현실로 인정한다.(하나의 국가 목표에 모든 사람이 승복할 것을 요구하는 전체주의와의 차이가 여기에 있다.) 그러나 이 현실만이 제도의 정신적 기반이 될 때, 그 사회는 곧 비인간적인 사회로 전락할 위험을 갖는다. 모든 인간사가 결국 힘의 대결 그리고 그 균형과 타협을 포함한다고 할 수 있지만, 그것만을 원리로 하는 국제 관계나 개인적인 심리가 "군사화"되는 것은 불가피하다. 앞에 언급한 독일의 논평자는 미국 뉴타운의 초등학교 총기 난사와 같은 사건을 유발하는 심리적 동기를 설명하면서, 그 배경이 된 것은 세계의 모든 갈등과 증오와 원한과 소외가 총으로 해결될 수 있고 그로 인해 자신과 자신의 세계가 파멸에 이르게 되는 것도 상관하지 않는다고 생각하게 하는 문화라고 말한다. 그렇게까지는 가지 않더라도 자신이 생각하는 정당성을 위해서는 투쟁과 승리만이 목표가 될 수 있다는 생각이 단순화된 민주주의의 이념에 함축되어 있는 것은 사실이다.

그런데 사회적 화해 과정에서 다른 사람의 생명과 행복을 인정하는 것은 오로지 자신의 이익을 고려하여 타협의 불가피성을 받아들이기 때문인가? 이탈리아 르네상스 시대의 철학자 마르실리오 피치노는 남녀 간의 사랑의 관계를 설명하면서, 한 사람이 다른 사람을 사랑하는 것은 그 사랑의 대상을 이상화하기 때문인데, 그것을 통해 그 사람은 자신 안에 있는 이상적 가능성, 즉 자기 안의 영혼의 존재에 대하여서도 깨달음을 얻게 된다고 말하였다. 그리하여 사랑은 사람으로 하여금 주어진 대로의 삶을 넘어서 플라톤적 이상의 세계로 향하게 하는 매개체가 된다. 비슷한 전환은 사회관계에서도 볼 수 있다. 정상적인 사회에서 다른 사람과의 타협은 단순히 이해관계의 타협만을 의미하지 않는다. 개인을 넘어선 사회적 유대감의 중요성은 우리가 자주 듣는 말이다. 그러나 이것은 흔히 이익의 집단화만을 의미하는 것으로 생각된다. 사회관계를 진정으로 매개하는 것은 이해관계를 넘어 생명의 신성함에 대한 인정 그리고 보편적 윤리 세계에 대한 동참이다. 그리하여 사회적 화해는 인간 존재의 이상적 가능성에 대한 열림으로 승화될 기회가 된다. 이러한 열림에 맞닿아 있음으로써 민주주의는 참으로 인간성 실현의 이상이 된다. 그러나 이익 사회에서 상실되는 것은 사람과 사람, 더 나아가 사람과 환경의 일치의 가능성에 대한 이러한 느낌이다.

총기 난사 사건이 일어나지 않는 것은 다행이지만, 오늘의 우리 사회에 이러한 높은 차원의 인간 이해가 존재할 자리가 있는 것일까? 모든 것을 개인과 집단의 이익 차원에서만 보는 것이 우리의 현실이다. 학교 교육에서 그 자체로 중요한 것은 없고, 모든 것은, 개인이나 국가 이익을 위한, '스펙' 쌓기 경쟁이 된다. 새 정부의, 총리 후보자 검증에 대한 여러 논의들을 보면서 놀라게 되는 것은 그것을 도덕적·윤리적 문제로 간주하기보다는, 또 사회가 지켜 나가야 할 도덕적 투명성 문제로 보기보다는, 출사(出仕)에 요구되는 경력 관리, 이미지 관리의 문제로 보는 관점이 많다는 사실이다. 명분이야 어떤 이름으로 이야기되든, 인간의 모든 행동을 이익과 전략의 관점에서 보는 것이 오늘의 문화적 상식이다. 그리고 정신적 존재로서의 인간 — 그러면서 너무나 쉽게 유혹에 빠지는 정신적 존재로서의 인간에 대한 이해는 사라졌고, 물론 자비, 용서, 화해, 선의, 예의, 겸허, 검소 등 부드러운 덕성들은 감상주의의 부질없는 언술에 불과한 것이 되었다.

(경향신문, 2013년 2월 4일)

집단 이념과 인간 가치

핵전쟁의 그늘에서

지난달 19일 제네바 유엔 군축회의에서 북의 대표가 "하룻강아지 범 무서운 줄 모르는" 남에 대하여 "최종적인 파괴"를 말하였다는 보도가 있었다. 핵폭탄 등의 대량 파괴 무기가 말하여질 때에는, 대체로 전쟁 억제, 평화 수호와 관련하여 그것이 언급되는 것이 오늘의 세계 대세라고 할 것인데, 북은 그것을 전쟁 수단으로 활용할 의도를 단호하게 선언한 것이다. 고 송욱 선생의 1950~1960년대의 생활고를 이야기하는 시에, 죽음에 임박한 여인이, 이승의 삶도 이미 저승의 삶과 다름이 없다고 하면서, "이승에서도 원자탄 그늘처럼/ 미안하고 불안하게 살아왔다"라고 하는 대목이 있다. 이 시가 나왔을 때, 이 시의 풍자적 리얼리즘에 공감하면서도, "원자탄의 그늘" 아래 사는 것 같다는 표현은 조금 과장된 느낌이 들었었다. 그러나 이제 나라의 부는 크게 늘어났다고 하겠지만, "원자탄의 그늘"은 현실이 되었다.

국내외에서 최근에 나오는 북핵에 대한 여러 설명 가운데, 《프랑크푸르터 알게마이네 차이퉁》의 아시아 정치 담당 편집국장인 페터 슈투름의 분석의 장점은 사건의 맥락을 간단, 명료하게 밝혀 준다는 것이다. 이에 의하면, 북은 핵을 포기해야 할 이유가 없다. 핵 실험을 통해 여러 나라를 놀라게 한 것 그 자체가 북한의 소득이다. 그러지 않고서는 북한은 다른 나라의 주목의 대상이 될 수 없다. 핵으로 인해 동북아 지역이 불안정한 곳이 된다고 해도 그것은 북에 관심사가 되지 않는다. 무역이나 외교 관계에서 외부 세계와의 관계가 많지 않은 상태에서 고립의 심화도 별로 고통스러울 것이 없다. 강요된 고립은 열악한 인민의 경제에 대한 책임을 외세에 전가할 구실이 된다. 그리고 그것은 체제의 정당성을 높여 준다. "다수의 적"에 맞서는 당당한 "자존심" 또는 "명예 의식"을 보여 주면서 외부에서 오는 압력 일체를 거부하는 주권 수호가 북의 정치 행동의 지침이다.

북한은 독자적인 자신의 논리를 따라 움직인다. 대부분의 나라가 갈등을 피하고자 노력하는 것이 오늘의 정상 국가라고 한다면, 북한은 갈등에서 이점을 얻어 내는 특이한 국가이다. 갈등을 도발하면 양보해야 할 한계 지점을 알게 된다. 6자회담은 상대방의 기본 입장을 확인하는 기회이다. 그것으로 미국과의 전쟁 위험은 계산할 필요가 없는 것이 된다.

북의 전쟁 능력은 어떻게 볼 것인가? 하나의 관점은 취약한 경제에 비추어 전쟁 가능성을 크게 볼 수 없다는 것이다. 그렇다고 그것을 완전히 배제할 수는 없다. 북은 정치 지도부, 군 그리고 인민 — 이 세 부분이 독립된 경제 구역을 가지고 있다. "독립된 별(行星)"에 존재하는 군 경제는 다른 어떤 부분보다 강하여 독자적인 군사 지원 능력을 갖는다고 할 수 있다. 그러나 결론은 경제력 전체가 뒷받침하지 못하는 전쟁이 오래 계속될 수 없다는 것이다. 이렇게 보면, 전쟁의 현실적 가능성은 높지 않다. 그러나 핵과 그것으로 조성되는 불안이 해결돼야 할 지상 과제임에는 변함이 없다.

긴급 사태에 대한 대비가 없을 수는 없지만, 하나의 필요는 더 넓은 관점에서 미래를 준비하는 일이다. 슈투름 국장의 분석과 같은 것은 그것을 위한 시발점이 될 수 있다. 되풀이하건대, 그것은 오늘의 현실 논리를 분명하게 밝혀 준다. 핵 개발은 북의 입장에서 볼 때, 국내적으로나 국외적으로 실질적 효과를 거두고 있다. 그리고 다시 그쪽의 관점에서는, 그것은 완전한 이념적 정당성을 갖는다. 그 주요 부분은 외부 세력의 간섭을 거부하는 주권 확립이라는 명제이다. 강력한 주권의 주장이 제국주의적 외세로부터 체제와 민족의 정통성을 지키게 하는 것이다. 이것이 핵 개발 전술을 정당화한다.

마키아벨리즘은 흔히 폭력과 사사로운 이익을 자의적으로 조종하는 정치 술법을 말한다. 그러나 피상적인 마키아벨리즘의 이해가 놓치는 것은 비합리적이고 비도덕적인 술수에 궁극적인 정당성을 부여하는 것이 엄숙한 정치적 이념 또는 이상이라는 점이다. 여러 외국 전문가들의 관찰은 상호 관계의 굴곡에 따라 들고 남이 있기는 했지만, 핵 개발은 북의 기본 정책으로 그 근본적 포기는 당초부터 기대할 수 없었다는 것이다.

북핵 문제의 이해에 중요한 부분의 하나는 그 이념적 논리이다. 사람의 삶이 하나의 이념으로 승화될 수 있다는 생각은 많은 사람들에게 큰 호소력을 갖는다. 그러나 삶의 진리는 많은 경우 삶 전체에 흩어져 존재한다. 2차대전 후 반핵 운동에 헌신한 버트런드 러셀은 핵전쟁의 위협에 당면해 가장 중요한 것은 살아남는 것이라는 사실을 강조했다. 자본주의와 공산주의의 대결에서 상대방이 핵전쟁을 통해서라도 타도돼야 할 악마의 체제라고 하는 주장들이 있었지만, 그는 이 대결에서 패배의 굴욕을 받아들이면서라도 인류 전체의 생존을 도모하는 것이 옳다고 했다. 많은 전통에서 집단 이상을 위해 목숨을 버리는 것은 가장 숭고한 인간 행위로 간주된다. 이에 대조하여, 러셀의 주장은 비열하고 허무주의적인 선택을 권하는 것으로 보일 수 있다. 그러나 그것은 이념을 초월해 사람의 삶에 널리 흩어져 있는 진실을 받아들이는 것이다. 그러면서 생명의 존엄성과 가능성과 신비를 최대의 가치로 긍정한다.

그러나 하나이면서 여럿인 진실을 어떻게 현실이 되게 할 것인가? 필요한 것은 역설적으로 삶의 진실의 분산을 공동으로 수용할 수 있는 제도들을 만드는 것이다. 문제의 국제적 분산은 그것을 위한 주요한 통로가 될 수 있다. 슈투름은 그의 다른 글에서 동아시아 지역의 큰 약점으로 국가 간의 갈등을 조정하고 공동 공간을 만들어 낼 수 있는 "지역적 구조"가 없다는 점을 지적한 바 있다. 그리하여 중요한 국가 간의 의제는 — 독도, 조어도, 쿠릴 열도, 과거 청산 등의 문제에서 볼 수 있듯이 — 국내의 정치 투쟁과 민족주의 열풍에 휩쓸려 너무 쉽게 갈등의 원인으로 전락한다. 2차 대전 이후의 유럽의 진화를 볼 때, 아시아 지역의 후진성은 부정할 수 없다. 북핵과 관련한 6자회담과 같은 것은 문제를 지역의 테두리에 삽입하려는 노력이었다고 할 수 있으나, 절실한 것은 보다 다양한 의제와 접근을 허용하는 기구이다. 의제도 삶의 진실 위에 다양하게 분산돼야 한다. 그것이 공동 의식을 만들어 낸다.

동서 냉전의 종결에 「헬싱키 협약」(1975)과 같은 것이 중요한 역할을 했다는 사실이 더러 지적된다. 미·소 등 동서 진영의 여러 국가는 이 협약에서 동서 간 긴장 완화의 필요에 동의했다. 최종 규약은, 주권과 영토 존중, 국제간 분규의 평화적 해결 이외에 인권, 자유권, 사상과 신앙의 자유에 대한 합의를 포함했다. 사람들은 이것이 결국은 공산 세계의 민권 운동과 붕괴에 중요한 역할을 했다고 한다.(체코의 바츨라프 하벨의 민주화 운동의 출발점도 여기에 있다.) 이것을 말하는 것은 이러한 붕괴의 가능성을 생각하자는 것이 아니라 정치 체제를 넘어 인간의 기본적인 존재 방식 — 집단만이 아니라 개인들의 권리를 위한 윤리적 호소가 필요하다는 것을 지적하자는 것이다. 동아시아 지역에 참으로 뜻있는 협력 기구가 존재하려면, 그것은 궁극적으로 체제를 넘어 인간의 인간됨에 대한 공동 의식을 전제할 수 있어야 한다.

북·미 간 차원에서 좋은 증후들이 일어나고 있다. 며칠 전에는 중국의 지식인 120여 명이 전국인민대표회의와 인민정치협상회의에 유엔 국제 인권규약의 비준을 촉구하는 서한을 전했다는 보도가 있었다. 그것은 인권규약의 시민적·정치적 권리를 말하고, "중국이 인권, 개인의 자유와 위엄을 보장하지 않는다면 전체 사회가 야만과 증오의 사회로 떨어질 수도 있다는 것을 우려한다."라고 하였다.(《경향신문》, 2013년 2월 28일) 체제적 이념이나 민족주의적 요구를 무시할 수는 없지만, 이러한 이념들은 남북 대결의 문제들을 풀어 나가는 데에 너무 좁은 바탕이 된다고 아니할 수 없다. 문제를 보다 넓은 국제적 복합 관계 그리고 보다 넓은 인간적 관심의 지평으로 열어 놓는 방도를 찾는 것은 요원하면서도 궁극적인 해결의 한 길이다. 물론 현실적으로 이러한 논의의 테두리들을 구축하는 것이 쉬운 일일 수는 없다.

(경향신문, 2013년 3월 4일)

성스러운 가난

북한의 전쟁 위협은 거의 다른 문제를 생각할 여유를 주지 않을 정도로 우리를 압박한다. 그러나 답변은 간단히 발견되지 않는다고 할 수밖에 없다. 화제를 돌려, 국내적으로 해결해야 할 사회적 과제로 가장 중요한 것의 하나는 빈부 격차 문제이다. 이것은 상황이 그렇기도 하지만, 사람들의 심정에 절박한 느낌으로 다가오는 과제가 되어 있기 때문이기도 하다. 선거에서도 여야 할 것 없이 이 문제는 급히 해결돼야 할 사안으로 크게 논해졌었다. 빈부 격차 또는 빈곤의 문제가 해결되어야 한다는 것은 국내만이 아니라 국제적인 흐름이기도 하다. 격차가 심한 사회는 하나의 사회로서 온전하게 유지될 수 없다. 최근《조선일보》주최의 아시안리더십콘퍼런스가 내건 주제에도 보다 균등한 부의 분배 문제가 들어 있다. 발언자들 대부분이 세계적인 부유층의 인사 또는 금융업계의 대표자들이지만, 금융 혜택을 부유층으로부터 보다 널리 확대해서 사회적 격차를 줄여야 한다는 발언이 많이 나왔다.

이와는 다른 차원에서 3월 13일에 새로 선출된 로마 교황도 여러 가지로 빈부의 문제를 인류 전체가 풀어야 할 긴급한 과제라는 것을 취임의 중심적인 상징으로 부상하게 하였다. 교황은 그 전부터 빈곤 문제에 깊은 관심을 가지고 있었다고 한다. 교황 선출과 관련된 보도에는, 2007년에 열린 라틴아메리카 주교 회의에서, 그가 "재화의 불공평한 분배가 최악의 사회 상황을 만들어, 부르짖는 소리가 하늘을 찌르고, 그것은 많은 우리 형제들이 보다 온전한 삶을 살 수 있는 가능성을 가로막고 있다."라고 말한 것이 전해졌다. 그는 교황으로서의 첫 설교에서 가장 중요한 것이 설교를 잘하는 것보다도 보통 사람에게 가까이 가는 것이라고 말했다. 부활절 주일이 시작되는 성 목요일인 지난 3월 27일에 그는 로마 교외의 소년 교도소에 가서 수감 소년들의 발을 씻는 행사를 했다. 교황청에서 행하던 행사를 현실 세계에 가깝게 옮긴 것이다. 그는 설교에서 목자들이 괴롭고 피 흘리고 눈이 멀고 악에 시달리는 사람들이 있는 변방으로 갈 것을 호소했다.

그의 검소한 생활 습관도 여러 가지로 보도되었다. 부에노스아이레스의 대주교로 있으면서 지하철이나 버스를 이용하고 교구 내의 작은 아파트에 거주한다거나 해외여행 시 비행기의 일반석을 탄다거나 하는 것들도 널리 이야기되었다.(교황 선출 이후 로마행 비행기의 왕복표 처리를 고민하였다는 이야기도 전한다. 이것은 그의 선출이 가문 또는 개인의 영광을 위하여 미리 준비된 것이 아니었다는 사실을 생각하게 한다.) 교황 피선 후 그는 제공된 승용차를 사양하고 공용 버스로 다른 추기경들과 함께 숙소로 돌아가 물건들을 정리했고 스스로 숙박비를 지불하고 숙소의 직원들에게 일일이 고맙다는 인사를 했다. 그는 교황으로서도 사도 궁전 외의 숙소에서 살며 다른 성직자들과 식사를 함께할 것이라고 한다.

그의 생활 양식을 보다 구체적으로 말해 주는 것은 그의 부에노스아이레스 거주지 근처의 신문 판매소 주인과 관계되는 일화이다. 그는 교황에 선출된 후 판매소 주인에게 직접 전화를 걸어 신문 배달을 중지해 달라고 부탁하였다. 그가 배달된 신문을 묶었던 고무줄을 모았다가 한 달에 한 번 판매소에 찾아가 그것을 돌려주었다는 일화도 있다. 일요일에는 직접 판매소에 와서 신문을 사고 그곳에서 버스를 타고 병자들이나 수감자들에게 차 대접을 하러 갔다. 새 교황의 자세는 베르골리오 대주교가 교황으로 선출되면서 선택한 프란치스코라는 칭호에 집약하여 표현된다고 할 수 있다. 가난한 사람들의 성자인 성(聖) 프란치스코의 이름을 선택한 것은 그가 가난한 사람들과 고통받는 사람들을 돌보는 일을 기본 사명으로 생각한다는 것을 말한다.

그런데 프란치스코는 우리에게 빈곤의 문제를 단순히 빈부 격차나 평등한 분배의 문제와는 다른 관점에서 생각하게 하는 성자이다. 그의 관점에서, 빈곤은 극복되어야 할 부정적인 삶의 조건이 아니라 적극적인 내용을 갖는다. 다른 수도 단체에서도 그런 경우가 많지만, 프란치스코회는 입회 시에 가난의 서약을 특히 중시하는 것으로 알려져 있다. 탐욕을 없애려면 가난해야 한다. 가난은 필요한 삶의 자료들을 이웃 형제들과 나누는 데에, 그리고 정신적인 추구의 정진에 필요한 조건이다. 그러면서 또 그것은 금욕의 요구 이상의 것이다.

프란치스코는 부잣집에서 태어나 그 사치와 향락의 삶을 버리고 가난을 택하여 그에 따른 많은 괴로움과 아픔을 겪은 사람이지만, 그의 삶을 금욕과 고행의 삶이었다고만은 말할 수 없다. 그는 꽃과 바람과 물을 사랑하고, 새들과 물고기에 설교하고, 해를 형제, 달을 자매라고 불렀다. 불도 형제였다. 자연물과의 소통은 그에게 무한한 기쁨을 주었다. 그에게는 '완전한 행복'이 중요했고, 그것은 가난과 괴로움 속에서 행하는 봉사로써 얻어졌다. 그러나 고난의 봉사를 자신의 긍지로 삼자는 것은 아니었다. 중요한 것은 겸허였다. 그것 없이는 사람은 세상의 모든 것에 열릴 수가 없다. 그리고 참다운 사랑과 평화도 있을 수가 없다.

가난에 대한 이런 생각은 릴케의 초기 작품에서도 찾을 수 있다. 릴케에게 가난은 사람으로 하여금 자연과 세계에 열리게 하고 자신의 내면의 깊이에 이어 주는 매개자이다. 그의 흥미로운 관찰의 하나는 오늘날 사람들이 가난이라고 하는 것은 가난이 아니라 '부자가 아니라는 것'을 뜻한다는 것이다. 단지 돈이 없는 것이 가난이 아니다. 물론 돈과 거짓이 판을 치는 현대의 도시에서 가난한 자는 쓰레기 속에 버려진 천 조각, 깨진 그릇 조각과 같아 '의지도 세계도 없는' 존재이다. 도시의 삶은 모든 것을 그 안으로 빨아들이고 동물들을 찢어발기고 사람들을 불꽃 속에 탕진한다. 릴케의 가난의 시는 이에 대조되는 삶의 전형으로서 성 프란치스코를 찬양하는 것으로 끝난다. 프란치스코는 가난을 통하여 소유와 시대로부터 벗어날 수 있었다. 그리고 그는 친절과 사랑의 인간이 되고, 경의와 기쁨과 지구의 아름다움에 열린 사람이 되었다. 그는 들판을 가며 형제가 된 꽃들과 말을 나누었다. 만나는 사람은 누구나 그에게서 기쁨을 얻었다.

그의 한없는 기쁜 마음은 아무리 작은 것도 놓치지 아니하였다. 그의 노래는 잊혀진 기억을 되돌아오게 하고 사람의 방에 평온을 가져왔다. 그는 순결을 맹서한 수녀들의 마음을 샀고 그가 뿌린 씨앗은 자연 만물을 풍성하게 했다. 그러나 그의 죽음은 무명의 인간의 죽음처럼 가벼웠다. 릴케의 프란치스코 예찬은 이러한 한탄으로 끝난다.—지금 이 '맑은 사람'은 어디에 있는가? 오늘의 가난한 사람은 이 '기뻐하는 자, 청춘의 힘에 넘치는 자'의 존재를 느끼지 않는 것인가? 어찌하여 이 '가난의 거대한 저녁별'은 뜨지 않는가? 프란치스코의 전설들을 담은 책 『성 프란치스코의 작은 꽃들』이 이름 지은 바대로, 릴케가 예찬한 가난도 '성스러운 가난'이었다.

그러나 가난을 넘어서 부를 얻고자 하는 것은 너무나 자연스러운 인간의 욕망이다. 최소한의 부는 생존의 기본 조건이기도 하다. 그러나 이 부를 향한 욕망은 급기야 사회 안에 빈부 격차와 불평등을 격화하고 욕망들의 갈등, 정의의 투쟁을 불러일으킨다. 이에 대하여 성스러운 가난의 이야기는, 빈부의 세계와는 다른 세계가 있고, 거기에 모든 존재를 돌보는 맑은 샘물이 흐르고 있음을 말한다. 양분된 세계에서 싸움은 불가피하다. 그러나 궁극적인 평화는 존재의 깊이에 흐르는 정신적 맑음의 원천에 이어짐으로써만 얻어질 수 있다. ―성스러운 가난의 우화가 전하는 것은 멀리에서 다가오는 이러한 예감이다. 성 프란치스코에게 가난은 궁핍이 아니라 어렵게 얻어 내야 하는 과실이다. 그것이 사람을 이 열린 세계로 이끌어 준다.

(경향신문, 2013년 4월 1일)

정치적 사고의 세 층위

핵전쟁의 위협 속에서

남북 간의 전쟁 위험이 사라진 것은 아니나, 급박한 느낌은 줄어든 것으로 보인다. 이 느낌이 단순한 피곤에서 오는 것인지, 정당한 이유가 있는 것인지 전문가가 아닌 사람이 바른 판단을 내릴 수는 없다. 그러나 도식적인 관점에서 생각을 정리해 보는 것도 어느 정도는 우리 자신의 사태 이해에 도움이 될 수 있을지 모른다.

이번 위기와 관련해서 마땅히 추구해야 할 목표는 간단하다. 그것은 전쟁, 특히 핵전쟁이 일어나서는 안 된다는 것이다. 이것은 보통 사람의 입장에서는 너무나 분명한 것이지만, 그것을 정책 집행자들에게 지상 명령으로 받아들이게 할 방도가 없는 것이 문제다. 북쪽의 입장에서 그보다 중요한 것은 국가 이데올로기이다. 남쪽에서는 그것을 현실적 삶의 조건으로 받아들이면서도 도덕적 당위로까지 올려서 생각하지는 않는 것으로 보인다. 모든 것을 손익 계산과 전략의 관점에서 접근하는 데에 익숙하다 보면, 삶에 작용하는 도덕적 당위의 존재를 확인하지 못하게 된다. 북의 정체성을 정의하는 이데올로기를 실감으로 느끼지 못하게 되는 것도 우리 삶에 존재하는 깊이를 의식화하지 못하는 것에 관계되는 일인지 모른다. 유화책과 경제 이익의 제공이 북의 태도를 변하게 할 것이라는 생각이 반드시 틀린 것은 아니겠지만, 그것만으로 사태의 근본적인 변화를 기대한다면, 정치에도 절대적인 가치와 목적의 차원이 있다는 것을 놓치는 일이다.

전쟁 도발 행위에 맞서는 대책은 군사적 억제책이다. 전쟁은 최종적으로 힘과 힘의 대결을 말한다. 그것은 승리를 목표로 한다. 승리는 미리 예상될 수 있어야 한다. 승산 없는 전쟁 도발은 흔하지 않을 것이다. 북한이 핵 실험 강행을 선언하고, 미사일 발사 준비를 하고, 휴전 협정의 무효를 선언하는 등, 그 동기가 어떤 것이든지 간에, 적어도 그 현실적인 움직임에 있어서, 전쟁 위협의 강도를 높여 간 것은 틀림이 없다. 여기에 대하여 B-25 비행, 미사일 요격 시스템의 배치, 핵 전함 이동 등 한·미·일의 대응 조치가 있었다. 이러한 억제책이 북의 전쟁 시위를 완화하였을 것이라는 것은 틀리지 않은 생각일 것이다.

북한의 전쟁 위협을 지지하는 세력이 거의 없는 국제적 환경도 위기 완화의 한 요인이라고 할 수 있다. 한·미·일의 정부가 강하게 항의하는 것은 예상할 수 있는 일이었겠지만, 국민적 여론을 움직인다는 점에서도 전쟁 위협이 북한에 유리하게 작용하였다고 할 수는 없다. 북한에 비교적 우호적인 관계에 있다고 할 중국과 러시아가 북한의 전쟁 위협에 부정적인 것은 보도된 바와 같다. 러시아의 푸틴 대통령은 남북 간의 핵 충돌은 체르노빌의 핵폭발을 동화 속의 사건처럼 보이게 할 것이라고 말하였다. 한국에서 별로 보도되지 않은 것은 피델 카스트로 쿠바 전 국가평의회 의장의 반대 의견이다. 그는 쿠바가 북한의 우방이라는 것을 강조하면서, 한반도의 핵전쟁 위험은 1962년 10월의 쿠바 핵 위기에 버금가는 일이라 말하고, 핵전쟁이 일어난다면 남북의 국민의 희생은 물론 세계 인민의 70퍼센트가 피해를 입게 될 것인데, 이것을 잊지 않는 것이 북한의 의무이고 정의라고 경고하였다. 그는 물론 미국에도 자제를 요구하였다. 이러한 견해는 카스트로가 지난 9개월 동안의 침묵을 깨고 쿠바 공산당 기관지《그란마》에 발표한 것인데, 한반도 사태를 그만큼 심각하게 본 것이다.(그간의 침묵은 중요한 논의 공간을 함부로 차지하지 않기 위한 것이었다고 그는 말하였다.)

현실 군사력의 대비나 국제적 지지 가능성으로나 승산이 분명치 않다는 것은 결과의 확인 이전에도 예상할 수 없는 것은 아니었을 것이다. 그럼에도 불구하고 전쟁 위협이 끊이지 않았던 것은 어떤 이유인가? 그 동기에 대하여 여러 가지 추측이 생기는 것은 자연스러운 일이다. 그 하나는 그것이 새로 등극한 젊은 지도자의 위치를 공고히 하고 인민의 단합을 위하여 계획된 것이라는 것이다. 위기를 단합의 방편이 되게 하는 것은 잘 알려져 있는 정치 전략이다. 선군정치(先軍政治) 체제하에서, 새 지도자의 위치를 강화하는 데에 그러한 위기 전략이 특히 중요한 몫을 해낼 것이라는 것은 있을 수 있는 계산이다.

얼마 전 서울대 하영선 교수와 고려대 서진영 교수는 오늘의 위기 상황을 토의하면서, 북의 국가 정책 지표를 병진론(竝進論)으로 설명하였다.(《조선일보》 대담, 2013년 4월 19일) 병진론은 군사력 강화를 위한 핵 개발과 경제 발전이 북의 정책의 두 축이라는 것을 말한 것이다. 이 토론에서 지적된 사항의 하나는 핵 개발과 경제 발전, 두 목표가 서로 모순된 것이라는 점이다. 핵을 포기하지 않는 한 북이 필요로 하는 외국의 투자나 협조를 기대하기 어렵고 그것 없이는 경제 발전은 있을 수 없기 때문이다. 이것이 현실적인 판단이라고 하겠지만, 북의 시각에서는, 두 목표가 반드시 모순된 것만은 아닐 수 있을 것이다. 경제 발전을 추구하는 선결 조건은 자주권을 튼튼히 하는 것이고 그것을 위해서는 핵을 포함한 군사력 강화가 있어야 한다는 계산이 있을 수 있다.(전통적으로 부국강병이라는 문구는 이 둘을 하나로 연결한 것이다.)

북한의 불바다 웅변에는 군사력의 강화와 전쟁 준비가 미국과 한국의 전쟁 위협에 대한 대항 조처라는 주장이 들어 있다. 그것은 별 근거가 없는 주장으로 들린다. 그러나 영국의 군사 전문가 안드레아 버거는 서방의 관점과 다른 북한의 입장에서 볼 때 한미 군사 훈련이나 연습과 같은 것이 북한에는 전쟁 위협으로 보일 수 있다는 것을 지적한다. 이것은 북의 역사적인 경험이기도 하다. 버거의 설명으로는, 군사 연습을 가장한 병력 이동을 갑자기 현실로 바꾼 것이 북이 시작한 6·25 전쟁이다. 그리하여 미국도 북한의 과민성을 완화해 볼 조처를 취할 필요가 있다는 것을 버거는 말하지만, 동시에 그러한 조처들이 북의 핵 개발 시간을 벌어 주는 일에 불과할 수 있다는 것도 인정한다.

하여튼 지난 1월에 북의 국방위원회 그리고 이어서 최고인민회의는 핵 보유의 절대적인 필요를 나라의 명줄이 달린 문제라고 선언한 바 있다. 그런데 이것은 피침(被侵) 가능성에 대한 과민 반응만이 아니라 스스로의 정체성의 신성함을 지키기 위한 대책의 일부를 말한 것으로 생각할 수 있다. 그것을, 지도자의 존재와 관련하여 자주 쓰는 "존엄"이 표현하는 것과 같은, 말하자면 절대성의 영역에 속하는 것으로 규정한 것이다.

불가침의 성역 방어를 위한 군사 모험을 포기하게 하는 방법이 있을까? 한 가지 이념으로 굳어진 가치와 목적 이외에도 인간의 삶의 기초가 되는 다른 가치와 목적이 있다는 것을 설득할 도리가 있는 것일까? 현실적 효과를 당장에 기대할 수는 없겠지만, 그쪽에서 정의하는 성스러움을 넘어가는 성스러움이 있다는 것을 인정하게 할 수 있다면, 그것은 열림의 시작이 될 수 있을 것이다. 특히 그것이 최소한으로 규정될 때 그러하다. 이 최소한은 생명의 귀중함이다. 그것을 집단적으로 파괴하는 것은 모든 것의 기초를 없애는 일이다. 마르크스주의 혁명가 카스트로의 우려도 이에 관한 것이다. 생명의 존귀함에 대한 인정은 같은 민족의 삶, 모든 인간의 삶의 요구, 그리고 그 파괴의 무자비성에 대한 의식으로 이어질 수도 있을 것이다. 그다음 어떤 삶이 존귀한 것인가 하는 문제에는 쉬운 의견의 일치가 없겠지만, 최소한에 대한 일치 그리고 그 깨달음에 깊이가 있다면, 그것으로 향하는 길이 트일 수도 있을 것이다.

전쟁의 위험은 우선 사실적 조처를 요구한다. 여러 이해관계의 거래와 심리 전술적 고려도 피할 수는 없다. 그러나 근본은 인간의 인간됨에 대한 인정이다. 비단 남북 관계만이 아니라 모든 인간적·정치적 교환은 여러 다른 층을 가지고 있다. 그리고 거기에는 근본적인 층이 있다. 여기에 발 디딤을 확실히 하는 것은 현실 정책의 고려에 엄숙성을 부여한다. 이것을 현실 대책 속에 포함시킬 수는 없는 것일까? 적어도 이 차원을 함께 열어 보는 도리는 없는 것일까?

(경향신문, 2013년 5월 6일)

홀로 있어도 조심하는 사람

퇴계의 『성학십도(聖學十圖)』는 17세의 어린 나이로 왕위에 오른 선조에게 성왕(聖王)의 길을 보여 주려 한 것이지만, 임금이 아니라도 수신(修身)하는 사람에게 두루 해당되는 글들을 모으고 주석을 붙인 저작이다. 유학의 수신에서 중요한 것은 마음과 함께 몸가짐을 단정히 갖는 일이다. "의관을 바르게 하고, 눈매를 존엄하게 하고, 마음을 가라앉혀 가지고 있기를 마치 상제(上帝)를 대하듯 하라. 발가짐은 무겁게 할 것이며, 손가짐은 공손하게 하여야 하니, 땅은 가려서 밟아, 개미집 두덩(蟻封)까지도 (밟지 않고) 돌아서 가라. 문을 나설 때는 손님을 뵙듯 해야 하며, 일을 할 때는 제사를 지내듯 조심조심하여, 혹시라도 안이하게 함이 없도록 하여야 한다……." (윤사순 옮김)

이러한 지침이 강조하는 조심스러움은, 왕조 시대의 사람에게 해당되는 것으로 고리타분한 느낌을 줄 수도 있지만, 일을 처리하는 사람 누구에게나 없어서 아니 되는 것이라고 할 것이다. 위의 인용에서 개미집 두덩도 밟지 말아야 한다는 것은, 주자의 주석에 의하면, 말을 타고 달려가더라도 개미집을 피해 갈 수 있어야 한다는 뜻을 가진 것이었다. 지금에 와서 조심스러운 행동에 대한 가르침을 상기하게 되는 것은 전 청와대 대변인의 행각에 대한 보도와 그에 대한 논란 때문이다. 그러나 성 문제, 부패, 폭력 등 여러 가지로 그와 비슷한 사건이 쉴 새 없이 일어나고 있는 것이 오늘의 상황이다. 이러한 일들은 사회의 정신 자산의 손상에 따라 일어나게 되어 있는 일들이라 할 것이다.

국가적인 공공 임무를 맡은 사람의 행동이 신중해야 한다는 것은 말할 것도 없다. 그러나 그것이 바른 절차에 따라 행동을 바르게 하는 것 — 의전(儀典) 절차, 프로토콜에 따라 행동하는 것만으로 가능한 것은 아니다. 그것은 보다 깊은 정신적 수련을 거쳐서야 믿을 만한 것이 될 수 있다. 전통적으로, 행동의 신중함은 마음을 바르게 갖는 데에 이어져 있고 또 바른 마음의 상태가 있어야 몸을 바로 가질 수 있다고 생각됐다. 앞에 인용한 「경재잠(敬齋箴)」의 경고에 따르면, 안과 밖에 "틈이 벌어지면, 사욕이 만 가지나 일어나"게 된다. 마음과 행동의 한결같음은 밖으로 또는 남에게 보여 주기 위한 것이 아니다. 그것은 공적인 공간에서만이 아니라 사사로운 삶에서도, 또 그 자체로, 가치 있는 목적으로 유지돼야 한다. 유학의 전통에서, 남이 보거나 듣거나 관계없이 바른 자세를 유지하는 것 — 신독(愼獨)의 중요성을 말하는 것은 이것을 강조하는 것이다.

물론 보다 세속화된 현대에서 이러한 자세, 경(敬)이라고 부른 자세를 닦아야 한다는 주장이 참으로 옳은 것인가를 물을 수 있다. 그것은 전통 윤리 — 삼강오륜과 같은 윤리를 익히고 유지하는 데에 필요한 자세를 확보하려는 목적을 가지고 있었다. 이 목적은 그것이 사람의 본성에 맞고 사회적 질서에 필요하고, 궁극적으로는 세계의 근본 원리라는 것으로 정당화된다. 그러나 그것이 현대적인 관점에서 편협하고 억압적이라는 느낌을 주는 것도 사실이다. 의관을 바르게 하고 몸을 바르게 하는 주재(主宰)로서 상제를 말한 것 자체가 억압적 질서를 시사한다.

그러나 되풀이하건대, 사람의 일에서 마음과 행동을 조심스럽게 가져야 할 때가 있고 사안이 있다는 것을 부정할 수는 없다. 또는 거축은 어떻든 그에 대한 요구는 삶의 심각성에 비추어 불가피한 것으로, 개인적 그리고 사회적 삶의 기저에 숨어 있다고 할 수 있다. 상제의 어전에서 행동하는 것처럼 움직이라는 말은 그것을 표현하는 봉건 시대의 비유일 뿐이다. 다른 전통에서도 윤리 사상가나 환경 사상가들은 세계에 외경(畏敬)의 질서가 있다는 것 그리고 그 안에 지켜야 할 가치가 있다는 것을 강조하는 경우가 적지 않다. 인간의 존엄성을 말하고 존중하는 것, 또 이해관계를 초월한 상호 신뢰가 성립하는 것은 이러한 기초가 있어서 가능해진다. 그것이 있음으로써 사람의 삶은 살 만한 질서 속에 유지된다.

칸트의 철학에서 실천적 행동 규범, 또는 윤리적 가치의 근거를 분명히 하고자 하는 탐구는 중요한 자리를 차지한다. 그에게 윤리 가치는 인간의 자유 의지와 일치한다. 그런데 자유를 넘어가는 원리 없이 규범을 끌어낼 수 있는 것일까? 사람은 도덕적 또는 정신적이라고 할 수 없는 욕망의 존재이기도 하다. 욕망은 대체로는 감각, 감정, 물질 그리고 그것에서 얻어지는 쾌락에 의해 자극된다. 또 욕망은 개인의 개인됨의 핵심으로 생각된다. 그리하여 그것을 마음대로 충족시킬 수 있는 것이 개인의 존재감을 확인하는 것이 된다. 하지만 칸트의 생각으로는 사람에게는 욕망과 감각적 쾌락 외에 도덕적 행위에서 얻는 기쁨이 있다. 그 기쁨을 위해 사람은 고통을 무릅쓰면서까지 도덕적 행위를 택한다.

그러나 도덕을 선택하는 경우라도 거기에서 얻는 기쁨을 위하여 또는 그것에 몰려서 도덕을 택한다면, 그것은 자유를 잃어버리고 충동의 심부름꾼이 되는 것이다. 자유는 모든 충동의 강요나 밖으로부터 오는 강제력에서 벗어난다는 것을 말한다. 그러면서 사람은 자유로우면서 보편적 원리에 따라 행동할 것을 촉구하는 초월적 이성을 가지고 있다. 이성은 사람으로 하여금 스스로의 자유 속에서 도덕적 진실을 받아들이고 그에 따라 행동할 수 있게 한다. 그리고 이것은 단순한 추상적 명령으로 존재하는 것이 아니라, 기쁨의 감정 — 사안에 따라 일어나고 또 그것과의 관계 속에서 지속되는 감정에 연결된다.

철학적인 논리를 내세우지 않아도, 사람에게 도덕적 당위성 그리고 그 아름다움을 발견하고, 그것에 따라 자신의 삶을 살고, 그로써 자신의 삶이 사물의 큰 진리와 일치하게 되기를 원하는 충동이 있는 것은 틀림이 없다. 다만 현실에서 이것은 다른 감각적인 욕망 그리고 욕망의 이기주의와 함께 존재한다. 이러한 이기주의의 인정이 근대적 인간 해방의 주요한 내용을 이룬다. 이 관점에서의 자유는 이기적 행복 추구의 자유이다. 이것이 경제적 번영의 기초가 된다. 그런데 그러한 추구들에서 생겨나는 갈등을 어떻게 할 것인가? 시장의 보이지 않는 손이 그것을 조정한다고도 하지만, 그것을 일정한 질서 속에 유지하는 것은 법이다. 그러나 넓은 의미에서의 도덕적 질서의 뒷받침 없이는 법은 그 경직성으로 인하여 참다운 인간의 질서가 되지 못한다. 그런데 도덕적 질서는 어떻게 유지될 수 있는가? 자유주의는 강압적 도덕을 거부하면서도 도덕을 필요로 하기 때문에 자유주의 국가의 난제 중 하나가 도덕의 문제가 된다.

인문학이 번창한다. 욕망과 소유와 권력 투쟁의 인생에서 무언가 의지할 수 있는 정신적 지주를 찾아보려는 소망이 사회 안에 부유(浮游)하기 때문일 것이다. 그러나 인문학도 실용으로 스스로를 정당화해야 하는 것이 오늘의 상황이다. 인문학이 번창하는 것은 대체로 대학의 정규 과정을 벗어난 강좌와 같은 형식을 통하여서다. 대학 내에서는 실용적 이점의 압박이 너무나 크다. 그러나 일반적으로 인문학은 흔히 문화 콘텐츠를 생산하고 광고나 상품의 디자인에 필요한 기술을 창조하는 데에 유용하다는 수사(修辭)로 스스로를 정당화한다. 또는 그것은 처세의 학문으로 간주되어 세상을 헤쳐 나가는 요령을 가르쳐 줄 수 있는 것으로, 소위 스펙을 쌓는 방법으로, 또는 집단 이념으로 자신을 강화하는 수단으로 스스로의 위상을 설정한다.

어느 때나 진정한 자유와 그 정신적 바탕을 찾는 일이 쉬울 수는 없다. 그러나 오늘에 와서 특히 사회의 정신적 자산은 탕진되었다는 인상을 준다. 그것을 표방하는 여러 도덕적 수사도 그 진정성을 쉽게 믿기 어렵다. 공적 공간에서 공적 행동의 의전을 뚫고 하락하는 인물이 많을 수밖에 없다. 삶의 정신적 진실에 경외감을 가진 — 말하자면, 옛날의 의미에서가 아니라 오늘의 의미에서 지경(持敬)하는 인물이 쉽게 보이지 않는 것은 당연하다. 높은 도덕성을 지닌 인물이 보인다고 하여도 오늘과 같은 전략의 시대에 그러한 인물을 스펙으로 쌓아 이미지를 다듬어 가는 사람과 구별하기는 쉽지 않다.

(경향신문, 2013년 6월 3일)

정치 행위의 복합성

정치의 아곤

우리 언론에도 보도되었지만, 얼마 전부터 미국에서 크게 논란이 되고 있는 일의 하나는 미국 국가안전국(NSA)의 젊은 직원이 그 비밀 활동을 폭로한 사건이다. 폭로 내용은 국가안전국이 국민의 통신을 거의 무제한으로 사찰한다는 것이다. 이 사건의 설명에 정보 누설자 에드워드 스노든의 개인적인 배경에 대한 조명이 시도되기도 하지만, 이 사건이 커다란 공적인 의미를 가지고 있음은 말할 필요도 없다. 그리고 이 사건은 사건 자체의 중요성을 떠나서도, 일반적으로, 정치 공간에서 이루어지는 동력학의 복합성을 생각하게 한다.

공적 기구 안에서 체제를 벗어난 개인적인 결단은, 동기가 순정한 것으로만 설명할 수 없는 경우라도, 간단한 것일 수는 없다. 현재 스노든은 미국을 떠나 홍콩에 갔다가 다시 모스크바로 가 에콰도르의 망명 허가를 기다리며 공항의 통과 여객 구역에 머물고 있다고 하는데, 이러한 일 자체가 몸으로나 마음으로나 쉬운 일은 아닐 것이다. 위키리크스를 만들어 근년에 정치 정보 폭로 문제를 크게 이슈화한 줄리언 어산지가 그의 홍콩 체재

비 등을 부담하여 도와주고 있다는 뉴스가 있었다. 이것은 그가 물질적으로, 정신적으로 여러 지원을 받고 있다는 증표로 생각할 수 있다.

물론 핵심은 내부 폭로 행위가 제기하는 여러 공적인 문제들이다. 미국 정부 당국이 크게 반발하는 것은 이해할 만한 일이다. 미국의 검찰 당국은 스노든을 "공문서 절취(竊取)", "국방 관계 비밀문서 외부 누설" 등의 혐의로 고소하였다. 그를 지지하는 사람도 적지 않다. 미국의 국론은 전체적으로 양분되어 있는 것으로 보인다. 공화당 소속의 베이너 하원 의장은 스노든을 국사범이라고 불렀는데, 여기에는 공화당뿐만 아니라 민주당 의원도 여럿이 동조하였다. 그런가 하면 한 공화당 의원은 수백만의 개인 정보를 은밀히 빼 가는 정부의 부당한 행위를 폭로한 스노든의 행위는 커다란 "공공 봉사"라고 했고, 또 다른 공화당 의원은, 그에 대한 법이 있다고 하더라도, 정부가 해 온 짓은 헌법 위반이라고 말하였다. 여론 조사에서 국민의 여론도 양분되어 나타난다. 흥미로운 것은 최근의 《USA 투데이》의 여론 조사이다. 이 조사에서 응답자 49퍼센트가 스노든의 폭로가 중요한 공공 봉사 행위라고 생각한다고 한 데 대하여, 43퍼센트는 그의 행위를 부정적으로 보았다. 그런데 같은 조사에서, 그를 법에 의하여 처리하여야 한다는 것과 그러지 말아야 한다는 의견이 50퍼센트 대 38퍼센트였다. 오늘날 같이 단순화된 의견이 지배하는 세상에서, 정당한 행동은 정당한 행동이고 법은 법이라는—이러한 의견이 나올 수 있다는 것은 믿기 어려운 일로 생각된다.

현대 국가는 법치 국가(Rechtsstaat)이다. 그러나 법이 인간사 전부를 또 어떤 일의 인간적 의미 전부를 포괄할 수는 없다. 그리하여 여러 구체적인 고려에 의한 보완이 필요하다는 주장들이 나온다. 사생활 보호는 근대 민주 국가의 주요 책임의 하나이다. 그러면서 동시에 국가는 국가의 안위를 책임져야 한다. 앰네스티인터내셔널을 포함한 국제적인 인권 단체 대변인들은 스노든을 지지하는 의견들을 표명하였다. 미국의 대표적인 인권 단체인 미국시민권연맹(ACLU)은 '외국 정보 감시법'과 관계하여 정부를 상대로 소송을 제기하였다. 이 법이 규정하는 바로는 정보 당국이 특정한 통신 회사로부터 이용자에 관한 자료를 제출하게 하려면, 담당 법정의 허가를 받아야 하는데, 그 허가 요청 내용을 밝히라는 것이 소송의 요점이다. 물론 그 배후의 생각은 무제한의 통신 자료 사찰이 사생활 보호에 관한 헌법 규정들을 위반하는 것이라는 것이다.

스노든 문제에 대한 논란은 여론과 법 — 세부적인 법 절차와 헌법, 그리고 미국 건국 정신을 나타낸다고 생각되는 헌법 정신 등의 개념을 주축으로 정리된다. 여러 사람의 의견에는 감시 체제가 실제 어떻게 운영되고 있는가에 대한 사실 자체도 중요한 영향을 미친다. 당국자들은 이 법이 주로 자국민이 아니라 외국인의 교신(交信)을 대상으로 한다고 주장한다. 또 그것이 국내 정치의 파당적 투쟁에 이용되었다는 혐의는 받지 않는 것 같다. 국가안전국장은 이 제도로 9·11 이후 50건 정도의 테러 사건이 방지될 수 있었다고 주장했다.

남의 나라 이야기가 길게 되었지만, 이 사건을 생각해 보는 것은 그것이 현재 우리 정치와 여론에 논란이 되는 화제에 평행 관계를 가진 것으로 보이기 때문이다. 말할 나위도 없이 화제란 2007년 남북정상회담 회의록에 들어 있다는 노무현 전 대통령의 발언이다. 우선 문제되는 것은 국가 기밀문서가 그렇게 공표될 수 있는가 하는 것이다. 이에 대한 가장 직설적인 답은, 그것은 허용될 수 없는 일이라는 것이다. 스노든의 경우에도, 위에서 본 바와 같이, 《USA 투데이》 여론 조사의 응답자들은 그의 행동의 긍정적인 기여를 인정하면서도 일단 법적 처벌이 있을 수밖에 없다는 모순된 답을 내놓았다. 위키리크스의 원조인 줄리언 어산지에 대해서도 비슷한 답이 나올 것이다. 우리처럼 투명성이 높지 않은 사회에서는 특히 법을 수호하는 것이 지상 과제의 하나임에 틀림이 없다.

그러나 일단 일이 벌어지고 난 다음, 스노든의 경우에서나 마찬가지로, 법의 저 너머에 비치는 중대한 문제를 완전히 외면할 수는 없다. 회의록에 놀란 사람들의 관점에서는 쟁점이 될 수 있는 안건들에 대하여 노 전 대통령이 거침없이 양보할 뜻을 표했다는 것을 놀라워한다. 양보 사항 중에서 대표적인 것이 NLL이다. 극단적인 해석은, 이것은 헌법에도 규정된 국토를 내놓겠다는 것이라는 것이다. 그러나 조금 더 초연하게, NLL을 국경으로 보는 것이 맞는 것인가 하고 물어볼 수도 있을 것이다. 우리의 소원이라고 말하는 통일은 바로 오늘의 국경을 넘어가자는 것이다. 그 관점에서는 지금의 경계선은 국경이 아니라 잠정적인 분계선일 뿐이다. 그렇다면 지금이라도 '국경', '경계선' 또는 '한계선'을 철폐하는 것이 옳다는 주장이 있을 수 있다. 그러나 통일의 이상을 위하여 남북이 아무 준비 없이 경계선을 트고 하나가 되는 것이 통일을 의미할 수 있을까? 십중팔구 그것은 걷잡을 수 없는 혼란과 갈등을 풀어 놓는 일이 될 것이다. 이 혼란과 갈등은 군사적 성격을 갖는 것이 될 수도 있다. 어떤 경우나, 군사력이 대치하고 있는 곳에서 한 가지 현실적 대응책은 경계를 그어 놓는 일이다. 통일이 소원이라도 그것은 평화가 확보되고, 보다 나은 민족의 미래를 내다볼 수 있다는 조건하에서, 조심스럽게 접근되어야 하는 소원이라고 하는 것이 옳을 것이다.

정치 일선의 밖에 서서, 이러한 생각들을 여기에 적는 것은 민망스러운 일이다. 우리의 정치는 언제나 일촉즉발의 갈등 앞에 놓여 있는 것으로 보인다. 정치에 모순된 선택들이 병존하는 것은 드문 일이 아니다. 그리하여 정치에 갈등과 투쟁이 있는 것은 불가피하다. 좋게 보면, 싸움은 삶의 진정한 가치에 대한 확신이 다른 데에서 일어난다고 할 수 있다. 확신에 대한 상세한 검토는 갈등을 줄일 수도 있을 것이다. 그러나 확신 또는 이상이 같다고 하여도 이상과 현실 사이의 간격은 갈등을 만들어 낸다. 그것이 어떤 것이 되었든, 이상과 확신에 못지않게 중요한 것은, 현실 결과에 대하여 책임을 지는, 심사숙고된 정책이다.

그러나 이상 자체가 근원적으로 여러 차원 — 서로 모순된 여러 차원에서 존재할 수 있다는 사실은 정치 싸움의 가장 깊은 요인이 된다. 모순의 선택, 선택의 모순이 겹치는 마당에서, 이상이 있고 숙고가 있다고 해서 현실적 해답이 쉽게 주어지는 것은 아니다. 그리스의 고전 비극들은 흔히 서로 모순되는, 그러면서 어느 쪽이나 버릴 수는 없는 가치들을 위하여 투쟁하고 충돌하는 드라마를 보여 준다. 아곤이라고 부르는 이 투쟁은 해결을 찾지 못하더라도 그 심각성으로 하여 사람들에게 삶의 깊이를 깨닫게 한다. 그리고 그것은 해결을 위한 새로운 시도에 영향을 준다. 이 시도에는 삶의 진정성을 크게 손상하지 않는 한도에서 타협이 포함된다. 우리의 정치나 정치적 여론은 투쟁과 갈등의 수사로 가득하지만, 그것이 문제에 대한 심각하고 진지한 고민에서 나온다는 인상은 별로 주지 않는다.

(경향신문, 2013년 7월 1일)

정치인의 현실 감성

남북의 경계선 문제는 적어도 지금의 시점에서는 간단히 처리할 수 있는 문제라고 할 수는 없다. 이와는 다른 의미에서 국가정보원의 정치 개입 문제도 국민의 정치적 선택의 자유가 민주 정치의 기초라고 한다면 간단히 넘겨 버릴 수 없는 일임이 틀림없다. 그러나 이러한 것들이 다른 모든 국정의 과제들을 제치고 정치의 복판을 차지하고 있어야 하는 것인지, 이것은 보통 사람들이 알기 어려운 일이다. 그런데 이 문제들과 관련하여 일어나고 있는 갈등과 정국 경색은 정치에 대한 우리의 이해에 문제가 있다는 느낌을 준다. 소속 집단이 요구하는 집단행동과 이념과 구호의 광장이 정치라고 생각하는 사람들에게는 정치도 궁극적으로 체험 — 개인적이기도 하고 집단적이기도 하면서, 많은 사람들이 공감할 수 있는 — 에서 나오는 것이라는 사실이 쉽게 잊히고 만다.

얼마 전 미국에서 있었던 흑인 소년 트레이본 마틴의 죽음과 그를 사살한 조지 짐머만에 대한 공판의 결과는 미국 사회에서 흑백 갈등을 재연하는 계기가 되었다. 공판이 진행되는 동안 버락 오바마 대통령은 대체로 침묵을 지키고 있었으나 공판이 끝난 직후인 지난달 19일에 그의 소견을 발표하였는데, 그것은 그 나름으로 정치적 논란의 대상이 되었다. 그것은 짧으면서도 정치와 법에 대한 일정한 견해, 그리고 구체적인 체험에 대한 반성적 고찰을 담고 있는 폭넓은 담론이었다. 미국의 국내 문제가 우리에게 큰 관심거리가 될 수는 없지만, 오바마 대통령의 발언이 우리의 정치를 되돌아보게 하는 계기가 될 수는 있지 않나 싶다.

이미 국내 신문들에서도 보도한 바 있지만, 사건의 윤곽은 다음과 같다. 작년 2월 26일 밤 플로리다 주 샌퍼드의 한 동네 — 경비가 있고 출입이 통제되는 — 에서 편의점에 들러 일용품을 사서 집으로 돌아가던 17세의 흑인 고등학생 트레이본 마틴을 백인 방범 자원봉사 단원 조지 짐머만(29세)이 사살하였다. 그의 말로는 수상하게 보이는 마틴을 자동차로 따라가다가 다시 차에서 내려 뒤를 쫓아가 조사하려는데 반항하고 덤벼들었기 때문에 총을 발사하게 되었다는 것이다. 사건이 나기 전 짐머만으로부터 수상한 사람을 추적하고 있다는 연락을 받고 경찰이 달려왔을 때 마틴은 이미 총에 맞아 풀 위에 쓰러져 있었다. 짐머만은 그 자리에서 검거되었다가 얼마 안 있어 방면되었다. 그리고 40일 이후에 구속되었지만, 이번에 무죄 판결로 자유인이 되었다. 무죄가 된 이유는 살인 의사를 입증하기가 어렵고 정당방위의 동기를 인정할 수 있다는 것이었다.

인종주의적 판결이라고 규탄하는 소리가 미국 전역에서 높아지고 도처에서 시위가 벌어지게 된 것은 자연스러운 일이었다. 오바마 대통령이 지난달 19일 백악관에서 자신의 견해를 밝힌 것은 큰 정치 문제가 되어 가는 이 사건에 대하여, 특히 흑인 대통령으로서 발언이 없을 수 없다고 느꼈기 때문이었을 것이다. 그는 백악관의 기자실에 나와서 직접 손으로 썼다는 원고를 대본으로 하여 그 소감을 이야기하였다. 그는 일단 비판과 시위 운동에 공감을 표하였다. 그것은 폭력으로 나아가지 않는 한 그대로 진행될 수밖에 없다. 동시에 플로리다의 재판은 판사나 검사 직책의 요구대로 진행되었고, 판사가 배심원들로 하여금 '합리적 의심의 여지'를 판단의 기준으로 하여 평결(評決)하게 한 것은 잘못이 아니라고 판결의 결과를 받아들였다.

그의 입장은 법 절차의 정당성을 인정하는 동시에 군중 시위의 정당성도 지지하는 양의성을 가진 것이었다. 그의 발언은 실정법과 정의가 서로 어긋날 때, 그것을 다 같이 옹호하여야 하는 대통령의 입장을 교묘하게 지켜 내는 것이었다고 할 수도 있다. 그러나 그의 발언의 설득력은 그 교묘한 언술이 아니라 미국인 모두가 관여되어 있는 체험과 역사를 상기하게 한 데에서 왔다고 할 수 있다. 그는 흑인으로서 자신의 체험을 언급하였다. 상처를 훈장처럼 내보이려는 것이 아니라 많은 사람이 공유하는 그리고 미국인 일반의 양심을 자극할 수 있는 체험으로서 그것을 말한 것이었다. 트레이본 마틴의 비극적 죽음은 자신의 딸들에게도 일어날 수 있는 일이며, 35년 전의 자기 자신에게도 일어날 수 있었던 일이라는 말로 그는 연설을 시작하였다. 슈퍼마켓에 가면 점원이 뒤를 쫓고, 길을 건너면 멈추어 선 자동차에서 문 잠그는 소리가 들리고, 엘리베이터에 들어서면 바로 그 순간 타고 있던 여성이 핸드백을 단단히 쥐는 것을 보는 것 — 이런 일은 흑인이면 으레 겪게 되는 일이다. — 은 오바마 자신도 경험한 바 있는 것이었다. 이러한 일상적 경험보다 심각한 것은 물론 인종에 따라 법 적용이 달라지는 것이다. 미국의 흑인 사회가 이번 사건을 또 하나의 인종주의 사건으로 보고 분개하는 것은 그것을 그간에 쌓인 체험과 역사의 눈으로 볼 수밖에 없기 때문이다.

이렇게 말하면서도 오바마 대통령은 흑인들의 입장만을 옹호하지는 않았다. 흑인들은 폭력의 희생자면서 폭력을 행하는 자이기도 하다. 그러나 이 모든 것은 미국 역사가 흑인에게 저질렀던 폭력에서 나온 것이다. 중요한 것은 상황을 바로잡는 일이다. 궁극적으로 흑인들도 자신들이 미국 사회의 완전한 일부라는 느낌을 가질 수 있게 되어야 한다. 그러나 과장된 항목을 나열하는 거대한 계획과 같은 것으로 문제가 해결될 수는 없다. 거대한 정치 계획은 과도한 정치화 그리고 왜곡을 가져온다. 공평한 법의 처리 문제는 전통적으로 주와 지방 정부의 소관이다. 그러나 지방의 차원에서 할 수 있는 구체적인 조처를 연방 전체로 확장해 나갈 수는 있다. 문제의 해결에는 정치가들의 담론보다도 오히려 가족, 교회, 직장에서의 분위기 조성이 중요하다.

일리노이 의회에 몸담고 있었을 때 그는 길에서 단속의 대상이 되는 흑인 수를 통계적으로 기록하게 하는 법을 만든 일이 있다.(이 법은 흑인이 부당하게 가두 검색의 대상이 되는 것을 억제하자는 것이었을 것이다.) 대통령으로서 그는 이번 일에서 중요했던 '정당방위법'이 보다 인도적으로, 보다 정당하게 적용될 수 있게 하는 방법을 연구하도록 검찰 총장에게 지시한 바 있다고 말했다. 인종 차별 문제의 해결에는 세부적이고 구체적인 조처들이 효과적이라는 말을 하고 난 다음, 오바마 대통령은 미국 사회에서 흑인에 대한 처우가 크게 나아지고 있다는 것을 확인하는 것으로 말을 끝냈다. 이것을 보다 확실하게 하겠다는 그의 뜻을 다짐하는 것이 연설의 핵심이라고 할 수 있다. 그러나 우리의 관점에서 — 그리고 미국인에게도 — 인상적인 것은 그의 연설이 길지 않으면서도 많은 것을 포괄하고, 특히 흑인 차별의 체험적 현실에 대한 깊은 느낌을 환기한다는 점이라고 할 수 있다.

되풀이하건대, 오바마 대통령은 연설에서 이미 이루어진 법 집행의 타당성을 인정하면서 동시에 그것을 부당한 것으로 항의하는 흑인 공동체의 정당성도 인정한다.(물론 그것을 폭력으로 이끌어 가는 것은 '위엄과 예의'를 가지고 행동한 마틴의 부모를 욕되게 하는 일이 될 것이다.) 그러나 이것이 현실이라고 하더라도 그것은 보다 큰 목표에 의하여 지양되어야 한다. 가장 중요한 과제로 오바마 대통령이 내거는 것은 인종주의의 부당성을 교정하는 일이다. 그것을 그는 조용히 체험과 역사를 잊지 않게 하며 설득하려 한 것이다.

공평치 못한 제도를 바로잡는 일은 정치 기획의 가장 중요한 부분이다. 그것을 요구하는 것은 잘못된 제도가 생산해 내는 인간적 고통 때문이다. 필요한 것은 이에 대한 구체적인 이해이다. 공감할 수 있는 체험적 현실을 잊지 않아야 정치적 합의가 가능해진다. 집단행동에 추상적 정강과 정책 그리고 구호가 없을 수는 없다. 그러나 그것만을 되풀이하는 것은 대결과 폭력은 있어도 해결은 얻지 못하는 정치 작전이 된다. 우리 현실에서는 삶의 체험적 현실을 깊은 공감과 동정으로 마음속에 느끼고 그것을 개념화하고 행동의 프로그램으로 이어갈 수 있는, 감성과 지성의 정치 지도자를 찾기가 쉽지 않은 것 같다.

(경향신문, 2013년 8월 5일)

경제, 정치, 시

근착의 외지 하나에 영국 옥스퍼드 대 티모시 가튼 애시 교수의 유럽 연합의 미래에 대한 글이 실려 있다. 애시 교수는 원래 동유럽 전문가로서 동구 공산권 붕괴 시에 상황의 전개를 설명하는 여러 글들로 널리 알려지기 시작하였다. 그의 글들은 보도이면서 민주적이고 자유로운 유럽의 미래에 대한 진지한 관심을 가지고 쓰인 분석적인 것들이다. 그는 영국에서는 많지 않은 유럽주의자로서, 전에도 이 문제에 대하여 글들을 발표하였지만, 위에 언급한 글은 2008년 금융 위기 이후 많이 약화된 것으로 보이는 유럽의 연립 의식과 그 상황에 대하여 진단을 시도한 것이다. 유럽의 문제도 우리에게 관계가 없다고 할 수 없는 것이 세계화된 오늘의 상황이다. 그러나 여기에서 이 글을 언급하는 것은 그것이 우리가 가진 문제를 새삼스럽게 느끼게 하기 때문이다.

애시 교수가 지적하는 것 하나는 어떤 정치 공동체를 하나로 유지해 가는 데에는 정치나 경제에 못지않게 문화적인 요소가 중요하다는 사실이다. 공동체에는 공동의 가치에 대한 합의가 있어야 한다. 그는 이것을 시

(詩)라는 말로 요약한다. 시가 있어 공동체는 하나가 된다. 그렇다고 애시 교수가 이것을 지나치게 강조하는 것은 아니다. 문화적 일치 또는 이념적 합의를 원하면서도, 이미 이루어져 있는 사실적 합의에 기초하는 것만으로라도, 유럽 연합을 유지할 수 있어야 한다는 것이 그의 생각으로 보인다.

유럽에서 연합 의식이 적극적으로 이야기되지 못하는 것은 유럽에서의 독일의 특수한 위치에 관계된다. 독일은 유럽에서 가장 크고 튼튼한 경제를 가지고 있는 나라이다. 그러면서 역사의 죄인이다. 금융 위기에 대처하는 데에 독일의 도움이 없었더라면, 그리스 등 남부 유럽 나라들은 위기에서 구출될 수 없었을 것이다. 그러나 독일은 전체적인 영도권을 행사할 수 있는 위치에 있지 않다. 독일이 위기의 구출에 나선 것도 적극적인 의지가 있었기 때문이라기보다는 유로 지역의 동시 파산을 피하기 위해서 그럴 수밖에 없었기 때문이다. 그리스에 원조를 주기로 하면서 긴축 정책을 요구하였을 때, 일부 그리스인들이 메르켈 총리를 히틀러에 비교한 구호와 포스터 등을 들고 나왔던 것은 과거사로 인하여 독일이 떠안게 되는 어려움을 단적으로 예시해 준다. 어쨌든 독일은 유럽에서 패권을 쥐려는 의도가 없다는 것을 늘 보여 주어야 한다. 그 결과의 하나가, 개인적인 인품도 그렇다고 하지만, 메르켈 총리가 견지하는 '낮은 목소리의 점진적 실용주의 정책'이다. 그러나 애시 교수는 유럽의 통합을 위해서는 이러한 소극적인 정책 이상의 것이 있어야 한다고 생각한다. 우선 필요한 것은 경제 그리고 그것을 추진할 수 있는 정치 기구이다. 그러나 이에 더하여 유럽인의 마음속에 하나의 유럽이라는 꿈을 살려 나갈 수 있게 하는 시가 없는 것이 그에게는 아쉬운 것이다.

여기에서 시라고 하는 것은 패권주의 또는 바람몰이를 위한 이념을 말하는 것은 아니다. 애시의 생각으로는 메르켈 이전의 독일 지도자들의 경험과 그것을 넘어서는 이상 또는 이념에는 그러한 시가 들어 있었다. 빌리 브란트, 헬무트 슈미트, 헬무트 콜 총리와 같은 사람들은 전쟁이나 홀로코스트 또는 독재 등을 경험한 사람들이다. 그들은 무엇보다도 이러한 일들이 되풀이되기를 원하지 않았다. 여기에 바탕을 둔 유럽의 미래에 대한 비전은 빌리 브란트 총리의 생각과 정책에 가장 잘 드러나 있다. 인용된 브란트 총리의 말에 따르면, 독일인들이 희망하여야 하는 것은 '나라 안에서나 밖에서나 좋은 이웃들의 나라'가 되는 것이다. 이러한 생각을 국제 관계에서 실현하고자 한 것이 그의 '동방 정책'이다. 그는 이 정책의 기치하에 동독과의 평화적 관계 그리고 더 나아가 폴란드와 소련 등과의 화해를 추구하였다. 방법은 거창한 것이 아니라 '작은 발걸음의 정책'으로 조금씩 평화 관계를 구성해 나가는 것이었다.

애시 교수는 그 관심이 주로 유럽 연합의 문제에 있기 때문에 국내 문제는 별로 언급하지 않고 있지만, '좋은 이웃'의 추구는 브란트 총리의 정부에서 국내 정책에도 그대로 나타났다고 할 수 있다. 그는 복지 체제로써 사회적 화해를 다지고자 하였다. 그의 정부에 참여하였던 한 사람의 말로는 그의 재임 중 거의 일주일에 세 건 정도의 복지 법안이 각료 회의와 연방 의회에서 심의 통과되었다고 한다. 그 결과, 한 논평자의 평가로는 브란트 집권 후 독일은 세계에서도 가장 선진적인 복지 국가가 되었다. 이것은 물론 마음이 있어서만이 아니라 경제력이 있었기 때문에 가능한 것이었다. 그리고 국내·국외의 화해 정책은 반드시 사회 민주주의의 정치 신조만을 표현한 것은 아니었다고 할 수 있다. 개혁을 주도한 것은 사회민주당이었지만, 이것을 시행한 것은 보다 전통적인 자유주의를 정강의 기본으로 하는 자유민주당이 참여한 두 정당의 연립 정부였다. 브란트 총리의 독일과 유럽의 미래를 위한 비전이 시적 감동을 줄 수 있는 것이라면, 그 중요한 부분은 과거를 되돌아보고 그때 이루어진 잘못을 뉘우치는 것에 관계된 것이라고 할 수 있다.(브란트 자신은 나치의 등장과 함께 노르웨이 그리고 다시

스웨덴에 망명하고 노르웨이 시민으로서 반파시스트 운동에 참여하였기 때문에 나치 독일의 범죄에 대하여 책임을 느낄 필요는 없었다.) 과거사 문제에서 독일과 한국은 반대의 입장에 있다. 그러나 브란트 총리를 비롯하여 독일에서 볼 수 있는 철저한 화해의 정신은 우리가 익혀야 할 매우 중요한 교훈이라 할 것이다.(그 인간적 성격은 브란트 총리가 바르샤바를 방문하였을 때, 바르샤바 의거 기념비 앞에서 '자기도 모르게' 무릎을 꿇었던 사건에서 시적으로 표현된다.)

한국은 국제 관계에서 독일과 같은 반성이 필요 없는 위치에 있다. 또 과거사에 미래의 평화적 비전을 방해하는 것이 있다면, 그것을 제거하는 책임은 한국민이 져야 하는 것일 수 없다. 그렇다고 동아시아 지역의 평화와 안정을 위한 비전에 대한 절실한 필요 그리고 그 설득을 위한 한국의 사명이 사라지거나 약해지는 것은 아니다. 시비 정사(正邪)를 가리고 책임을 밝히는 일에 있어서 필수적인 것은 그것을 보다 큰 화해와 평화의 틀 안에 위치하게 하는 일이다. 그럼으로써, 그것은 보다 근본적인 인간적 삶의 진실 속에 놓이는 것이 되고 마음 깊이에 공명하는 시적 호소력을 가질 것이다. 궁극적으로 화해는 시비를 초월한다. 우리의 근대사에는 이러한 테두리에서 생각되어야 할 일들이 한두 가지가 아니다.

한국인이 겪은 근대사의 다른 큰 재난의 하나는 6·25 전쟁이다. 6·25에 대하여서도 책임 소재가 이야기되지만, 궁극적으로 중요한 것은 책임과 정당성의 문제보다도 비극 자체이다. 그러한 비극이 없어야 한다는 깨달음은 어떤 명분으로도 동족상잔(同族相殘)이 옹호될 수 없고, 나아가 폭력 수단 또는 테러 행위에 의한 권력 쟁탈이 허용될 수 없다는 깨달음이 된다. 우리 사회에서의 정치 논의는 주로 정당성의 시비에 집중된다. 그리하여 인간적 고통의 현실에 주의하고 평화로운 삶을 위한 현실 조건의 확보가 정치의 궁극적 목적이라는 점을 간과하는 경우가 많다. 시비보다도 중요한 것이 삶의 구체적인 조건이라는 것을 잊는 것이다.

국제 관계는 조금 더 복잡한 것이겠지만, 우리는 국내 정치에서도 삶의 현실에 대한 유연한 감성을 벗어난 정치 원리주의를 본다. 필요한 것은, 나라 밖에서도 그렇지만, 나라 안에서도 좋은 이웃들이 함께 사는 나라가 되는 것이다. 민주주의나 경제 민주화 또는 복지 제도의 확립 등은 단지 추상적인 이념이나 구호의 문제가 아니라 모든 사람들이 인간답게 살고 좋은 이웃으로 사는 데에 필요한 과제를 말한 것이다. 사실 이러한 문제 — 좋은 이웃을 위한 제도적 조건에 대해서는, 그것이 어떻게 표현되든지 간에, 오늘날 여러 정당 간에, 기본적인 일치가 있다고 할 수 있다. 이러한 기본 조건을 받아들이지 않고는 어떤 정당도 국민 또는 국민의 어떤 부분을 대표하는 정당으로 스스로를 내세울 수 없을 것이다. 물론 '좋은 이웃들'을 확보하는 방법과 속도와 규모, 그리고 그에 필요한 경제적 조건 등의 이해에 거리가 있는 것은 사실이지만, 지난번 선거에서 내건 정책들로 미루어 보아도, 그 차이가 근본적인 것이라고 할 수는 없다. 그러면서도 여야 간에 지속되는 격심한 갈등을 보면 그 원인은 반드시 정책상의 차이 때문만은 아닌 것으로 보인다.

우리나라의 정당 간의 관계는 독일의 사회민주당, 기독교민주연합(CDU), 자유민주당 등이 수시로 연립 내각을 구성하는 것과는 크게 다른 형태의 관계라고 할 수밖에 없다. 애시 교수는 그것이 사라졌음을 애석해하는 것 같지만, 독일에는 아직도 사회의 기본 방향에 대한 시적(詩的) 일치가 있다고 할 수 있다. 우리 사회에서 여러 정당이 차이를 합리적으로 받아들이면서도 시적 일치를 느낄 수 있게 되는 것은 어떻게 해서 가능할 것인가? 추상적인 구호라면 몰라도, 그러한 시가 존재하는 것 같지 않다.

(경향신문, 2013년 9월 2일)

나라를 이루어 내기

몇 해 전에 작고한 미국의 철학자 리처드 로티의 저서에 『우리 나라를 이루어 내기(*Achieving our Country*)』란 것이 있다. 기발하다면 기발한 책 제목은 그 나름의 중요한 뜻을 가진 것이라고 할 수 있다. 즉 그것은 국가에도 정체성이 있다는 것, 그리고 그것은 적극적인 노력을 통해서 이룩해 내야 하는 것이라는 사실을 시사한다. 말할 것도 없이 로티의 의도는 미국의 정체성이 무엇인가를 밝혀 보자는 것이다. 그러나 정체성을 정립함으로써 나라를 이루어 내는 것은 미국에서보다도 우리에게 절실한 것이 아닌가 하는 느낌이 든다.

요즘 우리 정치 현장의 뉴스들을 보면, 그다지 핵심적인 것으로 생각되지 않는 사항들이 나라 전체를 흔들 정도의 분규와 갈등의 원인이 되는 것을 본다. 이것은 국가적 정체성에 대한 의식이 불확실한 것, 또 모든 정치 행위가 이 정체성을 닦아 내는 일에 관련된다는 사실을 의식하지 못하는 일에 관계되는 것이 아닌가 한다. 이에 대한 의식이 철저하다면, 중요하고 중요하지 않은 것에 대한 기준을 가지게 되고 정체성을 위협하거나 그 구성에 크게 관계되지 않은 일들은 조금 더 조용한 논쟁의 대상이 될 뿐일 것이다. 미국은 말할 것도 없이 서양에서 가장 먼저 자유, 평등, 우애(또는 행복의 추구)를 원리로 하는 민주주의 정치 이념에 기초하여 세워진 나라이다. 그렇다고 이러한 이념들이 한 번의 선언이나 법 또는 제도의 수립으로 국민 생활의 현실이 될 수 있다고 하는 것은 일을 지나치게 가볍게 보는 것이다.

로티 교수의 생각에 미국 민주주의의 목표들은 역사적으로 여러 사상가들에 의하여 여러 측면으로 또 되풀이하여 강조되었던 것이고 앞으로도 계속 실현되어야 할 이상으로 남아 있는 것이다. 로티 교수의 저서는 이러한 역사적 전통과 그것이 말하여 주는 미래의 희망을 강조하자는 것이다. 그런데 그의 생각에 미국 민주주의에서 무엇보다도 확실하게 실현되어야 할 것은 평등과 우애의 이상이다. 그는 미국의 정치 이념에서 자유는 평등과 하나가 되었거나 그것을 대체하게 되었다고 주장한다. 평등은 사회 정의가 요구하는 것이기도 하지만, 사회적 유대 없이 하나로서 생각할 수 있는 국가는 존재할 수 없기 때문이다.

미국의 국가적 정체성에 대한 로티 교수의 좌파적 해석에 사람들이 얼마나 동의할지는 알 수 없다. 미국의 우파들은 대부분 쉽게 동의하지 않을 것이다. 로티 교수는 "관조적" 또는 "이론적 좌파"라고 하여 그가 비판의 대상으로 삼은 이념적 진보주의자들도 이에 동의하지 않는 것으로 생각한다.(최근 우리나라를 방문한 프랑스의 철학자 알랭 바디우는, 그의 '공산주의 행동주의'의 주장에도 불구하고 그보다 더한 이론의 좌파라고 할 수 있다.) 로티 교수에게 이들의 진보주의는 이론가들의 개념 놀이에 불과하고, 실질적인 사회 정의와 사회 혜택을 분명히 하고 확보할 수 있는 것은 "실용적 좌파"의 생각과 행동이다. 그가 생각하는 실용적 진보주의의 사회 목표는 자본주의 내에서도 달성할 수 있는 현실적 여러 목표 — 빈곤의 고통 감소, 사회적 차별에서 유래하는 수모의 제거, 다양한 인간성 발전의 기회 확대 등이다.

『우리 나라를 이루어 내기』는 1998년에 출간된 것인데, 그 시점에서도 그러하지만, 그 후의 자본주의 전개가 반드시 그의 개선주의적 입장을 정당화해 줄 수 있는 것인지는 확실치 않다. 로티 교수가 지나치게 이론적이라고 생각한 진보주의의 한 특징은 대체로 자본주의 체제의 개혁 가능성을 전적으로 부정한다는 것이다. 이론 진보주의자들의 지나치게 이론적인 체계화가 현실에 어긋난다는 것이 그의 주장이지만, 바로 자본주의에 내재하고 있는 체계성이 부분적 개혁을 도로 아미타불이 되게 한다고도 할 수 있다. 그러나 로티 교수는 이에 답하여 개혁의 노력이 끊임없어야 하는 것은, 그가 다른 저서에서 강조한 바 있는 '우연성'이 현실의 특징이기 때문이라고 할 것이다.

말할 것도 없이 여기에서 논하려는 것은 로티의 진보주의론이 아니다. 여기에서 말하고자 하는 것은, 위에서 비친 바와 같이, 그의 저서의 제목이 말해 주는 가르침—즉 사회가 하나의 국가로서 온전하게 존재하기 위해서는 그 정체성을 유지하려는 지속적 노력이 있어야 한다는 사실이다. 합의할 수 있는 정치 목표의 틀을 갖지 않는 사회가 적정한 삶의 질서를 발전시킬 수는 없다. 여기에서 중요한 것은 무엇보다도 사회를 하나로 묶을 수 있는 목표이다. 그러나 그것은 도덕적·윤리적 의식에 뒷받침됨으로써 비로소 진정한 것이 될 수 있다. 이 의식은 가장 원초적인 의미에서 사회를 생명 공동체로서 인정하는 것으로부터 시작한다. 물론 이것은 모든 생명의 존귀함에 대한 인정을 전제로 한다. 로티 교수의 평등의 강조는 분명 인간의 윤리 의식에 이어진다. 그러나 그가 윤리의 중요성 자체를 강조하는 것으로 보이지는 않는다. 그의 입장에서는 그것이 별도로 강조될 필요가 없었다고 할 수 있다. 우리 사회에서도 그렇다고 할는지 모른다. 그러나 요즘에 보는 갈등과 투쟁의 사례들은 이러한 기본적인 과제들의 중요성을 새삼스럽게 느끼게 한다. 이것이 사안의 경중을 가리게 하고 공동체적 일체성의 훼손을 주저하게 할 것이기 때문이다.

오늘날 중동 지역 이슬람 국가의 혼란은 정치적인 합의 그리고 도덕적 생명 의식의 부재가 가져오는 참혹한 결과를 여실히 드러내 주는 것으로 볼 수 있다. 최근 무함마드 무르시 대통령 정권의 붕괴를 전후하여 이집트는 완전히 폭력의 혼돈 속에 빠져들어 간 것으로 보인다. 수많은 사람이 죽고, 건물이 불에 타고, 사회와 경제가 최저의 일상생활도 할 수 없는 마비 상태에 들어갔다는 것이 최근의 보도와 보고들의 내용이다. 이 혼돈의 가장 큰 원인은 종교적 갈등이다. 이슬람주의, 이슬람주의 안에서도 수니와 시아파, 콥트 기독교, 세속주의 등 여러 종교적, 정신적 지향은 아(我)와 비아(非我)를 가르고, 이 가름은 비아의 박살을 정당화하는 이유가 된다. 물론 권력 투쟁, 사회적 경쟁의 동기도 중요하다. 혼돈을 기화로 하여 무의식에 쌓여 있던 증오가 그 분출구를 찾아 폭발하기도 한다. 여러 폭력 사태 속에서 수십, 수백, 수천의 사람들이 고문과 학살의 희생물이 되었지만, 수염을 기르고 있다는 이유로 총기 협박을 받은 사람의 경우는 이러한 부정적 심리와 정치와 종교적 갈등이 범벅이 되어 나타난 기이한 사례라고 할 수 있다.

무르시 전 대통령은 근대 이집트 역사에서는 예외적으로 민주 선거에 의하여 당선된 대통령이었다. 그의 정권은 여러 가지 신앙과 가치의 차이를 하나의 관용의 질서 속에 포용할 수 있는 민주주의를 이룩해 나갈 것으로 기대되었다. 그러나 그는 새로운 헌법이나 인사 정책 등에서 그의 소속 단체인 '무슬림 형제단'의 가르침대로 정부를 이슬람 독재 정권으로 전환할 의도를 드러내었다. 그것이 반대 시위, 반대의 반대 시위를 폭발하게 하고 이집트를 파괴와 살인의 소용돌이 속으로 빠져들게 했다.

민주주의는 다원적 가치를 포용하는 정치 체제이다. 그러나 다원적이라는 것은 하나로 존재하는 사회를 전제로 한다. 사회의 자기 정체성이 사회를 하나로서 확인하게 한다. 그러한 확인은 하나의 결단이라기보다는 그치지 않는 합의를 위한 노력에서 이루어진다. 민주주의의 정치 원칙에 대한 논의도 이러한 과정의 일부이다. 물론 하나의 정체성이 있다고 하여 갈등이 없어진다는 말은 아니다. 차이와 갈등을 허용하지 않는 정치 체제가 민주주의일 수는 없다. 그렇기는 하나 갈등이 무조건적으로 정당화되는 것은 아니다. 그것은 세부적인 것일 수도 있고 전체적인 것일 수도 있다. 그리고 세부적인 문제로 인하여 유발되는 큰 갈등은 전체를 위협할 수 있다.

그런데 사회는 작고 큰 것을 넘어 일체성으로도 존재한다. 이것을 근원적인 차원에서 뒷받침하는 것이 인간의 삶의 귀중함에 대한 도덕의식이다. 이것을 통하여 사회는 모든 사람의 삶을 존중하고, 그 공동 번영을 약속하는 공동체가 될 수 있다. 민족이나 국가라는 말은 한국인의 정치의식에서 가장 중요한 단어, 성스러운 단어이다. 이것은 전통적으로 우리 사회가 하나로 존재한다는 것을 말하는 방법이었다. 그러나 그것을 보다 구체적인 내용을 가진 것으로 정의하려는 역사는 그다지 길다고 할 수 없다. 이제 사회의 하나 됨은 보다 구체적으로 추구되는 정체성을 통하여 이루어져야 한다. 이 정체성은 어떤 고정된 신앙 개조(信仰箇條)라기보다는 사회 안에 진행되는 정치적·도덕적 추구의 심화 과정을 말한다. 이것이 "나라를 이루어 내려는" 노력의 핵심을 이루어 마땅하다. 많은 사람들은 여기에서 자기도 모르게 외경심을 갖는다. 이것이, 반드시 중요한 것으로 보이지 않는 갈등과 투쟁을 조금 더 높은 차원으로 승화할 것을 희망해 본다.

(경향신문, 2013년 10월 7일)

민주주의 제도

대결과 협의

많은 사회에서 민주주의를 최선의 정치 체제로 받아들인다.(물론 그것이 차선책에 불과하다는 생각도 있지만.) 그러나 민주주의의 구체적인 형태는 여러 가지이고, 그것은 나라의 전통과 문화 그리고 역사적 상황들로 하여 서로 다를 수밖에 없다. 최근의 뉴스들에 나오는 사건들은 이것을 새삼스럽게 느끼게 한다.

자주 지적되듯이 미국의 의회 제도는 대결과 함께 협의의 가능성을 전제로 한다. 하지만 최근의 여러 일들로 보건대, 여야 양당 간의 관계는 거의 대결 일변도가 되어 간다. 그렇다고 타협이 전혀 없는 것은 아니다. 미국의 의료 제도를 조금 더 보편화하려는 소위 '오바마케어'(저가 국민 건강 보험 제도)의 시행을 방해하기 위한 전략으로 공화당은 예산안 통과를 지연시키고 정부 기능을 마비 상태에 들어가게 했다. 그러나 결국은 임시 예산안을 통과시킴으로써, 정부를 재가동할 수 있게 하였다. 그렇기는 하나, 미국 내의 여러 평자들은 예산 문제뿐만 아니라 여러 사회 경제 정책들에서 양당 대결이 첨예화되고 사회적 균열이 커지고 있는 것에 우려를 표명한다.

미국의 정치 상황에 대조를 이루는 것이 독일의 경우이다. 9월 22일의 연방 하원 선거에서 앙겔라 메르켈 총리의 정당 기독교민주연합과 그 바이에른 주의 자매당 기독교사회연합(CSU)은 41.5퍼센트의 표를 얻고 과반수에 가까운 의석을 확보하였다. 그러나 631석 중 과반수에서 5석이 모자라는 311석만을 차지하였기 때문에 다른 정당과 연립하지 않으면 정부를 수립할 수 없게 되었다. 기독교민주연합은 처음에 녹색당과 협상하였으나 실패한 후, 26퍼센트를 득표한 사회민주당과의 교섭을 시작하였다. 사회민주당에서는 이번 선거에서 득표율이 현저하게 줄어든 것은 2005년부터 2009년까지 기독교민주연합과의 '대연립' 때문이라는 해석도 있어서, 이번에 다시 연립 정부에 참여하는 것이 전략적으로 불리한 일이라는 의견도 없지 않았으나, 기독교민주연합의 제안에 동의하였다.

협상이 시작될 때의 보도를 보면, 첫 회의에서는 대표들의 표정이 밝고 상호 신뢰의 말이 오고 간 화기애애한 자리였다고 한다. 협상이 성공한다면, 크리스마스 전으로 내각이 구성될 것으로 예상되고 있다.(새로운 정부가 진수(進水)할 때까지는 현 정부가 그대로 그 권한을 행사한다.) 메르켈 정부는 말하자면 임시 수권 정부라고 할 수도 있는데, 그러한 정부가 정상적으로 움직이고 있다는 것도 주목할 만한 일이다.(법이나 제도야 어찌 되었건, 파당적 심리가 정치의 추동력이 되는 사회에서는 이런 경우 정부는 반은 마비 상태에 들어가게 될 가능성이 높다.) 그렇다고 문제들이 없는 것은 아니다. 당내 특히, 사회민주당 내에서 비판은 계속되고 언제라도 협상을 포기할 준비가 되어 있다는 말들이 나온다. 그러나 협상은 계속되고 있고 또 협상 절차가 그렇게 복잡한데도 끈질기게 협의가 진행되고 있다.

사회민주당의 경우,(이것은 당의 규칙이 당원의 적극적인 참여와 숙의(熟議)의 과정을 중시하기 때문이기도 하지만, 협상에서 열세에 있기 때문이기도 할 것이다.) 협상은 투표로 229명으로 구성된 중견 당원의 동의를 받아야 했고, 협상이 끝나면 그 결과를 47만 당원에게 알려 찬반 의견을 물어야 한다.(조건은 20퍼센트 당원의 우편 응답이 있어야 한다는 것이다.) 이러한 조직상의 복잡성에 더하여, 정책 타협의 절차도 극히 까다로운 것으로 보인다. 절충안은 양당의 당원 70명으로 구성된 12개의 실무 그룹이 토의해 내놓아야 한다. 연립 정부가 성립한다면 그 안에서 소수파가 될 사회민주당은 당 정책의 많은 것에 대하여 기독교민주연합의 동의를 요구할 것이다. 그중 중요한 것은 노동 임금과 세금에 관한 것이다. 사회민주당은 증세와 최저 임금제를 주장한다. 기독교민주연합은 증세에 반대하고 최저 임금제의 실시를 주저한다. 이러한 정책들은 각 당의 기본 정책일 뿐만 아니라 선거 공약이었다. 그러나 양보 없는 타협이 있을 수는 없다. 최종적인 합의는 아직 이루어지지 않았으나, 증세는 보류되고 최저 임금제는 수용된다는 방향으로 타협 전망이 나오고 있다.

중요한 것은 합리적 논의이다. 양당은 당 정책에 대하여 그들 나름의 변론을 내놓고 있다. 사회민주당의 주장대로 최저 임금제 그리고 다른 사회 복지 정책들을 위해서는 세수가 늘어야 한다. 그 방법으로 고액 수입에 대한 증세, 금융 거래세 도입 등이 필요하다. 기독교민주연합은 증세에 반대하면서 그것은 기업 위축의 요인이 될 것이라고 한다. 그에 따라 실업자도 늘어날 것이다. 또 최저 임금제는 전반적으로 물가를 상승하게 하여 많은 사람들의 수입의 실질적인 감소를 가져올 것이다. 구체적인 예로서, 구동독 지역에서는 노동자의 4분의 1이 사회민주당이 제안하는 시간당 8.5유로 이하의 임금을 받고 있는데, 이 최저 임금제가 채택되면 기업이 위축되고 실직자들이 늘어날 것이다. 기독교민주연합은 임금 조정은 기업과 노동조합의 상호 협상에 맡기는 것이 현실적이라고 주장한다.

사회민주당은 협상을 시작하면서 타협 없이 고수할 정책으로 열 개의 정책을 내놓았는데, 증세와 최저 임금제는 그중 가장 중요한 정책이다. 그

외에도 임금의 남녀평등, 인프라 정비와 교육 투자, 재정 긴축 정책의 완화, 직장과 가정의 양립을 가능하게 하는 노동 조건의 개선 등도 협상 대상에서 제외되는 정책에 포함된다. 유럽 연합과의 유대를 강화하는 것도 사회민주당이 중요한 것으로 내세우는 정책이다. 원전 폐지 정책에는 양당이 합의했지만, 석탄에 의존하는 전력으로 이산화탄소 배출이 늘고 전기료가 상승하는 것에 고민은 있으나 아직 구체적인 방안이 없다. 정책의 많은 것은 사회민주당의 사회민주주의 지향을 반영하는 것이라고 할 수 있다. 그러나 반드시 모든 문제에서 그 지향이 일관되게 표현된다고만은 할 수 없다. 그리고 기독교민주연합의 정책이 사회적 고려가 없는 것이라고만은 할 수 없다. 동성애자의 평등권을 강화하자는 것은 사회민주당의 주장이지만, 기독교민주연합도 그에 동의하는 것으로 보인다. 대외 정책에서, 기독교민주연합에 비하여 사회민주당은 더 개방적이고 보편주의적이라고 할 수 있고, 사회민주당이 이민자 가족의 이중 국적을 인정하자는 제안은 그러한 입장의 표현이라고 하겠지만, 두 당은 다 같이 이민자의 통제를 엄격히 하는 데에 동의한다. 기독교민주연합이 아동의 보육비를 적극적으로 지원하는 법을 만들고 지금도 그것을 지속할 의도를 가지고 있으나, 사회민주당은 그보다는 장애인 지원을 강화하고 지방 자치체의 사회 비용에 중앙 정부의 보조를 늘릴 것을 주장한다.

말할 것도 없이 외부의 비전문인으로서 이러한 세부 정책을 바르게 평가할 수는 없다. 타당성 여부를 떠나서 흥미로운 것은 이러한 세부 사항이 연립 정부 협상에서 토의가 된다는 사실이다.(세부적이라는 것은 높이 살 만한 것이기도 하지만, 정부의 보다 섬세하고 유연한 현실 적응력을 옭아매는 것일 수도 있다.) 놀라운 것은 자세한 정책적인 문제를 놓고 보수 지향의 기독교민주당과 진보 지향의 사회민주당이 자리를 함께하여, 협상하고 타협하고 합의할 수 있다는 사실이다.

독일 헌법은 독일 연방을 '사회 국가'라고 정의하고 있다. 그것은 자본주의와 사회 복지 국가의 이상을 합하여 국가의 정체성을 정의하는 것이다. 이 테두리가 두 정당의 합의의 바탕이 된다고 할 수 있다. 그러나 더욱 근본이 되는 것은 당을 넘어 나라 전체를 생각하여야 한다는 보이지 않는 당위라고 할 것이다. 거기로부터 나라 안의 모든 사람이 적정한 수준의 인간적 삶을 살 수 있어야 한다는 사회적 고려도 나온다고 할 수 있다.

자본주의인가 사회주의인가 하는 것은 오늘의 현실과의 관계에서 생각되어야 하는 방편의 문제일 뿐이다. 이것은 조건들이 다르기는 하지만, 미국의 경우에도 마찬가지이다. 민주주의의 복지 사회 지향은 교통과 통신의 발달로 급속히 하나가 되는 세계에서 역사적 당위이다.(국토가 좁고 중앙 집권의 정치 체제를 가진 나라에서 이것은 더욱 그렇다.) 사회적 고려가 없다면, 오바마케어의 문제가 나올 수 없을 것이다. 그것은 공화당 대통령 후보였던 밋 롬니가 매사추세츠 주의 지사였을 때 내놓은 의료 보험 제도에 비슷하다고 이야기된다.

요즘 우리나라 정당과 매체에서 제일 많이 거론되는 것이 국정원 댓글 문제이다. 바로잡혀야 할 일의 문제가 제기된 것임은 말할 필요도 없다. 그러나 그것은 한국이 나아가야 할 진로에서 하나의 단계일 뿐이다. 보다 높은 단계는 우리의 삶을 보다 인간적인 삶이 되게 하는 일이다. 크든 작든 한 가지 정치 이념에 충실하고 정치적 충성심을 일관되게 지켜야 한다는 것은 한국인 특유의 성향으로 생각된다. 이것은 괴로웠던 과거사 때문이기도 하고, 또 그 나름의 덕성이기도 하다. 그러나 중요한 것은 자신의 신념 또는 자기 정당성이 아니라 나라 전체의 삶이 어디로 가고 있느냐 하는 것이다. 국정원 문제와 같은 것에 지나치게 사로잡히는 것을 보면, 우리가 가야 할 길이 얼마나 먼 것인가를 새삼스럽게 생각하게 한다.

(경향신문, 2013년 11월 11일)

보다 착한 천사의 소망

만델라의 모범

얼마 전 외신에 수단에서 최신 기술의 활용이 농업 생산에 큰 진보를 가져오고 있다는 보도가 있었다. 수로(水路)를 관리하고 가축의 건강을 점검하는 데에도 최신 기술이 활용되는데, 특이한 것은 소들을 냉방이 된 우리에서 기른다는 것이다. 소들을 위해서나 환경을 위해서나 문제가 없는 것은 아닐 것으로 생각되지만, 그것은 과학 기술로 하여 일어나고 있는 전 지구적인 변화의 한 증표가 된다고는 할 수 있을 것이다.

조금 기이한 연결이기는 하지만, 만델라 전 대통령의 서거에 대한 반응이 전 세계적인 것도 세계화의 한 표현이 아닌가 한다. 과학 기술에 못지않게, 한 곳에서의 정치적 성공은 다른 곳에서도 곧 학습과 모방의 대상이 된다. 다만 그것은 보편적 호소력을 가질 수 있는 경우에 그렇다. 이미 많이 나온 논평에 하나를 더하는 불필요한 일이 되겠지만, 만델라가 온 세계에 보편적 울림을 갖는 정치지도자가 된 사정을 잠깐 생각해 보기로 한다. 말할 것도 없이 만델라는 자유와 평등을 위한 투쟁이, 극한적인 조건 속에서도 승리할 수 있다는 것을 보여 주었다. 그런데 승리를 가져온 것은 물리적인 힘보다는 정치적 이상의 힘이었다.(물론 그것은 추상적인 것이 아니라 사람들의 고통스러운 현실에 깊이 관계되는 이상이었다.) 유례를 찾아볼 수 없이 혹독한 남아프리카의 백인 우월주의 통치는 무력 저항을 낳고 급기야는 온 나라를 내란 직전에까지 이르게 하였다. 만델라는 이 위태로운 상황을 역전시켜 평화적 해결로 이끌어 갔다.

정치 투쟁은 종종 폭력과 증오의 힘을 동원한다. 그리하여 악마와 손잡지 않으면 아무 일도 이룰 수 없는 것이 정치라는 생각이 있다. 어쨌든 정치 투쟁은 그 나름의 열광을 낳는다. 그리고 모든 힘이 그러하듯이 정치적 열광 그리고 폭력은 장기 집권을 원한다. 그래도 사람의 마음에는 스티븐 핑커의 용어를 빌려 "우리 본성의 보다 착한 천사"가 숨어 있어 평화를 소망한다. 그러나 이 자연스러운 소망은 너무 쉽게 드러나면 약자의 약점이 된다. 이 약할 수 있는 소망 또는 꿈을 뒷받침하는 것이 강인한 윤리적 의지이다. 이 윤리의 힘은 정치의 폭력에 맞서서 정치를 평화로 전환할 수 있는 힘이 된다. 만델라의 삶이 갖는 호소력은 막대한 희생을 무릅쓰면서도 강인한 투지로써 이 천사의 은밀한 꿈을 이루어 낼 수 있다는 모범을 보여 준 데 있다.

그의 서거 후 다시 보도된 한 인터뷰에서 기자가 만델라의 높은 업적에 관하여 질문했다. 그것에 답하여 만델라는 큰 정치적 업적은 한 사람의 힘으로 이루어질 수는 없으며, 집단적 노력만이 그것을 이루어 낼 수 있다고 말했다. 남아프리카의 민주화는 이름이 알려지지 않은 사람들을 포함하여, 많은 사람들의 희생적 노력으로 이루어질 수 있었는데, 사람들이 그것을 자신의 업적으로 돌린다고 하였다. 그러면서 사람들의 주의가 그에게 집중되기 때문에 그 스스로도 노력을 더 할 수밖에 없었던 것도 사실이라고 하였다.

이러한 발언은 만델라의 겸손한 자세를 나타낸 것이지만, 뜻을 같이하는 사람이 많았다는 것도 단순한 수사라고 할 수는 없다.(그의 발언은 대체로 수사적이라기보다는 정확하다는 인상을 준다.) 힘을 함께한 사람에는 아프리카 민족회의(ANC)를 비롯하여 흑인의 인권과 남아프리카의 민주화를 위하여 노력한 그의 동료와 동지들이 있다. 그러나 그 외에도 그의 투쟁에는 많은 사람이 공감하고 참여하였다. 거기에는 많은 남아프리카 작가들도 포함된다. 1991년에 노벨상을 받은 나딘 고디머는 반인종주의 투쟁에 동조하는 작품을 썼고 만델라가 종신 징역을 선고받은 재판에 나오기도 하였다. 2003년 노벨상 수상자인 존 쿳시도 정치 운동에 적극적으로 참가하지는 않았지만, 반(反)인종분리주의와 민주화 운동을 지지하는 사람이었다. 만델라의 정치 투쟁은 보다 먼 곳에서도 지지를 얻었다. 2007년에 영국 의사당 앞 광장에 만델라 동상이 세워진 것은 그의 투쟁이 일으킨 공명(共鳴)의 외연(外延)을 그려 낸다고 할 수 있다.

민주주의에 못지않게 그가 지키고자 한 것은, 이미 시사한 바와 같이 평화적 정치 수단의 유지였다. 무장 투쟁을 지휘한 일도 있으나 그는 무고한 사람이 다치지 않는 것을 원칙으로 하였다. 그러나 보다 큰 원칙은 역시 평화적인 수단의 정치 투쟁이었다. 만델라는 종종 간디에 비교되지만, 간디의 '아힘사'의 규칙은 그에게도 해당된다고 할 수 있다. 대통령에 취임한 후 만델라의 정책 목표의 하나는 화해였다. 이 목표를 위하여 설립한 것이 진실화해위원회이다. 그것은 인종분리주의 정치하에서 일어났던 여러 사건의 당사자들로 하여금 자신들이 저질렀던 잘못을 고백하게 하고 그에 대하여 사면을 주자는 것이었다. 여기에 대해서는 비판—어떤 필자가 나열하는 바로는 "추방, 공포, 고문, 유기, 신체 절단, 살인" 등을 묵살하고 피해자에 대한 보상을 불가능하게 하는 일이 이 위원회가 하는 일이라는 비판도 있었지만, 화해의 정책이 정권의 평화적 이행에 중요한 역할을 한 것은 틀림이 없다.

화해를 원리로 하는 정치 행동 가운데에도 놀라운 것은 백인 정부의 마지막 대통령이었던 데클레르크와의 상호 협력이다. 민주 선거를 통한 정권 이행은 그의 협조를 얻어 순탄하게 이루어질 수 있었다. 데클레르크는 인종주의적 정책에 동조한 일도 있지만, 당에서도 '계몽파'에 속하여 민주주의 원칙을 받아들일 생각을 가지고 있었다. 대통령에 취임하면서 그는 곧 인종분리주의 폐기, 만델라 석방, 민주 선거 등 인종주의를 청산하는 일에 착수하였다. 만델라가 대통령에 취임한 후에 그는 부통령 직책을 수행하였다. 그가 만델라와 나란히 노벨 평화상을 받은 것은 당연하다고 할 것이다.

어떤 논평은 만델라의 화해 정책이 그의 "능란한 정치 수완"을 보여 준다고 해석한다. 그러나 그의 정책은 정략의 소산이라기보다는 윤리적 신념에서 나온 것으로 보인다. 그의 윤리적 행동 원칙은 정치만이 아니라 보다 신변적인 일들과 언어에서도 드러난다. 그는 감옥에 있을 때의 간수들을 대통령 취임식에 초청해 점심을 같이 하기도 했다. 그는 "그들의 기본적인 인간됨"을 인정하였다. 그에게 사형을 구형했던 검사를 초대하여 점심을 같이 한 것은 더욱 놀라운 일이었다. 그와 함께 민주주의 이행을 협상한 데클레르크는 그가 전혀 원한을 품고 있지 않은 것을 보고 놀랐었다고 말한 바 있다. 이 모든 것이 정략적 계산의 표현이라고만 할 수는 없다. 그를 움직인 것은 모든 인간의 정신적 존엄성에 대한 깊은 신뢰였다.

만델라가 세계를 감동시킨 지도자라고 하여, 모든 문제를 해결했다는 것은 아니다. 그의 진실과 화해 정책을 정의의 원칙에 위배되는 것으로 보는 견해가 있다는 것은 앞에 말한 대로이다. 만델라를 계승한 정부는 계속 부패와 불법으로 오염된 정부라는 비판을 받았다. 남아프리카는 세계적으로 빈부의 격차가 큰 나라이다. 백인이 독차지하고 있던 토지 가운데 30퍼센트를 흑인 소유로 옮기게 하겠다는 만델라의 약속에도 불구하고, 아직 흑인 소유의 토지는 3퍼센트에 불과하다고 한다.

필자는 2000년 8월에 남아프리카를 방문한 일이 있다. 짧은 기간에 돌아본 것이지만, 그렇게 수려한 산하와 정비된 도시가 세계 다른 곳에는 별로 없을 것 같았다. 그러나 케이프타운 근교에 쌓여 있는 컨테이너들이 흑인들의 집이라는 것을 듣고 놀라지 않을 수 없었다. 잘 정비된 길거리임에도 도시에서 걸어 다니는 것이 위험하다는 경고를 늘 들었다. 택시 운전사는 총기를 차에 싣고 다녔다.(1999년에 출간된 쿳시의 소설 『치욕(*Disgrace*)』은 반드시 정치가 주제가 되는 소설이라고 할 수는 없으나, 이야기의 배경이 민주화 이후의 무법 사회인 것은 틀림이 없다. 한 평자는 이 소설이 남아프리카를 '강간의 나라'로 그리고 있다고 말한 바 있다.)

여러 가지 보고를 종합하면, 지금도 상황이 크게 나아진 것 같지는 않다. 백인이 독점하던 부유층에 진출한 흑인들이 적지 않으나, 사회 구조는 별로 바뀐 것이 없다는 것이 일반적 평가이다. 필자의 방문 이후 13년의 세월이 흘렀지만, 거리의 사정도 비슷한 것이 아닌가 하는 인상을 받는다. 큰 발전이 없는 데 대하여 만델라의 책임도 없지 않다는 소리도 높아진다. 그러나 한 사람의 지도자가 모든 것을 하루아침에 바꾸어 놓을 수는 없다. 바른 정치 원칙과 윤리적 원리로 행동하는 정치 지도자를 갖는 것, 그것은 이 나라의 기초가 바르게 놓인다는 것을 의미한다. 정치와 사회의 전체적인 발전은 그것을 계승하는 다양한 작업으로써만 이루어질 수 있다. 최근에 데클레르크는, 문제가 있는 것도 사실이나 남아프리카에 기본적인 안정을 가져온 것은 만델라 전 대통령이라고 말한 바 있다.

모든 것이 잘될 수는 없다. 사람의 일에는 그것이 보이지는 않더라도, 드높은 이상의 부름에 따라 계속되는 쉼 없는 노력이 있을 뿐이다. 우리의 정치가 쉼 없이 부풀리고 있는 싸움들이 그러한 노력의 표현이라고 할 수 있는 것일까?

(경향신문, 2013년 12월 9일)

장미와 그 이름

도로명 주소

1997년 여름 나는 네덜란드의 레이던 대학에서 열리는 국제 비교문학 대회에 참석하였다. 학회에 참석하는 일에서 틈을 내어 나는 데카르트가 머물렀던 곳을 찾아보기로 했다.

17세기에 현대 서양 철학을 새로 시작하게 한 철학자라고 할 수 있는 데카르트는 레이던에 거주한 일이 있었다. 그는 사유의 실험으로서의 철학을 시작한 철학자이기도 하지만, 전쟁이나 여행을 통하여 쌓은 인생 경험도 적지 않았다. 독일에 있었던 전쟁에 참가한 이후 파리에 정착한 그는 철학, 수학, 천문학 등 여러 학문에 관심을 가지고 연구를 계속하기 시작하였다. 합리주의 철학자 데카르트가 원한 것은 인간의 여러 지식들을 논리나 수학으로 묶어 통일 과학을 고안해 내는 것이었다. 얼마 가지 않아 그는 이러한 분야에서 명성을 얻기 시작하였으나 30세를 조금 넘긴 다음 파리를 떠나 네덜란드로 이사하였다. 그리고 20여 년을 그곳에 거주하면서, 프랑스로 돌아가지 아니하였다. 그가 파리를 떠난 동기는 분명치 않다. 그가 남긴 편지 등에서 미루어 그의 이주 결심은 명성과 더불어 번거로워지는 사회생활, 인간관계를 떠나 조용하게 학문할 수 있는 환경을 찾고자 한 것이라고도 하고, 또는 갈릴레오의 지동설에 공감하고 있던 그가, 자신의 연구가 보다 자유로울 수 있는 나라를 찾아 이주하였다고도 한다.

지금은 그 이유도 거의 잊어버렸지만, 나는 오래전부터 데카르트에 흥미를 가지고 있었기 때문에, 레이던에서 그가 머물렀던 동네와 집을 찾아보기로 한 것이다. 수소문을 해 본 결과 그가 살고 있었던 곳은 라펜불그 가이고 번지는 21번지라고 하였다. 라펜불그 운하 옆길을 따라 걸어 가다가 찾은 집은 평범한 연립 주택 비슷한 빌딩이었는데, 입구에 "1640년 데카르트 거주지"라는 놋쇠 표가 붙어 있었다. 거리와 주소도 그렇지만, 그것은, 레이던 시의 건물들이 그렇듯이 17세기로부터 계속 유지되어 온 집이었을 것으로 보였다. 데카르트는 이사를 자주 하여 이 라펜불그의 집에서도 얼마나 오래 살았는지는 알 수 없었다.

그런데 여기에서 데카르트 이야기를 하는 것은 철학자로서 그를 논의하자는 것이 아니라 그가 살았던 도시와 거리와 주소가 지금도 알아볼 수 있게 남아 있다는 것에 감명을 받았다는 점이다. 2005년에 데카르트의 전기를 쓴 한 저자는 자기가 찾았던 데카르트의 거주지들을 자세히 기록하고 있다. 한 곳을 들어 보자면, 그가 전기를 쓰기 위하여 파리에서 세 들었던 아파트는 불튀부르 가의 1629년에 지은 빌딩 안에 있었는데, 데카르트는 그곳으로부터 얼마 되지 않은 에쿠프 가의 비슷한 아파트에서 살았다고 쓰고 있다.

이런 것들을 다시 회상하는 것은 이번에 전국적으로 도로명과 주소를 고치겠다는 특이한 정부 정책 때문이다. 이제 그것이 시행된다고 하니, 그 이유가 무엇인가를 생각해 보지 않을 수 없다. 이것을 시행하려는 데에는 그럴 만한 이유가 있고, 그에 대한 설명은 이미 나왔을 성싶다. 그러나 설명이 어떤 것인지는 모르지만, 그냥 앉아서 궁리해서는, 경비만 따져도 왜

해야 하는지 짐작을 할 수 없는 것이 이 일이다. 발상은 아마 우리의 도로명이나 번지수가 불합리하다는 데에서 시작된 것이라는 생각이 든다. 도로명 또는 동네 이름이 그런지 어떤지는 알 수 없지만, 번지 순서가 일정치 않은 것은 틀림이 없다. 그러나 새로운 것들은 합리적인가? 합리적이라 찾기가 쉬울 것인가?

사람의 이름을 포함하여 모든 이름은 불합리하다. 그렇다고 우리 이름을 군번처럼 바꾸는 것이 합리적일까? 이름은 기억하여야 하고 기억을 통해서 구체적인 것들을 연상할 수 있어야 한다. 역사는 독특한 사건들의 연쇄로 이루어지는 기억이다. 그리하여 역사는 이름에 — 사람의 이름이나 지역의 이름이나 — 구체성을 부여한다. 집단만이 아니라 개인도 기억의 연쇄 속에서 정체성을 갖는다. 기억은 자기가 살던 동네를 포함한다. 위에 말한 레이던의 거리나 파리의 거리도 그렇고 그 이름도 역사의 일부이다. 그것은 데카르트를 기억하고자 하는 사람에게만 그러한 것이 아니다. 유명 무명에 관계없이 거리는 기억과 추억과 역사의 일부이다.

길거리로서 가장 합리적인 원리에 가까운 것은 미국의 많은 도시라 할 것이다. 우리의 주소 변경을 기획한 사람들은 미국 도시와 같은 것을 생각했을는지 모른다. 가령 뉴욕처럼 길거리나 번지수가 일관된 숫자로 되어 있고 바둑판 모양으로 반듯한 도로의 도시는 달리 찾을 수 없을 것이다. 사르트르는 미국을 여행하고 미국의 길거리에 대하여 기이한 논평을 한 일이 있다. 조금만 가면 벽에 부딪히는 듯한 유럽 도시의 길거리에 비하여 미국 도시의 길들은 일직선으로 똑바르고 곧장 고속 도로로 연속될 것이라는 느낌을 준다. 그 때문에 미국의 도시들은 가(假)도시라는 느낌을 준다. 그러면서 미국의 바둑판 길들은 미국의 자유의 상징이다. 그 자유란 함께 하는 사회를 두고 대결하고 토의하고 협의하는 자유가 아니라 빠져나갈 수 있는 자유이다. 미셸 푸코는 만년에 미국을 방문했을 때, 일찌감치 미국으로 이주하여 살았으면 좋았을 텐데, 하고 소감을 말한 일이 있다. 동성애자인 푸코는 사르트르가 말한 바와 같이 막힌 사회의 눈치 볼 필요 없이 빠져나갈 수 있는 넓은 대륙의 자유를 생각한 것일 것이다.

벽에 막힌 길거리의 도시와 탁 트여 있는 합리적 도시 — 어느 쪽이 좋다고 골라 말하기는 쉽지 않은 일이다. 많은 인간사가 그렇듯이 적절한 조화가 바람직하다고 할 수 있다. 그러나 두 가지의 도시는 다 같이 역사의 소산이다. 우리가 쓰는 동(洞)이란 동굴, 골짜기, 골과 같은 공간을 말한다. 영어의 '스트리트(street)', 프랑스의 '뤼(rue)'는 길의 뜻을 강하게 가지고 있다.(바로 '도로명'이라는 말 자체가 그렇지만, 거기에 많이 나오는 '길'이나 '로'도 고을이 아니라 도로가 중요한 지표가 된다는 뜻을 전달하는 것으로 보인다.) 그러나 서양에서도 이것이 반드시 일직선의 도로에 따른 지명을 말하는 것은 아니다. 나는 영국 케임브리지 대학에서 연구원 생활을 한 일이 있다. 집을 나와서 대학으로 가자면, 꾸불꾸불하면서도 하나로 이어지는 길을 따라 간다. 이 길의 이름은 수차례 바뀐다. 가령 같은 길인데도, 세인트 존스 대학 옆은 세인트 존스 스트리트, 트리니티 대학 옆은 트리니티 스트리트, 킹스 대학 옆은 킹스 퍼레이드이다. 이것은 이러한 대학들이 유명하기 때문이기도 하겠지만, 사는 곳에 대한 체험이, 우리나 마찬가지로 직선이 아니라 공간이었다는 사실로 인한 것일 것이다.

영국을 말하자면, 영국은 역사를 존중하는 나라 — 어떤 때는 역사의 불합리한 타성에 매여 있는 나라라고 할 수 있다. 우리나라 사람들에게 케임브리지 대학교에서 제일 알려진 교수의 하나는 스티븐 호킹 교수라고 할 수 있다. 몇 해 전에 은퇴한 그의 교수직 이름은 루카스 수학 석좌 교수(Lucasian Professor of Mathematics)였다. 17세기에 뉴턴도 같은 직함을 가지고 있었다. 이들의 전문 분야는 물리학이다. 물리학이 수학에 가까운 것은 사실이지만, 뉴턴에서 호킹에 이르는 사이에 물리학이나 수학 또는 다른 학문의 내용이 바뀌지 않았다고 할 수는 없을 것이다. 그러나 그 교수직의 이름은 바뀌지 않은 것이다. 이것은 대학의 학장 명이나 정부 부처의 이름을 보아도 알 수 있다. 또 영어의 철자법도 그 비슷하게 국가에서 간여하지 않고 놓아 두어도 저절로 관용이 성립하고 그것이 정서법으로 정착한다.

우리나라에서는 이름을 바꾸면 사실을 바꾼 것에 못지않게 큰일을 한 것처럼 느끼는 경향이 있다. 『로미오와 줄리엣』에 나오는 — 유명한 소설의 제목이 되어 더욱 유명해진 — 말에, "이름이 무엇이란 말인가? 장미를 다른 이름으로 부른다고 그 향기가 다를 것인가?"라는 것이 있다. 여기에 우리는 "장미는 의미 없는 음절의 조합이다. 그러나 기억과 연상의 누적이 장미를 사실이 되게 한다." — 이러한 말을 덧붙일 수도 있을 것이다. 모든 일에서 이름이나 개념이 중요한 것이 아니라 현실과 사실이 중요하다. 그것이 이름과 하나가 됨으로써, 이름은 사실의 무게를 얻는다.

이것은 사후약방문이라 할 수도 있지만, 아직 죽은 것은 아니다. 이왕에 그렇게 되었으니 주소로 옛것과 새것을 병용하는 것은 어떨까? 주소는 다시 말하여 사람의 고유한 이름과 같다. 아마 그 누적된 연관을 다 고쳐 나가는 것은 한이 없는 작업일 것이다. 주민 등록도 그렇고, 토지 대장도 그렇고, 외국과의 연락도 여기에 연결된다. 내비게이션에 연결된 GPS의 데이터베이스도 그렇다.(오늘과 같이 국제 관계가 얽혀 있는 세상에서 주소를 고치는 것은 단순히 국내 문제가 아니라, 세계적 또는 지구적 문제이다.) 보도되고 있는 여러 어려움만 보아도, 재고의 여지가 전혀 없는 것은 아니지 않나 한다. 오래된 이름을 마음대로 고치면, 잃는 것은 많아도, 생기는 것은 거의 아무것도 없다는 것이 건전한 관점일 것이다.

(경향신문, 2014년 1월 6일)

정치의 사회적 소통

정치의 쇠퇴에 대하여

정치에 대한 관심이 수그러들고 있는 것이 오늘의 우리 상황이 아닌가 한다. 물론 관심의 쇠퇴가 모든 사람에게 해당되는 것은 아닐 것이다. 지금도 데모가 빈번하고 단식 투쟁이 벌어지고, 최근에는 비극 중에도 비극인 분신자살이 일어나기도 했다. 열렬한 구호들의 외침도 여전하다. 그러나 그러한 일들이 사회 전체를 움직이는 힘이 되는 것으로 보이지는 않는다.

정치적 관심의 쇠퇴는 바로 격렬한 행동과 언어를 휘두르는 정치의 움직임에 일부 원인이 있다고 할 수도 있다. 볼셰비키 혁명기에 레닌은 인민을 위하여 일어섰다는 혁명가가, 혁명이 인민의 보다 나은 삶을 위한 수단이라는 것을 잊어버리고 혁명 그 자체를 본업으로 삼을 가능성이 있다는 사실에 대하여 경고를 한 일이 있다. 이와 비슷하게 최장집 교수는 민주화 이후의 민주주의를 논하면서, 민주주의가 정치 운동에서 능률적인 민주적 절차로 자기 변신을 이루지 못하게 되는 데에서 오는 정치적 역기능을 지적한 일이 있다. 최 교수의 진단으로는 이러한 변화를 위해서는 제대로 작동하는 정당 정치의 확립이 중요하다. 국민의 입장—물론 계층적으로 그리고 서로 다른 이해관계로 나누어질 수밖에 없는 국민의 입장을 바르게 대표할 수 있는 것이 정당이다.

물론 국민의 입장이라는 것도 자명한 것은 아니다. 그것은 석명(釋明)되어야 하는 과제이다. 몇 해 전의 미국 대통령 선거 직전에 《뉴욕 타임스》에 두 가지 흥미로운 여론 조사 결과가 실렸다. 하나는 후보자 지지와 정책에 관한 것이었고, 다른 하나는 개인적으로 마음에 급한 관심사가 무엇인가를 묻는 것이었다. 후자에 대한 답은, 돈 문제와 같은 것도 있었지만, 당장에 생각하고 있는 일들, 병 문제라든지, 물품을 구매하는 일이라든지, 어디를 급하게 가야 한다든지, 일상적인 작은 일들이었던 것으로 기억한다. 사람의 일상생활은 대체로는 이러한 사소한 일의 연속으로 이루어진다.

선거에 출마하는 정치인에게 그리고 선거에서 관심의 대상이 되는 것은 이보다는 공적인 문제이다. 국방과 같은 일 이외에 오늘의 사회에 필수적인 것으로 간주되는 하부 구조들 — 수도, 전기, 하수, 도로, 교통, 통신 등의 시설들이 공적인 관심사의 대상이 되는 것은 당연하다. 세계화가 진전되고 있는 오늘날, 국제적인 비교도 — 가령 평균 수명, 공권력의 부패도, 여성 사회 진출, 진학률, 공기 청정도 등의 국제적인 비교를 생각하지 않을 수 없다. 그것은 이러한 지표들이 경제나 국제 관계에서의 국가 위상뿐만이 아니라 국민의 정권 평가에 영향을 미치기 때문이다. 천연자원이나 환경 문제는 정치적 열정을 불러내지는 못하면서도 가장 큰 공적인 관심사가 되어 마땅하다. 그러나 이러한 것들을 포함하면서도, 역시 관심의 대상이 되는 것은 사람의 살림살이 문제들이다. 그러면서 이러한 살림의 문제에서, 위에 말한 잔일들보다는 더 중요한 항목들로 이야기될 수 있는 것들이 있다. 큰 항목들이란 사건이 아니라 지속적인 상황을 이루는 일들이다. 그것은 옛날식으로 생각하면, 의식주, 또는 구휼(救恤), 또는 생로병사(生老病死)의 여러 문제들, 또는 환과고독(鰥寡孤獨)의 괴로움에 관계된 일들이다. 전통적인 정책의 많은 것은 고통의 문제에 관계된다. 인생행로 전부를 포괄하는 생로병사는 사고(四苦), 또는 인생팔고(人生八苦) 중의 반이기도 하다. 이에 비슷한 오늘의 삶의 문제들은 출산, 육아, 교육, 직업, 의료, 노년 복지 등의 정책이 될 것이다. 이것들은 고(苦)의 주제들을 조금 더 긍정적으로 바꾼 것이라 할 것인데, 한발 더 나아가 요즘에 이야기되는 행복이나 안녕도 여기에 추가될 수 있다.

정치의 기능은 지금 시점에서 그리고 궁극적으로 인생고를 완화하고 행복을 증대시키는 데에 있다. 여기에 가장 중요한 수단은 경제이다. 국민의 관점에서 그것은 고용이고 또 복지이다. 복지 제도는 최소의 행복으로부터 탈락한 사람이 없게 하는 것을 보장하려는 제도이다. 이러한 모든 문제가 일관된 국가적 계획으로 해결할 수 있다는 주장이 있다. 그러나 그러한 계획의 실패는 이제 역사적 체험이 되었고, 지금에 와서 자유주의적 자본주의는 거의 유일한 대안이 되어 인생의 고락(苦樂) 문제도 적어도 당분간은 그 테두리 안에서 해결되어야 한다.

그런데 자본주의의 동력은 이익의 추구이다. 그것이 국부(國富)가 된다는 애덤 스미스의 이론에도 불구하고 사회적 공동 과제의 수행을 개인 이익의 추구에 맡길 수 있겠는가 하는 의문이 인다. 그러나 이익 추구의 체제 유지에도 공적 질서가 필요하고, 여기에 사회 전체의 생활 안정 문제가 포함되지 않을 수 없다. 여기에는 빈부 차도 포함된다. 그것은 사회 정의 문제를 떠나서도 안정의 중요한 요소이기 때문이다. 이익 사회에서도 그 전체의 질서를 위해서는 적어도 사회 활동의 여러 부분 — 갈등과 모순을 포함하는 부분들 사이의 복잡한 상호 조정이 필요하다. 여러 집단들 사이에 이익의 차이뿐만 아니라 사회 전체의 방향과 정책의 우선순위에 차이가 없을 수가 없고, 사람의 일로 자체 모순을 산출하지 않고 지속되는 일은 없다. 사실 어떠한 체제에서든 삶의 안정 또는 풍요를 위해서는 복합적 요인들의 상호 조정이 있어야 한다. 개인의 자유와 자발성을 인정하지 않는 사회 조직은 그것의 결여로 하여 사회의 여러 문제를 놓치게 된다. 이것을 수용하는 경우, 사회 각 부분의 총화는 상호 조정을 필요로 하는 복합 체계가 된다.

복잡하고 복합적인 체제를 분석하고 조정하는 데에는 전문적인 지식이 필수이다. 그렇다면 그러한 체제에서의 정치는 정치가가 아니라 전문 지식을 쌓은 사람이 맡는 것이 마땅하다고 할 수 있다. 삶의 문제 해결에 가장 중요한 것이 경제가 된 마당에서는 경제에 밝은 사람이 정치를 떠맡아야 할 사람이라고 할 수도 있다. 여러 관점을 종합하여 최선의 균형을 찾을 수 있는 철학적 능력이 좋은 정치가의 자격 요건이라는 예로부터의 생각은, 조금 더 일반적이기는 하지만 그래도 전문가를 말하는 것이라고 할 수 있다. 그런데도 정치 지도자를 선발하는 전문 고시가 있어야 한다는 주장은 없다. 정치에 정치하는 사람이 있어야 한다는 것을 부정할 수는 없다. 사람의 일에 대한 바른 판단은 반드시 전문 지식이나 훈련에서 나오는 판단에 일치하지 않는다. 좋은 판단과 행동은 인간적 지혜, 현실에 대한 직관적 판단과 행동적 결단, 이러한 것들의 결합에서 나온다. 그뿐만 아니라 정치 행동은 그 나름의 독자적인 인간 행동의 영역을 구성한다. 지도자의 카리스마를 말하는 것도 그것을 가리킨다. 사람들이 하나로 뭉칠 때 생겨나는 신나는 느낌, 해방감과 힘도 정치가 독자적인 인간 행위의 공간이라는 것을 말한다.

그러나 오늘날 정치의 핵심이 국민의 살림살이에 있다는 것은 틀림이 없다. 소통이라는 말이 많이 쓰이지만, 사회적 필요와의 소통이야말로 정치에 주어진 오늘의 과제이다. 정치가 사회의 문제를 직시하고 그에 기초하여 사회적 소통을 얻어 내려면, 문제에 대한 합리적 이해 또는 과학적 분석이 선행하여야 한다. 거기에서 정책이 나오고 정당의 존립 이유가 생겨난다. 서로 다른 방향으로 생각하는 정당의 타협도 합리적이고 구체적인 정책들이 있어야 가능하다. 구체적인 정책안의 주고받음이 없이 어떤 타협이 가능할 것인가. 그러나 복합적 이해와 그에서 나오는 정책 개발은 하나의 정치 행동으로 모든 것을 바로잡을 수 있다는 소신을 약화시키고 집단 열정의 달아오름을 어렵게 한다.

그러나 역설은, 사회의 살림 문제가 중요해진 시점에서 그것을 해결하지 못한다면, 또는 해결을 지향하는 정책안들을 내놓지 못한다면, 정치가 사람들의 마음에서 멀어지는 수밖에 없다는 사실이다. 군사 정부에서 민주 정부로의 이행은 거의 전적으로 행동주의적 정치를 요구했다. 그러나 민주화 이후의 민주주의에 필요한 것은 정치가 사회의 살림살이에 구체적으로 연결되는 것이다. 정치가 그 영향력을 회복하는 길은 구체적이고 설득력 있는 방안으로 사회와 소통하는 것이다.(정치에 대하여 우리 사회에서 암암리에 받아들이는 전제는 권력과 벼슬과 이권의 분배 기구라는 것이지만, 이 생각은 이제 조금씩 뒷전으로 물러나게 되는 것이 아닌가 한다.) 사회 문제에 정치적 관심을 집중하는 것은 정치열의 감소를 무릅쓰는 일이다. 그러나 그것은 궁극적으로 모든 인간의 인간적 위엄과 삶의 진정한 가능성에 대한 깊은 믿음으로 연결된다. 정치 지도자는 여기에 봉사하는 윤리적 의무를 수행하는 사람이 되고, 정치 참여는 국민에게도 마땅히 수행해야 하는 의무가 된다. 그러면서 다른 방향에서 공공 행복의 활동이 증대될 수도 있다. 사회 정의의 관점에서, 경쟁은 타매의 대상이 되지만, 사회 공간에서의 진정한 수월성의 추구는 그러한 행복의 하나이다.

(경향신문, 2014년 2월 3일)

매체 정보의 건너편

오늘의 시대는 정보화 시대이다. 정보화는 각종 지식 — 일상생활과 소비재에 대한 여러 정보 그리고 보다 학문적인 세계에 속하였던 정보에 대한 접근이 쉬워졌다는 것을 말한다. 그리고 정보 확대에 있어서의 근래의 특징은 정보들의 즉각적인 상호 교환이 용이해졌다는 것이다. 이러한 현상이 생활과 지식 분야에서만 아니라 사회생활과 정치에서도 큰 의미를 가질 것은 말할 것도 없다. 특히 정치의 핵심이 사회적 소통의 정책적 결정(結晶)에 있다고 보는 경우 정보 매체의 발달은 민주주의 발전을 의미한다고 생각될 수 있다. 그것이 보다 많은 사람들이 보다 적극적으로 참여하는 민주주의 사회를 이룩하는 데에 기여할 수 있다고 보기 때문이다. 그러나 많은 인간사가 그러하듯이, 이러한 발달에도 문제점이 있다는 것을 생각하지 않을 수 없다.

지난 1일 네이버 문화재단이 지원하는 '문화의 안과 밖'에서는 서울대학교 언론정보학과 이재현 교수의 '디지털 세계와 사회: SNS와 소셜리티의 위기'라는 강연이 있었다. 이 교수의 강연은, 제목에 이미 시사되어 있는 대로, SNS로 대표되는 사회적 통신망의 발달이 사회적 소통의 영역 확대와 동시에 위기를 품고 있는 현상이라는 것을 경고하였다. 이 교수가 지적하고 있는 여러 문제점들은 비단 SNS에서만 발견되는 것이 아니라 매체가 주도하는 여론 사회에서 또는 더 나아가 대중 사회에서 일반적으로 발견되는 일들이라고 말할 수 있다. 이 글에서는 이러한 보다 넓은 테두리를 염두에 두면서 이 교수가 지적하는 문제점 몇 개를 되돌아보고자 한다.

이재현 교수의 분석에서 중요 개념은 '소셜의 소프트웨어화'이다. 쉽게 풀어 말해 본다면, 이것은 사람의 본래적인 사회성이 그것을 가동하는 장치 — 이 경우에는 컴퓨터 사용에 필요한 소프트웨어 — 에 의하여 규정 또는 규제된다는 것이다. 컴퓨터를 사용할 때, 사용자는 컴퓨터에 내장되어 있는 이용 절차를 쫓아갈 수밖에 없다. 그런데 이보다 두려운 것은 그것이 한정된 기계 장치를 넘어 지배적인 관습이 되고 사람으로 하여금 자유롭게 행동할 능력을 잃어버리게 하는 일이 될 수 있다는 사실이다. (사회 규범에의 복종은 모든 사회화 과정의 일부이다. 그러나 위에 말한 바와 같은 '자발적' 예속화는 SNS에서는 물론, 보다 일반적으로 매체의 지배하에서 특히 심화되는 현상이다.)

전자 매체에 의하여 인간의 사회적 성격이 형성된다고 한다면, 그것은 물론 개인의 개인됨이 바뀌는 일로부터 시작한다. SNS 이용자가 어떻게 본래의 자기로부터 다른 자기로 바뀌게 되는가는 쉽게 예시된다. 가령 페이스북이나 트위터 이용자는 '계량화'에 의하여 자기의 존재감을 확인한다. '친구 수, 팔로어 수, 댓글 수, 좋아요 수, 태그 수' 등을 자기의 존재를 규정하는 지표로 삼게 되는 것이다. 이것은 자기를 객체화하는 것이고 진정한 주체적 존재로서의 자기를 잃어버리는 것이다. 또는 자기 자신을 다른 사람에게 알리고자 할 때에도, 일정한 항목과 양식에 맞는 것만을 메시지에 포함할 수 있다. 이번 강연에서 대상이 된 전자 매체가 아니라도 매체에 전달되는 전기적(傳記的) 사실은 대체로 그렇게 제한되어 있다. 이것은 사실 이력서와 같은 것을 쓸 때에도 마찬가지이다. 출신 학교, 관직 등으로 사람에게 상표를 붙이는 것도 그러한 객체화의 일부인데, 이러한 주체의 객체적 전환은 관직을 절대적으로 중시했던 한국 사회에 오래 지속되어 온 풍습이라 할 수 있다.

전자 매체에서 보는 단순한 메시지 전달의 강박도 자기 객체화 또는 자기 소외를 촉진하는 것으로 말할 수 있다. SNS 사용자는 자신이나 주변에 일어난 사실을 이야기하라는 요청을 받는다. 이것은 앞의 신분 명세를 요구하는 것과는 전혀 반대의 요청인 것 같으면서도, 자아의 공허화라는 동일한 결과를 가져온다. 요청받는 것은 자신에게 일어나는 일을 큰 것만이 아니라 사소한 것까지 글로 전달하여 달라는 것이다. 작은 사건까지를 전하라는 것을 이재현 교수는 '미세 이벤트화'라고 부른다. 그런데 사실 자기 이야기를 쓰는 일은 쉬운 일이 아니다. 그런 경우 이야기는 상투적인 공식을 빌리는 것이어서 사실의 진정한 내용이 상실되게 하는 결과를 가져오는 것이 보통이다. 이것은 많은 자서전에서도 볼 수 있는 일이다. 또한 자기가 만드는 것이나 밖에서 오는 것이나 파편적 정보의 누적은 인간을 파편화하는 효과를 갖는다. 자아는 언어화하는 데에서가 아니라 침묵의 반성에서 살펴볼 수 있을 뿐이다. 긴급한 소통의 요구는 침묵과 반성의 시간을 빼앗아 간다. (물론 진정한 주체로서의 자아 또는 진정한 자아가 있는 것인가 하는 의문이 있을 수 있다. 그러나 이 자아는 본래부터 있는 것이라기보다는 찾아져야 하는 어떤 것으로 규정될 수는 있다.)

'소셜의 소프트웨어화'는 물론 개인을 넘어 사회 구성에서 더욱 중요한 의미를 갖는다. 소프트웨어의 작동을 위하여 따라야 하는 지시와 명령은 보다 더 넓은 영역에서 강제성을 가진 지시가 될 수 있다. 페이스북과 같은 소통 매체에는 메시지 전달을 요구하는 지시가 뜬다. 그러나 그것을 이용하기 시작하면, 메시지를 띄우는 것은 저절로 심리적 강박이 된다. 이런 상황에서, 이재현 교수가 인용하는 보드리야르의 말로서, '강제된 교호성(사회성)'이 생겨나게 된다. 소통에 참가하는 것이 강제적 성격을 띠게 된다는 것이다. 여기에서 강제성은, 이 교수의 설명으로는, 자본주의 사회에 참가하라는 지시이다. 그런데 이 강제성에는 정치적 강박이 첨가될 수 있을 것이다. 그것은 시민이나 국민으로서의 의무로서 표현될 수 있다. 어떤 정치적 입장은, 앞에서 말했던 바와 같이, 사회 소통의 네트워크 참여를 민주주의를 촉진하는 것으로 본다. 그리고 우리 사회에서는 실질적인 삶의 현실에 관계되는 것이든 아니든, 이념이나 당파 또는 다른 '관시(關係)'의 연줄을 타고 여러 가지 정보와 질문과 구호에 '응답'하라는 요구들도 쉽게 이러한 '강제된 사회성'의 내용이 된다.

그런데 전자 매체 또는 매체의 발달로 인하여 참으로 문제가 될 수 있는 것은 매체가 파악하는 사회가 반드시 사실적인 것이라고 할 수 없다는 점이다. 전자 매체 그리고 매체는 사회의 멀고 가까운 곳에서 일어나는 일 그리고 지구의 여러 곳에서 일어나는 일들을 공간과 시간을 초월하여 보도한다. 그것이 우리의 현실을 구성하는 이미지가 된다. 그러나 선택된 사건으로 구성된 세계, 보도와 이미지에 의하여 평평해진 시공간이 참으로 사실의 시공간과 세계에 일치하는 것일 수는 없다. 더구나 그것이 나에게 또 나의 공동체에 의미 있는 체험적 사실인 것은 아니다. 이것은 보드리야르가 드는 예로서, 충실한 보도의 경우에도 지도가 실제의 땅과 동일한 것이 아니라는 데에서 미루어 볼 수 있는 일이다. 보드리야르는 자본주의 외에도 여러 요인으로 가상의 세계가 탄생하게 된 것으로 생각하는데, 그중 가장 중요한 요인은 대중 매체라고 한다. 대중 매체에 보도되는 것은 "(행동의) 의지나 대의(代議)가 의미를 갖고 판단이 작용하는 시공간에서 일어나는 일"이 아니며, 그러한 사건들과 이미지의 공간은 "전 시대에 있어서 국민을 대변하기도 하고 연극 같기도 했던 정치 또는 공적 의견의 공간"과는 다른 것이다.(영역 『보드리야르 문선』) 이것이 대중으로 하여금 보도되는 많은 사건들에 무감각하게 하는 원인이기도 하다.

이렇게 현대인은 가상의 세계에 산다. 그런데 가상을 벗어나서 현실로 돌아가는 방법은 없는가? 보드리야르는 이 회귀가 불가능하게 된 것이 오늘의 세계라고 한다. 그러나 이것을 과장된 이론화에서 나온 진단이라고 생각해 볼 수는 있다. 이재현 교수가 인용하는 다른 저자들은 오늘의 사회성 — 가상 현실이 되는 사회성은 "육체적 고통과 차별을 근간으로 하는 실재 세계로부터 벗어나 가상의 세계로 떠나라는 유혹" 때문에 생겨난 것이라고 한다. 이 인용이 시사하는 것은 이론에서 벗어나 고통스러운 인간의 문제로 돌아갈 수도 있다는 것이다. 그러나 그 경우에도 그것을 사회적·정치적 과제화가 되게 하는 데에는 고통받는 본인을 넘어가는 이해 — 반드시 이념화는 아니라도 적어도 인간 조건에 대한 공감적 이해와 그에 대한 제도적 대책을 요구할 것이다. 보드리야르의 경고를 받아들인다면, 그 과정이 통념적인 개념화일 수는 없다. 그것은 이미 구성된 가상의 세계로 돌아가는 것이 된다. 고통의 문제로 돌아가는 것은 이념의 오만을 넘어 인간의 현실에 대한 경건한 존중으로 찾아가야 하는 새로운 길일 수밖에 없다.

(경향신문, 2014년 3월 10일)

2부

오늘의 작단作壇 (1967~1976)

다른 경향, 두 개의 농촌 소설

5월의 작단作壇

지난 수십 년간의 한국 사회의 변화는 그 중심적 경험이 농촌에서 도시로 옮겨 온 과정으로서 집약될 수 있다. 한국 현대시나 소설의 혼란과 모색은 어떻게 보면 이 새로 등장한 도시적 경험을 형상화해 보려는 노력의 표현이었다고 설명될 것이다. 그러나 노력의 성과가 반드시 노력의 고됨에 정비례했다고 할 수는 없다. 아직도 한국의 작가들에게 도시적 경험은 불확실하고 어리벙벙한 것으로 남아 있는 것이다. 그 원인은 작가 자신에서보다 오히려 사회학적인 데에서 찾는 것이 마땅할지 모르겠지만, 확실한 것은 앞으로도 우리 문학의 과제가 도시적 경험의 소화에 있으리라는 것이다. 그것은 도시의 경험이 바로 한국 사회를 움직이는 동력의 경험이기 때문이다. 물론 농촌이 문학의 소재에서 배제되어야 한다는 것은 아니다. 그것이 직접적으로가 아니라 보다 넓고 핵심적인 테두리와의 관련 속에서만 문제시될 수 있다는 말이다.

오늘날의 사회적 상황이 어찌 되었든 간에 아직도 우리의 작가들이 자신을 가지고 다룰 수 있는 경험의 장(場)이 농촌이라는 것은 분명하다. 이번 달의 월간지들에 실린 작품들만도 이를 증거해 준다.

《현대문학》의 별책 『10인 신작집』에서 아무래도 확실하게 쓰여진 작품은 김동리 씨의 「석노인(石老人)」이 될 것 같다. 「석노인」에 그려져 있는 농촌은 우리가 익히 알고 있는 농촌이다. 그것은 한국 문학의 토착적인 인정주의가 묘사해 왔던 농촌이다. 성격이 극적 갈등이나 모가 나 있는 것은 아무 것도 없다. 이 소설의 기본적인 상황은 고독이지만, 고독은 인정의 따스함 속에 담담하게 극복된다. 「석노인」은 능숙하게 쓰여진 작품이면서도 땅 짚고 헤엄치기로 너무 쉽게 쓰여졌다는 인상을 준다. 그 원인의 일부는 이 작품이 판에 박힌 농촌의 이미지에 안주하여 새로운 관점에 대한 탐구를 전적으로 포기한 데 있다.

방영웅 씨의 「분례기(糞禮記)」(《창작과 비평》 여름호)의 농촌은 매우 특이한 것이다. 그의 감수성은 농촌에 완전히 몰입해 있다. 그의 농촌은 인정의 투과 장치를 통과시켜 구성된 이차적인 이미지가 아니다. 그러나 거기에 사회적 리얼리즘의 매서운 거리가 있다는 것도 아니다. 방 씨는 우리에게 일종의 호방스러움마저 느끼게 하며 농촌의 마음속으로 뛰어들어간다.

방 씨가 그리고 있는 농촌은 자연 상태에 있는 농촌이다. 주인공 똥례의 창조는 매우 유니크한 업적이다. 그녀는 선악 이전의 순진함을 가진 완전한 자연아(自然兒)이다. 성(性)은 이 세계에 편재해 있다. 그러나 그것은 똥례에 있어서 순진한 것이다. 똥례의 성에 대한 관심은 물론, 심지어 용팔이가 똥례를 겁탈하는 행위까지 도덕적 책임의 피안에 속하는 행위라는 인상을 준다. 「분례기」의 농촌이 순진하다는 것은 그것이 밝기만 하다는 것을 말하는 것은 아니다.

똥례의 순진은 백치의 순진에 가깝다. 도박, 물욕, 폭력, 도착(倒錯)은 호롱골 생활의 거의 전부이다. 호롱골은 어떻게 보면 어둠의 세계이다. 그중에도 짙은 어둠은 의식의 어둠이다. 부정적(否定的)인 일들이 그것이 부정적인 것이라는 의식이 없이 가장 흔연스럽게 행해진다. 그 흔연스러움에는 비참보다 오히려 익살마저 느껴진다. 호롱골의 무의식이나 순진은 작품의 우열과는 관계없다. 이러한 세계를 창조한 방영웅 씨의 재능은 희귀한 것이다. 그러나 문제는 방 씨 자신마저도 호롱골의 무의식이나 순진 속에 잠겨 있는 것 같은 사실에 있다.

「분례기」를 전체적으로 볼 때 그것은 단편적이며 지루하다는 감을 준다. 기발표 부분이 3부작의 제1부라고 하니까 단편적인 삽화들이 대단원에 가서 어떻게 거두어지려는지 알 수 없지만, 적어도 지금으로 보아 단편성은 필연적인 것 같다. 그것은 작자의 무의식성에 관련되어 있다. 이 소설에서 똥례의 부분과 다른 호롱골 주민의 부분은 어설프게 병치되어 있을 뿐이다. 이 두 부분의 성공적인 종합은 「분례기」를 참다운 작품이게 했을 것이다.

「분례기」의 세계는 자연의 세계이다. 주의할 것은 이 자연이 양의적이라는 것이다. 호롱골의 어둠은 바로 똥례의 순진의 다른 한 면이다. 여기의 자연은 '루소'의 자연임과 동시에 '홉스'의 자연이다. 작자가 두 자연의 동일성과 자체 모순이 낳을 수 있는 비극적 가능성을 보다 뚜렷하게 의식하고 이를 부각시켰더라면 「분례기」는 한국 농촌이 가진 문제의 핵심을 찌르는 것이 되었을 것이며, 소설은 참다운 작품의 복합성을 얻었을 것이다. 그런 경우 「분례기」는 단순히 농촌의 소설에 그치지 않고 보다 넓은 한국 사회의 중심적인 경험에까지 관련되는 작품이 되었을 것이다. 그러나 아깝게도 「분례기」의 예술적 가능성은 발전시키지 못하고 말았다.

방영웅 씨의 장점은 농민의 마음속으로부터 사물을 느끼고 볼 수 있는 직접성에 있다. 그러나 이 직접성은 또한 씨의 단점이 된다. 방 씨가 단순한 흥미의 대상이 되는 데 그치지 않고 대작가로서 발전하기 위해서는 씨의 직접성은 보다 넓은 비판의식에 의하여 매개되어야 할 것이다.

(경향신문, 1967년 5월 22일)

아쉬운 진술의 완벽성

6월의 작단

기하(幾何)의 논증은 그 진술의 완벽으로 하여 우리를 감탄케 한다. 이때 우리의 감탄은 다분히 심미적인 것이라 하겠는데, 진술의 기하학적 완벽은 예술 작품의 이상(理想) 조건이라 할 수 있다. 이것은 현학적(衒學的)인 형식미에 대한 요구가 아니다. 문학 작품은 알아 볼 수 있는 경험을 만든다.

한편으로 문학이 생경험(生經驗)의 자료나 방식을 사용함으로써, 다른 한편으로는 그것이 필연의 원리에 의하여 질서 주어진 자족적인 세계를 창조함으로써 문학의 세계는 알아볼 수 있는 것이 된다. 얼핏 생각하여 간과하기 쉬운 것은 구성의 면이 문학의 리얼리티에 기여한다는 사실이다. 이달의 작단을 개관함에 있어서 가장 아쉽게 느껴지는 것은 작품이 통틀어 이루게 되는 진술(陳述)의 완벽성이다.

요즘 한국 시 가운데 최소한의 인지(認知) 가능한 진술의 구조를 가진 시를 만나는 것은 쉬운 일이 아닌 것 같다. 필자가 읽은《현대문학》,《신동아》,《동서춘추》세 월간지에서《신동아》의 시들과《동서춘추》의 성찬경

(成贊慶) 씨의 시 정도가 알아볼 수 있고, 얼마만큼의 흥미를 일으키는 진술의 질서를 가진 것으로 들 수 있다.

이 중에도 이수익(李秀翼) 씨의 「우울한 초상」이 가장 관심을 환기하는 시이다. 이 시는 서로 다른 두 감정의 짜임새 있는 대위(對位)로 이루어진다. 그러나 이 다른 감정 태도를 유발한 경험의 소스는 은폐되어 있으며, 시의 진술은 이 진술되지 아니한 경험을 암시하고 있을 뿐이다. 서로 대위된 태도의 마이너스 축에 눈물의 어머니가, 플러스 축에 시인이 서 있다. 그러나 두 태도는 단순한 대립이 아닌 보다 착잡한 얼크러짐 속에 관계되어 있다. 시인의 태도는 어머니로부터 연유하며, 그의 긍정의 언어가 화려하게 과장된 것은 그의 긍정에 아이러니가 있음을 느끼게 한다. 이 시가 은폐하고 있는 상황은 여러 가지일 수 있으나 독자는 편의상 십자가를 멘 예수를 보는 '마리아'를 상상해도 좋을 것이다.

어떤 소설이 실제에 있어서 자전(自傳)이든 아니든, 주인공의 의식과 관점이 작자의 그것과 완전히 밀착해 있을 때 그 소설을 자전적인 것이라 규정한다면, 요즘 한국 소설의 지배적인 서술 방식을 자전적인 것이라 하겠는데, 이러한 자전적인 방식은 이점(利點)보다는 해(害)를 더 가지고 있다는 점에 주목해야 한다. 어떤 한 인물, 한 의식은 쉽게 경험이 통일적 중심이 될 수 있다는 점에서 자전적 방법은 일단 작품의 통일성을 확보해 준다. 그러나 이 용이함은 진정한 통일 원리에 대한 탐구를 한각(閑却)하게 할 위험을 내포한다.

이봉구(李鳳九) 씨의 「홍안(紅顔)의 소년행(少年行)」은 참한 필치로 쓰여진 소설이면서도 종내 하나의 통일된 경험으로 개화(開花)하지 못하고 만다. 이야기된 삽화나 인상들이 한 주인공의 소년 시절, 한 회상 속에 속한다는 사실은 이 작품에 일단의 통일성을 준다. 그러나 여기에 이야기된 일련의 사건들이 다른 경험의 흐름으로부터 분리되어 따로 조명을 받게 된 근거를 착반(着盤)함으로써만, 이 작품은 진정한 통일성을 얻을 것이다.

자전적 방법은 상황의 비판적인 탐구를 소홀히 하기 쉽다. 가령 이문구(李文求) 씨의 「생존허가원(生存許可願)」을 보자. 이 소설은 그럴 듯한 언어와 감정의 긴장 속에서 시작하지만 엉뚱한 멜로드라마로 끝나고 만다. 멜로드라마적 결미는 설정된 상황이 내포한 진정한 가능성을 파악하지 못한 데서 연유한 불가피한 조작이다. 주인공의 상황을 비판적으로 검토하기에는 작자가 너무나 주인공에 밀착해 있다. 주인공은 억울한 마음과 자기 연민의 몽롱한 안개 속에서 사회나 자신에 대한 어떠한 이해에도 도달하지 못한다.

이번 달의 작품 가운데 진술의 정연함을 가진, 따라서 작품으로서 독립적인 실체를 얻은 소설로서 우리는 최미나(崔美娜) 씨의 「절대자(絶對者)」와 박경수(朴敬洙) 씨의 「태출이가 베푸는 잔치」를 들 수 있다. 「절대자」는 너무 가볍고 기계적인 처리를 한 것과 그 진술의 내용이 별로 대단한 것이 아니라는 흠을 가지고 있으나 그대로 최소한의 분명한 짜임새를 보여 주고 있다.

「태출이가 베푸는 잔치」는 이달의 작품 중 하나의 완성된 물건이 되어 있는 거의 유일한 작품이다. 태출이와 태출이가 사는 마을의 비인간화된 양상은 확실한 파악 속에 정연히 펼쳐진다. 이 작품에서 비로소 우리는 실체 있게 형상화된 인물들, 그리고 이들의 상호 연관을 본다. 테마의 발전은 인물의 상호 작용의 극적 전개 속에 짜여져 있는 것이다. 이 소설은 사실주의적 작품이라 하겠다. 우리가 모든 작품이 사실주의적이라야 한다고 주장하려는 것은 결코 아니다. 그러나 사실주의의 객관성을 모든 작품이 배워서 해로울 것은 없을 것이다.

소설에 있어서 자전적인 또는 주관적인 방식의 사용에 한 가지 주의할 것이 있다. 소설 속의 주관적인 의식은 결코 우리의 일상적인 의식과 동일한 것이 아니다. 우리의 의식이 윤곽도 없고 모양도 없이 펼쳐져 있는 지속인 데 대하여 소설의 그것은 일정하게 한정된 분명한 모양을 가진 것이다. 그것은 주관이면서도 대상화되어 있는 것이다. 이런 점에서 그것은 소설의 다른 요소 — 가령 성격 — 나 마찬가지로 한정된 형상으로 객관화될 수 있는 것이다. 소설에 있어서의 의식과 일상적인 의식의 혼동은 위에서 언급한 여러 폐해의 원인이 된다. 이러한 혼동은 요즘 쓰이고 있는 서정시의 모양 없는 두루뭉수리 상태에도 관계된다고 하겠다.

(동아일보, 1967년 6월 19일)

탐구된 사랑

작단시평

《현대문학》7월호로써 1년 반여에 걸쳐 동지(同誌)에 연재되어 오던 손장순(孫章純) 씨의 「한국인(韓國人)」이 완결되었다. 「한국인」이 이야기하고 있는 것은 한마디로 말하여 사랑의 어려움이다. 여기서 사랑은 격정적인 연사(戀事)가 아니라 인격과 인격 간의 갈등 내지 적응이라는 관점에서 보아진다. 막연한 친화감과 의구심을 아울러 가진 채 몇 쌍의 남녀가 부부가 되고 만족할 만한 관계를 이루어 보려고 노력하지만, 피차간에 상처만을 입힐 뿐 행복을 향한 그들의 노력은 모두 실패로 끝나 버린다.

이 소설의 사랑에 대한 탐구는 이러한 실패의 병인(病因)의 진단에까지 이른다. 작자가 여주인공 희연을 통하여 암시하고 있는 바에 의하면 이상적인 부부애는 두 성숙한 자아의 절제와 이성에 기초한 결합으로써만 가능하다. 그러나 이 소설 속의 결혼들은 일그러진 자아의 이기적인 감정에 기초한 결합인 까닭으로 하여 파국에 이르게 된다. 일그러진 자아는 상대방을 감정적으로 지배함으로써 자신의 불완전성을 보상하려 하기 때문이다. 여기에 있는 것은 사랑의 관계가 아니라 극단적인 이기주의의 관계이다. 이러한 관계에서 이기(利己)와 이기(利己)의 갈등은 끊일 사이가 없게 된다. 소설의 제목이 「한국인」인 것은 조금 과장된 인상을 주지만, 적어도 이 소설의 사랑에 대한 탐구가 한국이라는 사회 콘텍스트 안에서 행해지고 있는 것은 사실이다.

잘못된 남녀 관계의 병인이 일그러진 자아에 있다고 한다면, 일그러진 자아의 병인은 일그러진 한국 사회에 있다. 이 소설에 등장하는 인물들은 모두가 다분히 사회적인 조건에 기인한 좌절감에 사로잡힌, 따라서 감정적으로 불안정한 사람들이다. 여주인공 희연 역시 좌절을 경험하면서 인생을 출발하나 그녀는 다른 인물들과 다르게 그녀의 인생에 대한 기대를 현실적인 수준으로 내리고, 경험의 불합리한 기복을 찾아내어 평범한 행복을 확보해 보려는 이성과 절제를 가지고 있다. 그러나 그녀의 이성은 사회로부터 열등의식만을 길러받은 남편의 감정적 '뱀파이어리즘(Vampirism)' 앞에서 어떻게 할 수가 없음을 알게 된다.

「한국인」은 그 주제의 깊이에 있어서, 심리 분석의 섬세함에 있어서 근래의 좋은 수확으로 생각된다. 그러나 이것이 무슨 완전한 작품이라는 것은 아니다. 이 작품의 상황이 지닌 주요한 문제들이 완전히 둥그런 형상으로 발전되지 못하였을 뿐만 아니라 기술적으로도 그 구조나 세부에 있어서 이 소설은 상당한 미비를 드러내고 있다. 이 작품의 초점인 '생(生)의 전쟁'에 대하여 배경을 이루는 사회의 전쟁이 테마의 중요한 일부이면서도 충분한 설득력을 발휘하게끔 그려져 있지 않다는 것을 우리는 우선 지적할 수 있다. 이것은 시사적인 언급을 요구해서 하는 말이 아니다. 사실 이 소설에는 지난 7~8년 동안의 한국의 정치 경제 현실에 대한 언급이 상당히 있다. 그러나 소박한 시사 해설은 작품의 리얼리티를 구성하는 데 하등의 도움을 주지 않을 뿐만 아니라 오히려 작품 표면이 유지하는 결의 현실감을 파괴한다. 이것은 이 소설뿐만 아니라 요즘 쓰이는 소위 현실 참여의 소설에 다 해당시킬 수 있는데, 경제나 정치에 대한 지식이 작가가 그 소재를 이해하는 데 도움을 줄 수도 있긴 하지만, 작가가 참으로 현실에 관여하는 것은 현실이 가능케 하는 삶의 길을 사라진 경험을 통하여 테스트함으로써이다. 이것이 전체적으로 보아 바로 「한국인」이 하고 있는 일이기도 하다.

「한국인」은 심리의 분석을 그 주된 방법으로 하여 내면의 드라마를 그려가는 불란서풍의 로망 다날리스(Roman d'analyse)인데, 사실 이것은 그 주제나 수법에 있어서 로망 다날리스의 대가인 앙드레 모루아의 작품 『기상(氣象, Climats)』을 연상케 한다. 손장순 씨는 모루아와 마찬가지로 사랑이 가질 수 있는 여러 가지 기상의 뉘앙스를 기록하는 데 탁월한 솜씨를 보여 주고 있다. 그러나 희연—문휘와 또 이들에 비교되는 다른 인물들의 감정적 줄다리기의 기록은 너무 지루하게 되풀이된다. 주제의 추구는 보다 경제적으로 이루어질 수 있었을 것이다.

이외에 전반과 후반의 불균형, 보조 인물들의 불충실한 처리 등등 많은 결점을 논의할 수 있으나 급한 대로 한 가지 구체적인 미스테이크만을 지적하겠다. 즉 언어의 부정확한 사용이다. 이 소설에 나오는 영어 대화의 대부분 외래어의 상당수가 부정확하게 사용되었는데, 이것은 외국어니까 관대하게 본다 해도 빈번한 한국어 단어의 오용은 조금 지나친 것 같다. 가령 성(性)에 관계없이 마구 사용된 '재원(才媛)'이라는 말 같은 경우가 그렇다. 이것은 지엽의 문제인지도 모른다. 그러나 완벽에의 의지야말로 예술 정신의 핵심이 아닐까? 여하튼 「한국인」은 주목할 만한 작품이다. 이것은 한국인의 사랑에 대한, 또 한국 여성의 운명에 대한 깊이 있는 탐구이다. 단지 보다 주의 깊은 완벽이 아쉽다.

(동아일보, 1967년 7월 17일)

예술 외적 압력 엿보여

작단시감

잡지에 나오는 시면, 적어도 읽을 만한 것은 되어야 할 것 같은데, 실제에 있어서 요즘의 시들은 오히려 독자를 시에서 소외시키고, 심지어는 시에 대한 혐오감을 불러일으키는 경우가 허다하다. 아마 필요한 것은 시인이 자신의 메티에(métier)에 보다 충실하는 일일 것이다. 오늘날 시인이 받는 예술 외적 압력은 감당키 어려울 정도로 크다. 그러나 우리는 다시 한번 시인은 예술품의 제작자라는 기초적인 사실을 재확인할 필요가 있다. 시인이 장인 이상의 기능을 가지고 있다고 하더라도 시인의 다른 기능들은 시를 잘 만든다는 일차적인 기능을 통해서만 발휘될 수 있는 것이다.

제작이라는 관점에서 볼 때, 시는 궁극적으로 제작자의 밖에, 독자적으로 존재하는 오브제로 볼 수 있다. 이것은 자족적이고 그것 자체로 완전하다. 시를 이러한 오브제로 보는 것은 오늘날의 시의 혼란을 다루는 데 도움을 줄 수 있다. 가령 우리는 한 시 속에서 발전 완결되지 않는 무수한 이미지나 관념들에 마주치게 되는데, 이런 불완전한 단편들은 시를 불만족스러운 것이 되게 할 뿐만 아니라 시적 전통을 불가능하게 한다. 한편의 시는 그것 자체만으로 자기 설명적이어야 한다.

지난달에 출판된 이중(李中) 씨의 『땅에서 비가 솟는다』에서 우리는, 각각의 시에 나오는 시적 요소가 전부 완전히 처리되어 있는 시를 거의 찾아볼 수 없다.(아마 「후반(後半)의 골목」 정도가 예외일 것이다.) 불완전하게 처리된 한 이미지의 예로 우리는 「타락사초(墮落史抄) 1」에 나오는 낙타를 들 수 있다. "펄럭이는/ 그날의 장막에 밀려/ 지평으로 지평으로/ 사형대를 끌고 가는 낙타여". 동 시집의 소개란에서 김수영(金洙暎) 씨는 이 구절을 특히 칭찬하고 있지만, 여기의 낙타는, 그것이 타락을 거꾸로 읽은 거라는 외에는 전혀 구체적인 시적 의미를 가지고 있지 않다.

잡지에서 예를 들어 본다. 가령 문덕수(文德守) 씨의 「새의 나라」는 '새'라는 말을 중심으로 쓰여져 있지만, 새는 여기에서 새 나라에 유사하다는 외에는 전혀 자기 설명적이 아니다. 결국 구조에 대한 감각이 문제다. 구조는 부분과 부분을 서로 조응케 하여 하나의 물건을 만드는 원리다. 그것은 제일의적으로 이성적 전개의 논리다. 그러나 여기에 종속하여 다른 두 측면을 생각해 볼 수 있다. 첫째는 구조물의 세부가 가져야 하는 현실의 질감이다. 이것은 단순한 모방이 아니라 윤곽의 고양에 의하여 확보된다.(이것이 비유가 중요한 소이(所以)다.) 둘째 시가 하나의 구조 활동이라 한다면, 이 활동은 인광(燐光)을 발하는 어떤 의미에 의하여 가동된다. 따라서 시 속의 모든 요소는 이 인광에 조사(照射)되는 것이라야 한다.

박두진(朴斗鎭) 씨의 「강」은 그 나름의 질서를 가지고 있으나, 전혀 구체의 윤곽을 얻지 못하고 있다. "억만광년 먼 밖의/ 은하의 안칡에/ 뜨거이 가슴닿고 구비치고 싶어……". 또 우리는 맥빠진 산문적 기술이 종종 시 노릇을 하는 것을 본다. "우리들은 달리는 열차 속에 있었다. 할 말이 남아 있지, 않았다……". 이것은 시적 의미의 조사를 받지 않는 시 아닌 시구들의 한 예다.

신동집(申瞳集) 씨의 『근업시초(近業詩抄)』를 언급하지 않고 이달의 시를 말하는 것은 부당한 일이다. 그중에서 「어떤 사람」은 주목에 값한다. 무엇보다 이것은 그것대로 완전한 짜임새가 있는 시다.

> 마지막으로 한번 더 별을 돌아보고 늦은 밤의 창문을 나는 연다. 어디선가 지국의 저쪽 켠에서 말 없이 문을 여는 사람이 있다.

이렇게 시작하여 이 시는 인간 간의 연대감과 이것을 통하여 느껴지는 어떤 근원적인 질서에 대한 신뢰감을 표현한다. 그러나 이 신뢰에는 일말의 회의가 서려 있다. 창을 여는 미지의 인(人)이,

> 혹시는 나의 잠을 지켜줄 사람인가, 지향 없이 나의 밤을 헤매일 사람인가

시인은 알지 못한다. 사실 이런 불확실성은 이 시가 갖는 매력의 일부다.

(동아일보, 1967년 11월 21일)

새 시인 세대 형성

작단시감

몇몇 시동인지들 — 가령 《사계(四季)》, 《현대시(現代詩)》, 《시학(詩學)》 또는 《신춘시(新春詩)》와 같은 — 을 읽어 보면, 공통된 무엇인가를 나누어 가진 새로운 시인의 세대가 형성되어 가고 있음을 느낄 수 있다. 지금 단계에 있어서 이 공통된 무엇을 분명하게 규정하고 나서기는 어려운 일이다. 그러나 우리는, 그들의 감수성이 지금까지의 한국시에서 보아 왔던 것보다는 덜 직접적이고 덜 단순하며, 보다 복잡한 것이라는 정도의 사실을 지적함으로써 우리의 출발점을 삼을 수는 있겠다.

새 시인들의 시적 감수성이 단순한 것이 아니라는 것은 우선 감각적 경험에 대한 그들의 단순하지 않은 태도에서 엿볼 수 있다. 가령 최근의 《현대시》 14집이나 《신춘시》 12집에서 맨 먼저 감지할 수 있는 것은 감각의 섬세화이다. "염전을 지나서, 편도선의 계곡을 타고" 내려오는 여름 감기의 경로를 기술하는 김영태(金榮泰) 씨의 「여름 감기」(《현대시》) 같은 시는 새 시인들의 감각에 대한 섬세한 주의를 잘 예증해 준다. 감각의 극단적인 미세화는 쉽사리 초현실주의의 환상성을 띤다. 현미경적인 세계에서 주관과 객관은 확연히 구분해 낼 수 없는 것이 되는 것이다.

김영태 씨의 시는, 감각이 환상에로 옮아가기 직전에 있는 시이지만, 이승훈(李昇勳) 씨의 「위독(危篤)」(《현대시》)은 아주 환상 속으로 넘어가 있다. 이 시가 종내 통일된 시적 의미를 이루지 못하고 마는 것은 사실이지만, 새 시인들의 일면을 대표하는 예가 될 수는 있다. 그리고 이 시는 불완전한 대로 감각과 환상의 현기증을 전달해 준다. "울음으로 짜여진 오양간에, 비치던 마지막 햇볕이 가느다란 목을 감고 늘어져" 있다는 이미지 같은 것은 살바도르 달리의 「끈덕진 기억」의 분위기를 연상케 한다.

다른 한편으로 감각의 기술(記述)은 인상적인 평면에 머물러 있을 수 있다. 《신춘시》의 이가림(李嘉林), 김원호(金源浩), 박이도(朴利道) 씨의 작품에서 그것은 경험의 세부에 대한 충실 이상의 것을 의미하지 않는다. 이러한 일상적 기술에서 우리가 새로운 전율을 느낄 수는 없지만, 이들 작품이 갖는 바와 같은 정도의 구체성을 시에 부여한다는 것도 쉬운 일은 아니다.

새로운 시인들은 감각에 충실한 뿐만 아니라, 내면의 세계에 대해서도 섬세한 감성을 가지고 있다. 앞에서도 시사했지만, 감각은(랭보에서처럼) 정신의 기술(技術)이다. 주목할 것은 이 새로운 시에서 내면의 세계가 감각으로부터 분리되지 않는다는 것이다. 김종해(金鍾海) 씨의 「시업수련(詩業修錬)」(《현대시》)은, "깨끗한 흰 내의를 마련해 주는 아내에 대해서"까지 '독신(獨身)'인 시인의 조건을 말하고 있다. 이 시에서, 이러한 도덕적 통찰은 거창하고 공소한 주장으로 떨어지지 않는다. 박의상(朴義祥) 씨의 「겁(怯)」(《현대시》)은 경험의 또 하나의 국면에 있어서의 조용한 도덕적 통찰을 보여 준다.

네가 시대에 대해서 말하지 않는 것이 내게는 충격이 된다.

이 시는 서두의 이러한 경구적 단정성을 계속적으로 유지하지 못하지만, 이 시에서 우리는 흔하지 않게 조촐한 도덕적 감수성에 접하게 된다. 여기에는 자기 연민도 자기 정당성의 주장도 없다.

네가 말하지 못하면
나라도 하여야 되지 않나,
그러나 그것이 되지 않는
우리의 겁(怯)……

이러한 결구 부분은, 리듬이나 표현이 산만한 것이면서도, 정직하고 단순하지 않는 도덕적 감성으로 하여, 우리의 호감을 얻기에 충분하다.

(동아일보, 1967년 12월 19일)

멋을 위한 제스처, 강렬한 현실 의식

작단시감

요즘의 많은 시가 그렇듯이 고은(高銀) 씨의 새 시집 『신(神)·언어(言語) 최후(最後)의 마을』은 어렵다. 어렵게 말할 수밖에 없기 때문에 어려운 것도 아닌, 어려운 시는 덮어놓아 버릴 수밖에 없는 노릇이지만, 고은 씨의 시는 그렇게 간단히 우리를 놓아 주지 않는다. 그의 시들은 난해하면서도 종종 무시할 수 없는 암시력을 가지고 있기 때문이다. 그의 시는 정적(靜的)인 묘사가 아니라, 행동에까지 이르지 못한 제스처의 기록에 의존한다. 단편적으로 암시된 행동들이 어울려 하나의 상징적 의미를 이루기도 하고, 아무런 여운 없는 넌센스가 되어 버리기도 한다.

언덕에는 모처(某處)로 가는 길이 있다.
겨우 몇 줄의 로망스 사어(死語)를 읽고,
나는 흰 가방에 신을 신고
저 언덕으로 가야 한다.
어디서 잃은 물건이 서두르고 있구나

「실물(失物)」의 첫 연에 이야기된, 목적이 분명치 않은 이러한 행동들의 묘사는 그 엉뚱한 무관계성으로 하여 우리를 당황케 한다. 그러나 다른 한편으로 이것들은 어떤 의미를 부단히 눈짓하여 주는 듯하다. 과연 「실물」의 끝에까지 가는 사이에, 이들은 깊은 상징적인 의미를 띠게 된다. 유감스러운 것은 고은 씨의 시가 이 「실물」에서처럼 성공하는 경우가 드물다는 것이다.

그의 난해성은 성공하는 경우나 실패하는 경우나 어떤 수월함을 가지고 있다. 그것은 종종 멋을 위한 제스처라는 인상을 준다. 앞에 든 예에서는 쉬르리얼리스트의 자유로 내던져진 사상(事象)들이 하나의 의미를 이룬다. 그러나 가령 「새벽의 밀회에서」의

> 새벽 연인아, 그대의 마을 일을 오늘 하루만 도울 수 없다.
> 나는 이사장네 배에 몇 백관의 햇빛을 실어야 한다.

이런 시구는 공허하고 어쩌면 비속하기도 한 멋의 제스처에 불과하다. 고은 씨의 시에서, 곧잘 테마가 되는 것은 죽음·방랑·구도(求道) 등이다. 이러한 테마는 멋과 진지함의 묘한 결합 속에 표현된다. 효봉(曉峰) 스님의 죽음을 주제로 한 「송별」에서 우리는 드물게 시인의 진지한 육성을 듣는다.

> 당신은 바다를 향하여 말 한마디조차 이루지 않았습니다.
> 말은 전혀 다른 말을 뜻하고,
> 차라리 당신의 적막에서 큰 소리로 말은 들립니다.

그러나 이 시에서도 멋을 위한 시적 제스처는 버려지지 않는다.

> 떠나는 아버지시여.
>
> 누가 당신과 먼길을 동행하겠습니까.
>
> 다만 바랍니다. 혼자서
>
> 어떤 비탈의 잔치 밖에서 계시다가 슬플 때 처음 오시는 손님으로 비를 맞고 오소서.

멋 그 자체를 탓하는 것은 아니다. 그것은 귀중한 시적 자산일 수 있다. 고은 씨의 암시력을 가능하게 해 주는 것도 이것이라 할 수 있다. 문제는 멋과 현실적인 의미의 균형에 있다.

고은 씨는 시집의 서문에서 "시가 발표되는 곳은 시집이어야 한다."라고 말하고 있다. 이와 비슷하게 필자는 시 평가의 바탕은 시집이어야 한다고 생각한다. 그러나 이 글의 성질상 잡지에 발표된 좋은 시를 묵과하는 것은 섭섭한 일이다. 이달의 작품 중, 박희진(朴喜璡) 씨의 「바다만세(萬歲)바다」(《세대》 1월호)는 염불(念佛)을 지향한 그 실험적인 기법으로 하여, 신동집 씨의 「정물(靜物)」(《세대》 1월호)은 그 응집된 형상화로 하여, 민영(閔暎) 씨의 「달빛」(《세대》)은 강렬한 현실 의식을 억제된 서정 속에 감출 수 있음으로 하여 가장 주목할 만한 작품들이 될 것이다.

(동아일보, 1968년 1월 30일)

경험의 세계로 뛰어든 청록파

작단시감

『청록집』과 청록 세 시인의 명성은 우리로 하여금 《사상계》 1월호의 「청록(靑鹿) 제이소시집(第二小詩集)」을 그냥 지나쳐 버릴 수 없게 한다. 시의 근원은 티 없는 순진의 세계에 있다. 『청록집』을 비롯한 이 세 시인의 초기 시는, 한국의 어떤 시가 한 것보다 완전하게, 순진의 세계를 표현하였다. 그러나 순진은 약하고 삶의 극히 작은 일부에 불과하다. 그것은 곧 경험의 시련에 부딪치고 이 시련을 통하여 깨어지거나 움츠러들거나 또는 다져진 순진이 된다. 이러한 변용에서 가장 중요한 것은 경험을 정시(正視)하는 일이다. 많은 한국의 시인들이 순진의 세계에서 출발하여 두 세계의 나루터에서 좌절되는 것을 우리는 보아 왔다. 청록의 세 시인은 그들의 후기 작품들에서 경험의 세계로 나아갔다. 그러나 그 시련을 성공적으로 시 속에 담았는지는 의문이랄 수밖에 없을 것 같다.

조지훈(趙芝薰) 씨의 초기 시가 그린 것은 어떤 고전적인 정한(靜閑)의 세계였다. 그러나 그 고요한 감정의 세계에는 어떤 굳은 것을 느끼게 하는 점이 있었다. 이 경성(硬性)은 처음에는 철학적인 관념을 다루게 하기도 하고, 또 나중엔 경험의 중압 가운데에서(가령 「역사 앞에서」나 「여운(餘韻)」의 시들에서 그랬듯이) 드문 기개와 품격을 유지하게 했다. 그러나 다른 한편으로 그의 경성은 그의 사고를 상투형의 울 속에 매어 놓는다. 그리하여 그의 관념은 무디고, 우국 시(憂國詩)에서의 기개는 깐깐한 설득력을 갖지 못한다. 「제이소시집(第二小詩集)」은 이러한 그의 특성을 다시 한 번 확인해 준다. 「화체개현(花體開顯)」이나 「절정(絶頂)」의 무딘 관념이나 "조그만 마을 하나/ 자유의 국토 안에 살리기 위해서는……" 운운의 「다부원(多富院)에서」의 구절은 징후적인 예로서 들어질 수 있다. 《사상계》의 시 가운데 「병(病)에게」만이 기발표의 것이 아닌 듯한데, 여기에서 약간의 유머를 볼 수 있는 것은 반가운 일이다. 이것은 그로 하여금 늘 경험에 대하여 일정한 간격을 갖게 하는 '품격'의 용매가 될 수도 있을 것이다.

박목월(朴木月) 씨의 여성적인 감수성은 조지훈 씨의 경성(硬性)에 대조된다. 이것은 그로 하여금 경험의 세계의 아픔에 보다 민감하게 한다. 그리고 이 아픔은 경험의 진실을 똑바로 보고 기록할 수 있게 하는 매체가 된다. 「난(蘭)·기타(其他)」, 「청담(晴曇)」이 보여 준 것은 이러한 아픔과 정시(正視)였다. 「제이소시집」의 「하단(下端)에서」나 「시(詩)」도 작은 대로 그 예가 된다. 그러나 박목월 씨의 여성적 감수성은 다른 한편으로 그를 무르게 하고 그의 눈에 감상의 몽롱한 막을 씌워 줄 수도 있다. 그의 이러한 면이, 수다한 '인생' 에세이나 「어머니」와 같은 '인생' 시의 비속을 설명해 준다. 「제이소시집」의 사투리 시들도 이 계열에 속한다. "한 잔 얼근하게 하기만 하면/ 세상에 안 풀릴 게 뭐 있노." 얼근한 김에 있을 수 있는 말이지만, 참다운 시는 풀리는 쪽보다는 안 풀리는 쪽에 있다.

박두진(朴斗鎭) 씨의 출발은 가장 유망한 것이었다고 할 수 있다. 초기 시의 신선하고 소박한 식물적인 삶의 '비전'은 순진한 대로 도덕적인 '비전'이었다. 도덕은 경험의 세계에서 일어나는 것이기 때문에 박두진 씨는 발전을 위한 가장 좋은 조건을 가지고 있었다. 그러나 「변증법(辨證法)」(「제이소시집」)의 얄팍한 심벌들이 말하려는 빈약한 초절(超絶)이나 「잔나비」(「하얀 날개」)와 같은 시의 거칠고 획일적인 현실 증오는 그가 초기의 신선한 도덕적 감수성에서 얼마나 떨어져 나왔는가 하는 사실을 서글프게 확인해 줄 뿐이다. 삶의 가능성과 세계의 정신적 음영(陰影)에 민감했던 도덕적 감수성은 깊이 없는 아우성으로 변하고 만 것이다.

지난달은 양적으로 질적으로 풍작의 달이었다. 김현승(金顯承) 씨의 「목적(目的)」(《신동아》 2월호)은 세련된 시다. 신동엽(申東曄) 씨의 장시 「금강(錦江)」(『삼인시집(三人詩集)』, 을유)은 근래의 가장 중요한 성과로서 지적될 수 있다.

(동아일보, 1968년 3월 5일)

좁아진 세계관

작단시감

최근에 김현승(金顯承) 씨는 시집 『견고한 고독』을 내었고, 또《창작과 비평》의 봄호에 다섯 편의 시를 실었다. 김현승 씨 시의 아름다움은 이미지의 선명한 조소성(彫塑性)에 있다. 조소성은 감각적 경험에 대한 단순한 충실에서보다 오히려 "이미지에 내재하는 관념"을 보아 낼 수 있는 정신적 시력의 날카로움에서 온다. 이것은 김현승 씨의 경우에도 마찬가지이다. 그러니까 다른 쪽에서부터 말해 간다면 김현승 씨 시의 아름다움은 관념의 조소성에 있다고 할 수도 있다.

관념과 이미지가 어울려서 하나의 선명한 인상을 낳는 예는 다른 초기 모더니스트의 시에서도 볼 수 있지만, 김현승 씨의 뛰어난 점은 그가 그의 시적 능력을 중요한 문제의 검토에 사용했다는 것이다. 그것은 재치나 멋의 전시를 위한 도구로 전락하지 않는다. 그는 우리 시에서 드물게 보는 모럴리스트인 것이다. 1957년의 『김현승시초(金顯承詩抄)』의 한 시에서 가령 그는 5월의 녹음을 이렇게 이야기한다. "그늘,/ 밝음을 너는 이렇게도 말하는고나,/ 나는 기쁠 때는 눈물에 젖는다,// 그늘,/ 밝음에 너는 옷을 입혔고

나,/ 우리도 일일이 형상을 들어 때로는 진리를 이야기한다.”(「오월의 환희」) 여기에서 5월에 있어서의 양광(陽光)과 녹음(綠陰)의 대조는 실재와 현상에 대한 철학적 관념으로 변용된다. 그리고 이미지와 관념은 동시에 놀라운 조소성에 고착된다.

「견고한 고독」에서 우리는 위에서 이야기한, 뛰어난 시적 능력을 다시 확인한다. “뜨거운 햇빛 오랜 시간의 회유(懷柔)에도/ 더 휘지 않는/ 마를 대로 마른 목관 악기의 가을,/ 그 높은 언덕에 떨어지는,/ 굳은 열매/ 쌉쓸한 자양(滋養)/ 에 스며드는 ……/ 네 생명의 마지막 남은 맛!” 표제의 시의 이러한 구절에서 이미지와 관념은 혼연일체가 되어 어떤 영혼의 자세를 시사해 준다.

그러나 전체적으로 「견고한 고독」은 만족할 만한 성과라 할 수 없다. 김현승 씨는 보기 드문 지성의 시인이지만, 이상하게도 시에 수미일관한 구조를 주는 데에 실패하는 경우가 많다.(단, 《창작과비평》의 다섯 편의 시는 예외가 되겠다. 이들은 한국 시로서는 놀랍게 끈질긴 사색의 구조를 가지고 있다.) 또 다른 한편으로, 우리는 그의 근작에서 초기 시에서보다 더 자주 그의 이미지들이 관념의 시녀로 전락해 버리는 경우를 보게 된다. “빛이 잠드는/ 따 위에/ 라일락 우거질 때,/ 하늘엔 무엇이 피나,/ 아무것도 피지 않네.”(「무형(無形)의 노래」)의 이러한 구절을 앞에 인용한 「오월의 환희」에 비교해 볼 일이다. 여기에서 이미지들은 미리 정해져 있는 관념에 대한 적이 억지스러운 예증의 노릇을 하고 있는 것이다. 관념과 이미지의 유리는 이 시집에 표명되어 있는 인생관과도 관계되어 있다.

「오월의 환희」나 「무형의 노래」는 다 같이 실재와 현상의 관계를 이야기하고 있지만, 역점은 전혀 판이하다. 초기 시의 경우, 현상의 세계는 실재를 통해서 긍정을 얻고 있지만, 근작 시의 경우 그것은 부정되어 있다. 「견고한 고독」에서 ‘견고’함은 시인이 자랑하는 인생 태도가 되어 있는데,

이것은 초기 시의 감상주의를 대치하는 것으로서는 환영할 만한 것이다. 그리고 한 시인이 생에 대해서 일정한 태도를 발전시킨다는 것은 값있는 일이다. 문제는 그것이 좁다는 데 있다. 김현승 씨의 '견고'는 그로 하여금 어떤 추상화된 태도에 사리고 앉아 구상(具象)의 풍요한 세계를 거부하게 하는 결과를 가져온다. 우리는 김현승 씨의 시에서 전례 없이 자주 상투적인 사고들을 발견한다. 구상의 세계와의 쉬운 접근을 포기한 관념은 우도할계(牛刀割鷄)의 거칠음을 얻게 마련인 것이다. 이번 시집에서 사회적 현실을 다룬 시들은 가장 현저하게 이런 상투성에 의존하고 있다. "여기까지 오면/ 바위의 마른 이리떼 눈앞에 울부짖고"(「아벨의 노래」) 이렇게 이미저리마저도 진부하고 일반화되어 버린다. 앞에서 구성의 빈약함을 지적했지만, 이것도 이런 추상화 경향의 한 표현이라 할 수 있다. 여기서 구성의 빈약이란 반드시 외적으로 규제된 형식이 결여되어 있음을 말하는 것은 아니다. "나의 길은/ 발을 여이고/ 배로 기어간다/ 오월의 가시밭길을." 「길」이라는 시는 이와 같이 시작하여 같은 패턴을 세 번 반복하는 정연한 외형을 갖추고 있으나, 오히려 이런 밖으로부터 부과된 통제는 이미지가 그 의미를 충분하고 완전하게 펼쳐 나가는 것을 방해한다.

그리하여 시는 매우 조잡해지고 만다. 중요한 것은 정신을 경험의 유동적인 구체를 향하여 열어 놓는 일이다. 시인은 그의 시적 작업을 위하여 어떤 한 태도, 한 추상에 안주할 수 없다. 시적 과정은 늘 새로운 모색과 발견의 과정인 것이다. 그러나 우리가 「견고한 고독」에 실망을 표하는 것은 오로지 그것이 젊은 시인의 첫 약속이 아니라 노경(老境)에 접어든 시인의 늦은 수확이기 때문이며, 그것도 우리의 암중모색 가운데 가장 밝은 하나의 길을 터놓은 시인의 수확이기 때문이다.

(동아일보, 1968년 3월 30일)

선명한 감각, 강렬한 증오, 혼탁에 맞서, 필연적 긍정

작단시감

그동안 작품 활동이 뜸했던 송욱(宋稶) 씨는 지난달에 두 편의 시를 발표했다. 「하여지향(何如之鄕)」과 「해인연가(海印戀歌)」에서 한쪽으로는 현실의 혼란을, 다른 한쪽으로는 불교적인 초월을 이야기한 송욱 씨는 이제 「지리산 찬가」(《현대문학》 4월호)에서 자연과의 교감이라는 보다 전통적인 초월의 방식을 통해 긍정을 발견하고 있다. 그러나 이 시의 참신한 인상은 초월의 깊이에서보다 오히려 선명한 감각의 투사에서 온다.

송욱 씨의 서술은 언제나 형이상적인 기지(機知) 내지 작위를 느끼게 했는데, 이번 시에서 이것은 감각의 부조에 매우 효과적으로 작용하고 있다. 가령 이 작위는, "수풀이 초록으로/ 흠질하고 수놓은/ 아득히 파란 꿈 속에/ 무리지어 잠자는 양떼/ 흰구름이여!" 같은 데서 풍경을 인공화하여 그 평화롭고 아득한 느낌을 더하게 하고, 또는 "아아 폭포를 입은 알몸!/ 더욱 무엇으로 치장하랴/ 어느 백설(白雪)/ 어느 진주 목걸이?/ 쏜살같은 물결이/ 온몸에 박하(薄荷)를/ 부벼 넣었다"와 같은 데서는 놀라운 싱싱함으로 감각의 환희를 포착한다.

그러나 시가 감각의 환희에서 정신의 경지로 옮겨갈 때 우리는 이 높은 경지로 쉽게 쫓아갈 수 없다. "어떤 집념이/ 이처럼 자재(自在)롭고/ 어떤 비밀이/ 이처럼 뚜렷할까"와 같은 노장적인 달관의 경지의 표명까지도 우리는 하나의 있을 수 있는 상태로 수긍할 수 있다. 그러나 이것이 시의 결미에서 "우주도 진리도/ 빈틈없이 움직이는/ 생명"이라는 우주론적인 대긍정으로 발전할 때 우리는 주춤하지 않을 수 없다.

여기서 우리는 하나의 문제를 생각해 볼 수 있다. 이러한 대긍정은 하나의 신앙 고백이라 할 수 있는데, 도대체 시가 초월적인 신앙의 세계를 이야기할 수 있을까. 그럴 수가 있다면, 그것은 먼 암시로서만 그럴 수 있다. 이 암시란 현상의 세계가 실재의 세계에 얼마나 닮을 수 있는가를 말하는 동시에 또 얼마나 닮을 수 없는 것인가를 말하는 것이 될 것이다. 다시 말하여 시에서 신앙이 표현될 수 있는 방식은 닮음과 닮지 않음 사이에 흔들리는 신앙의 과정으로서만 암시될 수 있다는 말이다.

「지리산 찬가」가, 현실과 시의 일반적 혼탁 속에서 우리의 정신에 적지 아니한 위안을 주는 것은 사실이다. 그것은 드물게 선명한 이미저리와 서술의 맥락을 가지고 있는 참신한 긍정을 이야기하고 있다. 그러나 이 시의 긍정이 있을 수 있는 반대 명제들의 변증법적 긴장에서 생겨난 긍정이 아니란 점을 우리는 부인할 수 없다. 이 반대 명제들은 불사(不似)의 현실에서 온다.

김관식(金冠植) 씨의 「무검(撫劍)의 서(書)」(《사상계》 4월호), 「송골매」(《현대문학》 5월호), 김수영 씨의 「세계일주」(《현대문학》 4월호), 「먼지」(《현대문학》 4월호)는 이러한 현실에 뿌리를 내리고 있는 시다.

우리 시단에서 김관식 씨만큼 강렬한 증오를 표현하는 시인도 드물다. 가령 「송골매」에서, "거도(鋸刀) 같은 깃쪽지로/ 더러운 창자 속을 갈기갈기 찢어 발겨 거뭇한 바회틈에 싯뻘건 피 머흘 머흘" 운운하는 구절에서 그의 증오는 잔인성마저 띤다. 우리는 이러한 증오에 공감을 표할 수는 있다. 그러나 다시 생각해 볼 때, 이러한 증오는 부질없는 것이란 것을 안다. 필요한 것은 눈먼 증오가 아니라, 정당한 분노이며, 이 정당성은 어두운 사실과 밝음의 '비전'에 대한 정시(正視)로서만 확보된다.

김수영 씨의 시는 보다 균형 잡힌 사실의 관점에서, 혼탁한 현실에 맞서고 있다. "지금 나는 이십일개국의 정수리에 사랑의 깃발을 꽂는다/ 그대의 눈에도 보이도록 꽂는다/ 그대가 봉변을 당한 식인종의 나라에도/ 그대가 납치를 당할 뻔한 공산국가에도/ 보이도록."(「세계일주」) 별로 새로울 것은 없지만, 시인이 부르짖을 만한 주장이다. 단지 전체적으로 보아 이러한 주장이 뚜렷하고 의미 있는 구조로 발전되지 못하는 것이 유감이다.

황동규(黃東奎) 씨의 「눈」은 다시 한 번 논의해 볼 충분한 가치를 가지고 있는 시다. 이 시는 일면적인 긍정도 부정도 내세우지 않는다. 이것은 모순과 갈등을 한쪽으로 인정하면서 또 다른 쪽으로 긍정의 운명적인 필연을 말한다. "너와 내가 등을 노릴 때/ 호흡의 마디마디가 손에 만져지는/ 그 가까움에 거듭 떨며"와 같은 구절이 말하는 것은, 살의로써 대결하는 '너'와 '나'도 결국은 너무나 '가까운' 인간이며 '함께 사랑할 수밖에 없는 형제'란 것이다. 그러나 이 시는 그 현실의 복합성에 대한 원숙한 감각에도 불구하고 우리에게 별 감동을 주지는 못한다. 낙하하는 눈에서 인간의 상황에 대한 비유를 발견한 것은 기발한 것이지만, 애무하며 난도질하는 인간관계의 비극적인 의미를 감당하기에 눈의 비유는 너무나 빈약하다.

(동아일보, 1968년 5월 4일)

시조의 형식적 한계

작단시감

자유시가 표준이 된 오늘에 있어서도 시조는 잡지에, 또 시집으로 줄기차게 발표되고 있다. 최근만 해도 이호우(李鎬雨) 씨의 『휴화산』, 이영도(李永道) 여사의 『석류』, 최승범(崔勝範) 씨의 『후조(候鳥)의 노래』 등이 나온 바 있다. 그러나 이 세 시조집의 경우를 포함하여, 대체로 시조 문학의 성과는, 노력의 연면함에도 불구하고 극히 실망적인 것이었다고 할 수밖에 없다. 그러면 무엇이 잘못된 것일까. 재능의 빈곤이 그 하나의 원인이겠으나, 다른 한편으로는 시조라는 형식 자체에도 어떤 내재적인 결함이 있기 때문이 아닌가 생각된다. 시조집들이 한꺼번에 여러 권이 나온 것을 계기로, 이 시조 형식의 결함 내지 위험에 대하여 일반적인 반성을 시도해 보는 것도, 시조에 바쳐지는 노력과 재능의 양에 비추어, 무익한 일은 아닐 것 같다.

우선 시조는, 현대적 감수성의 복잡하고 다양한 제 양상을 충분히 표현하기에는 너무나 협착하고 폐쇄적인 형식이라 말할 수 있다. 대부분의 주요한 현대 시인들이 시조를 경시한 것도 이 점을 깨달은 때문일 것이다. 여기서 협착하다는 것은 단순히 시조의 물리적 길이가 짧다는 사실만을 두고 말하는 것이 아니다. 차라리 이것은, 초중종(初中終)의 삼장(三章) 속에, 어떤 완결된 입언(立言)을 강요하는 내부 형식 내지 관습을 생각해서 하는 말이다. 시조에서 시인은 늘 즉각적이고 단일치적(單一値的)인 입언을 강요받음으로써 경험의 다양한 뉘앙스를 고려할 여유를 전혀 갖지 못한다. 따라서 시조는 굉장한 압축을 요하는 시 형식이며, 이러한 압축은 단일한 문화가 존재할 때만 가능하다. 그리고 이 압축이 진부하고 상투적인 것으로 전락되지 않기 위해서는 그것의 배경에 있는 문화가 충분히 융통성 있는 관조의 전통을 발전시킨 것이라야 한다. 우리는 단일적인 문화가 성립했었다고 할 수 있는 이조 시대에 있어서도 시적 성공을 거둔 시조가 별로 산출되지 못하였음에 주목하게 된다.

압축은 두 가지 방법으로 이루어질 수 있다. 하나는 경험의 복합성을 사상(捨象)하여 추상적인 명제를 정립하는 것이며, 다른 하나는 구체적인 이미지가 갖는 암시력을 이용하는 것이다. 이조의 시조가 진정한 압축을 이루지 못했다면, 그것은 이조 문화가 융통성 있는 사고의 전통을 발전시키지 못한 때문이기도 하며, 다른 한편으로는 이미지의 가능성에 착안하지 못했기 때문이기도 하다. 구체의 다양성이야말로 우리를 추상의 경직상태에서 해방시켜 줄 수 있는 유일한 구원의 약속인 것이다.

구체적인 예를 들어 시조의 몇 가지 특징을 추출해 보자. "샛별 지자 종다리 떴다. 호미 메고 사립 나니/ 긴 수풀 찬 이슬에 베잠방이 다 젖것다./ 아희야, 시절이 좋을 세면 옷이 젖다 관계하랴." 첫째, 시조는 일상적인 계기를 포함한다. 둘째, 미리 만들어 놓은 기성판(旣成版) 주장이나 선언을 포함한다. 이것은 대개 자연과의 교감에서 오는 만족의 상태를 내세우거나 유교적인 덕목에 입각한 어떤 결의를 선언하는 것이다. 셋째, 수사적이다. 수사는 청자와의 싸움에서, 시는 자신과의 싸움에서 이루어진다고 말한 사람이 있지만, 시조가 수사적이라는 것은 그것이 시인 내부의 발견적인 노력에서 쓰여진 것이 아니라는 것을 뜻한다. 결국 이러한 모든 요소들은 거의 틀림없이 시조의 진부함을 보장해 준다.

이것은 현대 시조의 경우에도 그대로 해당된다. 시조는 여전히 담담한 일상적인 정조를 소재로 하고 여전히 수사적이다. 단지 시대의 혼란 속에서 그 한적한 일상성은 기묘하게 빗나가 보이고, 청자가 없는 곳에 그 수사는 한결 공허한 것이 되었을 뿐이다. 유교적인 태도가 세를 잃은 것은 우리 정신 생활의 다른 부문에서와 같다. 그러나 시조적인 감정의 공식은 여전히 그대로 그 잔영을 남기고 있다. 오늘날 대부분의 시조가 표현하는 것은 (다분히 희석화된 상태로) 자연과의 접촉에서 오는 정적감이다. 현대 시조에서 가장 자주 마주치게 되는바 '한(恨)'이라 부를 수 있는 감정도 그 한 변종으로 볼 수 있다. 한은 고요 속에 긍정된 슬픔이다. 이호우 씨의 시조집은 제목으로서 '휴화산'을 취하고 있지만, 이것은 바로 대표적인 한의 이미지라고 할 수 있다. "일찌기 천(千) 길 불길을/ 터뜨려도 보았도다/ 끓는 가슴을 달래어/ 자듯이 이날을 견딤은/ 언젠가 있을 그날을 믿어/ 함부로 하지 못함일래." 이영도 여사의 「석류」도 "다스려도 다스려도/ 못 여밀 가슴 속"의 결정으로 생각되어 있다.

시조가 얼마나 끈덕지게 만족과 정적의 시 형식인가 하는 것은 아마 이호우 씨의 「비키니 섬」에서 가장 잘 예증될 것이다. "방향 감각을 잃고/ 헤매다간 숨지는 거북/ 끝내 깨일 리 없는 알을 품는 갈매기들/ 자꾸만 그 '비키니' 섬이 겹쳐 뵈는 산하(山下)여." 시조라는 고요의 형식 속에서 비키니의 비극은 완전히 그 예각적(銳覺的)인 모서리를 잃고 달콤하고 둥그런 영탄이 되어 버렸다. 형식에 대한 욕구는 시가 갖는 본질적인 욕구다. 또한 그것은 많은 것을 가능케 해 준다. 그러나 다른 한편으로 비시(非詩)가 시로서 행세할 수 있는 위장을 제공해 준다. 그것을 시적 발견의 노력과 고뇌가 없이도 그 정형적 리듬으로써 시의 진행을 보장해 줄 수 있기 때문이다. 위에서 살펴본 바와 같이 시조는 특히 비시(非詩)에로의 전락의 위험을 많이 내포하고 있는 시 형식이다.

(동아일보, 1968년 5월 28일)

서정주의 근작 시 5편

작단시감

근년의 서정주(徐廷柱) 씨의 시는 여러 가지로 걱정의 대상이 되어 온 바 있다.《현대문학》6월호에 나온 근작 시선 5편에 대해서도 우리는 주로 걱정을 나타낼 수밖에 없는데, 그가 한국 현대시에서 차지하고 있는 비중으로 볼 때, 이 걱정의 내용을 될 수 있는 대로 다각적으로 검토하여 보는 것도 필요한 일일 것이다.

근년의 그의 시들은 이건 어떻게 생각하여야 할지 모르겠다는 느낌을 주면서도 다른 한편으로는 비록 거죽에 드러나 있지 않지만 가까이에 무엇인가 큰 시력(詩力)이 숨어 있다는 감을 가지게 한다. 이것이 그의 시의 실패를 안타깝게 생각하는 또 하나의 이유다. 근작 시선에서도 우리는 구조나 이미지 또 스타일 전체에서 감지되는 어떤 고전적인 간결성을 무시할 수 없다. 이것은 복잡한 경험을 간결한 스타일에 걷어쥘 수 있는 오랜 수련의 대가에게만 가능한 것이다.

이 수련된 간결성은 대개 비유가 없는 직절적(直截的)인 말들에서 가장 잘 드러난다. 「님은 주무시고」와 같은 시의 간결한 서두, 「나는 잠도 깨여

자도다」의, 의미의 집약적인 함축, "파리스하고 붙는 건 — 인젠 당신이나 하슈"의 투박하고 대담한 언어 — 길거나 많지 않으면서도 이런 데서 우리는 서정주 씨 특유의 시력을 느끼는 것이다. "이것은 차마 벌써 말씀도 아닌/ 말씀이 아닐 것도 이제는 없는"과 같은 구절도 예에 포함시킬 수 있겠으나, 이러한 어법은 다음에 근년의 서정주 씨의 병폐로서 지적하고자 하는 매너리즘에 너무도 가깝다.

위에 든 예들은 이미지를 갖지 않는 직절적인 말들이지만, 초기부터 서정주 씨의 강점은, 그가 이미지로 생각한다는 점에 있다. 이것은 진정한 시적 능력의 증표라 할 수 있다. 아마 그의 시에 나오는 추상어의 리스트를 만들어 본다면, 그것은 극히 짧은 것이 될 것이다. 그러면서도 그는 중요한 이야기를 할 수 있었다. 그러나 근년의 작품들에 있어서 이 이미지의 사고는 그 참신함을 잃고 매너리즘이 되어 버린 것 같다. 이것은 서정주 씨가 매우 제한된 비유법에만 거의 전적으로 의존하고 있는 것과 관계있는 현상이다. 그의 방법은 한마디로 말하여 이미지의 페리프라시스, 우설법(迂說法)이라고 할 수 있다. "어느 가시덤불 쑥구렁에 뇌일지라도/ 우리는 늘 옥(玉)돌같이 호젓이 묻혔다고 생각할 일이요/ 청태(靑苔)라도 자욱이 끼일 일인 것이다." 드러나지 않는 자기 충실을 그는 이렇게 이야기한다. "누이의 수틀을 보듯/ 세상은 보자." 관조적인 인생 태도를 이렇게 이미지를 사용하여 둘러 표현한다. 물론 이것은 둘러서 이야기하는 것에 그치는 것은 아니다. 이 우설법은 시인의 이야기를, 추상적인 입언(立言)에 비하여 훨씬 풍부하고 실감나는 것이 되게 한다.

위의 구절들에서도 우설법의 약점을 느낄 수는 있다. 그것은 속도와 힘을 느리게 하고, 시에 인위적인 화사함을 준다. 하여튼 이 어법은 그 장점 단점을 아울러 서정주 씨의 등록 상표가 되었고, 이것은 한국 현대시에 수많은 모조품들을 만들어 낸 시의 주류적인 어법이 되었다. 모조품의 경우에 대개 그렇지만, 근년의 서정주 씨의 시는 우설법의 단점만을 두드러지게 드러내는 것 같다. 「님은 주무시고」에서 "나는/ 그의 베갯모에/ 허이옇게 수(繡)놓여 나는/ 한 마리의 학이다"는 구절이 말하는 것은 개체는 커다란 평화의 질서 가운데 하나의 장식적인 부분이라는 것이다. 여기서 이미지는 우설(迂說)을 위한 우설이 되어 있고, 시인이 말하고자 하는 것은 그로 하여 별로 풍부한 것이 되지 않는다. 더 전형적인 실패한 우설법의 예는 「내 그대를 남모르게 사랑하는 마음은」에서 현상계의 일체는 실재를 향한 그리움의 표현이라는 명제의 경우다.

구름, 빗방울, 산수유 등이 변화 소멸하는 세계의 실례로서 들어져 있지만, 이것은 전혀 작위적인 예증으로 느껴진다. 이것은 이미지들이 전혀 구체적으로 형상화되지 못했고, 또 그 이미지와 말하고자 하는 것 사이에 억지의 관련이 아니라 실재적인 관련이 정립되지 못했기 때문이다. 여기의 예는 서정주 씨의 근작들에서 가장 전형적인 것이다. 앞에서 든 "이것은 차마 말씀도 아닌" 운운의 구절이나, 시 전체가 하나의 페리프라시스로 이루어진 「새 인사」라는 시에 우리가 호감을 갖지 못하는 것도 공연히 둘러서 말함으로써 이야기가 용장(冗長)해졌다는 혐의가 짙기 때문이다. 우리는 최근의 서정주 씨의 시에서 어떤 장난기 같은 것을 느끼는데, 이 우설의 습관도 일종의 정신 놀음이라는 느낌을 준다.

김종길(金宗吉) 씨는 수년 전에 서정주 씨는 시인이 아니라 영매가 됐다고 말하고, 그의 시의 잘못이 기묘한 미신적 신앙에 있는 듯이 암시한 바 있다. 대체로 타당한 이야기나 때로는 기이한 믿음도 기술(技術)의 성실성에 의하여 지양(止揚)되는 보기들이 없지 않으므로, 잘못을 진단하는 한 방법으로 나는 위에서 서정주 씨의 시법(詩法)에 대한 한 가지 관찰을 시도해 보았다. 씨로서는 당분간 이미지의 우설법을 버리고 산문적 직절성을 시험해 보는 것이 도움이 될는지 모르겠다.

(동아일보, 1968년 6월 22일)

오늘의 우리에게 예언자적 꾸지람

이달의 시

어떤 시인은 인생을, 낳고 교미하고 죽는 것이라고 요약한 일이 있지만, 대개의 우리는 하나의 요약보다는 인생은 더욱 복잡하다고 느끼고, 또 나아가서 그것은 될 수 있는 대로 다양하고 풍부한 것이어야 마땅하다고 생각한다. 그렇다고는 하나 어떤 상황 속에서 인생은 한 가지로 움츠러지고 간단해지게 되고, 또 그 하나가 풀리지 않는 한 풍요의 많은 것이 막혀 있을 수밖에 없다는 판단이 서기도 한다. 이것은 시의 경우에도 마찬가지 일로서, 시의 본령이라는 것이 우리에게 삶의 다양한 넓이와 깊이를 실감케 해 주는 데 있다고 하겠지만, 요즘 같은 상황에서 시도 한 가지 관심으로 뭉뚱그려지고, 또 그런 관심이 시적 판도의 전경을 차지하게 되는 것도 불가피한 일이다. 또 이 한 가지 관심이란 올가을에 벌어지고 있는 바와 같은 목전의 사태에 대한 우려감일 뿐만 아니라, 우리와 우리 이웃의 삶의 환경에 대한 의문이며, 나아가서 다음 세대의 삶이 가장 넓은 의미에 있어서 사람다운 삶이어야겠다는 생각의 표현인 한, 그것이 본래의 시적 작업에서 동떨어져 있는 일만도 아니라 하겠다.

시인들의 이러한 관심은 맹렬한 분노와 저항 의지로서, 또는 조용한 사태 분석으로 여러 형태로 나타난다. 이달에 있어서도 이것은 마찬가지다. 박두진 씨는 이번 가을의 여러 잡지에 발표된 시를 통하여 준열한 예언자의 꾸지람으로 시대에 임하는 우리의 태도를 힐문하고 있다. "바람이 미쳐서 숲들을 훑고 가고/ 총알이 함부로 하늘을 찢고 가고// 어디나 문의 닫힘 침묵/ 기나긴 비내림 기나긴 또약볕에 너// 왜 아직도 소식 없나?"(《창작과비평》 가을호) 박두진 씨가 우리의 상황을 일반적으로 폭력의 상황이라고 규정한 것을 박열아(朴烈我) 씨는 조금 더 구체적으로 농촌의 형편 속에서 재확인한다. "재갈을 물고 살아온 삼대", "통방귀엔 뼈만 남은 허무의 신짝들" 등의 구절로 묘사된 농촌의 상황은 전체적으로 위협적으로 시렁 위에 걸려 있는 '왜낫'의 폭력으로 집약된다.(《현대시학》 11월호) 문병란(文炳蘭) 씨의 「낫」에 있어서 같은 농구는 "내 고향 생가의 헛간에/ 번듯이 걸려 있는 조선낫"이 되어 하나의 폭력에 대한 대응 폭력의 수단으로 등장한다. 그것은 "삼천리 뒤덮는 잡풀도 싹뚝 자르고/ 주재소 왜놈 순사의 목을 걸어 당기던" 또는 "동학군의 손끝에서 잠든 역사도 찍어 내던", 외곬으로 단순화된 저항적 폭력 의지의 상징이 된다.

보는 각도는 다르지만 오규원(吳圭原) 씨도 우리의 상황을 폭력적 상황이라고 하고, 우리의 시대가 '물 먹이기 시대'라고 말한다. 오늘날 일어나고 있는 일은 "꿈에 물 먹이기 언어에 물 먹이기/ 풀이 풀의 몸에게 저주받듯/ 저주 주고받고 열심히/ 인간에게 물 먹이기"이다. 여기에서의 표현의 예리함은, 우리 시대의 어두운 그림자가 되어 있는 고문의 이미지를 그와는 다른 정신 작용에 확대시킨 데서 온다. 인간의 육체에 대한 폭력은 정신에 대한, 언어에 대한 폭력과 불가분의 관계에 있다. 그러나 《현대문학》 12월호에 실린 시들에서만도 드러나는 바 오규원 씨의 분별의 정치(精緻)함과 표현의 뛰어남이 기발한 농담에 비슷함은 어찌된 까닭일까. 힘찬 언어는 분별의 정치함에서가 아니라 분노의 단순화에서만 얻어지는 것일까.

어두운 시절에 대한 또 다른 반응은 서정주 씨와 같은 시인의 경우에서도 본다. 나이 많은 시인들의 활동이 많은 것도 요즘 시단의 한 특징이겠는데, 대체적으로 말하여 노시인들은 그들의 연륜에 합당하게 차분한 질감을 얻은 언어로써 달관과 초탈(어떤 경우는 허탈)의 자유를 이야기한다. 서정주 씨도 일종의 초탈의 자유를 추구해 온 셈이지만, 《중앙》 11월호에 실린 「한란(寒蘭)을 보며」에서 알 수 있듯이 그 추구가 우리 대다수의 세간적 공간에서 멀리만 있었던 것은 아니다.

그에게 우리의 삶은 「음시월(陰十月)」이고 이러한 때에 피어나는 '한란' 꽃은 기러기처럼 멀리 떠나갈 것만 같다. 그러나 시인은 이유가 될 수 없는 이유, 그러므로 오히려 우리를 움직이는 그런 이유로서 "푸른 난초잎은 늘 잘 구부러져/ 곧장 가버리지 말고 돌아오라"고 하고 권하여 말한다. "난초처럼 잘 휘여 고향 베개 맡으로/ 돌아와 사는 것은 가장 옳거니/ 성급하여 평양 간 아이 뺑 한바퀴 돌아서/ 모다 돌아오너라./ 돌아와 살아라"고. 이 이향(離鄕)의 시대에 있는 그대로의 고향이라면 돌아갈 고향이 어디 있느냐고 말할 수도 있겠지만, 보는 각도와 생각하는 입장을 넘어서서 우리는 추위 속에 피는 꽃에 대한 이 노시인의 깊은 이해와 너그러운 해학에 감동할 수밖에 없다. 그리고 우리는 다시 한 번 우리 현대에서 가장 시적이면서 또 가장 사실적인 한국어의 스타일을 이룩한 시인의 넓은 폭을 다시 한 번 확인한다.

(동아일보, 1974년 11월 20일)

특기할 60년대의 시 자산 『김광섭 시전집』

이달의 시

이달의 시들과 시집 가운데 우리는 특히 『김광섭 시전집(金珖燮詩全集)』을 골라 기념하지 않을 수 없다. 이 시 전집은 한 오랜 시적 작업에 의미 있는 매듭을 지어 준다. 김광섭 씨는 시를 발표하기 시작한 30년대 이래 늘 중요한 시인이었다. 그러나 그의 시가 좁은 의미에 있어서 역사적인 위치만을 차지하는 것은 아니다. 오히려 근년에 있어서 그는 보다 활발하고 새로워지는 당대의 시인으로 활약하였다. 그의 노작의 지혜 가운데 포용된 넓은 인간적 관심은 1960년대 이후 우리 시단의 중요한 자산을 이루어왔던 것이다.

그의 인간미 풍부한 시의 열매는 보다 낭만적이고 추상적인 관심에서부터 시작하였다. 『동경(憧憬)』(1938)이 표현한 것은 제목 자체가 말하여 주듯이, 낭만적인 동경과 그러한 동경에 따르게 마련인 깊은 좌절감이었다. 여기에 특징을 이루는 것은 낭만적인 충동이 서정적인 감정의 표출에 그치지 않고 '이상의 아름다움'으로 추상화된다는 것이었다.(시인 자신이 인정하듯이 셸리의 이상주의는 이때 가장 강력한 영향을 비쳤던 것 같다.) 현상계는 어떤 이상적 존재의 발현장으로 생각되어 시인은 그러한 이상의 모습을 자연의 여러 모습과 자신의 시적 충동 속에서 찾으려 한다. 그러나 이상은 암시의 순간에 명멸할 뿐 시인은 오히려 이상 없는 세계의 고통(Weltschmerz)과 홀로 이상을 사유하는 자의 고독을 더욱 통절하게 깨달을 뿐이다. 초기의 김광섭 씨의 시는 그 언어의 일률적인 고고성에도 불구하고 초월적인 이상을 기리는 자의 고민과 기다림과 적막의 공간을 성공적으로 창조해 내었다. 『동경』은 그것 나름의 제한된 테두리에서 한국 현대시에 매우 특이한 한 세계를 열었다고 할 것이다.

두 번째 시집 『마음』(1949)은 대체로 첫 시집과 같은 세계에 머물러 있으나 또 동시에 스타일과 주제에 새로운 변화를 보여 주었다. 『동경』의 세계는 젊은 날의 이상주의와 고민에서 배태된 것이지만, 다른 한편으로 그것은 일제 치하의 민족적 상황을 반영하고 있는 것이기도 하였다. 따라서 해방은 새로운 적응을 불가피하게 한 것이었다. 그리하여 초기 시의 추상성은 해방 후의 일련의 시에서 정치 구호의 추상으로 바뀌게 된다. 구호 시(口號詩)는 『해바라기』(1957)에서 더욱 많아지고, 최근까지도 김광섭 씨의 레퍼토리의 상당 부분을 차지한다.

어떻게 보면 구호 시는 '이상의 아름다움'에서 보다 자유롭고 현실적인 언어로 옮겨 가는 궤적의 한 국면이었다고 할 수 있을는지 모른다. 「성북동 비둘기」에서 시인은 이상과 허무의 고독한 사유자도 아니고 대한민국의 목소리 드높은 '계관' 시인도 아니다. 그는 자연과 인생의 가장 근원적인 진실에 있으면서 또 가장 일상적인 삶을 사는 평상인 사이에 있다. 그는 여기에서 우리가 사람과 산과 비둘기가 날로 번창하는 인조물에 밀려 헐벗은 고지대로 쫓겨 가는 시대에 살고 있음을 잘 알고 있다. 그러나 그가 고난의 현실을 이야기하는 것은 원초적인 모습의 인간의 삶이 고귀한 것임을 믿고 있기 때문이다. 그 자신이 말하듯이 "고난의 잔에 얼음을 녹이며 찾는 것은/ 그 슬픔이 아니요 겨울 하늘에 푸른 빛을 띤 봄이다." 이 푸른 빛의 봄은 만물이 정(情)으로 관계를 맺으며 공존한다는 사실로 하여 가능하다. 사람과 사람은 이웃으로 같이 살며, 또 자연 만물도 그런 유대 속에 있다.

「우정(友情)」이 표현하듯이 "구름은 봉우리에 둥둥 떠서/ 나무와 새와 벌레와 짐승들에게/ 비바람을 일러 주고는/ 딴 봉우리에 갔다가도 다시 온다." 그리하여 이런 너무 강하지도 약하지도 않는 공존의 상관관계는 만물의 근원이 된다.("이 이상의 말이 없고/ 이 이상의 상이도 없다/ 만물은 이런 정에서 산다") 친구와 친구, 남편과 아내, 할아버지와 손자, 꽃과 사람 모두 다 이런 자연스러운 정 속에 있는 것이다. 나아가 이런 관계는 살아 있는 사람과 죽은 사람을 다 같이 대지의 영속성과 살고 죽는 것의 신비에 연결시켜 주는 것이기도 하다. 「사자(死者)의 대지」는 가장 단순한 언어로 인간 생존에 대한 가장 깊은 진실을 읊고 있다. "지구의 저 끝에서도// 할아버지가 살고 할머니가 살고/ 아들이 살고 딸이 살고/ 조카가 살고 친구가 살다가 죽는다// 눈물이 천리에 흐르고/ 울음이 만리에 뻗는다/ 눈물 끝에서 목숨이 붐비다가 나중에 대지는 사자의 것으로 돌아간다// 죽음을 묻고 돌아선 민중의 슬픔에 안겨/ 자라는 무덤은/ 봉우리보다도 높고/ 궁전보다도 커서/ 산 사람의 키 위에 선다."

김광섭 씨의 근년의 시에 있어서 가장 빛나는 것은 인간이 하나의 공간적 시간적 공동체를 이루며 대지에 산다는 인간의 운명의 고귀함과 신비함에 대한 감각이다. 어쩌면 최근에까지도 발견되는 그의 구호 시에도 어떤 독자는 그 생경함과 소박함에 놀라워할는지 모르지만, 이는 인간이 가져야 마땅할, 자기 사는 고장과 그 고장의 풍습에 대한 근원적인 사랑의 표현일는지 모를 일이다.

(동아일보, 1974년 12월 18일)

날카로운 역사 해석 속에 이상적인 공동체 탐구

이달의 시

1

어떠한 시라도 일단은 삶에 대한 일정한 자세에 기초해 있다고 할 수 있다. 물론 이것이 의식된 것일 필요도 없고, 한 편의 시는 이것을 드러내기에는 너무나 짧은 게 보통이다. 그런가 하면 그의 삶에 대한 이해를 총체적으로 표현해 보려는 시인 스스로의 노력도 끊임없이 계속된다. 서사시나 장시는 그러한 노력의 소산이다. 어떤 시인의 경우 그 노력은 하나의 공동체의 모습을 총체적으로 투영하는 데 집약된다. 어떻게 보면 시가 할 수 있는 가장 뜻 있는 일 중의 하나는 자연과 인간, 인간과 인간의 바람직한 관계를 구체적인 공동체의 모습으로 제시하는 것이다. 가령 여기에 관련하여 근대 서양의 이상적 현실적 발전에 있어서 고대 그리스가 가졌던 의미도 그것이 보여 주었던 이상적인 공동체의 이미지에서 찾을 수 있을는지 모른다.

근래의 서정주 씨의 시가 보여 주는 방향도 이 비슷한 각도에서 생각될 수 있지 않은가 한다. 그의 오랫동안의 신라에 대한 관심은 하나의 삶의 방식과 지역 공동체의 일치를 겨냥한 것으로 생각된다. 작금 그가 발표해온 「속 질마재 신화」도 그러한 관심의 연속일 것이다. 《시문학》 1월호는 이 신화 연작 중 가장 최근의 삽화로서 「죽창(竹窓)」을 싣고 있는데, 이것은 엉뚱한 듯하면서도 날카로운 역사 해석을 담고 있으며, 또 무엇보다도 이상적인 공동체의 존재 방식에 대한 중요한 탐구의 일부를 이루고 있다. 이 시는 대숲의 서걱이는 소리를 매개로 해서 우리 역사의 두 가지 삽화를 연결한다. 우선 그것은 한용운(韓龍雲)의 시 한 구절을 생각하게 한다. "비밀입니까/ 비밀이라니요/ 내게 무슨 비밀이 있겠읍니까/ 내 비밀은 떨리는 가슴을 통해서 당신의 촉각으로 들어갔습니다." 한용운의 시가 이야기하고 있는 것은 연인과 연인 사이 또는 인간과 자연 사이에 있을 수 있는 사랑의 교감이다.

이것을 통해서 사람은 각각 외따로 숨어 있으면서도 다른 사람이나 자연과 언어를 초월한 일체의 상태 속에 있음을 깨닫게 된다. 그러나 「죽창」에서 서정주 씨는 일단 이러한 은밀한 일체감은 그것이 하나의 정치적인 공동체로 표현되기 전에는 충분히 만족스러운 것이 아니라고 말한다. 한용운에 있어서 사람과 자연의 일체를 이루었다고 하더라도 그것은 단지 형이상학적인 차원에서만 그랬을 뿐이었다. 그러나 그것은 "신라 사람들 귀엔 그런 추상일 필요까지도 없는 순 실토로 '우리 임금님 귀는 당나귀 귀……'니 하는 숨긴 사실을 집어내어 폭로하고 있는 소리"로 나타났던 것이다. 서정주 씨의 역사 해석으로는 이러한 미분화적(未分化的)인 일체 상태는 분화될 수밖에 없었지만, 그래도 안과 밖이 상통하여 이루는 민족의 공동체의식에는 변함이 없었던 것이다.

인간의 삶이 근본적으로 자연과 또 그 사회적 복합성 속에 조화되어 있는 것이라는 전제 아래 비록 권력자의 부정에 관한 말일망정 진실의 언어가 자유롭게 소통되며 또 그러한 언어가 공동체의 근원적인 조화에 기여할 때, 그러한 공동체는 사실 "호랑이라고 해서 겁 안 내고 견딜 수만도 없는" 강력한 공동체가 된다. 서정주 씨가 「죽창」에서 말하고 있는 것은 대개 이런 이야기로 요약될 수 있다. 그 지나친 시사성, 인위적인 우화성, 또 그 산문시적 형태는 진지한 시적 진술로서의 「죽창」의 효과를 감소시키고 있다고 할 수 있겠으나, 역시 그것이 사람의 삶의 방식에 대한 진실된 시적 사고에서 나온 것임에는 틀림이 없다.

2

서정주 씨가 우리 시에 도입한 기술의 하나는 둘러말하는 법인데, 사실 시인이란 대개 둘러말하는 데 능한 사람이다. 어떤 때 시대의 정치적인 사정이 시인으로 하여금 우화(寓話)와 상징과 암시에 의존하게 한다는 것은 쉽게 생각할 수 있다. 또 시인은 끊임없이 삶의 전체성으로부터 말하여야 할 필요를 느낀다. 그러니까 개별적인 현상은 이 전체성의 언어로 옮겨져야 한다. 이것은 시의 언어를 간접적인 것이 되게 한다.(이 전체성은 이데올로기적 관심일 수도 있고, 형이상학적 정서일 수도 있다.) 또 일상의 언어가 주체적 경험의 과정과 사물의 진실로부터 유리되어 끊임없이 공허한 기호로 떨어지는 오늘날과 같은 언어 홍수의 시대에서 시인은 경험과 사물을 그 언어 속에 탄생시켜야 할 필요를 느낀다. 이것은 시인의 언어가 난삽해지는 또 다른 이유이다. 이러한 상황이 불가피한 것이라 할지라도 가끔 개인적 체험의 진실을 직접적으로 전달하는 시에 접하게 되는 것은 반가운 일이다.

홍윤숙(洪允淑) 씨의 「겨울 사랑의 일기 1」(《신동아》 1월호)은 어머니로서의 일상이 주는 아픔과 기쁨을 충실하게 묘사한다. "새벽 다섯 시/ 굽은 등

어리엔/ 밤새 돋아내린 여린 실뿌리들/ 엉키어 깊은 잠에 묻혀 있는데/ 나는 뿌리를 자르는 결단의 낫을 들고/ 일어나야 한다." 이런 구절은 예리한 지각을 보여 준다.

《문학사상》1월호는 국내와 국외의 10대의 시들을 싣고 있는데, 여기의 많은 시들은 어른보다 깊이 사물을 보는 어린 눈들을 느끼게 한다. 열한 살짜리 김대영 군의 시 「내 무거운 책가방」은 자유와 가벼움이 아니라 불합리의 짐만을 지워지는 한국 사회에 있어서의 성장 과정을 이야기하고 있는데, 이것은 소외 작용으로서의 한국 교육에 대한 아픈 고발이 되기도 하지만, 다른 한편으로는 인간 소외를 인간 소외로 볼 수 있는 열한 살 소년의 믿음직스러운 사실의 눈을 느끼게 하기도 한다.

(동아일보, 1975년 1월 24일)

탁월한 역량을 과시한 비유의 정치 시

이달의 시

레비스트로스의 『우울한 열대』에는 2차 대전 중 프랑스에서 미국으로 피난 가던 일을 회고하는 부분이 있는데, 그는 피난 중에 보고 겪은 횡포와 수모를 이야기하면서 "모든 사회 집단은 역사가 그들에게 너무 가까이 오면 어리석음과 증오와 맹신의 각종 증상을 분비하게 마련"이라고 주석을 붙이고 있다. 이것은 최근세사를 살아온 많은 한국인에게도 실감 나는 말일 것이다. 물론 사람은 좋든 싫든 이미 역사 속에 있고 그것으로부터의 개인적인 퇴장은 망상에 불과하다고 말하며, 피할 수 없는 것이라면 싫든 좋든 역사의 움직임에 보다 적극적으로 뛰어드는 것이 현명한 일이라고 말할 수는 있다. 또 역사는 어리석음과 증오와 맹신만을 가져오는 것이 아니라 삶의 영웅적인 신장과 보람을 가져온다고 생각될 수도 있다. 그렇긴 하나 바로 그 불가피성, 그 거인성(巨人性)으로 하여 역사가 갖게 되는 냉엄성과 삶의 여유 있는 향수(享受) 사이에 일어나는 갈등이 쉽게 풀릴 수 없는 문제인 것만은 틀림없다.

역사의 계절에 있어서 시가 양분되는 경향을 띠게 되는 것도 이러한 갈등에 관계되는 것으로 생각된다.《심상》2월호에 실린 네 편의 시를 통해서 박의상(朴義祥) 씨가 제기하고 있는 것도 이러한 문제이다. 그는「별」이라는 시에서 '별'로써 인간의 생존을 지나치게 거시적으로 보려는 태도를 상징하면서 '별'을 향하여 "너는 너무 무엇인가를/ 직시하였기에/ 눈이 하나가 되었다"고 말하고, 이어 "태양보다 눈부신 해바라기/ 자유보다 자유로운/ 하루살이 떼를 보며/ 너는 차라리 눈을 감았다"고 지적한다.

사람의 삶은 어느 때에나 그것 나름으로 향수되고 영위되어야 한다. 부패의 땅에서도 "우리의 샘은/ 떠 마셔도 떠 마셔도/ 시원한 맑은 물만 나오고." 설령 거기에서 전쟁의 "피비린"내가 나도 그것이 "아이들 얼굴도 씻고" 새로운 "화전민"을 돕는 데 장애가 될 수는 없는 것이다. 뿐만 아니라 박의상 씨가「봄을 위하여」에서 말하는 바에 의하면, 설령 우리 시대의 '부'와 '환락'이 값없는 것이라 하더라도 그 값없음의 깨달음은 밖으로부터 얻는 지식으로서가 아니라 개인적 체험의 깨우침으로 와야 한다. 이것은 마치 "너무 울어서 비애를 벗어나는 것"과 같은 것이다. 물론 우리의 삶이 근본적으로 살아 보고 살 수 있는 성질의 것이 아닌 까닭에 부(富)를 실험하여 부를 초월할 수 있을는지는 의문이다. 그러고 역사적 태도의 경직성에 대하여 박의상 씨가 던지는 질문은 중요한 것이다.

너무 가까이 다그쳐 드는 역사는 우리에게 고정된 상황을 강요하고, 그 안에서 선택을 허용하지 아니한다. 그러나 어떤 시들이 보여 주는 고정적인 강박성은 상황의 강박 못지않게 자세의 경직에 연유한다 할 수 있다. 가령 어둠, 빛, 불꽃, 봄, 겨울, 역사, 의지 등등의 고정적으로 반복되는 이미지와 관념을 주축으로 하는 시들은 순전히 그 상투성으로 하여 우리의 삶을 지나치게 빈약한 것으로 만든다. 이에 대하여《시문학》2월호의 홍희표(洪禧杓) 씨의 시처럼 자세의 추상화에 의존하는 대신 정제된 리듬의 힘만으로 일상적인 불합리를 냉정히 기록하는 직설법은 참신한 느낌을 준다.

그러나 추상적인 비유의 변주가 불가능한 것은 아니다.《시문학》3월호의 임보(林步) 씨의 시 「사람들은 아직 바람을 모른다」는 어두운 시대의 역사의 세력을 조금 색다르게 바람에 비유하고 있다. 바람은 쉽게 파악될 수 없는 숨은 힘이며, 나아가 그리스 사람들의 '프네우마(pneuma)'에 비슷하게 숨은 정신의 원리를 나타낸다. 그러니까 "그것은 필요로 하지 않을 때/ 형상을 짓지 않기에/ 어리석은 자들은/ 아무도 아직/ 바람,/ 그 질서의 말씀을 듣지 못한다."

새로운 변주의 정치 시(政治詩)로서 아마 이달에 가장 뛰어난 것은 같은 《시문학》의 김시종(金市宗) 씨의 「수로가(水路歌)」일 것이다. 이 시는 권력자와 대중의 관계를 신라 성덕왕 때 용왕이 수로 부인을 약포(掠捕)했다는 전설을 빌려 이야기한다. 대중의 소리는 곧 권력자 자신의 내면의 소리이기 때문에 궁극적인 승리를 거둘 수밖에 없다는 요지인데, 이렇게 요약하는 것은 이 시의 좋은 점들을 대부분 놓치는 것이다. 가령 시인이 짐짓 용왕의 입장에서 농해 본, "뭇입(衆口)은 불감당(不堪當)이로구나./ 창맹(蒼氓)의 입은/ 항문(肛門)보다도 더러운지고"의 간결과 익살, "수로 부인을 내놔라! 내놔라!/ 용왕은 되레 소리에 불들린다./ 이글이글 진노(震怒)가 치솟을수록/ 용왕은 대중 속으로 침몰한다"의 권력자와 권력 대상자 간의 모순적 상보 관계에 대한 깊은 이해와 그 이해의 간결한 처리는 참으로 뛰어난 것이다.

다시 역사와 생활의 대립의 문제로 돌아가서 그 대립을 초월할 수 있는 근거는 어디에서 찾을 수 있는가. 박의상 씨는 「귀뚜라미와 함께」에서 귀뚜라미의 노래와 자유가 병사들의 인위적인 질서를 초월하는 것임을 말하고 있다. 예로부터 자연은 인간적 질서의 혼란으로부터의 대피소로 생각되어 왔다. 그러나 자연도 별개의 세계에 있는 것만은 아니다.《현대문학》 2월호의 시 「산정야취(山情野趣)」에서 박재륜(朴載崙) 씨는 자연의 고요가 주는 위안을 말한 다음 그래도 자연의 참뜻은 "너를 잡을 수 있는/ 다만 그 천연으로서의 배경이었을 때/ 비로소 값지"다고 말하여 인간적 정취가 우리의 자연과의 교감에 있어서 불가결의 요소임을 지적한다. 또 그는 밭두렁의 구불구불한 데서 그 흔적을 보는 바와 같은 사람과 사람의 싸움도 오랜 자연의 시간 속에 "아름답기만 한 옛 설화"로 바뀐다고 말한다.

물론 박재륜 씨의 주장처럼 이러한 화해가 오늘날의 사정이라고 말할 수는 없다. 차라리 박성룡(朴成龍) 씨처럼 자연의 맑음 속에서도 총소리를 듣고 있는 것이 오늘날의 우리일 것이다.(《문학사상》 3월호) 하여간 자연이 위안의 한 가지인 것은 사실이다. 그러나 그것은 인간의 역사와 별개의 것이 아니다. 인간의 역사는 지구의 지질학적 역사의 일부이고 지구의 역사는 인간의 역사에 결부되어 있다. 시인이 개인과 사회와 지구의 역사의 모든 면에 민감한 것은 당연하다.

(동아일보, 1975년 2월 27일)

즉물적 관점에서 제시된 사물

이달의 시

문학적 언어의 특징은 추상적 이론이나 막연한 감정보다도 구체적인 물건과 객관적인 상황을 즐겨 제시하려 한다는 데에 있다. 물론 객관적으로 제시되는 물건이 감정이나 이론 또는 어떤 의미를 암시하기 위한 수단이 되기 쉬운 것은 사실이다. 이러한 사물과 문학적 의미의 관계는, 상식적인 이야기이지만, 영미 비평에서는 '객관적 상관물'이라는 괴팍스러운 말로써 설명되기도 한다.

김영태(金榮泰) 씨가 근년에 쓰는 시들에는 우리의 일상적인 물건과 동작들이 많이 등장한다. 그러나 이런 물건들이, 직접적으로 어떤 숨은 뜻을 말하고자 하는 비유가 되지는 않는다. 《심상》 7월호의 한 시에서 시인 자신의 방을 묘사하면서 그가 "나는 파이프가 두 개 있고, 속이 상하면 한 놈을 손바닥에 움켜쥐고 손때를 묻혀 세수를 시키기도 한다…… 귤(橘)도 그냥 놓고 본다…… 천구백육십 년에 초판을 발행한 민중서관의 빨간 겉표지로 된 사전을 들친다……"라고 할 때 묘사되어 있는 것은 단순한 일용품과 일상 행위이다. 그러면서도 이것들은 우리로 하여금 막혀 있는 일상생활의 답답한 무게를 느끼게 한다. 김영태 씨가 탐구하고 있는 것은 소외된 일상인의 의식인데, 여기에서 일상적인 것들은 즉물적인 밀도를 가지면서 하나의 상황을 투사한다.

김종길 씨는 보다 철저하게 객관적인 상황을 제시하는 데 노력하는 시를 쓴다. 「기억」(《월간중앙》 8월호)은 거의 아무 주석이 없는 묘사로 끝나는 시이지만, 다른 한편으로 묘사의 객관성을 유지해 주는 것은 말하고자 하는 시적 정서의 의미를 잘 앎으로써 가능해지는 지적 통제이다. 이 시는 간단히 시인이 워싱턴 여행 중에 본 관광단의 도착 광경을 이야기함과 동시에 조금 돌연한 느낌을 주면서 관광단이 도착하는 곳의 가로수에서 벌어지고 있는 새의 모습을 이야기한다. "아직 물들지 않은 가로수 잎새 사이/ 가지에서 가지로/ 자리를 옮기는/ 어디서 본 듯도 한/ 낯설은 작은 새 한 마리." 여기에서 관광 여행에 병치되는 새의 움직임은 나그네가 문득 깨닫는 외로움을 암시하기 위한 비유로 생각된다. 그러나 시의 객관성은 비유의 의미를 한 가지로 고정시키기 어렵게 만든다.

김경수(金京洙) 씨의 「하산도(下山道)」(《현대문학》 8월호)에서 의미는 분명하다. 이 시는 등산한 사람은 반드시 하산하게 마련이라는 평범한 사실에 주목하면서 "한눈에 천하가 내려다 보여도/ 백운대/ 그 높이 솟은 봉우리에서는/ 산새 한 마리 울지 않는다"라고 말하고 있는데, 산에 오르면 골짜기로 내려가지 않을 수 없다는 사실과, 고조된 의식이나 행동은 불가피하게 일상생활의 평면으로 후퇴할 수밖에 없다는 사실 사이에 생사 관계를 설정한다.

'창비시선(創批詩選)'으로 나온 김관식 씨의 시집 『다시 광야』에 실린 이 작고 시인의 마지막 시편들에서 우리는 다시 시적인 의미보다는 즉물적인 관점에서 제시된 사물들을 볼 수 있다. 그가 "대관령 꼭대기 움을 파묻고/ 솥단지에 쪄 내인 북해도 북감자를/ 싸리 꼬치로 꿰어 천일염 발라 호호/

불어 먹으면 또한 일미라"고 하거나, "호랑이표 시멘트 크라푸트 종이로 바른 방바닥"을 이야기할 때, 여기의 물건들은 일상적이고 산문적인 자명함을 가지고 있다. 그러면서도 이것은 하나의 세계 속에 있고, 하나의 인생태도에 결부되어 있다. 김관식이 처음부터 싱싱한 감각과 확신을 가지고 읊었던 자연과 가난의 동양적 행복과 의지의 세계에서 북감자와 크라프트 종이의 방바닥은 자연스럽게 존재한다. 이러한 사물의 자명성은 어떤 종류의 한시(漢詩)나 시조 또는 가사에서도 볼 수 있는 것으로서, 이러한 시들이 우리에게 느끼게 하는 것은 물건과 사람과 세계의 자연스럽고 친숙한 공존관계이다.

오늘날의 소비문화는 물건에서 금전적 가치 이외의 모든 의미를 빼앗아버렸다. 그리하여 사물의 의미는 시인의 높은 시적 긴장 속에서만 찾아진다. 또 이러한 시인의 노력에도 불구하고 삶의 전체적인 의미는 찾아지지 아니한다. 또 생활의 구체적인 사물에 대한 감각만을 새로이 함으로써도 직접적으로 삶의 전체적인 조화에 참여할 수 있지 않는 한 사물의 의미는 결코 분명해질 수 없다. 말하자면 사물의 서사시적(敍事詩的) 투명성은 궁극적으로 삶 자체가 서사시적 통일성과 활력을 가지고 있을 때 유지된다. 이것이 결여되어 있는 한, 조각난 세계의 고통과 온전한 세계에 대한 갈구는 주로 주관적인 절규로 표현될 수밖에 없는지 모른다. 창비시선의 다른 시집들, 박봉우(朴鳳宇) 씨의 『황지(荒地)의 풀잎』과 최하림(崔夏林) 씨의 『우리들을 위하여』에서 우리가 듣는 것은 이러한 절규이다.

(동아일보, 1976년 7월 27일)

무희가 만드는 공간미
이달의 시

허만하(許萬夏) 씨는 《신동아》 10월호의 「무희(舞姬)」에서 무희가 일시적으로 창조해 내는 아름다움의 공간을 묘사하여 그것은 "스스로의 둘레를/ 초겨울 하늘 빛으로 돌고 있는/ 고독한 원심력이 되는/ 그때만이"라고 말한다. 그리고 이때 무용의 동작은 깊은 허무 속에 있는 것이라고 한다. 릴케의 비슷한 시를 연상시키는 「무희」가 말하는 것은 삶이 허무 속에 명멸하는 빛나는 순간이라는 것이다.

박성룡 씨의 「고추잠자리」(《월간중앙》 10월호)도 비슷한 생각을 표현하고 있다. 다만 이 시는 어떤 추상적인 명제를 위하여 하나의 사례를 제시하는 것이 아니라 조금 더 구체적인 관찰로부터 시작하고, 또 끝에 가서는 조금 더 분명하게 추상적인 명제를 내세우고 있다. 박성룡 씨는 처음에 "미풍에 떠 있는 꽃잎들" 같기도 하고, 또 놀 속에서는 "황금의 빛깔"을 띠는 잠자리를 묘사한다. 그러고 나서 이 잠자리가 황금빛 날개에도 불구하고 "낙엽보다도 가벼운/ 하나의 생명체", "자칫 이슬에도/ 얼룩이 지는/ 연약한 생명체"임에 주목한다. 그러나 다른 한편으로 잠자리는 또 그것 나름으로의 강인함을 가지고 있어서 "비를 들어 하늘을 쓸어도/ 그러나 잘 쓸리지 않는/ 작은 생명체"이기도 하다. 이와 같이 생명 현상에는 기묘한 연약성과 강인성이 섞여 있다. 이런 점을 고추잠자리의 모습을 통해서 일깨워 준 다음 박성룡 씨는 인간 의식 현상도 이와 같다는 통찰을 제시한다. "이 가을/ 우리들의 목숨과 양심도/ 어쩌면 그와 같다"

위의 두 시의 관찰이 삶의 큰 테두리와 개체적인 삶과의 대조를 말하는 것이라고 하면, 이 대조를 보다 사회적인 연관 속에서 생각해 보고 있는 시들도 있다. 황근식 씨의 「표정」(《심상》 10월호)은 거대한 도시 생활의 테두리 속에서 일어나는 비정과 소외의 작은 삽화를 시의 소재로 삼고 있다. 가령 우리가 쉽게 생각할 수 있는 일로 "혼자 길가에서 놀고 있던 아이가/ 지나가는 차를 향하여 손을 흔드"는 것을 볼 수 있다. 이때 아무도 손을 안 드는 것이 오늘날 우리들의 상황이다. 황근식 씨는 이런 경우 "아이가 지나쳐 버린 후/ 아이의 표정이/ 자기를 닮았다는 것을 안/ 가난한 마음들만" 아이의 손짓에 화답한다고 말한다. 그러나 아이의 마음에 상처는 이미 입혀진 것일 것이다. 그는 사회가 인정의 공간이 아니라 비정의 밀림임을 이렇게 하여 익혀갈 것이다. 황근식 씨의 시는 어쩌면 지나치게 진부한 것이면서도 심각한 한 아이의 마음에 가해지는 사회의 박해를 기록함으로써 우리로 하여금 삶의 테두리를 다시 한 번 생각케 한다.

박경원(朴敬元) 씨는 《문학과지성》 가을호에 실린 몇 편의 시를 통하여 이러한 사회적 삶의 테두리가 그의 강한 생명력을 고통으로 전환시킨다고 이야기하고 있다. 부분적인 불명료함에도 불구하고 그의 강력한 시행들은 어떻게 고뇌가 "묘 파는 사람의 발바닥으로/ 내 몸 위의 흙을 다져대는" 듯 우리의 삶을 죽음이 되게 하는가를 전달한다. 그러나 이 시 「불꽃의 침몰」의 끝은 고뇌를 강력한 의지로 받아들임도 삶의 한 표현이 된다는 것을 암시하고 있는데, 또 하나의 시 「불」은 이에 비슷한 자폭적인 삶에의 의지를 다시 한 번 확인한다. 이러한 시들이 일반적으로 삶의 충동과 그 고뇌를 표현하고 있는 데 대하여 「견유(유)학파(犬儒(遊)學派)」는 시인의 세대를 자조적인 냉연함과 분노로 묘사하여 시인의 고뇌를 시대에 연결시키고 있다. 시인은 말한다. "옛날은 갔다/ 그리고 지금 나와 나의 친구들이 오고 있다." 이 오는 사람들은 어떤 사람들인가. 그들은 완전히 희망도 의지도 포기한 냉소적 인간들이다. 그들에게는 분노마저도 "오래전에 치욕이었"고, "굶주림과 짓밟힘을, 자조와 굴종을/ 즐거움으로 마음먹은" 자들이며, "빛을 쏘이면 증발해 버리는/ 나와 나의 친구들"이다.

박경원 씨의 개인적이며 시대적인 고뇌에 대하여 이성부(李盛夫) 시는 「바보강(江)」(《한국문학》 10월호)에서 황석영(黃晳暎) 씨의 소설 『장길산(張吉山)』의 주인공에 붙여 이러한 고뇌를 하나의 시대적인 신화의 차원에서 요약한다. 그러나 그는 또 장길산이 아무리 불리한 여건하에 있다 하더라도 스스로를 버리고 "다른 목숨"이 될 수 없으며, "다른 나라에서 길든 마음"이 될 수도 없으며, "칼 아래 움츠른 몸"이 될 수 없으며, 결국에는 갈수록 싱싱하리라고 주장한다.

(동아일보, 1976년 9월 30일)

오늘날의 불안감
이달의 시

우리가 늘 보는 물건들은 보이는 대로 환한 것 같지만, 생각해 보면 그 의미가 늘 자명한 것은 아니다. 서양 사람에게 흰옷이나 된장국이나 이태백(李太白)의 달의 의미가 제대로 통하겠는가. 세상의 모양이나 사회적 관계와 마찬가지로 물건들도 우리가 세계나 삶에 대하여 가지고 있는 근본적인 의미 지향 또는 달리 말하여 한 문화의 상징체계 속에 있는 것이다. 이 상징체계의 힘은 사람의 마음의 힘에 달려 있다고 할 때, 오늘의 사물의 혼란은 마음의 혼란에 있다고 할 수도 있다. 그러나 반대로 우리의 마음의 힘은 상징체계의 힘에 있고, 상징체계의 힘은 세상과 사회의 사물의 바른 마련에 의하여 유지된다고 할 수도 있다.

시는 주로 사물의 질서와 마음의 힘이 부딪치는 곳에 성립한다. 한 문화 속에서 어떤 물건들은 특히 강한 상징성을 띤다. 그것들은 그 문화의 내외적 질서를 지배하는 어떤 의미를 특히 강하게 암시해 주는 것들이기 쉽다. 우리 전통에서 산이라든지 소나무라든지 하는 것들은 이러한 의미를 갖는 물건들이었다. 시인이 이러한 전통적인 물건만을 이야기하다 보면 진부하게 되지만, 그렇다고 아무 물건이나 쉽게 시의 대상이 될 수 있는 것은 아니다. 어떤 물건이 시 속에 이야기되려면, 그것은 문화적으로 납득될 수 있는 강한 의미의 매듭을 나타내는 것이라야 한다. 우리 시의 혼란의 원인의 일부는 물건과 의미를 한데 빚어 주는 외적 내적 여건이 붕괴했다는 사실에 있다고 할 수 있다.

올가을부터 겨울까지 시작 활동을 돌아볼 때 눈에 띄는 일의 하나는 동인시집들이 여럿 출판되었다는 일인데, 이 시집들은 새로운 시인들이 사물과 의미의 일반적 혼란 속에서도 높은 수준의 시적 의미의 결정에 이를 수 있는 능력을 발전시켜 나가고 있다는 희망적 징조를 보여 주는 것 같다. 이들 새 시인들은 주로 그들의 생활 주변에서 발견되는 것들을 말하고, 또 커다란 도덕적 문화적 의미가 아니라 그들의 내면적 성찰을 이야기한다. 그러면서도 단순한 번설(煩屑)함이나 요령부득의 독백에 떨어지지 아니하고 큰 시적 의미에로 발돋움한다.

『말』 동인집의 한영옥(韓英玉) 씨는 주로 일상적 생활의 울적을 신변적이면서도 형이상학적인 비유를 써서 이야기한다. 그러는 사이에 일상의 우울은 오늘날의 사회와 인간의 생존 조건에 대한 인식에 확대된다. 가령 그는 「상쾌한 살갗」에서 자신의 감정을 습진에 비유함으로써 오늘과 같은 비정의 시대에 감정이 갖는 양의적인 의미를 나타내고, 그러면서도 습진과 같은 감정에서 치유되려면 "한번은 피나도록 긁어야 하고/ 챙피한 노래도 들켜 버려야 한다"고 말한다.

조창환 씨는 「보생자과욕(保生者寡慾)」에서 움츠러진 일상을 예언자풍으로 이야기한다. "빈 뜰에 깨어 있어 걷잡지 못할 때에/ 이 한 절(節)로서 목이 잠기는구나./ ── 그러나 너희가 내 괴로움에 참예하였으니/ 잘 하였도다 ── " 천재순(千在純) 씨도 일상생활의 자기 응시 속에 시대적 상황을 발견하는데, 「눈을 맞으며」에서 그는 끊임없이 멀리 또 가까이 들려오는 나무 꺾어지는 소리로써 오늘의 불안감을 표현한다. 『육성』 동인 이인해(李仁海) 씨도 천재순 씨와 비슷한 속도의 언어로써 시대를 이야기한다. 「사랑법 5」에서 그는 추운 계절에 사는 방법은 "한겨울 강추위의 마음에 나를 놔두고 한겨울의 강추위로 한겨울의 추위를 잊어버리"는 것이라고 말한다. 『육성』의 동인이며 시집 『나의 친구 우철동 씨』를 낸 정대구(鄭大九) 씨도 그의 시의 소재를 일상적인 사물과 성찰에서 발견하는 것과 대체로 불행의식을 표현함에 있어서는 앞 시인들과 비슷하지만, 그의 언어와 태도는 어떤 때는 건강하게 가볍고, 또 어떤 때는 단순히 경박하다.

『반시(反詩)』 동인의 김창완(金昌完) 씨나 『육성』의 임홍재(任洪宰) 씨에게 일방적 우울은 정치적인 사정으로 설명된다. 그중에도 김창완 씨는 그러한 사정을 직접적으로 표현하는 외에 「풍뎅이의 기도」 같은 데에서는 다리를 꺾인 채 뒤집혀서 맴을 도는 풍뎅이의 비유를 쓴다. 임홍재 씨는 조금 더 전통적인 가락과 내용으로 도시보다는 농촌의 울적을 말한다. 그러면서도 개인적 서정에서, 천재순 씨와 김창완 씨의 절단(切斷)의 이미지와 유사한 "삼천 사발 피고름에 찌든 누이야" 같은 데 쓰인 부패의 이미지 등에서, 새 시인들의 감수성을 나누어 가지고 있다.

『신감각』 동인 조정권 씨는 그의 「화해」에서 "나는 압니다/ 내 마음이 소란스럽다는 것을/ 어느 날 갑자기 눈 떠진 가슴 때문에/ 나는 다시는 순수해질 수 없다는 것을"이라고 말하고 있다. 이러한 순수의 상실은 많은 젊은 시인들에게 심각하게 느껴지는 것일 것이다. 그들은 주변에서 보는 대로의 사물과 혼자의 마음속에서 시를 만들어 가는 수밖에 없으며, 그 미미한 출발에서부터 큰 의미로, 새로운 순수로 나아갈 수밖에 없다고 느끼는 것일 것이다.

(동아일보, 1976년 12월 29일)

3부

사회 현실에 대한 단상 (1978~2014)

1장

1978~1989

교육의 공간

어느 일간지가 보도한 인천 중앙국민학교 교사 최범형(崔範亨) 씨의 연구에 의하면, 지난 1년 동안 조사 대상이 되었던 인천 시내 40여 학급의 예로 보아 대부분 국민학교의 교실 환경은 극히 불건강한 것으로 판정된다고 한다. 공기에 함유된 탄산가스, 먼지, 혼탁한 공기 속에 섞여 있는 세균, 음료수 또는 신발 주머니에서 검출되는 세균 수—이런 모든 것이 안전도를 훨씬 넘어서고, 교실 조명도 극히 고르지 못하여 시력 장애를 일으킬 수 있는 정도의 것이라고 한다. 이러한 조사는 우리 사회가 교육과 같은 중요한 분야들을 얼마나 등한시하고 있는가 하는 사실을 새삼 깨우쳐 주기도 하지만, 다른 한편으로는 뽐내고 사람을 부리고 하는 일만이 판을 치는 세상에서도 사람 사는 일의 참으로 중요한 일을 위하여 그것을 과학적으로 연구하고 그 일의 개선을 생각하는 노력이 없어지지는 않는다는 위안을 주기도 한다.

최범형 씨의 연구와 같은 것은 그 자체로서도 중요한 것이지만, 그것이 바른 방향의 연구라는 점에서 우리 교육의 다른 근본 문제들을 생각케 해 준다. 교육의 요체가 바른 사실과 바른 인격 또는 바른 사상의 교육 내지 주입이라고 생각하는 사람도 많지만, 내 생각으로는 그것은 오히려 이차적인 것이요, 그보다 중요한 것은 바른 환경의 확보가 아닐까 한다. 그리고 이 환경은 무엇보다도 물리적 공간이다. 넉넉함과 평화와 사랑이 있는 공간을 마련한다면, 나머지는 사람이 타고난 호기심과 사회성에 의지하여도 교육의 기본은 이루어지는 것일 것이다.

어떤 심리 관찰자에 의하면 넓은 모래사장에 풀어 놓아 둔 아이들은 서로 싸우는 법이 없다고 한다. 그것이 전부라고 할 수는 없지만 하여간 아동에게 환경이나 다른 사람들과 느긋하면서도 적극적인 상호 작용을 가능하게 하는 공간의 확보는 무엇보다도 중요한 것이다.

이런 의미에서 오늘날 학교라고 통하는 콘크리트의 사막, 수천 명의 낯선 사람들이 우글거리는 딱딱하고 어머어마한 콘크리트 건물의 환경은 공기 오염이나 세균 오염이 없더라도 옛날의 서당으로부터도 크게 후퇴한 것이라 아니할 수 없다. 모이는 사람의 질이야 어찌되었든 서당에 모였던 소수의 사람 사이에서는 인간으로서의 상호 작용은 피하려야 피하기 어려웠을 것이고, 여느 집과 다르지 않는 건물이나 주변 환경은 위압감을 주는 것도 아니었을 것이다.

(동아일보, 1978년 5월 2일)

도시의 공간

기준과 조건을 어떻게 잡느냐 하는 데에 따라서 달라질 수 있는 이야기이긴 하지만, 서울이 서방 세계의 도시 가운데 비교적 안전하고 범죄율이 낮은 도시라는 말은 자주 듣는 이야기이다. 본래 국민성이 착하고 문화 전통이 그렇고, 정치적 조건이 쉽게 폭력을 허용하지 않게 되어 있고 — 여러 가지 이유를 생각할 수 있다. 그러나 여기에는 순전히 물리적인 조건이 작용한다는 점도 지적되어야 할 것이다. 즉 서울의 인구 밀집 상태가 서울을 비교적 안전한 도시가 되게 한다는 점이다.

범죄는 대개 인적이 없는 곳에서 일어난다. 그런데 서울의 넘쳐 나는 인구는 작은 규모로 사람의 신경을 자극하는 불쾌한 사건을 증가시키는 반면 큰 규모의 폭력이 일어날 수 있는 한적한 공간을 허용치 않는 것이다. 미국의 도시 이론가 제인 제이콥스도 도시의 안전에 대해서 이러한 점을 지적한 바 있다. 그녀의 관찰에 의하면 대도시의 길거리를 안전하게 해주는 것은 잘 정리된 현대식 도시 계획도 아니고 강화된 경찰력도 아니라고 한다. 행인의 왕래나 길거리에 면한 주택과 상점에서 넘쳐 나오는 생활의 연속이 거리의 안전을 지켜 주는 것이다. 자연스럽고 활발한 여러 사람의 생활, 거기에서 저절로 나오는 관심이 만들어 내는 공간 — 이러한 것을 확보하는 것이 도시 계획의 주요한 포인트의 하나여야 한다는 것은 이미 고전적인 지혜가 되어 있다.

이러한 지혜는 거리의 안전에만 적용되는 것이 아니다. 사람의 모든 일에 있어서 여러 사람의 관심의 조직만큼 안전이나 공정함을 확보해 주는 것은 없다. 공개적으로 이루어지는 이런 관심의 조직이 곧 사회를 이루는 것이다. 물론 우리의 생활이 늘 이러한 공개적인 관심의 조명을 받는다면 그것은 심히 괴로운 일일 것이다. 그러나 한 사회의 안전과 정의를 확보하는 데에 공개 과정이 어떤 국가 권력의 강력한 표현보다도 중요한 것이라는 점은 진부하면서도 변함없는 진실이다.

최근에 우리는 농협이 농민을 상대로 하여 저지른 엄청난 부정 사건의 보도를 보았지만, 농협의 일이 늘 언론이나 농민에 대하여 열려 있는 것이었더라면 그렇게 큰 규모의 부정이 그렇게 오랫동안 지속될 수 있었을까. 길거리의 안전이나 마찬가지로 나랏일의 안전에 있어서도 경찰력이나 법의 힘보다는 생활에 밀착한 관심의 공공 조직이 더 강할 수 있는 것이라는 사실을 다시 되새겨 볼 만하다.

(동아일보, 1978년 5월 18일)

콘크리트 베개

학교와 같은 공공장소에 가면 구내의 자동차로 군데군데에 콘크리트의 베개를 가로 눠어 자동차의 속도를 통제하고 있는 것을 볼 수 있다. 구내를 달리는 자동차는 싫든 좋든 불룩하게 올라온 콘크리트 베개의 충격을 피하기 위하여 그 속도를 줄일 수밖에 없다. 이것은 아주 간단한 것이면서 효과 만점의 우리의 감탄을 불러일으키기에 충분한 발명품이다. 베개가 있는 곳에 감시원을 세웠다면 어쨌을까. 번거롭기도 하려니와 효과도 콘크리트 베개에 도저히 미치지 못하는 것이었을 것이다. 힘깨나 쓰는 사람이라면 힘의 특권을 행사하여 자기만은 속도 제한의 규정을 무시하고 마음대로 달리려고 했을 것이다. 그럴 만한 힘이 없는 사람도 험악한 표정으로 자신의 자유에 제약을 가하려는 감시원에 대하여 조금은 불쾌감을 느꼈을 것이다.

여기에 대하여 콘크리트 베개는 모든 사람에게 약간의 불편은 느낄지 모르나 큰 불쾌감이나 저항감이 없이 속도 제한을 받아들이게 한다. 콘크리트덩이에 저항해서 무슨 소용이 있겠는가. 사람들은 사실의 필연성은 쉽게 받아들인다. 그러나 이에 대하여 다른 사람의 의지의 직접적인 표현은 자신의 의지에 대한 자의적인 제약으로 받아들이는 것이다. 이것은 사람의 사회생활에서도 마찬가지이다. 사회생활은 불가피하게 개인의 자유에 대한 여러 가지 제약을 받아들일 것을 요구한다. 그것을 쉽게 받아들이게 하려면 그것이 어떤 개인이나 집단의 자의적인 의사가 아니라 사실의 필연성에서 나오는 것임을 끊임없이 보여 주어야 한다.

그런데 다시 한 번 콘크리트 베개를 생각해 볼 때, 그것이 산이나 강처럼 참으로 필연적 사실의 질서에 속하는 것이라 할 수는 없다. 말할 것도 없이 그것은 사람이 결정할 것을 사실적으로 표현한 것에 불과하다. 사람들은 그것이 공공의 필요에서 나온다는 것을 인정하는 까닭에 하나의 사실의 질서로서 받아들인다. 고속도로에 콘크리트 베개를 설치한다면 누가 그것을 순순히 받아들일 것인가. 사회의 제도에는 본디 사람이 만든 것이면서 바꿀 수 없는 사실의 질서처럼 보이는 것도 있다. 이것은 어떤 때 사람의 의지의 결정으로 되돌려져야 한다. 그러나 또 한번 생각해 보면 인간 의지의 결정은 크고 작은 사실의 질서에 대한 인식에 입각한 것이라야 한다.

(동아일보, 1978년 5월 26일)

신간을 읽고

르네 위그, 김화영 옮김, 『예술과 영혼』

르네 위그는 미술이 하나의 언어라고 한다. 이것은 미술을 색채와 형상의 구조물로 보려는 순수주의자들의 입장과 다른 것이다. 그렇다고 미술이 언어라 할 때 그 가치가 문학적 내용으로 환원될 수 있다는 것은 아니다.

예술 작품의 의미는 공적인 언어로 추상화될 수 있는 것이라기보다는 그것 이외의 다른 아무 것도 아닌 유기적 전체이다. 위그의 경우도 예술의 의미는 사회적 공통분모만을 남기는 공적인 언어의 범주 속에 포착된다고 생각하지 않는다. 그것은 구체적인 전체이고 그것을 분석해서 말한다면 차라리 "'두뇌 속의 내밀한 요소'라고 일컬은…… 분말"들로서 드러난다. 그것은 그림의 외적인 형상이나 색채보다도 작가 고유의 특별한 필치 또는 스타일과 같은 것으로써 현시되는 것이다. 이러한 내밀한 언어가 달리 표현할 도리가 없는 작가의 영혼의 언어이다.

그렇다고 작가의 주관적인 심리적 음영을 예술 매체에 새겨 놓는 것이 예술 표현의 과정이라고 할 수는 없다. 오히려 작가는 자신의 영혼을 통하여 사물의 내면 속으로 들어간다. 그리고 그는 그곳에서 주관적인 것이라고도 객관적인 것이라고도 할 수 없는 존재의 탄생을 보는 것이다. 그의 작업은 심리적이라기보다는 존재론적이다. 위그의 영혼의 언어에 대한 탐구는 미술을 대상으로 하는 것이지만, 그것은 일반적으로 예술 작품의 신비에 관한 보람 있는 명상으로 받아들여도 좋다. 이러한 명상은 우리의 성급한 질문에 쉬운 답변을 줄 수는 없을는지 모르지만, 우리의 삶을 전폭적으로 풍부히 하면서 동시에 일관성 있는 언어 체계, 나아가 사회 체계 속에 통합하려고 하는 우리의 노력의 일부이다.

미술에 대한 명상에서 우리는 우리의 감각적인 삶의 풍부한 개체성이 단순화되지 않는 사고의 질서와 공존할 수 있다는 범례를 보고, 그러한 공존을 연습하는 것이다. 김화영(金華榮) 교수의 역필(譯筆) 또한 이러한 명상의 유연성과 엄밀성을 충분히 습득하고 있는 것이라고 말해도 좋을 것이다. 이러한 예술적 명상이 본격적으로 번역되고 쓰이고 하는 일은 극히 반가운 일이다.

(경향신문, 1980년 3월 20일)

창조적인 삶이 되게

새 시대의 한국인

창조의 조건은 자유이다. 사람이 새로운 물건을 만든다거나 제도를 창안해 낸다는 것은 그가 단순히 밖으로부터 오는 힘에 밀리기만 하는 수동적인 객체이기를 그치고 이것에 능동적으로 작용하는 주체가 된다는 것을 말한다. 이러한 주체가 될 수 있는 자유 없이 창조는 불가능하다.

새로이 무엇을 만들려면 사람은 이미 있는 것을 이미 있는 모습으로가 아니라 여러 가지 새로이 있을 수 있는 모습으로 그릴 수 있어야 한다. 이미 있는 것의 절대적인 직접성으로부터 해방되는 것은 우선 자유로운 마음의 작용을 통하여서이다. 자유로운 마음은 새것을 생각해 내고, 이것을 하나의 의도로써 고정하고, 이미 있는 물건을 자료로 삼아 이것을 새로운 것으로 형상화한다. 물론 사람은 마음을 자유롭게 쓰지 아니하고도 물건을 만들 수 있다. 즉 다른 사람의 계획이나 명령에 따라 물건을 만들 수도 있는 것이다. 그러나 이러한 만듦을 우리는 창조적이라고 부르지 않는다. 그렇긴 하나 어떤 일의 창조성은 그것을 시작하였느냐 남이 시작하였느냐 하는 데에 달려 있는 것이 아니다. 다시 한 번 더 중요한 것은 자유로운 마음의 작용이다.

마음의 작용의 중요한 징표는 기쁨의 느낌이다. 모든 창조적 행위는 우리에게 고양감을 준다. 이에 대하여 비창조적인 일은 지겨운 느낌으로 우리에게 전달된다. 이러한 기쁨과 지겨움의 느낌은 물론 다양한 형태와 넓은 진폭을 가진 것이다. 나의 주체적인 자유를 최고로 실현해 주는 일에서 가장 큰 기쁨을 얻을 수 있다고 하여야 하겠지만, 물론 남이 시작한 일에도 기쁨은 있다. 그러나 이 후자의 경우, 우리의 마음이 그 일에 움직여 들어갈 수 있어야 한다는 것이 조건이 된다. 그런가 하면 우리 스스로가 고안한 일에서도 지겨움은 느낄 수 있다. 그것은 우리가 하는 일에서 마음이 떠날 때이다.

기계적인 되풀이는 가장 쉽게 마음을 밀어내 버린다. 어느 관광객이 잘 만들어진 장신구를 팔고 있는 멕시코 인디언을 보았다. 그는 멕시코 인에게 그와 같은 장신구를 대량으로 주문할 터이니 조금 싸게 해 줄 수 없느냐고 물었다. 그랬더니 그 멕시코 인은 그런 조건이라면 값은 더 올려 받아야 한다고 했다. 사고파는 것만을 유일한 가치로 받아들이고 있는 이 관광객이 멕시코 인의 대답에 놀라 무슨 이유인가를 물었더니, 그는 그렇게 많은 같은 물건을 만들려면 몹시 지겨울 것이고, 그렇다면 그 고통에 대하여 응분의 보상을 받아야 한다고 했다는 것이다. 진짜 이야기인지 어쩐지는 모르나 창조적 행위의 의미를 잘 설명해 주는 일화라 할 것이다.

이와 같이 창조의 주요 조건은 늘 새로이 작용하는 마음의 자유이다. 그러나 이 마음이 반드시 의식의 표층 부분을 말하는 것은 아니다. 그것은 다분히 의식의 통제를 벗어난 깊은 층들을 포함한다. 예술가들의 창조적 작업을 지탱하는 것은 흔히 영감이라고 불리는 것이지만, 이것은 의식과 무의식, 육체의 깊이에 잠겨 있는 충동, 이 충동이 포착하는 원초적인 세계인식, 이런 것들에 연결되어 있다. 창조에 중요한 것은 의식적인 사고보다 더욱 근원적인 것—어쩌면 사람의 전 존재, 움직임, 뜻, 느낌, 생각, 이 모든 것을 통하여 세계로 열려 있는 인간 존재 그 자체이다. 현실 속에서 그것과의 모든 실천적인 교섭을 가능하게 하는 것이 여기에 관계되는 것이다. 이 점은 창조의 실천적 계기에서 가장 잘 나타난다.

말할 것도 없이 마음이 보고 선택하는 가능성이 현실로 옮겨지려면, 그것은 인간의 육체와 도구와 제도를 통해서 현실의 역학적 장에 끼어들 수 있어야 한다. 마음의 계획만으로는 아무것도 만들 수 없다는 것은 너무나 초보적인 사실이다. 그런데 실제에 있어서 마음의 계획 또는 의도와 그것의 현실에서의 실천, 어느 것이 선행하는 것인지는 알기 어려운 경우가 많다. 예술가들의 창조가 머리 못지않게 손으로 이루어지는 일임은 자주 주목되는 일이다. 창조는, 그것이 예술적인 것이든 사회적인 것이든 또는 다른 어떤 것이든, 모든 것을 미리 마련해 놓은 이성적 계획의 결과이기보다는 자연 발생적 실천의 운 좋은 산물이기 쉽다.

창조란 주체와 객체의 끊임없는 대화, 분열과 통일의 궤적이라고 말할 수도 있다. 자연이나 역사의 깊은 움직임에 사람의 삶의 깊은 움직임이 일치하는 과정이 창조인 것이다. 무엇을 만든다는 것은 사람의 마음의 의도를 외부 세계에 일방적으로 부과하는 일인 듯이 앞에서 말하였다. 그러나 마음이 하는 일은 주어진 세계의 가능성을 선택하는 일에 불과하다. 이 선택도 반드시 미리 내다보는 계산의 형태로 이루어지는 것이 아니다. 그리고 이 선택이 가장 좋은 것이 되기 위해서는 가장 근원적이고 지속적인 가능성의 선택이 되어야 한다. 이것은 사람의 내면에 있어서도 삶의 깊이에로 우리 스스로의 작은 자아를 해방할 것을 요구한다. 이것은 피상적인 것으로부터 풀려나와 개인적인 의지와 역사와 자연의 진리에 순응한다는 것을 뜻한다. 창조의 조건은 필연에의 귀의이다.

창조적 활동의 조건들을 완전히 충족시키는 것은 어려운 일이다. 그것은 복합적인 자질과 수련과 환경의 조화로써만 충족될 수 있다. 참으로 창조적인 인간은 늘 경이의 대상이 될 수밖에 없다. 역사에 있어서도 예술적·과학적·사회적 창조성이 눈에 띄게 발휘된 시기는 매우 드물게밖에 찾아볼 수 없다. 그렇다고 보통의 사람, 보통의 시대가 창조적이 아닌 것은 아니다. 사람의 삶 자체가 창조적이다. 주체와 객체의 새로운 조합이 없이는 한시도 삶의 유지 그것 자체가 어려운 것이 된다. 뛰어나게 창조적인 천재가 있고 뛰어나게 인간 활동의 창조성이 발휘되었던 시대가 있지만, 그것은 보통의 삶의 창조성이 크게 고양된 경우를 말하는 것에 불과하다. 그리고 그러한 사람과 시대에 결정적인 것은 사회적 여건의 쾌적성이다. 창조적 인간, 창조적 시대는 고립하여 나타나지 않는다.

우리는 역사적으로 창조적 인간들이 대체로 무리져 나타나서 한 시대를 이루는 것을 본다. 이런 때에는 특출한 사람만이 아니라 보통 사람도 시대의 창조적인 삶에 크게 참여하였던 것임을 역사는 우리에게 이야기하여 준다. 뿐만 아니라 어떤 심리학자들이 이야기하는 것처럼, 사람의 잠재적 능력 가운데 현재화(顯在化)하는 것이 반도 안 되는 것이라고 한다면, 모든 사람은 천재적 창조 능력을 구비해 가진 것이라고 할 수 있다. 과거 역사에 있어서 또는 오늘날에 있어서 사람의 창조적 능력이 차등을 가지고 나타났다면, 그것은 사람의 잠재적 능력을 현재적인 것으로 길러주는 환경의 조건들이 고르지 않게 작용했다는 사실에 상당한 관계가 있다고 말하여야 할 것이다.

인간의 창조적 능력의 해방에 적합한 사회적 환경은 어떤 것일까. 그것은 창조적 활동의 조건에서 추측될 수 있다. 자유로운 환경만이 창조의 가능성을 풀어 놓는다. 물질적 빈곤이 사람에게 새로운 것을 만들어 낼 여유를 주지 못한다는 것은 자명하다. 생존의 억압에서 풀려나는 것이 중요하다. 그러나 어떤 경우에도 사람이 신이 되지 않는 한, 일반적인 의미에서의 생존의 엄격한 법칙을 벗어날 수는 없는 일이다. 또 참으로 궁극적인 의미에서 사람이 이로부터 풀려나기를 원하는 것일까. 사람은 그것이 어떤 것이든지 스스로의 삶을 사랑하며, 참으로 산다는 것은 생존의 필연에 귀속하는 일이다. 기본적인 생존을 불가능하게 하는 경우를 제외하고는 생존의 물질적 필연에서 오는 억압은 자연적이라기보다는 사회적이다. 사람이 원하지 않는 것은 삶의 근원적 필연이 아닌, 인위적으로 만들어진 가짜의 필연이다. 사람은 제도적으로 이루어진 물질적 억압으로부터 해방됨으로써만, 참으로 창조적이 될 수 있다.

앞에서 말한 바와 같이, 마음의 자유는 창조의 또 하나의 중요한 조건이다. 심리적 억압, 위계적 압력, 관료적 규제, 기계적 반복 등이 지배하는 곳에 창조의 능력은 위축될 수밖에 없다. 정해진 틀에서 벗어나고, 이미 있는 것에 대하여 새로운 변주를 시도하고 실험을 하고 새로운 것에로의 도약을 꾀해 볼 수 있는 자유와 그 자유를 관용으로 대하고, 더 나아가 이를 권장하는 사회에서만 창조적 삶이 참다운 개화를 한다. 끊임없이 눈치를 보아야 하고 조그마한 자유의 출발에도 엄청난 값을 지불해야 하는 환경에서 누가 창조의 모험을 시도할 엄두를 내겠는가.

창조의 조건이 자유라고 했지만, 이 자유가 혼란과 개인적인 자기 탐닉을 말하는 것이 아닌가 하는 우려가 있을 수는 있다. 솔직히 혼란의 위험이 없는 자유는 없는 것이라 할 수 있다. 그러나 자유는 구극적(究極的)으로 자신에게로 돌아갈 수 있는 자유이다. 그것은 참다운 인간성의 필연에로 돌아가는 귀환의 과정이다. 개인적으로 삶의 가장 깊은 충동에로 돌아감으로써 우리는 자유로워지고 창조적이 된다. 사회적으로 우리는 역사의 필연적 과업 속으로 돌아감으로써 자유로워지고 창조적이 된다. 이 사회적 귀환은 개인적인 삶의 깊이에 돌아간다는 것에도 구극적으로 일치된다. 결국 자유롭다는 것, 창조적이라는 것은 개체적으로나 사회적으로나 인간과 자연의 근본으로 돌아가면서 그 근본에 기초한 새로운 도약을 이룩한다는 것을 말하는 것이다.

창조적일 수 있다는 것은 사람의 삶의 가장 큰 보람이다. 그것은 일상적으로는 취미라든가 놀이라든가 노동이라든가 하는 것에서 나타난다. 작은 의미에서나마 많은 창조적 표현들이 모든 사람에게 허용된 사회는 평화롭고 행복한 사회이다. 창조에의 충동도 사람의 생식 본능이나 사회적 본능만큼 강력한 것이다. 이것이 억압될 때 그것은 부정적이고 공격적인 충동으로 변형되어 사회 속에 나타난다. 그러나 더 크게 창조하는 커다란 생물학적인 의의를 갖는 인간의 특성이다. 사람이 살아남을 수 있었던 것은 다양성과 융통성을 통하여서이다. 이것이 사람으로 하여금 변화하는 환경에 능숙하게 적응할 수 있게 하였다. 이러한 다양성과 융통성은 인간의 창조적 능력에서 온다. 개인과 사회가 가지고 있는 창조의 능력은 중요한 생존의 무기인 것이다.

창조 능력이 우리의 삶에 주는 다양성과 융통성은 한 민족이 국제 사회에서 살아남는 데에도 가장 중요한 자산이 된다. 변화하는 상황의 도전에 대한 응전력이 여기에서 나온다. 그러나 다시 한 번 창조적 행위는 모든 삶을 참으로 충일케 하는 다른 경영들과 마찬가지로 그것 자체가 큰 보람이며 기쁨이 된다.

(조선일보, 1980년 5월 24일)

엘리트와 의지력

20세기 초의 영국 소설가 웰즈가 쓴 「토노반게이」라는 소설은 제목과 같은 이름의 강장제 드링크를 만들어 부자가 되고 망하는 이야기를 다룬 것이다. 흥미로운 것은 단순히 이 가짜 강장제로 인한 부귀영화의 영고성쇠가 아니라, 그것과 영국 사회상을 관련시킨 데 있다. 웰즈의 암시에 의하면, 이러한 강장제에 대한 수요는 세계 최대의 산업 국가, 제국주의 국가로서의 영국 사회에 방출되는 긴장된 에너지로 인하여 생겨난 것이다.

우리나라에서 소위 드링크제라는 것이 많이 복용되기 시작한 것은 한 20년쯤 되지 않았나 한다. 그런데 요즘에 와서 부쩍 눈에 띄는 것은 개소주, 흑염소, 뱀탕과 같은 특별한 강장 음식이다. 일시적으로 기분을 상쾌하게 해 주고 원기를 북돋워 주는 드링크제보다 더 강력한 강장제, 정력제에 대한 수요가 늘어난 것이다. 지난 20년 동안에 우리 사회의 에너지 수준 — 또는 박력 수준이라고 할까 — 이것은 현저하게 높은 것이 되었다. 그리고 전반적인 사회 에너지 수준의 상승 속에서 사람들은 보통 이상의 정력의 필요를 절감하게 되었다.

사회 에너지의 향상은 일단은 바람직한 것이라고 해야 할는지 모른다. 얼마 전만 해도 게으르다고 책망을 듣던 한국인이 이제 악착같을 정도로 근면한 국민의 대표가 되었다. 높아진 박력은 근래의 산업화의 원동력이 되었고, 개인적으로도 많은 사람들에게 그 잠재력을 개발케 하는 자극제가 되었다. 그러나 유감스러운 것은 이러한 박력의 증가, 잠재력의 개발이 사람의 평화롭고 이성적인 면을 흩트려 놓고, 부정적인 면을 자극하여 이루어지는 듯하다는 사실이다. 강장제와 같은 비상 영양제에 대한 요구, 비상하게 박력 있는 행동에 대한 요구는 우리 사회의 생존이 살벌할 정도로 경쟁적 공격적인 것이 되었다는 사실과 관련된 것으로 보이기 때문이다.

대체로 우리 사회에서 비상한 박력 또는 의지력에 대한 숭배는 널리 볼 수 있는 현상이다. 박력, 소신, 결단, 의지, 강력, 엄단 등등의 단어가 범람하는 데에서도 우리는 이것을 느낄 수 있다. "갈등, 투쟁 — 이것이 사나이의 세계" 운운하는 광고가 나돌더니 요즘은 "샘솟는 삶의 의욕" 운운하는 광고를 본다. 운동 시합에 지는 것은 주로 선수의 투지가 약한 때문이라고 말하여진다. 신문은 해외에 나가서 돈을 번 사람들의 이야기를 '의지의 한국인'이라는 표제하에 연재 기사로 싣는다. '한탕 한다'는 것도 건곤일척의 결전장에 나가는 것에 유사한 결단을 필요로 할 수 있기 때문이다.

강력한 의지에 대한 믿음은 정치 사회 정책에도 나타난다. 가정의 혼란은 아버지의 권위를 강화하여 해결하고, 모든 사회적인 갈등과 불안은 강력한 단속과 강력한 시행으로 붙잡아 매어라. — 이러한 요구가 위에서 아래에서 빗발치듯 쏟아진다. 이러한 요구에 이해할 만한 점이 없는 것은 아니다. 사람이 하는 일로서 의지의 결단을 필요로 하지 않는 일은 없다. 해야 할 일이 크면 클수록 그것은 더욱 필요하다. 그러나 의지가 필요하다는 것은 저절로는 일이 안 된다는 것을 말한다. 따라서 저절로 안 되는 것이 일 자체 때문이라면 모르거니와 사람과 사람의 의지의 상충에서 생긴다면 의지가 강력하면 강력할수록 그것은 큰 갈등의 원인이 된다.

이를 어떻게 할 것인가. 모든 인격 교육의 근본 문제는 의지의 수련에 귀착한다. 이것은 단순히 있는 대로의 뚝심으로서의 의지를 단련하는 데에서 출발한다. 그러나 보다 핵심적인 것은 큰 원리에 의한 의지의 순치이다. 작은 나를 버리고 큰 나에 스스로를 합치하는 훈련이 이것이다. 기독교 윤리에 있어서 "하느님의 뜻 안에 우리의 평안이 있다."라는 말은 이러한 의지의 훈련의 한 극단을 나타낸다. 동양에서 "뜻대로 하되 도리를 벗어나지 않는다."라는 말은 보다 세속적인 차원에서의 나의 의지와 보편적 원리가 일치하는 경지를 말한다.

개개인의 의지를 순치시키는 큰 원리는 무엇인가. 오늘과 같이 백 사람이 백 가지 생각을 하는 때에, 하느님의 뜻이나 도리를 쉽게 내밀 수는 없는 일이다. 옛날에도 행여 그러한 뜻과 도리를 알게 모르게 참칭하는 과오를 범하지 않을까 하여 한없는 겸손 속에서 자신의 뜻의 참내용을 살피고 순화시키는 수련은 도덕적 자기 성찰의 다른 한 면이었다. 하물며 오늘에 있어서랴. 간단히 말하여 오늘날에 불끈거리며 튀어 오르는 수많은 의지를 포용할 수 있는 원리는 모든 사람의 물질적 정신적 요구 전체에서만 찾아질 수 있을 것이다. 이것은 개인과 민족과 보편적 인간의 이념이 종합되는 어느 지점에 성립하는 원근법일 것이다.

그러나 중요한 것은 내용보다 절차이다. 어떤 전체에 대한 이념도 공개된 자리에서 이성적으로 토의되고 민주적인 절차로 동의된 것이라야 한다는 말이다. 우리가 참으로 바라고 바라야 하는 것은 일목요연하게 처음부터 분명한 것이 아니다. 그것은 연구되고 토의되어 밝혀져야 한다. 설사 누가 신묘한 원리를 안다고 해도 그가 우리 하나하나의 모든 것을 다 알 수는 없는 일이다. 또 밝혀진 것은 모든 사람 눈앞에 공개되어야 하고, 다수의 사람이 동의할 수 있어야 한다.

어떤 사람들은 한 사람 또는 엘리트의 의지가 곧 한 사회의 큰 원리가 될 수 있는 것으로 말한다. 그러한 의지가 참으로 이성적 원리를 대표한다면 그것이 어떤 특정한 사람들에게 한정될 이유가 있는가. 이성의 특성은 보편적이라는 것이다. 사실 우리는 폐쇄성과 강제력을 그 특징으로 하지 않는 엘리트 집단을 역사에서 보지 못한다. 그들의 폐쇄성과 강제력은 곧 이성의 보편성을 부정하는 데서 오는 것이다. 그것은 뚝심의 단적인 표현이다. 옳든 그르든 밀고 나가면 그만이라는 생각의 미화에 불과하다.

이성적이고 공개적이며 민주적인 과정만이 사회 평화와 결속의 방법이다. 이러한 과정에서 반드시 사회적 에너지의 수준이 저하되라는 법은 없다. 거기에서 다만 갈등과 분규의 소모적 에너지의 분출은 필요 없는 것이 될 것이다. 선의의 경쟁과 집단적 결속이 양립하는 가운데 에너지는 한결 건설적으로 앙양될 것이고, 우리의 의지 또한 대인 투쟁과 생존 경쟁에 소모됨이 없이 개인적 사회적 생명력의 고양에 사용될 것이다. 요즘 우리가 하루에 세 번씩 하는 반성은 혹시 내 의지로 하여 다른 사람에게 몹쓸 짓을 하지 않았나 하는 것이 아니라 좀 더 단호하고 매섭고 독한 마음을 품었어야 하지 않았는가 하는 것 같다. 이것은 개인적으로만이 아니라 사회 정책의 차원에서도 그렇다. 정력 강장제가 눈에 많이 뜨이는 것은 당연한지도 모른다.

(동아일보, 1981년 9월 4일)

교권과 그 침해

우리 사회에서처럼 교육의 문제가 신문이나 기타 대중 매체의 중심적 관심사가 되는 사회도 많지는 아니할 것이다. 좋은 징조라기보다는 나쁜 징조가 아닌가 하는 생각이 들지만, 하여간 이것은 교육이 위기에 처해 있다는 것을 말하여 주는 것이라고 할 수 있다.

교육의 위기의 일면을 이야기할 때 자주 쓰이는 말로 교권(敎權)이란 말이 있다. 그런데 이 말은 정확히 생각되기보다는 막연하고 자의적인 뜻으로 쓰이는 경우가 많은 것으로 보인다.(이것 자체가 교육의 위기의 한 면을 비추어주는 것이라 할 수도 있지만.) 교권이란 무엇을 말하는가. 그것은 쉽게 말하여 가르치는 사람이나 가르치는 기관의 권위와 권리를 말하는 것으로 보인다. 그러나 용례를 보아야 그 구체적인 뜻을 짐작할 수 있다. 가령 최근 어느 신문 지상에서 이것을 논한 글에서 언급한 사례를 보자. 이에 따르면 어느 대학에서 수험생들의 부모가 철야 농성을 하면서 그 대학의 입학 허가 합격선을 밝히라고 한 것이 교권의 침해가 된다고 한다. 또는 학생들이 교수에게 시험 답안지를 보여 달라고 들이대는 것도 교권 침해의 사례가 된다고 한다.

그런데 이러한 사례들이 교권 침해를 나타내는 것이라 하고, 이렇게 하여 침해되는 교권이라는 것이 존재한다고 할 때, 이러한 교권은 어디에서 오는가. 이것이 어떤 특정인이나 기관에 천부적(天賦的)으로 주어졌다고 하는 것은 별로 설득력이 없는 주장일 것이고, 아무래도 교권은 어떤 정당한 근거에서 발생한다고 말할 수밖에 없고, 그 근거는 궁극적으로 이성이라고 해야 할 것이다. 가르치는 사람 또는 기관이 어떤 권위나 권리를 갖는다면 그것은 그들이 특정한 이익이나 자의적인 믿음에 따라 행동하는 것이 아니고 공평무사하게 또는 공명정대하게 행동한다는 전제, 다시 말하여 여러 사람이 납득할 만한 사물의 바른 이치에 따라서 행동한다는 전제하에서일 것이다. 그렇지 않고서야 학부형이 학교 처사에, 학생이 교수의 결정에 승복할 이유가 없는 것이다. 특정 개인이나 단체가 권위를 갖는 것은 이성의 대행자 노릇을 하는 한도에서이다.

이미 말한 바와 같이 이치에 맞는 것, 이성적인 것의 특징은 그것이 여러 사람이 납득할 수 있는 종류의 것이라는 데 있다. 그것은 공개적이고 토의되는 마당에서 일어난다. 그리고 이 공개와 토의는 흔히 단순한 승복보다는 팽팽한 논쟁을 통해서 이성적 원칙을 확인해 준다. 논쟁이 우리가 모든 가능성을 검토했다는 것을 보장해 주는 것이다. 이성적인 것은 그럴 수밖에 없다는 것을 보여 주려 한다. 그러나 그렇지 않을 수 있다는 주장은 사물의 다른 가능성을 드러내 준다. 본래의 주장은 이러한 주장에 맞서서만 참으로 필연적인 것 또는 최선의 선택인 것으로 밝혀진다. 사실 이성적인 것은 이러한 다른 주장에 맞서는 투쟁 없이는 이성적인 것으로 확인될 도리가 없다. 반박의 가능성이 이성의 보장이 되는 것이다.

이렇게 볼 때 교수가 시험지를 보여 달라는 학생의 요구에 응하지 않는 것이 반드시 바른 권위나 권리에 입각한 처사라고 하기는 어렵다. 시험의 결과는 해당 학생 또는 공개적 토의의 장소에서 납득할 만한 것으로 받아들여질 때 비로소 정당화될 수 있는 것이다. 물론 공개적인 정당화가 언제나 가능한 것은 아니다. 그러한 정당화의 요구는 번거롭고 또 비능률을 초래할 경우가 많다. 급기야는 이 번거로움과 비능률이 본래의 목적을 왜곡 또는 좌절시키는 정도까지 이를 수도 있다. 이때 공개적 토의의 원칙은 보류되는 것이 불가피하다. 그러나 이 보류의 원칙 또한 이성의 원칙이다. 하여간 실제에 있어서는 우리는 가르치는 사람이나 기관의 결정에 아무런 의문을 제기하지 않고 승복하는 것이 보통이다.

그러나 그때 우리가 따르는 것이 단순히 어떤 자연이나 제도의 자의적인 권위가 아니라 잠재적으로나마 이성의 권위인 데에는 변함이 없다. 교수의 권위는 무조건 받아들여지는 것 같으면서도 늘 도전될 수 있는 권위이고, 또 도전 속에서 더 확실한 것이 되는 권위이다. 이렇게 볼 때 교권을 위태롭게 하는 것은 개인이나 기관에 대한 도전이 아니라 이성적인 것에 대한 위협 또는 이성적인 것을 성립케 하는 조건에 대한 위협이다.

이미 말한 바와 같이 이성은 공개적이고 자유로운 토의의 공간에서 성립한다. 사사로운 이익의 압력이나 물리적인 힘은 이 공간을 교란한다. 이런 힘들이 작용하는 곳에서 이성은 스스로가 주인이고 유일한 원칙이라는 자신을 갖지 못하는 것이다. 그렇다면 교권이 방어하여야 하는 것은 이성의 작용을 왜곡하는 힘에 대하여서이다. 가르치는 사람의 권위나 권리가 학생이나 학부모의 작은 요구로 침해될 만큼 약한 것일까. 물론 이 요구가 제어할 수 없는 농성 또는 시위로 발전할 경우는 사태가 달라진다고 하겠지만, 그러나 대체로 교권에 대한 위협은 보다 센 힘 — 이익 관계, 이익 단체, 권력 기관에서 온다. 꼭 그렇다고 할 수는 없지만, 교권에 해당하는 서양말은 가르치는 자유(Lehrfreiheit) 또는 배우는 자유(Lernfreiheit)가 아닐까 한다. 이것은 학문과 정치권력의 상호 모순을 통감하고 권력으로부터 학문의 분리를 정의하고자 했던 데에서 생긴 말이다.

학부모나 학생에 대하여 교권을 세우는 것이 전혀 무의미한 것은 아니겠으나, 더 중요한 것은 현실의 여러 힘들에 대하여 교권을 세우는 일일 것이다. 권리라는 말은 대체로 강한 자에 대한 약한 자의 권리를 말한다. 물론 강한 자의 권리가 없지는 않겠으나 그것은 새삼스럽게 문제가 되기 전에 이미 현실로 존재한다. 문제는 늘 약한 자의 권리이다. 교권은 이성 이외의 힘으로부터의 자유 위에, 그리고 다른 한편으로는 스스로가 그러한 힘으로 화하지 않기 위해 모든 이성적인 토의와 반박에 대하여 스스로를 열어 두는, 자의의 포기 위에 성립한다.

(동아일보, 1982년 3월 12일)

자유로운 질서

사람은 으레 자기가 처해 있는 곳을 중심으로 세상을 요량하게 마련인데, 아주 구체적인 의미에서 사는 고장은 사람의 생각의 중심이 된다. 서울의 북새통에서 살다 보면 사람과 사람, 권력과 권력, 금력과 금력이 맞비비고 겯고틀어 생기는 북새통이 온 세상의 진상인 듯한 생각이 든다. 그러나 서울을 조금만 벗어나면 사람 사는 근본이 사람과 사람의 열띤 긴장과 투쟁에 있는 것이 아니라 자연과의 조화와 교섭에 있다는 극히 상식적이면서도 쉽게 망각되는 사실을 상기하게 된다. 물론 근본 문제는 망각에 있는 것이 아니라 보다 커야 할 자연이 보다 작아야 할 사람의 세계에 밀려나고 있다는 데 있겠지만, 산과 들과 그 안에서 일하는 사람들을 보면 아직도 서울의 힘센 사람들이 벌이는 일들이 삶의 전부는 아니라는 느낌을 준다.

바로 이러한 느낌이 얼마 전 속리산에 가서 피상적으로 얻은 느낌의 하나였다. 의령 총기 난사 사건이나 이철희·장영자 어음 사건 등으로 인해 우리 사회의 질서가 외면적으로는 어떠한지 모르지만, 적어도 내면적으로는 중대한 국면에 이르렀다는 느낌을 주는, 서울을 떠나가는 여행이었다.

그렇기 때문에 속리산 여행은 서울이 전부가 아니라는 것을 특히 생각하게 해 주는 것이었다. 버스의 창밖으로 보이는 일하는 사람들, 무리를 지어 법주사로 올라가고 있는 시골에서 온 것이 분명한 관광객들 — 이러한 사람들에게 서울의 어음 놀이 같은 것은 큰 화젯거리도 되지 아니하고 심리적 충격의 원인이 되지도 아니할 것으로 보였다.

말할 나위도 없이 이러한 느낌은 피상적인 것이다. 그것이 서울에서처럼 열띤 화젯거리가 안 된다고 하더라도 이러한 사건들의 영향은 방방곡곡에 심리적이 아니라면 적어도 실제적인 효과로서 미치지 않는 곳이 없을 것이다. 속리산과 같은 곳에서 속세를 떠날 수 있다고 생각하는 것은 백일몽에 불과하다. 오늘날 모든 것은 하나의 정치력 속에 있다. 그리고 정치권력의 체제는 갈수록 그 그물을 확대하고 섬세하게 해 가고 있다.

관광 안내판에 의하면 속리산의 법주사는 6세기에 창건되고 16세기에 중건되었다고 한다. 6세기나 16세기에 속세를 떠나는 것은, 비단 출가한 승려에게만이 아니라 보통 사람에게도 그렇게 어려운 일이 아니었을 것이다. 사실상 대부분의 사람은, 정치 경제 사회가 한꺼번에 돌아가는 소용돌이로부터 떨어져 있다는 의미에서, 그들의 일상생활 가운데 이미 속세를 어지간히 떠나 지냈다고 할 수도 있다. 중앙에 왕권이 있고 지방에 관청들이 있었지만, 이러한 것은 서민의 생활에 낱낱이 끼어들 만한 것이 못 되었을 것이다. 경제의 기반이 자급자족하는 농업에 있었으니 그것은 중앙의 경제 정책에 의하여 크게 흔들리지 아니하였을 것이다. 또 중앙 관료 기구에서는 서민의 생활에 간여하고자 하여도 교통과 통신의 미발달은 그것을 불가능하게 하였을 것이다. 또 강제 수단을 동원하는 경우에도 그 강제 수단의 궁극적인 바탕이 되는 무력은 백성의 힘에 비하여 그렇게 강력한 것이 되지 못하였을 것이다.

따라서 흔히 생각하는 절대 군주 체제는 그렇게 절대적이지 못하고 불가피하게 지방에 산재하는 작은 힘의 핵들, 씨족 집단과 민중들의 협조를 얻어서만 중앙 집권적인 왕권의 체면을 유지할 수 있었을 것이다. 조선조 사회를 이야기할 때 우리는 지방 관리들의 가렴주구가 혹심했다는 말을 많이 듣지만, 이것도 아마 통치 수단의 비능률로 하여 중앙 권력과 같은 제한을 어느 정도 받지 않을 수 없었을 것이다. 이러한 분권적일 수밖에 없는 국가 체제 속에서 서민은 쉽게 사회의 큰 움직임으로부터 떠나 자신의 삶에 또는 자연 속에 침잠할 수 있었을 것이다. 이에 대하여 오늘날 우리의 삶은 어느 누구도 속세를 쉽게 떠날 수 없게 만드는 하나의 조직 속으로 송두리째 편성되어 들어가고 있다. 정치, 경제, 사회, 문화에서 그렇고 또 이제는 의식 생활, 양심에 이르기까지 그렇다. 이것은 기술 문명의 발달에서 저절로 일어나는 것이기도 하고, 의도적인 전체화의 결과일 수도 있다. 그러나 이런 상황에서 우리가 속리산 같은 곳에서 속세를 떠나 있을 수 있다는 것은 완전한 망상일 수밖에 없다.

사실 따지고 보면 오늘의 관광 여행 자체가 중앙의 정치 경제의 힘의 지방 확산의 결과로서 생겨난 것이다. 이번 여행에서 우리는 서울에서 관광버스를 타고 가서 서울의 호텔과 비슷한 호텔에 머물렀다. 그런데다 우리의 여행은 문교부 주최의 회의에 참석하기 위한 것이어서 실제로 숙소를 벗어나서 속리산의 자연을 느끼고 즐길 시간적 여유를 허용하는 것이 아니었다. 그러니까 우리는 속리산에 간 것이라기보다는 서울의 환경을 속리산에 옮겨 놓고 속리산의 자연으로 하여금 그 회화적 배경이 되게 한 것에 불과했다. 따지고 보면 경비를 들여 속리산에 갈 필요가 전혀 없는 것이었다.

그런데 오늘의 상황에서 정도의 차이는 있을망정 자연 여행은 어느 경우에나 근본적으로 이에 비슷한 성격을 가진 것으로 생각된다. 사람의 다른 모든 일에서나 마찬가지로 심미적으로, 과학적으로, 실제적으로 자연을 아는 일은 그에 상당한 대가를 지불하여야 한다. 모든 것은 작용과 반작용 그리고 상호 작용의 관계 속에서만 그 참모습을 드러낸다. 심미 체험은 노동의 체험에 비슷하다. 노동은 자연과의 신체적 교섭을 통하여 그곳으로부터 열매를 얻어 낸다. 우리는 또 어느 정도의 물리적·신체적 교섭을 통하여 자연의 신비를 얻어 낼 수 있다. 옛날 사람들이 이러한 것을 생각하여 절에 들어가는 입구에 콘크리트 대로가 아니라 울창한 수목이 늘어서 있는 긴 통로를 만들었다. 이 길을 도보로 걸어가는 사이에 사람들은 자연과의 신체적인 교섭을 통하여 산의 의미를 깨닫게 되고, 그런 연후 길의 끝에 있는 보다 큰 고요를 받아들일 수 있게 되었다. 자연은 조심스럽게 접근될 수 있을 뿐이지 우격다짐으로 점유될 수 없다. 고속 도로와 관광호텔—이런 것들은 자연에의 접근을 용이하게 하는 듯하면서 이를 밀어낸다.

물론 중요한 것은 이러한 관광 수단의 문제가 아니다. 오늘날 우리 사회는 모든 것을 힘의 회오리 속에 끌어들인다. 모든 것은 하나의 체제 속에 챙겨 넣어진다. 스스로 있게, 저절로 있게 내버려 두는 것은 정말 큰일이 나는 것처럼 생각된다. 정말로 스스로 있고 따로 있는 것들의 조심스럽고 자연스러운 상호 작용이 이룩하는 그러한 질서는 있을 수 없는 것일까.

(동아일보, 1982년 5월 28일)

메마른 삶에 꿈을

산업화 시대 문학의 기능은 무엇인가

힘이 으뜸이 된 시대

어느 시대에나 문학이 시대와의 관련에서 시대에 영향을 끼치고 이를 바로잡고 하는 일을 쉽게 해낸 경우는 많지 않았겠지만, 오늘날 문학이 할 수 있는 일은 별로 있을 성싶지 않다. 문학은 자유의 영역 속에서만 존재한다. 이것은 문학이 문학으로서 자유롭게 말할 수 있는 곳에서만 문학이 융성할 수 있다는 말이기도 하지만, 다른 한편으로는 문학의 말은, 듣는 사람이 자유로운 의사에 따라서 승복할 수도 있고 승복하지 않을 수도 있는 종류의 말이라는 뜻이기도 하다. 문학은 우리의 자유에 호소할 뿐이지, 그 이외의 어떠한 강제적인 수단도 가지고 있지 않다. 문학도 더러는 정치권력이나 사회 제도, 그중에도 교육의 상벌 제도에 의지하여, 제 말이 통용되게 하려는 음모를 하지 않는 것은 아니나, 대체로 문학이 하는 말은 들어도 안 들어도 큰 야단이 나는 일이 아니다. 따라서 요즘 세상에 누가 그 말에 귀 기울이겠는가.

말할 것도 없이 세상을 움직이고 있는 것은 힘이요, 힘의 얼크러짐이다. 삶을 다스리는 것은 짧게는 권력이요, 조금 더 길게는 경제력이다. 이것은 예로부터 그래 온 것이겠지만, 특히 오늘날에 와서는 벌거벗은 형태로 드러나는 삶의 한 면목이다. 산업화는 사람의 물질생활을 점점 더 큰 테두리 속에 편입한다. 이에 따라 우리 삶의 전체가 점점 강력한 조직 체계 — 벌거벗은 권력의 형태, 또는 숨은 관리 체제 어느 쪽으로든지, 집단적 조직으로 흡수되어 들어간다. 그리고 이 조직 체계에서 살아가는 인간은 그것이 요구하고 허용하는 만큼의 한도에서 사람 노릇을 하게 된다.

전체에 위축된 개인

문제 되는 것은 단순히 개인과 집단의 갈등이 심화된다는 것이 아니다. 사회 기구의 거대화는 개인의 자유와 능력에 커다란 압력을 가한다. 그러나 그것보다도 더 큰 문제는 오늘날의 산업 조직의 전체화 작용이 모순의 원리에 기초해 있다는 데에 있다. 이 전체화는 개인과 개인의 조화된 상호 작용에서 저절로 이루어지는 것이 아니라, 이기적 동기의 과장된 추구와 병행하여 이루어진다. 즉, 전체화는 개인주의를 항진시키는 쪽으로 진행되는 것이다. 역설적으로 집단적 이데올로기가 강조되고 집단의 강제력이 커지는 것은 이 모순된 사회 현상의 한 역설에 불과하다.

문제는 단순히 개인과 개인의, 또 개인과 집단의 갈등이 아니라, 사람의, 사람으로서의 자연스러운 자질이 조화 속에서 발휘되기 어렵게 된다는 데 있다. 이 자연스러운 자질에는 사람이 개체로서 가지고 있는 욕구나 소망도 포함되지만, 다른 사람과의 조화, 자기가 소속되어 있는 집단에의 귀속감, 자연 환경과의 의존 관계 등이 포함된다. 문학은 그것이 아무리 세련된 문화의 표현으로서 나타난다고 하더라도, 자연스러운 인간의 자연스러운 조화의 느낌을 그 핵심에 가지고 있다. 그것은 자연과 다른 사람과, 또 나 자신과의 관계를 조화된 상호 작용 속에서 파악하고 이를 하나의 통일된, 또 그러면서 살아 움직이는 감각으로 지니는 일에 관계된다.

인간이 점차 왜소화

이러한 감각의 유지 — 세련화는 문학의 가장 중요한 작업의 하나이다. 이것은 소박한 것일 수도 있고, 극히 정교하게 갈고닦인 것일 수도 있다. 그러나 정교해진 형태로도 이 감각은 기본적으로 보통 사람의, 보통의 느낌에 뿌리박은 것이다. 결국 자연이나 다른 사람이나 자신의 내면에 대하여 가질 수 있는 조화되고 편안한 느낌은, 모든 사람이 지니고 있거나 지니고자 원하는 느낌이다. 문학의 보편적 호소력은 바로 이러한 보편적 욕구와 필요에 기초해 있다. 사회의 거대화, 삶의 조직화, 계층적 갈등의 심화, 인간의 단편화가 손상하는 것은 이러한 자연스럽고 보편적인 인간의 자질과 소망이다. 이러한 진단이 옳은 것이라고 한다면, 적어도 추상적인 명제로서는 문학이 하여야 하는 일은 자명하다. 그것은 사람의 사람으로서의 손상되지 않은 모습, 온전한 모습을 상기시키는 일이다.

그러나 다시 한 번 말하건대, 그러한 일이 무슨 힘이 되겠는가. 좋은 말씀이 없어서 세상이 어지러운 것은 아니다. 문제는 그러한 말씀이 어떻게 현실 제도 속에 또는 현실의 풍습 속에 구현되느냐 하는 것이다. 이것은 정치의 문제 — 단순히 권력을 위한 권력의 추구로서의 정치가 아니라, 바른 삶에 대한 '비전'과 현실의 힘이 맞잡고 움직이는 정치의 문제이다. 그러나 정치는 말씀과 관계없는 힘과 경제의 영역을 구성한다. 그렇지 않은 경우에도 정치의 언어는 강령이나 구호이고 또 기껏해야 추상적으로 정형화될 수 있는 도덕적 의무의 언어이다.

현실과 문학의 간격

여기에 대하여 문학의 언어는 자유의 언어이며 막연한 감수성의 언어, 상상력의 언어이다. 감수성과 상상력과 자유를 가지고 어떤 현실적 변화를 가져올 수 있을 것인가. 그러나 다른 한편으로 사람의 가능성과 현실에 대한 너그러우면서 직접적인 느낌이 없는 정치적인 계획이 참으로 추진할 만한 값이 있는 계획이겠는가. 어쨌든 문학과 정치(물론 문학이 사람의 높고 넓은 가능성에 대한 감각을 지켜왔다고 말하는 것은 하나의 속기술에 불과하다. 그러한 작업은 다른 분야에서도 얼마든지 행해지고 있다고 해야 할 것이다.)는 서로 뛰어넘을 수 없는 간격으로 단절되어 있으면서도 또 이것을 뛰어넘지 않고는 어느 쪽도 온전할 수 없다는 것, 모순된 관계 속에 있는 것으로 보인다.

우리의 현대 작가와 시인의 큰 고민의 하나는 이러한 모순이었다. 이 간격을 몸으로 뛰어넘으려 한 사람들의 비극과 수난은 이 고민의 크기를 단적으로 증언해 준다. 문학이 사람의 자연스럽고 온전한 모습을 느끼고 생각하는 데에서 출발한다고 하는 것은 문학의 근본적 충동이 낭만적이라고 말하는 것이다. 그러나 문학은 그 낭만주의의 현실적 조건을 깊이 의식하지 않을 수 없다. 그리하여 문학은 오늘날에 있어서 인간의 낭만적 소망을 그리기보다는 현실적 고뇌의 여러 모습을 그리는 데에 더 주의를 집중한다. 오늘날의 인간의 모습 — 갖가지 비인간적 요인에 짓눌린 사람의 모습을 — 권력관계 속에서, 산업의 현장에서, 일상의 피로 속에서 점검해 내는 일은 문학이 해 온 주된 작업의 하나이다. 문학의 비판적 검토는 분명한 부정적 현상에만 한정되지 아니한다. 얼핏 보아 긍정적인 현상 속에서도 사람의 참모습을 해치는 것들이 있다.

장식으로 생각 말자

산업화가 가져올 수 있는 물질적 풍요는 참으로 사람의 균형된 발전에 기여하는 것인가. 여기에 대한 답변은 긍정적인 것일 수도 있고, 부정적일 수도 있다. 사람의 사람됨은 그의 외면적 업적 — 소유와 지위와 명성 — 으로 평가될 수도 있고, 끊임없이 자유롭고 창조적이고 능동적으로 움직이는 활동으로 평가될 수도 있다. 후자의 기준을 택하는 경우, 사회적 작업은 그것이 이러한 활동을 얼마나 풀어 놓아 주는가 하는 것으로 저울질될 수 있다. 소유와 업적과 기념비가 중요하다면, 그것은 이러한 것이 창조적 활동으로서의 인간의 주체성에 대한 증표가 되기 때문일 것이다.

여기서 흥미로운 것은, 문학이 문학 활동 자체를 객체적으로 파악하는 경향이다. 그것은 문학을 장식으로, 기념비로, 외면적으로 화려한 훈장으로 파악하려고 한다. 그러면서 문학의 직관이 자연과 인간과의 행복하고 창조적인 상호 작용에 관한 것임을 망각하여 버린다. 문학이나 문화의 이러한 소외된 자기 이해도 비판적으로 검토되어야 할 현상 중의 하나이다.

물론 현실의 비판적 검토 — 이것만이 문학의 전부는 아니다. 그것은 어떻게 보면 문학이 그 낭만적 근원에 충실하고자 하는 현실적 방법의 하나에 불과하다. 그러한 검토를 통하여 문학은 감상적 낭만주의를 넘어 현실에 관계하게 된다. 대부분의 사람들은 낭만적 꿈보다 현실의 차원에서 산다. 삶의 새롭고 보다 나은 가능성, 현실에 짜여 들어감으로써만 현실적 의미 — 현실을 살고 그것을 극복하는 에너지로서의 의미를 갖는다. 우리가 갖는 보다 나은 삶에 대한 꿈도 먼 곳에서 오는 것이 아니라 나날의 삶 속에서 오는 것이다.

(조선일보, 1982년 6월 29일)

틀에 맞추는 교육

우리 사회가 교육열이 높은 사회라는 것은 새삼스럽게 말할 필요가 없는 일이다. 이것은 물론 교육 그 자체를 존중해서이든 아니면 그것을 통하여 획득할 수 있는 사회적 특권 때문이든, 청소년과 그 부모가 막대한 노력과 자원을 교육에 소비한다는 말인데, 우리 사회는 조금 다른 의미에서도 지극히 교육적인 사회이다. 가령 요즘의 신문을 펼쳐 보면 그것은 사실 보도의 기관이라기보다는 수신 교과서에 비슷한 인상을 준다. 정치가들도 제도나 정책의 현실적 조정보다도 우리가 마땅히 가져야 할 윤리적 자세에 대하여 더 많이 이야기한다. 일상적인 차원에서도 친절하라, 효도하라, 개전의 정을 보이라, 음식점의 팁이 10퍼센트라는 것을 국민학교에서부터 가르쳐 국제 문화인을 양성하라.— 모든 사람이 각각 자기 나름으로 사람이 지녀야 할 윤리적 자세에 대하여 의견을 가지고 있는 것으로 보인다. 윤리의 훈련이 교육의 전담 사항으로 볼 수 있다면, 과연 우리 사회가 매우 교육적인 사회인 것은 틀림이 없다.

그런데 우리가 듣는 교육적 충고가 — 학교에서 듣는 것을 포함하여 — 의도된 바의 효과를 발휘하느냐 하는 것은 이것과는 별개의 문제다. 이러한 충고는 우리의 마음가짐을 일정한 방향으로 하라는 것인데, 그것은 바른 마음가짐을 통하여서만 사물을 바로 보고 바르게 대처할 수 있다는 생각에서 나오는 것이다. 그런데 종종 바른 각도에서 사물을 본다는 것은 사물의 한 면 또는 고정된 각도에서 보이는 만큼의 면만을 보라는 말이 되는 것이 아닌가 한다. 피교육자의 시각을 그렇게 한정하는 것이 바람직한 것이라고 하더라도 그것이 가능한 일일까. 사물은 언제나 그것을 보는 시각보다는 크고 다양하게 마련이다. 그렇다면 시각의 고정은 지극히 어려울 수밖에 없다.

얼마 전 좋은 가정 교육의 예로서 다음과 같은 사례가 신문에 보도된 바 있다. 즉 모범적인 가정으로 이야기된 한 집안은 상당히 유족한 집안으로 자가용까지 두고 있으나 그 집안의 모범 부모는 만원 버스에 부대끼는 아이들에게 엄격하게 자가용의 사용을 금지한다는 — 그리하여 '가난과 고통'을 가르친다는 이야기였다. 그런데 아이들이 의도된 바 '가난과 고통'만을 배운다는 보장이 있을 수 있는가.(가난과 고통이 바람직한 윤리 교육인지 아닌지 이점에 대해서도 의문이 있을 수 있다. 아마 더 윤리적 교육은 가난과 고통 그 자체보다도 가난과 고통 속에 있는 인간과의 유대감을 깨우치게 하는 것일 것이다.)

하여간 보도된 사례는 부모나 신문이 의도한 교훈 이외의 효과를 낳을 가능성을 배제하지 못할 것으로 보인다. 부모는 자가용을 타고 아이들은 이를 타지 못하게 하는 데에서 아이들이 부모의 박정을 볼 가능성은 없을까. 스스로는 편하면서 아이들에게 고통을 강요하고 이를 도덕적으로 정당화하려는 어른들의 행위가 위선으로 비치지는 않을까. 또는 아이들이 불평등의 부당성을 느끼지는 않을까. 또는 강약 간의 불평등이야말로 세상의 이치라는 것을 배우지는 아니할까. 이외에도 가능한 반응들이 있을 것이다.

물론 사물에 대한 사람들의 반응이 한없이 다양한 것은 아니겠으나 대개 사물은 우리가 바라는 교훈, 우리가 바라는 시각 속에 얌전히 갇혀 있기를 거부한다. 그리고 생각해 보면 그렇게 가두어 넣으려는 것은 비교육적 노력이라고 여겨질 수도 있다. 결국 윤리의 궁극적인 근거는 있는 대로의 사물의 모습, 즉 진리에 있기 때문이다. 오히려 교육은 어떤 사물을 볼 수 있는 전 측면, 그것과 다른 것과의 연관의 총체, 또 그러한 사물에 대하여 사람이 실천적으로 취할 수 있는 태도의 전부 — 물론 가능한 한도 내에서 이를 밝히는 것일 것이다.

그러면 윤리 교육은 포기하여야 하는가. 아마 사물의 모든 측면, 그것에 대하여 가질 수 있는 사람의 모든 태도가 다 우리가 바라는 것일 수는 없을 것이다. 사물의 좋지 못한 측면을 보고 우리의 피교육자가 오도된다면 어떻게 할 것인가. 이러한 우려는 사람에 대한 낙관적 믿음으로 극복될 수밖에 없을 것이다. 즉 대부분의 사람은 좋은 것을 보면 그것을 좋다고 할 것이라는 믿음을 가질 수밖에 없다는 말이다. 그런데 좋은 것을 좋다고 하게 되는 것은 사물의 여러 면을 보는 일에 무관하지 않다. 여러 면을 보면 그 어떤 것을 선택하게 마련이다. 독단적인 관점에서가 아니라 사실적이고 사려 있는 관점에서 좋은 것을 비교 선택할 수 있는 능력을 길러주는 것이 교육의 본령이다. 좋은 것을 좋게 보는 것은 주어진 능력이면서 교육되는 능력이다.

이런 능력에 절대적인 보장이 있을 수는 없다. 개인차와 오류는 불가피하다. 그러나 좋은 것이 선택되는 현실 조건을 개선해 볼 수는 있다. 이미 비친 바와 같이 진정한 의미의 교육은 이 조건을 개선해 준다. 또 우리가 좋은 것을 택하지 않는 것은 그것이 비현실적이거나 개인적 불이익을 가져오기 때문이다. 우리가 할 수 있는 일은 좋은 것을 현실적이 되게 하는 것이다. 정직하고 근면하게 사는 것이 현실적으로 잘 사는 방식이라면 구태여 사기와 한탕을 택할 사람은 그렇게 많지 않을 것이다.

우리는 가치관의 확립이란 말을 많이 듣는다. 이것이 사물의 한 면만을 보고 다른 면에는 눈감으라는 뜻이라면, 그러한 가치관은 진리에 입각한 윤리와는 큰 관계가 없는 것일 것이다. 우리는 또 의식의 개조, 의식의 개혁이란 말을 옛날에도 듣고 요즘에도 듣는다. 이러한 말에는 우리의 마음이 물건이나 기계 또는 제도와 같은 것이어서 조합되고 고쳐지고 할 수 있는 것이라는 생각이 들어 있다. 또는 적어도 마음은 어떤 딱딱한 고체로서 틀에 넣어서 모양을 갖추게 할 수 있는 것으로 파악되는 것이다.

그런데 예로부터 마음은 물에 비유되는 수가 많았다. 수련되고 수양된 마음일수록 물과 같은 성질을 갖는 것으로 생각되었다. 마음은 흐름으로써 제 구실을 하는 것이기 때문이다. 흘러서 그것은 사물의 있는 대로의 모습에 맞을 수 있는 것이다. 그러니까 교육은 굳은 마음을 부드럽게 흐르게 하여 사물의 있는 대로의 참모습을 볼 수 있게 하는 것으로 생각되었다. 요즘 우리는 교육이 흐르는 마음을 굳은 틀에 쏟아 넣어 딱딱하게 엉키게 하는 것이라고 생각한다. 또 마음은 왜곡된 사물에 맞추어 흐르지 못하게 하여야만 하는 것으로 생각한다. 그런 경우 사물 자체를 바로잡는 일에는 신경을 덜 써도 되는 때문일 것이다.

(동아일보, 1982년 9월 13일)

바캉스 문화론

사람 사는 일의 근본은 예나 지금이나 변함이 없는 것이겠지만, 이것을 구획 짓고 이 구획의 마디에 경중을 달리하는 일은 시대와 문화의 변화에 따라서 달라진다. 사람의 삶의 단계를 생각함에 있어서도 사람이 나고 어린이가 커서 어른이 되는 사실은 변하지 않는 것이나 이 과정을 잘라 보는 방법은 옛날과 오늘이 같다고 할 수 없는 데가 있다. 가령 오늘날에 있어서의 사춘기의 중요성을 생각해 보면, 이것은 쉽게 성장을 어른과 아이의 두 대조되는 단계만으로 본 옛날과 대조된다.

더 나아가 어떤 극단적인 문화론자들은 '어린 시절', '남자', '여자', '죽음'—이러한 것들까지도 문화적 발명의 소산이라고 주장한다. 가령 '어린 시절'은 인간의 성장 발달의 과정에 대한 이해가 누적되고 물질 생활의 향상에 따른 사회적 사정에 의하여 별도의 가치와 형식을 가진 하나의 주제화된 삶의 단계로 역사에 등장했다고 생각되는 것이다. 이러한 생각은 조금 극단적인 것으로 보인다고 하겠지만, 삶과 세계를 주제화하고 대상화하는 방법이 시대와 더불어 달라지는 것은 사실일 것이다. 그리고 이것은 한 사회의 삶의 진화 내부에 일어나는 성숙, 쇠퇴 등의 작동에 따르는 변화이다.

그런데 요즘에 와서 이런 변화의 큰 동인으로 작용하는 것은 상업적 소비문화이다. 오늘날 눈에 띄는 유년기, 소년기, 사춘기, 틴에이저, 청소년기 등의 삶의 단계에 대한 세분화는 소비문화의 확대에 관계된 것이다. 그것이 직접적 원인이든 아니든, 적어도 우리는 이러한 세분화가 수요의 다양화를 가져오고 수요의 증대에 보탬이 된다는 사실에는 주목할 수 있다. 삶의 대목의 주제화와 상업 문화와의 관련은 다른 사회적 개인적 행위에서도 찾아볼 수 있다.

이제 각급 학교가 방학에 들어가려 하고 있고 많은 직장인들이 여름휴가를 기다리는 때가 되었다. 소위 바캉스의 계절이 시작된 것이다. 그런데 이 바캉스라는 행위도 상업적 소비문화에 의하여 촉진되는 삶의 한 양상으로 생각된다. 사람이 일하고 쉬고 노는 것은 옛날부터 해 온 것이지만, 여기에서 노는 일을 따로 떼어 크게 보게 된 것은 상업 문화의 충동, 그리고 알게 모르게 이에 따르는 대중 매체의 판매 촉진과 관련이 있지 않은가 하는 것이다. 동기야 어쨌든 사람의 하는 일의 한 부분이 사회적 주목과 관심의 대상이 되는 것은 좋은 일이다. 그러나 이런 대상화가 상업적 동기에 의하여 자극될 때 비속화와 왜곡이 일기 쉽다는 점에도 주의할 필요가 있다.

하여간 바캉스란 말이 우리에게 주는 개운치 못한 느낌은 단순히 그것이 외래어란 사실에 기인한 것만은 아닐 것이다. 거기에는 이미 비친 대로 그것이 경조부박한 소비문화의 한 기능이라는 의심이 곁들어 있는 것으로 여겨진다. 이런 이유 이외에도 오늘날의 바캉스 문화에는 무엇인가 부자유스러운 것이 있다. 바캉스를 즐긴다거나 여가 활동을 하는 데 있어서 우리의 태도는 너무 급하고 너무 초조한 듯하다. 휴가 때문에 마음이 급해지고 다른 사람의 눈치를 보게 되고 하다 보면 놀이는 일이 되고 고역이 되는 경우가 생긴다. 이러한 것들은 지금까지 자연스럽게 하던 일을 의식화하고 대상화하게 된 데에서 일어나는 부수 현상이라고 할 수 있다. 자연스럽게 먹던 음식을 건강, 영양, 위생 등의 관점에서 따지게 되면, 먹는다는 행위 자체가 어색해지는 것과 같은 이치일 것이다.

그런데 여가 활동에 대한 우리의 조급한 태도에는 더 심각한 원인들이 있다. 여가 활동에 대한 요구는 가히 폭발적인 것으로도 말할 수 있겠는데 그것은 휴가에 대한 우리의 요구가 평소에 쉽게 만족되지 못하는 것과 관계있는 일일 것이다. 억압된 충동이나 본능의 방출이 폭발적인 것은 당연하다. 일과 놀이는 끊임없이 교체되어야 한다는 점에서 들이쉬고 내쉬는 숨과 비슷하다. 그리고 놀이의 폭발성은 숨쉬기가 고르지 못한 사람의 숨에 비슷하다. 달리 말하여 바캉스에 대한 요구는 우리가 일정한 시간을 일하고 일정한 시간을 쉬는 합리적인 일과를 갖지 못하고 있다는 사실에 이어져 있다고 볼 수 있는 것이다. 또 여름휴가가 단지 휴식이나 놀이에 대한 요구가 아니라 자연환경에 대한 요구라고 한다면, 바캉스에 대한 요구는 우리가 사는 일상 환경의 삭막함에 관계된다고도 할 수 있다. 또는 우리의 일상적인 일이 부자연스러운 긴장에 찬 것이 아니라면 여름휴가에 대한 요구는 조금 더 쉽게 달래질 수도 있을 것이다. 또는 오늘날 인간의 모든 활동이 물질적 소비라는 한 가지 골로 몰아넣어지지 않는다면 생산적이고 창조적인 에너지의 투입이 없는 소비 행위처럼 한없는 갈증, 소비해도 소비해도 풀리지 않는 갈증에 비슷한 것은 달리 찾기 어려운 것이다.

우리나라 인구가 4000만 명 선에 다다랐다는 최근의 보도는 우리에게 인구 문제의 심각성을 새삼스럽게 느끼게 해 주었다. 인구 문제는 우선 인구와 국토의 비율이 경제적 적정 지점에서 유지되어야 한다는 관점에서 생각되어야 하겠지만, 국민의 정신적 균형이란 면에서도 심각한 문제가 될 수 있다. 자연보다 사람이 지나치게 더 커질 때 사람은 그의 행동과 생각을 안정시켜 줄 좌표를 잃어버리는 것으로 보인다. 그런데 이런 문제는 접어 두고라도 산업화의 긴장이 커짐에 따라서 휴식과 여가의 공간에 대한 요구는 커져 가기만 할 것이다. 이 요구에 대처하는 가장 쉬운 방법은 보다 많은 여가의 공간을 개발하는 일이다. 그러나 이것은 곧 국토의 제한에 부닥치지 않을 수 없다. 다른 한 가지 고려할 수 있는 것은 우리의 일상생활과 환경을 보다 쾌적하게 계획하고 우리의 일상적 놀이를 조금 더 즐겁고 보람 있는 것으로 만드는 일이다.

(동아일보, 1983년 7월 8일)

욕망 보존의 법칙이 성립한다면

헤겔과 블레이크

"모든 존재하는 것은 이성적이다."라는 헤겔의 말은 여러 가지 해석과 논란을 낳은 바 있지만, 간단하게 해석하면 세상에 있는 모든 것이 있을 만한 이유와 근거가 있다는 말로 이해될 수 있다. 그렇다면, 우리가 반가워하지 않는 모든 것까지도 있을 만해서 있다는 말인가? 우리는 이렇게 반문할 수 있다. 죽음도 고통도 악도 부정도 있을 만한 이유가 있어서 있는 것이라면, 우리는 그것들을 그대로 받아들이는 도리밖에 없다. 그리하여 헤겔의 이 말은 모든 부정적인 것의 기탄없는 수용을 종용하는 것 같지만, 한편으로는 가장 너그럽게 세상의 모든 것을 포용하라는 말로 들릴 수도 있다.

블레이크는 인간의 욕망에 대하여 비슷한 대긍정을 말한 바 있다. 욕망을 삶의 근본적 에너지로 본 그는, "행동으로 표현되지 않는 욕망을 간직하고 있기보다는, 요람의 갓난아기를 죽임이 옳다."라고 극단적으로 표현하기도 한다. 욕망을 가지기만 하고 이를 실현하지 못하는 것이 순진무구한 어린아이를 죽이는 일보다도 나쁜 일이라면, 세상에 허용되지 못할 욕망이 있을 것인가? 그것은 살인, 방화, 강간 같은 것까지 — 이것도 욕망에서 나오는 것이라고 한다면, 허용되어야 한다고 하는 것일까? 블레이크는 딱 그랬다고 할 수는 없지만, 허용될 수 있는 욕망에 대한 한계를 둔 것 같지는 않다.

블레이크의 욕망론은 악마의 소리처럼도 들린다. 그러나 달리 생각하면, 불교에서 말하듯이, 사람의 세속적인 삶의 핵심이 욕망에 있다고 한다면, 블레이크는 인간에 대하여, 인간의 모든 세간적인 삶의 표현에 대하여 최대의 긍정을 보낸 것이라고 할 수 있다. 이 긍정의 밑에는 인간에 대한 한없는 신뢰가 깔려 있다. 그것은 인간이 가지고 있는 욕망의 인간다운 한계에 대한 신뢰이다. 가령, 사람이 하늘을 날기를 원할 수는 있어도, 땅을 기어가기를 원하는 일은 드문 일일 것이다. 사람에게 먹는 일이 아무리 쾌락의 한 요인이 된다고 하여도 하루에 세 끼, 또는 기껏해야 네댓 끼 이상을 먹어야겠다는 사람은 없을 것이다.

총량은 바뀌지 않아

또 정상적인 조건하에서라면, 사람은 살인, 방화, 강간과 같은 행위보다는 더 건설적인 행위 — 이웃을 돕고, 재산을 보호하며, 사랑과 희생을 추구하는 데에서 보람과 기쁨을 느낄 것이다. 물론 큰 전제 중의 하나는 정상적인 상태를 어떻게 확보하느냐 하는 것이겠지만.

블레이크의 인간성에 대한 대긍정과 같은 것을, 우리는 현상의 일체에 대한 헤겔의 긍정에서도 발견할 수 있다. 헤겔의 긍정은 우리가 수긍할 수 없는 것까지도 그대로 수긍하라는 명령이기도 하지만, 다른 한편으로 그것은 세상에 있는 것치고 견딜 수 없을 만큼 혹독한 것이 있을 수 없다는, 인간 생존의 환경으로서의 세계에 대한 신뢰를 표현한 것이라고 말할 수도 있는 것이다. 우리는 이러한 현상 긍정, 인간성 긍정에 동조할 수도 안 할 수도 있다. 그러나 또 하나의 가능성으로서, 세상에 있는 것이나 사람이 가지고 있는 욕망이 쉽게 없어질 수 없다는 사실은 생각해 볼 만하다. 이를 물리학에서는 에너지 보존의 법칙이라고 말할 수도 있겠는데, 그것은 에너지의 형태는 바뀔망정, 한 체계 내에서의 에너지의 총량은 결코 바뀌지 않는다는 법칙이다.

다른 표현으로는 에너지는 창조될 수도 없고 파괴될 수도 없다는 말이기도 하다. 이에 비슷하게, 사실 불변의 법칙, 또는 욕망 보존의 법칙도 성립할 수 있지 않겠는가 생각해 보자는 말이다. 이 법칙이 성립한다면 어떤 일이 일어난 사실, 표현된 욕망은 우리 개개인의 감각으로 바람직한 것이든 아니든 없앨 수 없는 것으로 생각되어야 할 것이다. 그렇다면, 그것은 좋든 싫든 사람 사는 세계의 피할 수 없는 사실로 수긍할 수밖에 없을 것이다.

물론 그렇다고 있는 그대로의 사실과 욕망을 무조건 환영할 수는 없는 일일 것이다. 모든 것을 긍정한다고 하여도 한 사실의 수긍이 다른 사실의 부정을 불가피하게 하고, 한 욕망의 충족이 다른 욕망의 충족을 불가능하게 할 경우가 있지 않겠는가. 그러나 그런 경우에도 위에 든 불변의 법칙이 성립한다면, 이러한 사실과 욕망을 없앨 수는 없는 일일 것이다. 그렇다면, 우리가 할 수 있는 일은 그러한 사실과 욕망을 눌러 없애 버리는 것이 아니라, 그것이 조화된 상태로 표현될 수 있게끔 유도하는 일이다. 그리고 세상과 삶의 궁극적인 조화와 일체성을 믿어 본다면 '정상적인 상태'에서 모든 현실과 모든 욕망은 조화된 것으로 나타날 것이다.

위의 이야기는 하나의 가설과 그에 부수된 결과를 추론해 본 것에 불과하다. 그러나 그것은 우리가 난문제를 처리해 가는 데 적용해 볼 수 있다. 성질 급한 사람, 지나치게 도덕적으로 생각하는 사람들은 어떤 바람직하지 못한 현상, 바람직하지 못한 욕망의 표현은 이를 금지 — 억제함으로써 없앨 수 있다고 생각한다.

건설적인 출구 찾게

그러나 우리는 이러한 것들에 대하여도 일단 그럴 만한 원인이 있다고 생각해 볼 필요가 있다. 그리고 그 원인을 해소함으로써, 그런 현상과 욕망으로 하여금 건설적인 출구를 찾도록 하여야 할 것이다.

신뢰를 가지고 인간성에 접근한다면 (인간성이라는 것이 수백만 년의 진화 과정에서 끊임없는 환경과의 상호 작용에서 형성된 것이라고 한다면, 그것은 조화적인 것일 수밖에 없다.) 타고난 불평분자, 타고난 반사회분자, 타고난 파괴분자는 없다고 생각해 볼 만한 일이다. 그럼에도 불평과 반사회적 행동과 부정적인 행동이 있다면, 일단 그 원인을 생각하고, 원인을 조화와 정상 상태로 고쳐 볼 일일 것이다. 그리고 그 에너지가 본래의 건설적인 출구를 통해 표현될 수 있게 해 볼 일이다.

(조선일보, 1984년 1월 8일)

분열적 요소의 처리

힘으로는 발본 안 돼

사회 조화는 소망스러운 것이고 또 어떤 경우에는 필수 불가결한 것이지만, 사회의 규모가 커지고 복잡해짐에 따라 이것을 유지하기는 점점 어려워지게 된다. 그리하여 조화까지는 아니라도 사회의 질서나 통일성이 강제력에 의하여서만 확보되는 경우도 생기게 된다. 그러나 사회 내에서의 부조화의 요소는 그럴 만한 현실적 근거가 있어서 생기는 것이므로, 강제력의 사용이 반드시 모든 이단적인 생각과 세력을 없애는 데 성공할 수 있는 것은 아니다. 어떤 경우, 그것은 오히려 사회 내의 긴장을 높이고 영속화시키는 효과를 낳을 수도 있다.

우리는 오랫동안 비교적 사회적 통일의 정도가 높은 사회에서 살아왔다. 흔히 이야기되는 바, 단일 민족이라는 사실은 이 사회적 통일에 큰 토대를 이루어 왔다. 사상적으로 오랫동안 우리는 유교 이상 국가의 이념으로 모든 공적, 사적인 생활을 기율해 왔다. 그리고 무엇보다도 촌락 공동체의 농업 경제가 표준적 삶의 방식으로부터의 이탈을 별로 허용하지 아니하였다. 우리의 근대화의 경험은 이러한 사회의 통일성을 유지해 주던 것들을 상실해 온 경험이다. 어느 사회나, 엄격한 것이든 조금 느슨한 것이든, 어떤 통일성이 없이는 하나의 삶의 공간으로 부지되어 갈 수 없다. 그러나 우리가 추구하는 것이 근대 경제인 한, 농업 경제의 순박함을 되찾지는 못할 것이다. 다가오는 미래의 질서에 있어서나 오늘의 혼란 속에서나, 우리가 배워야 하는 것은 통일을 잃어버린 상태에, 또는 적어도 느슨한 통일의 상태에 적응하는 일이다. 물론 이러한 필요는 다원적 사회라는 명목으로 자주 논의돼 온 바이다. 좋든 나쁘든 다원적 사회는 우리가 받아들여야 하는 현실로 보인다.

다원적인 사회에서 맨 먼저 받아들여야 할 것은 정통적인 생각에 또는 우리의 입장에 어긋나는 것의 현실적 존재이다. 이단적 생각은 반드시 존재하게 마련이다. 이것은 정통주의나 힘에 의하여 뿌리 뽑을 수 없는 것일 것이다. 현명한 것은 이견의 존재에 체념하는 일이다. 남은 것은 어떻게 이단과 더불어 살아갈 것인가를 고안해 내는 일이다. 서로 다른 사람들이 서로를 소탕해 버리지 않고 살아가며, 또 질서의 유지를 힘의 균형에 의존하지 않으려면 공존의 규칙을 발전시켜 나가야 한다. 이 규칙은 적극적 화합이 아니라 소극적인 의미에서 분규를 방지하는 것을 목적으로 한다. 기준은 저편 중 얼마가 내 편과 같은 같은 생각을 하고 같은 입장에 서는가 하는 것이 아니라, 저편은 저편대로 생각하고 행동하며 나와 내 편은 또 그 나름으로 생각하고 행동하면서도 그러한 행동이 얼마나 공존의 질서를 손상하지 않을 수 있는가 하는 것이다. 규칙은 이 최소한도의 손상을 방지하기 위한 것이다. 이 손상의 판단은 최대의 기준이 아니라 최소의 기준에 의한 것이다.

또 이 판단에 있어서 중요한 것은 누구나 인정할 수 있는 객관성의 유지이다. 이 객관성은 기본적으로 사실적 증거와 형식적 논리에 의하여 확보된다. 또 이것은 공개성과 절차의 존중을 조건으로 한다. 이러한 요건들이 서로 다른 생각과 입장으로 맞서는 사람들이 함께 살 수 있는 테두리가 된다. 물론 이러한 조건은 매우 조심스러운 역사적 타협의 과정을 통해서만 성립할 수 있다.

최소한도의 타협

이 과정은 대체로 이성적 태도의 발전을 의미하기 때문에 좋은 일이라고 할 수 있지만, 동시에 그로 인하여 잃는 것이 없는 것은 아니다. 형식적 논리의 지나친 강조는 생각과 행위의 실질적 내용을 추상화한다. 그것은 도덕적 판단, 가치 판단의 중단을 요구하게 된다. 도덕적 가치의 일치에서 오는 일체감은 사람이 가질 수 있는 가장 고양된 체험의 하나이다. 최소한도의 공존에 만족하는 것은 이것을 포기하는 것을 의미한다.

여기서 이야기해 보고자 한 사회생활의 테두리는 자유주의적 자본주의 체제의 법질서 속에 가장 비슷하게 실현된다고 볼 수 있다. 선진 자본주의 사회와 전통적인 우리 사회를 비교해 볼 때, 우리 사회가 도덕적 감각 아니면 적어도 사회적 감각에 따라 산다고 하면, 저들의 사회는 규칙에 따라 사는 것으로 보인다. 저들의 사회에서 개인은 규칙을 지키고 규칙에 저촉되지 않는 한 자유를 누린다. 규칙의 테두리 안에서는 개인은 거의 절대적인 자유를 누리는 것이다. 그러나 사람 사는 모든 것이 어찌 규칙으로만 포괄될 수 있는가? 서양 사회는 도덕적 관점에서는 타기할 만한 일이라도 법에 저촉되지 않는 한 개인의 행동에는 간섭하지 않는다. 가령 빠져나갈 만한 법의 구멍을 최대한으로 이용하여 세금을 포탈하는 경우에도 그들의 사회는 별다른 비난을 가하지 않는다. 이와 같은 일은 그런대로 좋은 점도 있는 것이면서, 또 다른 한편으로 우려할 만한 일이다.

거쳐야 하는 단계

최소한도의 규칙에 의하여서만 묶인 사회의 도덕적 품격이 높은 것일 수는 없는 일이다. 그러나 오늘날 우리 사회의 분열적 요소를 처리해 가는 방법을 볼 때, 이러한 규칙에 의한 공존과 질서의 수립은 우리가 거쳐야 하는 한 단계가 아닌가 하는 생각이 든다. 가령 우리 사회의 비판적 사상을 다루는 데 있어서, 필요한 것은 일단 이러한 각도에서의 접근이어야 하지 않은가 하는 것이다. 즉 다원적 사회에 있어서의, 사상이나 입장을 저울질하는 바른 기준은 그것이 통념에 맞아 들어가느냐 하는 것이 아니라 최소한도의 공존의 질서에 포용될 수 있느냐 하는 것이다. 그중에도 어떤 특정한 사람들의 정사(正邪) 의식, 가치관, 도덕관 우려, 불안감, 또는 순응감 등이 판단의 기준이 될 수는 없는 것이다. 일단은 법의 형식적 절차를 통해서 부정적인 판단이 내려지지 않은 모든 것은 관용의 테두리 속에 포함되는 것이 마땅하다.

(조선일보, 1984년 2월 22일)

장인 본능과 그 조건

겉보기만 그럴듯

얼마 전 《조선일보》에는 몇몇 외국인의 한국 사회에 대한 글이 실렸었다. 이 글들은 그 나름으로 비근한 일에 대한 비판을 주저하지 않는 것들이었다. 비판 가운데 공통분모를 하나 찾아보면, 한국 사람의 작업이나 제품에 대한 태도가 철저하지 못하다는 것이었다. 가령 냉장고나 자동차의 도장(塗裝)에 있어서, 그것이 처음 보는 거죽은 훌륭하지만 오래가지 못하는 경우가 많은데, 그 까닭은 페인트 밑의 철판 처리를 잘 못하기 때문이라고 지적한다. 이러한 일의 책임은 기업가에게 주로 있는 것이겠지만, 중간 청부업자나 시공자라고 하여 우리 실정에서 철저한 제품 의식을 가진 사람이 많은 것은 아니다.

올겨울은 여느 때보다도 수도가 얼어 터진 일이 많았던 것 같다. 이것은 나 자신도 체험했고, 신문에 보도도 몇 번 있었던 일이다. 이러한 동파 사고가 서울에서만큼 뉴스거리가 되는 도시도 세계에 흔하지 않는 것일 것이다. 동파 방지가 대단한 기술을 요하는 것이라면 몰라도, 수도관을 조금 더 깊이 묻는다든가 하는 간단한 시공상의 주의로 해결될 수 있는 것이라고 할 때, 서울을 현대적 도시라고 할 수 있을까 의문이 간다. 시공이나 제품의, 약간의 불철저로 하여 겪게 되는 불편과 사고는 비단 수도에서만이 아니라, 우리의 제품이나 주택에서 끊임없이 경험하는 것이다. 기술의 발전, 도덕적 설득, 기율의 강화가 사정을 조금 낫게 해 줄 것으로 기대해 볼 수는 있겠지만, 이것만으로 근본이 고쳐지지는 아니하지 않을까 하는 생각이 든다.

미국의 사회학자 소스타인 베블런은 사람에게는 장인(匠人) 본능이 있다고 하고, 문명이 발전하고 궁극적으로 정의 있는 질서가 구현되는 것은 이 본능의 힘에 의하여서라고 했다. 이 본능의 과학적 근거에는 문제가 있을 수도 있으나, 사람에게 잘 만들어진 물건을 좋아하는 성향이 있는 것은 사실일 것이다. 그렇다면 한 중요한 결론은, 그것이 본능처럼 존재하는 것이라고 할 때, 우리의 제품이 엉성한 것은 성의가 부족해서가 아니라, 무엇인가가 이 본능을 억제하고 있기 때문이라고 할 수 있을는지 모른다.

기쁨과 보람 줘야

장인 본능을 억제하는 부정적 요인 가운데 가장 큰 것은 돈이다. 화폐 경제 속에서 물건이 만들어질 때, 목표는 물건이 아니라 돈이다. 교환 가치의 세계에서 사용 가치가 물러가고, 사용되는 물건이 보이지 않게 된다는 것은 자주 지적되어 온 이야기이다. 그러나 교환 가치의 경제에서 반드시 모든 제품이 열악해지는 것은 아닐 것이다. 균형된 사회에서는 교환 가치 이외의 다른 요인들이 작용하여, 돈의 성급하고 살벌한 단순화 작용을 억제 중화하게 된다. 공동체적 신용의 중요성, 소비자에 의한, 또는 시민에 의한 경제 체제의 통제, 또는 공정한 경쟁 등이 이러한 요인이 된다.

그런데 직접적으로 물건을 만드는 사람의 관점에서 볼 때, 장인 본능이 보존되려면 몇 가지 조건이 만족되어야 한다. 첫째, 기쁨이다. 일 자체가 기쁨을 줄 수 있는 일이고, 일하는 사람이 기쁨을 느낄 수 있어야 장인의 솜씨가 발휘될 수 있다. 또 일은 보람 있는 것이라야 한다. 우리의 일이 개인적으로나 사회적으로나 뜻이 있는 것으로 느껴질 수 있어야 한다는 말이다. 그런데 기쁨이나 보람은 단순히 주관적인 느낌이 아니다. 기쁨은 일의 성질에 의하여 결정된다. 또 작업장의 조건이나 작업에 대한 보상도 여기에 영향을 준다. 이미 언급한 바와 같이, 보람은 스스로 느끼는 것이지만, 그 느낌은 사회적인 인정에 의하여 떠받쳐질 때 유지될 수 있다.

기쁨도 보람도, 특히 후자는 사회의 실제적 지원이 없이는 객관적 사실로 정립되지 못한다. 또 기쁨이나 보람이 장인 의식이 되고 장인의 긍지가 되는 것은 사회적 매개를 통하여서이다. 즉 주관적 과정이 사회의 인정과 수요를 통하여, 잘 만들어진 제품이라는 객관물로서 정착되는 것이다.

알아주는 구조들

이때의 사회는, 큰 의미의 사회 전부를 말할 수도 있고, 자신의 직업 집단, 또는 더 좁게 친화(親和) 집단을 말할 수도 있다. 장인 의식의 관점에서 제일 중요한 것은 직업 집단일 것이다. 서양에서 전문 직업인들은 자율적으로 기술 기준과 윤리 규범을 유지하는 것으로 말하여진다. 이러한 기준과 규범은, 외부로부터 부과되는 것이지만, 다른 한편으로 직업인 자신들이 스스로의 주관적 체험을 통하여 요청하는 것이다. 이런 뜻에서 그것은 안과 밖을 합하여 이루어지는 것이다. 이 과정에는 개인과 집단의 미묘한 관계가 작용한다.

내 체험은 원래 나에게 한정된 것이다. 그러나 기술, 정서, 인간적 유대의 면에서 나와 친화 관계에 있는 사람들 사이에서 조금 더 객관화된다. 그러나 그것이 일정한 객관성을 얻는 것은 더 넓은 직업 집단 속에서이다. 그러나 이 객관성은 직업 집단을 넘어가는 사회와의 기능적 연관 속에서 참으로 강화된다. 사회가 쓸모와 신용과 기준에 의한 정당화를 요구하는 것이다.

우리가 장인적 완성을 원한다면, 우리는 위의 여러 현실적 조건들을 만족할 수 있도록 노력하여야 한다. 근로자의 경우만을 한정하여 생각할 때 작업 조건의 개선이 있어야 한다는 것은 말할 필요도 없다. 또 필요한 것은 집단적 지원의 틀이다. 그것은 노동조합 같은 큰 규모의 것일 수도 있고, 도제 제도에서 보는 바와 같은 직업적이고 인간적인 소그룹일 수도 있다. 이런 조직을 통해서 근로자들은 그들의 이익을 옹호하고, 기술의 인정을 받으며, 기쁨과 보람을 느낄 수 있게 되어야 한다.

자신의 향상된 기술과 기술의 충분한 발휘가 전혀 사회적인 인정과 보상의 대상이 되지 않을 때, 그것이 얼마나 유지될 수 있겠는가. 이것은 보다 자율적이고 보다 공적인 조직으로 발전시킬 필요가 있다. 알아볼 수 없는 구조, 알아주는 구조 속에서만, 장인적 완성이 생겨날 수 있을 것이다.

(조선일보, 1984년 3월 28일)

자율화의 진통

전진적 노력 아쉬워

정부가 학원 자율화 의지를 천명한 후에, 학원 내의 움직임과 정부의 후속 조치는 많은 사람들의 주의 깊은 관심의 대상이 되어 왔다. 이러한 관심은 희망과 우려를 아울러 지니고 있는 것이었는데, 사태의 진전이 결국 희망적인 것을 정당화하는 것일는지, 아니면 우려했던 것을 입증하는 것이 될는지는 아직도 알 수 없는 것으로 보인다.

사회 제도의 변화가, 그것이 아무리 좋은 방향으로 바뀌는 변화라고 하더라도, 어느 정도의 혼란과 불안이 없이 이루어지리라고 기대하는 것은 매우 순진한 일이라 할 것이다. 그러나 어떤 사태에 대하여 희망과 우려를 아울러 가지면서, 희망을 향하여 나아가기 위한 아무런 노력도 할 수 없다는 것은 심히 답답한 일이다. 물론 이와 같이 아무것도 할 수 없는 상태, 막연히 기다리는 상태 그 자체가 우리의 현실의 일부를 이루고 있는 것이다. 어쩌면 이러한 일 자체가 개인적 이니셔티브의 문제도 아니고 심리적인 것이 아니라, 우리 현실의 생김새에서 나온다는 인식, 그것이나마 문제의 실마리를 풀어가는 데 최소한도의 출발이 될 수 있을는지는 모르겠다.

간접적 수사의 시대가 된 오늘날에 어떤 말의 뜻을 정확히 이해하기는 매우 어려운 일이다. 이것은 학원 자율화라는 말의 경우도 마찬가지다. 학원으로 하여금 스스로를 다스리게 한다는 데에는 여러 가지 의미가 있고, 여러 가지 측면이 있을 것이다. 그러나 대학의 경우 그간의 학원 현실의 맥락에 관련시켜 볼 때, 이것은 무엇보다도 학원 내에서의 정치적 표현의 자유에 관계되는 것으로 보는 것이 옳은 것일 것이다. 물론 이것이 주된 내용을 이룰 뿐이고 다른 내용이 또 있을 것이다. 그리고 또 주의하여야 할 것은, 적어도 정부가 사용하고 있는 용어는 '자유'가 아니라 '자율'이기 때문에, 정부의 입장에서는 정치적 표현은 자유로우면서도 어떤 규칙하에서 움직여야 한다고 보는 것일 것이라는 점이다. 물론 자유에는 으레 자율이 따르는 것이라고 할 수 있기 때문에, 이 유보를 크게 생각할 것은 못 될 것이다.

궁극 목표는 변화

그동안 학생들이 문제 삼았던 정치 논제는 정권, 경제, 사회 평등, 노동, 통일에 관계되는 것들이었다. 현실적인 제약이 있기는 하겠지만, 적어도 이론적으로는 이제 이러한 문제들이 학원 내에서 자유롭게, 적어도 이성적 규칙의 테두리에서 자유롭게 토의될 수 있게 되었다고 말해도 좋을는지 모르겠다.

물론 문제가 토의의 자유에만 있는 것은 아니었다. 정치적 토의의 목적은 이론의 세련화가 아니고 현실 정치에의 영향이다. 다만 민주적 사회에 있어서 우리가 바라는 것은 토의가 정치 현실의 변화로 이어지는 것이다.(이 회로가 너무 짧아도 문제가 있기는 하다. 토의와 이론은 모든 가능성의 세계를 두루 살펴보는 것을 의미하고, 현실은 어떤 때 이 가능성의 세계의 극히 일부만을 수용할 수 있다. 또 그것이 예지가 되는 수도 있는 것이다.) 그런데 민주적 토의가 민주적 현실 변화로 옮겨지지 아니할 때, 어떤 방법으로 어떤 견해가 현실에 영향을 줄 수 있는가? 여기에서 생각나는 것이 시위를 비롯한 여러 가지 실력 행동이다.

참여 채널이 부족

그러니까 물리적 방법에 의한 소요와 변화를 피하기 위하여서는(이것은 아무도 원하는 것이 아니다.) 정치적 토의가 정치 현실로, 지금 당장의 현실이 아니더라도 미래의 현실로, 아니면 적어도 정치 광장에 있어서의 토의 주제로라도 옮겨질 수 있게 하는 여러 가지 제도적 장치가 마련되는 것이 필요하다. 이렇게 생각해 볼 때 과연 우리 사회에서 있어서 어떤 사람, 어떤 집단 또는 일반 국민의 생각을 정치 과정 속에 흡수하는 효과적인 방법이 얼마나 있는가 의문이 간다.

이것은 공식적인 기구만이 아니라, 다른 크고 작은 여러 정치 회로의 문제이다. 개인 신상과의 관련에서 일어날 수 있는 크고 작은 문제를 합리적 절차를 통해서 해결하고, 자기의 삶이 영위되는 터전인 지역 사회-단체-직장의 중요 결정에 참여하고, 사람이 당연히 갖게 마련인 공적인 문제에 대한 정열, 정치적인 정열을 건설적인 에너지로 전환하고 하는 데에는 선거나 의회 제도 이외에도 수많은 민주적 참여의 제도가 필요하다. 이러한 것을 위한 여러 제도를 발전시키지 못한 책임을 일차적으로 정치에 있지만, 다른 한편으로는 우리 사회의 전통적 유대와 생활의 관습과 경험의 미숙과 시일의 일천함 등에도 그 원인이 있다고 할 것이다.

하여튼 과거에 있어서 그 책임과 원인이야 어디에 있었던지 간에, 각종의 민주적 토의와 참여의 제도는 우리가 앞으로 발전시켜가야 할 것들이다.(그렇다는 점에 대하여는 아마 우리 국민의 대부분이 동의할 것으로 생각한다.) 학원 불안의 궁극적인 해결도 이러한 제도의 발전에서 찾아질 수 있지 않을까 한다. 물론 이것은 궁극적인 해결이기 때문에 단기적으로 모든 불안의 요소가 해소될 것을 기대할 수는 없다. 그러나 당국자는 학원의 불안을 일률적으로 불쾌 — 불온한 것으로 처리할 것이 아니라, 거기에서 제기되는 정치 문제들을 정치 현실로 흡수할 수 있는 제도를 연구하거나, 아니면 적어도 이러한 문제를 공적인 광장에서 책임 있는 토의로 옮겨 놓을 수 있는 방안을 생각해야 할 것이다.

(조선일보, 1984년 4월 17일)

미래가 있는 사회

불확실성의 혼란

사람은 앞과 뒤를 살펴보는 존재라고 사람의 특성을 규정한 철학자가 있지만, 적어도 미래에 대하여 어느 정도 내다보는 바가 없이 사람이 안정감을 가지고 살아가기가 어려운 것은 사실이다. 이것은 사람이 미래를 생각하면서 살아야 한다는 의무를 두고 하는 이야기만이 아니다. 오늘의 삶을 일정한 질서 속에 사는 데 미래가 필요한 것이다. 오늘과 내일, 오늘과 5년 후, 젊은 날과 장년기와 노년기, 삶과 죽음 또는 세대와 세대 간의 삶의 연속성에 대하여 일정한 예측을 할 수 없을 때, 우리의 미래와 오늘의 삶은 큰 혼란에 빠지게 된다.

그런데 오늘의 현실은 이러한 미래에 대한 예측을 점점 어렵게 만드는 것으로 보인다. 미래에 대한 계획이 오늘날처럼 번창한 때도 드물다고 할 수 있으므로, 이것은 아이러니컬한 일이다. 시대가 어떻게 되든지 사람의 삶에는 분명하게 예측할 수 있는 함수가 있다. 가령 사람은 누구나 죽게 마련이다. 또는 사람은 성장하고 늙어가게 마련이다. 예로부터 삶의 이러한 궁극적인 사실들을 잊지 않음으로써, 삶을 일정한 초연함을 가지고 대할 수 있게 하려는 것이 종교나 철학의 가르침이었다고 할 수 있는데, 전체적인 삶의 세속화는 이러한 가르침을 퇴색하게 하고 말았다.

노년과 죽음에 대한 예지의 후퇴는 세대의 교체와 연쇄에 대한 우리의 감각도 약화시켰다. 그러나 여기에 중요하게 작용한 것은 삶의 가속된 변화 속도일 것이다. 오늘의 세대는 어제의 세대와 같은 세계에 살지 아니하며, 내일의 세대는 오늘의 세대가 예상할 수 없는 세계 속에 살게 될 가능성이 많다. 따라서 오늘의 세대에게, 어제의 세대의 경험과 예지를 존중하고 계승하며 배울 만한 것이 있을 수가 없다. 오늘의 세대는 오늘에 새로 시작할 도리밖에 없다. 그리고 오늘날의 세대가 미래의 세대를 위하여 할 만한 일이 무엇이 있는가? 그들은 그들 나름의 세계에서 그들 나름의 새 지혜로써 살 도리밖에 없을 것이다.

경험과 예지 단절

오늘의 세대가 미래의 세대를 위하여 할 만한 일이 없다고 하는 것은 과장일 것이다. 평화와 풍요와 바른 사회 — 이러한 것들이 미래를 위하여 오늘의 우리가 이루려고 노력해야 하는 목표들임은 말할 필요도 없다. 그러나 이보다는 개인적인 차원에서 내가 우리 아이들을 위하여 무엇을 할 수 있을는지 분명치 않다. 이러한 불확실성이 오늘의 부모들로 하여금 난세를 거쳐 온 그들에게 그래도 가장 확실한 것으로 보였던 몇 가지를 결사적으로 추구하게 하는 것일 것이다. 그중에도 확실한 것은 돈과 학벌이었다.

방금 말한 것은 사회적 원인에 관한 것인데, 사실 우리 사회에 있어서의 미래의 불확실성은 무엇보다도 사회와 정치적인 데에서 온다. 어느 시대에나 사람은 나서 자라고 늙어 죽게 마련이고, 세대와 세대는 이어지게 마련이다. 다만 사회 사정의 변화가 이러한 사실들을 지혜와 준비를 가지고 우리의 삶에 수용할 수 없게 할 뿐이다. 삶을 불확실하게 하는 정치적, 사회적 요인의 어떤 것들은 거의 우리의 힘으로는 어떻게 할 수 없는 것이기도 하고, 또는 잘해 보려고 하는 노력의 예기치 않은 부정적 결과로 생겨나는 것이기도 하다. 가령 한반도 주변의 불안정한 정세들이 우리의 삶을 불확실하게 하고 긴장하게 하고, 그러니만큼 비이성적인 혼란에 빠지게 하고 있는 것은 분명하다. 또는 오늘의 인간이 죽음으로 종결되는 삶의 전체성과 그 단계를 의식 속에 거두어들이지 못한다면, 그 일부 원인은 과거나 미래보다 현재의 삶의 에너지가 우리의 마음을 가득 채우고 있기 때문이다.

오늘주의가 문제

그런데 우리의 삶의 미래를 향한 계획은 좀 더 직접적으로 사회 구조에 관계되어 있다. 내가 미래를 생각하는 것은 오늘의 사회에 존재하는 선택 가능성을 통하여서이다. 오늘은 이러한 학교에서 공부하고 내일은 저러한 직업에 종사하고 그 직업에서는 어느 자리에서 시작하여 어느 자리로 나아가고, 또는 오늘은 이 정도의 돈을 벌지만, 5년 후에는 저 정도의 생활이 가능하고…… 이런 식으로. 사람은 자기의 주어진 자산과 취향에 따라 사회 속에 놓여 있는 여러 징검다리를 이어 하나의 일관된 코스를 그리는 것이다. 그런데 우리 사회에서 이러한 코스들은 너무 불분명하고, 또 함정과 도약에 의하여 단절되는 것으로 보인다.

가령 최근 국민은행 강도 사건의 범인의 하나는 양화공이었다. 그의 범행 동기는 양화점을 차리는 것이었다고 한다. 여기서 그를 옹호할 생각은 추호도 없지만, 그에게 양화공이 양화점 주인이 되는 길은 일정한 선을 그을 수 없는 어떤 극적 도약으로만 이어질 수 있는 어떤 것으로 보였던 것이 아닐까. 또는 학교 교육 과정에서 탈락하는 청소년들에게 탈락의 위치에서 사회의 유용한 성원이 되고, 또 최소한도의 행복과 위엄을 확보할 수 있는 위치로 나갈 수 있는 길은 눈에 알아볼 만하게 줄어지는 것이라 할 수 있을까.

오늘날의 문제의 하나는 오늘주의이다. 지금 당장, 오늘 모든 것을 충족시켜야겠다는 생각이 오늘의 사회 혼란을 가져온다. 그러나 그것은 다른 한편으로는 미래가 불확실하기 때문이다. 사회와 정치의 지도자들이 해야 할 일은 구체적으로 각자가, 또 사회 전체가 오늘에서 미래로 어떻게 나갈 수 있는가를 끊임없이 밝혀 주는 일이다. 이것은 우리 모두가 안정된 삶을 살기 위하여 필요하지만, 특히 우리 사회의 불우한 사람들, 그중에도 청소년을 위하여 필요한 일이다.

(조선일보, 1984년 5월 29일)

국가의 윤리성

헤겔의 국가 이론

헤겔이 "국가는 윤리적 이념"이라고 한 것은 많은 오해의 씨가 되었다. 그에 따르면, 인간의 인간으로서의 가장 높은 윤리적 실현은 국가에 있으며, 따라서 국가에 봉사하고 그것에 복종하는 것은 사람의 절대적인 윤리 의무이다. 이러한 생각은 곧 국가주의—절대주의—강권주의에 연결될 수 있고, 사실 헤겔의 국가이론은 그러한 체제를 옹호하는 데 사용되었다. 그러나 다른 해석의 여지가 있기는 하지만, 헤겔이 말하고 있는 국가는 현실이라기보다는 이상을 지칭하는 것이라고 볼 수도 있다. 그가 말하는 것은 현상적 국가가 윤리적이라기보다는 국가는 윤리적이어야 마땅하고, 또 윤리적이지 못한 국가는 국가로서의 정당성을 가질 수 없다는 것이라고 할 수도 있는 것이다.

국가를 포함하여, 우리가 거기에 속하는 모든 집단은 우리에게 대하여 어떤 권한을 가진다. 우리는 집단의 필요에 응하여, 개인적 이익이나 자유에 제약을 수락할 것을 요구받는다. 이것은 힘에 의하여 강요될 수도 있지만, 윤리적-도덕적 당위를 통하여, 그리고 애국심과 같은 집단적 정서를 통하여 내면의 요구로 작용하기도 한다. 마음 안으로부터 우리를 귀의시키는 윤리적 당위성은 또 그것대로 참으로 안으로부터 우러나오는 것일 수도 있고, 또는 여러 가지로 조작되는 것일 수도 있다. 국가 권력은 하늘로부터 주어진 것이라는 것을 비롯하여, 국가와 권력과 애국에 대한 여러 가지 신화는 국가의 당위성을 추상적 이념으로써 설득하려 한다.

그러나 참으로 우리를 심복케 하는 것은, 생활의 구체적 현실로부터 우러나오는 국가의 윤리성이며 정당성이다. 헤겔의 국가관에 대하여 우리가 무엇이라 하든, 그에게 윤리적 이념으로서의 국가는 우리의 나날의 삶의 밖으로부터 어떤 신화로서 우리에게 군림하는 것이 아니었다. 그것은 관습, 전통, 제도 — 일상적 사회 제도와 문화 속에 존재하며, 거기에 존재하는 윤리적 가치와 실제를 최종적으로 통합하는 보편성이었다.

물질만의 복지로는

사실 사회 안에서 이루어지는 모든 행위와 상호 관계는 개인으로 하여금 그의 사사로운 세계로부터 걸어 나와 보다 큰 윤리적 차원에 이르게 하는 면이 있다. 헤겔은 이러한 면에 착안하고 이를 확대하여 윤리 공동체로서의 국가를 생각한 것이다. 그러나 오늘날에 와서 국가의 정당성은 이러한 윤리적 의미에서보다 더 직접적인 데에서 찾아진다. 즉 국가는 윤리적 이념으로보다 국민의 궁극적 이익을 보호하고 보장하는 기관으로 생각되는 것이다. 사회 계약설은 비신화의 시대에 있어서 국민 각자가 얻을 수 있는 이익을 통하여 국가를 정당화하려 한 노력이었다고 할 수 있다.

그러나 더 단적으로 현대 국가에 있어서의 복지 제도는 국가가 국민에게 줄 수 있는 이익을 대표한다. 국가가 국민의 의식주의 문제를 보장해 주고, 병들고 늙어 가고 하는 일을 보살피며, 자식을 기르고 가르치는 일에 도움을 주는 일을 떠맡아야 하는 것으로 생각되는 것이다. 그러나 복지는 국가가 물질적 혜택을 국민에게 돌아가게 해 준다는 데에서만 그 의의를 갖는 것이 아니다. 그것의 의의는 오히려 윤리적인 데에 있다. 그것은, 우리가 거기에 속해 있는 공동체와 우리의 유대가 깊은 관심과 배려, 또는 더 넓게는 사랑으로써 이루어져 있다는 것을 나타내 준다.

제도적인 관점에서의 복지가 시행되지 않을 때라도, 우리는 국가에 깊은 귀속감을 가질 수 있다. 이때 중요한 것은 국가가 우리의 삶에 대하여 구체적이고 자상한 배려를 가지고 있다는 느낌이다. 또는 더 나아가 우리가 국가에서 찾는 것은 이러한 배려의 거래 관계조차도 아니다. 우리는 단순히 공동체의 삶, 개인의 삶, 그것들의 윤리적 의미에 대한 엄숙한 인정을 국가에서 기대한다고 할 수도 있다. 국민 하나하나의 삶의 윤리적 가치와 의미에 대한 존중이 국가의 모든 움직임 속에 스며 있기를 원하는 것이다. 이 존중에 기초하여서 비로소 우리는 이익의 거래 관계를 넘어서서 기율과 희생으로써 우리를 국가의 부름에 귀속시킬 수도 있다.

숨김이 없어야 한다

그리하여 우리는 국가의 시책에서, 정부의 지도자들의 말과 행동에서, "국가적 견지에서 볼 때, 몇몇 사람의 생명, 몇몇 사람의 삶과 행복쯤이야, 한 사람의 생명, 한 사람의 행복쯤이야……" 하는 듯한 한 증거를 읽을 때, 크게 낭패감을 느끼는 것이다. 이러한 낭패감의 퇴적은 국가, 사회, 공동체에 대한 우리의 신념을 크게 흔들어 놓거나 또는 서서히 보이지 않게 마멸시킨다.

물론 국가적 견지에서 몇몇 사람의 생명과, 삶과 행복이 희생되는 일이 생기는 것은 불가피할 수도 있다. 그러한 희생은 있을 수 있는 일이다. 그러나 인간은 있을 수 있는 일은 받아들이지 아니하려 한다. 그리하여 그럴 수밖에 없었던 근거를 끝까지 캐묻고자 한다. 그리고 있을 수 있는 일을 있을 수 없다고 주장하면서, 종국에는 운명적 불가피성으로 그것을 수긍하게 된다. 이것이 인간의 인간됨의 표현이며, 윤리적 감각의 표현이다.

올봄 내내, 학원 소요에 있어서 여섯 젊은이의 죽음은 폭풍의 눈을 이루고 있었다. 설령 그것이, 어떤 설명이 이야기해 주듯이, 있을 수 있는 일이라고 하더라도, 우리는 마음 깊은 곳에서 그것이 으레껏 있을 수 있을 수 있는 일로 처리되는 것을 거부한다. 여기에 관계되어 있는 것은 여섯 젊은이의 죽음만이 아니고, 우리가 살고 있는 국가 질서의 근본적 윤리성에 대한 우리의 믿음이다. 그리하여, 우리는 이러한 일이 어느 일방적인 설명에 의하여 과장되어지는 것을 원하지 않지만, 다른 한편으로 끝까지 이야기되고 밝혀져서, 우리가 사는 국가의 윤리성에 대한 믿음이 확인되기를 바라는 것이다.

(조선일보, 1984년 6월 20일)

이성과 대학 현실

맹자는 천하의 영재를 얻어 가르치는 일이 인생의 세 즐거움의 하나라고 하였다. 그러나 이러한 즐거움을 알 만한 경지에 이르지 못한 범용한 교사에게는 천하의 영재가 구름처럼 모여드는 학기 초는 대체로 적지 않은 싫은 느낌과 더불어 시작된다. 여름 방학이라고 반드시 유유자적이 가능한 것은 아니지만, 아무래도 학기의 시작은 방학의 종료, 자유와 게으름으로부터의 깨어남, 일의 기율에로의 복귀를 의미하는 것이다.

그런데 근년에 와서 학기 초가 대학 교육에 종사하는 사람의 마음에 착잡한 느낌을 주는 것은 그것이 교육의 부담을 뜻하기 때문만이 아니라 다시 한 번 시위와 시위 저지와 또 시위와—이런 일의 끝없는 연쇄가 시작된다는 것을 의미하기 때문이다. 이러한 일의 연쇄는 이제는 생각만 하여도 피로감을 주는 일로 비친다. 그러나 방학이 좋다고 해서 학기의 교육 의무를 피할 수 없듯이(물론 여기에는 맹자가 아니라도 그 나름의 기쁨과 보상이 따르지만) 학원 불안의 피로와 고통도 어찌할 수 없이 받아들여야 하는 일이라고 하여야 할 듯하다.

어떤 경우에나 그것은 눈감아 피하거나, 다시 말하여 좋든 싫든 대결하고 풀어 나가야 할 의무의 과제가 된 것이다. 그렇다는 것은 그것이 단순한 분출이 아니라 역사적으로 쌓여 온 문젯거리들의 한 표현이기 때문이다. 어떤 경우에나 학원 문제와의 대결과 그 해결은 대학에 하나의 큰 도전이 된다. 대학이 여기에 대한, 적어도 이론적으로 명백한 답변이 없다면, 어디에 그 답이 있을 수 있겠는가. 대학의 존립에 이론적 근거가 있다면 그것은 자연과 인생의 문제에 대하여 이성적 답변 — 적어도 그 해답을 위한 이성적 모색이 있을 수 있다는 믿음이다. 이 믿음에 따르면 궁극적으로 사람과 사람 사이에 일어나는 대부분의 문제는 이익과 이익, 힘과 힘의 충돌을 통하여서가 아니라, 이성과 이성의 부딪침을 통한 보다 큰 이성의 탄생, 그리고 그것에 대한 승복을 통하여 해결될 수 있어야 한다.

그러나 이러한 이성적 해결이 가능한 것이라고 믿는다고 하더라도 오늘의 대학이 해결법을 찾을 수 있는 것일까. 이성의 권위는 그것이 불편부당한 보편성의 원리로서 특수한 개인이나 집단의 이익 연관을 넘어간다는 데에서 나온다. 그러나 많은 사람들의 눈에 대학은 이 연관을 초월하는 것이 아니라 이 연관 속에서 하나의 당사자로 보인다. 그리하여 대학의 행위는 좁게는 대학과 대학인 자신, 넓게는 사회의 한 부분의 이익에 봉사하는 것으로 보이는 것이다. 이렇게 된 데는 정치적 원인도 있고 사회적 원인도 있고 문화적 원인도 있다. 어쨌든 오늘에 있어서 이성적 논의는, 그 자체로 옳은 것이든 그른 것이든, 공동체적 질서의 방법으로서는 쓸모없는 것이 된 것으로 보인다. 오로지 힘과 힘, 이익과 이익의 대립만이 균형에 이르는 유일한 방법이라는 것이 우리 모두의 은밀한 신앙이 된 것이다. 이것은 대학의 범위를 넘어가는 사회 현실에 있어서나 대학 자체 내의 문제에 있어서나 마찬가지로 가지고 있는 우리의 신앙이다.

그럼에도 불구하고 이성이 공동체적 질서의 원리로서 완전히 사라져야 하는 것은 아니다. 이성은 진리의 인식에 기초하여 그 권위를 갖는다. 그 권위는 모든 사람이 싫든 좋든 따라야 하는 절대적 권위이다.

그러나 이성은 절대적 진리에 관계없이도 작용할 수 있다. 그것은 시(是)와 비(非), 또는 시(是)와 시(是)의 차이를 따지는 시비(是非)의 원리가 아니고, 현실의 힘과 힘의 대결을 조정하는 타협과 협상의 도구일 수 있는 것이다. 이러한 이성은 우리를 진리의 엄숙성 속으로 이끌어가는 것이 아니라 좋든 나쁘든 공존할 수밖에 없는 이념들과 세력들과 집단들의 공사(共死)가 아닌 공생(共生)을 확보해 줄 수 있다. 그것은 진리의 원리가 아니라 공존(共存)의 원리이다.

여기에서 중요한 것은 내용이 아니라 형식이며 절차이다. 당분간 우리는 대학 안에서나 대학 밖에서나 이러한 형식적 이성의 수립에 노력을 경주해야 하는 것인지 모른다. 여기에 필요한 것은 모순된 요소들이 평형을 이루게 할 수 있는 타협과 조정의 기구들이다. 위원회, 토론회, 청문회, 조정단 — 이러한 것들이 제도적 시작이 될 수 있을 것이다.

그러나 모든 종류의 이성의 권위가 마멸되어 버린 지금에 있어서 이러한 것들이 무슨 소용이 닿을는지, 근본 전제에 대한 합의 없이 방법과 절차에 대한 합의가 가능한 것인지, 무엇보다도 오늘날 대학이 힘의 맞부닥침에 범위와 절차를 협상할 수 있는 당사자가 될 수 있는 능력을 가지고 있는지 — 결국 위의 이야기들은 새로운 학기를 맞이하여 마음에 이는 우울한 생각에 불과한 것이다. 그러나 대학은 교육을 계속할 수밖에 없다. 스스로의 질서를 이성적으로 정리할 수 없으면서 자연과 인생에 대한 이성적 설명과 조정의 가능성을 말해야 한다는 모순 속에서.

(동아일보, 1984년 9월 1일)

문화의 최대한과 최소한

어느 사회에 높은 문화가 있느냐 없느냐 하는 것은 손쉽게는 화려한 외관에 의하여 판단된다. 장대한 건축, 잘 가꾸어진 공원, 번화한 거리는 가장 분명한 그 외면적 증거다. 그리고 조금 보이지 않는 것으로는 원숙한 문학, 화려하고 정교한 미술과 음악—이러한 것들의 존재가 문화 국가의 필수물로 여겨진다.

이런 관점에서 문화는 근근이 살아가는 단계를 넘어선, 삶을 더욱 화려하게 하는 일에 관계된다. '문화가 꽃핀다'는 표현과 같은 말이 나타내고 있는 것도 그러한 것이다. 생존의 문제가 해결되고 삶의 제도적 균형이 이루어진 다음에야—뿌리와 가지가 정착된 다음에야 얻어지는 소득이 문화라는 생각이 여기에 있는 것이다. 그러니까 줄여서 말하여도 문화의 대표로서의 문학이나 예술이 근본적으로 우리의 꿈과 이상에 관계된다는 말은 맞는 말이다. 물론 문학이나 예술이 현실의 초라함과 고통을 그려야 한다고 하는 주장이 없는 것은 아니다. 그러나 고통의 현실을 그러한 것으로 아는 것도 그것을 넘어가는 편안한 세계에 대한 그리움이 있기 때문이고,

이 그리움은 발전하는 현실의 힘에 의지하여 서식하는 것이다.

어떤 경우에나 문학과 예술의 꿈은 움직이고 있는 현실의 여세를 몰아 짐짓 이상의 세계로 우리 자신을 던져 보는 행위인 것이다. 그러다가 어떤 때 단순히 목숨만을 부지해 가는 사람이 생각할 수는 없는, 사람의 능력과 잠재력을 한껏 풀어 펼치게 하는, 그 이상 바랄 것이 없는 아름다운 세계를 문학과 예술은 그려 낼 수도 있다. 또 그러다가 난숙한 문화에 있어서 꿈과 현실은 하나처럼 얽힐 수도 있을 것이다. 다시 말하여 높은 문화는 우리에게 인간 최대의 가능성을 투사하여 보여 주고, 어떤 때 그것이 현실 속에 거의 실현되는 듯한 인상을 준다. 높은 문화적 산물들의 감동은 정도를 달리 하여 그것이 주는 인간의 능력과 삶의 위대성에 대한 암시로 인한 것이었다.

그러나 이러한 문화의 최대한의 정의에 대하여 최소한의 정의를 생각해 볼 수 있다. 인간의 최대의 잠재력을 보여 주는 데 문화가 있다면, 조촐하게 정돈된 생활 환경, 정직하고 상냥한 시민, 보통 사람의 보통 생활에 있어서의 인간적인 쾌적함 — 이런 것들에도 문화는 있는 것이다. 이탈리아의 르네상스를 말하면서 어떤 사람은 "이탈리아는 살인과 범죄의 60년 동안에 레오나르도 다빈치, 미켈란젤로를 만들어 냈고, 스위스는 평화와 민주주의의 600년 동안에 뻐꾸기 시계를 만들어 냈다."고 하였지만, 여기에서 스위스에 대한 조롱 섞인 평가는 문화를 순전히 예술의 최대한의 표현으로만 보는 관점에서 나온 것이다. 말할 것도 없이 평화와 민주주의와 뻐꾸기 시계도 조용한 대로 중요한 문화적 표현인 것이다.

문화를 최소한도로 정의하고자 하면, 아마 그것은 부정적인 것과의 관련에서 가장 잘 정의될 수 있을 것이다. 즉 굶주림이 없는 것, 부당하게 사람이 고통당하지 않는 것, 인간관계에서 잔인성과 사기성이 없는 것 등 — 이러한 것들은 모두 다 문화 사회의 최소한의, 그러면서 가장 중요한 요건이다. 이러한 것으로부터 나아가 우리는 조금 더 적극적으로 정의, 자유, 정직, 신의, 친절 등 — 바른 사회생활의 조용한 덕성들을 생각해 볼 수 있다. 문학과 예술이 늘 휴머니즘 또는 인도주의에 관련되어 있었던 것은 이러한 문화의 최소한의 요구를 통하여서이다.

문화 사회의 정의를 최대한으로 하고 또 최소한으로 할 수 있다고 할 때 (이 두 가지는 다 필요한 것이지만) 최소의 정의의 이점은 그것이 대체로 모든 사람에게 생활의 조건으로 필수적인 것이며 또 모든 사람이 쉽게 동의할 수 있는 것이라는 것이다. 런던 정치경제대학의 정치학 교수 모리스 크랜스턴은 인권 문제와 관련하여 이에 비슷한 말을 한 일이 있다. 그는 인권을 너무 광범위하게 정의하여 신체의 자유나 언론의 자유 등과 더불어 사회 보장의 권리까지 거기에 포함시킬 때, 그러한 인권의 내용은 이상으로는 좋지만 현실적으로 여러 사회로 하여금 그것을 보장할 수 없는 형편과 핑계를 찾을 수 있게 해 주는 결과가 된다는 것이다. 가령 어느 정도의 경제 발전이 없이는 사회 보장은 실현될 수 없다고 주장할 수 있는 것이다. 그러나 신체의 자유, 고문 받지 않을 권리, 거주 이전의 자유 등은 세계의 어떠한 지역에서도 당장에라도 실천할 수 있는 것들이다. 그것은 다른 핑계를 손쉽게 허용하지 않는 것들이다. 이것이 인권을 좁게 규정하는 데 따르는 이점이다.

인권의 문제는 여기에서 문화의 이야기에 있어서 한 가지 예로 들은 것에 불과하다. 그러나 사실 그것은 뒤에 말한 바 문화의 최소한 정의의 내용을 이루는 것이기도 하다. 최소한의 인권이 규정하는 소극적인 의미에서의 사람에 대한 사람다운 처우가 없는 곳에 가장 중요한 의미에서의 문화가 있다고 할 수 없다. 어떤 방식으로 보다 잘 살아야 하는가에 대하여서는 정치에서나 문학에서나 예술에서나 여러 가지 이견이 있을 수 있다. 그러나 우리가 적어도 문화 사회를 지향한다면 사람이 사람에게 어떤 최소한도의 의미에서 상해를 주어서는 아니 된다는 것은 쉽게 동의할 수 있는 일이다. 그것은 정치 이념이나 인간 이상이나 예술 이념을 초월하는 최소한의 약속일 수 있다.

그러면 우리 사회는 이런 의미에서 문화 사회인가. 우리 사회에 신체의 법률적 보호와 고문의 근절에 대한 관심은 몇 년째 고조되어 온 것 중의 하나다. 이것은 다행한 일이다. 그런데 지난가을에 여학생들이 공공 기관에서 당하였다는 일은 무엇인가. 도리에 입각한 남녀 간의 관계가 문화 사회의 기본이라고 할 때, 이러한 일을 조사 없이 지나치는 일이 허용되는 것은 최소한도로 말하여 심히 수치스러운 일이다. 그러나 정부가 금년 안으로 국제 협약에 가입할 것을 고려한다는 보도는 매우 고무적인 일이다. 정치의 싸움은 치열할 수밖에 없지만 적어도 그 치열함 속에서도 어떤 일은 하지 않는다는 최소한의 문화적 척도를 지키는 일에 우리 국민 모두가 합의하는 날이 오기를 기대하는 마음 간절하다.

(동아일보, 1985년 3월 11일)

색시공色是空과 오늘의 밥

문외한의 무식에 연유한 잘못된 인상인지도 모르지만 종교나 또는 다른 종류의 가르침은 대체로 어떤 궁극적인 진리 한두 개를 제시하며, 그 진리의 진리됨을 깨닫는 것이 종교적 각성의 핵심이라고 말하는 것으로 보인다. 가령 기독교에서는 하느님의 존재를 믿고, 하느님의 아들인 그리스도가 사람의 죄 갚음을 하기 위하여 십자가 위에서 돌아가셨고, 사람에게 무엇보다 중요한 것은 자신의 영혼을 구하기 위하여 노력하는 것이고…… 이러한 것들을 이야기한다. 불교에서는 세상의 모든 것은 비어 있는 것이고, 사람은 누구나 불성(佛性)을 가지고 있으며, 이것을 깨닫는 사람은 누구나 부처와 같아질 수 있고, 깨달은 사람의 입장에서 볼 때, 인간의 만사—그 영화나 고통 모두가 미몽(迷夢)에 불과하고…… 이러한 것들을 이야기한다.

종교의 힘과 매력은 세상의 잡다한 현상을 하나의 궁극적인 원리로 환원하는 데에서 온다고 하겠지만, 비종교적인 인간의 관점에서 볼 때, 삼천대계의 숱한 일들이 하나로 옮겨질 수 있다고 하는 일이 벌써 조금은 수긍이 안 가는 일이다.

그러나 물리학도 세계의 삼라만상을 하나의 혹은 제한된 숫자의 근본 원리로 비추어 보려고 하는 노력이라고 할 수 있겠는데, 잡다하고 복잡한 것이라고 해서 하나로 설명되지 말라는 법도 없는 것이다. 여기에서 문제는 일자(一者)와 다(多)의 관계를 이어 주는 중간 이론, 중간 사례에 있다. 운동의 원리라면, 세상의 미물인 인간이 움직여 다니는 원리로부터 천체와 우주가 운행하는 것까지를 설명하여야 마땅하다. 종교의 가르침이 물리적 설명과 같은 것은 아니다. 그것은 인간의 마음에, 특히 인간의 마음의 실천적 기획들에 관계되는 것이다. 그러나 여전히 여기에서도 일자와 다의 관계가 일관성 있게 생각될 수 있어야 비로소 종교의 가르침은 우리에게 구체적 의미를 가질 수 있는 것일 것이다. 가령 하느님을 믿는다는 것과 나의 오늘의 삶은 어떤 관계에 있는가? 색시공(色是空)을 깨닫는 것과 나의 오늘의 삶과는 어떤 관계에 있는가?

종교적인 가르침에 실천적 명제가 뒤따르지 않는 것은 아니다. 하느님에 대한 믿음이나 불성에 대한 깨우침이 어떻게 그것으로 연결되느냐는 더 생각하여야겠지만, 기독교나 불교의 실천적 강령의 대표적인 것이 사랑과 자비이다. 그러나 이 경우에도 내가 이웃을 사랑한다고 할 때, 오늘 내가 하는 일이 거기에 어떻게 관계되어야 하는가? 모든 생명체에 대한 사랑과 내가 벌고 쓰는 돈은 어떤 관계에 있는가 하는 의문은 여전히 쉽게 답해질 수 있는 것이 아니다.

종교적인 대진리가 옳다고 하더라도 대부분의 사람에게 삶은 일상적인 차원에서 그 진리와 관계됨이 없이 그날그날 영위된다. 어떤 경우에나 모든 사람이 완전히 세상을 벗어나는 진리의 순교자가 될 수는 없는 것이다. 그러나 그때에도 진리와 우리의 일상의 삶 사이에 관련이 없을 수는 없다. 어쩌면 범인이 가질 수 있는 중요한 신앙적 태도는 종교의 커다란 진리가 자신의 일상적 삶의 몸가짐 마음가짐 하나하나에 배어들어 가게 하는 일일 것이다. 불교에서 평상의 마음을 말하는 것도 이러한 관련에서 볼 수 있을 것이다.

그러나 범인에게는 단순히 우리의 마음가짐을 큰 가르침에 맞추도록 노력하여야 한다는 개괄적인 지침 이상의 것이 필요하다. 낮은 차원에서는 나날의 삶을 말하여 주는 설법이 필요하고, 불교 윤리학, 기독교 윤리학이 필요하고, 또 우리가 사는 나날의 삶이 대체로 사회적인 일에 관계되어 있는 까닭에 불교적 또는 기독교적 상업 윤리의 연구가 필요하고, 불교적 또는 기독교적 경제학, 기독교적·불교적 사회학, 또 그러한 정치학, 또 그러한 보건학…… 이러한 한없는 연구들이 필요한 것이다. 그러나 이러한 경험적 분야에서의 종교적 사고의 결과가 충분히 보이지 않는 것이 오늘날 우리 종교계의 실정이 아닌가 한다.

(실천불교 3집, 일월서각, 1985)

특권 집착은 부질없는 일

오늘날 민주화, 또는 민주주의의 제도적 확립과 신장이 우리 사회의 당면 과제라는 사실에는 대다수 국민 사이에 합의가 이루어져 있는 것이 아닌가 한다. 다만 이견이 있다면, 그것은 내용과 방법에 대해서일 뿐이다. 이 동의는 막연하고 추상적인 이념에 대한 동의가 아니고, 그런 대로 그 동안의 역사적 체험을 바탕으로 하여 성장해 온 것이라 할 수 있다. 이 체험의 구성 요인은 여러 가지일 것이다. 어떤 것은 원래 이념적 투쟁으로 시작하여 체험으로 다져진 것도 있을 것이고, 또 다른 것은 일상적 체험의 누적을 통하여 닦아져 온 깨달음일 수도 있다.

그런 가운데 오늘날의 민주화 분위기를 규정하고 있는 요인의 하나는 기력의 쇠진과 체념이 아닌지 모른다. 이것은 유감스러운 것이 아니라 적어도 내 생각으로는, 우리의 정치적 성숙을 나타내는 환영할 만한 것이다. 해방 이후 또는 대한민국 수립 이후 오늘까지, 정치 체험의 한 교훈은 적어도 지금까지의 정치 체제 또는 권력 체제의 어떤 것도 항구적인 것이 아니라는 사실이다. 권불십년(權不十年), 화무십일홍(花無十日紅)이 시적인 명구가 아니라 현실이란 것을 배운 것이다. 이 무상함은 우선적으로 권력에 해당되지만, 다른 여러 사회적·경제적 특권들에도 어느 정도는 들어맞는 것일 것이다.

오늘의 특권이 얼마나 갈지 또는 나의 세대만이 아니라 다음 세대에까지 지속될 수 있는 것인지, 여기에 대하여 자신 있게 말할 수 있는 사람은 우리 사회에 많지 않을 것이다. 이러한 미래에 대한 불안은 사회 내의 생존 경쟁을 한층 치열하고 살벌하게 만든다. 그러나 다른 한편으로 나에게만 유리한 권력이나 기타 특권의 항구적인 확보가 불가능하다는 사실을 깨닫고 또 그것을 체념한다면, 우리는 평등하고 공평한 질서의 창조에 동의할 수 있는 마음 상태가 된다고 할 수 있다. 즉 부귀와 명예의 위계질서의 위아래 어디에 있든지 크게 차이가 나지 않은 질서에 동의할 용의가 된다는 말이다. 『정의론』을 쓴 존 롤스는 자기가 얼마나 유리한 사회적 지위를 얻을 수 있는 것인지 확실하게 모르는 사람이 선택하게 될 배분의 원칙을 보편적 정의의 원칙으로 삼을 수 있다고 생각했다. 또 그러한 사람들만이 보편적 정의의 원칙을 사회 계약의 기초로 할 용의가 있는 사람이다. 지난 30～40년의 정치적 영고성쇠가, 말하자면 우리 사회의 많은 사람들을 이러한 원초적 선택자의 위치에 놓이도록 했다.

그리고 오늘날 우리가 바라는 민주주의의 한 의미는 이러한 원초적 선택자들의 계약—아무도 다른 사람의 희생하에 지나친 특권을 누리지 않으며, 가장 불리한 입장에 있는 사람도 지나치게 불리하지 않은 사회 계약—을 성립시키는 데 있다고 볼 수 있다. 아무에게도 지나치게 불리하지 않은 사회 계약의 필요는 적어도 권력 체계의 면에서는, 그동안 많이 이야기되어 왔다. 그러나 공평한 권력 체계 또는 정치 체제는 일반 국민의 입장에서 보다 구체적인 생활 질서의 정의로 옮겨질 때 비로소 참다운 의미를 갖는다. 오늘날 고조되어 있는 정치적 관심도 결국 정치의 정의가 사회적·경제적 정의의 토대가 된다는 인식에서 나온 것일 것이다. 민주화에 대한 요구는 정치의 민주화에 대한 요구이면서 그것보다는 광범위한 것이다.

최근의 인천 사태도 일단 이러한 관점에서 파악될 수 있을는지 모른다. 대다수 국민의 상식과 기대를 벗어나는 사태의 양상에도 불구하고, 그것이 우리에게 상기시키는 것은 오늘날 우리의 문제가 정치 권력의 민주화만은 아니라는 점이다. 사회와 경제의 문제야말로 국민에게 가장 근본적이며 긴급한 문제라는 사실을 그것은 상기시켜 주었다. 사실 이러한 국민생활에 보다 직접 관련되는 분야에 있어서의 민주주의와 정의가 획득되어 비로소 우리는 아무에게도 지나치게 불리하지 않은 새로운 사회 계약을 이룩하게 되고 보다 튼튼한 사회 질서의 기초를 다질 수 있게 된다.

정치의 민주화가 대결과 폭력이 아니라 대화와 타협과 화해를 통해 이루어져야 한다는 호소는 그동안 많이 행하여졌다. 보다 넓은 의미의 민주화에도 이러한 호소가 나와 마땅하다. 인천에서 나온 구호와 구호에 대한 반작용, 폭력적 시위와 폭력적 대처 등이 드러내는 것은 우리 사회에 거의 건너뛸 수 없는 역사적 균열이 존재한다는 사실이다. 이것은 대화와 타협으로는 도저히 메울 수 없는 것으로도 생각된다. 그러나 적어도 여기에서 제기되는 문제를 우리 모두의 문제로 심각하게 생각해야하는 것은 정치 담당자들의 의무다. 또 오늘의 상황에 절망하고 이것에 대한 행동적 시정책을 찾고자 하는 사람들은 역사적으로 사회의 모순이 말로 해결된 적이 있느냐고 반문할는지 모른다. 일리가 있는 주장이다. 그러나 그것은 어떤 사회의 어떤 경우, 한정된 수의 변혁만을 보고 하는 말이다. 모든 사회에서 모든 문제가 대결로만 풀리는 것은 아니다.

역사적 현실은 경직된 대결의 이념에 사로잡히지 않고 사태와 더불어 움직이는 것이다. 오늘의 광범위한 민주화의 문제를 대화와 타협으로 풀어 나가는 노력이 모든 방면에서 요청된다.

(중앙일보, 1986년 5월 10일)

생각, 행동, 급진주의

사람 사는 일에서 어떤 경우는 너무나 높은 기준을 세웠다가 오히려 웬만한 기준에 합당할 수 있는 일조차도 얻어 내지 못하는 수가 있다. 이것은 사람의 생각과 행동의 관계를 말하는 경우에도 해당된다. 사람들은 흔히 언행의 일치를 말하고 이론과 실천의 합일을 말하거니와, 이러한 일치와 합일은 대체로 적극적으로 추구되어야 할 윤리적 이상으로 생각된다. 말할 것도 없이 언(言)과 행(行), 이론과 실천의 불일치는 위선이나 배신, 비겁 또는 적어도 공리공론에 떨어질 위험을 지닌다. 그러나 다른 한편으로 생각의 효용은 바로 그것이 행동과 별개의 것일 수 있다는 데에서 생겨난다고 말할 수 있다.

생각이 이루는 세계의 아름다움과 깊은 의미는 차치하고라도 행동의 관점에서도 생각은 많은 행동의 가능성들을 궁리하고 살펴 그 가운데서 가장 적절한 것을 골라내어 행동의 설계도를 제공함으로써 행동의 효율성을 높여 줄 수 있다. 이것은 바로 생각이 행동으로부터 유리될 수 있음으로 하여 가능한 것이다. 생각과 행동이 늘 일치하여 돌아가는 경우 우리의 삶은 필요 이상의 무수한 시행착오와 난폭함으로 가득하게 될 것이다. 사실상 생각과 행동이 한치의 차가 없이 함께 맞아 돌아가는 가장 좋은 예는 미친 사람의 경우뿐이다. 이는 우리가 갖는 모든 생각을 그대로 행동으로 옮기려는 것이 현명하지 못하다는 말도 되지만, 행동에 관계없이 우리의 생각을 한껏 널리 유지하는 것이 좋다는 말도 된다. 풍부한 생각, 넓은 생각을 유지하는 것은 궁극적으로 우리의 행동이 가장 효과적이게 하는 밑거름이 되는 것이다.

생각의 풍부함은 몇 가지의 조절 장치를 통하여 행동적 현실의 세계로 전동된다. 가장 풍부하고 광범위한 것은 내 마음속에 일고 지는 생각들이다. 그러나 이것은 공적인 광장으로 나아감에 따라 점점 그 범위와 다양성에 한정을 받게 된다. 내 마음속의 생각은 말로 표현될 때, 작은 집단 안에서 표현될 때, 사회의 보다 넓은 공간에서 표현될 때 점점 그 자유의 범위가 좁아지는 것을 우리는 알게 된다. 종국적으로 그것은 구체적인 사회 현실 또는 제도로 옮겨지게 될 때 가장 필연의 테두리 속에 얽매이게 된다. 이러한 과정은 생각의 다양성, 범위 또는 자유가 좁아지는 과정이면서 동시에 우리의 생각이 일관성과 현실성을 얻어 가는 경과를 나타내는 것이다.

지금 말한 것은 우리의 개인적인 생각의 과정에 대한 것이지만, 사회 전체에도 그대로 적용할 수 있는 것이다. 사회 내에 있어서 사람의 생각을 풍부하고 넓게 유지하는 것은 문명사회의 특징이다. 어떻게 보면 가장 풍부하고 넓은 생각을 유지할 수 있는 사회가 문명사회다. 그러나 넓게 유지되는 생각은 생각과 행동의 관련에 대한 걱정을 낳는다. 생각과 행동의 일치에 대한 지나친 강조는 생각의 범위 자체를 사회적으로 제한하는 결과를 낳을 수 있다. 다른 한편으로는 생각을 위험스럽게 만드는 것은 그것을 현실에 이어 주는 사회 과정이 잘못되어 있기 때문이기도 하다. 완전히 위험스럽기만 한 생각이 없는 것은 아니겠지만, 우리 생각 중 많은 것은 공적인 토의와 제도적 매개 과정을 거치지 않기 때문에 현실에서 벗어난 엉뚱한 것으로 남게 된다.

최근에 우리 사회에서 크게 주목을 받은 것은 급진적 사고와 급진적 세력의 등장이다. 이것은 많은 사람들을 놀라게 했다. 그리고 일부 사람들로 하여금 그 위험에 대하여 어떤 조치가 있어야 되겠다는 느낌을 가지게 한 것으로 보인다. 그러나 우리 사회에 주어진 참다운 도전은 이것을 어떻게 없앨 것인가가 아니라 어떻게 포용할까 하는 것이다. 어떤 종류의 급진적 사고의 표현과 행동이 놀랍고 무책임하게 보인다면, 적어도 어느 정도는 그것이 밀실에서 성장했다는 데 기인한다고 말할 수 있다. 그것이 대학의 세미나, 공적 토의, 정치 과정 등의 공적 과정을 통해서 단련될 수 있었더라면, 그것은 그와 같이 놀랍게 보일 형태로 나타나지는 아니하였을 것이다.

어떤 경우에나 오늘의 급진적 사고와 행동이 사회 현실의 한 측면에 기초한 것임은 틀림이 없다. 여기에 대한 바른 대처 방법은 그에 합당한 사회적 공간과 제도를 마련하는 일이다. 그렇게 될 때 우리 사회의 생각은 새로운 풍부함을 얻고 그 속에서 다양한 사회적 선택을 할 수 있게 될 것이다. 그리고 위에서 말한 바와 같이 이 새로운 생각 자체도 보다 현실적인 것으로 바뀌게 될 것이다. 즉 그것은 우리 사회에 대한 현실적 진단과 이성적 전망을 풍부히 하는 것으로 바뀌게 될 것이다. 이렇게 하여 혁신적 사고 또는 비판적 사고가 현실적 성숙성을 얻게 되는 일은 현상주의자만이 아니라 혁신주의자 또는 비판주의자에게도 득이 되는 일이고, 무엇보다 우리 사회의 발전을 위해서 바람직한 일이다.

(중앙일보, 1986년 6월 7일)

민주화와 도덕적 결단

신문이나 잡지에 게재되는 논설을 보면 오늘의 문제는 모두 하나, 즉 개헌 문제로 집약되는 듯하다. 개헌은 우리 사회의 강박적 고정 관념이 된 듯하다. 오늘날 우리의 집념이 되어 있는 개헌이나 민주화는 우리의 삶의 문제의 모든 것을 해결해 주지 아니할 것이다. 그러나 그것이 우리가 처해 있는 역사적 위기의 성격에 정확히 관계되어 있음은 틀림이 없다. 우리가 법적인 집념을 가지고, 그 문제에 돌아가는 것은 그것이 바로 우리의 삶 전체를 앓게 하고 있는 병에 대한 대처 방안이기 때문이다. 이 병이 낫고서야 우리는 정상적인 삶으로 돌아갈 수 있을 것이다. 이것은 바쁜 생활의 이런저런 걱정 가운데도 많은 국민이 느끼고 있는 느낌이다. 이미 나 자신과 많은 사람들이 많은 의견, 그것도 전문적인 지식에 뒷받침되는 의견을 내놓은 바 있음에도 불구하고, 중복과 되풀이의 위험을 무릅쓰고 이 자리를 빌려 다시 한 번 민주화의 문제에 언급하지 않을 수 없다는 강박을 느낀다.

민주화는 오늘날 우리 모두에게 주어진 최대의 역사적 과업이다. 오늘날 많은 사람들이 바라는 바가 그것이기 때문에 그렇고, 우리 사회의 역사적 발전이라는 긴 안목의 관점에서 볼 때 그렇다. 이것은 많은 사람들이 이미 동의한 바 있는 자명한 사실을 되풀이하여 말하는 것에 불과하다. 그러나 여기에서 이것을 되풀이하여 말하는 것은 이 작업이 우리 민족의 역사에서 한 큰 매듭을 이루는 일이라고 할 때 우리 모두의, 특히 우리를 대표하고 있는 정치 세력과 그 주요 인물들의 도덕적 결단이 없이는 이 일을 이루기가 어렵다는 것을 상기해 보자는 것이다. 주어진 과제의 엄청난 의의 앞에서 어떤 역사적 엄숙성을 느끼고, 그것에 따라 행동을 저울질할 필요가 있지 않은가 하는 말이다.

정치란 힘의 놀음이지 느낌이나 도덕으로 해결되는 것이 아니라고 할는지 모른다. 그러나 오늘의 민주화의 과제는 힘만으로 풀 수 없는 과제로 보이는 것이다. 우리가 지금 필요로 하는 것은 모든 개인과 부분적 집단의 이익의 자발적인 후퇴이고 희생이다. 이 후퇴와 희생이 없이는 오늘의 위기는 극복될 수 없는 것으로 보이는 것이다. 이 시점에서 개헌 문제의 초점은 대통령 직선제냐, 어떤 형태의 간선제냐 하는 데 있고, 각 제도에는 그 나름의 장단점들이 있다고 이야기한다. 이것은 강력한 정부를 가능하게 하고, 저것은 다원적 국민 의사를 반영할 수 있고, 이것은 독재의 위험을 안고 있고, 저것은 무능과 혼란의 가능성을 가지고 있고……. 우리가 참으로 나라의 앞날을 걱정한다면 모든 지혜를 동원하여 여러 제도에 따르는 이런저런 장단점을 고려하여야 할 것이다.

그러나 오늘의 논쟁이 이러한 걱정에서 이루어지는 것일까? 비전문적 관찰자의 눈으로는 이러한 논쟁의 참다운 동기는 어느 제도가 어떤 부류의 사람들에게 유리하냐 하는 계산이며, 제도의 장단점은 수사요 장식이거나 기껏해야 이차적 의미밖에 갖지 않는 것으로 보인다. 논쟁의 당사자들도 이것을 모르는 것은 아닐 것이다. 서로의 동기의 순수성에 대한 확인이 있을 수 있다면, 그때도 제도에 대한 오늘의 독단론이 필요한 것일까?

그러니 필요한 것은 이해타산을 포기하고 역사 앞에서의 도덕적 엄숙성으로 돌아가는 일이 아닌가 하는 것이다. 긴 역사의 진로 앞에 포기되는 우리의 이익은 결국 우리 자신에게 돌아오는 것이다. 오늘 우리가 어떤 유리한 고지를 점령하였다고 그것이 얼마나 오래 유지될 수 있겠는가? 그것이 우리 자신의 세대에 유지된다고 하더라도 다음 세대에, 또 그 다음 세대에도 유지될 수 있겠는가?

우리 자신의 이익을 위한 가장 확실한 보장은 민주적 미래를 만들어 내는 것이다. 아무도 인간 이하로 떨어질 필요가 없는, 또 그러기 위하여 특별한 권세를 필요로 하지 않는 제도가 우리 자신과 우리 자손의 이익을 가장 안전하게 보강하는 일이다. 라틴 아메리카의 한 정치가는 모든 기득권을 버리고 새로운 혁명의 길을 떠나면서 "우리나라가 그들을 먹여 주고 교육시켜 줄 것이기 때문에 나는 아내와 아이들에게 아무런 것도 남기지 않았음을 유감스럽게 생각지 않는다."라고 썼다. 우리가 참으로 좋은 사회를 만들기를 원한다면 우리의 정치가들에게서 우리는 이와 비슷한 도덕적 결단을 기대할 수 있어야 할 것이다. 그러고 나서야 우리는 우리 젊은이들을 우리 지도자들이 원하는 방향으로 이끌어 갈 수 있을 것이다. '영원의 관점에서' 사물을 보는 것은 철학자들만의 전유물이 아니다.

오늘의 투쟁 가운데서 잠깐 긴 역사를 생각하고 자기희생을 다짐할 수는 없을까? 도덕적 결단에의 호소는 매우 연약한 호소다. 그러나 이 결단의 대안이 폭력과 혼란의 연속이 될 것임은 너무나 빤하다. 그 속에서도 어떤 사람들은 투쟁과 영웅심과 승리의 쾌감에 도취할 수 있을는지 모른다. 그러나 그러한 일시적 열광도 궁극적으로 '비열하고 동물적이며 단명한' 삶의 테두리를 벗어나지 못할 것이다.

(중앙일보, 1986년 7월 5일)

집단 시대의 개인적 도덕

우리는 오늘날 집단의 시대에 살고 있다. 모든 것은 사회 전체로 또는 집단으로 움직인다. 이것은 정신적 가치 또는 도덕적 가치에 있어서도 마찬가지다. 대체로 이야기되는 도덕적 덕성은 집단에 관계되는 것이다. 즉 민족·국가·계급·당·회사·씨족 모든 집단적 범주가 우리의 헌신적 봉사를 요구한다. 그리고 도덕적 행동은 여기에 봉사하는 여러 행동들이다. 그러면서 이러한 집단에 직접적으로 관계되지 않는 정신의 특성들은 별로 주목되지 않거나 오히려 집단을 위한 행동에 방해가 되는 것으로 간주된다. 또 우리의 도덕적 소망은 집단적 덕성의 표현으로써 끝나는 것으로 생각한다. 말하자면, 나라를 사랑하기만 하면, 민족을 사랑하기만 하면, 또는 직장에 충성하기만 하면 우리의 도덕적 의무는 끝나는 것으로 생각하는 것이다.

집단적 덕성과 개인적 덕성을 쉽게 구분할 수 있는 것은 아니다. 도덕은 개인적인 행동에서보다는 사람과 사람 사이에서 일어나는 현상이다. 그러나 다른 한편으로 그것은 개인의 내면을 통과하는 감정·성향 또는 행동이 아니라고 생각할 수 없다. 충성이나 애국심은 집단적 덕성이면서, 개인 속에 하나의 감정 상태 또는 성향으로 존재하다가 행동으로 표현된다. 이웃에 대한 사랑은 조금 더 개인적인 품성에 관계되는 덕성처럼 생각된다. 그것은 집단적 범주에 관계없이 실천되어야 하는 것이기 때문에 조금 더 실천자 자신의 내면적 속성이 되어야 한다. 연민, 자비, 신의, 친절 또는 관용성과 같은 것도 대인 관계 속에서 일어나면서 개인의 성향에 이어져 있는 덕성들이다. 그러나 절제라든가 평정과 같은 것은 더 좁게 개인적인 덕성이라고 할 수 있다. 그것은 개인의 생활에 관계되는 영혼의 특성을 나타낼 뿐이다.

그러나 자비나 관용성 또는 다른 대인 관계의 덕성 또는 애국심이나 집단을 위한 용기 같은 것도 단순히 영혼의 특성으로 존재할 수 있다. 차이는 덕목 자체보다 덕목이 그 실천자에 의하여 어떻게 내면화되었느냐에 관계되어 있다. 즉 어떤 덕목이든지 그것이 철저하게 내면화될수록 개인적 성향의 일부가 되는 것으로 보인다. 이렇게 말하면서 주목할 수 있는 것은 오늘날 이야기되는 사람의 도덕적 성격은 대체로 개인적 수련과는 별개의 것으로 존재하는 것으로 생각된다는 점이다. 예로부터 도덕적 인간이란 끊임없는 수련을 통하여 형성되는 것으로 생각되었다. 즉 수양이란 것이다. 이것은 근본적으로 내면적 반성과 교정의 과정을 의미한다.

여기에 대하여 오늘날 도덕적 행위는 인간에게 본래적으로 주어진 성품이나 충동을 그대로 제약 없이 발휘하기만 하면 되는 것으로 생각된다. 가령 이웃을 사랑하는 일은 특별히 배울 필요도, 수련할 필요도 없는 것이라는 느낌을 우리는 가지고 있다. 다만 자연스러운 사랑의 작용을 막는 것들을 억제하기만 하면 되는 것이다. 또는 충성심이나 애국심과 같은 것도 반복적 강조만으로 얻어질 수 있는 것으로 생각한다. 용기나 정의감 같은 것도 주어진 성향이나 자질로 의지력의 강화를 통한 북돋움만이 필요한 것으로 생각된다.

그러나 이에 대하여 조금 더 내면적 수련을 필요로 하는 덕목들이 있다. 생활과 행동에 있어서의 절제, 마음의 평정과 같은 것은 자연스러운 것이라기보다는 극기적 수련에 의하여 우리의 성향의 일부가 되는 것이다. 예의와 같은 것도 배워서 얻어진다. 관용성은 사물을 넓은 테두리에서 살피고 마음가짐을 그에 맞춰 보는 훈련에서 자라난다. 정직성, 성실성, 마음의 섬세함도 훈련될 수 있는 것이다. 무엇보다도 지적 균형, 공정함, 사리 등은 지적 훈련에 의한 도덕적 감각의 변용을 통하여 굳어지는 덕성들이다. 사실상 어떤 덕성들은 지적 훈련, 심미적 감성 훈련, 신체적 단련 등을 통하여 형성된다. 또 그것은 일시에 얻어지기 보다는 완성에 이르고자 하는 끊임없는 도정에서 근접될 뿐이다.

위에서 말한 집단적 덕성들은 주어진 성품을 그대로 발휘하거나 아니면 외적인 기율과 훈련을 통해서 얻어지는 것으로 생각된다. 물론, 이미 말한 바와 같이 집단적 덕성들도 내면적인 수양에 의하여 인간의 내면 속에 녹아들 수 있다. 그리고 안으로부터 넘쳐 나는 영혼의 특성이 될 수 있다. 이것이 아마 가장 높은 경지일 것이다.

오늘날에 잊혀진 것은 내면적 완성 과정으로서의 도덕적 품성이다. 그리하여 민족이나 정의나 충성에 의하여 모든 개인적 덕성의 부재가 보상될 수 있다는 생각이 통념이 되는 것을 보는 것이다. 오늘의 정치나 사회의 지도자 중 정치적으로 뛰어난 지도력을 보여 주는 사람들이 많지 않다는 개탄을 듣지만, 그보다도 높은 개인적인 의미의 도덕적 품격을 지닌 사람을 보기는 더욱 어려워진 것으로 보인다. 그것도 무리가 아닌 것이 오늘의 현실에서 정직, 성실, 관용, 지적 공정성 등은 정치에 있어서 이익보다는 손해를 주는 덕목들이다.

오늘의 근본 문제가 제도에 있는 것은 사실이나 인간에 대하여 부여하는 가치가 뒤틀려지게 된 데에도 문제는 존재한다. 이야기는 조금 차원이 달라지지만, 지금 한창 문제가 되고 있는 부천 성고문 사건과 같은 일이 일어나고, 묵인 또는 허용 또는 방조되고 은폐되는 마당에 오늘의 이 땅에서 인간과 인간의 도덕을 말하는 것이 무슨 소용이 있겠느냐 한다면, 그 이상 할 말이 없는 일이기는 하겠다. 이러한 사건은 정치는 고사하고 오늘의 인간성에 절망하게 하는 것이다.

(중앙일보, 1986년 8월 2일)

윤리적 가치의 정치화

최근에는 유달리 폭력 사건이 연이어 일어났다. 부천서 성고문 사건, 영동 살인 사건에 이어 이번에는 인천 뉴송도호텔 상해 사건이 우리를 놀라게 했다. 놀라게 하는 정도가 아니라, 우리 자신의 삶에 심한 불안을 느끼게 하고, 또 우리 사회에 대한 믿음을 근본적으로 흔들리게 하였다.

우리 사회의 폭력화의 원인을 간단히 지적하여 말할 수는 없다. 그러나 일단은 우리 사회의 지도층, 그것도 정치에서 그러한 원인의 원인 정도는 찾아 마땅한 것이 아닌가 한다. 가령 위에 든 몇 개의 사건 가운데에서도, 부천 사건이나 인천 송도 사건은 단순한 폭력 사건이 아니라 공권력이 관련되어 있거나, 관련 있는 것으로 보이는 사건들이다. 그러나 구태여 구체적인 관련을 논하지 않는다고 하더라도 정치 목적을 위하여 동원되는 수단이 그 윤리성을 가리지 않는 힘이 될 때, 그것이 사회 전체에 하나의 틀이 되고 전범이 되는 것은 자연스러운 일이다. 이런 의미에서도 민주화는 중요한 의미를 갖는다. 민주 정치는 힘의 사용을 합의로 대체하는 정치이기 때문이다. 국민적 압력에 노출되어 있는 정치일수록 인간의 기본적 상식 또는 인성의 본연의 모습에 가까운 것이 될 가능성은 크다고 하겠다. 이렇게 볼 때, 정치의 민주화와 더불어 사회의 폭력적 분위기가 완화될 것으로 기대해 볼 수 있을 것이다.

오늘날 민주화로써 이룩하고자 하는 국가는 대체로 자유 민주주의 국가다. 그러나 서방 세계의 모범적 자유 민주주의 국가를 돌아볼 때, 그 사회 상태가 반드시 이상적이 아님을 우리는 잘 알고 있다. 또 더 나아가 퇴폐·폭력·범죄는 자유주의 국가의 필연적 부산물처럼 보이기도 한다. 다만 그런 경우도 공공질서 자체가 여기에 가담한다고는 말하여지지 아니한다. 어쨌든 선의로 해석하면, 이러한 부정적 요소는 불가피한 자유의 대가라고 할 수 있다. 그것을 완전히 없애려고 할 때, 자유 그것도 증발해 버릴 가능성이 있는 것이다. 궁극적으로는 도덕적 쇠퇴의 원인은 자유주의 국가가 기능적 체제에 불과하다는 데에 있다고 말할 수도 있다. 국가는 상충하는 사회 각 부분의 조종 기구이지 그 자체로 어떤 윤리적 의의를 가지고 있는 것이 아니다. 여기에 윤리의 쇠퇴가 일어나는 것은 불가피하다.

오늘날의 자유 국가들이 보장하려고 하는 자유나 평등, 기타 다른 권리들이 중요한 윤리적 가치임에는 틀림이 없다. 그러나 그것들은 대체로 방어적인 성격을 가진 가치다. 그것은 적극적으로 추구되고 증대되어 가는 것이라기보다는 침해되지 않게 지켜져야 할 권리이다. 인간으로서의 최소한도 삶을 보장하려는 사회적 권리들의 경우도 그렇다. 이러한 상황에서, 자유주의 사회가 기술적 이성 또는 도구적 이성이 지배하는 사회라는 비판을 받게 되는 것은 이해할 만한 일이다.

그런데 요즘 여러 가지로 논의되는 헌법안들에서도 이러한 것을 느끼게 된다. 이 헌법안들은 그동안 우리가, 그것이 없어서 고생했던 많은 좋은 것들에 대한 규정을 담고 있다. 그럼에도 불구하고 거기에는 적극적인 의미에 있어서의 어떤 윤리적 가치 또는 일반적으로 문화적 가치가 결여되어 있거나, 또는 그것에 대한 규정이 결여되어 있는 것으로 생각된다. 더 단적으로는 국민의 의사와 정치 세력과 경제 세력이 어떻게 정치에 관계되어야 하는가에 대한 언급은 있으면서, 윤리적·문화적 가치가 우리 사회의 전체적 과정에 어떻게 관계되어야 하는가에는 아무런 언급이 없는 것이다.

윤리나 문화 가치의 제도화에 문제가 없는 것은 아니다. 사람을 구속하는 것 가운데 가장 억압적인 것이 정신 가치에 의한 억압이다. 자유 국가에서 종교와 국가를 엄격히 구분하는 것도 이 억압의 교훈에서 비롯된 것이다. 또 제도 속에 흡수된 문화 가치는 곧 공소화하고 타락하게 마련이다. 이것은 조선조에서도 볼 수 있는 것이다. 조선조 정치 제도의 큰 특징의 하나는 기능적 지식인이 아니라 인문적 지식인이 정치 과정에 끊임없이 윤리적·문화적 가치를 투입할 수 있었다는 데 있다. 홍문관, 예문관, 경연청, 사헌부, 사간원 등을 통한 여러 가지 언관·간관 제도, 또 일반적으로 관리에게 요구되는 유학의 교양들이 정치의 대강과 세말에 있어서, 또 사회에 있어서 윤리적 기준을 높이는 데 적지 않게 작용했을 것으로 생각된다.

물론 그 폐단은 새삼스럽게 말할 필요도 없이 다 알고 있는 일들이다. 다만 헌법을 통한 새 사회의 기초를 다듬는 일에 있어서 조금 더 적극적으로 문화적 가치가 사회의 공적 과정에 침투할 수 있게 하는 방법이 없을까 하는 생각을 해 보는 것이다. 어느 경우에나 그것은 쉬운 일도 아니며, 커다란 위험을 담은 일이기는 하다.

(중앙일보, 1986년 8월 30일)

이 세상의 시, 저 세상의 진리

불교 시 또는 종교시에 대하여

불교의 입장에서 쓰여지는, 또는 불교적 영감에서 출발하는 시가 어떠한 방식으로 존재하여야 하는가에 대하여 국외자가 왈가왈부하는 것은 주제넘는 일이다. 그것보다도 중요한 것은, 글을 써서 이래야 저래야 된다 하면서 다른 사람들이 하는 일에 참견하는 것은 어차피 주제넘게 마련인 까닭에, 불교의 진리와 관습에 대하여 국외자인 사람이 말하는 바가 의미 있는 발언이 되겠느냐 하는 것이다. 다만 그간 진관(眞寬) 스님과의 인연으로 《실천불교》를 지켜보는 입장에 놓인 까닭으로 주제넘기도 하려니와 뜻깊은 말을 할 수 없는 것을 알면서도 간단히 몇 가지 생각을 적어 볼까 한다.

얼핏 생각건대 종교적인 태도와 시적 태도는 서로 비슷한 것 같으면서, 근본적으로 다른 것이 아닌가 한다. 단적으로 말하여 종교의 눈은 저 세상을 향하여 있고, 시의 눈은 이 세상을 향하여 있다. 꽃과 나무와 산과 물, 사랑의 기쁨과 슬픔—이러한 것을 떠나서 시는 존재할 수 없는 것일 것이다. 또 시는 이러한 자연과 인정의 큰 덩어리보다도 그러한 덩어리에 어리는 잘고 여린 음영들에 관심을 가지고 있다고 말할 수 있다. 말하자면 시는 흐르는 물에 비치는 산색의 변화나 구름의 모양에 민감한 것이다. 이에 대하여 종교의 근본적 방향은 이런 형이하의 것들의 중요성을 인정하지 않는다. 그것은 감각과 관능의 유혹을 경계하라 하고 인간의 희로애락의 괴로움을 벗어나라 하고, 일체의 차안적(此岸的)인 것을 가상이나 미몽(迷夢)이라 한다. 그리고 무상(無常)한 것들이 아니라 불변(不變)의 영원(永遠)을 생각하여야 한다고 말한다. 시인이 가장 아끼는 언어도 시간과 분별(分別) 속에 일어나는 부현상(副現象), 에피페노멘(épiphénoméne)에 불과하다. 그리하여 종교의 근본 진리는 오히려 말이 아니라 말이 끊기는 곳에서 찾아진다. 사실 우리는 시인으로 출발하였다가 종교에 압도함에 따라 시를 버린 경우를 더러 보게 되기도 하는 것이다.

그러나 다른 한편으로 시라 하면, 종교나 마찬가지로 어떤 정신적인 것을 생각하고 시인 하면, 조금은 세속을 넘어서 있는 것으로 생각하는 속념(俗念)도 터무니없는 것만은 아니다. 시인이 희로애락을 말한다고 하더라도, 우리는 시인이 표현하는 것이 속인이 가지고 있는 희로애락의 칙칙함과 둔탁함을 가지고 있는 것으로 생각할 수는 없다. 시인은 넘쳐흐르는 뜨거운 정을 표현하되, '정밀(靜謐)한 가운데 되돌이켜진' 정을 표현한다고 한 워즈워스의 말은 상당한 진리를 가지고 있는 것이다. 시 속에 나타나는 희로애락은 어떻게 하여 정화(淨化)된 그것인 것이다. 시인이 즐겨 사용하는 자연의 이미지를 — 꽃이라든가 물이라든가 하늘이라든가 산이라든가 하는 것도 사실 인간의 정(情)을 자극하는 것이면서 또 다른 한편으로는 인간의 정에 대조되는 어떤 것 — 그것보다는 맑고 평화스럽고 높고 의젓한 것으로 그 깊은 의미를 갖는 것이다. 우리는 사람의 혼탁함과 뜨거움과 괴로움이 불러일으키는 현기증 가운데 이러한 자연의 맑고 서늘하고 평화로운 계시에서 어지러운 머리와 가슴을 식히고, 비틀거리는 몸을 지탱할 가슴을 얻는 것이다. 단적으로 말하면, 아무리 시인의 존재가 이 세상을 떠나서 있을 수 없는 것이라고 하더라도, 이 세상에만 빠져 있는 시인을 참으로 높이 생각할 수 있는가? 초월적 차원은 시인이 지니지 아니할 수 없는 비밀의 차원일 수밖에 없는 것이다.

이런 의미에서, 시의 진실은 종교적 진실에 이어져 있는 것으로 말할 수 있다. 다만 이렇게 말하면서, 첫 머리에서 말한 바와 같이 시가 이 세상의 아름다움과 기쁨을 떠날 수 없음을 잊을 수는 없는 일이다. 시가 종교에서 비슷한 면을 가지고 있는데도 불구하고, 종교적 내용을 가지고 시로서 시적 성공을 거두고 있는 시가 많지 않음을 우리는 보거니와, 그것은 종교적 영감에 크게 자극된 시가 이 세상과의 인연을 너무 멀리하기 쉽다는 것과 관계가 있는 일일 것이다.

그러나 잘 검토해 보면, 이것은 단지 종교의 진리의 초월적 성격 때문만이 아닌 면도 있다. 또는 더 나아가 시적으로 설득력이 없는 종교적 진리의 서술은, 어떻게 보면, 그 진리에 대한 체험 그 자체가 철저하지 못한 데 기인한다 할 수도 있다. 어떤 종교적 서술이 우리를 움직이지 못하는 것은 그것이 우리가 근접하기 어려운 높은 경지를 말하고 있는 때문이기도 하지만, 그것 자체가 새로운 깨우침을 주기에는 너무 공허한 공식처럼 되어 버리고 언어에 의존하기 때문이기도 하다. 불교의 진리를 담은 많은 말들이 이미 우리말의 일상적 어휘의 일부가 되어 있다. 악업(惡業), 이욕(離欲), 본각(本覺), 공심(空心), 적멸(寂滅), 진여(眞如), 무애(無礙), 해탈(解脫), 열반(涅槃), 제도(濟度) — 이러한 말들이 다 그러하다. 이러한 말들이 속인(俗人)에게 전혀 의미 없는 것들은 아니면서, 그렇게 깊은 내용을 전달할 수 있는 말들이 아니게 된 것은 틀림없다. 그리고 어떠한 사람이 그가 생각하고 체험한 것을 이러한 말들로 표현할 때, 그것이 참으로 깊은 깨우침에서 우러나오는 것인가 의심이 가기도 한다. 어떤 경지를 표현하는 데 있어서 전통적인 종교적 어휘를 사용하는 것은 피할 수 없는 것일 것이다. 그러나 그것이 속인에게 설득력을 가지려면 그것은 개인적인 경험 속에서 새로운 말로 쓰여져야 한다.

대체로 말하여 종교적 진리의 문제는 진리와 진리의 깨우침의 차이에 관계되어 있다. 흔히들 진리와 진리의 깨우침이 같은 양 착각하는 데서 많은 설법과 교육과 전달의 오류가 일어난다. 어떤 명제가 비록 옳은 것이라고 할지라도 그것이 나에게 옳은 것으로 생각되는 것은 진리의 단순한 서술과는 다른 과정인 것이다.

어떤 명제의 옳음을 우리가 수긍한다고 하더라도 그 수긍의 깊이도 여러 가지로 다를 수 있다. 그것은 건성으로, 머리로 하는 것일 수도 있고, 우리의 마음으로 또 우리의 존재의 전부를 들어 수긍하는 것일 수도 있다. 학교에서 시험 준비를 하느라고 배우고 외우는 것과 깊은 깨우침을 수반하는 앎 사이에는 차이가 있는 것이다. 깨우침은 마음 깊은 곳에서 일어나는 것이고, 머리보다는 감정에 관계되어 일어나는 것이다. 또는 더 일반적으로 말하여 그것은 우리 존재의 뿌리의 깊이에 관계되어 일어나는 것이다. 또는 바꾸어 말하면 우리의 존재라고 말하는 것은, 우리가 처해 있는 상황의 전부, 우리의 생애의 궤적과 오늘의 위치와 앞으로의 희망의 모든 얼크러짐을 지칭하는 것에 다름 아니기 때문에, 깨우침은 우리의 실존적 상황과 관계되어 일어나는 것이라고 말할 수도 있는 것이다. 이에 대하여 진리는 이런 구체적 계기를 초월하여 일반화된 명제로써 표현되기 마련이다. 이것이 때로 우리에게 공허하게 느껴지는 것은 당연하다. 깨우침의 언어는 이 공허함의 느낌을 꿰뚫어 들어갈 수 있어야 한다. 그러함에 있어서, 공식화된 언어들을 깨뜨리면서 다시 살리는 일은 필수적인 일이다. 이것은, 정도의 차이는 있을망정 우리 스스로 어떤 깨우침에 이르려고 하고, 또 이 깨우침을 일으키려고 하는 한, 종교의 경우에나 시의 경우에나 비슷한 것일 것이다.

이것은 결국 종교나 시나 경험의 세계 또는 체험의 세계에서 — 더 깊숙이 들어갈 도리밖에 없다는 말이다. 그러한 까닭으로 종교나 시 — 특히 시의 경우, 그것들이 나타내는 정신성은 모순된 과정을 갈무리하여 지니면서 표현되기 마련이다. 그것은 세상의 속에 있으면서 세상을 넘어가는 방식으로 존재한다. 이것은 종교보다는 시에 더 해당되는 말이라고 할는지 모른다. 그러나 종교에서 세간적 경험의 세계인 이 세상보다 진리의 세계인 저 세상이 중요하다고 하지만, 불교에서 가르치듯이, 궁극적으로 이 세계와 저 세계의 구분 그 자체도 망념(妄念)에 불과하다고 한다면, 이 세상이 어디 있고 저 세상이 어디 있는가? 어떻게 보면, 열반의 세계는 이 세상을 넘어 있으면서 이 세상에 있다고 할 수도 있고, 또 아무 데에도 있지 않다고 할 수도 있지 않은가? 어쨌든 시의 관점에서 또는 이 세상의 감각을 떠날 수 없는 예술의 관점에서는, 열반은 따로 있는 것이 아니고 바로 이 세상 속에 있는 것처럼 보인다. 시의 세계 또는 예술의 세계는 여느 삶의 세계보다 진한 세계이다. 이것은 다시 말하여 희로애락이 일상적 생활에서 보는 것보다도 더 강렬하게 표출된 세계라는 말이다. 이런 점에서도 이 희로애락의 희석화 또는 소멸을 이야기하는 종교의 요구에는 모순되는 세계이다. 그러나 예술이 티끌의 세계에 보통 이상으로 말려들어 간다 하더라도 그것이 거기에 그치자는 것은 아닐 것이다. 세간적인 것의 격렬화는 어쩌면 그것의 초월을 위한 방편에 불과하다고 해야 할는지 모른다. 영국의 시인 키츠는 이 세상을 눈물의 골짜기이면서 영혼을 단련해 내는 골짜기라고 말한 일이 있지만, 더 확대하여 희로애락의 의미는 그것을 통한 영혼의 단련에 있다고 할 수도 있다.

기독교의 신학자들은 이 세상에서의 악의 존재를 인간의 도덕적 위엄이라는 관점에서 설명하는 수가 있다. 즉 악의 가능성이 있기 때문에 인간은 선을 선택할 수 있는 도덕적 삶을 스스로 결정할 수 있는 주체적 존재의 위엄을 갖게 된다는 말이다. 악을 모르는 순진한 선의 세계가 바람직한 것임에는 틀림이 없겠지만, 악의 존재가 역설적으로 선의 존재를 확인해 주는 것도 사실이라고 할 수 있다. 그리하여 역설적으로 악을 알면 알수록, 그러면서 그것을 행하는 것을 단호히 거부하면 할수록 우리의 도덕적 의지는 굳건한 것이 된다고 할 수 있다. 불교에서 말하는 모든 고통의 근원인 욕심에서도 우리는 역설적인 정신적 의미를 발견할 수 있는 것이 아닌지 모른다. 우리가 오욕(五欲)의 타는 불을 알면 알수록, 그러면서 그것의 극복과 버림을 실천하면 실천할수록 우리의 영혼의 맑음은 더해지는 것이라고 할 수 있을는지 모른다. 욕망의 작용이 없이 어쩌면 우리는 세상의 의미조차도 알지 못할 것이다. 애착과 욕망은 결국 세상의 아름다움을 인식하는 도구라는 면을 가지고 있다. 그러면서 그것은 파괴적이다. 그것은 세상의 있는 대로의 모습을 파괴해서 내 것으로 삼고자 한다. 그러므로 세상을 우리 가슴에 포용하는 방법은 욕망의 길에 따라 세상을 알면서 동시에 세상으로부터 욕망을 거두어들이는 것일 것이다. 이것은 집착도 아니요, 무관심도 아닌 어떤 상태이다. 성인(聖人)을 생각할 때, 우리는 그가 세상의 모든 것에 완전히 초연한 사람으로는 생각되지 아니한다. 그런 경우, 그러한 성인은 너무도 우리로부터 멀리 있는 무관심의 존재일 것이다. 그는 우리에게 무한한, 그러나 우리의 세간적 집착과는 무관한 사랑을 가지고 있는 사람으로 생각된다. 그는 세상의 모든 것에 많은 애착과 욕망을 펼치면서 또 그것을 거두어들인다. 그는 욕망을 뻗치면서 욕망을 버린 사람이다. 악의 가능성과 그것의 단호한 거부가 우리를 도덕적 존재이게 하듯이, 애착과 욕망의 가능성과 그로부터의 후퇴, 그것의 체념이 우리를 성스러운 상태에 가까이 가게 한다고 말할 수도 있는 것이다.

이러한 것은, 결국 이 세상에 뜨거운 관심을 가지고 있으면서 그것에서 초월하는 시와 예술의 과정에서 미루어 볼 때 생각되는 일이다. 아름다움도 바로 이에 비슷한 양면성을 가진 인간 존재의 과정이다. 아름다움은 세계에 대한 애착이 없이는 느낄 수 없는 것이다. 그러나 이 애착은 어떤 공리적 행동적 결과로 나가는 종류의 것이 아니다. 그것이 이러한 삶의 과정의 복판에 있는 것은 틀림이 없겠지만, 그것은 동시에 이러한 유목적적 행동의 궤적으로부터 초연함으로부터 일어난 것이다. 아름다움의 세계에서도 일체의 대상물은 욕망의 움직임의 대상으로 성립한다. 그러나 그 움직임이 그치고, 그리하여 욕망의 대상이 욕망의 대상이기를 그치고, 그 자체로서 충분한 것으로 인정될 때 아름다움이 일어난다. 이러한 욕망의 움직임과 정지가 우리로 하여금 아름다움 앞에서 속수무책의 느낌을 갖게 하는 것일 것이다. 그러한 의미에서 아름다움은 우리를 이 세상에 묶어 놓으면서 이 공리적 삶으로 얽혀져 있는 세상을 넘어가게 하고, 동시에 시공을 초월한 초감각의 세계를 생각하게 한다.

이러한 성찰들이 불교 시에 무엇을 뜻하는가? 아마 여기의 이야기들은 시가 시로서 존재할 수밖에 없다는 말이 될 것이다. 시에 종교적인 영감이 있다면, 그것은 시가 숨 쉬는 이 세계의 변증법 속에 숨어 있을 수밖에 없을 것이다. 어쩌면 모든 진리가 존재하는 방법은 이 세상의 비진리의 과정에 숨어서 존재하는 것일 것이다. 우리가 이데올로기적 언어에 본능적으로 반감을 느끼는 것은 노출된 진리가 진리이기를 그치기 쉽기 때문일 것이다. 그렇다고 시가, 오늘날 흔히 보듯이 물질과 집착의 혼탁 속에 잡혀 있을 수는 없을 것이다. 이러한 혼탁으로부터 우리 시를 구하는 데 종교적 영감의 시가 중요한 역할을 할 수 있을 것으로 생각해 볼 수 있다. 다만, 종교의 진리가 궁극적으로 공심적멸지(空心寂滅地)에 있다고 하더라도 중생이 사는 세계에 있어서의 체험의 언어를 떠날 수는 없을 것이다. 어떤 경우에나 궁극적으로, 기독교의 한 신학자가 말했듯이, 이 세상의 모든 것은 그대로 “성스럽고 신적(神的)인 것의 심상(心象)이고 그림자” 아닌 것이 없다고 할 수 있는 것이다.

(실천불교 제4집, 일월서각, 1987)

한국 문화 새 지평 열었다

1980년대 결산: 민중 등장 활기 넘친 다양화 시대로

1980년대의 문화를 되돌아보는《동아일보》의 특집을 읽어 보면 그간의 우리 문화가 어느 때보다도 다양하고 활기찬 것이 된 것에 경탄하게 된다. 과연 일찍이 보지 못했던 문예부흥의 전야인 듯한 인상을 받기까지 하는 것이다. 물론 더 많은 활동들이 있고, 또 그것이 더 세련되고 정치한 것이 될 것을 기다리기는 하여야 할 것이다. 또 다른 한편으로 문화는 다양한 표현, 넘치는 활기를 뜻하기도 하지만, 조화와 통일을 뜻하기도 한다. 진정으로 우리에게 만족감을 주는 문화에 있어서 이 조화와 통일은 단순한 표현이 아니라 삶 자체의 통일을 표현하는 것이다. 그러면서 그 조화와 통일은 다양성과 활력을 희생하는 것이 아니라 그것을 오히려 북돋우고 고양하는 것일 것이다.

색채와 디자인의 다양화와 풍부화는 그간의 경제 성장에 힘입은 것이다. 보다 넉넉해진 물질생활은 우리의 감성을 보다 다양하고 풍부하고 세련된 것이 되게 한다. 그것은 물건과 옷, 환경과 활동에 있어서 보다 다양한 변화에 의하여 충족될 것을 요구한다. 물론 이것은 통속화와 경박화를 뜻하기도 한다. 새로운 문화는 자연 발생적으로 생겨난 것이기도 하지만 물품 생산과 판매의 메커니즘이 조장하는 소비주의가 생산해 낸 것이기도 하다. 이것이 통속화나 경박화를 가속시킨다. 그러나 다른 한편으로 이것은 민주화와 대중화의 한 측면이다.

어떤 문화적 표현들은 오늘의 사회의 다양한 삶의 한 부분을 이루면서 사실은 그것에 대하여 적대적인 관계에 있는 것들이다. 80년대의 가장 주목할 만한 사회 문화 현상은 민중의 등장이다. 민중의 에너지로부터 또는 그 에너지에 힘입어 가동된 여러 진보적 움직임, 예술, 놀이, 학술 활동에 있어서의 여러 움직임은 체제에 맞서 싸우면서 그것이 부과하는 금기들을 깨면서 성장하였다. 이것이 오늘의 다양한 문화적 표현의 일부를 이룬다고 한다면, 그것은 의도된 것이 아니다. 이러한 움직임은 또 다른 의미에서도 현상에 대하여 적대적이다. 그것은 다원성 자체에 대하여 적의를 가지고 있다고 할 수 있기 때문이다. 진보적·민중적 움직임의 관심은 삶의 다원성에 있다기보다는 삶의 통일성에 있다.

그러면서도 민중적 문화의 움직임이 오늘의 다양한 문화적 표현의 일부를 이루는 것임은 틀림이 없다. 그러한 자리매김을 거부하려는 의지가 그 투쟁성으로 나타난다. 그러나 참다운 판가름은 역사의 진전이 내어 줄 것이다. 즉 사회의 모순과 균열이 치유되는 쪽으로 사회가 발전된다면 반체제 문화는 의미의 상당 부분을 저절로 상실하고 체제의 일부가 될 것이다. 우리가 하는 일의 진정한 뜻은 종종 의식된 뜻에 의하여서가 아니라 그것을 넘어가는 현실의 숨은 뜻에 의하여, 그것이 실현하는 결과에 의하여 결정된다.

앞으로 경제가 계속 성장하고 우리 사회가 소위 선진국의 대열에 끼게 된다면, 문화의 다양성과 풍부함과 세련은 계속 늘어나게 될 것이다. 그러나 이 늘어나는 표현과 활동과 활력이 하나의 높은 질서 속에 통합될 수 있을는지는 지금의 시점에서 짐작하기 어렵다. 새로이 형성되는 문화가 일단의 스타일과 통일을 가지게 되기는 할 것이다. 그것이 삶의 물질적 외면과 정신적 내면을 하나로 묶어 줄 것인지 그것이 문제일 것이다. 경제의 바퀴는 그 나름의 축을 중심으로 하여 돌아가지만, 그것은 빨리 돌아가면 돌아갈수록 더 커지는 원심력을 만들어 내는 것으로 보인다. 그것은 사람을 추상적으로 하나가 되게 하면서 실질적으로는 뿔뿔이 흩어지게 한다. 경제의 고속 회전 속에서 문화 현상은 문득문득 현란한 색채와 모습을 던지고 사라지는 만화경(萬華鏡) 속의 꽃들에 불과하기 쉽다.

(동아일보, 1989년 12월 8일)

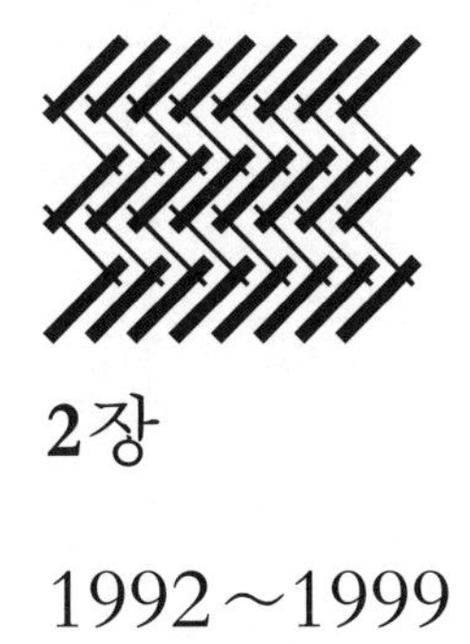

2장

1992~1999

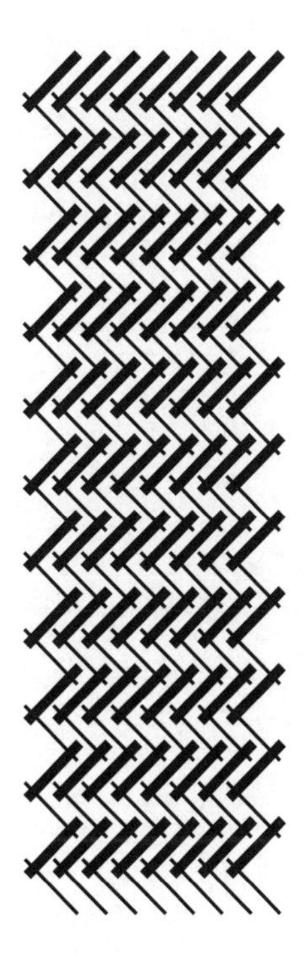

진보 진영의 현실적 대안은

요즘에 와서 사회 변혁을 위한 움직임의 열도와 날카로움이 1980년대에 비하여 상당히 줄어든 것은 부인할 수 없는 사실이다. 1980년대 개혁 운동의 사회적 이상, 즉 보다 민주적이고 정의롭고 도덕적인 사회에 대한 이상의 관점에서 오늘의 정세는 심히 실망스러운 것으로 생각될 수 있을 것이다. 진보적 이상과 세력의 쇠퇴는 정치 사회의 모든 면에서 느낄 수 있다. 앞으로 있을 대통령 선거에서도 현실 상황의 이러한 국면은 지속될 것으로 보인다.

대통령의 자리가, 적어도 사회 개혁의 관점에서, 세상에서 흔히들 말하듯 중요한 것인지 아닌지는 더 면밀한 고찰을 필요로 하는 것이지만, 그것이 보다 나은 사회로 나아가는 데 하나의 중요한 전략적 위치를 나타내는 것임은 틀림이 없다. 그런데 앞으로 나올 대통령이 진보적 사회 이상의 실천에 전략적 정점을 이룰 가능성은 별로 크지 않다. 물론 여러 후보를 비교할 때 민주적이고 정의롭고 도덕적인 인물이 누구인가 하는 판단이 불가능하지는 않을는지 모른다. 그러나 그는 우리 사회의 진보적 힘을 동원하고 그것을 현실 정치에 옮길 수 있는 입장에 있지는 않을 것이다. 그것은 개인적으로 어떠한 사회 이상을 가지고 있든 간에 그가 진보적 세력을 다수파로 하여 대통령에 당선될 수는 없을 것이기 때문이다. 이러한 현실적 전망에도 불구하고 보다 바른 사회를 이야기하고 그것을 위하여 움직이는 것이 무의미한 것은 아니다.

최근에 우리는 6·29 다섯 돌을 넘겼지만, 1987년 6월 29일이 민주화의 전기냐 아니면 사술에 의한 탈취 또는 변질을 기록하는 것으로 보아야 하느냐 하는 문제는 오랫동안 논란의 대상이 될 것이다. 그러나 그 해석이 어떠한 것이든 간에, 부정할 수 없는 사실은 6·29 전과 비교하여 그 뒤에 우리 사회는 좀 더 민주적인 체제로 나아갔다는 것이다. 6·29와 그 이후의 민주화를 가능하게 한 것이 민주화를 위하여 투쟁한 사람들의 힘이라는 것은 말할 필요도 없다. 다만 사회의 민주적 개혁은 그들이 바라는 만큼 나아가지 못했고, 무엇보다 그들에게는 아무런 보상도 영광도 돌아가지 않았다. 민주화에도 불구하고 사회는 여전히 문제로 가득 차 있고 사회의 힘과 영광은 대체적으로 어제의 그 사람들 손에 있는 것이다.

그러나 사람이 하는 일 가운데 100퍼센트 의도하고 기획한 대로 되는 일은 없다는 것이 인간사의 불변의 진리일 것이다. 한 사람이 의도한 것이 다른 사람에 의해서 완성되고, 또는 다른 사람에 의하여 탈취되어 완성되고, 그러면서 본래의 의도와 다른 것이 되는 것이 인간사의 흔한 과정이다. 이러한 사실을 받아들인다면 한 사람이 시작한 일이 다른 사람의 손으로 넘어간다고 하더라도 그것이 어떠한 형태로든 계속된다면 다행이라고 할 수도 있을 것이다. "어떠한 형태로라도"라는 말에 심한 회의를 느낄 수도 있지만 본래의 목적의 변질은 최선의 상태에서도 일어나는 일이다. 가장 강력하게 구축해 놓은 혁명의 체제에서도 변질은 가장 충실한 후계자로부터 시작된다.

그것의 정도와 질을 어떻게 평가하든 또 오늘을 주도하는 세력이 누구이든 간에 지금의 현실이 5년 전보다 민주적인 것이라고 한다면, 여기에 민주화 세력이 주된 역할을 한 것은 틀림없다. 다음에도 민주화 세력의 이러한 작용은 계속될 것이다. 다만 그것은 그동안 그랬던 것처럼 순수함만으로 영광이 없이 사회의 다른 힘과의 타협 속에서 행사되는 힘일 것이다. 이러한 현실에서 중요한 것은 어떠한 경로로 현실 세력과 타협하느냐 하는 것이다. 이것은 대통령 선거에서도 마찬가지다.

여기에서 타협의 방법은 어떠한 것인가? 진보적 세력은 무엇이 구체적으로 요구되는 정치, 사회, 경제, 문화의 프로그램인가를 계속 밝혀야 할 것이다. 동시에 그것은 사회적 힘에 의하여 뒷받침되는 것이어야 한다. 타협은 근본적으로 구체적 프로그램에 기초하여 이루어질 수 있다. 프로그램이 수용되는 것은 그 타당성과 다른 입장으로부터의 수용 가능성에 의하여 결정되겠지만, 더욱 중요한 것은 그것이 얼마나 현실의 힘으로 바뀔 수 있는 지지 기반을 가지고 있느냐 하는 것이다. 어쨌든 프로그램 또는 그 일부를 받아들이는 세력에게 지지를 보내는 일이 현실적 정치 대안이 될 수 있는 것이다. 이러한 타협으로도 이루어지는 것이 적지만은 않을 것이다. 다만 이루어지는 일의 영광은 그것을 수용한 권력자에게 돌아가고, 사회의 진보적 인사들은 얼마나 오랫동안 국외자로 남아 있을 수 있을는지 모를 일이다.

(한겨레, 1992년 7월 14일)

새해에 복 많이 받으세요

정월도 어느새 반이 지나갔지만 아직도 새해 인사를 주고받는다. "새해 복 많이 받으세요." 모두가 선선하게 다른 사람에게 복이 주어지기를 기원하는 것인데, 과연 모두에게 돌아갈 복이 그렇게 있을 것인가? 복을 돈으로 본다면, 인플레를 유발하지 않고 모든 사람에게 모든 사람이 원하는 만큼의 돈이 돌아가게 할 수는 없을 것이다. 밥이나 땅 등의 한정된 자원과 자산 또는 사회의 높은 자리 같은 경우에도, 모든 사람에게 충분히 돌아갈 수 있는 것이 없을 것이다.

그러나 복을 지구나 나라의 자원에 의하여 한정되는 것이 아닌 어떤 무형의 것으로 생각해 볼 수도 있다. 돈이 많다고 반드시 행복한 것이 아니고, 사회적 지위나 명예도 그것을 보장하는 것이 아니라는 말은 못난 사람들의 시새움을 삭이게 하고 울적을 달래기 위한 말만은 아니다. 물론 이것은 복보다는 행복을 두고 하는 말이다. 우리말의 어감으로 볼 때 복은 행복보다는 물질적이고 사회적인 요소를 포함하는 것으로 생각된다. 복은 부귀·다남자·장수 등과 같이 가는 것이어서, 개인이나 가족의 물질적·사회적 번영이 없이는 복 많은 사람으로 칭하여지지 아니한다. 그러나 시골 마을에서 밥술이나 먹으면서 화목하게 잘 사는 아들딸 가진 노인이 복인이라고 불렸던 것을 보면, 복은 충분히 작은 규모여서 여러 사람에게 돌아갈 만한 것이었는지 모른다.

이에 대하여 행복은 조금 더 개인적 가치에 기초를 둔 개념이다. 행복은 복의 경우보다 물질적 조건 또는 사회적 평가와 무관할 수 있다. 행복에는 마음의 상태가 상대적으로 중요하다. 기본적인 물질적·사회적 조건이 확보되지 아니하고서는 오래가는 행복이 없겠지만, 그래도 마음먹기에 따라 행복은 있을 수도 있고 없을 수도 있다. 행복하기 위해서 무엇을 지속적인 가치로 생각할 것인가? 나의 행복은 나 자신의 발견을 전제로 한다. 무엇이 나를 행복하게 하는지를 알아야 한다. 그러나 길게 보면 행복은 나의 일을 찾음으로써 생겨난다. 그것은 보람의 느낌을 우리에게 주는 일이라야 한다. 그런데 나의 삶의 어떤 본질을 실현해 주면서 동시에 더욱 많은 사람에게 행복과 복을 돌려주는 것을 가능하게 하는 일이 참으로 보람 있는 일이기 쉽다. 이러한 일의 행복은 개체적 삶의 특수성이 허용되고 그 삶의 다양한 기여가 가능하게 되어 있는 민주적인 사회에서 성립한다. 우리나라에 이러한 행복에 대한 인식이 있는가?

요즘 한창인 입학시험의 지원 경향이나 전형 방법을 보면 우리 사회가 아직은 그러한 상태에 있지 아니함을 알 수 있다. 더 놀라운 것은 장관이 임명되는 절차이다.(그것이 공적인 토론을 거치는 절차이면 좋을 것이라는 점은 여기서는 접어 두기로 한다.) 장관에 임명되는 사람은 마치 자기 나름의 삶을 살던 사람이 아니라 장관에 발탁되는 것만을 기다리고 있었던 사람이라는 인상을 준다. 이러한 모욕적 인상은 절차 때문일 수 있다. 임명되는 사람은 자신의 의사와 능력에 대해서 전혀 자기 점검할 여유를 부여받지 못한다. 해 오던 일에 관련된 의무를 정리하고 마무리할 시간적 여유도 필요 없는 것으로 생각된다. 각자는 각자의 독특한 삶의 궤적이 있고, 의무와 보람이 있고, 행복이 있고, 이 모든 것에 대해 일생을 쌓아 온 판단이 있다는 것이 인정되지 아니하는 것이다. 아니면 사람들은, 모든 것을 희생하고, 생각보다는 더 나라를 위하여 봉사할 각오가 되어 있는지도 모를 일이다. 아니면 최고의 행복은 역시 정부의 높은 자리에 있고, 사람의 행복과 복과 보람은 이 정점으로부터 서열적으로 흘러내리는 것일까.

후진국의 특징의 하나는 자원의 배분이 주로 정치적 위계의 경로를 통하여 이루어진다는 것이다. 나라의 모든 일은 이 궁극적인 배분 경로에 나아가는 도약대에 불과하다. 우리도 이러한 사회 단계에 있는 것일까. 어쨌든 정치계의 인간관은 극히 냉소적이다. 우리 정치는 아직 자신의 삶과 사회의 필요에 대하여 일정한 판단을 가지고 행동하고 산다는 것이 사람의 위엄의 핵심을 이룬다는 것을 인정하지 않는 것이다. 그러나 우리 사회가 좀 더 민주화되어 가고 있는 것은 사실일 것이다. 행복은 민주적인 가치이다. 사람들은 각자가 스스로 발견하고 창조하는 삶의 궤적에서 행복과 보람을 찾고 그것을 통하여 사회에 기여할 수 있다. 민주적 사회에서 새해의 머리에 서로 복과 행복을 비는 것은 빈 인사만은 아니다. 우리는 "새해 복 많이 받으세요."를 위선의 느낌을 갖지 않고 말해도 좋다.

(한겨레, 1994년 1월 15일)

물 관리의 우선순위

낙동강의 오염으로 인한 물난리가 조금 조용해진 듯하다. 물 문제가 일단은 견딜 만한 정도에서 균형을 잡은 것이 아닌가 하는 생각이 들지만 근본적인 해결이 있었던 것은 아닐 것이다. 생존에 직결된, 식수 문제가 위기에 이른 얼마 동안에 많은 제안들이 나왔고, 이 제안들에 따라서 장기적인 대책들도 마련될 수 있을 것이다. 문제는 방안이 없다기보다 그것을 현실화할 만한 의지가 있는가 하는 것인지 모른다. 그러나 의지에 못지않게 생각과 방안을 정리하는 것도 중요한 일이다. 물을 비롯하여 자연과 환경의 보전을 위한 대책을 마련하는 데에, 과학적·기술적 검토가 가장 중요한 것임은 말할 나위도 없다. 그러나 동시에 상식적인 차원에서 우리의 가치와 우선순위를 검토하는 일도 필요하다.

여기에서 다시 확인하려는 것은 물의 경우에 그것을 오염시키지 않는 것이 제일이라는 초보적인 사실이다. 그리고 더러워진 물은 그 오염의 근원에 가까운 부분에서 즉시 깨끗이 하는 것이 좋다. 물론 물을 늘 깨끗이 유지한다는 것은 어려운 일이다. 더러워진 물을 다시 깨끗하게 정화하여 쓰는 일도 불가피하다. 국가나 자치 단체의 상수도 정화 시설이나 오수 처리 시설 등은 더러운 물을 재생하는 일에 관계된다.

물을 깨끗하게 유지하려면 물을 사용하는 당사자들이 처음부터 조심하여야 한다. 그것은 우리 모두의 책임이다. 세제의 사용, 하수와 분뇨의 유출, 쓰레기 버리기 등에 한 사람 한 사람이 조심하는 것이 큰 결과를 가져올 수 있다. 그러나 더 중요한 것은 공장, 골프장, 목축장 등 대량의 오염물을 산출할 수 있는 곳에서의 오염 관리이다. 시민 개개인의 차원에서도 오염의 근본이 되는 세제나 쓰레기를 공장에서 생산·보급하지 않는다면 오염 문제는 상당 정도 통제될 수 있다. 법과 행정의 강제력을 통하여 또 경제적인 인센티브를 부여하여, 오염의 단초에 환경 보호 기준을 높여야 한다. 이것이 국가적 차원의 정화 시설의 설치·개선보다도 우선되어야 한다.

공해 문제 해결을 위한 특별세를 신설해야 한다는 제안, 그것도 이 세금으로 정화 시설을 설치·유지해야 한다는 발상도 이러한 관점에서 평가될 필요가 있다. 청정 환경의 유지에 어느 정도 국민의 공동 부담이 있어야 한다는 당위를 완전히 피할 수는 없지만, 원천적인 오염의 방지를 제일 원칙으로 삼는다면, 일차적인 부담은 오염의 생산자들에게로 당연히 돌아가야 한다. 물론 환경비의 부담은 생산비를 높이는 결과를 가져올 것이다. 그러나 그것은 어떻게든지 들여야 하는 비용이다. 생산자가 내지 아니하면 사회가 내야 한다. 자본주의적 공업 생산의 원가 계산은 흔히 그 비용의 상당 부분을 사회에 떠맡기고 계산에 넣지 않는 것이었다. 환경의 한계가 이제는 더 엄격한 원가 계산을 요구하고 있고, 이것은 불원간 국제적으로도 피할 수 없는 것이 될 것이다.

환경의 유지에 사후 처리가 아니라 사전 처리가 중요하다는 것은 환경 유지 비용의 절감과 비용의 공정한 부담을 생각하는 데에 하나의 원리가 되지만, 더 중요한 이유는 자연환경의 원리에서 온다. 동물 생태학자 콘라트 로렌츠는 물에 대하여 이렇게 쓴 바 있다. "물은 H_2O이다. 그것은 수소를 산화함으로써 합성할 수 있다. 그러나 자연의 물이란 단순히 H_2O만은 아니다. 그것은 수많은 요소, 물에 공존하고 있는 수많은 생물의 조합이다. 그것은 동물과 식물과 박테리아가 이루는 균형체로서, 이것들이 합쳐서 비로소 자연의 물이 성립한다." 기계적 정화 과정으로 먹을 물을 만들어 낼 수는 있지만, 환경 전체의 관점에서 그러한 물은 여전히 죽음의 물이다. 로렌츠는 정화에 의존하는 상수도 체계 그리고 강이나 호수의 인위적 처리 위험성에 대해서 경고하였다. 우리가 원하는 것이 단순히 마실 만한 물만이 아니고 깨끗한 환경 — 사람이 살 만한 환경이라면, 물을 처음부터 더럽히지 않는 것이 중요한 것이다. 궁극적으로 깨끗한 물이 아니라 살아 있는 물이 사람과 자연을 살린다.

(한겨레, 1994년 1월 29일)

능력과 필요에 따른 교육

우리 교육에서 가장 이해할 수 없는 일은 입학시험 제도와 관계되는 법석이다. 그중에도 어처구니없는 것은 시험 제도를 이리저리 잘 바꾸어 놓으면 고등학교나 대학 교육이 잘 되어 가리라는 기대이다. 그 나름의 중요성과 역할이 있는 것은 사실이겠지만, 교육을 교육다운 것으로 만드는 본질적인 일들을 그것이 대신해 줄 것인가. 그런데 종이 위의 도표 바꾸어 그리기로 교육이 좋아질 수 있다는 생각은 교육 정책 일반에서 유달리도 눈에 뜨이는 경향이다. 말할 것도 없이 교육은 잘 가르치고 잘 배우게 하는 일 이외의 것이 아니다. 그것을 위한 조건의 구체적인 조성을 위하여 쉬임 없이 노력하는 것 말고는 다른 방법이 없다. 교사의 처우를 개선하고, 학급과 학교의 수용 규모를 작게 하고, 그 시설을 확대 개선하며…… 이러한 뻔한 일들이 필요한 것이다. 교육에 대한 생각도 단순한 근본으로 돌아가는 것이 필요하다. 교육의 핵심은 시험하고 증명하고 하는 것이 아니라, 한 사람 한 사람의 교육적 계발이다.

시험과 증명의 한 효과는 교육을 너무 획일적인 '수월성'의 기준으로 보게 한다는 것이다. 이것이 교육의 목표와 내용을 왜곡한다. 우수한 인재의 양성이 교육의 목표라고들 말한다. 요즘 이것은 국가 경쟁력의 강화를 위해서 필요한 것이라며 경제 제일주의를 타고 더욱 강하게 주장된다. 우수한 인재의 양성—이것이 교육의 중요한 사명의 하나라는 데에는 이론이 없을 것이다. 그러나 우수하다는 것은 어떤 기준에 의한 것인가? 실질적으로 이것은 성적을 말하는 것이지만, 지능을 비롯한 인간 능력의 계발과 그 사회적 필요에 대한 일반적 믿음이 수월성의 이상 밑에 들어 있다.

그러나 일반적인 의미의 우수성이란 구체적인 상황이나 개인의 행복의 요구에 맞아 들어가는 것이 아니기 쉽다. 운동선수의 우수성과 과학자의 우수성과 기계공의 우수성이 같은 것일 수는 없다. 자라나는 아이들은 기계를 만지는 데에서, 식물을 기르고 동물을 돌보는 데에서, 남과 어울려 움직이는 데에서, 몸을 활발하게 쓰는 일에서, 또는 추상적 관념의 세계를 탐색하는 데에서 나름의 흥미와 능력을 발견하고, 그것을 한껏 펼치는 일을 보람으로 느낄 수 있다. 이러한 일들에서 추구하는 우수성이란 전혀 가치가 없는 것인가? 말할 것도 없이 사회 전체의 관점에서 개인적인 행복만이 교육의 목표일 수는 없다. 사회가 필요로 하는 것은, 요즘 주장되듯이, 과연 우수한 첨단 과학자이고 경영자일는지 모른다. 그러나 첨단 과학자나 지도자만 있고, 지도를 받는 사람, 첨단이 아니라 뒷전의 과학에 충실한 사람, 또는 자기의 작은 일을 본받을 만하게 과학적으로 해 나가는 사람은 없어도 사회가 잘되는 것일까?

만인의 경쟁에서 생겨나는 일반적 우수성의 개념은 개인이나 사회에 대한 획일적이고 간단한 사고에서 나온 기준이다. 사회는 수없이 다른 기능들을 포함하고, 이것들의 종합으로 이루어지는 유기체라는 관점이 사실은 사회의 실상에 좀 더 맞아 들어가는 것이 아닌가 한다. 전체의 필요라는 관점에서는, 서로 다른 기능들은 독자적인 몫을 가지고 있어서 나름대로 구실하며 조화를 이루는 것이지, 하나의 자로 우열을 가릴 수 없는 것들이다. 사람들이 천차만별까지는 아니더라도 상당히 서로 다른 개성들—취향과 능력과 필요를 가지고 있다는 것은 다행한 일이다. 이들이 스스로의 능력과 필요에 따라서 그 나름의 우수성을 추구하는 결과로 그들의 행복이 얻어지고 사회 전체의 다기한 일들이 이루어질 수 있기 때문이다. 국가 경쟁력 운운하지만, 행복하고 창의적인 사람들이 사회의 각 부문 각 수준에서 고르게 자기 나름의 우수성을 발휘하는 사회는 경쟁에 패배하는 사회일까? 잘 산다는 나라가 참으로 몇몇 천재의 첨단 제품, 신안 특허의 상품 덕으로 잘 사는 것인지를 여러 나라를 두고 살펴볼 일이다.

교육을 개혁한다고 한다. 우수한 인재를 길러 낸답시고 대다수의 사람들은 죽든지 말든지 알아서 하라는 식의 제도를 개선하는 것을 제일의 과제로 삼을 일이다. 지금까지의 체제는 불행한 사람들을 양산하는 체제일 뿐만 아니라 귀중한 재능들을 낭비하는 체제였다. 경쟁·시험·성적 순위의 강박증에서 벗어나, 한 사람 한 사람의 재능을 발견하고 그것을 북돋워 개인의 행복과 귀중한 사회적 자원의 보존에 기여하게 하는 제도가 이를 대치하여야 한다. 적어도 교육 제도를 대학이나 높은 자리만이 아니라 각자에게 자기 나름의 보람된 자리를 찾아갈 수 있게 하는 다리가 되게 설계하는 일은 교육을 생각하는 사람들의 사회적 의무이다.

(한겨레, 1994년 2월 13일)

교수 계약 임용 제도의 환경

대학의 질을 높이기 위하여 교수들을 더 열심히 일하게 해야 한다고 한다. 그 방법의 하나로 나온 것이 교수 계약 임용 제도이다. 새로 임명된 젊은 교수를 일정 기간의 계약으로 임명하고, 그 다음 업적의 평가에 기초해서 재임명 또는 종신 교수로 채용한다는 것이다. 벌써 이 제도를 도입·실시하기 시작한 대학들이 있는데, 이것은 발전적인 일로 받아들여지는 것으로 보인다. 계약 임용제는 미국의 제도를 본뜨려는 것으로 보인다. 사정이 다르다는 점을 충분히 고려하지 아니하고 남의 제도를 모방하는 것은 위험한 일이다. 뿐만 아니라, 그것의 옹호는 미국의 계약 임용제의 전제를 충분히 검토하지 않은 데서 나오는 것이 아닌가 한다.

계약 임용은 자칫하면 직장을 잃게 될지 모른다는 걱정을 수단으로 하여 교수들로 하여금 가일층 분발·연구하게 하는 구실을 할 수 있다. 또 그것은 학교 간에 교수 인력의 소통을 활발하게 하는 데 기여할 수도 있다. 그러나 압력 속에서 이루어지는 연구와 출판이 반드시 좋은 일일 수만은 없을 것이다. 쓸데없는 연구와 출판이 촉진되고, 참으로 창조적이기보다는 정해진 틀 안에서의 속성 연구를 조장하는 풍토를 만들어 내는 등의 폐단이 생길 수 있다. 이보다도 보이지 않는 폐단이 클 수도 있다. 학문 세계에서 경쟁적 시장 원칙의 지배는 학문 세계의 삶을 삭막한 것이 되게 하고, 급기야는 학문의 경향 자체를 비인간화하여 저절로 살벌한 인간관이 인간 이해의 본보기가 되게 할 수도 있다.

그러나 여기에서 내가 주로 말하고자 하는 것은 무엇보다도 계약제의 인간적 대가이다. 박사 학위를 받은 다음 조교수가 되어 3년에서 어떤 경우는 7년까지 근무하고 나면 40세 전후가 된다. 계약 갱신이 되지 않은 40세 전후의 조교수는 어디로 갈 것인가. 다른 직업 훈련을 받은 일도 없을 것이고, 새로 무엇을 배우기에는 나이로도 아마 너무 늦은 때일 것이다. 나이로 보아 가족에 대한 책임도 상당히 커져 있을 가능성도 크다. 그러나 이러한 문제점에도 불구하고 학문과 사회의 발전을 위해서 어느 정도의 희생이 나는 것은 불가피하다고 할는지 모른다. 그러나 개인에 못지않게 사회적 손실도 적지 않을 것이다. 해직된 사람의 개인적 고통은 곧 사회 문제가 될 것이다. 사회 문제가 아니 된다고 하더라도, 오랜 투자의 결과인 훈련과 지식이 사장되는 것은 개인에 못지않게 사회의 낭비이다.

위의 장점이나 문제점은 계약 임용제의 원조인 미국에서 볼 수 있는 것이다. 그러나 미국의 제도가 제도의 비인간적 측면을 당연한 것으로 전제하는 것은 아니다. 미국 대학의 계약 임용은 수준 미달의 교수를 제거한다는 단순한 경쟁 원칙에 입각한 것이 아니다. 미국에는 4000여 개의 대학이 있다. 그리고 이 대학들은 각기 성격을 달리한다. 연구와 대학원 교육에 주안점을 두는 대학이 있고, 자그마한 규모로 학부 교육을 충실히 하려는 대학이 있다. 대학에 따라서는 전인 교육을 또는 전문 교육을 또는 직업 교육을 중요시한다. 엘리트 교육을 목표로 하는 대학이 있고, 대중 교육을 지표로 삼는 대학이 있다. 이러한 차이는 불가피한 사정으로 그렇게 정해지는 면도 있지만, 대학에서 스스로의 위치를 그렇게 규정하기 때문에 생기기도 하는 것이다. 대학의 성격에 따라서 필요로 하는 사람과 시설도 다르게 마련이다. 한 대학에서 계약이 갱신되지 아니한 사람은 다른 대학에서, 또는 다른 종류와 다른 급수의 대학에서 자리를 찾을 수 있다. 그리고 어느 정도는 직장 이동은 탈락이 아니라 전체 체제의 조절 작용이라고 생각하는 위안을 가질 수 있다. 한 사회의 제도를 다른 사회로 단순하게 이식하려는 것은, 나무의 눈에 보이는 부분만을 옮겨다 놓고 무성한 나무로 자라기를 기대하는 것과 같다. 계약제는 한국에서는 미국에서와 비할 수 없게 냉혹하고 낭비적인 것이 될 가능성이 크다. 우리의 좁은 바닥에서 한 대학에서의 탈락이 일자리와 사람 사이의 조절로 작용할 가능성은 거의 없다.

계약제의 문제는 이것만이 아니다. 더 핵심적인 것은 심사의 공정성 문제이다. 그것의 해결이 없이 계약제는 기대와는 전혀 다른 결과를 낳을 가능성이 크다. 심사 공정성의 전통을 어떻게 만들어 갈 것인가. 이것은 달리 생각해 보아야 할 중요하고 복잡한 문제이다.

(한겨레, 1994년 2월 27일)

돈 봉투의 행복

얼마 전 신문에 보도된 한 설문 조사 결과에 따르면 교사들 절대다수가 우리 교육의 중요한 문제의 하나로 지적하고 있는 것이 교육계 내의 부패이다. 그런데 흥미로운 것은 같은 교사들의 과반수가 정도를 넘는 것이 아니라면 금전이 들어 있는 봉투를 학부형으로부터 받는 것을 긍정적으로 본다는 사실이다. 앞의 반응에서 교사들의 도덕적 감성의 건전함이 확인된다고 한다면, 그것은 뒤의 반응에서 금방 부인되어 버리는 듯하다. 봉투를 주고받는 것을 부도덕한 것으로만 볼 일은 아닌지 모른다. 예물의 교환은 그 나름의 아름다움을 가진 예로부터의 관습이고, 사은의 예의는 교사의 경우 특히 뚜렷한 전통이 되어 있었다고 말할 수 있다. 그러나 그간의 봉투를 에워싼 여러 문제들을 생각한다면, 정도의 여하를 막론하고 그것이 이제는 예절의 범위에 들 수 없는 것이 되었음은 너무나 분명하다.

그러나 설문 조사에 나타난 도덕적 일관성의 결여, 또는 모순을 탓하는 것은 사물의 바른 원근법을 잃어버리는 일이다. 그러나 그것이 우리 사회의 도덕적 실상의 한 증후인 것은 틀림이 없다. 여기에 드러나는 것은 도덕적 판단이 밖을 향할 때와 자기 자신을 향할 때가 다르다는 것이다. 이것은 새삼스럽게 놀랄 것이 없는 일이다. 남의 눈에 티는 보고 제 눈에 들보는 보지 못하는 것이 사람이다. 그러나 제 눈의 들보를 보지 못하는 일은 개인적인 흠으로 인한 것이라기보다 우리 사회의 도덕이 가진 특정한 성격에서 그렇게 되는 것이 아닌가 하는 생각이 드는 것이다.

나무는 열매로 안다. 도덕은 도덕적 행동으로 증거된다. 도덕적 행동은 다른 사람과 사회에 일정한 영향을 끼친다. 그런 결과 도덕은 주로 밖에 나타나는 결과, 특히 사회적 결과로 판단된다. 우리가 부도덕을 문제 삼는 것도 그것이 사회 정의를 손상시키기 때문이다. 도덕의 사회적 의의가 중시되는 것은 우리의 전통이 늘 사회성을 높이 산 까닭이기도 하지만, 다른 한편으로 그것은 우리의 고통스러웠던 현대사를 반영한다. 억압과 불의의 환경에서 도덕은 사회적 요청으로 일차적 중요성을 갖는다. 급기야 그것은 투쟁의 무기로서만 의미를 갖는다. 그 외의 관점에서 도덕은 사치요, 감상에 불과하다.

그러나 도덕의 본질은 오히려 그 내면성에 있다. 그것은 내면적 요구로서 일어난다. 내면적이란 사람의 마음의 바탕에 도덕적 삶에 대한 갈구가 있다는 말이지만, 더 간단하게는 부도덕한 일은 그것의 옳고 그름에 대한 판단 이전에 하기가 싫게 되어 있는 것이 사람의 마음이란 말이기도 하다. 도덕은 행복하기 위하여 필요한 것이다. 교육의 현장에서 봉투를 받는 일은 사회의 바른 질서라는 관점에서도 문제이지만 자신의 삶을 떳떳하게, 매임이 없이, 싫은 일 하지 않고 사는 데에, 또 스스로의 삶에 긍지와 보람을 느끼며 살아가는 데에도 도움이 되는 일은 아닐 것이다.

행복한 삶에 대한 관심은 소시민적인 것이다. 그러나 이러한 작은 행복의 조건은 좋은 사회의 궁극적인 요건이라고 할 수도 있다. 정부에서 막대한 액수의 불우 이웃 돕기 성금을 거두어 다른 목적에 사용했다고 한다. 정부에서 받은 이 돈 봉투는 적당한 용도에 사용된 것인지도 모른다. 그러나 자기 삶의 도덕적 행복을 생각하는 사람이 정치의 책임을 맡고 있다면, 이 일은 그 사람의 행복을 심히 저해했을 것임에 틀림없다. 반강제성의 것에 '성의'라는 거짓 이름을 붙인 것, 불우 이웃 돕기라는 도덕적 명분을 거짓 이용한 것, 국민을 속이고 국가의 도덕적 권위를 손상하는 일에 참여한 것, 이런 것이 도대체 혐오스러운 것이다.

요즘 농협 회장 구속에도 돈 봉투 문제가 끼여 있는 것으로 보인다. 그러나 돈의 액수가 소액이고 '관행적인' 일이기 때문에, 돈을 받은 정치인은 조사하지 않는다고 한다. 이 봉투의 행방이 조사되든 아니 되든, 밖으로 드러나든 아니 드러나든 그로 인하여 자신의 도덕적 행복이 손상된 것을 심히 괴로워하는 사람이 있을 것이다. 아니면 그러한 작은 행복을 생각하는 사람은 애초부터 정치라는 큰일에 끼어들지를 아니하였을까. 참으로 좋은 사회는 스스로의 도덕적 행복을, 또는 행복을, 또는 손상 없는 삶을 대가로 지불하고는 자리도 재물도 가까이 하기 싫은 사람들이 보통인 사회일 것이다. 도덕적 삶은 사회를 위하여 받아들이는 자기희생이 아니라 자기의 행복의 일부이기도 한 것이다.

(한겨레, 1994년 3월 12일)

남북 평화와 체제적 사고

지난 3월 19일 남북 실무자 회담에서 북쪽의 대표는 서울이 불바다가 되는 전쟁의 가능성을 말하고 퇴장하고, 이에 따라 남쪽도 미국을 비롯한 서방 세계와 발을 맞추어 강경 대응책으로 맞서게 되는 것으로 보인다. 그렇다고 이러한 대결이 곧 파국 상태, 즉 전쟁과 같은 상태에까지 이르는 것은 아닐 것이다. 힘의 관계 조정에는 허허실실 강온 전략들이 여러 가지로 동원되게 마련이고, 유리한 고지를 차지하려는 의도에서 나온 이러한 움직임은 궁극적으로는 어떤 종류의 평형점에서 정착하게 되는 것일 것이다.

핵전쟁이 어떠한 조건에서도 정당화될 수 없다는 것은 대체적으로 오늘날 세계적으로 받아들여지고 있는 공리가 되었다. 1950년대에 반핵 운동을 주도하면서 버트런드 러셀은, 핵을 써서라도 공산주의라는 악의 세력 확산을 저지할 준비를 하여야 한다는 극단적 반공논리에 답하여, 가령 소련 공산주의가 역사상 가장 사악한 체제라고 하더라도 핵전쟁을 무릅쓰기보다는 최악의 공산 체제 지배 아래에서나마 목숨을 부지하는 것이 좋다고 말하였다. 여기에 논리가 중요한 것은 아니지만, 논리는 인간이 살아

남는 한에서만 새로운 가능성, 반공주의자의 입장에서는 비공산주의의 가능성도 있다는 것이다. 정책 수행의 수단에는 정당한 목표의 수행을 위한 것이라도 쓰여서는 아니 되는 것이 있다. 핵은 그 한 가지에 불과하다.

다시 핵전쟁의 문제는 북한의 핵 보유 가능성 또는 남한의 핵 보유 가능성에 의하여서만 저울질할 수 있는 것은 아니다. 핵 보유의 문제는 미국에도 해당하고 중국에도 해당된다. 그러나 당장에 우리에게 중요한 것은 핵전쟁이나 거의 비슷하게 극한상황이 되는 전쟁의 가능성을 피하는 것이다. 전쟁의 가공성에 대해서는 말할 필요도 없다. 그러나 건설의 고통도 적은 것은 아니다. 80년대까지의 통계를 정리하여 만든 유엔개발계획의 인간발전 지표에 의하면 조사 대상이 된 130개국 가운데 남한은 34번째, 북한은 45번째에 들어 있다. 이것은 대체로 구미의 소위 선진국이라는 나라들의 다음 그룹에 속하는 자리다. 이러한 지표들이 삶의 실상을 정직하게 반영하는 것은 아니지만, 세계 빈국의 수와 6·25 이후 우리의 비참했던 상황을 생각해 볼 때, 이것은 그런 대로 우리의 마음을 뿌듯하게 할 만한 업적이다. 그러나 여기에 들어간 적극적 또 비판적 노력과 고통을 돌이켜 볼 때, 그것은 남북 어느 쪽도 다시 되풀이하고 싶지 않은 과정일 것이다.

목표와 수단의 균형에 대한 섬세한 고려의 부재는 우리 사회의 명분주의에 관계되어 있다. 명분주의가 반드시 나쁜 것은 아니다. 그것은 공적 가치를 사사로운 이익의 위에 두려는, 수백 년의 도덕적·사회적 훈련으로 하여 얻어진 귀한 생각의 습관이다. 그러나 추상적인 관념이나 가치를 절대화하는 정신적 습관은 명분주의에 관계되어 있다. 어쨌든 우리는 혁명이나 정치 체제나 국가는 절대적이고 불가분의 것이며, 어떠한 희생도 정당화한다고 너무 쉽게 생각한다.

최근에 멕시코의 치아파스에서 마야족 농민들의 반란이 있었다. 살리나스 정부는 놀라운 타협을 통하여 여기에 일단의 해결을 찾았다. 정부는 반란을 일으킨 사파티스타 요구의 정당성을 인정했을 뿐만 아니라 그 요구의 하나인 공정 선거가 관철될 때까지 반란군의 무장 유지를 수락하였다. 모든 정부 권력의 핵심인 법질서의 정당성에 대한 주장과 폭력 수단 독점을 포기한 것이다. 80년대의 광주 항쟁에서도 이와 비슷한 교훈은 있다. 그것은 어떠한 정부도 문제될 만한 생명의 희생 위에 존립할 수 없으며, 그러한 경우에는 차라리 정부가 새로 구성되는 것이 마땅하다는 것이다. 이러한 것들이 말하여 주는 것은 국가나 체제가 그렇게 절대적인 것도 불가분한 것도 아니라는 것이다. 추상화된 이념, 또는 추상적으로 파악되는 체제가 아니라 구체적인 삶의 현실이 중요하다.

혁명이나 체제는 핵으로 수호되어서는 아니 된다. 그러나 그러한 태도에 대하여 또 다른 체제적 발상으로 대응하는 것도 좋은 일은 아니다. 남북 어느 쪽이나 그 나름의 정책이 있고, 그때그때의 전략이 있을 것이다. 우리가 희망하는 것은 추상적 명분을 넘어서서 구체적으로 생각되는 민족의 삶에 대한 고려가 잊혀지지 아니하였으면 하는 것이다. 이런 고려에서 볼 때, 어떤 종류의 정책 수행 수단은 포기되어 마땅하다. 포기되는 수단이 많아질수록 우리는 평화적 통일에 가까이 가게 될 것이다.

(한겨레, 1994년 3월 27일)

사람은 무엇으로 사는가

지난해는 나에게는 어느 때보다도 바쁜 해였다. 일복이 많은가, 욕심이 많은가, 이렇게 반성을 해 본다. 그런데 바쁜 삶은 작년만의 일이 아니고, 여러 해를 두고 가속적으로 그렇게 되어 온 최근의 결과이고, 또 그것은 나 홀로의 일이 아니라 주변의 많은 사람에게서 보는 것이고, 주변의 사정들과 맞아 돌아가는 것이다. 20년 전에 나의 직장의 학생 수는 지금의 반도 되지 아니하였다. 다른 사정은 변하지 아니하였는데 수가 불어나니 서비스해야 할 고객이 많아지는 것은 당연하다. 그런 데다가 서비스를 향상하여야 한다는 압력은 날로 증대해 간다. 이것은 숫자상 분명한 예를 든 것에 불과하다. 대체적으로 우리 사회 전반에서 일은 많아져 가고 일의 강도에 대한 요구도 커져만 간다. 이 모든 것은 사회의 에너지 증대를 나타내고 우리가 이 에너지에 말려드는 것일 텐데 이것은 환영해야 할 일인지 모른다.

그러나 이러한 사태가 행복에 도움이 되는 것은 아니다. 나의 개인적인 형편이나 우리 사회의 일반적인 상황은 톨스토이의 이야기, 「사람에게는 얼마만큼의 땅이 필요한가」를 생각게 한다. 농부 바흠은 가난한 소작농에서 시작하여 자기 땅을 조금 장만하게 된다. 그러나 더 넓은 땅의 필요는 계속 생겨난다. 땅을 넓혀 가던 그는 어느 광활한 초지에 이르러 그 초지에 땅을 얻을 계획을 한다. 그는 촌장으로부터 하루 동안 걸어서 표지를 할 수 있는 모든 땅을 자신에게 주겠다는 말을 듣는다. 넓은 땅을 재어 넣으려고 죽을 노력을 한 끝에 바흠은 "허어, 장하구려! 땅을 완전히 잡으셨소!" 하는 촌장의 말을 귀에 들으며 피를 토하고 쓰러져 죽는다.

요즘 듣는 이야기는 모두 세계이고 경쟁이고 경쟁에 이기는 일이다. 맞는 이야기인가. 맞고 안 맞고가 문제가 아니라 그러한 것을 가늠할 마음의 틈이 안 일어나고 바람을 일으키고 바람으로 몰아가는 것이 중요하다는 것이 요즘 세상의 철학이다. 남의 이야기는 잘 듣지 않게끔 되어 있는 것이 우리의 귀이니, 소리를 부풀리고 정신을 혼미하게 하여야 일이 될동말동하므로 짐짓 이러한 철학이 등장하는 것일 것이다. 이러나저러나 정치학자들이 설법하듯이 국가의 논리가 톨스토이식의 개인적 도덕의 문제와 같을 수는 없는 것이라 할 수 있다. 그렇다 하더라도 사람이 사는 것은 개인과 이웃과 자기 사회의 내에서다.

국가의 논리가 무한한 땅을 필요로 하는 것인지는 모르겠다. 땅 욕심만 컸던 바흠의 죽음이 바흠에게 불행한 일인 것은 분명하다. 그러나 죽게 되는 것이 바흠이라면 바흠 없이는 바흠의 영토의 사회적 의미도 지속될 수 없을 것이다. 또는 바흠이 있어도 그 사회는 이미 파괴된 사회일 것이다. 그는 토지를 넓히는 과정의 싸움질을 통해 이웃을 잃고 평화와 겸허와 행복을 잃었다. 자기 마음의 참모습을 들여다보고 사람의 한계를 알고 이웃과의 관계를 올바르게 하는 것이 사람의 사는 방식이라는 이야기는 또 다른 톨스토이의 설화에 나온다. 옛날 옛적 이야기다. 그러나 적어도 개인과 우리의 보통 이웃의 관점에서는 오늘에도 의미가 있는 이야기일 것이다.

최근에 도착한 외지에 폴란드의 영화감독 크시슈토프 키에슬로프스키가 은퇴한다는 소식과 함께 그와의 인터뷰 기사가 나와 있다. 우리나라에서도 더러 상영된 「십계명」, 「베로니크의 이중생활」, 「청백홍 삼부작」 등으로 세계적 명성을 얻은 그는 쉰두 살밖에 되지 않는다. 그는 어려운 처지의 폴란드에서 나와 프랑스에 자리를 잡고 영화를 만들면서 명성을 누리고 있었다. 이 모든 것을 그는 버리겠다는 것이다. 영화의 세계는 정직한 세계가 아니며 그 세계의 가치는 자기 가치와는 전혀 다르다고 그는 말한다. 그는 폴란드로 돌아갔다. 그는 공산주의를 증오했었지만 지금의 폴란드는 옛날보다 더 나빠졌다고 말한다. 그런대로 옛날에 존재했던 우정과 인간관계는 사라졌다. 죽음도 존경도 사랑도 돈을 주고 거래되지 아니하는 것이 없다. 이기주의가 당대의 지배적인 철학이 되었다. 그러나 그는 그곳에서 그가 좋아할 수 있는 사람들과 더불어 안식을 찾아보겠다고 말한다.

그가 얻은 성공이 아쉽지 아니한가. 성공이란 역설적인 것이어서 그 안에 있는 사람은 느끼지 못하는 것이고 밖에서 볼 때만 존재한다. 그것은 우리가 잃어버렸을 때에야 비로소 잃어버렸음을 깨닫는 것이다. 인터뷰의 기사가 암시하고 있듯이 키에슬로프스키의 이러한 말들은 성공한 사람의 궤변인지도 모른다. 성공은 더 넓은 세계로 나아가는 것을 뜻한다. 그 세계는 낯선 삶들의 세계다. 오늘의 형편으로는 이 낯선 세계의 사람들은 이익과 이용과 힘에 의해서만 맺어진다. 키에슬로프스키가 찾는 것은 자신이 가깝게 여기고 좋아할 수 있는 사람들, 좋아할 수 있는 세계에서의 안식이다. 그는 그곳에서만 그의 기본적인 가치를 유지할 수 있다고 본다. 그의 은퇴 결정이 인간의 참 행복에 대한 하나의 깊은 깨우침을 나타내는 것임은 틀림이 없다.

(동아일보, 1995년 1월 8일)

재능의 발견과 사회적 관리

이번에 내한한 노벨상 수상 작가 오에 겐자부로의 아들 오에 히카루는 그 나름의 이름을 가진 작곡가다. 그의 음악은 그 자체로서보다도 거기에 따른 사연으로 사람들에게 감동을 준다. 그는 지진아로서 모든 다른 면에서 정상적인 발전을 못하였음에도 불구하고 작곡가가 된 것이다. 이것은 오로지 그의 아버지와 이웃의 사랑과 도움 덕택이다. 자라면서 말도 배우지 못하는 아들을 안타깝게 생각하던 아버지는 그가 소리에 대하여 매우 특이한 감수성을 — 새소리를 식별하고, 그의 피아노 교사의 말로는, 눈 내리는 소리에까지도 감응하는 감수성을 가진 것을 발견하고 피아노 교육을 시키게 되었다. 그의 교사는 감성과 성향의 흐름에 맞춘 매우 유연한 피아노 교육 중에 그가 스스로 멜로디를 만들면서 즐긴다는 것을 알게 되었다. 이것이 그를 작곡의 길로 가게 하였다. 오에는 음반의 해설에서 아들의 음악을 통해서 아들의 내면과 통하게 된 그의 커다란 감격을 적고 있다.

이러한 이야기는 우리에게 참으로 교육이 무엇인가를 생각하게 한다. 그것은 우리 속에 숨어 있는 자질을 찾아 길러 주고, 우리로 하여금 주어진 삶을 헛되지 않게 살 수 있게 도와주는 과정을 말한다. 이것은 공리주의를 넘어가는 높은 이상에 대한 이야기지만, 사회의 인적 자원을 쓸모 있게 쓴다는 점에서도 중요한 일이다. 오늘날 사람들은 일반화된 시험에 의하여 획일화된 틀 속에 집어넣어지고, 이 과정에서 고무도 받지만, 더 많은 경우 상처를 입고 낙인찍히고 자신의 값진 삶의 의미를 잃어버리게 된다. 시험이나 지능 테스트는 획일적 일반적 능력을 재는 일이다. 사람의 재능이나 능력이 그렇게 일반적으로 재어질 수 있는 것인가, 또는 그것에 의하여 사람을 평가하고 낙인찍는 일이 개인적으로나 사회적으로나 좋은 일인가.

미국의 신경과 의사 올리버 색스는 보통 정도의 지능도 갖지 못한, 세간적 의미에서의 정신 박약자들이 가진 놀라운 능력에 대한 재미있는 관찰들을 모아 책을 낸 일이 있다. 가령 수학자는 물론 컴퓨터도 쉽게 계산해 낼 수 없는 고단위의 소수(素數, prime number)를 마음대로 찾아내고 그것으로 놀이를 만들어 내는 백치가 있다. 이 소수의 박사 겸 백치보다도 더 흥미로운 경우는 음악의 대가이면서 백치인 사람의 경우다. 이 사람은 정신 분열증 환자로서 정신 병원에 수용되어 있었다. 그는 그 자신에게나 주변에나 불행만을 가져오는 사람이었지만, 한 가지 특이한 욕구를 가지고 있었다. 음악이 있으면 그는 완전히 평화를 찾을 수 있었다. 그의 음악에 대한 그리움을 인정하지 않는 정신 병원은 그의 정신병을 깊게 할 뿐이었다. 다행히 그의 음악 취미는 색스에 의하여 발견되었다. 그는 음악의 지식에 있어서는 천재였다. 그는 오페라를 2000개나 알고 있었는데, 낱낱의 오페라 공연의 역사도 모두 알고 있었다. 또 음악의 백과사전인 아홉 권의 글로브 음악 사전을 외고 있었다.

바흐의 교회 「칸타타」 202개를 소상히 알고 있는 것은 그에게 새로운 삶을 찾는 데에 도움이 되었다. 어떤 칸타타가 어느 일요일 어느 축일에 연주되어야 하는가를 알고 있는 그는 한 교회의 음악 고문이 되어 정상적인 삶을 살 수 있게 되었다. 그의 음악 지식은 오페라 가수였던, 그리고 그를 극진히 사랑했던 아버지가 동기가 되어 얻어진 것이었다. 음악에 있어서의 초능력에도 불구하고 다른 모든 면에서 또 사회생활에 대한 지식의 면에서 그는 여전히 정신 박약자이며 저능자였다. 이러한 경우를 보면서, 우리가 생각하는 것은 천재 중의 상당수는 모든 것을 잘하는 게 아니라 이러한 음악 천재 바보처럼 어떤 특정한 활동 분야에서만 매우 비상한 능력을 가진 경우일 수 있다는 것이다. 그러한 천재가 또는 천재로 계발될 수 있는 사람이 자상스러움이 없는 집체주의적 교육제도와 지능 측정, 시험 제도 속에서 정신병자가 되고 범죄자가 되는 경우는 없는 것일까.

교육 개혁을 한다고 한다. 개혁을 연구하는 분들은 모든 사람이 자신 속에서 발견되는 재능을 통하여 삶의 기쁨을 알며 사회에도 기여할 수 있게 하는 교육의 방도를 생각해 주었으면 한다. 우선 획일적 측정과 시험을 폐지하는 것부터 시작할 일이다. 시험은 시험자의 약점을 시험하는 것이 아니라 강점을 발견하고자 하는 것이라야 한다.

(동아일보, 1995년 2월 5일)

세계화와 보통 사람의 삶

많이 이야기되는 '세계화'라는 말의 뜻을 정확히 알 수는 없지만 그것은 대체로 우리 사회가 정치, 경제, 문화 등의 관계에서 국제적으로 경쟁할 수 있는 체제를 갖추어야 한다는 말인 것 같다. 그런 점에서 그것은 바깥을 의식하면서 하는 말이다. 그런데 안으로 잘사는 일은 어떻게 할 것인가. 밖에서 싸울 채비를 하자는 것도 안으로 잘사는 것을 위한 것일 터이니까 밖을 의식한 세계화를 하다 보면 안으로 잘사는 결과가 될 것으로 믿을 수도 있다. 그러나 역점을 어디다 두느냐에 따라서 하는 일은 달라지게 마련이다.

세계적인 수준의 경제력, 정치의 민주화, 사회 계층 간의 평등화, 사회 관계의 평화화, 문화와 교육의 향상 등등 — 이러한 일들을 사람들은 해야 할 일로 말해 왔다. 이러한 것들이 안으로 세계화하는 내용이 되는 것인지 모르겠다. 어쨌든 가속화되는 국제적 소통의 시대에 사람들은 우리 삶의 많은 분야가 세계적 관점에서 수긍할 만한 수준에 이르지 않는다면 만족하지 못할 것이다. 그러나 이러한 과제들의 수행 정도가 반드시 보통 사람에게 세계적 수준의 삶을 산다는 만족감을 주지는 아니할 것이다. 큰 발전도 보통 사람에게는 일상생활에서의 이만하면 좋은 삶이라는 느낌이 되어 현실이 된다. 이러한 느낌이 어떻게 하여 생기는 것인지를 간단히 말할 수는 없지만 이왕에 세계화의 말이 나왔으니 우리 자신의 느낌을 떠나서 밖으로 보는 단순한 척도를 생각해 보자.

관광객은 우리의 삶을 어떻게 볼까. 남의 땅이라도 지나다 보면 이런 곳이라면 살 만한 곳이라는 느낌이 드는 데가 있을 수 있다. 우리의 고장이 지나는 사람에게 그러한 느낌을 줄 만한 곳이 된다면, 그것이 세계화의 한 척도가 될 수 있는 것이 아닐까. 안견의 걸작의 하나로 「몽유도원도」를 든다. 풍광의 명미함에 대한 추구가 도원향의 이상과 합치는 것을 보여 주는 예이다. 관광의 동기 하나는 몽유 도원의 충동이다. 연전 회의차 캐나다 서부에 갔을 때 들은 이야기지만 그곳에는 여행차 지나는 길손으로서 그냥 주저앉아 살게 된 사람들이 상당수 있다는 것이다. 2차 대전 때 독일 포로로 캐나다에 압송되어 왔다가 수용소의 철망 밖으로 보이는 풍경과 사람들이 좋아서 전후에도 독일로 돌아가지 않고 주저앉아 살게 되었다는 사람이 텔레비전에 나온 것을 본 일도 있다.

우리나라에 오는 사람 가운데 돈 때문만이 아니라 주저앉아 살고 싶을 정도로 냉큼 우리 사회의 삶에 감탄하는 사람이 얼마나 될까. 보기에 휘황찬란한 것이 있는 것도 관광객을 끄는 한 요인이겠지만 잠시의 눈요기를 떠나서 중요한 인상들은 하고 사는 것이 정갈스럽다든가, 사람들이 친절하고 정직하다든가, 조금 더 깊이 들어가 일상생활이 편리하다든가, 또는 더 소극적인 측면으로 말하여 속임수와 아귀다툼이 없이도 무난히 지낼 수 있다든가 하는 일에 관계되는 것들일 것이다. 물론 근본은 사회적 기능과 제도이겠지만 우선은 작은 것들이 인상에 포착되는 것일 것이다.

이 작은 것들은 일상적인 삶의 질에 관계되는 것들이다. 그런데 지나가는 세계의 손님은 그만두고 우리의 일상적 삶이 살 만한 것인가. 길 다니기가 편한가. 문밖출입이 안심되는가. 아이들이 동네에서 놀 만한가. 물건 사기가 편한가. 친한 친구가 아니라도 사람 대하기가 겁나는 것이 아니라 즐겁고 반가운가. 고장 난 것 믿고 수리를 부탁할 수 있는가. 이러한 것들이 다 일상생활에서 해결되어야 할 문제들이다. 그런데 대체로 이러한 것들은 하찮은 문제로 생각된다. 또 사회의 큰 기능과 제도가 넉넉해지면 저절로 풀려나갈 것이라고 한다. 그보다도 그것들은 정책적으로 바로잡아 나갈 수 없는 것처럼 생각된다. 그러나 도시 계획, 특히 동네 정리를 위한 계획, 편의 시설 또는 상업 시설의 허가 제도, 공정 거래, 기술 및 서비스의 기준 향상을 위한 법 제정과 제도 운영 — 이러한 것들이 다 일상생활의 문명도를 높이는 데에 관계되는 일이다. 정책 차원에서 살 만한 동네 가꾸기를 집중적으로 고안해 봄직도 하다.

내가 만난 외국인 가운데에는 자기 나라와 고장을 떠나서는 일주일도 살기 싫다고 하는 사람이 있었다. 고향이나 고장 또는 고국에 대한 지나친 집착도 문제가 없는 것은 아니겠지만 지나는 관광객이 아니라 제자리에 눌러 사는 보통 사람들이 일상생활의 차원에서 사랑과 감사의 마음으로 제 고장을 세계에서도 빼어난 곳이라고 느끼고 거기에 집착하는 날이 오면 그날이 우리의 삶이 세계화된 날일 것이다.

(동아일보, 1995년 3월 5일)

정치

힘과 봉사

당연한 말이지만, 선거는 나라나 마을의 일을 맡아 할 사람을 뽑는 일이다. 사실은 뽑는다기보다는 사람을 골라 부탁하는 것이라 할 수 있는 일인데, 뽑든 부탁하든 일을 맡아 나서는 사람이 적지 않으니 여간 다행한 일이 아니다. 자기 일 하기도 쉽지 않은 것인데 남의 일, 여러 사람들의 어려운 일을 맡겠다고 나서는 일이 쉬운 일일 수가 없다. 플라톤의 『공화국』에는 이런 논리에서 정치 지도자 구하기가 어려우리라는 생각을 말하는 대목이 있다. 최근에 미국에서 대통령 물망에 올랐던 한 인사가 보다 많은 사사로운 시간을 갖기 위하여 대통령 출마를 포기한다는 발표를 한 이야기가 보도된 바 있었다. 이러한 일이 흔한 일은 아니다. 1950년대의 선거 포스터에는 "아무개 선생을 국회로 보냅시다" 하는 표현이 자주 쓰였다. 적어도 그때 풍토로는 이 정도의 겸손을 수사적으로라도 표현할 필요가 있었다. 그러나 대체로는 과거에나 오늘에나 공직 또는 공복의 자리를 맡겠다는 사람이 없어서가 아니라 많아서 문제가 되는 것이 현실이다.

요즘에 와서 특히 그러한 것처럼 보이는 것은 애국심, 공공심, 고양된 정의 의식으로 인한 것이기도 하고, 민주적 참여 의식의 보편화로 인한 것이기도 할 것이다. 그러나 더 많이는 다시 관직으로 되돌아간, 공직의 보상과 위세가 지극히 높은 것이 된 때문이기도 할 것이다. 이 위세는 큰 것에도 있지만, 작은 것에도 있다. 내가 아는 젊은이가 외국인을 안내하여 국립극장에 간 일이 있는데, 제자리에 앉아 있는 이들에게 높은 사람의 비서가 와서 뒤에 앉아 있는 그분의 시야가 막히지 않게 자리를 옮겨 앉아 달라는 요구를 하더라는 이야기를 최근에 들은 일이 있다. 관직 또는 공직의 위엄이 이러한 것이다.

우리 사회의 통념적 인간학은 권력과 힘의 추구를 인간 행동의 가장 중요한 동기의 하나로 본다. 각종 정치 마당의 갈등이나 사회 각 부문의 위계적 관계에서의 숨은 알력은 그만두고라도 길거리에서 차를 세우고 싸우는 사람들 사이에서도 이것은 일상적으로 확인되는 것이다. 그러나 인간사의 많은 데에서 문제는 사실의 존재 자체가 아니라 그것의 과도함이고 치우침이다. 과도함에는 그만한 이유가 있을 것이다. 사람은 이미 가진 것이 아니라 갖지 못한 것을 원한다. 우리 사회에는 심리적으로나 현실적으로나 사람을 무력하게 하는 요소가 많다. 그리하여 과도한 권력 지향이 나타나고, 그 밖에 있는 삶은 그 소용돌이 속에서 무의미한 것이 된다.

권력이 사회의 중요한 동력인 것은 틀림이 없다. 그러나 정상적인 사회에서 그것은 그에 반대되는 것들로 중화되게 마련이다. 그렇지 않고는 사회가 제대로 돌아갈 수가 없다. 각자의 그 나름으로 충실한 삶에 대한 존중, 이것도 중화 요소의 하나이다. 권력에는 남을 통하여 자신을 확인하고자 하는 동기가 들어 있다. 자기 나름의 충실한 삶은 정치에서 이러한 동기를 약화시킨다. 그러나 더욱 중요한 것은 사회의 통상적인 관행으로서의 겸양이다. 이것은 사회적 차원에서의 겸손을 말하는 것이지만, 충실한 자신의 삶을 산다는 것과 관계가 없는 것은 아니다. 자신에의 충실은 자신에 대한 엄정한 평가를 포함하고 거기에서 당당함과 함께 겸허가 나온다.

어떤 사회가 권력과 자기 과대화의 동기로만 움직인다고 한다면, 긴장과 갈등이 그 사회에서 한시도 떠날 수가 없을 것이다. 힘의 무서운 마찰을 피하고 사회 운행을 원활하게 하는 윤활유가 예절을 포함한 여러 가지 겸손의 사회 절차다. 우리 사회에서 아주 없어진 것이 내면적 덕성으로서 성립하는 겸허이고, 사회의 행동 양식으로 요구되는 겸양이다.

정치는 권력의 추구이면서 동시에 공공 봉사의 괴로운 사업이다. 그러나 그것은 사람의 행복의 원천이기도 하다. 정치 철학자 아렌트는 정치의 핵심을 공공의 행복에서 찾았다. 공공의 행복은 여러 사람이 같이 움직이는 데에서, 또 거기에서 새로운 인간적 능력을 표현할 수 있게 되는 데에서 온다. 이 행복이 권력 정치의 살벌함을 순화하고, 정치적 봉사의 어려움을 기쁨으로 전환하는 것일 거다. 그러나 오늘 우리의 상황에서 필요한 것은 무엇보다도 괴로운 일을 괴로운 일로 알면서도 맡아 할 봉사의 일꾼이다. 물론 거기에 공공의 행복이 따르기도 할 것이다. 선거철에 떠오르는 생각이다.

(동아일보, 1995년 4월 2일)

역사의 재평가

군사 정부가 물러간 후 정치적 분위기가 누그러짐에 따라 1961년 이후의 군정에 대한 적대감도 조금은 누그러지며 그에 따라 그 업적을 보다 객관적으로 평가하려는 기운이 일어나고 있다. 그 근대화의 업적을 다시 인정하면서 군사 정권에 전면적인 정당성을 부여하려는 노력이 보이는 것이다. 그리고 이 재평가의 기운은 더 확대하여 이승만 정권에까지 미치기도 한다. 이 시기의 여러 발전이 오늘의 근대적 경제에 이어지는 것은 사실이겠지만 이 발전에만 기초하여 지나간 시대를 평가하려는 것은 인간 행동의 여러 차원을 널리 살펴보는 일이 아니며 또 진정한 의미에서 역사를 이해하는 일도 아니다.

우리 현대 문학의 많은 부분은 일제하에 이루어졌다. 또 우리 문학을 연대적으로 읽어 가다 보면 일제하에 이루어진 근대적 발전의 흔적에 부딪치게 된다. 전기, 철도, 공장, 산업 시설 등이 등장하고 이것들이 민족의 삶이라는 관점에서 반드시 긍정적인 결과를 가져오는 것은 아니겠지만 우리 사회의 근대적 변화를 가져오는 것은 사실이다. 또 문학의 어떤 부분은 파

행적일망정 이러한 근대적 발전에 밀접한 관계를 가지고 있다. 그러다 보면 근대화의 관점에서는 일제 통치를 전면적으로 부정할 수 없다는 생각을 할 수도 있다. 한 시대를 전체로 싸잡아서 긍정하거나 부정한다는 것이 너무나 단순한 인식임에는 틀림이 없다. 아무리 나쁜 시대라도 그 시대의 모든 것이 나쁠 수는 없다. 이것은 일제 통치에도 해당될 것이다. 그러나 이러한 인정은 일제를 전면적으로 긍정한다는 것과는 별개의 문제다.

그런데 부분적인 업적의 경우에도 그 발전적 성격을 말하기 전에 생각하여야 할 점이 몇 가지 있다. 우선 일제가 아니었다면 우리 자신의 힘으로는 그런 발전 또는 보다 바른 발전이 이뤄질 수 없었던가를 물어야 한다. 이 대체적 역사에 비추어서만 역사 속의 근대적 발전은 평가될 수 있을 것이다.

그러나 더 중요한 것은 인간 행동의 장으로서의 역사에 들어 있는 도덕적 차원이다. 사람의 행동은 그 현실적 결과 — 발전적 결과 — 에 대한 계산으로만 결정될 수는 없다. 사람의 행동과 결과의 사이에는 여러 변수들이 끼어들게 된다. 사람의 지혜는 이 모든 변수를 참작하면서 10년, 20년, 100년을 내다보기에는 너무나 짧다. 뿐만 아니라 양심은 사람의 행동을 결정하는 강력한 정열의 하나이다. 행동의 현실적 결과를 생각하지 않고 행동하는 것도 무책임한 일이지만 손익 계산의 결과에 관계없이 일어나는 양심의 요구도 인간 본성의 일부다. 또 이것이 우리의 삶을 높게도, 살 만한 것이 되게도 한다. 물에 빠진 아이를 구하기 위해 물에 뛰어드는 사람이 그 성공 여부 또는 공적을 생각해서 그러는 것은 아니다. 도덕적 행동은 역사의 대세 속에 하나의 작은 삽화, 시대에 역류하는 반작용에 불과할 수도 있지만 인간의 삶에 결실성을 부여하는 주요한 근원이다.

일제 시대를 되돌아보면서 그 시대에 어떤 종류의 근대적 발전이 있었음을 인정한다고 하더라도 그것으로 시대 전체를 판단하는 것이 옳을 수 없음이 분명하다. 물론 사실이 사실됨을 부정하는 것도 협량한 일이다. 다만 인간 행동의 총체적 의미에서 그것은 일부에 불과하다. 인간은 역사의 대체적 또는 도덕적 견지로서 오늘과 부딪친다. 그리고 오늘 이 자리에서의 선택, 또 선택으로 이루어진 결과들이 합쳐 넓은 의미의 역사 — 인간 행동의 장으로서의 역사 — 를 이룬다.

군사 정권의 시대가 일제와 같은 것일 수는 없다. 그러나 역사 평가의 대상으로서는 비슷한 복합적 요소를 지닌다고 할 수 있다. 어느 시대의 경우나 모든 것을 부정만 하는 것도 사실적 태도가 아닐 것이다. 역사의 한 시기는 대체로 완전한 가(可)도 완전한 부(否)도 아니다. 그것은 전면적으로 거부될 필요도 수락될 필요도 없는 여러 사실과 동기와 가능성의 집적일 뿐이다. 사람이 할 수 있는 것은 오늘 이 시점의 양심에 따라 보다 인간적 미래를 선택하는 일이다. 또 이것은 과거가 되어 버린 역사에서도 보다 깊은 인간적 의미를 이루는 요인이다.

(동아일보, 1995년 4월 30일)

해외 교포 한국 문화

나는 이번 봄에 한국 문학을 가르치면서 미국의 하버드대에서 보냈다. 한국 문학을 가르친다는 것은 여러 가지로 간단하지 않은 일이다. 교재나 자료에도 문제가 있고 수강생들의 예비지식에도 문제가 있지만, 내 마음에 더 중한 것은 한국 문학 교수의 의의였다. 그러나 한 학기가 거의 다 지난 지금 와서는 이 의의에 대하여 조금은 무엇인가 이야기할 수 있다는 느낌이 든다.

하버드에서 눈에 띄는 일 중의 하나는 한국계 학생의 진출이다. 공식 집계는 아니지만 한국계 학생은 학부에서만도 400명 정도가 될 것이라고 한다. 인상적인 것은 이들 사이에 그들의 뿌리에 대한 관심이 강하다는 것이다. 이 관심은 학과목 이외에도 연구회, 학생회에서 널리 표현된다. 대체적으로 눈에 띄는 일은 재미 교포 사회의 발달이다. 물론 이것은 미국만이 아니라 다른 나라에서도 볼 수 있는 현상이다. 이것은 인구 이동과 문화 다원주의로 특징지어지는 20세기 말의 세계적 현상의 일부라고 할 수 있다. 한민족의 경우 20세기 후반에 한정되는 일은 아니지만 이미 130개국 이상의 여러 나라에 대충 500만에서 1000만 명 사이의 한국 사람이 퍼져 살고 있다고 추정하는 것 같다. 한민족이 이렇게 국제적으로 퍼져 살게 된 것은 신라 시대 이후로 처음 있는 일이다.

한민족이라고 하면 혈연, 지역, 정치, 사회, 경제, 문화의 여러 끈으로 얽혀 있는 한반도에 사는 사람들이라고 우리는 생각해 왔다. 그런데 해외에 퍼져 거기에 생활의 뿌리를 내리고 있는 사람들에게 이러한 정의가 해당될 수는 없을 것이다. 이들에게도 한반도의 정치, 경제 등이 의미 없는 일은 아닐 것이다. 그러나 현실에 있어서 미국이나 러시아에 사는 사람들의 생활을 규정하는 것은 미국이나 러시아의 정치나 경제이지 직접적인 의미에서 한국의 정치나 경제는 아니다. 그럼에도 불구하고 그들은 한국적 뿌리를 잊어버리지 못한다. 더 나아가 그 사이에서 그 뿌리에서 자양을 취하여 자신의 삶을 더 튼튼한 것이 되게 하려는 움직임을 많이 볼 수 있다.

무엇이 해외의 교포들에게 한국인으로서의 정체를 확인하는 데 도움이 될 수 있는가. 아무래도 그것은 문화가 아닐까 하는 생각이 든다. 멀리 이사하는 사람이 손쉽게 가져갈 수 있는 것은 가벼운 것이고, 문화처럼 마음에 지니기만 하면 되는 가벼운 것이 달리 있겠는가. 해외에서 한국 문학이 갖는 의의도 세계 문학에의 기여니 노벨상이니 하는 것을 떠나서 일차적으로는 이러한 문화의 일부가 된다는 점에 있지 않나 생각된다.

이러한 관점에서 문학을 보면 문학을 선택하고 평가하는 기준에도 상당한 변화가 일어남을 느낀다. 한국의 문학 유산 가운데 해외의 한국인에게 긍지와 인간적 위엄을 얻게 하는 데 도움을 줄 수 있는 것은 무엇인가. 만 가지 변화 속에 있는 한국 사람에게 변화에 유연하게 대처하면서 흔들리지 않고 의젓하게 있을 수 있는 어떠한 마음의 힘을 줄 수 있는 것이 없을까. 이러한 물음이 전통과 업적의 평가에 크게 작용할 수밖에 없다. 그런데 이러한 물음은 어느 곳에서나 문학의 기준을 정하는 물음이기도 하다.

물론 이것이 상정하는 거시적인 관점은 한반도의 정치, 사회, 경제의 오늘의 급한 문제에 부닥치면서 쓰이는 한반도의 문학의 관점이나 기준과 완전히 일치될 수는 없다. 그러면서도 이러한 물음과 관점은 우리 문학, 그것에 조금 더 여유를 줄 수 있을 것이다.

미국의 교포 사회에도 한국어 문필 활동이 있고 문인들의 모임이 있다. 이들은 고국의 문단을 그리워하면서 또 그로부터 소외를 느끼는 것으로 보인다. 고국과의 연결은 물론 작품의 질을 통하여 이루어질 수밖에 없겠지만 이들의 소외는 한국의 문학 풍토가 너무나 급한 일만 생각한 나머지 해외 교포의 다양한 경험과 표현에 열려 있지 못하다는 점에도 관계돼 있지 않을까. 어쨌든 해외 문단의 존재는 우리 문학의 폭을 넓히는 데에도 도움을 줄 것이다. 한국인의 세계적 확산은 우리의 정치, 사회, 경제, 문화 전반에 그와 같은 영향을 가져오게 될 것이다. 앞으로 민족의 생존은 지금까지보다는 지리적으로나 제도적으로나 더 다양하고 복잡한 형태로 유지되어 갈 것이 아닌가 하는 생각이 든다. 문학과 문화는 확산된 민족의 생존에서 핵심적인 자리를 차지하게 될 것이다.

(동아일보, 1995년 6월 4일)

21세기, 멀지만 가야 할 인간적인 세상

"우리는 큰 불안정, 영구 위기, 일체의 현상 체제 부재로 특징되는 새로운 시대의 첫머리에 있다……. 부르크하르트가 일찍이 말한 바와 같은 세계사의 위기에 처해 있는 것이다." 영국의 역사가 에릭 홉스봄이 20세기의 역사를 조망한 저서 『극단의 시대』에서 21세기에 대한 전망으로 인용하고 있는 말이다. 물론 비관론에 대하여 자본주의 생산력과 조직의 계속적 팽창, 그 안에서의 기술 발전이 새로운 세기에 아름다운 신세계를 실현할 것이라고 말하는 사람이 없는 것은 아니다. 그러나 비관론자의 관점에서는 그러한 팽창과 발전은 해결처럼 보이면서도 문제의 원인을 만들어 내는 것에 불과하다.

낙관론이든 비관론이든 이러한 견해는 멀리 내다보며, 그러니까 눈앞에 닥친 문제로부터 어느정도 거리를 가짐으로써 가능한 견해다. 우리 사회의 미래를 생각하면서도, 포괄적이고 장기적인 관점을 갖는다는 것은 중요한 일이겠지만, 우리의 사정은 그러기에는 너무 절박한 바가 있다. 전망도 일단은 이 절박함에 답하여 무엇을 해야 할 것인가를 생각하는 데에서 나오지 않을 수 없다.

최근에 계속적으로 신문을 메우고 있는 뉴스는 말할 것도 없이 노태우, 전두환 두 전직 대통령에 관계된 일들이다. 셰익스피어의 『햄릿』에서 왕 한 사람의 부정은 곧 "덴마크라는 왕국에는 무엇인가 썩은 것이 있다."라는 총체적인 느낌으로 연결된다. 중세적 왕권 체제는 물질적·정신적 생활의 전부를 포괄하는 일체성을 가지고 있다. 왕위의 혼란은 나라 전체의 혼란이 된다. 그러나 세속화하고 민주화한 사회라고 할지라도, 정치 체제의 최고의 자리에서 일어나는 부정과 불법은 사회 체제를 일그러지게 한다. 그것은 오히려 왕권 사회에서보다도 더 사회 전체의 문제가 된다고 할 수도 있다. 그것은 단순히 통치자의 문제가 아니라 사회 구조의 문제가 되기 때문이다.

따라서 필요한 것은 단순히 잘못과 상벌을 확실히 하는 일이 아니라, 그러한 일들을 일어나게 하는 원인을 밝히고, 그러한 일이 다시 일어날 수 없도록 제도를 만드는 일이다. 21세기가 어떻게 되든 당분간 우리의 사회 일정을 잡아나가는 것도 이러한 사건들이 드러내 주는 문제점들이 될 것이다. 다시 말하여, 권력 제도와 경제 질서의 공명이 우리의 긴급한 과제다. 그러나 우리 사회의 문제가 단순히 최고 공직에서의 뇌물이나 쿠데타에 관련된 제도에만 있는 것이라고 할 수는 없다. 이번의 일로 새삼스럽게 느끼는 것은 우리 사회의 기초가 얼마나 허술한가 하는 것이다. 우리 사회에서, 공공질서에서만이 아니라, 밥벌이를 하고 집을 만들고 아이를 기르고 교육시키고 건강을 유지하고, 또는 병을 고치고 죽고 하는 일들……. 그리고 밖에 나다니고 물건을 사는 일상적 삶 자체가 부정과 억지와 아귀다툼의 쇠사슬에 묶여 제대로 깃을 펴고 있지 못함을 느끼지 않는 사람이 별로 많지 아니할 것이다.

사람들은 무엇인가 발밑에 확실한 것을 느끼게 해 줄 수 있는 규범의 필요를 절실하게 느낀다. 그리하여 자의적인 권력이 아니라 법의 지배를 확실히 하여야 한다고 말한다. 그러나 다른 한편으로 정해진 법 제도만으로 충분한 것은 아니다. 그것은 사람들의 정당한 필요와 욕망에 대하여 갈등을 일으키는 것이 될 수 있다. 그때 그것은 억압으로 비친다. 그리고 그것은 스스로 불안정의 원인이 된다. 믿을 수 있는 사회 질서는 사람들의 필요와 욕망에 부응하고 그들이 다같이 동의하는 것이어야 할 것이다. 이렇게 말하는 것은 민주적 자유와 평등의 필요를 다시 확인하는 일이다. 그러나 이러한 이념과 제도만으로도 인간적 사회의 조건으로 충분한 것이 될는지는 알 수 없는 일이다.

자유 민주주의와 사회주의는 근대 세계사에서 — 물론 아직까지는 서양이 만들어 낸 세계사에서, 민주적이고 평등한 사회를 만들어 내는 두 가지의 대표적인 방법이었다. 그러나 지금의 시점에서 '실재하는' 사회주의는 망했다. 남은 것은 자유 민주 체제이다. 사회주의가 있다 하더라도 그것은 '실재하는' 형태로는 자본주의의 시장 경제 체제와 거의 구분되지 아니한다.(실재하는 사회주의로서의 국가 자본주의와 사회주의, 실재하는 자유 민주주의로서의 자본주의와 자유 민주주의를 분리하여 생각하여야 한다고 할 수도 있다. 또 이러한 문제를 한국 사회로 옮겨 볼 때, 문제는 경제 체제보다는 권력 체제에 있고, 또 무한한 이윤 추구에 못지않게 무한한 권력 추구를 긍정적 인간 동기로서 받아들이는 우리 사회의 병리에 있다고 할 수 있지만, 여기에서는 문제를 단순화하여 말할 수밖에 없다.)

하여튼 승리를 구가하고 있는 것은 자본주의 시장 경제 체제이다. 우리도 거기에서 상당한 이득을 얻었음을 부정할 수 없다. 그러나 첫머리에 인용한 21세기에 대한 비관론은 이러한 자본주의의 승리를 전제로 하고 나오는 것이라는 것을 생각해 볼 필요가 있다. 자본주의의 승리는 물론 그 놀라운 생산성으로 인한 것이다. 이 생산성이 살찌우는 것은 주로 자본가 계급 또는 지배 계급이라고 할 수도 있으나, 그것이 적어도 체제를 유지할 정도로라도 사회 전반의 경제적 요구를 충족시켜주는 바가 없었더라면, 체제 경쟁에서 승리할 수 없었을 것이다. 그러나 홉스봄뿐만 아니라, 관심 있는 다른 관찰자들이 말하고 있는 것은 이러한 선진 자본주의가, 표면상의 성황에도 불구하고, 위기 속으로 빠져들어 가고 있다는 것이다.

그 중요한 원인의 하나는 바로 평등 면에서의 사회 상황 악화이다. 다국적 산업의 국제적 유동성과 오토메이션의 발전으로 인한 노동력의 잉여화는 기업들로 하여금 사회 평화를 위하여 어떠한 양보도 할 필요가 없는 상황을 만들어 내고 있다. 그리하여 크게 벌어지는 빈부의 격차는 궁극적으로 사회적 위기를 피할 수 없는 것이 되게 할 가능성이 있다. 이러한 격차는 한 사회만이 아니라 국가 간에도 존재하여, 빈부국의 격차도 갈수록 커지고, 이것은 종국에는(세계적 인구 이동의 통제라는 문제로라도) 폭발점에 이를 것이다. 자본주의에 제약을 가하는 또 하나의 위기는 사려 깊지 못한 자원 개발에 의한 환경 파괴이다. 그 결과 지구는 자본주의도 살아남을 수 없는 곳이 될 수 있다.

환경 문제는 자본주의의 문제만은 아니다. 인류가 경제적 풍요를 유일한 행복과 발전의 목표로 삼고 그것을 경제 발전의 지표로 표현하려 하는 한, 환경의 한계는 오게 마련이다. 세계의 경제와 환경을 보고하는 최근의 한 책에서 레스터 브라운은 인류의 장래와 관련해서 '중국의 요인'이라는 것을 크게 말하고 있다. 중국의 경제 개발이 인류 전체의 운명에 끼치는 영향을 특별하게 취급하는 것이다. 거대 인구가 사는 중국의 경제적 발전은 곧 지구의 자원과 환경의 수용 능력을 최대한도로 시험하는 일이 될 것이기 때문이다. 이것은 중국의 경제적 부가 사회주의적 방법으로 추구되느냐 또는 자본주의적인 방법으로 추구되느냐 하는 문제와는 관계가 없는 일이다. 이러한 점은 개인, 국가 또는 인류 전체의 차원에서 경제적 부의 무한한 추구가 과연 행복과 평화의 세계 질서를 가져올 의미 있는 목표냐 하는 문제를 다시 생각하게 할 것이다.

물론 다른 한편으로 경제 없이는 아무 것도 이루어질 수 없는 것이 인간의 현실이고, 특히 오늘의 현실이다. 한국 사회가 민주주의나 평등, 그리고 그에 기초한 안정된 사회 질서의 구축을 추구하고자 한다면, 이 추구는 상당한 정도로 경제의 성장에 의지하고 있는 것이라고 할 것이다. 그러나 이것을 인정하면서 동시에 생각하여야 할 것은 경제만의 추구가 조만간에 사회적·환경적 한계에 부닥칠 것이라는 점이다.

장기적인 관점을 떠나서도, 우리나라에서도 지금쯤은 사람의 행복이 반드시 무한한 경제력에 비례하지 않는다는 철학적 명제의 지혜를 깨닫는 사람이 적지 않을 것으로 생각한다. 사람이 그의 모든 필요와 욕망을 다 충족시킬 수는 없다. 욕망 제한의 수락과 선택이 불가피하다고 할 때, 필요와 욕망의 완급 순서와 깊이와 옅음의 질적 차이를 아는 것이 필요하다. 이러한 것에 대한 인지는 흔히 문화라고 부르는 인간의 무형의 생활 도구에 들어 있는 것이었다. 20세기의 역사는 공공질서에서 이러한 문화의 구실이 제거되어 간 역사이다. 인간적 가치 인식의 체계로서 문화의 평가 절하는 민주주의 이상에 관계되어 있다. 문화는 억압 수단이기도 하다. 민주주의는 인간 자유를 제약하는 금기를 최대한으로 철폐하면서 사회적 질서 유지를 위한 최소한도의 조건으로 사사로운 이익과 권리 보장을 내걸었다. 그 결과로서 현대 사회는 가장 천박한 이익의 싸움과 타협의 공간으로만 존립하게 되었다.

그러나 본질적 인간성의 필요를 확인하고 참다운 행복을 얻고자 하는 사람의 본성도 끈질긴 것의 하나이다. 부와 권력의 한계에서, 사람들은 이러한 인간성의 끈질긴 요구를 다시 생각하고 정치의 영역에서도 그것을 힘이 되게 하는 방법을 찾을 것이다. 20세기 말은 소유와 권력 이외의 다양한 인간 동기들이 현실성을 상실한 시기다. 21세기에 대한 우리의 질문은 어떻게 하면 좀 더 인간적인 인간의 필요와 가능성에 대한 인정이 현실의 정치적 동인이 될 수 있겠느냐 하는 것이다.

(한겨레, 1996년 1월 1일)

대학 의사 결정 기구의 합리화

대학을 상아탑이라고 부르는 수사가 있기는 하지만, 대학이 조용한 사색과 연구의 장소가 아니게 된 것은 어제 오늘의 일이 아니다. 지난 몇십 년 동안 대학은 민주 투쟁의 중요한 근거지였다. 최근의 대학은 다른 의미에서 시끄러운 곳이 되었다. 정치의 격동 속에서도, 대학은 대학의 기능에 대한 자신을 유지하였다. 이러한 자신과 그에 따른 내면적 안정이 있었다는 의미에서, 상아탑이라는 말은 그런대로 대학의 한 측면을 나타내는 것이었다.

요즘 대학이 소란한 것은, 물론 외적 압력과 관련된 일이기는 하지만, 대학에서 일어나고 있는 내면적 변화에 기인한다. 이 변화는 대학이 시장 경제의 단일 체제 속에 무섭게 편입되어 가는 과정의 일단을 나타내는 것으로 생각된다. 이것은 세계적인 것이지만, 우리나라에서 가장 거침없이 진행되는 것이 아닌가 한다. 학교의 많은 부문에서 — 학교의 발전 방향, 시설 투자, 학교의 학문과 교육 과정의 내용, 또 인사 등의 문제에서 일어나는 갈등과 분규 같은 것도 커다란 사회 변화 또 거기에 따른 대학의 변화에 관계되어 있다. 그렇다고 하여, 대학의 모든 문제가 근본적 차원에서만 해결될 수 있다는 것은 아니다. 이러한 문제들은 대학의 의식적인 대처로 조금 더 원활하게 해결될 수 있는 것이다. 그중에도 중요한 것은 대학의 의사 결정 기구의 근대화이다.

지금까지 대학의 의사 결정은 공동체적 전제 속에서 이루어졌던 것이 아닌가 한다. 권위, 관습, 성원 사이의 비공식적 교류와 소통 등이 의사 결정의 바탕을 이루었다고 할 수 있다. 이러한 전제들이 사라진 마당에서, 전통적 의사 결정 방식은 역기능적인 것이 된다. 그것은 작용과 반작용의 힘과 힘의 대결, 또 힘과 이익의 타협 등으로 특징 지워지는 무질서로 타락하게 되는 것이다. 이러한 사태를 피하는 길은 의사 결정 기구의 합리화이다. 합리성은 이상적으로는 공론 공간의 구성의 소산이다. 더 구체적으로는 그것은 합리적 숙의 과정의 제도적 확보에서 얻어질 수 있다. 현실적으로는 이 공간은 사안의 성격에 의하여 한정된 것일 수밖에 없다. 그러면서도 그것은 잠재적으로는 제한 없는 공개성을 가져야 한다. 대학의 결정은 합리성의 원칙에 입각한 어떠한 질문에도 답할 수 있어야 한다는 뜻에서 그렇다.

다른 한편으로 크고 작은 정책과 의사의 결정이 행정의 책임자에 의하여 이루어지는 것이 현실이다. 그렇다고 하더라도 행정적 결정은 합리성의 원칙에 대하여 분명하게 책임을 질 수 있는 것이라야 한다. 물론 행정적 결정은 더 넓은 의미의 합리적 토의에 대하여서도 열려 있어야 한다. 합리적이고 공개적인 토의는 일단 상임 또는 비상임 위원회의 바른 활용을 통하여 어느 정도 가능해진다. 물론 위원회는, 진정한 의미에서 최선의 합리적 결정에 이르고자 하는 의도를 그 구성과 절차에 구현하는 것이라야 한다. 어떤 사안들은 잠재적이 아니라 현시적인 공개적 공간에서의 토의와 정당화가 필요한 것일 수도 있다. 이러한 경우에도, 학교의 여러 일들과의 합리적 균형을 생각할 때, 고유한 기능의 위원회를 확대 재구성하는 중재위원회를 구성하여 보다 높은 합리성과 공개성을 확보하는 역할을 하게 하는 것이 좋을 것이다. 어떤 특별한 사안이 참으로 학교 전체의 토의를 필요로 하는 경우는 드문 일일 것이다. 그러나 논리적으로는 그것이 불가능한 것은 아니고, 또 상징적으로 학교 전체를 하나의 토의 공간으로 구성하는 것이 필요하다. 이러한 회의체는 학교의 여러 기구가 자의적인 의사나 임시변통이 아니라 적법 절차에 따라 이루어지게 하는 데에 필요한 기본적 규정들을 만들고 그것을 수정하고 보증하는 일을 위하여서도 필요한 것이다.

지금대로도 위에 말한 필요에 대응하는 기구들이 전혀 없는 것은 아니다. 그러나 그 기구들이 공적 합리성과 책임의 원칙의 관점에서 분명하게 그 기능을 규정한 법적 근거를 가지고 운영되고 있다고 말하기는 어렵다. 학교의 여러 결정들의 정당성에 대하여 확산되고 있는 회의도 그 문제적 상태를 말하여 준다. 이러나저러나 대학이 변화의 도전에 바르게 대처하기 위해서는 대학의 철저한 자기 점검이 필요하다. 그중에도 특히 그 의사 결정 또는 집약 과정에 있어서의 합리성과 정당성을 높이는 방안의 검토가 절실히 요구된다. 그 결과가 대학의 문제의 근본을 바로 잡아줄는지 어쩔는지는 알 수 없지만, 그것은 작게나마 대학의 이성을 보장하고, 적어도 날로 심각해질 분규를 완화하는 방법이 될 수 있을 것이다.

(출처 미상, 1996년 1월 28일)

광주의 책방

잘한 것인지 못한 것인지는 알 수 없는 일이지만, 내가 문학에 관심을 가지고 그 공부를 일생의 업으로 삼은 것은 여러 가지 우연한 일들이 원인이 되어 그렇게 된 것일 것이다. 그 원인 가운데는 좋은 스승과 벗들의 자극들도 있지만, 내가 고등학교를 다니던 무렵의 광주라는 도시, 광주고등학교의 벚나무 언덕, 그중에도 그 책방의 사정 같은 것도 있을 것이다.

우리 집이 있던 광산동에서 광주고등학교까지는 멀다고 할 수는 없지만, 걸어 다니는 데에는 상당한 시간이 걸리는 거리였는데, 학교가 파하고 계림동에서 시작하여 충장로에 이르고 다시 광산동에 이르는 길에는 책방들이 많이 있었다. 대학 입시를 위한 보충 수업이나 과외 수업이 없던 그때는 졸업 무렵까지도, 학교가 파한 오후에는 시간 여유가 있었고, 하학 후에 집으로 돌아오는 길에 책방에 들르면서 해찰을 부릴 시간도 많았다. 중학교에 다닐 때 충장로를 통해서 서중학교까지 가는 긴 길의 이곳저곳에도 많은 책방들이 있어서, 하학 길에는 으레 책방에 들러, 선 채로 책을 읽곤 했었다. 고등학교 시절의 통학 길에는 대체로 헌책방들이 많았는데, 여기의 책방들은 책 읽기의 기회를 준 것보다는 새로운 세계에로 나의 관심을 열어 주었다.

생각건대 헌책방이 많았던 것은 6·25의 혼란과 빈궁과 관계가 있을 것이다. 그리고 책방의 많은 책들은 고통의 사연을 가진 것들이었을 것이다. 또 전쟁이 끝난 것도 2학년 때였으니, 그 고통의 시대에, 책의 세계의 샛길로 접어든 것도 지금 생각해 보면 미안한 일이었는지 모른다. 아마 그때의 우리의 문화적 역량이 그 정도여서 그런 것이었겠는데, 헌책의 많은 것은 일본어 책들이었고, 또 더러는 영어를 비롯한 서양말의 책들이었다. 나는 광주의 책방의 헌 책들을 통해서 아나톨 프랑스, 헤르만 헤세, 괴테 또는 데카르트나 칸트, 또 일본의 철학자 니시다 기타로 등을 알게 되었다.

책도 책이지만, 느슨한 분위기의 광주의 책방은 요즘의 깔끔하고 냉랭한 상거래의 장소가 아니었다. 책방의 주인들은 나에게 친절한 안내인이고 스승이 되었다. 로맹 롤랑의 『장 크리스토프』가 좋은 책이란 것을 안 것은 책방 주인의 친절한 가르침으로 인한 것이었다. 어느 날 한 책방의 주인은 매우 두꺼운 영역본 『장 크리스토프』를 내놓으면서 그것이 세계 문학의 걸작이란 것을 말하여 주었지만, 나는 그 책을 사지는 못하였었다. 그후 대학에서 지금은 타계한 동향의 친구로부터 『장 크리스토프』를 빌려 본 일이 있는데, 그 책은 내가 그때 계림동의 책방에서 본 그 책이었다. 충장로에 가까운 길목의 한 책방에는 일본어판 헤세 전집이 노끈으로 묶인 채 선반에 꽂혀 있었다. 가장 욕심이 나는 것이었지만, 사지는 못하였고, 낱권으로 나도는 헤세 가운데 『들판의 이리』를 샀다. 사실 내가 원하는 것은 『데미안』이라든가 『수레바퀴 밑에서』 같은 더 유명한 책이었지만, 그것으로 만족할 수밖에 없었다. 그러나 『들판의 이리』를 사는 나를 보고, 책방의 주인은 그것이 헤세의 작품 가운데 가장 좋은 작품이라고 말해 주었다. 그것은 틀린 말이 아니었다.

사람의 취향이 어떻게 결정되고 그 정신적 성장이 어떻게 이루어지는지 분명히 알 수는 없는 일이다. 나는, 사람들이 중요하다고 표적을 삼는 큰 것들보다는 작은 환경의 요인들 — 그것도 공동체라고 부를 만한, 제고장이 베푸는 여러 인간적인 관심과 배려의 그물이 사람의 성장을 받쳐주어서 비로소 그 바탕 위에 다른 것들이 가능해지는 것이 아닌가 한다. 내가 문학을 전업으로 삼은 것이 잘한 것인지 아닌지는 알 수 없지만, 적어도 문학이 삶의 기쁨의 한 원천이 되는 것임은 틀림이 없다. 이름도 모르고, 이제는 얼굴도 기억나지 않는 6·25 직후의 광주의 책방의 주인 여러분께 감사를 드리고 싶다.

(무등일보, 1996년 3월, 발표일 미상)

현실을 만드는 언론

《광주일보》의 창간 40주년에 부쳐

오늘날 현실은 언론 매체가 만들어 내는 것이다. 집과 직장과 가게와 동네에서 사는 사람이 아는 현실이 있기는 하지만, 이것은 매우 제한된 것이다. 나머지의 현실은 언론에서 전해 주는 것이고, 우리는 그것을 통하여 좁은 인생의 큰 테두리를 가늠하고 또 살아가는 행로를 조정한다. 우리는 언론이 만드는 현실 속에서 웃고 울고 열광하고 분노한다. 우리는 언론에서 나쁜 사람이라면 나쁜 사람인 줄 알고 좋은 사람이라면 좋은 사람인 줄 알며, 잘 되어가고 있다고 하면 잘 돼가는 줄 알고, 못 되어 간다고 하면 못 되어가는 줄로 안다.

대중 매체의 막중한 현실 창조력은 모든 사람이 다 알고 있다. 그러나 이 사실이 적극적인 공적 관심의 대상이 되어 있다고는 볼 수 없다. 얼마 전에 MBC 사장 선임이 문제가 되었다. 그 얼마 전에는 KBS 사장 선임과 임명이 있었다. 이것은 조용히 끝났다. 다행히도 조용했던 탓이겠지만, 서울의 여러 신문들로 보면, 가장 중요한 언론 매체의 하나인 KBS 사장의 선임은 극히 작은 관심밖에 끌지 못했다. 작은 관심도 누가 그 자리를 차지하게 되었는가 하는 것에 대한 것이었다. 현실이 언론 특히 텔레비전에 의하여 창조되는 것이라면, 특정 인물보다 어떠한 사람이 그 역할을 맡아야 하는가, 어떻게 하는 것이 일을 맡을 만한 사람을 뽑는 것인가 하는 사회의 공적 문제로 관심이 가야 하고, 그것이 활발하게 토의되어야 한다. 국회 의원 선거의 이야기가 신문의 지면을 채운다. 국회 의원도 현실을 만드는 사람이지만, 현실을 만든다는 점에서 국회 의원만 못할 것인가.

언론은 공적 책임을 가지고 있는 공공 기관이다. 그렇다면 국회 의원이나 대통령을 국민이 뽑는 것과 마찬가지로, 언론사의 임원 그리고 직원들도 국민이 뽑아야 한다고 할는지도 모른다. 놀라운 것은 언론의 일을 사사로운 기구와 사람들에게 맡기고 있다는 것이다. 문제가 없지는 아니한 채로 오랜 역사적 경험은 그래도 그것이 다른 방법보다는 낫다는 것이다. 공공 기관에(선출되는 공공 기관이라고 하더라도) 일을 맡긴다고 모든 일이 잘되는 것은 아니다. 사사로운 기구인 언론 기관의 공공성을 지키는 것은 언론인의 공인으로서의 또는 직업인으로서의 프라이드다. 언론사도 기업이고 자본주가 있고, 언론인도 사사로운 이익과 감정에 좌우될 수 있는 사람들이다. 그럼에도 그러한 사적인 것들은 언론인의 진실에 대한 헌신—또는 단순히 전문적 윤리 의식에 의하여 극복될 수 있다고 사람들은 믿는 것이다. 사람이 하는 모든 일에서 궁극적으로 일을 되게 하고 아니 되게 하는 것은 관료적 감시와 견제가 아니라 자신의 일을 성실하게 하는 사람의 긍지이다.

오늘날 우리 사회에서 상업주의, 출세주의, 경박성, 기회주의에 오염되지 아니한 곳이 거의 없다. 언론도 이러한 세상의 지배적인 풍조로부터 자유롭지 않다. 이러한 세풍을 막아 내기 위하여 다시 한 번, 사람들이 자신의 일에 대한 긍지를 재확인하는 것이 필요하다. 의사는 의사 노릇 잘하고, 교사는 교사 노릇을 잘하고 법률가는 법률가 노릇을 잘하는 것이 으뜸가는 일이다. 언론인은 언론에서 자기의 삶을 발견하여야 한다. 그러나 자기가 하는 일을 발판으로 돈과 권세와 이름을 쟁취하려는 것이 으뜸가는 일로 생각하는 것이 오늘의 세태이다. 공직자가 공직에 있으면서 받은 돈을 "떡값"이라고 생각할 수 있는 사법인은, 다른 모든 것을 떠나서, 자기 일에서 보람과 긍지를 찾는 사람이 아닐 것이다.

지방의 언론은 서울의 언론에 비하여 자신의 일에 더 충실하기가 쉬울 것이라는 생각이 든다. 모든 것 — 좋은 것이나 마찬가지로 쓰레기까지도 모두 모이게 마련인 중앙에서보다는 지방에서, 자리와 기회 또는 허황한 현실의식에 크게 유혹됨이 없이 자기의 일에 충실할 수 있지 않을까 생각되기 때문이다. 거창해 보이는 큰 것들이 아니라, 분명하게 눈에 보이는 자기와 이웃과 공동체에 봉사하는 보람은 그곳에서 더욱 손에 잡힐 만한 것이 될 성싶지 아니 할까 생각해 보는 것이다.

《광주일보》의 창간 40주년을 맞이하여, 몇 자 군더더기 말을 적어 축하의 말에 대신하며, 앞으로도 진실의 언론 기관으로서 더욱 큰 발전이 있기를 기원한다.

(출처 미상, 1996년 4월 10일)

복지의 정치와 입법의 장인

지난번 선거는 다음번의 대통령 선거에 대한 조짐이 될 수 있다는 점 이외에는 별다른 쟁점이 없는 선거라는 인상을 주었다. 쟁점이 부각되지 아니한 것은 우리 사회에 해결해야 할 문제가 없어서 그런 것은 아닐 것이다. 문제들을 선거에서 물어볼 수 있는 쟁점으로 만들지 못한다는 것은 정당들이 제대로 기능을 발휘하고 있지 못하다는 것을 뜻한다. 다른 한편으로는 이것은 국민들이 문제 있는 사회를 당연한 인간 조건으로 받아들이게 길들여져 있는 결과라고 할 수도 있다. 전직 대통령들의 엄청난 독직을 들추어내는 데에 가장 중요한 역할을 한 인사가 국회 의원 선거에서 낙선하고, 권력의 측근자가 수십 억의 돈을 받아 챙기는 일이 명절에 떡 해 먹는 일 정도의 일로 처리되니, 쟁점 없는 정치의 바탕이 잘 다져져 있는 것이라고 할 것이다.

민주화 투쟁의 열기가 수그러지게 된 다음에 마음을 흥분하게 하는 이슈가 사라진 것도 사실이기는 하다. 사람을 흥분하게 하는 것은 영웅적 침해 행위이고, 그것이 불러일으키는 영웅적 투쟁이다. 그러나 관행이 된 불의는 영웅적 흥분을 일으키지 못한다. 익숙한 금전상의 부패는 습관이고 제도에 불과하다. 그러나 사람들이 사는 것은 이러한 제도 속에서이다. 새로 선출된 국회 의원들이 그들의 포부를 묻는 설문 조사에서 충실한 분과위원회 활동을 자신들의 가장 중요한 임무로 생각한다는 신문 보도가 있었다. 영웅적 투쟁만이 아니라 생활의 제도를 정비해 가는 것이 오늘의 일이라는 것이 느껴지기 시작하는 것일 것이다. 국회 의원은 정치인이기도 하지만, 그 이전에 법을 만드는 사람이다. 정치를 한다고 하여도 법을 통하여 정치적 목적을 성취하고자 하는 사람이고, 그것에 장인의 정성과 기량을 가져야 하는 사람이다. 그러나 우리 국회에서 법 제정이 커다란 토의의 대상이 된다면, 그것은 그 법이 정치 권력의 쟁취 또는 구성에 관계되었을 때이다. 다른 법들, 이를테면 국민의 생활에 관계되는 법은 검토도 되지 않은 채 회기말에 한번에 무더기로 통과된다. 그러나 보통 시민의 삶이란 이러한 법들의 그물 안에서 보호되고 또는 얽어매여진다. 이러한 법들은 분과위원회에서 철저하게 검토되고 걸러져야 한다.

오늘의 정부는 민주주의에 대한 요청으로 성립했다. 권력의 구성을 선거로 하고도 민주주의의 현실화는 여러 기구와 실행의 통로에서 민주적 시행 규칙과 관행을 만들어 냄으로써 가능하다. 우리가 선진국이 되어야 한다는 말을 많이 듣는다. 진짜 선진국이란 도덕과 생활의 면에서 정상적인 사회이다. 뇌물을 주지 않고서 떳떳함만으로 뜻하는 바를 할 수 있는 사회가 민주 사회이다. 그것이 민주주의의 요체인 자유의 요체이다.

다른 나라 선거에서 흔히 보는 것은 국민 복지에 관한 논쟁이다. 고용, 복지, 연금, 의료, 교육, 주택, 조세, 도시, 농촌, 환경, 이러한 것들이 정당 정책의 중요한 내용을 이루고, 이것이 선거의 쟁점이 된다. 우리의 정당들은 이러한 문제에 대하여 분명하고 일관성 있는 정책들을 제시하고, 그 정책을 현실이 되게 할 도덕적 정열을 가지고 있는가. 정치가 구체적인 국민의 복지에서 떠나 있는 데에는 대중 매체의 책임이 크다. 대중 매체들의 관심은 권력의 문제에 집중되어 있다. 또는 출세하는 사람들과 일에 정신을 빼앗기고 있다. 장관, 국회 의원, 공직자가 구체적으로 무엇을 했느냐가 아니라 그 자리 자체로서 중요해진다.

누가 거물 정치가인가는 국민을 위해서 무엇을 했는가에 의해서가 아니라 권력에 얼마나 가까이 있었는가, 있을 수 있는가에 의하여 정해진다. 매체가 만들어 내는 영웅들과 스타들을 보면 그렇다. 정치인은 국민을 위한 무슨 구체적인 일에서 무엇을 했는가에 의하여 평가되고, 그것에 기초하여 선출되어야 한다. 국회 의원 또는 정치인에 대한 항목별 고가표가 필요하다. 이것을 작성하고 공개하고 이를 선거나 공직 취임의 가늠자가 되게 하는 일은 대중 매체와 사회단체들이 할 수 있는 일이다. 물론 국민들도 흥분을 먹고 사는 일을 삼가고, 자기의 일을 공부할 준비가 되어야 한다.

(한국경제, 1996년 5월 12일)

대학 발전의 전략과 대학의 근본

고려대학교뿐만 아니라, 온 나라의 대학이 변화의 바람에 흔들리고 있다. 대학들에 변화되어야 할 것들이 많았다는 점에서는 이러한 흔들림은 불가피한 것이고, 또 환영할 만한 것이라고 할 수 있다. 그러나 대학의 현상에 문제가 많다고 한다면, 이 변화의 바람도 그 방향이나 내용에 있어서 많은 문제점을 가지고 있다.

문제의 한 근원은 변화의 압력이 주로 밖에서 왔다는 데에 있다. 압력을 가하는 현실의 논리는 한국의 경제적 정치적 경쟁력이 국제 수준의 것이 되어야 하고, 대학은 여기에 필요한 연구와 인적 자원을 생산해 내어야 하고, 그에 맞추어 개혁되어야 한다는 것이다. 대학으로서는 이것은 대학의 발전을 위한 호기가 되는 듯하면서, 그것을 현실 전략에 종속하게 하는 것이 되게 하였다. 국가의 정치적 경제적 요구는 대학이 충족시켜야 할 요구의 하나임에 틀림이 없다. 그러나 현실적 성공의 세계로의 무비판적 진출은 대학의 본질과 본래적인 기능을 왜곡할 수 있다. 대학의 기능의 하나는 모든 것을 비판적으로 검토하는 일이다. 이 검토의 대상에는 현실에서 오는 요구 — 국가 경쟁력이라는 이름의 국가이성도 포함된다.

대학이 진리 탐구의 기구라는 것은 진부하면서도 맞는 테제이다. 그것은 대학이 단견의 현실적 이익을 좇아 동분서주하는 장꾼이 되는 것으로부터 대학을 지켜준다. 적어도 진리 탐구의 명분은, 그것이 무엇이든지 간에, 사물을 전체적으로 또 장기적으로 볼 것을 요구하기 때문이다. 그것은 전체적인 관점에서 학문의 자율적인 운동을 지켜 줄 뿐만 아니라, 국가와 사회의 장기적인 전망을 보장하는 데에 하나의 역할을 담당한다. 오늘날 학교 안에 일어나고 있는 분규는 상당정도 대학의 일을 이러한 근본과의 관련에서 생각하는 것을 포기한 데에서 일어나는 현상이다. 크게는 의과대학이나 생명공학대학원의 문제, 작게는 인성 교육이나 교양 교육의 문제, 학문의 보편적 이념으로부터 먼, 특정 학과의 신설 문제, 또는 학교 평가나 교수 평가의 문제 — 이러한 여러 문제들은 대학이 그 본래적인 사명에 대한 신중한 고려 없이 현실적 이익의 관점에서 일들을 처리하게 된 데에 관계되어 있는 것이다. 모든 것이 단기적 이익을 위한 현실 전략의 놀이로 생각될 때 왜곡과 분규는 불가피한 것이 된다.

전략적 사고는 낮은 의미의 정치적 사고의 특징이다. 대학의 연구와 교육의 제도에 일어나는 왜곡은 대학의 사고의 정치화에서 온다. 그런데 정치화의 한 영향으로 생겨나는 폐단의 하나는, 나쁜 목적을 위해서만이 아니라 좋은 목적을 위해서도 발휘되는, 사고와 행동에 있어서의 행정주의이다. 행정주의란 종이 위에 고안되는 제도의 순열 조합, 또 그것을 위한 강력한 행정 조치, 그리고 자금의 유인 — 이러한 것들로 사회나 대학의 모든 것을 마음대로 개조할 수 있다는 생각이다.

하버드 대학에는 동아시아 문명사라는 학부 강좌가 있다. 이것이 교과서와 교수와 도서를 갖추고 본격적인 강좌로 정착한 과정은 대학의 일을 생각하는 데에 참고해 볼 만하다. 이 과목은 일군의 교수들에게 주어진 연구과제로서 시작하였다. 이 연구에서 일정한 체계적인 테두리를 갖추게 된 이 과정은 맨 처음 대학원에서 시험되었다. 그런 다음에야 그것은 학부에서 가르치는 본격적인 강좌로 정착하게 되었다. 이 강좌의 설치는, 결정, 연구, 대학원 실험을 단계적으로 거치는 오륙 년 이상의 계발과 발전의 결과로서 현실화되었던 것이다. 여기에 도서와 교수의 확보 등이 동시에 진행되었던 것도 물론이다. 오늘날 우리 대학들에서는, 동아시아 문명사와 같은, 일개 강좌에 비교될 수 없는 큰일의 경우까지도, 이렇게 계획되고 시험된 다음 시행되는 것을 보는 일은 거의 없다. 교육부나 학교를 휘어잡고 있는 행정가들에게 그러한 우원한 일을 고려할 여유는 없는 것이다. 그러나 모양은 갖추어질는지 모르지만, 학문과 교육이 간단한—물론 그러면서 강력한—행정적 조처로써, 실질을 얻을 수는 없을 것이다. 삼풍백화점도 모양은 갖추었던 최신식 건물인데, 학문과 연구와 교육의 건물은 삼풍백화점보다는 더 시간과 연구와 주의가 필요한 것이 아닐까.

그런데 대학은 대체로, 실질적인 것이든 행정적인 것이든, 대학에서 하는 일을 과대평가하는 경향이 있다. 지금 한참 논의되고 있는 일의 하나는 교양 교육 개선의 문제이다. 말할 것도 없이 교양 교육 체제는 개선되어야 할 것이다. 그러나 그것을 어떻게 고치든지 간에 강의나 과정 등이, 종이 위의 계획으로 과연 얼마만 한 변화가 이루어질 것인가. 결국 행정적으로 고안한 과정이 어떻게 되든지 간에, 같은 사람이 같은 학문적 축적에 기초해서 비슷한 과목을 가르칠 것인데, 행정적 조처나 이름이 새로운 학문적 업적이나 교육적 통찰을 만들어 내 줄 것인가.

더 확실한 것은 대학에서나 다른 곳에서나 교사의 공식적 가르침에서 이루어지는 것이 교육의 전부가 아니라는 사실이다. 궁극적으로는 학생 스스로가 학문을 터득해 나가는 것이지, 가르침의 이런 저런 조그마한 땜질로서 학생의 학문이나 인격의 진정한 형성이 이루어지는 것은 아니다.

중요한 것은 어떤 특정한 것을 어떻게 규정하느냐 하는 것이 아니라 분명하게 규정할 수 없는 학문의 분위기이다. 이 전체적인 학문의 분위기가 학문을 만들고 교육이 이루어지게 한다. 변화와 분규의 소용돌이에서 한 가지의 위안은, 행정주의자들이 일을 잘하든 못하든, 학생들의 공부는 별로 크게 영향을 받지 아니하리라는 사실이다. 그렇기는 하나 대학의 일은 다시 한 번 길게 또 근본으로부터 생각할 일이다. 일어나야 하는 변화는 이 근본에 대한 생각에 이어져서만 대학의 참다운 발전을 가져오는 것이 될 것이다.

(출처 미상, 1996년 10월 29일)

돈 생활 그리고 미

도시 주거의 세 가지 기준

서울시가 강남 지역 아파트 개축 허가 계획을 다시 고려한다고 한다. 다행한 일이다. 월여 전 베를린에 갔을 때, 필자는 통일 후 숙제의 하나가 동베를린의 거대한 아파트 블록 처리 문제라는 사실을 알았다. 20년밖에 안 된 아파트를 다시 짓거나 크게 수리해야 하는 현실이 동독 사회의 전면적 부실의 증표이다. 우리에게는 20년 지난 건물을 개축하는 것이 상식이 되어 있다. 사람이 함께 하는 일이 천년은 못 갈 망정 100년 또는 200년은 가야 하지 않을까. 20년 만에 집을 헐고 새로 짓는다면, 그래야 하는 충분한 이유가 있어야 할 것이다.

보다 좋은 집과 주거 환경을 원하는 것이 개축의 좋은 이유일 수는 있다. 경제 형편이 나아진 사람이 보다 좋은 집을 원하는 것은 자연스럽다. 그러나 엄밀히 말하면 아파트 개축의 동기는 꼭 그러한 것만은 아니다. 고밀도화가 주거 환경을 악화시킬 터인데도, 그쪽을 원하는 것이다. 이때 기준의 하나는 재산 증대이다. 부동산을 통한 재산 증대는 우리 사회의 어처구니없는 상식이다. 이것은 지금으로는 이해할 수밖에 없는 일일는지 모른다. 그러나 부동산적 사고의 여러 문제점은 우리가 경험으로 이미 잘 알고 있는 일이다. 더 중요한 기준은 생활 공간으로서의 의의다. 적정한 인간적 생활을 위한 실내 공간뿐만 아니라, 생활의 하부 구조, 직장과의 거리, 공공 시설, 자연환경 등이 포함된다. 여기에 비로소 공공 정책이 필요하다.

주거 공간과 환경의 확보는 단순히 개인의 문제가 아니라 사회와 국가의 책임 영역이다. 공공 주거 환경 조성의 기준 하나는 아름다움이다. 서울에 처음 온 외국인이 강남의 아파트 지역을 보면서 "저기가 서울의 슬럼지대이냐"고 묻는 것을 보고 놀란 적이 있다. 서울의 고층 아파트군이 아름다운 인상을 주지 못하는 것은 분명하다. 긴 안목에서 볼 때 아름다움은 건축과 도시 계획에 가장 중요한 기준의 하나이다. 아름다움이 사치스러운 치장에 있다고 생각하면 곤란하다. 아름다움은 근본적으로 인간적 필요와 환경 친화력을 조화시킨 공간감에서 온다. 빈곤의 경제 속에서 아름다움을 너무 생각할 수는 없다. 그러나 다음 단계에서 사람의 첫째 희망 사항이 아름다움이라는 사실을 우리 사회가 아직 인식하지 못하는 듯하다. 도시의 아름다움은 삶의 행복감의 종합적이고 공동체적인 표현이다. 오늘의 필요 충족 다음에 후손에게 전승되는 것도 이 아름다움의 행복이다.

아름다움이 사람의 건조물을 오래가게 한다. 그것이 이를 함부로 헐지 못하게 하는 것이다. 아파트를 고밀도화하면 걱정되는 것이 교통과 환경이라고 한다. 그러나 아파트 구역이 생활의 필요와 아름다움의 욕구까지 충족해 준다고 하면, 그러한 아파트 구역은 교통과 환경의 문제를 야기하기보다 오히려 해결할 수 있을 것이다. 여하튼 아파트 개축은 개인의 재산 증식이 아니라 보다 나은 사회의 실현이라는 관점에서 생각되는 것이 마땅하다. 그것만이 20년밖에 되지 않은 새집을 개축할 정당한 이유이다.

(한국일보, 1996년 11월 22일)

사랑의 매와 참교육

학교에서 체벌을 금지하는 교육 개혁안을 두고 많은 논란이 일고 있다. 체벌의 정당성은 '사랑의 매'라는 좋은 말로 이야기된다. 사랑과 매라는 두 가지 모순을 합쳐서 하나의 절제된 행동으로 옮기는 일은 인격적 수련 없이는 할 수 없다. 오늘의 교육 여건 속에서 이것이 가능한 일일까. 사랑의 매는 최선의 경우 물리적 제재 수단, 최악의 경우 폭력의 어떤 형태를 말하는 것이다. 좋은 일도 뒷받침하는 여건이 있어야 한다. 물론 여건의 문제는 체벌 금지의 경우에도 마찬가지이다. 그것이 교육 현장의 상황 개선에 도움이 된다고 장담할 수는 없다. 그러나 원칙에 있어서 체벌 허용보다는 금지가 더 높은 원칙임은 틀림없다. 상벌의 조절을 통해 조건 반응을 만들어 내는 과정이 교육이라고 생각하는 사람도 있으나, 교육의 이념은 저절로 원칙에 승복하는 마음을 기르는 것이다. 스스로 도리에 따라 움직이게 되는 마음이 어떻게 형성될 수 있는가. 쉬운 답이 있을 수 없다. 한 가지 확실한 것은, 마음의 자유가 필수적인 계기의 하나라는 점이다. 스스로 강압의 위협 없이 자유롭게 생각할 수 있는 여건을 만드는 것이 참교육의 기본이다.

여기에는 교육의 목표와 방법이 아니라 더 중요한 원칙이 관계되어 있다. 사람들은 민주주의와 자유를 말한다. 이것은 낱낱의 사람의 존엄성을 존중하는 제도의 특징을 말하는 것이다. 이 존엄성의 인정은 사람의 몸을 함부로 다치지 않는 데서 시작하지만, 그 철학적 근본은 사람의 마음을 함부로 다치지 않는 데 있다. 우리 사회에서 신체적 폭력의 거부가 전적으로 수용됐다고 말할 수는 없다. 마음에 가해지는 위협, 강제, 강압, 조종의 휼계 등에 대한 비판적 의식은 더욱 희박하다. 손쉬운 예로 재판 과정에서 '개전의 정' 운운하는 말을 많이 듣는다. 그것은 자유로울 수 없는 상황에서 거짓일 가능성이 있는 말을 요구하는 것이다. 그러나 이것이 문제라고 생각하는 사람은 찾아보기 어렵다. 대법원에서 비행청소년 부모에게 특별교육을 시키는 방안을 연구 중이라고 한다. 민주주의를 표방하는 나라에서 옳은 일일까. 모든 일의 기초가 자유로운 의사에 있음을 받아들이는 사회라면, 부모에게 책임을 묻기 전에 전문가와의 상담을 권유하고 그 비용을 제공하는 방안을 연구해야 옳다.

교육은 사람의 마음을 움직이려는 것이다. 여기에는 오용과 남용이 있을 수 있다. 교육 만능의 사상도 옳은 것만은 아니다. 사람의 마음을 이리저리 쉽게 주무를 수 있다는 생각에서 나오는 기발한 교육 이념들이 사회에 범람한다. 깊은 교육은 스스로의 한계를 인식하고, 제한하는 것이다. 교육은 스스로 배워서 이루어진다. 문제는 배우고자 하는 마음을 어떻게 갖도록 하는가에 있다. 이것은 단순히 방법상의 문제가 아니고 인간 심성의 자율성에 대한 믿음, 인간의 존엄성과 민주주의에 관한 문제이다. 체벌, 또는 교육이나 학교의 개혁, 재판에서 말하는 개전의 정이나 부모 의무 교육안 등도 이러한 관계 속에서 생각하는 것이 마땅하다.

(한국일보, 1996년 12월 9일)

튀는 문화, 가라앉음의 문화

요즘 대중 매체에서 많이 보이는 말 가운데 '튄다'는 말이 있다. 그 유래와 의미가 불분명한 대로, 이 말은 사회의 어떠한 분위기를 포착하고 또 시대의 흐름을 나타내고 있는 것으로 생각된다. 튄다는 것은 바탕에서 튀어나오는 듯하는, 강한 감각적 인상을 지칭한 것으로 보인다. 그러나 튀는 옷차림, 튀는 연기, 톡톡 튀는 디자이너, 이러한 용어에서 볼 수 있듯이 그것은 겉모양의 특성만이 아니라 사람의 동작, 개성적 성격 등 감각적인 것을 넘어 좀 더 확대된 뜻으로 사용되기도 한다. 또 앞으로 그것의 사용 범위는 지금보다 더 넓어질 가능성이 있다. 머지않아 튀는 장관이 나오고, 톡톡 튀는 대통령 후보도 나올 것이다. 어쩌면 대통령 후보의 경우 이미 튀느냐 튀지 않느냐로 서열이 정해지고 있는 것인지도 모른다. 학문과 생각의 세계에서도 어렵지 않게 사실에의 충실이나 논리의 정치함보다는 튀어 오르는 아이디어를 창출하고 기발한 이름을 만들어 내는 데에 관심이 쏠리는 것을 본다.

톡톡 튀어 오르는 뉴스와 이야기를 생명으로 하는 것이 대중 매체라는 것은 새삼스럽게 말할 필요도 없다. 튀어 오름은 문화 영역에서는 오히려 당연한 것이라 할 수 있다. 튀는 연기는 물론, 미술이나 음악이나 문학의 작품을 두고 튀는 작품을 말하는 것은 그렇게 부자연스러운 일이 아니다. 결국 문화 현상은 감각의 세계, 보임의 세계에 밀접한 관계를 가지고 있고, 튀는 것이 감각 현상의 특징을 말한다고 한다면, 그것은 문화 현상에서 중요한 것일 수밖에 없다. 따분한 일상생활에서 눈을 번쩍 뜨게 할 자극을 제공하는 것은 예술 기능의 하나이다. 그러나 문화나 예술의 의미가 튀는 자극을 주는 데에만 한정될 수는 없다. 그것의 보다 깊은 의미는 사람의 마음을 가라앉게 하고 그것을 삶의 깊은 조화로 이끌어가는 데에 있다. 고전적 시, 음악 또는 미술이 주는 위안은 여기에 있다.

튀는 것이 아니라 가라앉는 것이 예술적 마음의 보다 깊은 움직임이다. 튀는 기능도 여기에 관계되어 참다운 의미를 갖는다. 따분한 잿빛의 삶에서 튀어 오르는 것은 이 잿빛의 삶을 새로이 비추고 삶의 큰 바탕으로 우리를 새롭게 돌아가게 한다. 이 바탕과의 관계없이 튀는 것으로만 이루어진 문화는 삶을 끊임없는 소모 속에 흐려지게 한다.

그러나 오늘날 문화는 전적으로 튀는 것으로만 값이 매겨진다. 이벤트화하고 뉴스화하고 영상화해서 감각과 감정의 소비 대상이 되는 것만이 의미를 갖게 된다. 이것은 근본적으로는 대중적 소비주의의 한 결과이다. 그러나 이것을 조장하고 확대하는 것은 오늘날의 대중 매체이다. 튀는 것만을 좇으려는 뉴스 매체의 성향은 세계 다른 어떠한 곳에서보다 우리의 매체들에서 아낌없이 발휘되는 것으로 보인다. 그 영향하에서 문화나 정치나 사회와 같은 분야에서도 눈과 귀를 반짝 뜨게 할, 튀는 것이 아니면, 말하고 주의하고 생각할 필요가 없는 것이 되는 것이다.

(한국일보, 1996년 12월 23일)

경제의 지평과 그 너머

생각을 하고 말을 하는 일은 현안의 문제를 보다 큰 생각의 틀에 비추어 정당화하는 작업이다. 이 틀은 우주적인 것일 수도 있고, 역사의 큰 흐름에 대한 것일 수도 있고, 또 이 안에서의 인간의 운명에 대한 것일 수도 있다. 그러나 대체로 사회적 공간에서 이루어지는 토론은 오늘의 사회 현실에 대한 일단의 이해를 바탕의 틀로 한다. 좁다면 좁다고 할 이 테두리 안에서 토론이 이루어지는 것은 불가피한 일일 것이다. 그렇기는 하나, 이 테두리는 점점 더 좁아져 가고 있는 것으로 보인다. 우리 사회의 생각과 행동은 너무나 목전의 현실에 대한 편파적 감각에 의하여 지배되고, 이 현실은 완전히 경제의 총량적인 움직임으로 정해진다고 주장된다. 그리고 날로 강화하는 경제 논리의 옥죄임 속에서 다른 모든 생각은 생각의 지평 밖으로 밀려난다. 이것은 문화 활동, 신문의 편집 등과 같은 작은 일에서도 그러하지만, 보다 큰 사회 정치의 정책의 면에서는 더욱 그러하다. 노동법과 안기부법 개정의 정당화에 동원되는 것도 경제 논리이다. 참으로 여기에 우리 생각과 행동이 한정되어야 하는 것인가.

우리 사회의 경제 논리에 큰 격려가 되는 것은 오늘날 선진 자본주의 국가의 정책을 움직이고 있는 것이 같은 논리라는 사실이다. 지금 이들 나라에서 일어나고 있는 것은, 1930년대 이후에 오랜 세월에 거쳐 구축되었던 사회 정의와 분배와 참여 제도의 해체이다. 다른 요인 이외에 이러한 역사의 해체에 이념적 바탕이 되는 것은 사회주의 체제의 붕괴와 자본주의의 승리이다.

이제 자본주의 체제는 유일한 것일 수밖에 없다. 그 논리를 따르는 외에 다른 무엇을 원할 수 있겠는가, 오늘날 자본주의는 이렇게 오만하게 묻고 있는 것으로 보인다. 자본주의가 살아남아 온 것은 자본주의의 논리를 철저하게 실천했기 때문이 아니라 그 논리의 과격성을 사회적 요구에 의하여 계속 수정해 온 때문이라는 지적이 그간 더러, 있었다. 오늘날 이것은 잊혀진 주장이 되었다. 또 잊혀진 것은 혁명적 사회주의가 외계에서 나타난 것이 아니라 바로 자본 체제 안에서 생긴 것이라는 사실이다. 그리하여 유일한 체제 안에서도, 체제의 과도한 자만은 스스로 안에 타자와 다자들의 새로운 선택을 만들어 냈다는 것도 잊히게 되었다.

오늘날 자본주의 사회를 하나로 묶어 놓고 있는 것은 물질생활의 풍요이다. 성공한 자본주의는 사회 성원의 모두가 이 풍요의 효과를 다소간에 향수할 수 있게 하였다. 그러나 외골수의 경제 논리 속에서 다수의 사람에게 이 향수의 폭—특히 사회 복지라는 이름의 최소한도 선에서의 향수는 점점 좁아져 간다. 사회적 혜택을 이미 확보해 놓은 선진국에서보다는, 후발 사회에서 이 향수는 보다 빠르게 좁혀지고 증발할 가능성이 있다.

그러나 문제는 단순히 자본주의 성패가 아니라 그것이 좋은 사회의 실현과 별개의 것일 수 있다는 것이다. 선진 자본주의 국가들에 있어서 사회 정책의 후퇴는 아시아 여러 사회의 경제 발전으로 인한 세계 경제 권력의 이동에 관계되어있다. 아시아의 발전이 단순히 경제 패권의 이동 이상의 역사적 의미를 가지려면, 그것은 인간적 경제의 가능성을 보여 주는 것이라야 할 것이다. 우리가 보다 나은 사회를 원한다면, 우리의 생각과 행동은 경제 논리의 테두리를 넘어가야 한다. 사람의 삶에는 그것을 넘어가는 다른 지평이 있고, 인간의 긴 장래는 이 지평에서 온다.

(한국일보, 1997년 1월 13일)

대학 입시, 자기 발견, 예술

우리 집 아이가 대학 입학을 생각할 나이가 됐을 때의 일이다. 집에 놀러 온 손님 중에, 대학을 졸업하고 해외 봉사단의 일원으로 한국에 와서 고려대학에서 영어를 가르치던 미국의 처녀가 있었다. 우리 아이의 대학 입학과 진로 문제가 화제가 됐다. 장래 희망이 무엇이냐는 그의 질문에, 의과대학을 가서 의사가 될까 하지만 아직 미정이라고 말했다. 이 말을 들은 젊은 강사는 여름 방학 같은 때 병원에서 일을 얻어 해 보고 의사의 일이 해볼 만한지, 그 직업이 성격에 맞는지, 이러한 탐색 기간을 갖는 것이 어떻겠느냐고 충고했다. 그때나 지금이나, 이러한 충고는 학교와 학과 및 진로 선택을 점수에 맡기고 모든 것을 불꽃 튀는 점수 투쟁에 걸어야 하는 한국 사정을 전혀 모르는 요순 시대에서 온 사람의 이야기라고 할 수도 있다. 그러나 이러한 단순하고 옳은 말이 보통 사람의 입에서 쉽게 나오는 시대가 요순 시대일 수도 있다.

정상적인 사회란 보통 사람의 말과 행동도 깊은 지혜를 가진 사람의 말처럼 지혜로운 그런 사회일 것이다. 자신의 앞날을 새로 생각해야 하는 청소년이 장래를 작정하기 전에 그것에 대해 충분히 생각하고, 또 그것을 경험으로 시험하고, 사회에서 어른들이나 제도가 이를 도와주고 하는 것은 너무나 단순하고도 옳은 생각인 것이다. 그러나 이러한 생각과 또 이러한 간단한 생각의 실천으로부터 아주 멀리 있는 것이 우리 사회이다. 다만 최근에 와서 입시 제도 개혁을 위한 여러 조치들이 시도되는 것은 다행한 일이다. 대학에서는 요즘이 입시의 시즌이지만 금년에 시행되는 제도만으로도, 종전 제도의 야만성은 조금 완화된 것이 아닌가 하는 생각이 든다. 그러나 대학 입시는, 앞으로 더, 인간이 자연스럽게 성장하고 공부하고 사회화하면서, 개인적으로도 행복을 얻고 자기를 실현하는 그러한 인생 과정의 자연스러운 고비가 되어야 한다.

말할 것도 없이 진로 선택은 사람의 일생에서 매우 중요한 고비를 이룬다. 장래 직업의 안정과 사회적 신분이 그것으로 결정되기 때문만이 아니라, 자기 정체성의 확립과 자기 발전의 계기가 되기 때문이다. 공부와 직업이 자기의 성향과 준비에 맞는 것이라면, 거기에 성공할 확률이 더 커질 것임은 분명하다. 동기와 흥미는 공부와 일의 반을 마친 것과 같다. 그러나 자기 발견은 그 자체로 매우 중요한 인생의 경험이다. 인생의 중요한 경험들, 가령, 사랑과 같은 것이 그것의 현실적 열매 때문만이 아니라, 그것 자체로 뜻이 있듯이, 사람이 처음으로 자신 안에 잠재해 있는 힘을 대면한다는 것은 뜻있는 경험인 것이다. 자신의 힘을 점검하는 것은 사회로 나아가기 위한 준비 작업이다. 그러나 사람은 자신의 내면의 신비에 사로잡히기도 한다. 그리고 그것은 사람을 이끌어 세계와 삶의 보다 깊은 의미의 탐구로 나아가게 하기도 한다.

오늘날 우리 사회는 자기 발견을 위하여 제도적 배려를 하지 않는 사회이다. 그것은 개인적인 비참을 증대하게 함은 물론 사회적으로도 성실과 창의의 기본이 될 심리적 자원에 큰 손실을 가져온다. 이 배려의 결여는 특히 예술적 재능에 있어서 많은 것을 잃어버리는 일이라고 나는 생각한다. 경제 발전과 더불어 예술가와 예술 작품도 세계적인 수준이 되기를 기대하는 소리가 높다. 이 기대가 쉽게 충족되지 아니하는 데에는 다른 원인들도 있지만, 큰 안목으로 볼 때, 원천적 문제의 하나는 이 결여에 있다. 자기 발견, 그것도 인간의 내면 깊이 들어 있는 신비한 힘을 체험할 기회를 주지 않는 사회에서 위대한 예술이 가능할까. 예술가의 가장 중요한 자산은 그의 내적 체험, 특히 젊은 시절의 내적 체험이다. 이 체험은 개인적인 문제이면서, 그러한 체험을 허용하는 사회의 공간을 필요로 한다.

(한국일보, 1997년 1월 27일)

노동법 문제와 토착 경제학

최근 노동법 개정은 학계를 포함하여 사회 각 부분에서 강한 저항을 불러일으켰다. 그것은 그 내용으로 인한 것이기도 하지만, 그 졸속한 처리로 인한 것이기도 하다. 이 둘 사이에는 밀접한 관계가 있다. 빨리 처리하려는 것이 내용을 받아들이기 어렵게, 그리고 빈약하게 한 것이다. 그런데 이 졸속은 더 나아가 우리의 생각이나 학문에 있어서 현실과 이론의 관계가 허술한 상태에 있음을 보여 주는 것으로도 생각된다.

졸속 처리는 국회의 처리 과정 그것만을 말하는 것이 아니다. 노동법과 같은 중요한 법안을 심의하는 데에, 대화의 과정이 생략될 수 있다고 생각한 것은 급하고 짧은 마음의 소산이었다. 5공의 말기, 집권 세력과 민주 세력 사이에 팽팽한 긴장이 계속되고 있을 때, '비토 그룹'이라는 말이 있었다. 그것은 우리 사회 속에 서로 맞서는 여러 집단이 있음을 인정한 다음, 이 집단 사이의 타협을 통하여 사회적 균형을 찾는 것이 순리라는 생각을 표현하기 위하여 등장한 말이었다. 새로운 노동법의 적용을 받아야 하는 사람들은, 적어도 그 법이 관련된 한도에서는, 일종의 비토 그룹을 형성한다. 5공 말의 비토 그룹에는 집권 군정 그룹도 포함되는 것이었다. 어떤 때 정당성이 모호한 집단까지도 정치 현실의 요인으로 생각되어야 한다면, 사회의 정당하고 중요한 부분을 이루고 있는 노동자 그룹이 일방적으로 강요되는 불이익에 대하여 비토권을 행사하지 않을 것인가.

대화는 타협을 불가피하게 하였을 것이다. 노동법을 두고 이루어지는 타협은, 좋든 나쁘든, 현실적 실력의 차원에서 타협이 이루어질 수 있는 선이 어디인가를 발견하는 데 도움을 주었을 것이다. 또 그것은 우리의 경제 현실 속에서, 노사 어느 쪽이든, 무엇이 요구될 수 있고, 무엇이 양보될 수 있는가를 밝혀 주었을 것이다. 정부와 여당은 물론 이러한 대화와 타협을 할 생각이 없었다. 그 진정한 의도가 무엇이었는지는 오직 추측할 수 있을 뿐이지만, 한 가지 동기는, 경제의 위기적 상황을 바로 읽고 있다는 정부의 자신감이었을 것이다. 이 경제 읽기가 경제 현실로부터 동뜨는 것은 아니었겠지만, 적어도 위기에 대한 대처 방안에서 정부의 생각이 반드시 우리의 사회 현실에 입각한 것은 아니었던 것이 아닌가 한다. 노동권을 제한하고, 임금과 복지 혜택을 줄여서 기업의 국제적 경쟁력을 높이는 일은 레이건 경제학 또는 대처리즘에서 시작하여 요즘 서방 자본주의 국가에서의 상투적인 경제 정책이 되어가고 있다. 정부는 어쩌면 이러한 점에서 서방의 모범을 따르는 것은 시험된 정책을 시행하는 것으로서 안전한 것이라고 생각했을는지 모른다.

그러나 서방 여러 국가들의 정책이 그렇다 하더라도, 그것이 우리 현실에서도 유일한 정책 선택인가는 조금 더 생각되어야 마땅한 것일 것이다. 서방 선진국가에서의 임금과 복지의 후퇴는 우리의 경우와는 전혀 다른 의미를 갖는다. 의료, 교육, 주택 등의 혜택이 그대로 남아 있고, 실업 보상 제도가 있고, 재훈련을 통한 재취업에 대한 믿을 만한 정책이 있는 사회에서의 임금과 복지의 감소와 정리 해고가 우리 사회에서의 그것과 같은 것일 수 없다. 국제적으로 정리 해고제 같은 것을 별로 문제 삼지 않는 듯한 보도가 있었거니와,(국내에서도 국제적인 관례라는 사실에 압도된 것인지, 그에 대한 논란이 수그러드는 기미가 보인다.) 이 사실 자체가 현실의 차이를 반영한다.

국제적 관례가 아니라, 우리 자신의 사정이 문제다. 우리에게는 우리의 경제학이 필요하다. 우리의 소박한 마음에는 이러한 질문들이 일어난다. 우리에게 경제 위기가 있다면, 위기는 모든 사람이 공동으로 대처하여야 할 것이 아닌가. 그에 따른 희생과 고통도 분명한 모양으로 분담되어야 할 것이 아닌가. 그것이 노동자에게만 요구되는 것이 공평한 일인가. 위기의 극복을 위해서, 기업가가 희생을 하고 있다면, 그것을 분명하게 보여 주어야 할 것이 아닌가. 이러한 물음들은 다시 말하여 소박한 심정에서 나오는 것이다. 그러나 그것은 보다 나은 사회를 위한 사회 계약의 기초가 될, 함부로 손상해서는 아니 되는 공동체적 유대 의식에서 나오는 것이다.

물론 이러한 질문과 의식이 현실적인 경제학으로 옮겨질 수 있는지는, 알 수 없는 일이다. 그러나 적어도 이미 만들어진 경제 이론이나 모델이 아니라 우리의 심정과 우리의 현실로부터 귀납하여, 모든 선택을 보여 주고 꼭 하지 아니할 수 없는 선택을 지시해 주는 토착 경제학도 있을 법한데, 그러한 논의는 일반 시민의 귀에는 별로 들리지 아니한다. 현실과의 대화로부터 끌어내어진 이론이 절실하다.

(출처 미상, 1997년 1월 28일)

불타는 로마와 예술

로마가 불타고 있는데 음악을 연주한 네로의 이야기는 정치나 사회와 문화 또는 예술의 관계를 생각하는 데 있어서 한 모델이 된다. 불타는 도시를 보고 음악을 연주하는 것은 용서할 수 없는 일이다. 통치자가 아니더라도, 불이 난 곳에서 제일 중요한 것은 불을 끄는 일이다. 그런데 사람 사는 곳에 크고 작은 불이란 끊임이 없는 법인데, 불 끄기만 해야 한다면 언제 노래할 틈이 있을 것인가. 불의 긴급도를 계산해서 음악의 자리를 마련할 수밖에 없을 것이다.

그런데 대체로 긴급한 대응을 요하는 불이 끊이지 않는 것이 우리 사회의 상황이다. 노동법이나 안기부법 대란이 일더니, 이번에는 한보 사건이 벌어져 수렁 위에 참으로 위태롭게 서 있는 것이 우리 사회라는 생각을 하게 된다. 어디에서 한가한 노래를 부를 수가 있는가. 이러한 일들을 아는 체해야 된다고 강제받는 것은 아니지만, 누구나 자신의 발밑을 흔드는 듯한 이러한 사회의 기본 질서의 동요를 생각하지 아니할 수 없다. 이것은 작가나 시인의 경우에도 마찬가지이다. 그리하여 그들은 사회적 문제들을 작품의 소재로 삼아야 한다고 느낀다.

그러나 다른 한편으로 이것이 양심적 인간의 자세로서 너무나 당연한 것인데도 불구하고 사회나 정치적 의도를 포함한 예술 작품이 예술적으로 성공하는 경우는 드문 일이다. 사회나 정치 그리고 예술을 양립할 수 없게 하는 무엇이 있어 보인다. 허나, 세상이야 불에 타서 없어지든 말든, 나라가 온통 부패의 구유통으로 썩어 문드러지든 말든, 자신의 예술만을 추구할 수는 없는 일이다. 또 그러한 자세로 쓰인 작품 — 결국은 거짓된 의식과 태도의 소산인 그러한 작품이 제대로 된 것이 될 수도 없다. 이것은 결국 사회나 정치의 안정이 있기 전에는 훌륭한 예술 작품이 나올 수가 없다는 이야기가 된다. 물론 안정이란 어느 정도의 안정을 말하는 것이고, 많은 경우에 그것은 지배층의 주변을 맴도는 사람들이 느끼는 허위의식에 불과한 것일 수도 있다. 그러나 부분적 안정 또는 착각에서 오는 안정이라도 있어야 예술 작품이 가능해지는 것이다.

역설적으로 위대한 예술 작품은 대체적으로 안정된 삶을 그리는 것이라기보다는 그 밑에 놓인 삶의 심연을 보여 주고, 사람의 삶이 얼마나 불안정한 기반 위에 서 있는가에 대하여 전율하게 하는 경우가 많다. 그런 의미에서 네로는 사실 예술가의 한 전형처럼 생각될 수 있다. 다만 예술가에게, 불이 노래의 주제가 되었다면, 그것은 현재의 불이 아니라 기억 속에 되살려진 불이었을 가능성이 크다. 예술 작품은 험한 세상을 소재로 하더라도, 그것을 기억하고 반성하고 재구성한다. 여기에는 마음의 여유가 필요하다. 편한 생활과 좋은 예술 사이에 비례 관계가 있다고 할 수는 없다. 예술가는 가난할 수도 있고, 외로울 수도 있고, 사회에 대하여 커다란 불만과 비판적 태도를 가질 수도 있다. 그러나 자신과 이웃과 친구가 사는 동네가 불타고 있음을 알면서는 좋은 예술 작품의 생산에 필요한 마음의 여유를 가질 수 없다. 그것을 위해서는 조금은 조용한 구석이 필요하다.

세상은 늘 시끄럽게 마련인데, 조용한 곳이 어디에 있을 것인가. 그러한 곳은 작가의 마음속에서 찾을 수밖에 없다고 할 수도 있다. 이 조용한 마음은 특별한 내면적 강인성으로 또는 깊은 절망과 체념으로 얻어질 수도 있다. 그러나 대부분의 경우, 주변과 사회의 현실에 의하여 뒷받침되지 않고는 그러한 마음은 유지되기 어렵다. 하버마스는 행정과 정치 비대의 오늘의 사회를 설명하기 위하여 '생활 세계의 식민지화'라는 말을 쓴 일이 있다. 우리 사회야말로 생활이 정치와 경제에 의하여 식민지화한 사회라고 할 수 있는데, 이 체제마저 불안정하기 짝이 없는 것이다. 좋은 문학 작품 또는 예술 작품이 나오기가 매우 어려운 환경임에 틀림없다.

(한국일보, 1997년 2월 10일)

권력, 사상, 부패

황장엽 북한 노동당 비서의 망명 동기에 대해서는 아직 정확한 보도가 없다. 권력 투쟁, 정책 갈등, 문책, 좌천 불안 등 추측만이 있을 뿐이다. 그 참된 동기가 어떤 것이든지 간에 권력과 지식인의 공존은 순탄하고 편안한 것이 되기 어렵다. 지식인, 특히 철학적 지식인은, 스스로 진리의 소유자로 자처한다. 권력도 정당성의 근거로서 진리의 소유를 주장한다. 역사의 진리 주체를 자처하는 공산 정권의 경우, 특히 그러하다. 두 진리 사이에 싸움이 일어나면 이기는 것은 권력이다. 그 결과 사회에 있어서 진리의 존재에 왜곡이 일어난다.

손상되는 진리에는 두 가지가 있다. 하나는 체계적이거나 장기적인 의미에서의 진리이다. 가령, 역사의 의미, 좋은 사회의 이념, 오늘의 상황에 대한 장기적 전망이 여기에 관련된다. 다른 하나의 진리는 단순한 사실을 말한다. 체계적 진리는 종교적인 믿음의 차원에서 그리고 사회 정책의 장기적 방향 설정에서 중요하다. 그러나 더 근본적인 것은 사실의 진리이다. 장기적인 비전에 입각한 정책도 현실화하려면 사실, 흔히 통계로 표시되는 사실에 연결돼야 하기 때문이다. 권력 전단(專斷)이 일으키는 문제의 하나는 사회의 기초적 사실을 파악할 수 없도록 한다는 점이다.

냉전 시기 폴란드 외무차관을 지내고 주미 대사로 있던 로말드 스파소프스키가 1981년 미국으로 망명한 사건이 있었다. 그의 망명 동기를 하나로 말하기 어렵지만 정부 안에서 직언이 어려웠던 것도 망명에 이르게 한 좌절감의 한 요인이었다. 어떤 일에서나 진리는 당의 고위 간부가 가지고 있었다. 당의 이론과 그의 현실의 인식 사이에는 큰 차이가 있었다.

70년대 내내 폴란드는 계속적인 경제의 위기에 있었다. 그중에도 농업생산의 부진은 계속 폴란드를 기근의 재난 직전까지 몰아갔다. 이것은 늘 임기응변적으로 미국의 식량 원조에 의해 해결됐다. 그러나 당은 폴란드의 경제 발전에 대해 거창한 자부심을 갖고 있었다. 폴란드가 세계 열두 번째 산업국이며 이제 산업 기반 구축을 완성하고 새로운 경제 단계에 들어선다는 선전이 현실적인 상황 판단을 대신했다. 식량 원조를 구걸하는 것이 외교의 주된 내용이면서도 당국자들은 계속 위대한 업적을 이야기했다. 다른 나라 수뇌와의 회담에서도 당서기나 수상은 가공적인 숫자와 업적을 내세웠다. 스파소프스키는 대사로서 자국 정부와 다른 나라 정부 사이를 연결하면서 수치감을 금할 수 없었다. 이데올로기의 가공 세계 속에 사는 것은 다른 공산 정권의 경우도 마찬가지였다. 소련 붕괴 후 그 나라 전문가들이 놀란 사실 중의 하나는 소련 공산당과 정부가 갖고 있던 통계 숫자들이 얼마나 가공적이었느냐 하는 점이었다.

사실의 세계를 망실되게 하는 것은 권력의 독선만이 아니다. 부패도 마찬가지 일을 한다. 한보에 쏟아져 들어간 천문학적인 돈이 어디에 어떻게 쓰인 것인지, 보도된 수사 결과로 보아서는 전혀 알 길이 없다. 당연한 귀결이다. 총체적인 부패 속에서 누가 누구를 어떻게 조사한다는 말인가. 부패는 도덕성만의 문제가 아니다. 거짓 속에 사실이 망실되는 것이 더 큰 문제이다. 무엇에 근거해 정책을 수립하거나 시행하고 생산성이나 능률을 평가할 것인가. 절대 권력은 사실을 일사불란한 허구가 되게 한다. 절대 부패는 사실을 오리무중 속에 있게 한다. 폴란드의 공산 정권을 쓰러뜨린 솔리다르노시치운동이 일어나고 식량이 떨어지고, 상점에 일용품이 동이 난 때에 워싱턴을 방문한 부수상 야루젤스키는 정상을 회복한 폴란드는 새로 시작한 사회주의 개혁을 착착 진행시키고 있다고 장담했다. 스파소프스키가 자서전에서 전하는 이야기이다.

(한국일보, 1997년 2월 24일)

문학의 세계화

우리도 노벨 문학상을 타야 한다는 말이 이야기되고, 노벨상 타기 운동이 시작된 것도 한참 되었다. 다른 한편으로 노벨상을 턱없이 탐하는 것도 천박한 일이고 문학의 본령에 조금은 빗나가는 일이라는 느낌을 가진 사람들도 있다. 사실 문학이 존재하는 이유는 상과 같은 세속적인 것을 넘어가는 데에 있다고 할 수 있다. 그런데 노벨상은 여하간에, 우리 문학이 세계적으로 알려지지 않고 있는 것은 사실이다. 번역이 없다는 의미에서만은 아니다. 번역은 세계 시장에서 세계적인 독자에게 호소력을 가질 수도 있고 아니 가질 수도 있다. 그러나 독자나 시장에 관계없이 한국의 문학 현상이 범세계적인 문학 연구에 제공할 수 있는 통찰과 설명이 있다.

가령 한국인은 시를 어떠한 것으로 생각하였느냐, 전통 한국 문학에서 성(性)은 어떻게 다루어졌느냐, 문학 작품의 유통 경로는 어떠한 것이었느냐, 이것이 문학 표현의 양식에 어떠한 영향을 끼쳤느냐 — 이러한 문제들에 대한 연구는, 작품의 호소력에 관계없이 범세계적 문학 연구에 공헌이 되는 것이다. 그러나 이러한 문제를 비롯하여 우리 문학의 존재 방식에 대한 설명은 설사 국내 연구가 있다고 하더라도, 국제적 학문 교환의 장에서는 이야기되는 일이 별로 없는 것으로 보인다.

나는 지난 몇 년 동안 몇 가지 세계 비교문학회의에 나가 볼 기회가 있었지만, 이러한 장소에서 한국의 경우들을 대표하는 발표가 너무 적은 것을 발견하고 우리의 국제 활동에 중요한 공백이 존재함을 알게 되었다. 문학 연구의 세계 진출도 기존 연구의 번역과 선전의 문제라고 할는지 모른다. 그러나 국내 연구의 번역으로 이 문제가 풀리지 않는 것은 우리의 문학적 질문이나 발상법이 국제적 문제의 지평에서 일치하는 것이 아니기 때문이다. 번역이 필요하다면, 그것은 서로 다른 문제와 답변의 영역을 연결하는 새로운 개념화로서의 번역이다.

이러한 일에 관련되는 학문이 비교 문학이다. 최근에 비교 문학에 대한 관심이 늘어가는 것은 고무적인 일이다. 금년부터 연세대 대학원에 비교문학 과정이 생겼다고 한다.(어떤 이유인지는 모르지만, 고려대에서 신청한 것은 교육부에서 각하되었다.) 이에 추가하여 필요한 것은 문학 연구의 비교화와 통합이다. 오늘날 우리가 하고 있는 학문치고 서양 학문의 세례를 거치지 아니한 학문은 거의 없다. 정치학이든 사회학이든 경제학이든 철학이든 우리 전통에 그러한 분야에서 독자적 사고가 없었던 것이 아님에도 불구하고, 이들 학문은 서양의 것(그것이 세계적이냐 하는 것은 또 별개의 문제다.)을 지나칠 정도로 소화하면서 우리 사회에서의 자리를 새로 닦았다. 한국 문학 연구가 바깥세상의 학문에 담을 쌓고 있다고 말하는 것은 어폐가 있지만, 세계 현대 학문과의 관계에 있어, 다른 학문들과는 전혀 다른 사정 속에 있다는 것은 부정할 수 없다. 그런가하면, 우리나라에서의 외국문학 연구의 국제화에 도움이 되는 것이 아님은 물론이다.

현대 경제가 한두 개의 특출난 상품으로 이루어지는 것이 아니라 복잡한 산업 구조를 전제하여 가능한 것이라는 것은 널리 인식되어 있는 일이다. 창작되는 문학도 복잡한 문학적 담론의 구조 속에서 만들어진다. 이것은 오늘날에 특히 그러하다. 오늘날의 문학은 자의식이 강한 문학이 되지 아니할 수 없고, 이 자의식은 상당 부분 당대의 문학 담론 일반에 의하여 형성된다. 세계적인 문학은 세계적인 문학 담론 속에 존재한다. 이 담론의 매개 없이 갑자기 튀어나온 문학적 업적이 현대 문학으로서 세계적인 호소력을 갖는 일은 희귀한 일이다. 이러한 문학적 담론의 구조를 만들기 위해서는 문학 연구와 통합이 있어야 한다.

보다 단적으로 필요한 것은 여러 개의 언어와 문학 전통에 능숙하고 국제적 학문 교환에서 한국을 설명할 수 있는 인원의 양성이다. 그리고 국제적 시각에서 우리 스스로를 이해할 수 있는 학문의 성장이다. 이것은 교육과정에서 시작해야 한다. 문학 교육과 연구에 대한 새로운 성찰이 필요하다.

(한국일보, 1997년 3월 10일)

이성의 술수

우리는 근년에 많은 권력자들의 부침을 되풀이하여 경험하였다. 두 사람의 대통령이 재판에 회부되고 감옥에 가는 것을 보았고, 이제 또 한 사람의 대통령이 그 도덕적 권위를 급속하게 상실하는 것을 본다. 사실 돌이켜보면 대한민국 수립 이후에 어떠한 최고 권력자도 좋은 끝을 맺은 일이 없다. 그리하여 그것은 거의 운명적이라는 생각까지 든다. 헤겔은 역사를 움직이고 만드는 것은 일단은 그가 '세계사적 개인'이라 부른 영웅적 인간들이지만, 더 깊이 살펴보면 이러한 영웅들은 결국 역사의 심부름꾼에 불과하다고 말했다. 그들은 역사의 참 주체인 이성의 술수에 이용되는 것이고, 많은 경우 그들은 그 희생물이 되기도 한다는 것이다. 구체적 현실로서 검증하기 어려운 형이상학적 사변에 속하는 이러한 거창한 역사관은 흔히 폭력의 정당화에 이용된다.

그러나 혼란한 과도기에는 어느 나라에서나 하루살이 권력자의 교체가 되풀이되는 것을 보게 된다. 적어도 많은 영웅들을 희생물로 바칠 것을 요구하는 역사나 시대가 있음은 사실이라는 생각이 든다. 또 이것은 단순한 혼란의 결과라기보다 그 나름의 이치를 갖고 있는 것으로 보인다. 혼란한 사회는 늘 사람들에게 풀어야 할 과제를 준다. 어떤 사회는 바르게 이 과제를 풀어 나간다. 그러나 다른 어떤 사회는 이 과제를 풀지 못하고 갈등과 혼란 속에 표류한다. 과제를 풀어 가는 데에 중요한 역할을 하는 사람이 역사의 영웅이다. 과제의 도전을 받아 내지 못하는 사람이 불행하게 끝나는 권력자이다. 그러나 혼란된 사회의 문제가 하나 둘이겠는가. 시대의 과제는 여럿이고 또 시간과 더불어 바뀌게 마련이다. 시대의 과제를 전혀 이해하지 못하는 것, 그것을 알되 해내지 못하는 것, 하나의 과제를 해냈으되 다음 과제를 못 해내는 것, 또는 과제가 바뀐 것을 알지 못하고 옛날의 과제에 집착하는 것 등 여러 경우의 실패가 있을 것이다.

공산권의 해빙이 시작될 때 서울에서 상영된 폴란드 영화에 「예스터데이」라는 것이 있었다. 공산 치하의 폴란드에서 젊은이들이 서방 세계의 자유—「예스터데이」를 부른 비틀즈로 대표되는 자유를 그리워하는 이야기이다. 구세대는 젊은이들의 이러한 갈망을 퇴폐의 표현이라며 필요한 것은 더 많은 혁명 정신의 고취와 엄격한 규율이라고 했다. 조국을 해방하고 새로운 사회를 건설할 때의 피나는 노력을 되새기게 함이 필요하다는 것이다. 이 영화의 숨은 비판은 이미 사라져 버린 필요에 매여 현재의 필요를 못 보는 체제의 경직성에 대한 것이다. 이 경직성은 폴란드뿐만 아니라 다른 공산 국가에서도 볼 수 있다. 투쟁적 상황이 아닌 때에도 계속적으로 투쟁의 수사로써 모든 일을 대처하려는 것은 마치 한때 밥이 필요했다 하여 밥을 먹고 난 다음에도 계속 밥만을 강조하는 것과 같은 것이다.

성공하는 정치 지도자는 시대의 과제를 파악하고 그것을 풀어내는 사람이다. 이 과제는 시대에 따라서 달라진다. 근대화가 중요했고 다시 문민 정부 수립이 중요했다 해서 그것들만이 시대적 과제의 전부일 수는 없다. 지난 며칠 동안 벌어진 일들은 오늘의 과제 중의 하나가 정직하고 투명한 정치 체제, 사회 체제임을 말해준다. 부패·부도덕한 사회에서 사는 일의 고달픔이 이제 한계에 이른 때문이기도 하지만 현대 사회의 정치와 경제의 능률이 이를 요구하기 때문이다. 그 외에 지금의 시대가 해결을 요구하는 과제는 무엇인가. 새로운 지도자가 보여 줘야 할 것은 이 과제의 명시화이다. 이제 불원간 대통령 선거가 있을 터인데 이 선거의 과정이 제대로 진행된다면 바로 사회의 과제들을 밝히고 그 우선순위를 정하게 될 것이다. 그러나 지금까지의 대통령 선거 후보 논의에서는 이러한 과제의 확인을 위한 고민이나 토론의 흔적은 보이지 아니한다. 역사에 버림받는 지도자의 역사는 또 되풀이 될 수밖에 없을 것인가.

(한국일보, 1997년 3월 24일)

예술 작품과 침묵의 말

한국 문학이 노벨상 같은 것을 벌어 오지 못하는 것은 안타까운 일이지만, 최근의 국제 영화제들의 결과를 보면, 영화도 기대되는 만큼은 실적을 올리지 못하고 있는 것으로 보인다. 중국 영화나 인도 영화도 세계적 위치를 굳혀 가는데 안타까운 일이다. 이유의 하나는 혹시 너무 잘 만들려는 때문이 아닌가 하는 생각이 든다. 작품에 너무 강한 의미를 부여하고 주제를 강하게 드러나게 하려고 노력하는 것이 아닌가 하는 것이다. 이것은 문학의 경우에 미루어 하는 이야기인데, 대체로 우리 사회의 여러 표현들에는 지나치게 의미와 주제를 강조하는 경향이 있다.

문학 작품에 대한 심사라는 것을 하고 신문에 실릴 사진을 찍게 되는 일이 있다. 그럴 때 사진 기자는 작품들을 책상 위에 펼쳐 놓고 그것을 보고 있는 시늉을 하라고 종용한다. 심사란 이미 읽고 나온 작품을 논의하는 것인 까닭에 몸으로일망정 거짓말을 하라는 것이다. 뿐만 아니라 그러한 상투적 연출로 좋은 사진이 되는 것은 아니다. 그러나 이러한 지적은 절대 통하지 않는다. 사진의 의미를 분명하게 해야 한다는 강박 관념이 있는 것일 것이다. 신문의 사진 설명에서도 이러한 강박을 발견할 수 있다. '옐친 대통령이 클린턴 대통령과 반갑게 악수하고 있다.', '한 노인이 밀가루를 받고 기뻐하고 있다.'……. 이러한 사진의 설명이 꼭 필요한 것인가.

의미를 강조하는 일은 우리가 하는 말, 찍는 사진, 그리는 그림 등을 정당화하는 역할을 한다. 여기에는 흔히 정치적, 사회적, 도덕적 상투 관념이 동원된다. 정치적 수사는 국가와 민족의 이름으로 모든 것에 의의를 부여해준다. 이문구 씨의 『관촌수필』에 나오는 풍자적인 삽화에 꿩을 안고 가다 파출소에 잡혀가는 농촌 소년의 이야기가 있다. 파출소에서 나오면서 이 소년은 "국민에게 사과한다."라고 말한다. 그러나 참으로 문제가 되는 것은 감정의 상투 작용을 이용하는 일이다. 위에 든 신문 사진에서 등장인물은 반가워하고 기뻐하는 것으로 되어 있는데, 감정의 진실 여부에 관계없이, 강조된 감정은 영상이나 이야기에 의의를 더해 주는 것으로 생각된다. 신문사 주최의 운동 경기나, 국제 경기의 우승에 즈음해서 동원되어 신문에 우리 작가들의 넋두리를 담는 글들이 게재된다. 감동을 짜내어 의의를 높이자는 것일 것이다. 정치 슬로건의 상투성도 그 자체로보다도 대개는 '뜨겁고' '치열한' 감정과 맞붙어 완성된다. 이러한 일반적 태도가 문학에 침투한다.('한'으로 모든 것을 몰아가는 경우가 그 예이다.)

문학에 교훈과 감동이 없는 것은 아니나, 그것이 문학의 핵심은 아니다. 좋은 작품은 추상적 관념이나 감정 또는 하나의 의의로 요약되는 것을 거부하는 작품이다. 들을 만한 소박한 이야기의 경우도 그렇다. 사람이 사는 일이나 세상의 물건이 모두 심오한 의미를 가진 것은 아니다. 그것은 불투명하게 영위되고 존재한다. 이것이 문학의 전부는 아니지만, 이 불투명의 신비를 바탕으로 하여 문학이 이루어진다. 문학은 말이면서 말을 넘어가야한다. 사진, 그림, 조각 또는 영화도 말이 강조하는 의미를 넘어가는 사실의 세계에서 빛을 발휘한다.

최근에 나온 최승호의 시집 『여백』은 제목부터 말보다는 말이 쓰이고 남은 공간을 지칭한다. 이 시집의 주제인 눈사람은 세상의 욕망과 관심을 벗어 버린 금욕적 존재이다. 눈사람의 금욕주의는 말들에도 해당된다. 꿩은 발자국을 남기기 위해서 눈 위를 걸어 다니는 것이 아니며, 저자가 남겨놓은 발자국으로서의 언어에 저자는 존재하지 않는다고 최승호 씨는 말한다.

민음사에서는 고은 씨의 근작들을 새 시집으로 냈다. 이 시집의 주제의 하나는 '이 세상(이) 부서지는 세상'이라는 사실의 확인이다. 부서지는 것에는 사람이 사회적으로 얻는 이름 또는 사물에 붙이는 이름도 포함된다. 모든 이름은 비바람과 물결에 붙여 쓴 것이다. 사람이 가을 물소리를 두고 가을 물소리라고 말하더라도, "그것이 제 이름인지도 모르는 가을 물소리"—이것이 세상의 실체이다. 이러한 고은 씨의 말은 그가 정치적 시인이기 때문에, 아직 정치를 버린 것이 아니기 때문에 더욱 경청에 값한다. 최승호 씨는 "말은 솟아오른 침묵"이라고 말한다. 이 침묵의 말은 모든 예술의 말이고, 이것이 세계에 통하는 말이다.

(한국일보, 1997년 4월 7일)

체제 갱신과 새로운 결단

한보 사건의 사회적 충격은 아무리 강조하여도 부족하다. 한보 충격은 사회와 정치 체제의 전체적인 붕괴를 발밑에 느끼게 하고 한국 사람의 삶에서 깊은 철학적 불행 의식으로 확대된다. 사실 한보의 엄청난 일에 사람들이 분노하고 절망하는 것은 나날의 삶에서 — 거리에서, 시장에서, 관청에서, 병원에서, 학교에서 접하는 괴로움의 원인을 거기에서 다시 확인했다고 생각하기 때문이다. 구조물이나 기계에도 피로가 있지만, 사회 제도에도 피로가 있다. 역사상 주기적으로 일어나는 왕조의 교체나 혁명도 이러한 피로와 관계있는 것인지 모른다. 미국 독립혁명기의 제퍼슨은 18년마다 사회는 혁명적인 자기 갱신이 필요하다고 생각하였다.

우리 사회가 그러한 혁명적 갱신까지 필요한 것인지는 모르지만, 무엇인가 근본적인 재정비를 필요로 함은 틀림이 없다. 경제에 있어서 구조적 재조정이 필요하다는 것이 자주 말하여진다. 그러나 정치나 다른 부분에서의 구조 재조정은 별로 이야기되지 아니하였다. 문민정부의 수립을 일단 이러한 필요에 대응했던 것으로 말할 수도 있지만, 최근의 현상은 그것이 전적으로 표면적인 조정에 불과했음을 드러내 준다.

정치의 재조정 가운데, 현 단계에서 절대적으로 요구되는 것은 부패 근절보다 적극적으로 공적 영역에서의 정직성과 투명성의 확보이다. 그것 없이는 책임 있는 정치 질서나 효율적 경제 운영이 확보될 수 없고, 합리적 사회 계획을 위한 사실적 자료의 확인도 불가능하다. 경제 발전의 초기에는 그것이 필요 없는 것이었는지도 모른다. 어떤 논자들은 경제 성장의 전제 조건이 정신적 가치로부터의 해방이라고 말하기도 한다. 설사 그렇다고 하더라도 역사의 단계에 따라서 통용되는 것이 다를 수 있다는 것을 알아야 한다. 지금에 와서 드러나는 것은 공중도덕이 없이는 사회의 모든 기능이 마비되는 역사의 단계가 있다는 사실이다.

최근 신한국당 이회창 대표는 "지금이 군을 경계해야 하는 때"라는 말을 하여 시비의 대상이 되었지만, 국가 체제 전체가 위기에 처한 오늘의 상황이라면 그의 느낌이 그렇게 표현된 것이라고 할 수 있다. 우리 정부가 내각 책임제의 정부였더라면, 최근의 정세에서는 정부가 바뀌어도 몇 번 바뀌었을 것이다. 사실 이 시점에서 체제 전체의 위기는 내각제에서의 정부 재조직 정도로도 해결할 수 없게 심각한 것이다. 이 대표의 말은, 자신의 의도와는 관계없이, 이러한 느낌을 전달하는 것으로 취해질 수 있다.

세상에는 우리 사회보다도 더 부패한 사회가 얼마든지 있다. 우리도 거기에 끼는 것을 원하는 것인가. 권력을 가진 사람들이 어떻게 생각하고 있든지 간에, 우리나라의 사람들이 원하는 것은 대체로 선진국이 되는 것이라고 생각된다. 선진국이란 국가를 군사력, 경제력, 정치 질서, 국민 복지 등으로 평가하여 하는 말이지만, 그에 상당한 공적 도덕성의 뒷받침이 있어서 선진국이 된다.

영국은 이번 5월 1일 총선거가 있다. 여당 국회 의원으로서 기업가로부터 돈을 받은 사람이(액수는 3000만 원 정도로 생각된다.) 다시 출마한다는 것이 알려지자, 영국 공영 방송의 기자 한 사람이 같은 구에서 출마를 선언하였다. 그는 그러한 부패한 사람이 국회 의원이 되는 것을 좌시할 수 없어 출마하였으나 그 사람이 출마를 포기하면, 자신도 출마를 그만둔다는 것이다. 그의 의분에 호응하여 노동당과 자유민주당도 후보를 내지 아니하겠다고 선언하였다. 최근 이스라엘의 경찰이 네타냐후 수상의 검찰 총장 임명에 관한 부정을 수사하였다는 보도가 있었다. 그 임명이 어떤 독직 사건의 무마를 조건으로 한 정치 거래였다는 것이다. 그로 인하여 수상이 탄핵 소추될 가능성이 있다고 한다. 우리만은 정직과 기율이 없이도 잘 되어 가게 되어 있는 것일까.

우리가 정상적 사회의 운행 규칙을 면제받고 있는 것이 아니라면, 정치 체제 전체의 철저한 갱신이 없이는 우리 사회는 한발도 앞으로 나아갈 수 없을 것이다. 문제가 있었던 사람들이나 정당들이 고비만 넘기면 그대로 정치 활동을 계속할 수 있다는 생각이 있다. 그것을 허용하고도 우리에게 미래가 있을까. 우리가 이 시점을 위기로 인식하고 그것을 넘어 단호한 결단으로서 새로운 역사의 단계로 옮겨가지 못한다면, 우리의 미래는 암담한 것이 될 것이다.

(한국일보, 1997년 4월 21일)

민주 사회의 사상과 정치

최근 대통령자문 정책기획위원장 최장집 교수의 사상적 배경에 대하여《월간조선》과《조선일보》가 제기한 의문은 우리로 하여금 이 사회의 정치·학문·언론의 바른 존재 방식에 대하여 깊은 우려를 품게 한다. 우선 필요한 것은 최장집 위원장의 정치 사상에 대한 해명이라기보다는 그것을 요구하는 일 자체의 정당성에 대한 반성이다. 그러한 질문이 제기되는 것 자체가 우리 사회의 민주적 토대의 취약성을 말하고, 거기에 상존하는 비민주적 원리주의의 위협을 말한다.

사상의 자유는 민주주의 핵심을 이루는 시민적 권리다. 물론 이것은 교과서적 이야기다. 생각하는 자유가 완전한 것이 못되는 게 현실이다. 그렇다고 하더라도 가릴 것을 가리도록 하는 노력을 포기하는 것이 옳은 것은 아니다. 생각의 자유는 문화적·윤리적 통념과 관습의 제약을 받는다. 그리고 우리의 생각이 현실적으로 문제를 일으킨다면, 법이 거기에 제재를 가한다. 이런 경우 최소한의 납득 기준은 법률적 한계나 문화적·윤리적 통념의 제약이 그런 나름으로 분명하여야 한다는 점이다. 사상을 어떻게 검증할 것인가. 무엇보다도 누구를 사상의 검증자가 되게 할 것인가?

민주 사회의 생각에 제약이 있을 수 있다면, 그것은 그 생각의 사실적 결과로 인한 것이다. 그런 한도에서 생각에는 책임이 뒤따른다. 그러나 이것도 실증될 수 있는 사실에 근거하여서만 그러하다. 공직자의 생각은 제안되거나 실현되는 정책으로 표현된다. 그때 그것은 분명하게 따져 볼 수 있는 현실적 대상이 된다. 효율성이라는 관점에서만도, 정책의 현실적 또는 잠재적 결과와 영향이 아니라, 정책 집행자나 수행자의 사상부터 따지고 든다면 어느 세월에 나랏일을 해낼 수 있을 것인가. 급한 현실 속에서 동기와 사상을 물고 늘어지는 것은 현안의 초점을 흐리게 하거나 그 결정을 지연시키려는 필리버스터 전술일 가능성이 크다.

어느 때 어디에서고 사상을 문제 삼을 수 없다는 것이 아니다. 거기에는 적절한 환경과 조건이 함께해야 한다. 학문적 토의와 논쟁의 장소가 그런 공간의 하나다. 생활 차원에서 논란의 궁극적 조정자는 법정이다. 민주적 법제도의 이념은 문제의 여러 면을 공평하게 검토할 수 있는 조건을 최대로 보장하는 데 있다. 검사와 변호사의 대등한 관계는 그런 이념의 한 표현이다. 민주적 법제도가 "네가 네 죄를 알렸다." 하고 피고를 을러대는 봉건 사회의 법정이나, 이성적 절차보다는 대중의 조작에 의존하는 인민재판에 비하여 월등하게 탁월한 제도임이 분명하다.

일반적으로 자유 사회의 질서 원리는 견제와 균형이다. 그러나 논쟁과 재판의 균형을 보장하는 제도적 장치가 부재한 곳이 대중 언론 매체다. 이 자리에서 논할 수 없지만 그럴 수밖에 없는 이유가 있다. 그 대신 여기에 요구되는 것은 엄격한 책임 의식과 자기 기율이다. 자기 회사의 일에 관계되는 한 선전인지, 광고인지, 보도인지 알 수 없는 기사들을 마음껏 싣는 우리 언론의 보도 행위를 보면 우리 민주주의의 도덕적 기초가 얼마나 허약한지를 다시 한 번 되돌아보지 않을 수 없게 된다. 이번 일로 세계와 나라 안 정세의 경중에 관계없이 지면을 마음껏 할애하는 신문의 힘 행사를 보면 민주주의에 대한 냉소주의 확산은 이해할 만한 것이 된다.

최장집 교수가 민주적 신념에 투철한 학자라는 것은 그의 저서를 널리 접하는 사람에게는 의심할 여지가 없다. 그러나 그것은 주관적 맹신이 아니라 역사와 정치에 대한 객관적 이해에 뿌리박고, 그것에 의하여 유연하고 섬세하게 조정, 형성되는 신념이다. 사실을 복합적이고 총체적인 연관 속에서 분석, 이해하려는 것이 그의 학문적 방법이다. 이것은 맹신을 진리라고 생각하는 사람에게 곤혹스러운 것일 수 있을 것이다. 민주주의는 정치 제도이지만, 진리의 방법이기도 하다. 사실을 보는 다양한 관점에 대한 개방성 없이 진리는 근접될 수 없다. 최 교수의 사상을 문제 삼는 사람들은 그가 자신들의 고정된 관점에 서 있지 않다고 비판한다. 대통령에게 하나의 주관적 관점만으로 요리한 정보와 견해를 공급하려는 자문역이 있다면, 그것이야말로 문제가 되어 마땅한 일일 것이다.

(한겨레, 1998년 10월 28일)

사상의 자유

최장집 교수의 한국 현대사 해석에 대한 논의는 지난번의 법원 판결로써 한 고비를 넘겼다. 그러나 논의가 완전히 끝난 것은 아니다. 그중에도 각종 집단들의 비난 성명을 보도한다는 형식으로《조선일보》가 이를 계속하는 것이 두드러진다. 비난 또는 옹호나 법원의 판결을 보면서 생각하게 되는 것은 이러한 문제에 대하여 우리 사회가 아직도 그 원칙과 입장을 분명하게 정립하지 못했다는 사실이다.

현재의 공방에서 핵심이 되어 있는 것은 왜곡의 문제이다. 실은 더 중요한 것은 그 왜곡의 배후에 있는 정치적 의도라고 할 수 있다. 그것은 반공의 몽둥이를 휘둘러 정치적 공포 분위기를 조성하던 독재 시대의 망령을 불러일으킨다. 이 망령이 없다면, 또는 그것을 불러일으켜 어떠한 정치적 목적을 달성하려는 의도가 없다면, 왜곡이 크게 문제될 필요가 없다고 할는지 모른다. 더러 말하듯, 읽는다는 것은 곧 잘못 읽는다는 것이다.《조선일보》의 오해 또는 왜곡이 문제가 되는 것은, 개인적인 차원에서 또 공직자로서의 최 교수에게 큰 피해를 줄 수 있다는 점을 넘어서, 오늘의 시점에서 그것이 모처럼 발전을 보이고 있는 우리의 자유에 중요한 후퇴를 가져올 수 있는 것이기 때문이다. 그러한 의미에서《조선일보》사건은 자유의 역사에서 결코 작은 사건만은 아니다.

이 관점에서는 중요한 것은 왜곡 이전에 민주 사회의 원칙으로서의 사상의 자유이다. 법원의 판결을 비롯하여, 이 문제를 논하는 의견의 상당 부분은 자유 민주주의라는 항목을 두고 공직자의 사상을 검증하는 것은 있을 수 있다는 입장을 취하는 것으로 생각된다. 그런데 자유 민주주의의 사상을 검증하는 것이 가능한가. 자유 민주주의란 무엇인가. 무엇을 어떻게 믿는다고 말하는 것이 자유 민주주의자임을 증명하는 것인가. 국민이 정치권력의 근본이라고 믿으면 되는가. 그것이 선거라는 제도로서 표현된다고 하면 되는가. 인권에 대한 의견은 어떤 것이어야 하는가. 또는 방향을 달리하여 박정희 군사 통치 시대를 긍정적으로 보고 그 시대에 대한 향수를 표현하는 것은 자유 민주주의가 허용하는 것인가. 그것과 대한민국이 민주공화국이며 모든 권력은 국민으로부터 나온다고 규정한 헌법과의 관계는 어떠한 것인가.

또는 세상을 움직이는 것은 선거도 국민의 의사도 아니요 신의 섭리라고 하는 것은 민주주의의 원칙에 위배되는 것인가, 아닌가. "그런 놈은 광화문에 끌어내어 총살해야 돼." 하는 말을 하는 사람은 처벌되어야 하는가. "이런 놈의 사회, IMF 얼마든지 당해서 싸."라고 말하는 것은? 오늘 아침 아내와 싸우다가 너무 격분하여 마음속에 살의가 번득였다면, 그것은 언론의 검증이 되어야 하는가, 어떤가? 단군이 신화적 인물이라고 하는 주장은 그가 실재 인물이라고 하는 사람의 관점대로 대한민국의 국민의 자격을 결정하는 데 중요한 항목이 되는가, 아니 되는가. 이러한 것이 역사 해석의 문제가 되는 것은 역사의 어느 시기부터인가.

사상의 자유를 말하는 것은 사람의 마음속에 든 것을 공적으로 심판할 수 없다는 원칙을 받아들이는 것을 말한다. 사람의 일로 공적 절차상 문제가 되는 것은 법이 정하는 바와 관계하여서만 그럴 수 있다. 그러나 법치국가의 법절차는 사실적 증거를 존중한다. 이 사실적 증거는 행동으로 표현되어야 한다. 단순히 마음속에 있는 것을 문제 삼을 수는 없다. 또 그것을 언어로 표현한 것도 행동적인 차원에 관계됨이 분명하게 증명되지 아니하고는 문제 삼을 수 없다. 이것이 민주주의의 원칙이다. 이번의 사상 논쟁에서 확인되어야 하는 것은 이러한 원칙이다.

(교육신보, 1998년 11월 26일)

문화와 공공 공간

사람들은 문화에 대하여 두 가지 서로 모순되는 듯한 이해와 요구를 가지고 있다. 하나의 관점에서 문화는 개성의 표현과 개성적 창조로 이루어진다. 다른 관점에서 문화는 사회 통합의 결과이고 수단이다. 하나는 집단에 대하여 개성과 독창성을 문화의 핵심으로 보고, 다른 하나는 문화를 개체를 넘어가는 집단적 순응의 양식으로 이해한다. 물론 이것은 일단의 대조이고 사실에 있어서 문화의 양면은 모순된 것 같으면서도 하나로 작용한다. 개성적 창조물로서의 문화는 집단 속에 흡수됨으로써 객관적 존재로 정착된다. 그리고 그것은 다른 개인들의 자기 정체성의 과정에서 그 매개체가 되고 집단적 정체성의 구성에 기여한다. 거꾸로 보면 개성적 창조가 가능한 것은 사회적 조건이 그것을 가능하게 하기 때문이다. 개체적 창조를 가능하게 하는 문화를 말할 때 이미 그 안에는 이 사회적 조건이 함의되어 있다.

문화의 현황의 개선에 관심을 갖는다고 할 때, 중요한 것은 문화의 사회적 존재 방식일 수밖에 없다. 사회적 통합을 강조하는 입장은 말할 것도 없이 문화의 사회적 기능을 생각하는 까닭에 그것이 사회 속에서 어떻게 존재하는가를 생각할 것이다. 그런데 개체성을 강조하는 경우에도 이것은 마찬가지이다. 개성적 창조가 가능하기 위해서는 그것을 가능하게 하는 사회적 여건이 있어야 한다. 문화적 창조자가 가장 원하는 것이 다른 사람이나 사회의 간섭 없이 자기의 작업에 정진하는 것이라고 하는 경우에도 그 자유의 공간을 사회가 허용해 줄 수 있어야 한다. 어떤 경우에나 사회가 문화의 위치와 가치를 인정하고 그것을 제도 속에 반영하고 문화 활동을 위하여 자원을 배분하여야 하는 것이다.

다른 한편으로 사회 행동이 문화를 만들어 내지는 못한다. 좋은 사회적 조건이 개체성의 관점에서의 생산적인 문화를 보장해 줄 수는 없다. 궁극적으로 어떻게 하여 문화적으로 창조성이 생겨나는가—이것은 답할 수 없거나 답할 필요가 없는 질문이다. 천재의 천재됨은 그 비결을 알 수 없는 데에 있다는 것이 서양의 낭만주의의 천재론이다. 모든 것을 정치나 돈으로 풀어나갈 수 있다는 생각이 편만한 오늘에 있어서, 우리 주변에는 정책적 지원으로 대예술가가 나오고 불후의 명작이 나오고 노벨상이 나올 수 있다는 믿음의 세일즈맨들이 있다. 설사 인간 현실에 그러한 면이 있다고 하더라도 그것이 적어도 진정한 문화와 예술의 창조가 나오는 바탕이 아니라는 것은 상기할 필요가 있다. 창조의 바탕은 좋든 나쁘든 정책적 프로그램으로부터의 자유이다. 진정한 문화 창조는 정책적 조작의 대상이 되기를 거부한 아방가르드의 정신에 연결되어 있다.

정책이 작용하려면 거기에는 작용의 대상이 있어야 한다. 문화가 객관적인 물건인가. 문화, 문화를 외치는 일 자체가 쑥스러운 일이다. 그것은 문화를 물화된 것으로 파악하는 것이기 쉽다. 문화는 본질에 있어서 객체가 아니라 주체적 정신이다. 객체적으로 존재하는 문화는 문화 과정의 마지막 결과물일 뿐이다. 문화재가 문화 창조의 동력이 되려면, 그것은 복제

되고 모방되는 것이 아니라 정신 속에 용해되고 전혀 다른 것으로 태어나야 한다. 문화를 객체적인 물건들로 파악하는 것은 상품의 시대에 정신에 맞는 일이다. 그러나 상품의 경우에까지도 화폐 가치로 환산되는 것 이상을 부여하는 것이 문화의 정신이다.

살아 있는 문화는 문화재 속에 존재하지 아니한다. 상품화된 문화 속에도 존재하지 아니한다. 또는 더 나아가 문화는 문화 속에 존재하는 것도 아니다. 그것은 한 사회의 사는 방식, 일의 처리 방식, 사람과 사람의 관계 방식, 물건을 대하고 만드는 방식, 생각하고 느끼는 방식에 스며들어 있다. 그것은 사회 속을 관류하는 보이지 않는 정신이다. 이 정신은 문화의 역사적 업적으로 형성된다.

이러한 이야기는 문화를 위한 사회적·정치적 행동을 생각할 때 그것이 문화 자체를 대상으로 할 것이 아니라 그 사회적 조건을 대상으로 하여야 한다는 말이 된다. 조건은 문화 활동을 가능하게 하는 여러 제도와 기구에서 가장 구체적으로 표현된다. 이러한 제도와 기구는 한편으로 지원의 제도를 말한다. 그러나 그보다 이 제도는, 조금 더 추상적으로, 문화로 하여금 사회의 공공 공간 속에 존재하게 하는 매개체이다. 이 공공성은 문화의 기구와 제도의 존재 방식에 이미 구현된다. 다른 한편으로 그것은 사회 전체에 걸쳐 보이지 않게 존재하는 공공 공간의 일부이다. 문화의 중요한 기능은 이 공공성을 만들어 내고 유지하는 일이다.

문화가 존재하는 방식은 사회의 모든 것에 알게 모르게 스며 있는 공공성을 통하여서이다. 요즘 유행하는 청문회 등에서 단적으로 드러나는 것이지만, 우리 정치 문화에 또는 더 일반적으로 우리 사회에 권력과 이해관계와 명성과 자기만족을 넘어서는 공공성의 문화가 건재하다고 생각할 사람은 별로 많지 아니할 것이다. 조금 더 가깝게 문화계는 어떠한가. 정부의 문화 관계 기구 또는 반관반민의 문화 단체들의 경우는 어떠한가. 문화 정책은 얇은 조종의 의도를 넘어서 있는가.

문화는 공공성의 한 형태이다. 공공성은 구체적으로는 정치 공동체의 의식에 일치하는 것으로 생각될 수도 있다. 그러나 공동체의 정신은 보다 높은 공공성 — 공변되고 보편적인 것에의 한 매개체일 뿐이다. 문화와 예술은 이러한 열려 있는 공공성에 깊이 관계되어 있다. 개성적 표현에서 정점을 이루는 문화의 경우에도 그러하다. 예술적 영감의 순간은 가장 유니크한 체험의 순간이다. 그러나 그것은 어떤 철학자가 말한 바와 같이 우리의 삶의 한 순간이 문득 보다 높은 빛에 의하여 조명되는 순간을 말한다. "보편성에로의 고양"이라는 헤겔의 묵은 표현은 문화를 말하는 데에 있어서 그 바탕을 지적한 것이다. 문화를 통해서 우리는 한 사회의 역사적 업적으로서의 보편성에 접한다. 또 그것은 높은 문화의 경지에서 그러한 역사성을 넘어간다. 문화와 예술의 창조는 이 바탕 위에서 이루어진다. 문화 행동의 목표는 문화와 사회의 공공성 구축이어야 마땅하다.

(문화연대, 1999년 9월 2일)

대학의 변화

대학은 최근에 학문의 기구로서도 바뀌고 있지만, 일터로서도 그 분위기가 크게 바뀌고 있다. 변화는 지금까지보다 분명하게 자본주의 체제 내에서 대학을 분명하게 기능화하려는 여러 계획에 연관되어 일어나는 것일 것이다. 지금의 새로운 분위기는 이에 따라 대학이 공동체적인 사회에서 이익 사회로 이행하는 데에 따르는 관습과 마음가짐의 변화를 나타내는 것일 것이다. '고대 가족'이란 말이 있지만, '고대 회사'나 '고대 그룹'이 되는 것이다.

지난 학기부터 고려대학 내의 주차 교통 체계의 정비는 일터로서의 대학의 변화를 상징적으로 나타내는 한 예가 될 것이다. 입구에 차단기가 설치되고 교내의 도로에 차선 표시가 분명해졌는데, 가족의 비유를 그대로 받아들인다면, 자신의 집에 차단기나 도로 표지를 두는 경우는 없을 것이다. 교수들은 주차비를 내고 보증금을 내야 한다. 보증금은 특히 흥미롭다. 이제 교수라는 것으로만은 신용이 되지 않는 것이다. 또 "공무 집행 중의 재단 소속의 차량"은 이러한 제한을 받지 않기로 되어 있는데, 이것은 교수의 피고용인으로서의 위치를 간접적으로 규정하는 것으로 생각된다. 직원들의 명패 착용도 같은 변화를 나타낸다. 가족 사이에 명패가 있을 수 없다. 이외에도 학교의 많은 것이 사무적으로 딱딱해지고 내려오는 행정 지시와 규칙도 날로 늘어 간다. 또 지시와 규칙과 정책은 광범위한 참여를 통하여 이루어지지 아니한다.

물론 더 중요한 변화들이 있다. 교직원은 이제 신분의 면에서 자신의 직장을 평생의 직장으로 생각할 수 없게 되었다. 최근 교육부는 어르고 쥐고 흔드는 식으로 그 정책을 대학에 부과하여 학문과 교육의 체계를 고치고 있다. 목표는 대학으로 하여금 산업 기구가 되게 하려는 것일 것이다. 산업 기구 안에서의 기풍이 정착하게 되는 것은 당연하다. 흥미로운 것은 대학이 이러한 하향적 변화의 방식을 그대로 모방하고 확대 재생산한다는 것이다. 대학의 존재 방식이 생산성과 합리적 경영을 원칙으로 하는 체제로 이행할 수밖에 없는 것이라면, 이 이행에서 알아야 할 것은 합리성의 원칙이 지금까지보다도 분명하여져야 한다는 것이다. 이익 사회의 생명은 권리와 의무의 합리적 명료성에 있다.

최근에 교수 업적을 컴퓨터에 입력하라는 요구가 있었다. 교수의 업적 신고는 세 가지 관점에서 요구될 수 있다. 하나는 임용이나 진급을 위한 평가에 필요할 때이다. 평가 자료는 엄정하게 서류로써 작성된 것이라야 한다. 교수 업적은 학술 연구의 자료가 된다. 이 목적에 부합하기 위해서는 전문 사서의 분류와 입력이 필요하다. 교수의 업적은 홍보 목적에 쓰일 수도 있겠는데, 그것은 적정하게 선정되어야 하고 전문가가 손질하여야 한다. 그 외에도 전제들을 생각해 볼 일이다. 분명치 않은 목적을 위하여 정력과 시간을 연구에서 빼어 내게 하고 심지어는 그것을 위하여 교수로 하여금 입력 학습을 요구하는 것은 무엇을 뜻하는가. 내가 아는 외국의 저명 교수로서 컴퓨터를 학문 연구에 사용하지 않는 사람들이 있다. 컴퓨터를 조작하는 것은 분야에 따라서는 연구의 필수 사항이 아니다. 더구나 사무적인 잡무 목적으로 그것을 익혀 두라는 것은 세계적으로 통할 수 있는 요구가 아니다.

세계 어디에서나 학문 연구의 환경은 공동체라 말해 왔다. 학문의 속성이 그러한 것일 것이다. 아마 학문을 회사나 공장에서 생산하려는 계획은 성공하기 어려운 계획일 것이다.

(고대신문, 1999년 9월 20일)

국립 예술대 설치법 논란

우리 삶의 지표를 혼란스럽게 하는 일이 너무나 많이 일어나고 있다. 큰 일과 작은 일은 맞물려 돌아간다. 큰일이 바르게 되면 작은 일도 그것을 따르게 마련이다. 그러나 요즘엔 작은 일로써 그르쳐지는 것이 너무 많아지고, 작은 일들로부터 시작하여 큰 것을 바르게 할 기회도 놓쳐 버린다.

지금 국회가 심의 중인 법안 가운데 한국예술대학교 설치법이 있다. 보기와는 달리 논란에 휘말려 그 심의가 난항을 겪고 있다고 들린다. 이 법안의 구체적인 논의점들은 당사자들이 아니고는 함부로 논할 일이 아닐 것이다. 하지만 당사자들이 노심초사하는 심정은 이해할 만하다. 요즘의 많은 일에서 볼 수 있는 것처럼 문제의 핵심은 어떤 관점의 옳고 그름이 아니라 이성적 논의의 바탕이 확보되지 않은 데 있는 것으로 보인다. 일에 여러 관점이 있는 것은 자연스러운 일이다. 필요한 것은 이것을 공정하게 볼 수 있는 토의의 틀이다. 우리에게 확보되지 아니한 것이 이 틀이다.

많은 경우, 갈등을 첨예화하는 것은 관점의 다양성이 아니라 이해관계다. 이해의 충돌과 논의가 나쁜 것은 아니다. 국가 전체의 이해만 인정된 사회가 아닌, 여러 개인과 집단의 이해가 인정되는 사회가 민주적 사회다. 그러나 이해의 인정과 동시에 전체를 대표하는 공익성 — 개체와 집단만이 아니라 지난 세대와 다음 세대 그리고 더 넓은 보편적 세계의 이익을 대표하는 원칙 — 이 없이는 사회는 하나의 문명된 공동체로 존립할 수 없다. 사사로운 이익은 존중해야 마땅하다. 다만 그것은 공정성의 원칙에서 벗어나지 말아야 한다. 요즘 우리 사회에 흔한 것은 이러한 원칙에 대한 고려가 전혀 없는 사사로운 이익을 위한 강변들이다.

한국예술대학교의 문제로 돌아가서 볼 때 그것도 공익성과 공정성 문제의 두 관점에서 생각해 볼 수 있다. 우선 현재의 예술종합학교 학생들이 일정 기간의 수업과 수련 뒤에 어떤 자격증을 갖느냐 하는 문제가 있다. 일정 수준의 수업을 같은 시간 수로 받았다면, 예술학교의 졸업생도 다른 대학의 졸업생과 같은 자격의 학위를 획득하여야 한다는 주장은 너무나 당연한 것이다. 그것이 공평한 일이다. 물론 그것은 그들에게 개인적으로 이익이 되는 것이다. 그것이 다른 사람들에게 해가 되는 것이 아닌 한 그 이익은 보호해야 한다.

두 번째, 사람들은 예술종합학교가 또 하나의 대학이 되는 것을 걱정하는 것으로 보인다. 이것은 오늘날 대학의 획일성과 예술 전문인 양성이라는 점에서의 산만함을 생각할 때 근거가 있는 걱정이다. 그러나 걱정할 것은 학교의 교육 내용이지 학교의 위상일 수는 없다. 한국예술대학교 설치에 따른 논란은 모든 것을 개인이나 집단의 이기적 이해관계로 보고 이해의 문제를 압력이나 힘의 시위로써 해결할 수 있다고 생각하는 현재의 풍토에서 일어난 일로 보인다. 위에서 말한 바와 같이, 어떤 종류의 갈등은, 그것이 단순한 이해의 갈등이라도, 사회의 민주적 발전에 필요한 요소가 될 수 있다. 이러한 갈등을 관대하게 보는 것은 필요한 일이다.

그러나 동시에 그 원만한 해결을 위해서는 공익과 공정의 원칙을 분명히 해야 한다. 더구나 교육 분야에서 공익의 원칙은 절대적으로 우선적이 되는 것이 마땅하다. 교육에서의 이해관계는 교육 기관의 것이 아니라 학생들의 것이다. 이것은 보호해야 하고 공정성의 원칙으로 조정해야 한다. 한국예술대학교 설치법의 문제도 이러한 원칙 아래 원만한 해결책—공정하고 국가 발전에 도움이 되는 해결책—을 찾게 되기 바란다.

(한겨레, 1999년 12월 10일)

신년 단상

전원 풍경, 그린벨트, 인간성

영국은 푸름이 많은 나라이다. 이것은 영국인 스스로 자랑스럽게 생각하는 것인데, 몇 년 전에 나는 베를린에서 런던으로 비행기를 타고 가는 중에 이것을 현실로 확인할 수 있었다. 겨울철이어서 베를린은 눈에 덮여 있었고, 눈과 겨울나무의 풍경은 해협을 건너기 전 상공에서 내려다 본 네덜란드에까지도 계속되었다. 그러나 북해를 건너면서 나타난 땅은 푸른 초목으로 덮혀 있었다.

영국이 푸르다는 것은 지상에서도 쉽게 확인되는 것이다. 그중에도 영국의 남부는 한창 푸른 계절에는 거대한 공원과 같은 인상을 준다. 영국의 풍경화가 존 컨스터블(John Constable)은 자신의 고향인 서퍽의 풍경들을 많이 그렸다. 그의 풍경화의 대상이 되었던 지역은 지금은 '컨스터블 지방(The Constable Country)'이라는 관광의 명소가 되어있다. 그의 작품 가운데 워싱턴의 국립미술관에 걸려 있는 「에섹스의 비벤호 파크(Wivenhoe Park, Essex)」는 컨스터블 지방의 풍경을 그린 것이다. 이 그림은 군데군데 거목들이 숲을 이루고 있는 풀밭에 소와 양이 풀을 뜯고 나무 숲 사이에 멀리

저택이 숨어 있는 전원 풍경을 담고 있다. 이 그림이 보여 주는 것과 같은, 자연 가운데 자리 잡은 귀족적인 저택은 영국의 전원 풍경의 일부이고 영국 사람들이 꿈꾸는 거주 환경의 이상의 하나이다. 또 이것은 영국 사람들에게만이 아니라 일반적으로 많은 사람이 그리는 거주지의 이상일 수도 있을 것이다.

그러나 비벤호의 풍경이 있는 그대로의 자연의 조화를 나타내고 있는 것이라고 생각하는 것은 큰 착각이다. 그러한 풍경의 기원은 영국의 역사상 많은 사회적 갈등을 불러일으킨 '인클로저'라고 불리우는 사회 변화에서 찾을 수 있다. 이것은 대지주들이 목양을 위하여 또는 다른 목적을 위하여 공유지를 겸병하고 소작농을 축출하여 그들의 소유지를 넓혀간 과정을 지칭한다. 비벤호 파크와 같이 숲과 목초지와 주택이 풍요롭게 조화된 풍경은 대지주 소유지의 합법적 또는 불법적인 확장의 결과로 가능해진 것이다. 비벤호는 대규모의 정원을 가질 만한 대지주였던 리보우 장군의 영지였다. 영국의 푸르른 자연은, 천혜의 기후와 토양에 못지않게, 고통과 심미적 추구의 착잡한 역사의 선물인 것이다. 그렇기는 하나 오늘날에 있어서 비벤호 파크와 같은 자연 풍경이 사람들에게 심미적 위안의 근원이 되는 것임은 틀림이 없다. 물론 그것이 '인클로저' 이전의 농경지로 남아 있었다고 하더라도 자연의 모습을 대체적으로 지니고 있었을 것이기 때문에, 자연의 위안에 큰 차이가 있지는 아니하였을 것으로 말할 수 있다. 여기에서의 요점은 컨스터블의 그림에 나오는 것과 같은 나무와 풀과 동물의 풍경의 이상화도 보다 평범한 자연이 주는 위안에서 먼 것은 아니라는 것이다.

이러한 것들을 생각해 보면 우리는 우리나라의 녹지대 문제의 기묘함을 깨닫게 된다. 얼마 전 정부는 그린벨트 해제 또는 수정 방책을 발표하였다. 그린벨트 정책은 여러 가지의 문제점을 안고 있음에도 불구하고 대부분의 사람들에게는 전체적인 정당성을 분명하게 가지고 있는 것으로 생각된다. 정부의 발표 이후에 그에 대한 우려를 표명하는 사람들에 의한 토론회 개최의 시도들이 있었다. 그러나 그린벨트 해제 지지자들의 폭력 시위로 인하여 토론회들은 열리지도 못하였다고 한다. 그런데 그 옳고 그름을 떠나서, 이러한 일들은 우리 사회에서의 인간성의 현주소를 생각하게 하는 데 시사하는 바가 적지 않은 것으로 보인다. 어떤 학자들의 해석으로는 중국에 큰 규모의 공원이나 정원이 발달되지 못한 이유는 농경지를 존중해야 한다는 사회사상에 있다고 한다. 그린벨트 해제 지지자들의 논거가 이러한 산림 경제상의 이유가 아닌 것은 물론이다. 얽혀 있는 것은 개인적인 소유의 문제이다. 흥미로운 것은 여기의 개인의 이해관계가 영국의 경우와 전혀 반대로 작용한다는 점이다. 영국의 귀족이나 재산가들은 그 금력이나 강제력을 동원해서 자신의 주택의 주변에 자연스러운 풍경을 연출하고자 하였다. 이에 대하여 우리나라의 그린벨트 소유주들은 자신의 경비도 들이지 않고 정부에서 주거지 주변의 자연을 보존해 준다는 데에 반대하는 것이다.

이러한 차이는 어디에서 오는 것일까. 우리의 그린벨트의 주민은 영국의 금만가도 아니고 대영지의 영주도 아니기 때문에 대장원의 자연을 원할 만한 정신적 여유를 가지지 못한 것이라고 할 수 있다. 그렇기는 하나 자기가 사는 주변에 아름다운 자연을 가지고 싶어 하는 것은 인간의 자연스러운 심성일 것이다. 우리나라의 경우 그러한 심성의 전제는 틀린 것일까. 달리 생각해 보면 가장 중요한 사실은 그린벨트의 이해 당사자가 그곳에 사는 사람이 아닐 가능성이 크다는 것일는지 모른다. 이것은 단순히 그들이 그곳에 실제 살지 아니한다는 말이 아니고, 그곳에서 사는 경우라도 마음을 붙이고 살지 아니할 가능성이 크다는 말이다. 그린벨트가 아니라도 우리나라에서 토지는 대체로 뿌리를 내리고 사는 곳이 아니라 부동산이고 재산이다. 우리가 자리하고 있는 곳은 땅이 아니라 돈더미인 셈이다. 이 돈이 못 쓰는 돈이 된다면, 그것이 문제가 아니 될 수가 없을 것이다. 이것은 개인의 심리의 문제라기보다는 개인의 심리를 지배하는 사회의 심리적 기구의 문제이다. 그러니 누구를 탓해서 해결될 문제는 아니다.

따라서 피치 못할 일로도 생각되지만, 다른 가능성들을 생각해 볼 수는 있다. 어떤 조사에 의하면 영국의 어느 지방의 경우 주민의 과반수 이상이 출생지로부터 50킬로미터 이내의 지역에 살고 있는 사람들이며, 같은 숫자의 사람들이 설사 월급이 20퍼센트 더 붙는다고 하더라도 자신의 현 거주지에서 옮겨갈 생각이 없다는 것이다. 이러한 조사가 말하여 주는 것은 영국 사람들이 거주한다는 것은 참으로 거주하는 것이라는 사실이다. 뿌리 내리고 살 곳이라면, 그곳에 자연의 혜택이 있기를 바라는 것은 당연한 일이다. 무리가 있었던 대로, 비벤호의 자연이 표현하고 있는 심미욕은 진정한 의미에서 땅에 거주하는 사람의 마음에서 자연스럽게 나온 것이라고 할 수 있다.

IMF 경제 한파 이후 이야기되는 것 중의 하나는 경제와 정치의 투명성이다. 투명성은 우리의 자연스러운 감정에서 나온 비유적인 단어이다. 물이 맑고 하늘이 맑은 것 — 이것은 사람들이 절로 좋아하는 것이다. 이러한 생리적 성향은 쉽게 도덕적인 태도나 사회 제도에 확대된다. 사물과 인간에 대한 태도에서의 투명성인 정직성 또 그것에 기초한 염결한 삶은 특별한 도덕적 각오에서 나오는 영웅적인 행위를 나타내는 것이 아니라 인간 심성의 자연스러운 실현을 나타낸다. 보다 추상적 의미의 여러 투명성을 뒷받침하는 것도 인간의 심성의 자연스러운 성향일 것이다. 연초에 나는 미국 MIT의 경제학자 레스터 서로가 한국의 경제를 말하면서 중앙은행의 통계 숫자가 전혀 신뢰할 수 없는 나라의 경제가 온전할 수 있는가 하는 말을 하는 것을 읽은 바 있다. 이것이 사실이라면, 잘못은 단순히 통계

학적인 것이 아닐 것이다. 그것은 상당정도 사회 심리의 부자연성에 관계되는 것일 수 있다.

자연스러운 인간성이 존재하기 어려운 사회가 살기 어려운 사회일 것은 말할 것도 없지만, 그러한 것을 전제할 수 없는 사회에서 정책의 입안은 지난한 일이 될 수밖에 없을 것이다. IMF의 시련이 요구하는 것은 경제와 정치 체제의 근본적 조정이지만, 그것이 참으로 철저한 것이 되려면, 어떻게 하면 자연스러운 인간성이 사회의 기본이 되게 할 수 있는가를 고려하는 조정이 되어야 할 것이다. 새해는 우리 경제가 회복되는 해일 뿐만 아니라 인간성의 새로운 움직임을 느끼게 하는 해가 되기를 희망해 본다.

(Korea Bank, 1998년 12월 20일)

고대高大의 식당 문화

고려대 캠퍼스에서 가장 좋은 곳의 하나가 인촌기념관이다. 인촌기념관의 입구 쪽에 식당이 있다. 음식에 대해서는 견해가 여러 가지이겠지만, 식당의 환경이 좋은 것은 틀림이 없다. 넓고 밝은 것도 좋지만 기념관의 현관을 나와서 나무들과 집들의 위로 트이는 하늘과 햇빛을 대하는 사람은 저절로 정신이 상쾌해지는 것을 경험한다. 소문으로 듣건대 이 식당이 새로 준공된 국제관 지하로 갈 것이라고 한다. 인촌기념관의 식당이 그 자리를 잃어버리는 것은 섭섭한 일이다.

그런데 이곳만이 아니라 학생회관의 학생식당을 비롯하여 학교 내의 식당들은 대체로 자투리 공간에 위치하는 것이 상례가 되어 있다. 학교에 식당보다는 더 중요한 일이 많고 우선적으로 공간이 그 일에 배치되어야 하는 것은 당연한 일이다. 그러나 공간 사용의 우선순위에서 먹는 일이 반드시 뒤로만 밀려나야 하는 것일까. 먹는 일은 목숨을 유지하는 생물학적 기능에 속한다. 그것은 기능적으로 수행하면 그만이다. 그러나 다른 한편으로 먹는 일은 인간 생활에서 문화적인 의식 절차에 의하여 승화되게 마련이다. 그것은 생물학적인 의미 이상의 사회적·정신적 또는 종교적 의미를 갖게 되기도 한다. 그리하여 많은 사회에서 그것은 생물학이 아니라 문화로서 존재한다. 생존을 위하여 수행하여야 하는 일도 사람은 이것을 문화적으로 변형하여 수행하는 경우가 많다. 이 변화의 아름다움이 사람의 삶이 얼마나 인간적인가 하는 것을 정해 준다고 할 수도 있다. 우리의 전통이 존중해 온 관혼상제가 다 생물적 삶의 인간적 변형에 관계되는 것이지만, 우리 사회는 일상생활에서의 먹는 일에는 비슷한 주의를 기울이지 아니한 것으로 보인다.

단순화해서 생각하면 학교의 다른 일들은 노동에 속하는 일이다. 이에 대하여 식당 이용은 기능적이거나 문화적인 행위이다. 또는 그것은 유희에 속하는 부분이다. 함부로 노는 것이 불가능한 것은 아니지만, 유희야말로 문화적 승화의 영역이다. 요즘 공부란 단순한 정보 습득과 소유로 생각하는 경향이 있다. 그러나 학교는 이 일에서도 해야 되는 일을 가장 능률적으로 처리해 버리자는 곳은 아니다. 보다 중요한 것은 그 인간 형성적 기능이다. 정보 습득의 방식에서도 적절한 문화적 양식이 수반될 수밖에 없다. 인간 형성에는 미적인 요소가 중요한 역할을 한다. 유희의 부분도 그러하다.

영국의 고전학자 키토는 그리스 문명의 높은 문화적 업적이 식생활의 소박성에 관계된다는 말을 한 일이 있다. 마른 생선이나 마른 과일 등을 주로 한 식생활이 시간을 절약하게 하여 다른 정신 활동을 위한 여유를 만들었다는 것이다. 소박한 식생활은 문명의 한 요인이 될 수 있다. 그러나 그것이 비문화와 같은 것은 아니다. 기능적 단순화 그리고 그것의 가시화는 중요한 미적인 특성이 될 수 있다. 20세기 서양 예술의 큰 특징의 하나가 그것이다. 그러나 기능화가 어떤 인간 활동들을 무의식과 무고려 속에 버려두는 것과 일치하는 것은 아니다. 우리 식생활의 단순화나 고도의 세련화를 문제 삼자는 것이 아니다. 그것과는 별도로 고대 내에서의 식생활을 문화화하고 문화적 공간에 위치하게 하는 고려가 있었으면 하는 생각이 든다.

(고대신문, 1999년 12월 6일)

3장

2000～2014

이념과 학문의 길

편집자의 주문은 오늘의 시대를 이념이 사라진 시대라 보고 이 상실에 따르는 정신적 혼란을 논해 보라는 것이다. 이러한 요구에 들어 있는 상황 판단은 정확한 것이다. 이념의 역할은 다른 어떤 사회에서보다도 우리 사회에서 큰 것이었다. 이념의 해체는 해방감으로도 느껴지지만 더 많이는 방향 상실의 곤혹감으로 느껴진다. 특히 대학이나 대학원에 적을 두고 있는 젊은이들의 경우 이 곤혹감은 더 큰 것이다.

이념은 학문을 일관된 관점에서 파악하는 데에도 일정한 역할을 한다. 사실 어떤 일정한 이념이 없이는 학문의 총체적인 지도와 존재 이유 자체가 불투명한 것이 되고 만다. 오늘의 상황에서 학문에 종사하는 많은 사람들은 스스로의 학문의 입지가 흔들리고 있음을 느낀다. 학생들은 많은 경우 — 특히 대학원생의 경우 학문과의 관계 속에서 자신의 삶의 문제를 생각해야 할 처지에 있다. 학문 체제의 혼란은 그들의 정신을 이중으로 혼란스럽게 할 것임에 틀림이 없다.

그간 한국 사회에 일정한 방향을 부여하던 것은 민주화라든가 민족이라든가 하는 사회적 당위의 언술과 실천이었다. 그러나 대학의 여러 활동에 크게 작용한 사회적 요구 가운데 가장 포괄적인 것을 찾으라면 그것은 '민족주의'이다. 그것은 우리 사회에서 최종적인 집단 범주이다. 민주화 운동도 그 내용에 못지않게 사회적 동원의 계기로서 의의를 갖는다고 할 수 있다. 민족주의가 대학과 학문을 규정하는 테두리가 되는 것은 이해할 만하다. 제국주의의 침략, 문화 제국주의, 외래문화의 압력, 민족 분단 등 드러나는 여러 외부의 힘에 대항하지 아니하면 안 되는 근대사의 사정들이 이를 정당화하였다.

그러나 근대 이전의 시대에 있어서도 학문과 학문의 기구가 국가에 봉사하여야 한다는 것은 학문의 전제였다. 다만 조선조의 지배 이념이었던 유학의 경우, 국가는 현대적 의미에서의 민족이나 국가라는 추상적 원리나 정체성보다는 다분히 개인적 정서로 묶이는 임금이나 백성이라는 구체적 성격의 사회적 테두리를 말하는 것이었다. 서양의 근대 대학 제도의 모범이 된 베를린 대학의 창립이 프로이센의 국가 체제 강화와 밀접한 관계를 가지고 있었다는 것은 자주 지적되는 일이다. 훔볼트가 말한 바와 같이, "국민의 정신적·도덕적 훈련"이 대학 창립의 목적이었다. 고려대학교가 '민족고대'라는 슬로건을 내세울 때에는 대학의 민족적 사명을 대학 존립의 근거로 내세우는 것이다.

물론 대학의 사회적 복무는 조금 더 복잡한 요청들과의 관계 속에서 존재해 왔다. 대학의 사명의 상투적인 규정은 진리 탐구라는 것이다. 이에 대하여 그 사회 구속성은 오히려 이 상투적 규정의 허위성을 폭로하는 인상을 준다. 훔볼트는 그의 국가주의보다도 대학의 기능으로서의 자유로운 인문 교육과 과학적 진리의 탐구를 중시한 것으로 알려져 있다. 자유 학문의 이상은 그의 생각으로는 사회적 국가적 요청에 배치되는 것이 아니었다. 그러나 학문 활동에 대한 두 개의 요청, '집단을 위한 복무'와 '제한 없는 진리 탐구'라는 두 개의 요청은 현실에 있어서 모순을 일으킬 수 있는 것이다. 이 모순은 베를린에서만이 아니라 다른 많은 학문의 창립 원리에도 들어 있는 것이다.

사회 활동으로서의 학문은 사회의 집단적 요구에 응하지 아니할 수 없다. 그러나 동시에 그것은 그 작업 수행의 근본 원리로서 이성이라든지 도(道)라든지 여러 가지로 표현되는 바 자율 원리를 생성한다. 이 자율 원리는 집단의 상위에 위치하는 보편성의 원리로서 스스로를 정의한다. 사회성과 그것을 넘어가는 보편성의 원리의 공존은 사회적 활동으로서의 학문의 기본적 갈등과 허위의식의 원인이 된다. 어떤 학문적 노력은 솔직히 민족과 국가나 사회에 봉사하는 것을 목표로 하고, 그것을 자랑으로 삼는다. 다른 경우 학문은 그 보편적 입장에서 국가나 사회에 대한 비판자가 된다. 전통적인 유교 윤리에서 충의는 쉽게 대의가 되고 도(道)와 리(理)가 되어 체제 순응에서 체제 저항의 원리가 된다.

서구 전통에서 강조된 것은 비판적 이성의 기능이었다. 그러나 더 많은 경우 학문의 보편성이라는 명분은 왕권이나 민족이나 국가의 지상 명령을 보다 일반화하는 데에 봉사한다. 천명, 대의, 문화 등은 모두 그러한 역사를 가지고 있다. 단일 구도의 문화와 개화를 내세운 제국주의는 특히 보편성의 명분을 빌린 민족주의 또는 패권주의의 가장 대표적인 경우이다.

대체로 학문의 명분으로서 보편성을 내세우든 그렇지 않든, 더 강한 것은 학문이 처해 있는 사회적 요구로 생각된다. 마르크스주의와 민족이나 국가와의 관계는 매우 복잡하다. 그러나 원칙에 있어서 마르크스주의는 보편주의적이고 국제주의적이다. 지난 몇십 년간 우리 사회의 정치적 움직임의 이념적 자원 가운데 중요한 것 중의 하나가 마르크스주의였다. 그러나 이것은 쉽게 민족주의와 결합하여 존재하였다. 그것은 특수한 정치적 사정으로 인한 것이었다 할 수도 있지만, 결국 우리나라에서 지적 활동의 테두리로서 민족의 부름이 얼마나 강력한 것인가를 말하여 준다.

최근에 일어나고 있는 것은 민족 담론의 소멸이다. 그 대신 등장한 것이 세계화이다. 경제, 정치, 문화, 대학, 이 모든 것이 세계화라는 대전제에 적응해야 한다. 학문도 물론 여기에 적응하여야 한다. 이상적으로 말하여 근본적인 학문의 정신은 그것에 제약되지 않는 진리 탐구의 자유에 있다. 그 대상과 목적이 무엇이든지 간에 탐구라는 절차가 학문의 핵심이라고 한다면 제약 없는 탐구가 모든 탐구 가운데 가장 뛰어난 탐구임에는 틀림이 없다. 민족의 테두리는 현실적이면서도 학문의 성장에 가해지는 제약 조건이 된다.(이것은 민족의 삶을 생각하는 탐구에서도 그렇다.) 최근의 민족 담론의 소멸 또는 약화는 이러한 제약의 완화를 가져오는 것으로 보인다. 우리 학계의 담론은 분명 다양해졌다. 패러다임과 모델과 아이디어와 새로운 개성적 스타일이 번창하고, 가방에 아이디어가 가득한 사람들이 벤처 기업을 만들고 학교와 학문의 개혁을 주장한다. 무엇인가가 열리고 있는 것은 틀림이 없다.

그러나 세계화 자체가 학문을 위하여 제약 없는 보편성의 지평을 의미한다고만 말하기는 어렵다. 세계화란 어디까지나 자본주의적 경제 활동을 가능하게 하는 수단의 체계를 말한다. 이것을 생각하고 유지하는 것이 학문의 최고 지평이 된다. 모든 학문은 이 관점에서 재평가되어야 한다. 흥미로운 것은 세계화도 민족주의적 수사를 차용하고 있다는 점이다. 즉, 세계화는 한국이라는 나라가 세계 속에서 당당한 자리를 차지하기 위하여 가야 할 길을 의미하는 것으로 말하여진다. 이것은 민족 수사의 강인함을 말하기도 하고, 세계화의 윤리적 취약성을 말하기도 한다.

민족이 사유의 공간을 한정한다고 말한다면, 세계화는 열린 공간을 일차원화한다. 더 가혹한 단순화와 자기 한정을 요구한다. 훔볼트 등 독일의 이상주의자들의 생각 속에 있었던 것은 인간의 과학적·윤리적·심미적 가능성을 총체적으로 실현하여 주는 테두리로서의 그리스의 폴리스였다. 민족이나 국가는 그보다는 추상화된 집단 원리이지만, 그것도 그 나름으로 인간적 삶의 실현을 위한 전체성의 한 이미지의 성격을 갖는 면이 있다. 공동체는 인간의 가능성의 실현이 아니라 제약이 될 수도 있는 것이지만, 그리스의 폴리스에서는 주체적 존재로서의 인간의 자유 실현도 공동체 속에서 이루어진다고 생각되었다.

이러한 폴리스의 모형에 따라 국가를 생각한 헤겔의 표현을 빌리면 국가는 "주체성으로 하여금 개체적 특수성의 극단으로까지 완성되게 하면서 동시에 이것을 실체적 일체성에로 되돌아오게 하고 이 일체성을 주체성의 원리 속에 보유"하게 하고, 서구의 계몽주의는 적어도 그 이상주의적 핵심에 있어서 이것이 더 넓게 확대된 지평 속에서 실현된다고 생각하였다. 개인의 자유롭고 주체적인 발전을 포함한 인간성의 궁극적 실현은 역사의 진보가 가져올 보편적 인간 공동체에서 이루어질 것이었다. 자유주의나 마르크스주의는 이 숨은 이상을 다른 형태로 표현하였다.

세계화는 이러한 역사 과정의 한 결과라고 할 수 있다. 그러나 지금 단계에서 그것은 이러한 이상의 관점에서 매우 모호한 의미를 가졌다고 할 수밖에 없다. 프랑크푸르트 이론가들의 이성의 도구화에 대한 지적은 우리가 오래 전부터 들어왔던 계몽의 원리로서의 이성에 대한 비판이었다. 서구가 주도한 인간의 역사적 실현의 원리가 이성이라고 한다면, 적어도 지금 보기에는 그것이 삶의 전체성에 대한 반성의 원리가 아니게 된 것은 부정할 수가 없다. 과학 기술과 사회 공학의 원리로서의 이성이 사라진 것은 아니다. 세계화가 크게 의존하고 있는 것도 그 업적이다. 그러나 이 이성이 인간과 사회 그리고 자연에 대한 전체적 비전을 제공하지는 못한다.

포스트모던 시대의 철학의 주요 명제는 진리를 말하려는 모든 언어의 공허성에 관한 것이다. 그러한 언어가 지시하는 것은 없다. 지시는 무한히 연기될 뿐이다. 그리고 근본에 이르면 거기에는 아무것도 없는 것이다. 포스트모더니즘의 명제는 이론적 결론으로 보이면서 사실은 현실의 상황을 지적하는 것이다. 서구에서의 이성의 전통은 경제적 합리주의와 이성적 허무주의로 쪼개어진 것이다.

그러나 포스트모더니즘의 통찰이 반드시 허무주의적 함축만을 지닌 것은 아니다. 근원의 부재는 놀라울 것이 못 된다. 그것은 많은 근원에 대한 직관이 예로부터 말하여 온 바이다. 그러나 근원이 없다는 것은 근원이 근원을 넘어서 있다는 것을 말하기도 한다. 모든 언어적 표현은 이 모순된 근원의 존재를 근접하지 못할 뿐이다. 하나의 이념, 하나의 제일원리에 따라서 사회와 세계를 연역해 내고 또 평정하려 한 모든 기획의 참혹한 역사적 결과들은 바로 하나의 원칙 — 분명한 근원이 포착될 수 있다는 생각으로 인한 것이다. 진정한 일체성이나 통일은 보이지 않는 깊이에서 이루어진다. 이 깊이는 허무에 일치하는 것으로 보일 수 있다. 학문의 자유는 근원의 부재, 근원을 넘어가는 근원, 허무의 모험에 밀접하게 관계되어 있다.

그러나 분명한 것은 이러한 의미의 학문이 그 설자리를 상실해 가고 있다는 사실이다. 그것은 고향을 잃은 정신의 향수에 불과한 것으로 보인다. 그러나 사람이 모든 것을 일체적으로 파악하고 그에 비추어 보람 있는 삶을 영위하고자 하는 희망을 없어질 수 없다. 또 이러한 일체적 비전 — 또는 그를 향한 노력이 없이 사람의 삶은 개인적으로 사회적으로나 오래가지 않아 자기모순과 혼란에 빠지게 된다. 학문의 탐구는 궁극적으로 이러한 실존적이고 현실적인 필요에 이어져 있다. 이러한 필요의 고양은 영영 상실될 것인가. 오늘의 새로 편성되는 세계와 학문의 체제는 그에 대하여 아무 준비도 없는 것으로 보인다. 학문의 길에 새로 들어서는 사람에게 전망은 어두운 것이 될 수밖에 없다.

(고대대학원신문, 2000년 3월 2일)

선거, 작은 이익, 큰 이익

이번 총선에서 바른 선거 풍토를 해치는 요인으로 지적되는 것들이 있다. 으뜸가는 것은 물론 지역감정이다. 선거 때마다 문제되는 관권, 금권도 그러한 것이다. 이러한 요인들을 만들어 내는 데 책임을 져야 하는 것은 일차적으로 정부 정당과 그 지도자 및 입후보자이지만 잘못은 그러한 것들을 수용하고 요구하는 유권자들의 태도에도 있다.

이렇게 말하면 문제 해결은 크게 볼 때 관과 국민의 수준 향상을 기다릴 수밖에 없다는 것이 된다. 그러나 다른 한편으로 사람이 연고를 선호하고 이익을 좇는 것은 자연스러운 일이라고 할 수도 있다. 공공성 문화의 부재를 개탄할 수도 있지만 조금 더 현실적 차원에서 원인은 작은 이익의 동기를 이겨 낼 다른 동기가 별로 주어지지 않는 데 있다고 할 수도 있다. 즉 더 큰 이익이 다른 데 있다면 작은 이익에 휘둘리지 않을 것이라는 말이다. 여기에는 민족, 국가, 사회 또는 정의롭고 평화로운 사회 질서 등이 포함될 수 있다. 이와 관련된 큰 이익이 분명치 않을 경우에 지역감정이나 금전적 이익, 그것도 극히 작은 금전적 이익이 크게 보이는 것을 탓할 수만은 없다.

선거와 정당 제도는 국민의 대변자를 뽑는 것 이외에 국가와 사회의 중요한 과제와 해결책을 분명히 하고, 그에 대해 국민에게 선택을 구한다는 의미도 갖고 있다. 이번 선거에서 그러한 과제와 선택의 명료화가 이루어지고 있다고 할 수는 없다. 무엇이 문제가 되고 있는지 분명치 않은 판국에 선거가 출마자와 개인의 영달, 정당의 권력 장악 경쟁으로 파악되는 것은 당연하다. 그러니 유권자가 극히 직접적인 의미에서 이익이 되는 것 아니면 적어도 감정적 충족이라도 줄 수 있는 것을 쫓는 것은 이해할 만한 일이라고 해야 할 것이다.

정당의 정강 정책과 공약은 미래를 위한 과제와 방향을 제시하는 기능을 갖고 있다. 지금의 정당들에 정강 정책이 없는 것은 아니다. 그러나 그것은 사람들에게 큰 관심의 대상이 되지 못한다. 중요한 정책들이 있다고 해도 그것들은 진지하게 추구되는 목표라기보다 공허한 선전에 불과하다는 것이 사람들이 가진 일반적인 생각이기 때문이다. 여기에는 정당들의 정책 주조가 비슷하다는 점도 작용한다. 경제 성장, 민주주의, 사회 복지, 민족 통일 등을 말하지 않는 정당은 없다. 목표 수행의 세목에 차이가 있고 특히 정책 담당자에 차이가 있겠지만 패 가름과 정권 이익 분배에 참여하고 있는 사람이 아닌 경우에 그것이 그렇게 중요한 차이라고는 생각되지 아니할 것이다.

주류 정당의 정책들에서 핵심이 되는 것은 경제일 것이다. 나머지는 요식적으로 거론할 가능성이 짙다. 경제의 중요성을 부정할 사람은 별로 없을 것이다. 그러나 경제는 흔히 생각하는 것과는 달리 인간의 동기 가운데서도 사람들의 마음을 뿌듯하게 하는 동기가 되지는 못한다. "다 같이 열심히 일해 돈을 잘 법시다." 이것이 국가적 차원에서 개인적 이해관계를 국민적 에너지로 승화시킬 수 있을까. 사람들이 돈을 추구하는 것은 허황한 것이라 할지라도 돈이 약속해 주는 보다 나은 삶에 대한 꿈에 자극되기 때문이다. 이것 없이는 돈의 추구가 그렇게 강한 동기가 되지는 못할 것이다. 경제 지표로 표시되는 집단적인 경제 목표는 이러한 꿈의 차원은 아니다.

집단적인 목표는 어떤 경우에나 자기희생을 요구하게 마련인데, 경제 지표의 향상을 위해 자기희생이 얼마나 요구될 수 있을 것인가. 경제는 중요하면서도 그것이 사람을 움직일 수 있는 힘이 되는 것은 모두가 함께 가는 원대한 사회적 비전이 뒷받침되기 때문이다. 현 정부가 주된 업적의 하나로 내세우는 것이 'IMF 위기' 극복이다. 경제 위기의 극복은 지난번 선거에서 위임 사항의 하나였다고 할 수 있다. 그러나 선거 승리의 동인을 여기에서 찾는 것은 착각일 것이다. 현 정부를 밀어주었던 보다 큰 힘은 군사 정권과의 투쟁에서 국민들이 갖게 된 보다 나은 사회를 향한 소망, 보다 민주적이고 자유롭고 인간적인 사회에 대한 도덕적 비전이었다.

실망으로 끝났지만 김영삼 정부의 경우에도 마찬가지였다. 그러나 이러한 비전은 지금에 와서 거의 증발해 버린 것으로 보인다. 언론들은 연일 선거 뉴스로 지면을 가득 채우고 있다. 기사의 초점은 선거의 향방이나 의미보다는 정당 간 또는 지역 단위 후보들의 지지도나 당선 가능성에 있다. 스스로 권력 게임 안에 깊이 개입돼 있는 언론이 선거를 주로 이러한 관점에서 보는 것은 이상할 것이 없다. 그렇지 않다고 해도 선거는 유명한 선수와 집단의 부침과 승부 거리의 흥미를 제공해 준다. 고향팀이 있고 공짜 선물까지 있다면 경기는 더 재미있는 것이 될 것이다. 도덕적 비전과 기준이 없는 곳에서 나라의 일도 그러한 수준의 일이 될 수박에 없다.

(한국경제, 2000년 3월 30일)

비디오 게임과 인류 문명

앞으로의 유망 산업은 전자 컴퓨터 정보 산업이라고 한다. 이러한 산업에 일본은 여러 가지로 앞서 있는 나라이지만 근년에는 전자 게임 분야에서 특히 타의 추종을 불허한다고 할 수 있다. 최근의 외지는 소니의 새 상품인 '플레이스테이션 2'라는 비디오 게임이 크게 히트할 것이라고 전한다. 이는 종전의 전자 게임을 개량한 것이지만 리얼리즘과 기능에 있어 완전히 새로운 경지를 개척한 것이다. 스크린 영상의 질은 영화 수준이고 게임을 즐기는 사람은 경주 자동차에서 나오는 연기와 야구 선수가 뛰며 일으키는 먼지도 볼 수 있다.

3월 초 도쿄에서 상품 판매에 들어간 플레이스테이션 2는 하룻밤 사이에 매진되고 발걸음이 늦었던 사람은 쿠폰만을 받아들고 귀가해야 했다. 가을에는 미국에서도 판매를 개시한다. 게임기는 372달러이고 게임 프로그램은 10세트에 64달러에서 138달러라고 한다. 프로그램의 경우 판매가 개시된 주말의 예상 판매량은 100만 세트였다. 소니의 성공은 일본과 일본 국민들에게는 경제적인 측면에서 큰 기여를 할 것이다. 그러나 순전히 경제적 가치만이 상품의 의미여야 하는 것일까. 플레이스테이션 2는 경제적인 중요성을 아무리 크게 갖는다 하더라도 놀이 기계에 불과하다.

물론 놀이가 없는 삶이 삭막한 것임에는 틀림이 없다. 놀이는 삶에 재미를 더해 주고 두뇌 회전 운동에 도움이 된다. 그러나 사람의 일에서 경중을 가리는 일이 없을 수가 없다. 플레이스테이션 2의 개발에 들어갔을 막대한 자금과 재능 및 인력을 생각하고, 다른 한편으로 세상에 해야 할 다른 일들을 생각할 때 그 성공을 높게만 평가할 수는 없다. 이것은 특정한 제품만을 두고 하는 이야기가 아니다. 놀이 기계를 만들고 그것을 한껏 정치한 것이 되게 하려고 노력하는 회사는 환영받아 마땅하다. 문제는 그러한 산업의 발달이 보편화되는 것이다. 새로운 세기의 산업은 정보 산업이고 거기에 맞는 기업의 형태는 벤처 기업이라고 말한다. 새로운 산업이 창출하는 제품들은 게임기와 상당히 유사한 성격을 갖는 것으로 생각된다. 정보가 많아지고 보편화되고 그 전달 수단이 빨라지고 다양화되고 작업의 자동화와 원격 조종화가 촉진되고……. 이러한 일들이 게임기의 정교화와 같은 차원의 의미를 갖는 것은 아닐 것이다. 또 생활과 유통의 편의가 증대되지 않는 것은 아니다. 그러나 깊은 의미에서 생활의 질을 획기적으로 바꿔 놓는 발명은 별로 많지 않을 것으로 보인다.

산업 문명에 대해 비판적인 이반 일리치는 일찍이 자동차가 사람에게 가져온 이득이 별로 크지 않다는 것을 다음과 같은 숫자로 지적한 일이 있다. 자동차를 타는 시간과 자동차 값을 버는 데에 드는 시간, 휘발유값, 보험료 등을 합쳐서 계산하면 미국인은 1년에 1500시간 동안 6000천 마일(9600킬로미터)을 가는 것이 된다. 이것은 자동차가 없던 시절 보행자의 속도와 비슷하다. 어떤 사람들은 이런 계산을 궤변이라 할 것이다. 사실 이렇게까지 기술과 산업 문제를 정치하게 계산하며 살아갈 수는 없을 것이다. 그러나 사람이 하는 일을 그것이 삶에 어떻게 기여하는가 하는 관점에서 대강이라도 평가하지 않고 온전하게 살아갈 수는 없는 일이다.

과학과 기술은 그 경이로운 발전 초기에 인류 문화의 발전에 기여한다는 것을 자랑으로 삼았다. 지금 이것은 시대착오적인 말이 됐다. 오늘날 과학과 기술의 의미는 오로지 산업 발전에 기여하는 데 있다. 산업의 의미는 최대의 부가 가치를 창출해 회사의 경영 실적과 국민 총생산 지수를 높이는 데 있다. 이러한 시대의 흐름은 거스를 수 없는 것인지도 모른다. 돈의 흐름을 거스른다는 뜻에서만이 아니라 어떤 이들이 진단하는 것처럼 시대가 농업 시대에서 산업 시대로, 또 정보 산업 시대로 이행하는 것이라면 이 흐름을 역행할 수 없을는지 모른다는 말이다.

이러한 흐름은 공업 생산에 대응하던 생활의 필요들이 이미 충족됐다는 사실을 나타낸다. 그리하여 생활의 편의 증진과 놀이의 개발이 저절로 경제 활동의 주안점이 된다. 그러나 필요가 충당됐다는 것은 세계 일부 지역의 경우이다. 그리고 그러한 지역에서조차 지속적으로 필요한 것은 생활의 질적 심화이다. 참으로 빈곤의 시대, 공업 생산의 시대가 갔다고 한다면 현명한 사회 경제 정책은 산업의 여력을 삶의 질을 높이는 데 돌리는 일이다. 아직도 남아있는 절실하고 의미 있는 문제들이 있다. 그것을 해결해 주는 산업이 가장 확실한 이익을 가져오게 될 것이라는 것도 변함이 없다. 전자 정보 산업에서도 전체 인류 생활의 향상에 도움이 될 일이 노다지의 영역으로 남아 있을는지 모른다. 이러한 영역은 아마 단기적인 일확천금을 좇아가는 사람들이 간과했을 가능성이 크다.

(한국경제, 2000년 4월 27일)

남북회담과 이데올로기

근래의 희망적인 일 중 하나는 얼마 후 있을 남북정상회담이다. 그러나 좋은 시작에도 불구하고 아무도 통일이나 화해에의 길을 구체적 단계로 풀어서 설명해 주지 못하는 것으로 보인다. 이 글을 쓰는 필자도 무슨 방안이 있는 것은 아니다. 오직 당위의 역설이 아니라 구체적 방안이 중요하다는 것을 확인할 수 있을 뿐이다. 그런데 알기 어려운 것이 바로 구체적 방안이다.

다른 권력 체제로 구성돼 있는 두 정치 단위가 하나로 합친다는 것은 지난한 일이다. 이러한 권력의 성격, 특히 국가 권력의 성격에서 오는 이유 외에도 남북 문제에는 많은 어려움의 요인들이 개재돼 있다. 그중 하나가 이데올로기다. 말할 것도 없이 북한과 남한은 이데올로기의 차이를 갖고 있고 이 차이를 극복하는 것이야말로 가장 중요한 일의 하나다. 정도의 차이는 있을망정 어느 사회나 이데올로기가 없는 곳은 없다.

사람이 이루는 집단은 집단으로 존속하는 또는 존속해야 하는 이유들을 갖고 있다. 역사는 민족이나 국가가 존속하는 데에 중요한 이념적 기초로 작용한다. 이 역사란 경험의 공유를 말하기 때문에 그에 필요한 공통된 언어, 문화, 생활 등의 지속성도 물론 집단의 중요한 존재 근거다. 이외에도 사람들은 보다 일반적인 정당성의 믿음을 필요로 한다. 사람들은 그들 자신의 생활의 실제가 반드시 엄격하게 도덕적인 것이 아니라고 하더라도 그들의 사회가 도덕적으로 정당하고 전반적으로 정의로운 원칙에 입각한 사회라고 믿을 필요를 느낀다.

그러나 도덕적인 정당성을 가진 사회라고 해서 사람들의 삶이 반드시 행복한 것은 아니다. 그렇다고 한다면 아마 오늘날의 사회에서 이슬람 국가와 같은 원리주의적 종교 및 도덕과 윤리에 입각한 사회가 가장 행복한 사회일 것이다. 엄격한 공산주의에 입각한 사회도 행복한 사회여야 한다. 정당성에 관계없이 물질적인 의미에서 행복한 상태를 생각해 볼 수도 있다. 그러나 정당성 없는 곳에 행복한 삶이 있기 어려운 것은 그러한 곳에서는 곧 만인의 만인에 대한 전쟁이 삶의 조건이 될 것이기 때문이다.

이데올로기는 사람의 사회적 삶, 필요한 정당성을 강조하고 조직화한다. 이데올로기의 특성은 경직성이다. 어떤 경우에나 정당성이 지나치게 강조될 때 그것은 많은 문제에 대한 유연한 접근을 어렵게 한다. 우리의 이데올로기적 편향의 역사적 근원은 마르크스주의만이 아니라 우리 특유의 명분주의적 전통에서 찾을 수 있다. 명분을 분명히 하려는 것이 나쁜 것은 아니다. 그러나 그것은 너무나 자주 우리로 하여금 사람 사는 구체적인 현실을 잊어버리게 한다. 명분이 궁극적으로 정당성의 실제에 대한 요구라면 가장 좋은 것은 그것이 추상적 이념으로 표현돼야 하는 경우가 아니라 작은 생활의 관습과 느낌으로 막연하게 존재하는 경우다. 지나치게 정의가 강조된다는 것은 그것이 생활의 실제에서 무너져 간다는 징후다.

가장 기초적이면서 단순한 정당성은 정의다. 말할 것도 없이 정의는 그 자체로 중요한 이념이요 가치다. 그러나 궁극적으로 그것이 필요한 것은 여러 사람이 같이 살아야 하기 때문이다. 같이 산다는 것은 생각을 달리하는 사람뿐만 아니라 어떤 경우는 부도덕한 사람처럼 보이는 사람까지도 포함해 같이 살아야 하는 것을 말한다. 공존은 정의보다는 더 기본적인 삶의 현실에서 나온다. 그런데 산다는 것은 먹고사는 일을 포함해 매우 구체적인 일이다. 남북의 상봉에 있어서도 서로 협동할 수 있는 일이 이러한 구체적인 것들에서 찾아질 수 있으면 좋을 것이다. 남북회담 이전에 이미 얘기된 바 있는 나무 심기, 식량 나누기 등은 공동 노력의 적절한 대상일 것이고 여러 사회 하부 구조의 시설, 비교적 현실과 관련이 없는 학문적 연구 등도 이러한 공동 노력의 대상이 될 수 있을 것이다. 다시 말해 가능한 일들은 구체적인 일들이다.

통일에 관해 그 어려움을 지나치게 강하게 말하는 경우가 있다. 그것이 이데올로기적 선입견에서 나오는 것이라면 그것은 물론 통일에 도움을 주는 일이 아니다. 열렬한 민족의 이념과 감정으로 단번에 문제가 해결될 수 있는 것처럼 말하는 것도 또 하나의 이데올로기에 빠지는 것이 된다. 필요한 일은 정열을 가슴깊이 감추고 그 생각을 구체적인 작은 일들로 쉼 없이 번역해 내는 일이다. 남북의 수뇌가 만나는 것은 잘된 일이다. 수뇌가 아니라도 만나는 일이 잦아지는 것은 좋은 일이다. 사람의 일은 큰 것으로부터 시작해 작은 것으로 나아가는 수도 있지만 작은 만남과 사귐으로부터 큰 결과로 나아가는 수도 있다. 이데올로기적 접근을 경계하는 것은 이러한 작은 길을 시험하는 일이기도 하다.

(한국경제, 2000년 5월 23일)

남북회담과 도덕 정신

남북영수회담은 고난의 역사라고 할 수밖에 없는 한국의 현대사에서 모처럼 밝은 미래를 지향하는 역사적 사건이다. 두 영수의 만남은 잔치 기분의 거품을 빼고 살펴보면 별로 구체적인 것이 없다는 현실주의적 지적이 있을 수 있다. 그러나 지금 단계에서 중요한 것은 만난다는 사실 자체가 함축하고 있는 화해 의지다. 영수회담의 결과는 남북공동선언에 요약돼 있다. 합의 내용들은 일반적이고 추상적인 대로 적절한 것으로 생각된다. 일반 원칙의 천명 이상의 합의를 목표하는 것은 오히려 일을 그르치는 일이 됐을는지도 모른다.

정치적 성격의 합의는 두 가지다. 첫째는 통일에 있어서의 자주 원칙에 대한 합의다. 여기에 대해서는 미군 철수를 겨냥한 외세 배제론을 내세워 온 북한 주장에 전적으로 동의한 것이라는 해석이 있을 수 있다. 외세의 문제는 민족 주체성의 단순 논리로만 생각할 수 없는 여러 국면이 있다. 민족의 자주성과 자존심을 어떻게 생각하든지, 한국의 통일이나 통일 한국의 존립은 국제 환경을 전제하는 것일 수밖에 없다. 통일 국가가 된다는 것은 홀로 우뚝 선다는 것을 말하는 것이 아니라 세계의 많은 국가들 사이에 자연스럽게 존재한다는 것을 말한다. 거기에 이르는 과정도 국제 환경과의 상호 조화를 포함하는 것이 될 수밖에 없다. 물론 그렇게 하는 것이 우리의 자주성을 포기하는 것은 아니다. 국제 환경 적응도 우리의 삶을 우리의 뜻에 따라 실현할 수 있는 터를 마련하다는 것을 전제로 해서 의미 있는 것이 됨은 물론이다. 자주 통일의 강조가 반드시 단순한 민족주의의 논리가 된다고 생각할 필요는 없다.

둘째는 연방제의 조항도 적절하다고 생각된다. 지금 시점에서 남과 북의 만남이 가능한 것은 양측의 정치적 독립성을 존중한다는 전제하에서일 것이다. 그러면서도 하나의 연대를 수립하려면 연방제 이외의 다른 방식이 없을 것이다. 물론 이 연대는 느슨한 형태에서 시작하여 점점 더 단단하고 다면적인 것으로 나아갈 수 있을 것이다. 연방제 합의는 화해론자나 통일론자나 지금 단계에서 걱정할 필요가 없는 합의 사항이 아닐까 한다.

합의 사항의 나머지는 구체적인 내용에 관계된다. 친척 방문, 장기수의 문제는 8·15라는 날짜의 못을 박아 해결한다는 것, 경제 협력 및 사회, 문화, 체육, 보건, 환경 등의 교류를 추진하겠다는 것, 그리고 이러한 합의 사항을 조속히 실천한다는 것 — 이것들은 공동선언에 구체성을 부여한다. 이 사항들은 큰 것일 수도 있고 작은 것일 수도 있다. 큰 것이 될지 작은 것이 될지는 구체적으로 실현되는 것을 보기 전엔 쉽게 판단할 수 없다. 신문에 전제된 공동선언문이 원문 그대로인지는 알 수 없으나, 선언의 문면에는 눈에 띄는 흥미로운 사실이 있다. 이것은 작은 일이면서도 우리 사회의 풍조와 관련하여 중요한 일로 생각된다.

선언문은 김대중 대통령의 이름을 김정일 국방위원장 이름의 앞에 들고, '남'과 '북'을 자연스러운 우리말 관습에 따라 '남과 북' 그리고 '남북'이라는 말로 표현하고 있다. 이것은 북한에서 남한을 말할 때, '북남'이라고 해 온 것과 대조되는 일이다. 남이 먼저냐, 북이 먼저냐 하는 유치한 싸움은 이제 없어진 것이라는 생각이 든다. 유치한 샅바 싸움을 대단한 것으로 생각하는 것은 우리 사회의 전투적 풍조에 관계된다. 대체로 우리 사회에선 도덕에서도 투쟁적인 것을 좋아하고, 투쟁을 완화하는 부드러운 태도는 나쁜 타협이라고 생각하는 경향이 있다.

역사를 말하는 경우에도 그러하다. 우리 사회에 지배적인 것은 정사를 분명히 하는 것이 역사라는, 소위 춘추필법의 고대적 역사관이다. 해방 후의 우리 역사에는 살육과 파괴를 포함하는 여러 악몽과 같은 사건들이 들어 있다. 이것을 지나치게 가리기로 하면 남북의 문제가 아니라 어떠한 문제도 바르게 풀 수가 없을 것이다. 역사는 과거에 있는 것이 아니라 현재에 있고, 현재보다는 미래에 있다. 우리와 우리 자손을 위한 삶이 어떠한 것이 되어야 하는가가 역사의 준거점이다. 남북의 문제에 있어서도 지표가 돼야 하는 것은 우리 삶의 미래이다.

남북 화해의 과정은 이제 시작됐을 뿐이다. 지금의 흥분과 낙관론에도 불구하고 이 과정이 평탄할 것이라고 생각할 수는 없다. 사회나 정치의 영역에서 어떤 일을 시작한다는 것은 잠자고 있던 많은 요인들을 일깨워 세운다는 것을 말한다. 예상치 못하던 새로운 사태가 촉발되게 마련이다. 예측하기 어려운 정치 과정에서 중요한 것은 근본에 흐르고 있는 도덕적 정신이다. 이 도덕적 정신이란 목표를 향해가는 강한 투지를 뜻하기도 하지만, 들고나는 많은 것을 감쌀 수 있는 너그러움이다. 우리 사회의 다른 여러 문제에서도 그렇지만 남북 문제에서 특히 요구되는 것은 이러한 깊은 의미의 도덕적 정신이다. 영수회담이 가능해진 것 자체가 그러한 정신이 커간다는 조짐인지 모른다.

(한국경제, 2000년 6월 19일)

개혁의 이상과 현실

의약 분규가 일단락됐는가 했는데 아직 끝나지 않은 것으로 보인다. 분규의 계속에는 그럴 만한 이해관계의 상충이 있다. 하지만 이해 당사자가 아닌 사람에게는 그 이해의 들고나는 것을 분명하게 파악하기가 쉽지 않다.

사회 집단 간의 분규는 이해(利害)로 말미암아 일어난다. 그것은 힘겨루기 그리고 힘의 균형으로써 풀리기도 하고, 또 서로의 주장에서 무엇이 공평하고 공정한 것인가를 가려서 거기에서 드러나는 사리를 받아들임으로써 풀리기도 한다. 많은 분규는 이 두 가지가 합쳐져 어떤 해결점을 찾아가게 된다. 그러나 갈등에는 이해관계나 힘 또는 공평성 외에 공공 이익의 차원이 있다. 어떤 사람들의 싸움을 그대로 방치할 수 없는 것은 그것이 사회 전체의 질서와 평화에 관계되기 때문이다. 두 당사자의 싸움이 사실은 제삼자에게 더 중요한 문제가 되는 경우도 있다. 의약 분규에서 분명치 않은 것은 그것이 '국민 건강'이라는 차원에서 어떤 이해득실이 있는가 하는 점이다.

당사자들이 이해관계로 싸우는 것은 있을 수 있는 일이라고 해도, 의약의 양편에서 밀고 당기는 일들이 공익의 관점에서 무엇을 뜻하는 것일까. 의사나 약사의 직업은 통상적인 직업 분류에서 '전문직'에 속한다. 전문직이란 전문적 지식과 기술을 요구하는 직업이란 뜻이다. 전문적인 일은 사사로운 편견에 왜곡되는 일 없이 엄격하게 일 자체의 원리에 따라 수행돼야 한다. 이러한 직업의 기율은 사회 윤리의 기율로 연결될 수 있다. 그리하여 사회 통념은 전문직 종사자가 남달리 공평성과 공익성 입장에서 행동하기를 기대하는 것이다.

공공성의 관점에서 손익을 분명히 밝히는 것이 아닌 이번 싸움에서, 어느 쪽이 이기든, 의약의 전문직은 '사회적인 기대와 신뢰'라는 면에서 잃는 것이 많다. 정작 공익 관점을 분명히 해야 할 것은 정부다. 정부가 국민 보건 체제로서의 의약 제도에 어떤 정책적 비전을 갖고 있는 것일까. 이 분규는 거기에서 어떤 의미를 가질 것인가. 이 분규에서 불집이 된 것은 정부의 의약 분업을 분명히 하겠다는 의도다. 의사 처방 없는 약물 남용을 억제하여 국민 건강의 기본적 질서를 분명히 해야겠다는 것은 정당하다. 그러나 보다 큰 정책적 구도의 한 부분을 이루는 것이 아닌 한, 그것은 우리 의료 제도의 현황에 비추어 매우 추상적이고 부분적인 조처라고 아니할 수 없다. 우리 의료 제도의 현황은 약물 과용보다, 과용이 일어나는 사정에서 확인될 수 있다. 몸이 불편한 사람이 우선 찾는 곳이 약국인 것은 오로지 무식한 때문인가. 대체로 약국 가기가 병원 가기보다 쉬운 것이겠지만, 병원 가기가 유독 어려운 것이 우리나라다.

병원에 가는 것은 가장 사사로운, 또는 가장 개인적 문제 때문이다. 따라서 환자는 개인적인 사정을 자상하게 주의해 줄 것을 원한다. 그런데 우리 사회에서 인간 대접받기가 가장 어려운 곳 중의 하나가 병원이다. 이런 사정에는 여러 가지 원인이 있다. 의료의 관료화, 의료 윤리의 부재 등 의료 문화에도 문제가 있다. 그러나 더 근본적인 것은 의료 수급의 불균형과 그 배분 제도의 불합리에 있다고 할 것이다. 정부에서도 진료 체제의 개선을 통해 큰 병원에 집중되는 진료 수요를 조금 더 합리적으로 분산시켜 보려고 한 바 있다. 잘하려는 일에는 반드시 돈이 드는 까닭에 국민이 부담할 수 있는 비용 문제도 있다.

근년 들어 우리의 병원들이 많이 나아지고 있는 것은 사실이다. 그러나 인간적 신뢰가 존재하는 의료 제도가 생기려면 더 나아져야 할 일이 너무 많다. 의약 문제는 보다 넓고 장기적인 관점에서 의료 보급 체계의 궁극적 적정화를 생각하면서 해결돼야 하는 문제로 보인다. 그리고 다른 한편으로 그것은 무엇보다도 오늘의 의료 제도 전반을 생각하면서 추상적으로가 아니라 경험적으로 추진돼야 할 일이다. 추상적이고 부분적으로 정당한 것이 현실에서 그대로 정당한 것은 아니다. 이것은 정부가 추진하는 다른 개혁들에도 해당된다. 개혁은 깊고 넓은 아이디어의 경험적인 현실과 끊임없는 대화로써 가능해진다.

(한국경제, 2000년 7월 25일)

아름다운 건조물과 도시

영국의 케임브리지는 아름다운 도시다. 그곳에서도 눈에 띄는 곳이 킹스 칼리지다. 건물도 좋지만 넓은 잔디밭을 앞에 두고 있어 전체의 유원한 원근법이 풍경을 더욱 아름답게 한다. 대학의 뒤로 돌아가면 다시 잔디와 숲이 캠강을 향해 넓게 펼쳐 내려간다. 킹스 칼리지에서도 유명한 것은 그 채플이다. 이 건물은 중세 유럽의 고딕 건물 가운데 가장 아름다운 사례의 하나로 간주된다.

그러나 킹스 칼리지 전설의 사연이 반드시 아름다운 것만은 아니다. 15세기 초 헨리 6세가 이 대학을 창립할 때, 지금의 킹스 칼리지 자리는 집들과 공방, 나루터, 교회 등이 어지럽게 엉클어져 있는 시골 도시였다. 대학을 짓기 위해 많은 집들이 철거됐고, 많은 사람들이 삶의 근거지를 잃어야 했다. 20세기 초 대학 당국은 여러 가지 건축 계획을 만들어 기존 건물의 사진 사이에 맞추어 보다가, 원형의 아름다움을 손상할 우려가 있다고 하여 증축 계획을 포기했다고 한다. 사회 문제를 일으키며 출발한 대학 건물이 사람들로 하여금 그 손상을 두려워하게 할 만큼 아름다운 문화유산이 된 것이다.

킹스 칼리지는 아름다운 곳임에 틀림없다. 하지만 건립할 때의 사정을 생각하면 그 아름다움을 어떻게 생각해야 할지 당혹감을 느끼지 않을 수 없다. 일반적으로 아름다움이라든가, 역사라든가 하는 것을 표현만으로 판단하는 것은 옳지 않다. 간단히 말해 바른 윤리적 태도는, 사르트르가 말한 바와 같이 백성의 고혈이 들어간 아름다움이나 역사적 업적은 단호하게 거부하는 일이 아니다. 인간의 역사는 모순과 갈등의 역사다. 인간이 추구하는 많은 것들은 다 좋은 경우라도 서로 모순과 긴장을 일으킬 때가 많다. 서울시의 시가지 계획이나 건축물들을 생각할 때도 하나의 좋은 방안이 절대적 의미에서 좋은 것이 되는 건 아니다. 도시가 혼란스럽고 불편하고 추하다고 하더라도 개선에 요구되는 희생 또는 비용의 상대적 의미를 생각할 때 좋은 도시를 만든다는 일에만 무조건 찬성할 수는 없는 일이다.

좋은 도시의 요건 이외에도 생각해야 할 여러 요인들이 많다. 서울뿐만 아니라 나라 전역에 걸쳐 우리나라만큼 건축과 건설이 많은 나라도 드물 것이다. 서울은 지난 수십 년간 시 전체가 큰 공사장 같았다. 우리의 영일이 없는 듯한 삶은 여기에 관계가 많다. 삶의 안정감이 손상되는 외에 많은 예각적인 문제들이 일어난다. 공간이란 한정된 것이기 때문에, 건설과 건축은 다소간의 긴장과 갈등 없이 진행될 수는 없다.

그런데 우리 건설 현장의 갈등에 쟁점이 되는 것은 어떤 것인가. 아름다운 기념비적 건조물이냐, 서민의 생활이냐 하는 것이 대립되는 경우는 거의 없다. 예외 없이 핵심이 되는 건 물질적 이익의 문제다. 어떻게 해서든지 부동산 이익을 챙겨야겠다는 측과 거기에 대항하는 모든 것, 생활, 아름다움, 환경과 같은 모든 인간적 가치가 대립하는 것이다. 경기도 일산에서 주민들이 러브호텔과 고층 빌딩 건설에 반대해 일어난 얘기가 보도되고 있다. 현장을 조사하지 않아 정확히 알 수는 없는 일이나, 그런 건축물들이 거주지 삶의 평화와 쾌적감을 파괴하고, 또 주민들이 주장하듯 교육 환경을 해칠 것이라는 점은 다른 경우들로 보아 짐작할 수 있다.

르네상스 이탈리아 건축 동기의 하나는 아름다운 건조물을 남기려는 세도가의 욕심이었다. 킹스 칼리지의 경우 서민의 삶에 대립한 것이 아름다움이었다고 하더라도, 그 아름다움에는 권력의 위세가 개입돼 있다. 우리 사회에서도 권세가들이 위세를 과시하는 호화 주택이나 별장 또는 사옥들을 짓는다. 하지만 그것들이 도시와 국가의 아름다움의 공적 자산에 기여하는 경우는 별로 없다. 우리의 건물은 최선의 경우 기능에, 나쁜 경우 사치와 과시에 도움이 될 뿐이다. 더 지배적인 동기는 단순한 돈벌이다. 그 앞에서 삶의 평화도, 공동체 조성도, 아름다움도, 환경도 모두 희생된다. 우리 사회에는 욕심과 의욕이 넘치면서도, 나라나 사회나 이웃의 아름다움에 보탤 만한 건조물을 남기겠다는 욕심은 별로 없는 것으로 보인다. '이익이 된다'면 환경과 도시와 동네에 오래오래 오점이 되는 건조물을 남기는 것은 마음에 거리끼는 일이 아닌 것이다.

(한국경제, 2000년 8월 31일)

오늘의 미학과 도시

보도에 의하면 경복궁, 경희궁, 인사동 등을 포함하는 광화문 일대를 '문화 공원 지대'로 가꿀 것이라고 한다. 반가운 일이다. 산업화의 집념으로부터 벗어남에 따라 경제 가치 이외의 것에도 주의를 기울일 여유가 생겨 가는 것으로 생각된다. 도시의 경우에도 이제 콘크리트 상자의 시대가 끝나고, 건축과 도시의 문화적 의미가 재발견되는 날이 오는 것인지 모른다. 그러나 그간의 증후들로 보아 참으로 좋은 문화적 도시가 이뤄지는 것이 쉽지는 않을 것이다.

나는 얼마 전 불국사를 방문할 기회를 가졌다. 불국사는 단순한 구조물로 볼 때, 석조 부분들이 보다 정교한 것 말고는 다른 절이나 다를 바 없는 절집에 불과하다. 그렇다는 것은 지금의 상태에서 신라 불교와 신라의 삶의 느낌을 전혀 가질 수 없었기 때문이다. 이것은 불상이 있고 불상 앞에 제단이 있긴 하지만, 불국사가 불교의 도량으로서의 기능을 하지 못하고 있는 것과 관계되는 일일 것이다. 관광객이라 하여 불국사에서 구경거리만 찾는 것은 아닐 것이다. 관광을 나서는 마음 밑에 있는 것은 어떤 이상적인 삶에 대한 그리움 같은 것이라고 나는 생각한다. 적어도 어떤 삶의 모습을 새롭게 느껴 보자는 것일 것이다. 보수를 하고 단청을 하기는 했지만, 풀도 나무도 없이 모래만 어수선한 뜨락, 흙먼지 덮인 주랑, 그 주랑의 앙상한 기둥……. 이러한 것에서 신라 시대의 삶을 상상해 보는 것은 불가능하다.

물론 이러한 것은 다른 오래된 관광 명소 또는 새로 만들어 놓은 놀이터나 문화 시설의 경우에도 비슷하다. 이것은 우리의 미학과 생활 철학에 깊이 관계되는 것으로 생각된다. 어떤 것이 미적 대상이 되는 것은, 그 사물 자체에 못지않게 장소의 분위기로 인한 것이다. 분위기가 사라지면 물건은 죽은 물건이 된다.

분위기는 보는 사람의 대상에 대한 관계 속에서 생겨난다. 그러나 그것이 순전히 사람의 마음속에만 있는 것은 아니다. 물론 물건을 볼 때 맨 먼저 눈에 띄는 건 물건 자체이고 물건에 드러나는 섬세한 결이다. 하지만 그보다 더 중요한 건 물건이 놓여 있는 주변 공간이다. 물건은 적정한 공간에 놓여 있음으로써 비로소 빛이 나는 것이다. 물건을 에워싸는 환경은 시간일 수도 있다. 옛 물건들의 의미는 옛날의 시대를 생각나게 한다는 데에 있다. 물론 옛날이라는 것은 보는 사람의 눈앞에 존재하는 것이 아니기 때문에 물건을 에워싸고 있는 것들이 어울려 예스러운 환경을 이뤄야 한다. 오늘날은 물건의 결도, 환경의 전체적인 구성도 없는 시대다. 그것은 전근대의 얘기다.

지금은 변화와 속도와 순간의 시대다. 오늘의 미술을 대표하는 건 설치와 영상과 이벤트다. 도시의 아름다움에 있어서도 페인트와 광고와 설치가 그 미적 효과의 전부로 생각된다. 나는 불국사의 청운, 백운의 석교 위로 회랑을 세우기 전, 약간은 황폐한 그전의 불국사에서 신라를 더 느낄 수 있었다. 석교 위의 트인 공간으로부터 멀리 아래쪽을 내다보면, 경주의 시가지로부터 걸어 올라오던 옛 선남선녀를 상상할 수 있었고, 석교의 얼룩진 무늬에서 역사의 시간을 느낄 수 있었다. 모든 것이 좋아진 마당에, 아마 이러한 감상은 극히 소수의 감상에 불과할 것이다. 그러나 아테네의 파르테논 신전을 왜 복원하지 않는지……. 이러한 것을 생각하는 것이 전적으로 틀린 일은 아닐 것이다.

오늘날은 미술뿐만 아니라 무슨 일에서나 없앴다 세우고, 세웠다 없애는 설치의 시대다. 그러나 사람과 땅의 관계만은 그렇게 일시적으로 간단하게 생기고 없어지는 관계가 아닐 것이다. 사람이 사는 공간의 지속성이 있어서 비로소 설치도 의미를 갖는 것일 게다. 사람이 공간을 다스리는 것은 공간의 넓은 전체를 조화롭게 하는 것이고, 거기에 시간의 깊이를 부여하는 일이다. 이것은 물론 한 사회의 삶의 무게로부터 나온다. 그것은 인위적으로 만들어지는 것이라기보다 당대의 삶의 방식을 일관하는 무의식을 반영하는 것이다. 광화문 일대를 문화 공원으로 조성하는 계획이 분식과 화장술, 디즈니랜드적인 발상을 위주로 하는 것이 아니기를 바랄 뿐이다.

(한국경제, 2000년 10월 6일)

주체와 그 지평

자유주의 인간학의 한 주장은 개인이 행동과 사고의 자유로운 주체라는 것이다. 이 주체는 영어로 subject라고 표기된다. 그 말의 옛 뜻은 '신민'으로서, 임금이라는 외부 권위에 예속된 사람을 말했다. 그러나 이 말을 새로운 뜻으로 사용할 때의 주체라는 말도 참으로 자유로운 존재인가는 분명치 않다. 에티엔 발리바르(Étienne Balibar)는 그의 한 논문에서 개체가 프랑스 혁명에서 자유를 얻었다가 금방 국가의 법률에 순종해야 하는 시민이며 신민인 존재가 된 경위를 밝히고 있다. 이 주체적 존재로서의 시민의 이중성은 알튀세르(Louis Althusser)가 국가의 이데올로기 기구를 논하면서, 주체란 사회의 지배 이데올로기의 부름을 받아서 생겨난 것이라고 말한 것에 이미 들어 있는 생각이다. 독자적 주체는 없고 국가의 이데올로기와 현실의 여러 기구에 구현되어 있는, 보다 큰 주체의 한 기능으로서만 개체는 주체가 된다는 것이다.

발리바르나 마찬가지로 알튀세르의 생각도 자본주의 사회에서의 이데올로기 비판을 목적으로 하는 것이지만, 그것은 보다 일반적인 성격을 가진 것이다. 즉 주체의 이중성은 자본주의의 역사의 한 시대에만 해당되는 것도 아니고, 또 사실 자본주의 사회만이 아니라 거의 모든 사회에 다 해당되는 것이다. 개체가 주체가 되는 것은 어느 사회에서나 일단 큰 주체의 부름을 받아서만 가능한 것이고, 그것은 마치 프로이트의 문명의 불편한 요소처럼 사회적 존재로서의 인간에게 가하여지는 한 불편한 요건인 것이다. 자유로운 주체로서의 개인이라는 개념은 역사적 상황에 대한 응답으로 생겨난 것이다. 흔히 사용하는 역사의 속기술을 빌어, 그것의 한 연원은 데카르트의 사유에서 찾을 수 있다. 사람은 자신의 사유의 주인이 됨으로써 자유로운 존재가 될 수 있다. 그러나 이것은 사유에 작용하는 이성의 원칙을 받아들임으로써 가능하다.

주체의 개념에 들어 있는 양극적인 요소는 정치에서 더 분명하다. 현대 민주주의의 발생에서 자유는 가장 중요한 표어이다. 자유를 보장해 주는 것은 헌법이다. 헌법은 서구어로는 constitution 또는, Verfassung이라는 말로 표현되는 것으로, 구성하고 부여잡는다는 것을 말한다. 자유는 법으로 얽어매어져야 하는 것이다. 전통적인 사회들이 현대적인 정치 체제로 옮겨감에 따라 겪게 되는 큰 문제는 바로 이 자유의 역설에 관계되어 있다. 현대 사회는 전통으로부터의 해방을 요구한다. 그러나 그 해방은 자유의 제도로 구성 또는 구속 될 수 있어야 한다. 여기에 대응하여 개체는 자유로운 존재이면서 동시에 이성적 규칙의 질서에 순응하는 주체여야 한다.

동서양을 막론하고 인문학의 관심사의 하나는 주체로서의 개체를 보살피는 일이다. 그 사명은 인문적 해석학의 작업으로 하여금 주체의 형성에 도움을 주는 일인 것이다. 오늘날 동양에서 또는 특히 한국에서 인문학이 하여야 하는 일의 하나는 반성적 이성을 함양하고, 이로 하여금 사회의 거대 주체나 개체적 주체의 핵심이 되게 하는 일일 것이다.

그러나 이성주의는 인간의 품성을 합리적 기능으로 단순화하고, 그것으로 하여금 사회와 자연의 조종을 위한 기술적 수단에 불과하게 하는 것으로 비판되어 왔다. 그것은 인간을 능동적인 주체로서, 자유와 창조, 그리고 책임의 근원으로서 확립하는 데에 도움을 주지만, 동시에 이 주체로부터 모든 내적 깊이와 풍요를 절제하고 궁극적으로 인간의 보다 성숙한 자기실현을 불가능하게 한다는 것이다. 이성을 통하여 탄생한 주체는 세계의 도구적 제어를 위하여 기술적 능력을 전개하는 데에 있어서 하나의 거점이 된다. 그리하여 함양해야 할 대상으로서의 주체는 거의 소멸되고 만다.

전통적 주체의 체계는 개체의 깊은 내적 자질을 인정하면서 그보다 성숙한 인격적 발전과 실현을 겨냥하는 것으로 보인다. 이것은 서구에 있어서 낭만주의도 비록 다른 발상으로부터 출발한 것이지만, 어느 정도 생각한 것이라고 할 수 있다. 그런데 이 전통적 주체의 체계는 대체로 독단론과 내용 없는 의례로 전락한다. 이 경직된 태두리 속에서 주체는 다시 한 번 소멸하고 만다.

인문 과학이 당면한 문제는 이러한 모순들 — 이성주의나 전통주의에 다 같이 들어 있는 모순을 해소하고, 개체적인 행복과 사회적인 조화를 확보할 수 있게 하는, 독단과 단순화 없는 삶의 지평을 확보하는 일이다. 세계는 기술 총체 이상의 전체를 나타내는 것으로 생각되어야 하며, 동시에 개체 스스로 정의하는 지평의 구성을 허용하고, 그 안에서 인격적 자기실현을 추구하는 것을 가능하게 하는 것이라야 한다. 그것은 기술 인간이 합리적 기술을 발휘하여 경쟁적으로 이익을 추구하는 거대한 물질적 공간 이상의 것이라야 한다. 이러한 공간에 창조적 자유와 풍부한 가능성의 주체로서의 인간이 설 자리는 없다. 반대로 주체적 존재로서의 인간 형성이 허용되는 한에서 세계는 이익 제공의 자원 이상의 것이 될 것이다. 이러한 주체를 생각하는 것이 인문 과학의 오늘의 과제이다.

(출처 미상, 2001년 8월 1일)

공론의 규율은 있는가

말은 마음속의 것을 밖으로 표현한다. 표현되는 것은 내 마음의 뜻이기도 하고, 마음에 맺힌 응어리이기도 하다. 그러나 대체로 말의 뜻이란 외부 세계의 사실과 관련해 발생한다. 과학의 언어는 외부 세계와의 관계가 가장 밀접한 언어의 예다. 과학에서 외부 세계의 사실은 가장 중요한 준거점이 된다. 물론 여기에서 사실이란 어떤 관점에서 선택된 사실을 가리킨다. 사실을 어떤 의도에서 배제하는 것은 아니다. 사실의 사실됨을 더욱 확인하려는 의도가 사실을 선택하게 한다. 사실이 늘 수정과 대체를 향해 열려 있고, 나의 의견이 다른 사람이 의심하는 의견에 열려 있어야 하는 것도 그 때문이다.

사실의 선택에서 중요한 기준의 하나는 일관된 논리다. 과학은 사실의 세계를 말하되 그것을 그 나름의 체계로 파악하려 하기 때문이다. 또 일관성은 역설적으로 사실의 사실됨을 검증하는 방법이기도 하다. 물론 이 논리나 체계성도 수정과 대체를 향해 열려 있어야 한다. 사실과 논리의 상호작용 속에서 드러나는 것이 과학의 진리다.

정치와 사회를 말할 때에도 이러한 과학의 절차에 비슷한 것이 해당되는 것일까. 인문 과학이나 사회 과학은 과학적 엄밀성을 표방하기 어려운 학문 분야다. 현실의 장(場)에서 과학이나 학문적 절차는 더욱 존중되기 어렵다. 그러나 거기에도 기준과 기율이 없을 수 없다. 사회와 정치를 말하는 것은 내 속뜻이나 응어리에 언급하는 것이 아니라 공존의 공간으로서의 세계를 말하는 것이다. 물론 이 세계란 보기에 따라 다른 것일 수 있다. 정치 사회의 논의에는 우리가 원하는 미래 세계에 대한 그림이 깔려 있다. 이것은 더욱 여러 가지로 다를 수밖에 없다. 그러나 다른 한편으론 다르면 다를수록 그것은 적극적으로 사실적 근거가 있는 것으로 분석되고 설명될 필요가 있다.

요즘 매체에서 읽는 많은 논쟁의 언어는 사실이나 논리 또는 일반적으로 세계에 대한 관련이 희박한 경우가 많은 것으로 생각된다. 많은 언어들이 욕하기, 몰아붙이기, 편 가르기에 동원되는 것이다. 주의를 끌고 보자는 상업주의 심리가 그것을 비판하는 언어에도 스며든다. 표현적 성격의 언어가 오늘의 주류를 이룬다. 어떤 언어는 심리적 발산에 도움이 된다. 물론 심리적인 응어리, 흥분이나 울분이 전혀 외부의 사실에 관계가 없는 것은 아니다. 흥분은 흥분의 원인이 있고 울분에는 울분의 원인이 있다. 특히 편 가르기의 언어는 상황 판단에 관련이 있다. 어떤 사람들이 보기에는 합리적 설득으로 사회의 현상을 바로잡을 단계는 지나간 것으로 보이는 것일 게다. 이 관점에서 필요한 것은 전열의 정비다. 그러나 참으로 전열의 정비를 목적으로 하는 것일까.

요즘의 편 가르기 언어에서는 논자와 다른 현실 인식을 가진 사람은 악인으로 규정된다. 뿐만 아니라 될 수 있는 대로 많은 사람을 내 편으로 만들자는 것이 아니라 나와 다른 사람을 베어 내는 것을 목적으로 하는 것으로 보인다. 그 논리적 결과는 나 이외에는 전부 악인이 되는 것일 게다. 사람을 가려내는 것이 주안(主眼)이기 때문에 여기에서는 적과 악인의 술책과 동기의 폭로가 중요하다. 과거를 들춰내고 심리와 이해관계를 구성해 낸다. 상황의 해명은 중요치 않다. 이론적으로나 현실적으로나 정치의 언어가 다수의 확보를 목표로 한다면, 그것은 깊은 의미에서의 정치적 언어는 아니다.

언어가 자기표현의 수단으로 사용되는 것을 탓할 것은 못된다. 모든 것을 공적 기율의 엄숙성으로 다루는 것은 이해와 갈등에 얽혀 있는 현실의 삶을 억제하는 결과를 가져온다. 또 표현 언어는 그 나름의 창조성을 가지고 있다. 그러나 그러한 언어의 범람은 사회 문제에 대한 합리적이고 능률적인 해결을 어렵게 하는 결과를 가져온다. 첫 피해자의 하나는 사회적 합리성의 통로로서의 공론의 장이다.

오늘날 정부 정책에 있어서의 혼미는 공론의 장의 혼미에 관계돼 있다. 기준과 기율이야 어찌됐든 오늘날 중요한 논의들은 근본적으로 정부가 추진해온 여러 정책 목표들 — 구조 조정, 의료 제도, 교육, 남북 화해, 그리고 최근에는 언론들과 관련해 추진되는 목표 — 로 인해 촉발된 것이다. 믿어서 되는 것인지 알 수는 없지만, 신문에 보도되는 조사 결과를 보면 이러한 정책적 과제에 대해 다수 국민이 공감하고 있는 것은 확실한 것으로 보인다. 그러나 그것을 떠맡고 나선 정부와 대통령에 대한 지지도는 갈수록 낮아진다. 이 모순을 어떻게 봐야 할 것인가. 목표는 목표고, 변화에 의해 흔들리는 자기 이익은 이익이라는 면이 있을 것이다. 그러나 근본 원인은 목표와 현실의 맞물림에 있다.

좋은 목표는 그 자체로서보다도 그것이 현실의 굴곡에 맞아들어가기 시작함으로써 현실 정책이 된다. 물론 그것이 주어진 현실에 몰입돼 버린다면 그것은 정책이랄 것도 없는 것이 될 것이다. 오늘의 정부 정책은 사실 다분히 스스로 만들어 낸 사실에 몰입돼 정책으로서의 일관성을 가지지도 못하고 그렇다고 진정한 의미의 현실에 밀착하지도 못하고 있는 것으로 보인다. 목표 제시만으로서 모든 것이 정당화된다면, 그러한 목표는 예부터 인류의 교사들이 이미 다 제시한 바 있는 것이다. 목표는 보편적 정당성을 가져야 하고 역사적 타당성을 가져야 한다. 그리고 그것은 총체적 현실 속에 일관성을 확보해야 한다.

그러나 가장 중요한 것은 그것이 단순히 기획의 차원에서 그러한 것이 아니라 복잡하고 어려운 현실과의 참을성 있는 대화 속에서 그렇게 돼야 한다는 것이다. 개혁은 혁명보다 어렵다는 유행어가 있다. 사회나 정치의 목표는 권력의 강제력 내지 폭력에 의해 다수 대중에게 부과될 수 있다. 이러한 말로 힘에 대한 향수를 표현하는 사람은 혁명도 개혁이 없이는 성공하지 못한다는 사실을 생각하지 않는 것일 게다. 결국은 현실과 대화하고 그 속에서 일관성을 확보해야 한다는 점에서는 혁명이나 개혁이나 다를 바 없다. 지속적인 미래 사회의 창조에서 혁명이 개혁보다 어렵다는 것은 20세기 교훈의 하나다.

(중앙일보, 2001년 10월 12일)

내가 소통하는 법

어느 때보다 논의의 출처와 종류가 다양해진 것이 오늘의 시대이다. 그런데도 불구하고 서로 말이 통하지 않는다는 느낌이 강한 것으로 보인다. 소통은 이런 답답함을 풀어야 하겠다는 심정을 표현하는 말일 것이다. 소통 하면 쉽게 생각할 수 있는 것이 '의사소통'이라는 말이다. '의사'란, 연세 한국어사전에 의하면, "무엇을 하려고 마음먹은 생각" 그리고 "행위의 직접적인 원인이 되는 심리 작용"이다. '의사소통'은 "서로 마음먹은 생각을 교환함"이라고 정의된다. 그러나 의사가 마음먹은 것을 말한다면, 여기에서의 교환은 마음먹은 것을 놓고 토의하는 것이라기보다는 그것을 서로 알리는 것을 말하는 것이라 할 수 있다. 사실 '의사'는 소통되는 것이라기보다는 전달되는 것이 보통이다. 이것은 "특별한 의사를 표현하지 않는 한, 조건을 수락한 것으로 간주한다"는 것과 같은 용례에도 시사되어 있다.

전달된 말이 그대로 받아들여지는 경우 전달은 소통과 일치한다. 개인이 자신과 관계된 일에 대해 자기 나름의 생각을 갖는 것은 권리에 속한다. 그 의사는 받아들여질 수밖에 없다. 위계질서는 아랫사람에게 윗사람의 의사를 (말로 표현되지 않은 것까지도) 그대로 받아들이게 한다. 또 소통은 마음이 서로 통하는 사람들의 사이에 저절로 일어날 수 있다. 소통이 안 된다는 것은 내 말이 저 사람에게 전달되지 않는다는 것이면서, 그 원인은 마음이 서로 통하지 않기 때문이라는 느낌을 함축한다. 그러나 오늘날 화제가 되고 있는 소통은 사사로운 차원에서의 의사 표현, 전달, 심정적 공감보다는 하버마스가 그의 소통행위이론(Theorie des Kommunikativen Handelns)에서 말하는 소통을 가리키는 것인지 모르겠다. 하버마스의 소통은 심정적 공감보다는 합리적 기준에 입각한 언어 교환 행위를 의미한다. 이 합리성은 사람들이 어떤 사안을 두고 말을 주고받을 때 저절로 드러나는 원리다. 이것이 사사로운 심정 교환의 장소를 공론의 공간이 되게 한다. 하버마스에게 이러한 언어 행위의 합리성이 중요한 것은 그것이 공론에 타당성의 기준을 제공하면서 동시에 유연성을 부여하기 때문이다.

과학의 합리적 사고에서 인과 법칙은 사람이 마음대로 할 수 없는 사물 세계의 필연성을 나타낸다. 이와 비슷하게 이성적 법칙은 사회, 경제, 역사에도 존재하는 것으로 주장된다. 그런데 이것이 지나치게 강조될 때, 그것은 정치적 강제력을 정당화하는 독단론이 된다. 그것을 잘 보여 주는 것이 이데올로기와 그에 기초한 정치 체제이다. 그러나 경직화된 시장 법칙을 내세우는 자본주의 체제에도 그러한 강제성이 스며 있다. 이에 대하여 하버마스는 사람이 사람과 나누는 대화에 이성의 근본 — 적어도 사회적 이성의 근본을 두고자 한다. 이성은 사물들의 법칙적 연관 속에 드러난다. 그러면서, 그것은 성찰의 원리다. 이성을 대화에 열려 있게 하는 것은 사실들을 더 넓은 관련 속에서 볼 수 있게 한다. 그리고 그때 이성은 삶의 현장 안에서 움직이기 때문에 인간의 윤리적·문화적 가치에 대한 요청을 수용할 수 있다.

좋은 사회는 소통의 합리성이 두루 작용하는 사회다. 민주주의는 바로

이 원리에 입각한 제도이고, 이것을 공식적으로 매개하는 것이 선거, 정당, 의회, 인권 기구 등이다. 그러나 모든 제도는 추상적인 체계로 경직화되는 경향이 있다. 그때 인간적 삶의 구체적인 내용은 사라질 수밖에 없다. 이에 대하여 저항의 움직임이 일어난다. 특히 눈에 띄는 것은 주류 문화를 부정하는 여러 비주류의 문화적 표현이지만, 데모와 같은 행위는 더 직접적인 저항의 움직임이다. 서두에 말한 바와 같은 소통의 요구도 제도 속에 질식하는 인간적 교감에 대한 향수를 표현한 것이라고 할 수 있다.

그러나 중요한 것은 저항적 표현을 사회 체제 전체에 연결하는 것이다. 그것은 "삶의 형식의 문법"에 맞는 체제의 건설에 기여해야 한다. 이러한 저항과 투쟁의 승화에 필수적인 것은 "성찰적 능력"이다. 이것을 길러 주는 진정한 의미에서의 이성적 문화는 진화하여 발전한다. 역설적인 것은 이러한 이성의 문화가 사람의 삶 — 세계를 비인간화하는 원동력이기도 한 근대화의 소산이라는 사실이다. 그 자율성을 어떻게 공고히 하느냐가 문제이다. 그러나 하버마스와 같은 합리주의적 관점에서는 심정적 공감의 확보가 별로 중요하지 않다고 할 수 있다. 그것의 첨가는 더욱 인간적인 사회를 구현하는 일이 될 것이지만, 문제는 그 현실 안에서의 변증법을 밝히는 일이다.

(경향신문, 2009년 7월 11일)

정보와 내 고집

오늘 아침 신문에는 뉴질랜드의 크라이스트처치에 대지진이 났다는 뉴스가 실렸다. 신문에는 무너진 건물들을 배경으로 불안한 모습으로 서 있는 사람들의 사진이 나왔다. 큰 재난이 닥치면 맨 먼저 걱정은 목숨을 보존하는 일이다. 신문에서도 사망자가 75명이라는 사실이 표제가 되어 있다.

지금은 정보 폭발의 시대이다. 폭발하는 정보들을 어떻게 처리할 것인가? 조금 이상한 비교지만, 대처 방법은 지진과 같은 천재지변의 경우와 비슷한 데가 있다. 그렇다는 것은 정보 처리의 기준점이 내가 된다는 뜻에서이다. 어떤 경우에나 정보는 나의 관심사에 관련되어 의미 있는 것이 된다. 기준이 반드시 개인의 좁은 이해관계라는 말은 아니다. 관심의 범위는 넓을 수도 있고 좁을 수도 있다. 그러나 정보가 많아지면, 지진에서처럼, 초점은 나에게 모이는 것으로 보인다. 여기서 나는 일정한 상황에 전략적으로 대처하는 사람이라는 의미에서의 나다. 자기 관심의 의미를 반성적으로 돌아볼 틈이 없기 때문에, 생존의 이해를 가리는 마음이 그대로 세계를 보는 마음이 되는 것이다.

그러나 정보는 지진과 같은 사실이 아니다. 정보는 사실을 여유 있게 대처할 전략을 생각할 수 있게 한다. 그러하여 대처책의 중심은 더욱 내가 된다. 정보가 많으면 많을수록 삶의 전략에 능수가 된다는 생각이 마음에 자리 잡는다. 그리고 세상 모든 것이 전략으로 대처할 수 있는 것이라는 믿음이 생긴다. 그리하여 세계는 옛날의 종횡가들의 눈에 그런 것처럼 환히 보이는 전략 지도가 된다.

정보 가운데 가장 솔깃한 것은 우리 몸에 관한 정보일 것이다. 그것은 몸을 치장하는 데에 관한 것일 수도 있고 건강에 관한 것일 수도 있다. 지하철 입구 근처에 고등학교 여학생 세 사람이 지나가다가 영화배우의 큰 사진이 들어 있는 광고를 본다. 그들이 주고받는 말을 엿듣게 된 것은 미안한 일이지만, "인물이 좋아야 되지.", "그래도 피부를 가꿔야 돼. 그러면 인물이 얼마나 좋아진다고."—이런 토의가 한없이 계속되었다. 요즘 듣게 되는 가장 많은 정보의 하나는 건강에 관한 것이다. 그 정보의 홍수에 접하면, 모든 일을 그만두고 건강관리사가 되는 것이 옳을 것 같다는 생각이 든다. 병이라도 있다면, 그 정보들을 무시할 수는 없을 것이다. 더구나 그 처방이 전문적인 의학 지식에서 나오는 것이라면, 그것을 귀담아듣지 않을 수 없다. 그럼에도 이러한 진단이나 처방에 저항하는 마음이 사람에게 없는 것은 아니다.

신경 과학 전문가 올리버 색스는 특이한 신경 질환의 이야기들을 모아 여러 권의 책으로 내놓았다. 최근의 한 저서에서는 자기의 환자였던 유명한 피아니스트가 악보를 읽지 못하게 된 것으로부터 시작하여 사물에 대한 지각 능력을 잃어버리는 경과를 적은 것이 있다. 이 피아니스트는 일정한 단계를 지난 다음에는 의사를 보려 하지 않았다. 사실 색스의 견해로는 그 병은 불치병이지만, 의사를 보았다면 비슷하면서도 다른 진단과 처방이 계속되었을 것이다. 색스는 환자들의 인간적 심리를 섬세하게 고려하는 의료인이다. 그는 진단과 치료의 과정이 인간의 비인간적 객체화를 포함한다는 것을 충분히 의식하고 있다. 그는 그 병 이외의 일에서도 자기의 신상에 대하여 이렇다 저렇다 남이 참견하는 것을 싫어하는 것이 사람의 본성이라고 말하고 있다.

이 관찰은 프루스트의 『잃어버린 시간을 찾아서』에 나오는 어떤 경우에서도 확인된다. 주인공의 고모인 할머니는 병이 들어 집에서만 사는데, 찾아오는 사람 가운데 이렇게 저렇게 몸을 관리하라는 말을 하는 사람이 있으면 그 사람은 다시 집에 발도 들여놓지 못하게 한다. 좋은 충고와 정보를 거부하는 것은 무지몽매한 태도이다. 그러나 사람에는 자기 존재의 독자성에 대한 강한 의식이 있다. 어떤 때는 그것이 지혜의 기본이 된다. 자기를 있는 그대로 받아들이는 것은 자기 긍정이면서 주어진 운명에 대한 긍정이다. 세상의 모든 것이 내 전략으로 조종될 수 있다면, 그러한 세상에 어떤 위엄이 있겠는가?

대학에 다니노라면 진로 걱정이 생기고 그에 대한 여러 가지 정보도 듣게 된다. 귀를 기울이지 않을 수 없다. 그러나 전략으로만 인생을 유리하게 조종할 수 있는 것은 아니다. 그것보다는 마음속에 사려 있는 고집이 자아의 진실에 근접해 있는 것일 수 있다. 물론 이때의 자아는 전략가로서의 자아를 말하는 것은 아니다.

(이대학보, 2011년 3월 2일)

세계화 속의 삶과 글쓰기

적어도 지금의 시점에서 세계화는 세계사적인 전환을 나타내는 현상임에 틀림이 없다. 그것은 사람의 삶의 큰 틀을 이루고, 삶의 작은 움직임과 사람의 마음가짐에도 결정적인 변화를 가져온다.

사람의 나날의 삶은 그때그때의 작은 일들로 이루어진다. 그러한 일들을 규정하는 큰 틀이 없는 것은 아니지만, 작은 것과 큰 것은 하나로 짜인 나날의 삶의 바탕이 될 뿐, 정상적인 상태에서 그것은 뚜렷하게 분리되어 의식되지 아니한다. 걸어 다닐 수 있는 동네의 범위 안에서 산다면, 그때그때의 작은 일에 충실하는 것이 삶의 일이 된다. 그러면서 의식의 밑에 동네가 전제되어 있다. 그것은 자신이 움직여 다니는 물질적 환경 또는 공간이다. 조금 더 추상적으로, 그것은 이웃, 토지, 밤과 낮, 그리고 계절의 순환을 이루는 삶의 질서이다. 다시 그것은 천지(天地)의 이치 그리고 그것을 관장하는 초월자에 대한 믿음으로 승화된다.

마르크스와 엥겔스는 일찍이 과학 기술의 발달, 산업 조직의 합리화, 시장의 확대가 자본주의를 범세계적인 현상이 되게 함으로써 전근대의 사회 조직과 세계 인식을 파괴하는 과정을 설명하면서, "모든 단단한 것은 공기 속으로 녹아 사라진다."라는 비유로 이것을 표현한 일이 있다. 이것은 사람의 삶에서 구체적인 지표가 되는 작은 규모의 사회 제도와 믿음들이 사라지는 19세기 중반의 현상을 말한 것이지만, 오늘의 세계화 속의 삶에 그대로 맞아들어가는 비유이기도 하다. 미국의 정치이론가 마셜 버만은 끊임없는 파괴와 갱신의 소용돌이 속에 있는 현대 자본주의 삶을 설명하고자 한 저서의 제목으로 이 말을 사용한 바 있다.

오늘날, 세계적으로 확대되는 자본주의 시장 경제, 그리고 그에 연결하여 정보 기술의 발달은 사람의 삶을 바르게 알기도 어렵고 제어하기도 어려운 추상적 체제가 되게 한다. 이 체제 속에서 개인의 삶, 일, 사람과 사람을 맺는 공동체, 이러한 것들은 구체적인 사람들의 일이 아니라 금전과 경제, 그리고 그것에 따르는 관료 체제의 기능으로 재정의된다. 이 추상화 또는 비인간화에 대응하려는 방안들도 추상적인 성격을 지니게 되는 것은 불가피하다. 그것들도 이데올로기와 집체적 당위성으로 삶의 현실을 단순화한다. 그런가 하면, 개인의 삶의 진실, 사람과 사람의 관계의 윤리적 기초를 말하는 것은 거짓의 수사(修辭)가 된다.

문학의 이야기는 언제나 구체적인 사람의 이야기이다. 그러면서 그것은 여러 사람의 이야기이고 사람을 넘어가는 세계의 이야기이다. 세계화의 시대에서 사람의 진실한 느낌과 이야기는 어떻게 표현되는가? 밖에서 찾아오는 이방인을 위한 — 제 고장에서도 이방인이 되는 것이 오늘의 현실이다. — 그리고 모든 인간을 위한, 보편 윤리는 어떻게 성립할 수 있는가? 경제적 풍요의 약속과 탐욕 속에 인간과 자연의 참모습이 그대로 지속될 수 있는가? 의지할 수 있는 단단한 것들이 없어지는 세계에서 사람은 어떻게 중심을 잡고 살 수 있는가? 문학은 세계 시장 속에서 상품으로서만 존재하게 되는 것인가?

5월 23일부터 27일까지 열리는 제4회 서울국제문학포럼 조직위원회가 제안한 주제인 '세계화 속의 삶과 글쓰기'는 이러한 문제들을 종합한 것이다. 국내외에서 참가하는 문인들의 이야기가 위에 열거한 질문들에 직접적으로 답하는 것은 아닐 것이다. 그러나 이러한 문제들에 대한 의식은 많은 사람들의 마음 깊이에 놓여 있을 것으로 생각한다. 그리고 작가들의 여러 이야기들은 분명 세계화 속의 사람의 삶의 이해에 도움을 줄 수 있을 것이다.

(한국일보, 2011년 5월 14일)

사라진 문화

각 대학들이 총장 직선제를 간접 선출의 방식으로 바꾼다고 한다. 직선제나 간선제 어느 쪽이 좋은가를 간단히 말할 수는 없는 일인데, 여기에서는 그것을 따져 보려는 것이 아니라 그와 관련하여 우리 사회에서 사라진 문화의 한 부분을 상기해 보고자 한다.

직선제의 폐단은 선거 과정을 통하여 대학 내에 파벌이 생기고, 학문의 이상을 손상하는 일들이 벌어질 수 있다는 것이다. 그 원인의 하나는 총장이 되는 것을 벼슬을 하는 것으로 생각하는 데에 있다. 대학의 목적은 흔히 말하듯이 진리 탐구이다. 대학에 있는 사람은 그것에 헌신하기로 결심한 사람인데, 행정직을 맡는 것은 인생의 방향을 새롭게 설정하는 일이다. 이 방향 전환이 쉽게 이루어질 수는 없다.

그러나 대학에서의 교수와 연구는 그것을 위한 여러 뒷받침의 작업을 필요로 한다. 총장직을 맡겠다는 것은 자신을 희생하여 이러한 배후의 일에 봉사하겠다는 각오를 나타낸다. 원칙적으로는 그렇다. 그러한 각오는 대학을 정치적으로 바로잡겠다는 의도에서 나오는 것일 수도 있다. 대학에서 또는 교육에서 그것이 가능한 일인가, 또는 좋은 일인가? 모든 것이 정치화되어 있는 것이 오늘의 현실이다. 정치가 우리의 삶에 결정적인 영향을 행사하는 것은 틀림이 없다. 그러나 정치는 선악이 교차하는 복합적인 의미의 인간 행동의 영역이다.

얼마 전 영국 BBC가 트로츠키의 외손자 에스테반 볼코프와 회견을 가졌다. 만년에 스탈린의 정적이 된 트로츠키는 멕시코에 피신하였다가, 결국은 스탈린의 자객에 의하여 살해되었다. 볼코프에 의하면, 멕시코 망명 중에도 찾아오는 사람들이 줄을 이었는데, 그들이 나누는 이야기는 대체로 정치에 관한 것이었다. 그러나 트로츠키는 어린 손자를 정치적 화제나 정치로부터 멀리 있게 하려 노력하였다. 그것은 참혹했던 그의 경험 때문이었기도 하겠지만, 정치의 복합적 의미를 잘 알고 있었기 때문이었다고 할 수도 있을 것이다. 근대 민주주의론의 원조의 한 사람인 루소는 아동 교육을 논하면서 10대 중반에 이르기까지는 아동을 정치와 사회로부터 거리를 두게 하는 것이 좋다고 생각하였다.

개인적 영예의 다툼이나 절대화된 정치는 대체로 수단 방법을 가리지 않는 싸움으로 나아간다. 또 그것이 어떠한 것이든지 간에 계략과 법술로써 일을 처리할 수 있다고 생각하게 되는 수가 많다. 또 하나, 이러한 일과 관련하여 생각하게 되는 것은 우리 문화에 일어난 또 한 가지 변화이다. 공직을 맡아 달라는 부탁이 있어도 일단 그것을 겸허하게 사양하는 것이 우리 사회의 관례였다. 허례에 불과할 수도 있었지만, 겸허는 성숙한 인격의 표현이고 화평한 사회를 위한 중요한 덕성이었다. 사실 중요한 공적 임무가 맡겨진다고 할 때, 자신의 마음 준비와 능력을 저울질해 보고 겸양을 고려하는 것은 윤리와 도덕이 살아 있는 사회에서는 자연스러운 일이라고 할 것이다. 이것은 특히 학문의 세계에서 그렇다.

정치는 원래부터 조금 더 개인적인 야망과 집단적인 이해관계가 작용하는 영역이라고 하겠지만, 정치 풍토에서 이러한 사례가 사라진 것도 한참 된 일이다. 정치에 나선 사람들이 자기를 내세우고 광고하는 것은 너무나 당연한 일이 되었다. 국회 의원 선거 제도가 도입된 초기만 해도, 선거 포스터에는 "모모 선생을 국회로 보냅시다"라는 말들이 쓰였었다. 본인이 나서는 것이 아니라 다른 사람들이 일을 맡아 달라고 권고한다는 뜻을 전하려는 것이었다. 플라톤은 『공화국』에서 진리의 수련을 쌓은 사람만이 통치자의 자격을 갖추었다고 할 수 있지만, 난점은 세상일을 맡아 달라고 그러한 사람을 설득하는 일이라고 말한 바 있다. 한사코 벼슬자리를 원하거나 스스로의 정당성과 역량을 과신하고 자랑하는 사람에게서 참으로 선공후사(先公後私)의 봉사를 기대하기는 예나 지금이나 쉽지 않은 일일 것이다.

(광주일보, 2012년 9월 3일)

근본은 마음의 진정성이다

주로 《조선일보》에서 논하는 것으로 보이지만, 작은 결혼식이 좋다는 캠페인이 있다. 많은 사람들에게 결혼 의식과 같은 것이 지나치게 거창해지고 호화스러워졌다는 느낌이 있는 것은 사실이다. 자기가 주인공이 되는 잔치나 집회가 크게 벌어지면 무조건 기분이 좋고, 프라이드를 살리는 일이 될는지 모른다. 또 그것은 자신의 세를 과시하고, 축의금을 불리고 하는 데에 도움이 될 수 있다. 행사가 커지고 부담금이 늘어나다 보니 축의금을 많이 거두어야 하고, 이것은 다시 행사를 더 크게 벌리는 사유가 된다. 시속(時俗)을 따르는 것이 사람의 마음이라, 작은 행사는 쓸쓸한 마음이 들게 할 수 있다. 하여튼 날로 커지는 예식의 규모는 개인이나 가족에게 큰 부담을 안겨 주지만, 사치와 과시의 사회 기풍을 조장한다는 점에서도 문제가 된다.

검소한 삶의 기풍을 조성하고 유지하는 것은 중요한 일이다. 그런데 의례 규모의 크기와 관련하여 또 하나 주목할 것은 그로 인하여 거짓 마음이 더욱더 습관화된다는 점이다. 규모가 어떻든지 간에 결혼식에 축의금을 지참하고 참석하는 사람들은 진정으로 결혼을 축하할 마음이 있는 것일까? 외국의 결혼식과 관련하여 이러한 이야기를 들은 일이 있다. 청첩장을 보내려고 할 때 그 나라 사람들의 고민은 누구를 초대할 것인가가 아니라 누구를 초대 대상에서 제외할 것인가 하는 것이라고 한다. 청첩장을 보내는 것은 관계의 친밀함을 표현하는 것인데, 초대받지 못한 사람이 소외감을 느끼게 되지 않을까 고민하는 것이다. 이것은 결혼식에는 서로 가까이 느끼는 사람들만을 초대하는 것이 되어 있기 때문이다. 진정으로 축하해 줄 수 있는 사람만을 초대하는 것이다.

이 점을 고려한다고 하여도, 결혼식이나 다른 의례 행사에 초대되는 모든 사람들이 쉽게 충분히 축하하는 마음을 갖는 것은 아니다. 진정으로 축하할 마음이 없을 때에는 어떻게 할 것인가? 하나의 답변은 스스로의 마음을 돌아보아, 참가를 거절하거나 사양하는 것이다. 그러나 주고받는 마음이 있다고 하여 넘쳐 나는 공감을 기대하는 것은 또 하나의 거짓을 말하는 것이다.

중요한 것은 공감에 선행하여 존경과 존중이다. 의식(儀式)이란 양식화된 행위의 수행을 통하여 사람의 마음을 일정한 방향으로 움직이게 하는 안무법(按舞法)이다. 의식 가운데 마음이 생겨난다. 물론 그것을 따를 마음가짐이 있어야 한다. 장례 행렬 앞에서 몸가짐을 조심하고 상주의 아픈 마음을 존중하는 것과 같은 것은 그러한 마음가짐의 최소의 표현이다. 종교적 집회에서 기도하는 것은 보다 심각한 의미에서 마음의 전환을 꾀하는 것이다. 진정한 마음이 자신의 삶을 사는 데에 있어서 일반적인 계율이 되어 있다면, 마음이 없이 대열을 불리고 축의금을 내어놓는 결혼식은 절로 있을 수가 없을 것이다.

그러나 타락한 사회에서는 마음의 진정성은 문제가 되지 않는다. 결혼식에서만이 아니라 다른 일에서도 그러하다. 뇌물을 인사라고 또는 선의라고 하는 것은 자기기만의 관습에서 저절로 나온다. 초등학교 학생들이 억지로 동원되어 노변에 도열하여 있는 것을 보고 그 강제성을 알면서도 그 환호에 감격하였다는 지도자가 있었다. 미국의 작가 윌리엄 사로얀의 작품에 전선에서 보내온 청년 병사의 편지가 들어 있는 것이 있다. 편지에 강조되어 있는 것은 추상적인 애국심이 아니라 자기 고장과 고장의 사람들에 대한 사랑이다. 그것이 그로 하여금 전쟁에 나가 목숨을 바칠 수 있게 한다는 것이다. 여기에도 억지스러운 것이 없는 것은 아니지만, 이것은 애국심도 구체적인 삶의 사실에 대한 진정한 느낌에서 자라 나와야 한다는 것을 생각하게 한다.

정치는 매우 추상적인 이념에 입각할 수밖에 없는 집단 행위를 다루는 인간사이다. 그러나 구체적인 삶의 사실에 관계되어 우리의 마음을 움직이는 정치가 진정한 정치이다. 정치 언어가 번창할 수밖에 없는 계절인데, 진정한 마음을 느끼게 하는 말은 얼마나 되는 것일까? 검소한 결혼식도 결국은 마음의 문제이다. 마음의 진정성은 우리의 일상생활에 질서를 부여하고 사회 윤리와 정치의 기본이 된다.

(광주일보, 2012년 10월 8일)

일상생활의 윤리감

우리를 모두 흥분하게 하는 것은 정치이다. 삶의 큰 테두리의 하나가 정치이기 때문에, 그것은 당연하다. 그러나 사람이 나날이 사는 세계는 그보다는 작은 세계이다. 보통 사람들은 그 세계가 평화롭고 편안한 것이기를 원한다. 50년 전 미국에서는 돈 없는 학생이 갈 곳이 있으면, 길가에 서서 손가락 하나로 차를 세워 그것을 얻어 타고 가는 것은 흔한 일이었다. 그러나 지금은 불가능하다. 낯선 사람에 대한 불신이 일반화되어 그것은 피차에 위험한 일이 되었다. 프랑스를 잘 아는 사람과의 이야기를 들으니, 프랑스에서는 지금도 이러한 '오토 스톱'이 가능하다고 한다. 경제가 어려운데도 아직 작은 선의의 망(網)이 없어지지 아니한 것이다.

우리에게도 그러한 사회적 선의 또는 신뢰의 망이 있는 것일까? 한국은 정(情)이 많은 사회라고 한다. 그러나 정이 선의의 망에 일치하는 것은 아니다. 선의는 정처럼 진하지는 않다. 인간 모두를 인간으로 보게 하는 보편성의 렌즈가 일반화되어야 보편적 선의가 생긴다. 그러나 이것이 있어서, 프랑스 혁명의 구호에 나오는 '유대'가 자연스러운 것이 된다.

물론 선의는 마음의 다른 덕성에 연결된다. 선의는 타인을 믿어도 걱정할 필요가 없어야 생겨날 수 있다. 이러한 믿음의 한 요소는 정직성이다. 정직성에 대한 독일 본 대학 노동연구소의 연구가 얼마 전 독일의 한 신문에 보도되었다. 약 700명의 학생을 전화로 접촉하여, 동전을 던져, 동전이 머리가 나왔는지 꼬리가 나왔는지를 알려 달라고 요청했다. 꼬리가 나왔다면 상금으로 15유로가 지급된다는 조건이 있었다. 동전을 혼자 던지는데, 어느 쪽이 나왔는지는 다른 사람이 알 수가 없다. 그런데, 놀랍게도 보고의 결과는 완전히 정직한 것이었다. 15유로의 상금을 받지 못하게 되는 결과들을 정직하게 그대로 보고한 것이다. 물론 이것은 통계에 기초해서 추측한 것이다. 통계적 평균으로 머리와 꼬리는 각각 50퍼센트가 되는데, 보고 결과는, 상 받는 '꼬리'가 44퍼센트, 상 받지 못하는 '머리'가 56퍼센트였다.

오늘의 인간관계는 힘과 이익의 관계에 일치하는 수가 많다. 김영삼 대통령이 야당의 영수로 있을 때, 기자들에게 "나를 착한 사람으로 알지 마시오."라고 말했다는 보도가 있었다. 물론 이것은 민주화 투쟁이 한창이던 때였으니까, 상황이 예외적이라고 할 것이지만, 지금의 우리 사회에서도 대체로 '착하다'하면 '어리석다'는 말에 비슷한 뜻을 가질 수 있다. 독일인은 정직한 것으로 알려져 있다. 그러나 독일에도 착한 것은 어리석은 것이라는 느낌이 없는 것은 아니다. 위에 말한 기사의 첫 줄은 "명예롭게 행동하는 사람은 바보인가?"라는 말로 시작한다.

그런데 여기에서 주의할 것은 '명예롭다'는 말이다. 이 기사의 제목은 '명예로운 독일인'이라는 것이다. 독일어에서 또 서구어에서 '정직하다'는 '명예롭다'와 거의 같은 말로 쓰인다. 우리가 한사코 얻고자 하는 명예는 국가나 사회 기관에서 주는 벼슬이나 훈장이나 증명서에서 생긴다. 서양 전통에서 명예롭게 행동한다는 것은 스스로 높은 기준에 따라 행동한다는 것을 말하는 경우가 많다. 정직은 도덕이나 윤리의 규범이면서 동시에 자존심의 일부이다. 말하자면 '내가 무엇 때문에 거짓을 말해?' 하는 마음이 정직의 심리에 작용하는 것이다. 그러니까 그것은 도의(道義)에 대한 느낌 이전 자기의 존재감에 관계된다. 낯선 사람에 대한 선의의 경우도, 그것은 다른 사람에게 잘하는 것이기도 하지만, 도의가 일상화된 사람의 자연스러운 자기표현이다.

어떤 동기에서든지 정직은 독일인의 당연한 행동 규범이다. 독일은 국가적으로 부패 인식 지수라는 척도에서 상위권에 속한다. 정치가 투명하게 움직이는 것은 그 기초가 있기 때문이다. 역으로 정치가 투명하게 움직이면, 사람 사는 세계가 맑아지고 쓸데없는 의심과 경계와 계략이 후퇴한다. 그리고 선의는 인간관계의 일반적인 매체가 된다.

(광주일보, 2012년 11월 5일)

걷고 싶은 도시

모든 것이 서울에 집중되던 시대가 가고, 지방의 여러 도시들이 독자적인 발전을 계획하게 된 것은 큰 사회적 진보를 나타낸다. 서울이나 다른 중심부를 통과하지 않고, 세계에 그 나름의 설 자리를 얻는 것도 독자적인 발전의 한 표현이다. 국제적인 행사는 여기에 중요한 도움을 줄 수 있는 일이다. 영암의 F1 자동차경주대회나 목포 스포츠클라이밍세계대회와 같은 행사도 그러한 목적을 위해서 설계된 것일 것이다. 얼마 전에는 목포에서 열리는 행사와 관련하여 영국 BBC 인터넷 판에 목포 일대를 답사한 기사가 실렸다. 시설이나 풍광에 대한 칭찬이 있었지만, 가 볼 만한 곳이 별로 없다는, 유보를 담은 견해도 나와 있었다.

나는 광주 비엔날레와 관련하여 외국에서 온 작가들로부터 같은 불평을 들은 일이 있다. 가 볼 데가 없다는 것은 눈에 띄는 문화 유적지 같은 것이 없다는 것을 말하는 것이기도 하고, 찾아가 볼 만한 좋은 음식점이나 다방이 없다는 것, 걷고 싶은 거리가 없고 한적하게 쉴 수 있는 공원이 없다는 것을 말하는 것이기도 할 것이다. 그러나 이런 느낌의 핵심에 들어 있는 것은 도시가 짜임새 있는 삶의 느낌을 주지 않는다는 것이 아닐까 한다.

도시의 윤곽이 뚜렷하지 않으면 그러한 느낌이 들지 않게 된다. 그것은 반드시 바둑판 모양의 길거리가 있어야 한다는 말은 아니다. 유럽의 고도(古都)들에 가면 도시의 중심부에 광장이 있고, 광장의 주변에는 시청이나 시 의회, 또는 길드(상공업자 조합) 건물 또는 성당과 같은 것이 둘러서 있다. 조금 뒷길로 식당이나 상점들이 요란하지 않게 이어진다. 건물들에 못지않게 중요한 것은 그것들이 도시의 사회적·정신적 생활의 구도를 느끼게 한다는 점이다. 그것들은 역사적 경험의 흔적이면서 아직도 살아 움직이고 있는 삶의 제도를 느끼게 한다. 이것은 설명을 들어서가 아니라 건축 양식이나 건축 자료 등에서 또 전체적으로 놓여 있는 공간의 모양에서 저절로 전달되어 온다.

사람의 지각은 산천이나 도시의 구도, 건물의 생김새, 그리고 그 배치에서 고장에 뿌리박은 삶의 형태를 전체적으로 짐작하게 되어 있다. 이러한 것을 보다 선명하게 지각하는 것은 주민보다 그곳을 방문하는 이방인이지만, 거주민에게 그것은 마음속 깊이에 잠겨 있는 귀속감과 삶의 안정감이 된다. 유럽의 고도에서 느끼는 삶의 터전의 유기적인 짜임새를 우리의 도시나 촌락에서 느낄 수 없다는 것은 불평할 수 있는 일은 아닐는지 모른다. 지금은 역사상 일찍이 없었던 변혁기이다. 정치나 사회의 조직, 사는 방식, 건축 모두가 새로 시작하는 것으로 되어 있는 것이 우리 시대이다.

많은 것에서 자연스러운 조화를 발견하지 못하는 것은 당연하다. 새로 지은 많은 건물들은 지형에서 유리된 인공 조형물일 뿐이다. 많은 지방에 지어진 휑뎅그렁하게 크기만 한 시설물들은 계획한 사람들이 동네의 삶에 깊은 뿌리를 내린 사람들이 아니었다는 것을 곧 알게 한다. 그 고장에 일이 있어 찾아온 사람을 주인이 손님으로 접대하던 곳이 옛 여관이다. 시골 구석까지도 퍼져 있는 모텔들은 얼마나 다른가. 새로 생긴 소위 '무인텔'은 조각난 고장의 삶을 대표하는 건물이고 시설물이다.

사람들은 서로 보지도 않고 관계도 없이 지나쳐 갈 뿐이다. 지나쳐 가면서 돈만 던져 놓으면 된다. 우리의 도시에서 많은 것들은 이와 같이 지형이나 길거리나 삶의 유기적 질서에서 유리되어 완전히 따로 논다. 이것은, 되풀이하건대, 이 대전환기에 있어서 일어날 수밖에 없는 일이었다 할 수 있다. 이제 해야 할 일은 공중에 들떠 있는 거대한 구조물들을 토지에 내려앉게 하고, 우리가 사는 곳을 사람 사는 고장으로 만들어 가는 일이다. 거대 건축물과 종이 위의 계획이 아니라 삶의 빈자리를 채워 가는 것이 지금부터의 일이다. 그런 다음이면, 사람들은 우리의 도시에서 걷고 싶은 거리를 발견하고, 볼 것이 없고 갈 데가 없다는 불평을 내놓지 않게 될 것이다.

(광주일보, 2012년 12월 3일)

아껴 놓은 땅 전남

나의 삶 그리고 우리의 삶을 계획할 때, 얼마나 먼 것들까지를 고려해야 하는가? 방 안에 있다가 밖으로 나가면, 그때 발을 들여 놓는 '밖'이라는 것은 사실은 광대무변한 우주 공간이다. 더러 밤하늘의 별을 보게 되면 이 '밖'이 눈앞의 광경 또는 주변이 아니라, 별에 이르는 공간이라는 것을 의식한다. 이 우주 공간에서 방출되어 나오는 에너지와 입자들이 사람의 몸에 부딪치고, 그것을 꿰뚫고 지나간다. 한 사람의 몸으로 지나가는 뉴트리노 입자는 초당 수십억 또는 수조에 이른다고 한다. 그러나 다행스럽게도 이것은 별로 나쁘거나 좋은 효과를 내지는 아니한다. 우주선(宇宙線)은 지구의 자장에 의하여 차단되지 아니하면, 사람의 생명에 큰 해를 입힐 것이라고 한다. 현재 지구를 위협하고 있는 기후 변화가 우주선에 관계된다는 이론도 있다.

이에 비슷하게 여러 별들의 인력에 반응하지 않을 수 없는 지구 축의 경사도가 기후 변화에 영향을 끼친다는 생각도 있다. 다만 이러한 것들은 당장에 생각할 필요가 있는 것은 아니다. 별을 쳐다보면서 길을 가던 탈레스가 도랑에 빠졌다는 것은 너무 먼 것이나 큰 것을 생각하면 오늘의 삶에 문제가 일어날 수 있다는 교훈을 말하는 일화이다. 그렇다고 발밑만 보고 가는 사람이 참으로 지혜로운 삶을 사는 것은 아닐 것이다. 방 바깥의 우주 공간은 인간사(人間事)를 새로운 원근법으로 보게 한다. 도랑에 빠질 위험을 무릅쓰고 별을 쳐다보는 사람들이 있었기에 오늘의 과학이 우주 공간의 탐험에 나갈 수 있는 정도로 발전한 것이라 할 수 있다.

그런데 큰 세계를 의식하지 않을 수 없게 하는 것이 교통과 통신이 발달된 지금의 시대이다. 그러나 큰 것들을 생각하다 보면 진정으로 자기에게 관계된 사항들이 무엇인가를 알기 어렵게 되기도 한다. 그리하여 스스로의 삶을 위해 교통과 정보를 엄격하게 제한할 필요를 느낀다. 중요한 것은 크고 작은 것의 균형이다. 이것은 특히 사회적인 조건을 생각하는 데에 있어서 그러하다. 오늘의 삶의 조건을 설명하는 데에 있어서 너무나 큰 테두리만을 논하는 것을 들으면 — 모든 것을 하나의 거대한 원인, 가령 신자유주의라는 원인으로 설명하는 것을 들으면 — 맞는 말이지만, 그 조건 속에서라도 오늘의 삶의 당면 문제들을 해결하는 것이 급하다는 생각이 든다.

삶의 여러 조건들은 동심원적인 테두리를 이룬다. 이것들은 나누어서도 생각하고 함께도 생각하여야 한다. 얼마 전 서울에서 발간되는 신문에 '녹색의 땅 전남'이라는 제목의 광고가 실렸다. 광고에는, "은퇴를 준비하십니까? 따뜻한 남쪽 땅 전남으로 오십시오!" 하면서 일조량, 공기, 농산물 등이 좋고 생활비가 낮은, 행복의 땅 전남으로 오라는 권고가 들어 있었다. 그 몇 주 전에는 무등산이 국립 공원으로 지정되었다는 보도가 있었다. 이러한 일들은 지역의 내재적 발전에 대한 의식이 강화되고 있다는 인상을 준다. '아껴 놓은 땅'은 1990년대 초에 나도 참여하였던 목포 도시 계획 보고서의 제목이었다. 그 제목은 산업화에는 늦었어도 다른 발전 가능성을 가진 곳이 전라도라는 의미를 가지고 있었다.

다른 나라들에 가보면 지역마다 산수도 다르지만, 건축 양식이나 문화 전통이 서로 다른 지역 문화가 존재한다. 독일에서는 북독과 남독, 그리고 동독과 서독이 서로 다름을 분명하게 의식한다.(얼마 전에는 남쪽 바이에른 지역의 독립을 주장하는 의견이 나와 한동안 논란의 대상이 되었다.) 이탈리아의 경우도 도시마다, 지역마다 서로 다른 문화 업적들을 자랑하고 있는 것을 볼 수 있다.(이 지방 의식은 통일된 국민 의식의 성장을 방해하는 정도가 되어 있기 때문에, 그 의의를 쉽게 평가할 수는 없다.)

대통령 선거가 끝나고 국가 정책에 대한 새로운 논의들이 진행되는 것을 본다. 국가 발전을 전체로 생각하는 것이 중요한 일임은 틀림이 없다. 그러나 이제는 한국의 지방들도 스스로의 독자적 발전을 생각할 시기가 되었다고 할 수 있다. 앞에 말한 광고와 같은 것은 지방의 내재적 발전에 대한 고려의 시작을 예고하는 것이 아닌가 한다.

(광주일보, 2013년 1월 4일)

조개, 가재의 아픔

무등산이 국립 공원으로 지정되면서, 그 자연환경을 알려 주는 여러 사실들이 보도되었다. 그중에는 그 동식물의 수가 2296종이고 멸종 위기의 동물이 8종, 천연기념물이 되는 동물이 8종이라는 것도 있었다. 이러한 조사가 이미 있었다는 것은 그러한 동식물의 귀중함에 대한 의식이 있었다는 것을 말하는 것일 것이다. 멸종 위기의 동물, 그리고 희귀한 동물이라는 분류는 희귀하니까 보존되어야 한다는 생각을 나타내기도 하지만, 수백만 년에서 수만 년이 걸리는 진화의 기적에 대한 경탄의 느낌, 생명체 일반에 대한 연민의 느낌을 나타내는 것이기도 할 것이다.

생명체에 대한 연민은 에드워드 윌슨이 표현하는 '생명 친화감'이라는 말로 옮겨 볼 수도 있다. 이러한 느낌은 좋은 말이면서, 사람의 삶의 선택을 조금 더 복잡하게 한다. 불살생(不殺生)은 중생에 대한 자비심을 중요시하는 불교의 계율이다. 그러나 이것을 엄격하게 지키기는 쉬운 일이 아니다. 그리하여 신라 불교는 이것을 살생유택(殺生有擇)으로 환치(換置)한다. 사람은 생명을 소비하지 않고는 생명을 유지할 도리가 없는 것이 삶의 비극이다.

얼마 전 외국 뉴스에 조개와 같은 갑각류가 고통을 느낀다는, 영국《실험 생물학(*Journal of Experimental Biology*)》에 실린 연구 보고서의 실험 결과를 보도한 것이 있었다. 조개는 갈매기와 같은 새들의 공격을 피하여 바위의 어두운 그늘에 숨는 본능을 가지고 있는데, 그늘에 숨을 때에 가벼운 전기 충격을 반복하면 그것을 피하는 방법을 익히게 된다는 것이 실험의 요점이다. 이것은 조개가 아픔을 안다는 증거다. 비슷한 사실은 새우, 가재, 게, 로브스터와 같은 다른 갑각류 동물 연구에서도 확인된다고 한다. 결론의 하나는 식용 해산물을 취급하는 데에 조금 더 조심스러운 태도가 요구된다는 것이다. 가령 양식장에서 로브스터를 잡아서 그 집게발을 떼고 다시 바닷물에 던져 넣는 경우가 있는데 이것은 더 신중하게 생각해야 할 일이라고 한다. 이것은 법적인 조처가 필요하다는 말일 수도 있다.

유럽에서는 동물 사육이나 운반에 관한 여러 규정들이 있다. 예를 들자면, 소나 양과 같은 동물들을 트럭으로 운반할 때면, 9시간을 간 다음에는 동물들을 한 시간 정도 쉬게 해야 한다. 이때 동물들에게는 물과 음식과 적당한 공간도 마련해 주어야 한다. (물론 동물들의 종착지는 결국 도살장이다.) 영국에서는 이것이 의회를 통과한 법 규정이 되어 있다. 법을 떠나서, 생활 관습에서도 이에 비슷한 것을 볼 수 있다. 영국의 낚시꾼들은 나무망치를 가지고 다닌다. 물고기를 잡자마자 머리를 망치로 쳐서 의식을 잃게 하여 물고기의 고통을 줄이자는 것이다. 이것은 문제를 잔인해 보이는 방법으로 해결하는 것이기에, 반드시 마음 편한 일은 아니다. 인간의 생명 유지 또는 식도락이 가지고 있는 모순은 어떤 경우 그와 같은 방법으로 해결될 수밖에 없다.

19세기 초의 미국 작가 제임스 페니모어 쿠퍼의 한 소설에 보면 이러한 삽화가 있다. 뉴욕 주의 어떤 곳에서는 가을이면 기러기들이 온 하늘을 덮으면서 남쪽으로 날아간다. 이 철새들을 총으로, 심지어는 대포로 잡는 경쟁을 벌리는 것이 동네 사람들의 스포츠이다. 이름난 사냥꾼인 소설의 주인공은, 이 자연 발생의 스포츠 마당에 나타나 한 마리의 새만을 잡아 집으로 간다. 한 마리면, 자신의 저녁 식사에 충분하다는 것이다. 이 삽화는 동물에 대한 태도에서만이 아니라 사람의 삶에 포함된 모순된 과제들을 해결하는 한 방법을 예시한 것이다.

물고기나 낙지 또는 굴을 날로 먹는 것을 좋아하는 것이 우리의 식생활이다. 날것을 즐기면서도 그것의 고통을 최소화하는 방법은 없을까? 비슷한 인생의 여러 모순들을 생명 존중으로 다가가게 처리하는 방법은 없을까? 무등산 국립 공원 지정에 표현된 동식물에 대한 관심을 보면서 바라는 것은 그 관심이 생명에 대한 더 넓은 고민으로 발전되는 것이다. 또 그런 고민이 우리 사회 모순의 해결에도 중요한 단서가 되었으면 하는 바람이다.

(광주일보, 2013년 2월 18일)

정치 담론에서의 감정과 사실

북핵의 수사修辭

북한에서 발표되는 전쟁 위협이 매일 격화되지만, 그것이 얼마나 사실적 가능성을 가지고 있는지는 확실치 않다. 남쪽도 대체로 그 가능성에 대하여 무감각한 것으로 보인다. 그간 우리의 삶의 궤적이 너무 험난했고, 지금도 삶의 안정감이 크다고 할 수만은 없으므로 전쟁을 미리 걱정할 만한 여유가 없는 것이다.

6·25 전쟁의 피해는 이루 말로 다할 수 없는 것이지만, 핵무기를 포함하여 그때와 비교할 수 없게 강화된 무력과 군사력으로 맞부딪게 되는 전쟁은 한반도를 완전히 사람이 살 수 없는 땅이 되게 할 것임에 틀림없다. 이러한 전쟁에 대한 판단은 북이나 남의 정치 체제에 대한 평가와는 별개의 사항이다. 북의 정치·경제, 인권 상황 등에 대하여 여러 부정적인 이야기들을 듣는다. 그러나 참으로 넓게 생각한다면, 역사적으로나 정치 체제의 스펙트럼의 크기로 보아 북의 체제를 있을 수 없는 체제라고 할 수만은 없다.

프랑스 혁명기에 영국의 보수 사상가 에드먼드 버크는 영국의 자유와 인권을 옹호하면서도 그러한 이상을 실천하고자 한 프랑스 혁명에 반대했다. 그 이유는 영국의 경우는 그것이 전통이고, 프랑스에서는 이론이기 때문이라는 것이었다. 그의 생각으로는 체제의 근거는 전통이고 역사적 선택이다. 진보주의 철학자 피에르 부르디외에게도 정치 제체의 기본이 되는 것은 집단적 관습(아비투스)이다. 그렇다면 체제는 역사의 자기 선택이라는 면을 갖는다. 그리고 그것은 흑백의 양면을 갖게 마련이다. 한반도에서의 새로운 전쟁은 이러한 선택의 가능성조차 무의미한 것이 되게 할 것이다.

누구라도 그 가공할 결과를 생각하지 않을 수 없을 것이기에, 전쟁 위협은 수사(修辭)에 불과하다는 추측이 옳을는지 모른다. 그렇더라도 유감스러운 것은 그 수사 자체가 우리에게 별로 희망을 주지 않는다는 것이다. 그 수사는 사실을 논의하자는 것 또는 심지어 압력을 가하자는 것이 아니라 증오와 혐오와 적개심을 격발하는 것을 주목적으로 하는 것으로 보인다. 보도에 나오는, '불바다', '불도가니', '최종적 파괴' 등의 언어는 선악, 옳고 그름의 변별을 일체 포기한 전면적 파괴를 말한다.

어떤 정치 이론들에서 공리로 내세우는 것은 피아(彼我)를 구분하여 적을 분명히 하고, 전쟁의 가능성을 부각시키는 것, 이것이 국가적 결속의 조건이라고 한다. 북의 증오는 이것을 의도하는 것일까? 부정적 감정은 대체로 개인적인 욕설로 표현된다. 이것은 불러일으켜진 감정이 공분(公憤)보다는 개인적 미움이 되게 하여 전체 공공 영역의 품위를 끌어내리는 역할을 한다. 그리하여 냉정할 수 있는 공공 공간이 사라진다. 그 공간에서 수사가 사실을 떠나게 되는 것은 당연하다. 최근 신문에 인용되는 《노동신문》에 실린 말로서, 북의 군사력에 관하여, "자주권 수호에 떨쳐나선 군대와 인민을 당할 자 이 세상에 없다."라든가, 미국의 국력에 대하여, 미국이 그 '적대시 정책'으로 북을 희생시키려 한다면, "그것은 자신을 파멸의 길로 몰아가는 자살행위일 뿐이다."라는 발언 등은 객관적인 사태 검증에 기초한 것일까? 그러나 그렇게 격렬하지는 않지만, 이러한 수사법 — 낮은 품격의 분노를 촉발하고 사실을 자신의 주장에 비틀어 맞추어 사람들의 감정을 동원하고자 하는 수사법은 남의 정치 담론에서도 드물지 않다. 그 경우 사실의 정확한 파악과 설득과 타협이 나올 공간은 축소될 수밖에 없다.

헤밍웨이의 리얼리즘을 정의하는 말에, "영광, 명예, 용기, 성스러움과 같은 추상적인 말은, 마을의 이름, 도로의 번호, 강물의 이름, 군부대 번호, 날짜 등에 비추어 볼 때 음담패설처럼 지저분하다."라는 것이 있다. 전쟁의 체험에서 그 무의미를 깨달은 병사가 하는 말이다. 헤밍웨이의 작품에 명예나 용기와 같은 이상이 없는 것은 아니다. 그것은 침묵하는 구체적인 사실들부터 절로 나온다. 격앙된 감정을 불러일으키는 것이 아니라 사실을 정확히 파악하고, 전달하는 것은 전쟁을 생각할 때나 인생을 생각하는 데에서 가장 중요한 일이다. 결정과 타협은 다음에 온다.

(광주일보, 2013년 3월 18일)

문화와 정신의 땅

새로운 교황이 채택한 칭호와 관련하여, 필자는 성 프란치스코에 관한 글을 신문에 기고한 바 있다. 그런데 여러 군데에서 성 프란치스코에 대한 관심이 늘어나는 것으로 보인다. 그것은 물론 교황의 칭호 때문이기도 하지만, 성 프란치스코는 그 특이한 행적으로 하여 가톨릭 성자 중에도 전부터 주목의 대상이 되는 사람이었던 탓일 게다. 오늘날에 와서는 지금의 어지러운 세계의 인간들에게 오늘의 삶과는 다른 또 하나의 삶의 스타일을 보여 주는 사람으로서 특히 관심을 더 끈다고 할 수 있다. 그에게 특이한 것은 신앙이라든가 또는 다른 큰일을 위하여 목숨을 바쳤기에 성자가 된 것이 아니라 보통 사람 — 그중에도 가난한 사람들과 삶을 함께 하고 자연 만물을 사랑하는 삶을 살았다는 점이다. 그리하여 사람들은, 열심히 착하게 살면서 피조(被造)된 모든 것에 감사하고 기뻐하는 삶이 가능할 수 있다는 사실을 그에게서 보는 것이다.

최근 국내외 매체들에 실린 글 가운데 페터 베스트룹이라는 사진작가가 성 프란치스코의 유적이 있는 고장을 돌아보고 독일의 신문에 기고한 탐방기는 이 점을 실감나게 해 준다. 과장 없이 정직하고 차분하게 쓰인 이 글은 프란치스코의 삶이 그의 고장, 그리고 이 세상의 땅에 얼마나 밀착된 것인가를 느끼게 한다. 글의 필자는 '프란치스코의 길'을 답사한 경험을 요약하여, 이 길을 걷는 것은 '두 차원의 길'을 가는 것이었다고 말한다. 그것은 산과 골짜기를 지나는 일이기도 했지만, 그 너머에 있는 정신의 길을 가는 것이었다. 이 두 길은 따로 있는 것이 아니라 하나가 되었는데, 적어도 묘사된 경치로 보건대, 고장과 산천에 — 그다지 외외하거나 장엄한 것이 아닌 그러면서 아름다운 풍경 속에 하나가 되어 있었다. 이러한 풍경에서 우리가 느끼는 것은 땅과 문화에 정신이 배일 수도 있다는 사실이다.

베스트룹이 간 길은 스무하루를 걸려서 수백 리를 간 길인데, 놀라운 것은 도중 소란하고 북적거리는 현대의 삶에 부딪히는 일이 없었다는 것이다. 우리에게 이탈리아 하면 생각나는 것이 부패한 정치, 금융 위기에 된서리를 맞은 경제적 어려움이지만, 프란치스코의 길의 어디에서나 그가 본 것은 소박한 삶의 모습이었다. 대표적인 것이라고 할 수는 없겠지만, 놀라운 이야기 중의 하나는 험한 암산 비탈에 세워진 조그마한 교회에 여든 살이 된 수녀가 홀로 살면서 예순 마리의 산양을 기르는 이야기이다. 1960년대에 이 수녀는 전쟁에 파괴되고 버려진 옛 프란치스코 수도원을 발견하고 그것을 재건하여 거기에 살고 있는 것이다. 그의 소원은 성 프란치스코처럼 사는 것이었다.

그렇다고 이 길의 주변이 험난한 곳이라는 말은 결코 아니다. 집을 높은 언덕 위에 짓는 것이 중부 이탈리아의 풍습이었는데, 오래된 작고 아름다운 집들은 뒤로는 높은 산을 배경으로, 앞으로는 낮은 언덕이나 푸른 들판을 내려다보게 몰려 지어 있어서, 그림엽서에 수록하기에 적절한 듯한 풍경을 이룬다. 이 집들에서 사람들은 아직도 옛날과 크게 다르지 않는 삶을 살고 있다. 또 언덕이나 산 위에는 프란치스코의 유적이 되는 크고 작은 교회들이 있고, 옛날의 귀족이나 성주 그리고 기사들의 궁전이 있다. 모든 것을 감싸고 있는 것은 다름 아닌 아름다운 자연이다. 이 답사기에도 인용되어 있는 성 프란치스코의 「태양 송가」는 그대로 이 풍토에 알맞는 것으로 생각된다. "주여, 찬양을 받으시라, 자매 달과 별, 형제 바람, 공기, 구름, 자매 물, 형제 불, 우리의 자매이고 어머니인 땅을 베푸셨으니."

이 탐방기의 필자는 마지막 일정으로 '산림의 정적과 고독'으로부터 나와 프란치스코의 고향 아시시로 들어섰을 때, 관광객들이 발디딜 틈 없이 북적대는 거리의 소란함에 경악을 금할 수가 없었다고 한다. 나도 20여 년 전에 아시시에 들린 일이 있지만, 그것이 땅과 정신이 하나가 된 문화의 일부임을 깨닫지는 못하였다. 그러한 깨달음은 버스 관광이 아니라 도보의 노동으로 자연을 두루 경험하고 나서야 얻어지는 순례의 과실인 듯하다.

(광주일보, 2013년 4월 15일)

카리스마 이후의 시대

정치계의 속사정을 알 수는 없으나, 보도로 보면 민주당의 대표 선출은 별로 시끄러운 소리가 없이 끝난 것으로 보인다. 친노, 반친노, 호남, 영남 또는 다른 계열이나 파벌 등 사이에 격렬한 갈등이 있었다는 이야기는 들리지 않는다. 순조롭게 일이 끝난 것은 좋은 일이다. 그런데 이것은 우연이 아니라 나라의 정치의 위상이 보이지 않게 바뀌고 있다는 것을 말하는 것일지 모른다.

주목되는 한 가지 사실은 대표로 선출된 김한길 의원의 이름은 아마 크게 알려진 이름이 아닐 것이다. 과거의 정치 지도자들의 경우와는 달리 오래 알려진 지도자의 이름이 아니라는 말이다. 이것은 비단 김한길 의원 또는 민주당에 한한 이야기는 아니다. 새누리당의 황우여 대표의 경우도 비슷하다. 박근혜 대통령은 어떠한가? 대통령으로서의 그 이름을 모르는 사람이 없겠지만, 그 이름이 지도자의 이름으로서 오래 새겨진 것이었다고 할 수는 없다. 그래도 이름이 익숙하다면, 그것은 박정희 대통령의 딸이기 때문이다.

지난번 대통령 선거에서 문재인 후보의 경우에도 인품에 대한 긍정적인 평가들이 있었지만, 노무현 대통령과의 관계가 아니면, 이름이 뚜렷하게 기억될 수는 없었을 것이다. 그러니까 오늘의 지도적인 인물의 이름은 앞서 간 다른 이름의 후광을 받는 이름이라고 할 수 있다. 이명박 대통령은 그러한 후광도 등에 업지 않은 첫 정치 지도자였다. 민주주의 체제하에서 정치 지도자의 권위는 엄격히 말하건대, 법과 제도에서 생겨나는 것이지, 어떤 개인적인 성가(聲價)에서 나오는 것이 아니다. 그럼에도 사람들은 지도자에게서 특별한 힘 — 반드시 현실적인 권력에서 나오는 것이 아닌 어떤 힘을 연상한다.

지도자는 많은 경우, 막스 베버가 말 한 바와 같이 카리스마에 힘입어 지도자가 된다. 초인간적인 어떤 힘, 성스러운 힘을 느끼게 하는 것이다. 예언자, 전쟁 또는 다른 격렬한 투쟁에서 자기희생의 각오를 보여 준 영웅, 또는 모범적인 정신적 삶을 구현한 사람 — 이러한 사람들이 그러한 힘을 가지게 된다. 박정희 대통령은 쿠데타와 강도 높은 근대화 정치로써, 좋든 나쁘든, 정치와 힘을 결합하였다. 김영삼 대통령과 김대중 대통령은 목숨을 건 민주화 투쟁을 통하여 다른 사람이 도전하기 어려운 이름과 힘을 얻었다. 노무현 대통령은 그 독특한 민중적 인품이 돋보이게 한 대통령이었다. 그 특별한 힘은 비극적 최후에서 상징적으로 표현되었다.

그러나 새로 선출되는 지도자들의 면모를 보면, 카리스마의 시대가 지났다는 느낌을 준다. 그것은 사람됨 때문만은 아니다. 카리스마를 가진 지도자가 등장하는 것은 시대가 영웅을 요구하는 시대이기 때문이다. 그렇게 볼 때, 이름이 알려진 영웅적인 지도자가 필요한 시대는 행복한 시대가 아니다. 요순 시대는 동아시아의 이상향을 상징하는 시대인데, 나라의 형편을 살피고자 암행 순수하던 요임금은 농부들이 배를 두드리고 땅을 치면서 노래하는 것을 볼 수 있었다. 하지만 그들은 그것이 임금의 덕이라는 것을 알지 못하였다. 다른 이야기로는, 임금이 누구인지도 알지 못하였다고 한다. 요임금이 들었던 격양가(擊壤歌)를 부른 농부들은 스스로 우물을 파서 물을 마시고, 스스로 경작하는 밭에서 난 곡식으로 배를 채우고 배를 두드릴 수 있었다.

그러나 스스로 물과 곡식을 마련할 수 없는 세상이 오늘의 세상이다. 오늘의 많은 문제는 영웅적인 결단만으로 간단히 해결될 수 없다. 그리하여 오늘의 문제에 합당한 전문성을 가지고 있거나 또는 그것에 열려 있는 사람이 오늘이 요구하는 지도자라고 할 수도 있다. 인간적 정의로움을 보장하는 것은 지도자의 도덕성이다. 베버의 카리스마의 원천에는 도덕적 실천의 모범도 포함되어 있다. 그러한 의미에서 카리스마적 지도자에 대한 요구가 완전히 사라진 것은 아니다. 다만 잘 보이지도 않고, 오랜 시간을 통해서만 드러나는 도덕적 품격은 성질 급한 오늘의 인간에게는 카리스마적 힘을 발휘할 수 없을는지 모른다.

(광주일보, 2013년 5월 13일)

이름이란 무엇인가

모임에서 주고받는 이야기에서 때로는 새삼스러운 깨달음을 얻는 경우가 없지 않다. 참석했던 어떤 모임에서 우연히 화제는 어느 누구가 얼마나 유명한 인사인가 하는 것이었는데, 거기에서 나온 잊히지 않는 말은 "세상에 유명하지 않은 사람이 있는가?" 하는 것이었다. 문제는 어떤 사람들 사이에서 유명한가 하는 것일 뿐이다. 유명한 수학자라도 참으로 그 유명함이 의미가 있는 것은 수학의 경계 안에서이다.

크고 작은 가족들 사이에서는 가족이 된 사람은 누구나 유명하다. 또는 유명 무명은 문제가 되지 않는다. 친구 사이에서도 그러하다. 우리 관습에서는 아주 가까운 관계에서 이름을 의식하고 사용하는 것 자체가 꺼림칙한 일이어서 이름의 사용을 기피하는 것이 도리에 맞는다. 동네에는 쌀 가게가 있고, 채소 가게가 있고, 이발소가 있고, 문방구가 있고, 서로 안면이 있는 가게들이 있다. 동네가 커지면, 가게들 가운데 조금 더 유명한 가게가 있고, 그렇지 못한 가게가 생긴다. 병이 나면, 유명한 의원이 누구지 하고 묻게 된다. 물론 이것은 주민보다는 낯선 곳에서 그 고장을 찾은 사람이 묻게 되는 질문이다.

세상이 커지고, 추상화됨에 따라 삶의 실질적인 내용에 관계가 없는 이름들이 중요해진다. 삶의 지도가 불분명한 공간에서, 언제 누가 유용할지 모르니 유명한 이름을 알아 두는 것이 중요하다. 그러다 보면 이름은 무조건 나고 볼 것이라는 생각이 일반화된다.

1950년대 할리우드 영화로 「당신에게 일어나야 할 일」이라는 것이 있었다. 모델이 될 생각으로 뉴욕에 왔다가 직장도 구하지 못하고 헤매던 여주인공은 어떻게든지 이름을 알리는 것이 최선의 방법이라는 것을 깨닫는다. 이 여성은 시내 여러 군데의 광고판을 사서, 아무 설명 없이 자기 이름을 크게 적어 놓는다. 그것을 보고, 사람들은 무엇인가 유명한 사람의 이름이겠지 하고 생각하게 되고, 그로부터 삶의 실마리가 풀리기 시작한다. 누군가가 유명하다고 들을 때, 사람들은 "무엇으로 유명하지요?" 하고 묻는다. 이에 대한 우스개 대답은 "유명한 것으로 유명하지요."이다. 위의 할리우드 영화는 유명한 것으로 유명해지기 시작하는 사람의 이야기이다.

싸이는 세계적으로 유명한 가수이다. 그가 유명해진 것은 축하할 만한 일이고, 나라의 이름을 널리 알린다는 점에서 좋은 일이다. 지난 13일에는 우리에게도 더러는 알려져 있는 엘튼 존과 버니 토핀이 '유명 가사 작곡가 전시관'에서 주는 상을 받았다. 그것도 본인들에게, 또 그 자체로 중요한 사건이겠지만, 국외자에게는 별 의미가 없는 일이다. 세르주 아로슈와 데이비드 와인랜드가 양자물리학 분야의 새로운 실험으로 작년에 노벨 물리학상을 수상하였다. 중요한 업적일 것임에 틀림이 없지만, 보통 사람에게는 그 업적이 자신과의 관계에서 어떤 의미를 갖는 것인지 알 수 있는 것은 아니다. 노벨상 수상자들을 인터뷰하고, 연구한 바 있던 시카고 대학의 심리학자 칙센트미하이 교수는 대부분의 수상자가 상보다 연구 자체를 중요시한다는 연구 결과를 발표한 일이 있다. 그들에게 유명은 이차적인 문제이다.

얼마 전 나는 입시 준비생은 기필코 서울대를 지망해야 한다는 내용의 글을 읽었다. 유명하다는 것 이외에 지망자는 서울대에 대하여 무엇을 아는가? 오래전 나는 한 미국인 친구가 아들을 데리고, 여름 방학 동안 이런 저런 유명 무명의 대학을 순례하는 것을 본 일이 있다. 본인은 예일 대학을 나왔고, 아들도 거기에 지원서를 낼 생각이었지만, 우선 아들로 하여금 대학의 환경 등이 마음에 드는가, 어떠한가를 스스로 판단하게 하려는 것이었다.

정보가 날로 확대되어 가는 세상이다. 내가 접하는 정보들이 나의 삶에 얼마나 실질적인 의미를 가지고 있는 것인가? 허명과 실질 정치의 경우, 구호와 현실의 차이를 어떻게 가려낼 것인가? 장미는 그 이름이 아니라 그 자체로 의미를 갖는다. 나의 삶은 넓어질 수 있는 것이기도 하지만, 일정한 한계를 가져야 의미 있는 것이 된다. 오늘의 명품 시장은 이 한계를 생각해 볼 여유를 허용하지 않는다. 그리하여 진정한 나의 삶, 우리의 삶이 어떤 것이어야 하는가를 가늠하기는 여간 어려운 일이 아니게 된다.

(광주일보, 2013년 6월 24일)

만나서 이야기하기

얼마 전 일본 도쿄에서 국제도서전이 있었다. 여기에서 한국이 주제국으로 한국 문화와 문학에 대한 특별 전시와 행사가 열렸다. 한일 출판 관계자들이 모이는 만찬에서 일본출판협회 대표는 인사말을 통해 한국의 주제 행사가 그동안의 여러 나라의 주제국 행사 어느 것보다도 잘되었다고 칭찬하였다.

사실이든 아니든, 일본 측 대표가 적극적인 호감을 표시하는 말이었음은 틀림이 없다. 필자와 이야기를 나눈 어느 일본 출판사 대표도 일본의 정치가들이 한일 관계를 긴장하게 하는 것을 유감스럽게 생각한다고 하면서, 일본의 제국주의 과거에 대한 사과가 반드시 필요하다고 말하였다. 그러면서 그는 일본이 과거에 범한 잘못들이 일본 국민 전체가 행한 것이 아니며, 일본 국민도 그 희생자라는 측면이 있다는 것을 한국인들이 이해해 주기를 희망한다고 했다. 아베 신조 수상을 비롯하여 도발적인 발언들이 있었지만, 이 출판사 대표와 마찬가지로 그것에 모든 일본인들이 동의하는 것은 아닐 것이다. 중국과의 분쟁의 대상이 되어 있는 센카쿠 열도 댜오

위다오(釣魚島)가 중국의 영토임을 인정해야 한다고 한 하토야마 전 수상의 대담한 발언은 이미 보도된 바이다.

일본에 가서 알게 된 것이지만, 위안부에 대한 하시모토 오사카 시장의 발언이 있은 후 30개나 되는 지방 의회에서 이것을 규탄하는 결의가 있었다. 반한(反韓) 시위가 있을 때에는 대체로 그것에 반대하는 시위도 있다고 한다. 이것은 일본이 민주 사회로 발전하여 간다는 것을 말하기도 하지만, 한일 관계가 적대적으로 빠져들어 가서는 아니 된다는 사람들의 느낌을 나타낸다고 할 수 있다. 전쟁과 분쟁을 최대한으로 방지하는 것은 인류에게 주어진 오늘의 최대 과제이다. 동북아의 사람들에게 주어진 우선적인 과제는 지역의 평화적인 관계를 발전시켜 나가는 일이다.

그런데 이러한 관계가 반드시 정치적인 방법으로만 진전되는 것은 아니다. 오히려 비정치적인 또는 탈정치적인 교환이 심화됨에 따라 정치적인 해결이 그에 뒤따르는 경우도 많다. 그러한 점에서 한류와 같은 대중문화의 교류, 또 다른 차원의 문화적 교류도 도움이 된다. 그리고 교류는 이미 일어나고 있는 일이다. 경제 관계의 확대 그리고 교통과 통신의 발달은 여러 나라의 지리적 거리를 좁히고 있다. 이런 차원에서 서로 가까워질 수밖에 없는 것이 동북 아시아의 여러 나라들이다. 이렇게 말하면서 느끼는 것은 한일 관계, 한중 관계 또는 다른 국제 관계에서만이 아니라 우리가 부딪치는 정치적인 문제들이 반드시 정치적으로만 해결된다고 생각하는 것은 인간사를 너무나 좁게 생각하는 것이라는 사실이다.

불인지심(不忍之心)은 우물에 빠지려는 아이가 있으면 아이를 자기도 모르게 구하려 하지 않을 수 없는 것과 같은 사람의 마음을 말한다. 맹자는 이러한 마음에서 도덕의 심리적 기초를 찾았다. 그런데 이러한 차마 견디지 못하는 마음은 가까이 있는 사람 사이에서 일어나는 마음이다. 맹자는 구체적인 상황에서의 구체적인 마음을 중요시했다. 제(齊)의 선왕(宣王)이 희생에 쓰려는 소를 보고 소를 놓아주고, 양으로 대체하라는 명을 내린 일이 있는데, 그것이 자기모순이라는 것을 모르는 것이 아니었지만, 맹자는 소는 눈앞에 본 것이고, 양은 보지 않았기 때문에 어진 마음의 움직임에서 그것은 자연스러운 것이라고 설명했다. 그리고 이 어진 마음이 치정자의 마음의 핵심이어서 마땅하다고 했다.

정치는 문제를 추상화하고, 일반화하여 해결하고자 한다. 그러나 그것이 문제를 만드는 경우도 적지 않다. 추상화가 좋은 결과를 맺으려면, 그것은 구체적인 인간들의 구체적인 관계로부터 쌓아 올려져 나오는 것이라야 한다. 강한 주장을 내세웠다가도 마주 보고 만나서 이야기를 주고받으면, 차마 못하는 마음이 발동하는 경우가 적지 않다. 국제적으로나 국내적으로나, 정치적인 문제에 부딪칠 때 정치를 피한, 작고 구체적인 인간관계의 발전이 문제를 해결하는 방법이라는 것도 잊지 않을 필요가 있다.

(광주일보, 2013년 7월 15일)

정치의 위엄

지난달 6일 미국 샌프란시스코에서 아시아나 항공기 사고로 중국의 승객 수명이 목숨을 잃었을 때, 한 텔레비전 아나운서가 한국인이 죽지 않아서 다행이라고 했다가 국내외에서 큰 비난의 대상이 되었다. 설사 그것이 솔직한 심정이었다고 하더라도 그것을 그렇게 공적 채널에서 표현하면 아니 된다는 것은 정당한 요구라고 할 것이다. 그러면 스스로 느끼지도 않는 것을 거짓으로 꾸미라는 것인가? 즉 위선자가 되어야 한다는 것인가? 오늘 같이 자기 뜻대로 행동하는 것을 당연한 것으로 받아들이는 세상에서 이러한 의문이 일어날 수도 있다. 그러나 이미 보편 윤리를 내면화한 사람이라면, 그 언행에서 위선·진선의 문제가 일어나지도 아니할 것이다. 이것은 아나운서까지도 도를 닦은 성인이 되어야 한다는 말로도 들리지만, 공적 차원은 언행의 보편적 규범을 요구한다. 사람의 삶에는 사사로움을 넘어가는 세계가 있다.

아시아나 사고에서 텔레비전의 앵커에게 요구된 보편주의는 모든 공적 자리에서 두루 요구되는 규범이다. 이러한 요구가 가장 클 수밖에 없는 곳이 정치이다. 이 요구는 텔레비전 아나운서나 성인(聖人)의 경우보다 조금 더 좁은 것이기도 하고 조금 더 강한 것이기도 하다. 더 좁다는 것은 적어도 오늘의 시대에서 정치인에게 요구되는 관심과 걱정의 범위는 국민에 한정되기 때문이다. 좀 더 강하다는 것은 실천이 따라야 하기 때문이다. (좁아지는 범위는 규범상의 모순을 만들어 낸다. 이것을 극복하는 것은 큰 의미에서의 정치인의 쉽지 않은 과제이다. 아마 위에서 말한 방송 실수도 이러한 어려움에 관계되는 것일 것이다.) 이러한 관점에서 보면, 정치나 관직의 높은 자리처럼 괴로운 일자리가 없을 것이다. 수해가 나거나 다리가 무너지거나 큰 부정이 발견되거나, 보통 시민들은, 이것이 특히 가까운 거리에서 일어난 사건이 아니면, 유감스러운 느낌이나 인생에 대해서 우울한 느낌을 갖는 정도로도 마음을 가라앉힌다. 그러나 정치를 하는 사람들은 현장에 가고 대책을 세워야 한다. 직장을 얻지 못하는 사람, 병이 나도 병을 고쳐 볼 형편이 되지 못하는 사람이 있다면, 그것도 정치하는 사람이 책임을 져야 한다.

보통 사람에게는 자신의 삶을 사는 것만도 한 짐이다. 그러나 정치하는 사람은 자신의 삶을 넘어서 다른 사람들을 위하여 살아야 한다. 플라톤은 『공화국』에서 사람들을 설득하여 나라의 지도자가 되게 하는 일이 어려운 일이라는 것을 말했다. 간단한 의미에서 이타적으로 살라고 하는 것이 어렵다는 말만은 아니다. 플라톤의 세계에서는 지도자가 될 만한 사람은 이미 진선미의 추구에 정진하고 있는 사람이다. 그것을 세속적인 일로 바꾸라고 설득하기가 쉽지 않다는 말이다. 세속과 초월의 모순을 아우르는 차원에 있는 것이 정치이다. 정치는 남을 위해서 사는 것이 아니라도 보다 높은 차원에서 삶을 살려는 뜻을 함축한다고 할 수 있다.

이러한 이야기가 오늘날의 정치 현장에서 잠꼬대 같은 소리라는 것은 말할 필요도 없다. 정치는 권력과 이권의 쟁탈전이다. 그렇다고 하더라도 정치인이 높임을 받는 것은 반드시 이러한 싸움의 챔피언이기 때문만은 아닐 것이다. 정치에 종사하다 보면, 자신의 삶을 보다 높은 차원에서 살겠다는 뜻이 절로 생기는 수도 있다. 현실 정치인의 실상이 어쨌든 정치의 공적 공간에는 어떤 성스러움, 위엄이 있게 되어 있다. 옛날 나이 어린 임금도 임금으로 대한 것은 반드시 사람을 두고 그런 것이 아니라 정치의 공적 공간에 높여야 하는 어떤 것이 있기 때문이었을 것이다.

그러나 오늘의 정치 현장을 보면 정치 공간의 위엄은 완전히 사라진 것으로 보인다. (세속적인 위엄을 위한 장비가 없어진 것은 아니지만.) 오늘날 정치는 막말을 쏟아 성깔을 보이고 투사의 위력을 자랑해야 하는 공간이다. 그러나 보다 높은 삶에 대한 느낌이 없이 정치에 종사할 보람이 있는 것일까? 더 중요한 의문은, 공적 공간의 위엄 그리고 그 엄숙함에 대한 느낌이 완전히 사라져도 사회가 온전할 수 있을까 하는 것이다.

(광주일보, 2013년 8월 12일)

사회의 플롯과 개인주의의 삶

얼마 전 영국의 '시나고그 연합'의 랍비 조너선 색스 경이 퇴임을 앞두고 영국 사회의 현황을 진단한 말이 영국 매체에 널리 보도되었다. 진단이 특별한 것이라기보다는 그 표현의 특이함이 주목을 끌었기 때문이 아닌가 한다. 그의 말은 영국 사회가 '플롯'을 잃어버리고 있다는 것인데, 그것은 지난 50년 동안 강화되어 온 개인주의 때문이라고 한다. 특이한 것은 소설이나 연극의 줄거리를 뜻하는 '플롯'이라는 말이다. 사회나 나라에 이야기 줄거리 같은 것이 있는 것일까? 이렇게 물어볼 수도 있지만, 그 말을 듣고 나니, 사람들이 어떤 사회에서, 그래도 그것이 살 만한 사회라고 생각하면서 사는 것은 사회가 가고 있는 방향에 대한 느낌이 있기 때문이 아닌가 한다. 그리고 이것이 줄거리라면 줄거리일 것이다.

그런데 좀 더 분명한 의미에서 줄거리를 가진 사회가 있기는 있다. 공산주의 또는 사회주의는 노동자 또는 만인(萬人)의 유토피아를 지향한다는 줄거리를 따라 일사분란으로 매진하겠다는 사회이다. '행진'이나 '대약진' 등의 말이 동원되는 것만으로도 그것을 느낄 수 있다. "우리는 조국 근대화의 사명을 타고 태어났다"는 말도 일정한 줄거리를 가진 나라를 세우겠다는 의지를 나타낸 것이고, 나치주의자들이 자기들의 영웅적 이념에 따라 유럽을 제국으로 재편하겠다는 것도 줄거리이다.

이것은 괴로운 사회일 것이기 때문에, 반대의 경우를 생각해 볼 수도 있다. 영국의 정치학자 마이클 오크숏은 "국가라는 배는 정해진 출발지에서 떠나는 것도 아니고 종착지가 있는 것도 아니다. …… 국가의 배를 운항한다는 것은 단지 배를 물 위에 떠 있게 하고, 고른 항해를 계속할 수 있게 하는 것"이라고 말한 일이 있다. 그리고 그는 정치를 벗어나 살고 싶은 사람은 그럴 수 있어야 한다고 했다. 앞에 언급한 색스 경은 아마 이러한 느슨한 국가관을 수긍하고, 물 위에 떠 있는 배라고 할 민주 사회의 플롯을 말한 것일 것이다. 그가 플롯의 상실을 말한 것은, 사회적 신뢰의 기초가 되는 문화, 도덕 그리고 — 신앙인으로서의 그의 관점에서 — 종교적 신앙과 같은 것이 잊혀 간다는 것을 개탄한 것이다. 이러한 것들은 자기가 사는 사회가 어떤 가치를 가지고 있는가에 대한 막연한 의식을 형성한다. 그리고 이 의식으로 하여 문제가 있을 때 그 해결 방식을 신뢰할 수 있게 된다. 역시 사회에는 윤리적 방직의 줄거리들이 있어야 하는 것일 것이다.

사회의 플롯이 없어지는 것은, 위에서 말한 대로, 이익 추구만을 금과옥조(金科玉條)로 하는 개인주의 풍조 때문이다. 그런데 개인주의는 몰라도, 개인을 개인으로서 지켜나가는 일이 쉬운 일인가? 개인의 자유로운 의지로 자신의 삶을 조탁(彫琢)해 내는 것이 쉬운 일일 수가 없다. 그러나 보통은 개인주의의 삶의 쉬운 증표는 부귀영화이다. 그것에 따른 삶이란 동네 사람, 광고, 당대의 부귀 관념에 의지하여 — 여러 가지 브랜드네임에 세뇌(洗腦)되어 자신의 삶을 살려고 하는 것을 말한다. 그렇게 하여 기이하게도 가장 사회화된 삶을 사는 것이다.

그런데 그것이 어떤 것이든, 개인주의는 괴로운 것이다. 경쟁 사회가 삶의 결을 뒤틀어 놓는다는 것은 새삼스럽게 말할 필요도 없다. 그러나 철저하게 개인적으로 조탁되는 삶은 더 괴로운 삶을 뜻한다. 이 괴로움을 대신해줄 수 있는 것이 여러 가지의 이념적 구원책이다. 그리하여 개인주의 사회일수록 각종의 광신적 신념의 체계가 번창한다. 그중, 다른 사람과 사회 전체에 무슨 결과를 가져올지를 고려하지 않고, 영웅주의 그리고 혁명주의의 광신도가 되는 것도 자유로부터 도피하는 방법의 하나이다.

존 스튜어트 밀은 자유주의 정치 철학을 만든 사람의 하나이다. 그는 개인의 자유는 도덕적 추구에 의하여 완성되는 것으로 생각했다. 물론 이것은 개인의 자유의지로 사회적 윤리 속에 스스로를 편입하는 일이다. 플롯이 있는 사회란 이러한 자기완성의 길을 알 수 있게 해 주는 사회를 말하는 것인지 모른다.

(광주일보, 2013년 9월 9일)

개인 차원에서 보는 국민연금

연금 문제가 여론의 열기를 높이고 있다. 기초연금을 국민연금에 연결하겠다는 정부 방안이 선거 공약을 저버리는 것이라고 야당의 맹렬한 공격이 있었고, 공약을 뒤엎은 데 대하여 박근혜 대통령의 대국민 사과가 있었다.

처음의 격앙된 분위기는 나라를 뒤엎을 만한 큰 사건이 터진 듯한 인상을 주었다. 며칠이 지나고 보니 이러한 흥분은 토의의 방법에 불과하다는 생각이 든다. 토의가 보다 자제된 합리적인 것이 되지 못하는 것은 우리의 정치 토의의 스타일이 그러하고, 좋게 본다면, 문제의 고찰에 마음을 다하려는 태도로 인한 것이라고 할 수도 있다는 말이다. 주의할 것은 대결의 열기에서 나오는 험한 말들에도 불구하고, 두 진영 사이에 근본적인 합의가 있다는 사실이다. 즉 복지 제도의 필요에 합의하고 있는 것이다. 차이는 그 제도를 만들어 가는 데 있어서의 규모와 속도이다.

마음을 가라앉히고 사실만에 주목한다면, 문제는 퇴직 노령자 연금의 월 수령액에 월 10만 원을 더할 것인가 아니면, 20만 원을 더할 것인가 하는 것이다. 그것이 나라를 뒤흔들고 있다. 이 정도의 액수를 두고 격렬한 싸움이 벌어지니, 과연 우리 국민의 정치 열기에 감탄하지 않을 수 없다. 차이는 10만 원인데, 월 10만 원은 크다면 크고 작다면 작은 돈이다. 대부분의 국민에게 그 정도의 돈은 그렇게 큰돈이라고 생각되지는 않을 것이다.(국가 총예산이라는 관점에서는 상당한 차이가 생기지만.) 그러나 이 돈이 적지 않다는 것도 틀리지 않는 말이다. 월 63만 원의 국민 연금을 수령하는 사람에게는 그것은 총액의 6분의 1에 해당되는 금액이다.

그런데 현재의 쟁점을 떠나서 생각하면, 더 심각하다면 심각한 문제는 월 60~70만 원이 무엇을 의미하는가 하는 것이다. 이 금액은 매월 200만 원의 월급을 받는 사람이 국민연금에 기여했을 때 받게 되는 연금 액수이다.(총액 계산의 기준은 가구가 아니라 개인인데, 일단 독거자(獨居子)의 관점에서도 그렇지만, 간략하게 말하려고 할 때 기준은 개인이 될 수밖에 없다.) 그렇다면 60~70만 원은 퇴직 이전에 비해 월수입의 3분의 1 정도가 된다. 그리고 그것은 퇴직자가 그 생활비를 3분의 1로 줄여야 한다는 것을 의미한다. 생활 수준을 크게 낮추어야 한다는 것인데, 호화스럽거나 사치스러운 생활을 누리던 경우라면 몰라도 그것은 쉬운 일이 아니다. 현재의 기준에서 200만 원 월수입을 많다고 할 수는 없다. 가장 큰 문제는 최소한의 생활에 월수입 60~70만 원이 적정한 액수가 될 수 있는가 하는 것이다. 이 액수로 목숨을 부지하고, 기본적인 생활의 필요를 충족하기는 쉽지 않을 것이다.

형식적 해결은 진정한 해결이 아니다. 그러나 실질적인 수입의 보장에는 지금 형편에서는 쉽게 감당할 수 없는 예산 지출이 필요하다. 그렇다고 실질적 방안을 연구하지 않는 것이 정당화될 수는 없다. 복지 제도를 개선해 나가는 데에는 전문가들의 연구가 필요하다고 하겠지만, 논의에 여러 가능성이 있다는 것을 시사하는 뜻에서 비전문적인 이야기를 하나 하겠다. 필자는 여러 해 전에 미국의 진보적 철학적 마사 너스바움과 자리를 같이한 일이 있는데, 그때 노인 복지가 화제에 올랐다. 자식이 있는 사람의 경우, 자식이 부모를 모시는 우리의 전통이 노인 복지 문제의 해결에 도움이 될 수 있고, 정부에서는 세금이나 주택 문제 또는 주택 설계 등에 이르기까지 그것을 지원하는 여러 정책을 연구하고 시행할 수 있을 것이다.

필자의 이러한 의견에 대하여 너스바움 교수는 완강하게 노인 연금, 양로원 등 사회 제도와 시설이 해결책이라고 주장했다. 필자는 그의 의견이 모든 문제를 제도로써 해결할 수 있다는 진보주의, 그리고 다른 한편으로는 미국적 개인주의에서 나오는 것이라고 생각하였다. 그러나 지금 와서 보니 한국인도 이제는 완전히 제도주의자, 개인주의자가 되었다. 너스바움 교수는 선견지명을 가진 사람이었다고 하지 않을 수 없다.

(광주일보, 2013년 10월 7일)

윤리적 책임과 인간적 사회

이 '평범한 악'을 어떻게 극복할 것인가

세월호가 침몰하고 2주도 더 지난 지금, 침몰로 희생된 승객의 가족들은 이제 가냘픈 희망이나마 가지기 어려운 것으로 보인다. 이제 남은 일은 시신을 거두어서 삶과 죽음을 확인하고 적절한 장례를 치르는 일일 것이다. 예로부터의 장례는 죽음의 절망감을 제례의 엄숙함으로써 다스리는 절차이다. 장례에는 물론 가족 이외의 사람들도 참여하여, 가족의 고통에 경의를 표한다. 이 엄청난 비극의 경과와 원인을 돌이켜 생각해 보는 것도 비극을 마감하는 절차의 일부일 것이다. 그것은 앞으로의 삶을 위해서도 필요한 일이다.

돌이켜 생각하는 일에, 책임의 문제가 첫 과제가 되는 것은 당연하다. 가장 직접적인 책임은 선장과 선원에게 있다고 할 터인데, 보도에 따르면, 선장과 선원들은 승객들의 안전은 염두에도 두지 않고 침몰하는 배로부터 맨 먼저 탈출하였다. 승객들에게 배 안에 그대로 머물라는 방송을 계속하여, 빠져나올 준비도 할 수 없게 하였다는 것은 믿기도 어려운 일이다. 사고 시의 조타수도 그 시점의 임무에 적절한 임원이 아니었다고 한다. 책임은 이에 더하여 구조를 서둘렀어야 할 관계 정부 부처들, 선박 운영을 지켜보고 있었어야 할 선박 회사의 관계 부서로 돌아간다. 보도된 바, 화물 과적, 적재 화물의 결박 미비 등에 관계된 책임도 가벼울 수 없다. 범위를 더 넓혀서 선박 개조가 적절하였던가에 대하여서도 생각을 해 보아야 할 것이고, 이러한 모든 일을 통괄하는 해운 회사의 운영 체제, 그리고 감독을 맡은 정부 관계 부처의 움직임도 검토의 대상이 될 것이다.

이번의 사고에서 사람들의 분노는 관계 부서들의 일 처리 잘못에 못지않게, 그 잘못의 큰 부분이 도덕적 해이에 기인하는 것으로 보인다는 데에 관계된다. 기술 정보, 그것을 현실에 옮기는 조직, 항로의 여러 조건에 대한 정보 — 이러한 점들에서 준비가 적절했던가가 검토의 대상이 될 것이다. 그러나 기술, 정보, 안전 운행 규칙 그리고 그것을 검사하고 감독하는 조직들은 일반적 관점에서는 상당한 수준에 있는 것으로 보인다.(이런 점들은 위키백과에 나와 있는 세월호 침몰에 대한 항목이 잘 종합하고 있다.) 그럼에도 각 부분에서의 정보와 조직이 하나로 종합되어 현실 상황에 투입되었다고 할 수는 없다. 여러 관계 기구들, 특히 정부 기구들이 긴급 사태에 임하여 하나의 통수(統帥) 계통 속에서 신속하게 함께 움직이지 못한 것이 문제였다고 할 수 있다. 그러나 준비가 실천으로 옮겨지지 못한 것은 바로 윤리적 의식의 결여 때문이라는 느낌이 틀린 것은 아니다. 지난 2월의 경주 마우나리조트 체육관 붕괴 사고는, 지붕의 패널을 선정하고 볼트 하나를 박는 것과 같은 작은 일에도 성실한 윤리 의식이 따라야 한다는 것을 생각하게 했다.

그런데 이번에 이러한 의식의 결여는 담당 선원, 기업, 감독관청의 문제만은 아니다. 사람들의 분노가 큰 것은 이번의 사고에서 볼 수 있는 윤리성의 부재가 사회의 전반에 퍼져 있다고 느끼기 때문이다. 이것은 사회생활의 일상에서 느껴지는 것이다. 비윤리성은, 무의식이나 잠재의식 속에서

일망정, 자기 안에서도 발견되는 것이다. 어디에서 발견되든지 간에, 비윤리 인자(因子)는 인생과 세계에 대한 신뢰를 무너지게 한다.

이번 사고에서 책임을 지지 않을 수 없는 세월호 선장이 일상적으로는 평범한 사람이라는 인상을 주는 사람이었다는 사실이 보도되었다. 유대인 학살의 나치 범죄에 협력했던 독일군 장교 아이히만 재판을 지켜본 정치철학자 아렌트가 사용하여 유명하게 된 말에 '악(惡)의 평범성'이라는 것이 있다. 이번 사건에 대한 어떤 논평에 이 말이 쓰이는 것을 본다. 세월호 선장이 악을 행한 사람이라면, 그 악이 사회의 도처에서 일상적으로 부딪치는 현상이라는 뜻에서 이 표현을 빌려 오는 것일 것이다. 그렇다면 궁극적인 대책은 사회 전체의 윤리를 확실히 하여, 이 평범한 또는 편재하는 악을 극복하는 것이다. 물론 이것이 구호를 외치는 것으로 이루어질 수 있는 일은 아니다. 삶의 태도로서의 윤리 또는 비윤리는 삶의 조건들에서 저절로 형성된다.

누구나 알고 있듯이, 부실 공사, 부실 운영의 근본은 돈에 있다. 돈이 부족하다거나 절약하자는 데에서 문제가 생길 수도 있지만, 일반적으로 말하여, 문제는 투자에 대하여 최대한의 이득을 수단을 다하여 거두어들이려는 데에서 일어난다. 이 원리는 자본주의 기업의 기본 원리이다. 그것은 그것대로의 의미를 가지고 있다. 문제는 그것이 사실적 필요나 윤리적 의무를 최소화하거나 또는 그것을 묵살하는 결과를 가져올 수 있다는 것이다. 정부와 관계 기구의 감독은 기업으로 하여금 윤리 기준을 준수할 수 있게 하자는 것이다. 윤리를 기업 운영 원리로 내면화하자는 '사회 기업'이라는 개념은 기업의 비윤리적 경향에 대한 대증 요법으로 제안된 것이다. 그러나 윤리의 뿌리는 개인의 의식과 행동에 있다. 주어진 작업을 수행하는 것은 결국 개인이다. 그리고 개인의 인간으로서의 위엄도 윤리적 행동에서 얻어진다. 그러나 그것은 사회 전체와의 교환을 통하여, 개인적으로나 사회적으로나 현실의 힘이 된다. 그러니까 그 관점에서도 사회 기구 — 정부와 사회 조직 자체가 윤리적인 성격을 가지고 있어야 한다. 이것은 추상적인 의미에서의 윤리만을 말하는 것이 아니다. 그 윤리성에는 사회 성원의 삶에 대한 관심과 책임이 포함되어야 하고, 보다 높은 삶의 차원으로서의 공공의 공간을 유지하려는 의지가 들어 있어야 한다. 물론 이러한 개인과 집단의 삶이 하루아침에 이루어질 수 있다고 할 수는 없다.

세월호 침몰에서 일어난 인간적 희생에 대한 제일차적 책임이 선장에게 있다고 하는 것은 위에서 말한 바와 같다. 그러나 스스로의 구명만 도모하고 승객들은 방기하였지만, 동시에 부하 선원들과 함께 탈출한 것은 무엇을 뜻하는가? 독일 출신의 생태 윤리학자 한스 요나스는 전통 시대와는 다른 기술 시대의 윤리를 밝히려 하면서, 윤리의 기본적인 여건을 다음과 같이 정의한 일이 있다. 칸트의 윤리학에는, 범상한 사람이라도 대체로는 어떻게 하는 것이 인간으로서 옳게 행동하는 것인가를 알 수 있다는 것이 전제되어 있다. 그러나 요나스 교수의 생각으로는, 그러한 윤리 의식은 '근접한' 사물과 사람과 단기간의 시간이라는 맥락에서만 효력을 갖는다. 과학 기술의 많은 결정은 생태계 전반 그리고 미래 세대에 영향을 미치는 것임에도 불구하고, 그것을 고려할 수 있는 윤리 의식을 수반하지 않을 수 있다. 그리하여 그는 먼 날과 먼 사람들에 대한 윤리적 책임을 다짐할 수 있는 원리로서 '책임 원리'의 개념을 정립하려 하였다. 이 원리는 근접 상황에서의 윤리적 감정을 이념으로 확대한다. 그러면서 그 정서적 기반이 되는 것은 생명 일반과 자연에 대한 '경외심'이라는 보편적 정서이다.

여기에서 한 가지 주목하고자 하는 것은 근접한 환경을 넘어갈 때, 윤리적 원리에 따라 행동하는 것이 어려울 수 있다는 사실이다. 이 어려움은 행동 범위가 이웃을 넘어 큰 집단과 사회, 또는 추상적인 체제로 확대될 때도 생겨난다. 자연스러운 인간 심성으로는 이웃이나 동료를 넘어 전혀 알지 못하는 사람들을 나의 윤리적 책임의 범위 안에 포함시키는 일이 쉽지 않은 것이다. 자연스러운 공감적 감정은 이성적 과정을 거쳐서 비로소 지속적 윤리 의식이 된다고 할 수 있다. 이번 사건에서 원근(遠近)에 상관없이, 전 국민이 보여 준 것은 강렬한 비탄과 공감이었다. 이것은 국민적 단합의 기초가 될 수 있는 커다란 자원이다. 그것이 이성적으로 승화될 때, 그것은 사회를 제도적으로 뒷받침하는 지속적인 윤리 의식이 된다.

사회 전반의 윤리 의식은 적절한 교육과 문화적 개발로써 진화된다고 할 수 있다. 그러나 더 중요한 것은 제도적 환경이다. 정부나 기업의 제도가 바른 윤리적 원리에 의하여 움직인다면, 책임 의식은 저절로 사람의 마음에 스며드는 것이 될 것이다. 제도 가운데도 중요한 것은 말할 필요도 없이 정치 제도이다. 그것은 넓은 차원에서 윤리적 권위를 갖는 것이어야 하지만, 동시에 작은 공동체에서와 같이 사회 성원들에 대한 공동체적인 돌봄을 중심적 관심으로 갖는 것이라야 한다. 기업이 반드시 정부 기구와 같은 뜻에서 공공 목적을 위한 기구라고 할 수는 없다. 그러나 공공 공간 안에 존재하고 움직인다. 기업도 공동체적 정서에 열려 있어야 마땅하다.

세월호의 선장과 선원의 직업이 저임금 비정규직의 구분에 맞아 들어간다는 보도가 있었다. 그렇다면 그러한 직업에 종사하는 사람으로부터 직업과 관련하여 단호한 윤리적 결정을 기대하기는 어렵다 할 수 있다. 직업의식이나 직업 윤리는 대체로 오랜 봉직에서 길러지는 삶의 태도이다. 물론 소소한 개인 사정에 구속될 수 없는 것이 윤리적 당위라는 생각이 틀린 것은 아니다. 그러나 윤리도 삶의 현실에 의하여 한정된다는 사실도 무시할 수는 없다. 대체적으로 말하여, 세월호의 비극을 통해서 우리가 다시 한 번 생각하게 되는 것은 윤리와 도덕의 기초가 없이는 좋은 사회의 이상에 가까이 갈 수 없다는 사실이다. 보다 넓게 생각하여, 개인이나 사회와 정치 조직이나, 적어도 그 근본에 있어서, 그 심성이 '삶에 대한 경외심'으로 열려 있지 않고는 인간적인 삶은 불가능하다 할 것이다.

글을 끝내면서, 희생자 가족 여러분에게 심심한 애도의 뜻을 전하고 싶다.

(한겨레, 2014년 5월 2일)

4부

들에 핀 백합
:수필

꾀꼬리 소리가 좋다고는 하지만

꾀꼬리 소리가 좋다고는 하지만, 보통 사람의 귀에 꾀꼬리 소리는 꾀꼬리 소리일 뿐이다. 그러나 어느 소설에서 본 이야기에 따르면, 훈련된 귀로 들어보면 꾀꼬리 소리도 꾀꼬리에 따라 여러 다른 종류, 다른 질(質)이 있다고 한다. 그리하여 꾀꼬리 소리의 감식자(鑑識者)들 사이에서는 소리의 좋고 나쁨의 미묘한 차이에 따라 꾀꼬리의 값이 정해지기도 하고 또 꾀꼬리의 목소리를 훈련시키는 비법(秘法)도 있다는 이야기다. 이런 이야기의 사실 여부는 나로서는 알 수 없는 것이지만 이것은 있을 수 있는 일로 여겨진다.

사람의 그 관심의 넓이와 열도에 따라, 사물 속에서 흔히는 주의하지 않던 오묘한 무늬와 빛깔을 식별해 낼 수 있다.

꾀꼬리 소리에 열중한 꾀꼬리 도사(道士)는 꾀꼬리 소리 속에 하나의 새로운 섬세한 세계를 열어 보일 수도 있을 것이다. 우리의 취미는 모두 이러한 면을 가지고 있다. 그런데 비슷한 예는 예기치 않던 곳에서도 찾아낼 수 있다.

에스키모어에는 눈에 관한 단어가 몇 십 개가 된다고 한다. 이것은 에스키모들이 그들의 생활의 가장 중요한 요소, 눈에 대하여 갖는 비상한 관심에 비례되는 것일 것이다.

보통 사람에게 파리는 더럽고 귀찮은 해충으로서, 그 놈이 그 놈인 존재이지만, 오랫동안 파리를 연구해 온 곤충학자에게는 파리도 각각 개성이 있고 특징이 있는 존재로 보일 수 있다고 한다. 자식이 유일무이(唯一無二)한 존재로 생각하는 애인을 부모는 시시한 존재, 수많은 젊은이 중의 하나로 생각하는 수가 있다. 이러한 시각의 차이는 사랑으로 하여 자식의 눈이 왜곡된 때문에 생겨난다고 할 수도 있지만, 또 사랑이 사랑하는 젊은이로 하여금 다른 사람이 보지 못하는 오묘한 무늬를 애인의 모습에서 발견하게 하기 때문에 일어나는 것이라고 할 수도 있다.

사람의 관심이나 사랑은 그가 보는 세계 속에 깊이 박혀 있는 것이다. 세계는 관심 그것이 열어 놓은 공간이라고 해도 과언이 아니다. 별이며 산이며 나무, 또 조국이며 가족이며 집 — 이 모든 것의 어디까지가 본래 있는 대로의 것이며 어디까지가 우리의 사랑과 관심의 부름에 따라 스스로를 드러내게 된 것들일까?

이렇게 볼 때 인생도 세상도 나 하나에 달려 있으며 나 죽으면 그만이라는 소박한 유아론(唯我論)이나 또는 지각(知覺)이 곧 인식(認識)이라는 철학적 유아론(唯我論)이 전혀 터무니없는 것만은 아니다. 물론 나의 관심이 세상을 만든 것이라거나 나의 관심이 나만의 관심이라는 것은 믿을 수 없는 극단론이다.

그러나 세상과 관심은 함수 관계에 있다는 것은 상식의 테두리 안에서 주장할 수 있다. 그리고 이때의 관심은 나의 관심이기도 하지만 사회적으로 역사적으로 형성된 초개인적(超個人的) 관심이다. 아무리 나의 사랑과 관심이 크다고 하더라도 그것만이 열어 놓은 세계는 극히 초라할 것이다.

다시 말하여 세계는 역사적으로 퇴적되어 온 많은 사람들의 관심과 사랑과 또, 물론 노동의 결과이다.

이러한 역사적 연관이 우리의 세계를 넓고 풍부하고 아기자기하게 한다. 이것으로 하여 세계는 세계가 된다.

사람은 누구나 다른 사람과 어울려 자라고 살아나간다. 따라서 전래(傳來)의 세상을 물려받게 마련이다. 그렇다고는 하더라도 이 물려받음의 정도에 차이가 있을 수는 있다. 그 차이는 물려받음이 의식적(意識的)이냐 아니냐에 달려 있다. 이 땅 위에 삶을 누렸던 옛 사람들이 관심과 사랑과 노동을 깊이하고 넓게 하였을수록, 또 이것에 대한 기록이 훌륭할수록 우리의 세계가 풍부할 수 있는 가능성은 큰 것이다. 다른 한편으로 오늘에 삶을 누리는 사람들이 옛 유산(遺産)을 이어받고, 단지 이어받을 뿐만 아니라 그것을 오늘의 삶 속에 되살리는 노력을 크게 할수록 우리의 세계는 풍부한 것이 된다.

옛날의 것을 이어받고 이를 새로이 하는 방법이 여럿이겠으나 그중에 책을 보는 것이 중요한 방법임은 말할 것도 없다. 이것은 인쇄물이 가장 중요한 전달 수단이기 때문이기도 하지만 사람의 삶에서 언어가 차지하는 매우 특이한 위치에 기인하는 것이기도 하다.

꾀꼬리 소리 속에 세계가 있다고 하더라도 그것은 사람의 소리 속에 열리는 세계에 비하면 아무것도 아니다. 사람의 소리, 그중에서도 언어가 차지하는 음역(音域)의 크기를 생각해 보면 언어가 세상의 모든 것을 지칭할 수 있다는 사실은 기적에 가깝다.

알지 못하는 외국어는 '쏘알라 쏘알라'하는 소음으로밖에 들리지 않는다. 그러나 그것에 익숙한 사람에게는 거기에 온갖 섬세한 구분이 다 들어 있는 것이다. 우리는, 적어도 모국어(母國語)에 관한 한 소리의 모든 아기자기한 뉘앙스를 식별(識別)할 수 있는 도사(道士)이다. 소리 속에 소리가 트이고 또 세계가 트이는 것이다. 소리 속의 소리는 단지 섬세하게 식별될 뿐만 아니라 일정한 소리의 법칙 또 의미의 법칙으로 짜여져 있다. 소리는 이 짜임을 통하여 세상을 담고 또 세상을 드러낸다.

이러한 질서 속에 있는 소리, 곧 언어를 통하여 세계는 가장 오묘하면서 또 질서 있는 것으로 드러난다. 이것을 통하여 우리는 세계를 알고 또 다분히 혼란된 것으로 보는 목전(目前)의 세계를 초월한다.

문학과 철학 — 모든 인문적 전통은 보다 아기자기하고 보다 넓고 질서 있는 세계를 보여 주고 만들어 내는데 있어서 중요한 역할을 한다. 그러나 전통이 없거나 그것이 상실된 세계는 빈한(貧寒)하고 삭막한 세계이다.

그러한 유산을 책을 통해서, 또는 다른 살아 있는 문화의식(文化儀式)을 통해서 자기의 것으로 하지 못한 사람은 극히 빈한하고 삭막한 사람일 수밖에 없다. 물론 여기서 말하는 것은 단지 외적인 의미에서의 독서를 말하는 것이 아니다. 독서도 그것이 사람과 세계의 풍요한 가능성에 대한 내면적인 깨우침에 이르는 것이 아닐 때, 우리의 눈을 뜨게 하는 것이 아니라 오히려 시각(視覺)의 장애물이 될 뿐이다.

정신은 살리고 문면(文面)은 죽인다. 바른 정신으로 읽는 바른 정신의 책, 또는 언어는 작은 것 가운데 한없이 아기자기한 명암(明暗)이 교착(交錯)하는 뉘앙스들을 보여 준다. 그러면서 그것들을 하나의 질서, 하나의 세계로서 드러내 준다. 이러한 열림 속에서 세계는 거의 환상처럼 현란하다. 그런데 이 환상의 세계는 곧 현실의 세계이며, 또 현실의 세계에 실천되어야 하는 세계이기도 한 것이다.

(구중서 외, 『환상과 현실 사이에서』(전예원, 1977))

온갖 색깔

반드시 그것만이 주안점(主眼點)이라 할 수는 없으나 넥타이나 옷감이나 벽지(壁紙) 같은 것을 고를 때 사람들이 가장 신경을 쓰는 것은 색깔이다. 이러한 마음 씀은 섬세한 사람일수록 많다고 하겠는데 어지러운 세상에서 그래도 아름다운 생활의 한구석을 만들어 보겠다는 뜻은 가상할 것이라고 해야 할 것이다.

그러나 이 마음 씀이 지나친 사람을 보면, 그만한 일에 저토록 신경을 쓸 필요가 있을까 하는 짜증이 나는 수도 있다. 물론 이때 짜증을 내는 사람이 삶의 재미를 그만큼 잃고 있는 것이지, 삶의 아름다움을 조금이라도 더 하겠다는 사람이 잘못일 수는 없다.

그러나 사람의 일이란 대개 이런 간단한 판단을 내리기에는 너무 복잡한 경우가 많다. 색깔을 고를 때 그것은 그것으로 끝나는 것이 아니라 사회적 의미를 띠기 쉽다. 그래서 우리는 선택한 색깔로 우리의 취미의 우아함을 보여 주며, 또 다른 사람의 색깔을 통하여 그 사람의 성격과 취미를 재단하려 한다.

이런 때 색깔에 대한 취미는 삶을 아름답게 하는 한편으로 사람과 사람을 묶어 놓는 선의(善意)와 관용(寬容)의 끈을 끊어 버리는 일을 한다. 서양 속담에 사람의 음식은 다른 사람의 독(毒)이라는 말이 있지만 색깔의 취미에도 이러한 말이 해당될 수 있음을 생각하여야 한다.

사실 색깔의 취미가 부질없는 자만심을 높이고 다른 사람과의 간격을 넓히는 일을 한다면 그것은 차라리 버리는 것이 좋은 일인지도 모른다. 그러나 이렇게 생각하고 보면 오히려 색깔에 대한 새로운 감수성을 얻을 수도 있다.

색깔에 대한 좁은 감수성을 버리고 나면 모든 색깔은 다 그 나름의 아름다움과 존재 이유를 가지고 있는 것으로 생각될 수 있다. 사실 하나의 색깔이 다른 색깔에 앞서서 선택되어야 할 아무런 이유도 없는 것이다.

물론 색깔의 한정적 선택엔 그만한 이유가 있을 것이다. 이 세상의 물건의 형성과 자리를 가늠하고 몸을 바르게 가누며 살아가는 데 시각(視覺)은 무엇보다도 중요한 구실을 한다. 얼른 생각에 색깔은 단순히 심리적인 판단의 대상인 것 같지만 그것은 우리의 세상에 대한 깊은 이해에 연결되어 있는 것이다.

그러나 색깔에 숨어 있는 세상에 대한 이해가 조잡하고 기계적인 의식의 선택에 의하여 쉽게 밝혀질 수 있는 것은 아니다.

또 우리의 이해가 깊으면 깊을수록 세상의 모든 것은 아름다운 것으로 보일 수 있다. 이해의 깊이는 세상의 넓이를 하나의 질서 속에 종합할 수 있게 한다.

하여간 일단은

모든 색깔은 그 나름으로 아름답다.

모든 여성은 그 나름으로 아름답다.

모든 남성은 그 나름으로 아름답다.

모든 생각은 그 나름으로 생각되어질 수 있기에 생각되어진다.

봄이 깊어 감에 따라 화려하거나 청초한 꽃들을 다 같이 사랑스럽게 보며 모든 것의 아름다움과 모든 생각이 있을 수 있음을 느낄 수 있는 그런 봄이 있기를 희망해 본다.

(구중서 외, 『환상과 현실 사이에서』(전예원, 1977))

잔 규칙 큰 규칙

사람 사는 세상에는 어지러운 일도 많지만 또 어지러운 것을 막아 보려는 규칙도 많다. 심지어 많은 규칙들의 경우, 그것들이 무슨 질서를 만들어 내기 위한 것인지 알 수 없을 때가 많고 또 어떤 질서를 만들어 내기 위한 것인지를 알 수 없을 때도 있고 어떤 질서를 만들어 낸다고 하여도 사람 사는 일 어디에 소용이 닿는 것인지 알 수 없는 것일 때도 많다.

이러한 느낌은 요즘 학교에 아이들을 보내고 있는 사람이면 다소간 다 가지고 있는 것이다. 두발(頭髮)을 몇 밀리의 오차만을 인정하고, 어떤 길이를 유지해야 하고, 교복의 앞가슴에는 어떤 종류의 색깔 이외의 옷이 보여서는 안되고, 신발주머니는 꼭 어떤 규격 어떤 색깔의 것이어야 하고, 어떤 모양으로 이름을 새겨야 하고, 가방은 어떻게 들어야 하고 등등 이외에도 학교생활의 규칙들은 부지기수인데 도대체 아이들이 사지를 움직일 수 있다는 것이 신통할 지경이다.

물론 사람이 몸을 바르게 갖는다는 것은 결국 사물에 대한 바른 판단과 처리를 바르게 한다는 데에 이어지는 면이 있다. 그러나 수없이 많은 잔 규칙들은 바르고 절제있는 태도보다는 불안하고 갈팡질팡한 심리 상태를 만들어 내는 데 중요한 효과를 발휘하는 것이 아닌가 한다. 어디서 어떤 이유로 언제 떨어질지 모르는 명령에 고분고분하게 따르는 인간형(人間型)을 만드는 것이 목적이라면 잔 규칙의 끊임없는 부과는 그 나름의 논리를 가진 것이라 하겠다.

그러나 어느 심리학자의 말로는 아이들에게 규칙을 주려면 크고 간단한 규칙 한두 개를 줄 일이고 작고 많은 규칙을 수시로 아무렇게나 부과해서는 안 된다고 한다.

(김남조 엮음, 『행복의 이웃에 산다』(현대문학사, 1987))

들에 핀 백합

젊음은 흔히 꽃에 비유됩니다. 이것은 물론 꽃이 아름답기 때문입니다. 꽃의 아름다움은 눈에 보이는 아름다움만이 아닙니다. 꽃의 있음의 모든 것이 우리에게 깊은 느낌을 줍니다. 그것은 우리에게 자연 속에 있는 삶의 은혜로움에 대하여 어떤 암시를 줍니다. 꽃은 애태우고 바자니는 일 없이 있는 그대로 있으면서 스스로의 삶의 가장 아름다운 것으로 길러가고 있는 것입니다. "들에 핀 백합을 보라, 그들은 수고하지도 길쌈하지도 않지만 솔로몬의 영광도 이에 미치지 못한다"고 한 예수의 말씀은 우리가 꽃에서 갖는 느낌의 가장 깊은 부분을 표현한 것이라 할 수 있습니다. 젊음을 꽃에 견줄 때도 우리는 이러한 느낌을 갖고 그렇게 하는 것일 것입니다.

그러나 솔로몬의 영광보다 화려할 수 있는 들의 백합을 생각할 때 우리가 느끼는 강한 향수(鄕愁)는 어디에서 오는 것입니까? 사실 우리는 이미 사람의 삶이 너무나 백합의 깨끗함, 그 맑음, 그 싱싱함에서 벗어나 있다고 느끼기 때문에 들에 핀 백합에 감동하는 것이 아닐까요? 젊음을 꽃에 비유할 때에도 우리는 같은 안타까움을 가지고 그렇게 하는 것일 것입니다. 사실 편하고 자연스러운 아름다움이라는 관점에서 본다면, 젊음은 들에 핀 백합과는 영 다른 것이라고, 아니면 얼마 안 있어 영 다른 것이 될 것이라고 말하는 것이 옳을 것입니다.

사람이 아무 걱정과 애태움 없이 행복하고 아름다울 수 있는 때가 있다면 그것은 젊은 시절이라기보다는 어린 시절이라고 말해야 할는지 모릅니다. 다만 어른이 되기 직전의 젊은 시절은 이런 어린 시절의 순진한 아름다움이 마지막으로 꽃 피는 때라고 할 수는 있겠습니다. 그러니까 그러한 면이 일단의 완성에 이르게 되는 것도 사실이겠으나, 그것은 더욱 어렸을 때의 티 없는 상태와는 다른 것입니다. 오늘날의 세계에서 자라나고 나이가 든다는 것은 학교에서나 실생활에 있어서나 배움의 과정 속에 있다는 것을 뜻하고 배움이란 따지고 보면 저절로 있는 상태에 인위적인 방향을 정해 나가는 일이라고 할 수 있는 것입니다. 이 교육의 과정이 행복한 것일 수도 있지만 많은 경우 그것은 애태우고 애쓰고 노력하는 단련의 과정이 됩니다.

이것은 매우 섭섭한 일입니다. 우리의 섭섭함은 바로 우리가 때로 꽃을 즐기고 산을 사랑하며 잡초가 무성한 들녘을 거닐면서 인위의 세계로부터 벗어져 나가기를 희구하고 집과 사람과 제도로 가득 찬 도시에서도 자연에 대한 향수를 버리지 못하는 데에서 표현됩니다. 그러나 교육을 통해서, 인위적인 과정을 통해서 들에 핀 백합의 자연 상태를 넘어서게 되는 것은 어찌할 수 없는 일입니다. 우리는 애씀의 괴로움을 무릅쓰고라도 많은 것을 배워야 합니다. 별에 대해서, 나무와 풀에 대해서, 우리가 발 딛고 있는 지구에 대해서, 사람에 대해서, 역사에 대해서, 이 모든 것들의 신비에 대해서 우리는 배워야 합니다.

또 그뿐만 아니라 별의 세계의 두려움에 대해서, 나무와 풀과 지구의 죽음과 황폐에 대해서, 이러한 자연과 사람에게 죽음과 황폐를 가져오는 사람들에 대해서, 싸움과 잔학과 죽음의 역사에 대해서도 우리는 앎을 넓혀 나가야 합니다. 이러한 앎의 과정은 자연의 상태에서 찾을 수 없는 새로운 보람을 가져다 줍니다. 그러나 이에 못지않게 괴로움과 멍멍한 느낌도 늘어납니다. 그렇다고 해도 앎의 세계로 나아가야 하는 것은 우리가 의식적인 노력을 통해서 그러하든 그렇지 않든 개인으로서의 사람이 받아 놓은 운명이고 또 나아가 지금의 단계에서 그 뜻을 우리가 짐작하기 어렵다고 하더라도 종족으로서의 인간의 사명이라고 생각됩니다.

그런데 내 생각으로는 앎은 이러나저러나 오게 마련이지만 이 앎을 바르게 하는 것이 중요한 일이 됨은, 그렇게 함으로써만 우리가 본래 타고난 자연의 싱싱함과 아름다움을 보존할 수 있기 때문입니다. 어떻게 보면 세상의 밝은 것과 아울러 어두운 것에 대하여 우리의 앎을 날카롭게 해 가는 것은 그러한 앎을 가지고 똑똑함과 잘남을 과시하기 위한 것도 아니고 또 극단적으로 말하면 이 앎 자체가 무작정 값있는 것이기 때문도 아닙니다. 그것은 오로지 타고난 순진함을 지켜 나가기 위한 것이라고 할 수 있습니다. 어린 시절의 순진함을 빼앗아 가는 힘은 사방에서 밀려들게 마련입니다. 그것은 본래부터 있는 것이면서 그대로 두는 경우에는 자라가는 사이에 사라져버리게 됩니다. 비슷한 문제에 대하여 독일의 시인 프리드리히 실러가 쓴 「순진한 시와 감상적인 시」란 것이 있는데 여기에서 순진성의 예로 들고 있는 것이 생각납니다.

어떤 아버지가 그 아들에게 불쌍한 사람의 이야기를 합니다. 그러자 그 아이는 아버지의 지갑을 갖다가 그 불쌍한 사람에게 줍니다. 이러한 순진성은 어른에게도 볼 수 있습니다. 16세기의 법왕(法王) 하드리아누스는 처음으로 교회와 법왕의 잘못을 아무 숨김없이 인정한 사람이라고 합니다.(그때까지 교회와 법왕은 잘못을 저지를 수 없는 것으로 되어 있었습니다.) 하드리아누스는 다른 계산이 있었는지도 알 수 없지만, 그래도 역시 하드리아

누스가 순진 담박한 성질을 가진 사람이 아니었더라면 그렇게 쉽게 전통적 위엄에 어긋나는 일을 하지는 못하였을 것이라는 것입니다.

콜럼버스의 달걀은 여러분도 다 알고 있는 이야기입니다. 콜럼버스가 가장 쉽게 계란을 깨어 세워 놓은 데에는 순진 담박한 데가 있습니다. 이러한 예들에서 우리는 순진하고 담박한 마음씨와 몸가짐을 유지한다는 것이 쉬우면서도 쉽지 않음을 알 수 있습니다. 세상은 단도직입의 단순성을 그다지 좋아하지 않습니다. 그런데 무엇보다도 우리의 어린 시절의 단순함을 지켜나가는 데 큰 적이 되는 것은 세상의 이치란 그런 것이 아니라고 우리를 설득하려는 여러 노력이고 또 우리 스스로 그 설득을 옳은 것으로 받아들이는 것입니다. 사실 어떠한 종류의 교육은 교육까지도 어린 시절과 젊음의 순진성을 유치하고 미숙한 것이라고 우리에게 이야기해 오려 합니다.

이러한 모든 것에도 불구하고 젊음의 단순성을 지켜 나가려면 거기에 대한 믿음을 잃지 말아야 하는 것이 중요합니다. 그러나 또 동시에 우리는 세상의 이치를 알아야 합니다. 아버지의 지갑을 갖다가 불쌍한 사람에게 주어 버린 어린아이의 행동은 우리에게 감동을 줄 수는 있지만 세상의 많은 불쌍한 사람의 문제를 근본적으로 해결할 수는 없습니다. 우리는 이 어린아이의 순진한 행동을 마음에 새기면서, 또 이와 같은 순진함이 세상의 이치가 되게 하기 위하여 오늘날의 세상의 이치가 움직이는 모양을 알아야 합니다.

우리의 믿음과 의지가 아무리 단단한 것이라 하더라도 세상의 이치에 대하여 순진함을 지킬 수 있는 방법을 알지 못하고 또 그 방법을 여러 사람이 나누어 가질 수 없으면 그러한 믿음과 의지를 오래 지탱하기 어렵습니다. 이렇게 우리의 순진함과 순진함에 대한 믿음과 또 세상에 대한 날카로운 이해를 아울러 지녀 나간다는 것은 매우 어려운 일입니다. 그것은 참을

성과 노력과 꿋꿋함을 필요로 합니다. 이것은 바깥세상에 대하여서만이 아니라 제 스스로에 대해서도 할 수 있는 말입니다. 우리가 순진함을 지켜 나갈 모든 결심이 되어 있다고 하더라도 그 결심 자체가 저도 모르게 변모하기가 쉽기 때문입니다. 그 결심이 쉽게 꺾인다는 뜻에서만은 아닙니다. 순진함을 유지한다는 것은 자칫하면 감상적인 연약함이 되기 쉽습니다.

또는 우리가 순진함으로써 세상에 맞설 때 그것이 들에 핀 백합의 아름다움을 유지할 수 있을까요? 들에 핀 꽃의 아름다움은 바로 그것이 스스로의 아름다움 속에 있으면서 세상의 다른 것에 대하여 모가 나지도 않고 간섭하지도 않는 데에 있습니다. 들의 꽃이 우리를 감동시킨다면 그것은 그의 말 없는 자기 충족을 통하여서지, 그것이 우리에게 교훈을 준다거나 말을 걸거나 하기 때문은 아닙니다. 위에서 세상 가운데에서의 순진함을 말하면서 '단도직입'이란 말을 쓰지 않았습니까? 그것은 칼을 휘두르면서 혼자 적진으로 뛰어들어간다는 말입니다. 들에 핀 백합은 칼 아래 꺾이는 수가 있기는 하겠지만 칼을 들고 대항하는 일은 없을 것입니다.

우리가 들에 핀 백합을 두고 생각하는 것은 완전한 평화, 완전한 사랑, 완전한 아름다움입니다. 참으로 우리가 순진함을 지키며 이것을 밑바탕으로 하여 세상에 맞서며 그것을 저울질하면서, 또 동시에 지킴도 없고 맞섬도 없고 헤아림도 없는 사랑과 평화의 본래 모습을 지킨다는 것은 지극히 어려운 일입니다. 다만 우리의 단도직입의 순진함이 지나친 날카로움이 되고 나아가서는 순진함의 정반대의 것인 완고함이 될 수도 있다는 것을 늘 생각하여 꽃의 고요한 아름다움에 이르도록 애쓰는 도리밖에 없습니다.

젊음은 꽃입니다. 그러나 그것이 꽃이 되는 데에는 여러 가지 요인이 작용합니다. 그렇지 않은 경우 그것은 허사(虛辭)에 불과합니다. 아니면 꽃도 꽃 나름이라고 할까요? 종이로 만든 가화(假花)일 수도 있고, 억지로 만들어 놓은 인위의 꽃일 수도 있습니다. 그러나 우리가 젊음이 꽃이라 할 때, 그것은 순진하고 싱싱하고 꿋꿋한 아름다움을 말하는 것일 것입니다. 그러나 이 꽃이 참으로 오랫동안 그러한 꽃이기 위해서 우리의 앎과 의지를 넓고 날카롭게 하여야 합니다. 그리하여 비로소 우리는 우리의 삶이 참으로 순진하며 또 동시에 우리의 앎과 뜻도 부드럽고 행복한 것이 될 날이 있을 것을 희망하여 볼 수 있을 것입니다.

(김남조 엮음, 『행복의 이웃에 산다』(현대문학사, 1987))

모르는 사람에 대한 친절

사람이 사는 데 근본적인 것은 삶의 대강을 결정하는 사회의 큰 제도들—정치, 경제 또는 가치의 큰 틀이다. 그러나 이러한 것들은 사람들의 일상적 삶 속에서 늘 직접적으로 체험되는 것이 아니다. 대체로 우리가 사회를 느끼는 것은 여러 작은 일들—도시와 시골의 작은 풍경, 사람들의 인상, 사람들이 우리를 대하는 태도와 같은 것을 통하여서이다. 또 이런 것은 하나의 지식으로보다도 사회의 결에 대한 느낌으로서 직접적으로 그러나 불분명하게 짐작될 뿐이다.

사회의 결에 대한 느낌은 여러 가지일 수 있지만, 중요한 것의 하나는 사람들의 친절도에 대한 느낌이다. 친절은 사치스러운 기분에 속하는 것으로 생각되기 쉽다. 그것은 가족이나 친구 사이의 태도, 또 그 태도가 주는 느낌을 말하는 것이 아니라 우리의 낯선 사람들에 대한 관계에 나타나는 태도와 느낌을 말하는 것이다. 더 좁혀 말하여 그것은 낯선 사람의 어려움을 도와줄 용의가 있음을 가리키는 말이다. 물론 여기의 어려움이나 용의가 심각한 것은 아니어서, 친절이란 하나의 얄팍한 덕성에 불과하다고 할 수도 있다. 그러나 그것은 한 사회의 인간관계에 대한 중요한 징후가 될 수도 있는 덕성이다.

한국에 들르는 외국인들은 곧잘 한국인의 불친절을 지적한다. 이것이 사실이든 아니든, 또 어떤 원인에서 나오든 우리 사회가 서로서로에 대하여 친절한 사회라고 하기는 어려운 일일 것이다. 낯모르는 사람에 대한 친절의 결여는 대체적으로 우리 사회의 특징을 이루는 것처럼 생각될 때도 있다.

얼마 전 어느 사무실에서 본 광경은 우리 사회의 일상생활에서 너무도 흔히 보는 삽화에 불과하다. 학생쯤으로 보이는 한 청년이 내가 방문한 사무실로 들어왔다. 그는 방에 들어선 다음 약간 망설이면서, 그곳의 직원 한 사람에게, "×× 문제에 대하여 알아보려고 하는데요." 하고 물었다.

"어디서 왔어?" 근접하기 어려운 표정으로 직원이 하는 대답이다.

"×× 학교에서 왔습니다."

"지금 점심시간 아니야? 점심시간에 오면 어떻게 해?"

"버스를 타고 오다 보니, 그만 늦어졌습니다."

"×× 문제는 이 옆방에 가 물어 봐."

이 마지막 답변을 보면, 앞의 퉁명스러운 물음들은 아무 쓸데가 없는 것들이었다. 처음부터, '그것은 옆방에 가서 물어보아야 하는데, 점심시간이 되어서 어떨는지…….' 정도로 모든 것은 끝날 수 있는 것이었다.

친절은 되풀이하건대 친·불친을 가릴 것 없이 낯선 사람을 도울 용의가 있다는 것에 관계된다. 그렇게 큰 이해나 정적 유대가 없을 때, 이러한 도움의 용의라는 뜻에서의 친절을 두고 우리는 세 가지의 행동 유형을 생각해 볼 수 있다. 하나는 나에게 이익이 없으면 낯선 사람의 일은 전혀 도와줄 생각이 없는 경우, 두 번째는 나에게 손해가 없으면 낯선 사람이라도 도울 수 있는 데까지는 도와주는 경우, 세 번째, 나의 이익이 크게 손상되더라도 낯선 사람들까지도 희생적으로 도와주는 경우.

이 세 유형 중, 사람들은 대뜸 세 번째의 희생적 도움이 가장 도덕적인 행동임을 긍정할 것이다. 그러나 이것은 보통 바랄 수 있는 일이 아니다. 또 어떤 한 사건이 아니라 사회의 전반적으로 지속적인 작용을 생각할 때 그렇게 바람직한 것이 아닐지도 모른다. 이에 대하여, 큰 손해만 없다면, 언제나 다른 사람을 즐겨 도와주는 사회 — 이것이 아마 정상적인 사회의 모습이고 또 지구상의 많은 사회의 기본은 여기에 있는 것일 것이다.

그런데 우리 사회의 경우는 바야흐로 첫 번째의 형태로 굳어 가고 있는 것이 아닌가 한다. 길거리에서, 상점에서, 관청에서, 우리가 무엇을 물어보는 경우를 생각해 보라. 정상적인 사회에서 이것은 물 흐르듯 자연스러울 수 있어야 하는 일이다. 그러나 우리는 우리 자신도 모르게 무엇을 물어보기 전에 다시 한 번 생각을 하고 각오를 하는 우리 자신을 발견한다. 들고도 모르는 체하는 일, 퉁명스러운 대답, 부정확한 대답이 우리를 주저하게 하고 두려워하는 것이다. 이러한 경험이 쌓여 긴장과 침묵과 악의는 사람들의 사이를 차단하고 이 사회를 사막이 되게 한다. 유지되어야 할 사회의 자연스러운 교통이 도처에서 차단되고, 우리의 삶의 공간은 숨쉬기도 어려운 밀폐 장소가 되는 것이다.

18세기 영국의 철학자들은 인간성의 근본을 대체로 이기적인 것으로 보았다. 이것이 오늘날의 자본주의적 개인주의 철학의 근본이 되었다. 그러나 동시에 이들은 뿔뿔이의 개인들로는 사회를 이룩할 수 없다는 것을 알았다. 그리하여 그들은 개인들을 한데 묶을 수 있는 것으로 '선의(benevolence)'라는 것을 생각하였다. 사람은 다른 사람에게 선을 행함으로써 기쁨을 느끼는 본래적인 성향을 가지고 있는 것이다. 물론 이 선의는 반드시 개인의 개인 됨에 모순이 되는 것은 아니다. 그것이 멸사봉공(滅私奉公)의 희생 정신을 나타내는 것은 아니다. 그것은 다른 사람에 대한 개방성을 말하면서, 궁극적으로는 소위 '개명된 자기 이익'에 귀속될 수 있는 것이다.

이러한 도덕 심리학이 옳은지 그른지 또는 그에 입각한 사회 철학이 성립할 수 있는 것인지 여기에서 따져 볼 수는 없지만, 우리 시대를 살면서, 우리는 '만인에 대한 선의'가 사회를 부드럽게 움직이게 하는 윤활유 또는 접착제임에는 틀림이 없다는 느낌을 갖는다. 우리 사회에 새로 생기는 것도 많고 불어나는 것도 많지만, 절대적으로 고갈되어 가는 것은 낯선 사람에 대한 선의가 아닌가 여겨진다.

선의나 친절의 결여가 우리 사회를 극히 피곤한 사회가 되게 한다면 이러한 것을 어떻게 회복할 수 있겠는가? 친절의 중요성을 말고, 또는 더 나아가 사회에의 동참 의식을 일깨우고 사랑을 역설하는 것도 한 방법일 것이나, 그것만으로 불충분한 것임은 분명하다. 불친절 또는 사람과 사람 사이의 선의의 결여는 구조적인 것이다. 간단히 말하여, 불친절한 태도가 우리 사회의 타인에 대한 태도로서 표준적인 것이라고 하면, 그것은 그러한 태도에 이익이 있기 때문이라고 말할 수 있다. 불친절에 부딪히는 것은 누구에게나 불유쾌한 일이므로 우리는 이것을 돈이나 다른 수단으로 무마하려고 든다. 여기서 불친절의 이익의 가능성이 생긴다.

그러나 여기에 근본적으로 작용하고 있는 것은 위계적 지배 관계가 아닌가 모르겠다. 소극적으로 볼 때, 친절하게 대한다는 것은 다른 사람과의 상하 관계에서 아래 자리를 차지한다는 것이고, 이것은 우리의 자신의 인격에 대한 모독이며, 손해를 무릅써야 할지도 모르는 일이며, 또 위압적 위치가 요구할 수 있는 어떤 급부(給付)를 포기하는 것이다. 그러나 불친절을 통하여 자신의 위계적 우위를 확인하는 것이 필요한 것이다. 인간 상호 간에 성의가 있는 사회가 되려면, 모든 사람이 좀 더 자유롭고 평등해져야 할 것이다. 그래서 힘의 우위를 내세울 필요가 없어져야 할 것이다.

여기에서 자유롭고 평등하다는 것은 일단 개인의 자율성을 말하는 것이라고 할 수 있다. 달리 말하여 개인이 억압적 지배 관계로부터 자유로워야 한다는 말이다. 그럴 때 그는 비로소 다른 사람에 대하여 선의를 가질 수 있다.

크고 작은 일에서 남에게 도움을 주는 일은, 도덕적으로 옳고 그르고 하는 문제가 아니라, 자신의 마음이 좁고 폐쇄된 공간에서 높고 넓은 공간으로 나아가는 일이라는 것을 우리는 알게 되는 것이다. 결국 철학자들이 상정한 것처럼 사람의 마음이 본래부터 착한 것을 기뻐하게끔 되어 있다는 사실에 대한 한 증거가 이런 체험에 있다고 말할 수 있을 것이다.

그러나 친절과 선의는 주는 것만이 아니라 받는 것이다. 미국의 시인 랜덜 자렐은 '타인의 친절'을 통해서만 삶을 부지할 수 있다는 깨달음은 그의 생애의 가장 높은 깨달음이었다고 말한 일이 있다. 사실 엄격히 따지고 보면, 수없는, 모르는 사람의 도움이 없이 사람이 살아갈 수 있을까? 우리는 다른 사람에 대한 선의를 통해서 보다 넓은 세계에로의 해방을 경험한다. 그리고 우리는 모르는 사람의 친절을 통해서 우리의 삶이 모든 사람에게 이어져 있다는 것을 느끼고, 그 사실에 감사한다. 선의의 관계는 격렬한 감정이 아니면서, 우리의 삶을 젊게 유지하는 기본적 조건인 것이다.

(김우탁 외, 『서창(書窓)에 불을 밝히고』(제삼기획, 1987))

권력에의 의지

사람을 움직이는 기본적인 힘이 무엇인가에 대해서는 여러 가지 가설이 있다. 그것은 학문적인 것일 수도 있고 통념상 받아들여지고 있는 것일 수도 있다. 프로이트가 삶의 가장 큰 원동력으로 성 또는 더 일반화하여 리비도를 중시한 것은 잘 알려져 있는 일이다. 또는 사람의 많은 경영은 먹는 일에 있어져 있다고 흔히 이야기된다. '먹고살기 위하여……', '입에 풀칠하기 위하여……', '목구멍이 포도청이라……' 등의 표현들은 누구나 쉽게 납득하는 표현들이다. 또는 물건에 대한 욕심, 돈에 대한 욕심 등도 사람을 움직이는 기본적인 동기로 간주된다.

조금 더 추상적으로 명예욕, 권력욕, 지배욕과 같은, 사회관계 속에 성립하는 욕구도 있다. 더 나아가서는 의미에 대한 갈망, 초월적이고 절대적인 것에 대한 기이하게 추상적이면서도 거의 본능적인 욕구도 사람의 삶에 있어서 무시할 수 없는 동력일 것이다.

이러한 삶의 동력이나 욕망들을 보면, 그것은 삶에 있어서 반드시 있을 수밖에 없는 것이어서 삶의 존속에 항수적으로 작용하게 되는 것이 있고,

얼핏 보아 필요 불가결의 것이 있고, 얼핏 보아 필요 불가결의 것이 아닌 것도 있다. 가령 식욕은 어떤 경우에나 삶의 유지에 기본이 되는 것이다. 그것은 잠을 잔다든지, 체온을 일정하게 유지한다든지 하는 것과 함께 생체의 내적 균형을 유지하는 데 절대적으로 필요한 것이다.

여기에 비하여 성에 대한 욕구는 먹는 일만큼 긴절(緊切)한 느낌을 주는 것은 아니라고 할 수 있을 것이다. 물론 성의 긴박성과 그것의 삶의 필요에 대한 관계가 절실하지 않은 것은 아니지만, 그 절실함이 먹는 일에 비견될 수 있는 것은 아니다. 여기에 대하여 물건이나 권력에 대한 욕망은 삶의 어떤 긴박한 필요에 연결되어 있는지 분명치 않다. 이것은 초월적 충동 — 이것이 사람의 근원적인 동기의 하나라고 가정할 때 — 이 충동의 경우에도 마찬가지이다.

그러니까, 사람의 행동을 자극하는 이 모든 것들을 다 욕망이라고 하는 것은 잘못일지도 모른다. 서양 사람이 더러 하듯이, 위의 동력들은 필요와 욕망 내지 욕구로 나누어 생각될 수 있다. 그리고 욕망이라고 하는 것은 없어서는 안 되는 필요의 충족 행위, 그것이 없으면 근본적인 지장이 일어나는 부정적 사태를 예방하는 행위 — 이러한 것들보다는 조금 더 능동적인 것으로서 정의되어야 할 것이다.

우리는 욕망의 억제에 대한 이야기를 많이 듣지만, 억제가 가능한 것도 그것이 긴급한 필요를 넘어서는 여분이라는 성질을 가졌기 때문이다. 그리하여 욕망의 추구는 한편으로 사람이 살아가는 데 불필요한 일과 부담을 가져오는 것이 될 수 있다. 그러나 다른 한편으로 그것은 사람의 삶을 주어진 최소한도에서 좀더 풍요한 것으로 변형시키고 창조해 가는 적극적인 행위가 되기도 한다.

그러나 욕망이 삶의 필요에서 완전히 차단될 수는 없다. 그렇게 되는 경우 그것은 삶을 풍요롭게 하고 그것을 신장시키는 데 기여하는 것이 아니라 삶의 필요의 충족 자체를 저해하고 삶 그것을 위축시키는 결과를 가져온다. 욕망의 인간적 의미는 그것이 필연의 강박성으로부터 해방되어 있으면서 동시에 큰 관점에서 볼 때 삶의 필요에 깊이 연결된다는 데서 발견되는 것이다.

이렇게 볼 때, 모든 욕망은 그것이 오늘날 존재한다고 해서 반드시 항수적으로 인간 생활에 작용하는 것도 아니고 또 작용해서 마땅한 것도 아니다.(마땅하다는 것은 궁극적으로 삶에 도움이 된다는 것을 말하는 것이니까, 결국에 가서는 인간 생활의, 무시할 수 없는 항수가 된다는 말이 되기도 한다.) 먹는 것은 살기 위한 필요에 연결되어 있다. 성은 종족 보존의 필요에 관련되어 있으면서, 우리의 삶 전체에 매우 풍부한 색깔을 부여할 수 있는 것이다.(먹는 것의 필요도 문화적으로 변형 가공되어 삶을 풍성하게 하는 것이 될 수 있기는 하다.) 물건에 대한 욕심도 그것이 사회적 암시에 의하여 심히 변형되지 않는 한 이해할 수 있는 것이다.

사람의 초월에 대한 욕구는 얼른 보아 삶의 영위에 직접적으로 관여되는 것은 아니면서 크게 볼 때, 우리가 삶을 이 순간 속에서만 살지 않고 어제와 내일을 돌아보며, 먼 곳과 가까운 곳을 전체적으로 아울러 보면서 살 필요가 있다는 사실에 이어져 있다.

그런데, 내 생각에, 유독 이해하기 어려운 욕망 중의 하나가 명예욕, 지배욕, 또는 권력욕이다. 물론 이것은 일단 사람이 여러 사람과의 관계 속에서, 또는 간단히 말하여 사회관계 속에서 산다는 사실에 근거해 있다. 우리의 삶은 어떤 경우에 있어서나 완전한 독립, 완전한 자립 상태에서 영위될 수 없다. 그것은 다른 사람의 도움을 필요로 한다. 따라서 다른 사람의 도움을 어떤 수단을 써서인가 확보할 필요가 생긴다. 명예나 권력에 대한 욕망은 이러한 필요에 연결되어 있는 것일 것이다.

그러나 내가 이해할 수 없다고 하는 것은 이러한 필요에 대한 인식으로부터 완전히 유리된 명예나 권력의 추구이다. 그리고 우리 사회에서는 이러한 추구가 마치 그 자체로서 인간성의 항구적 충동에서 나오는 것이며, 더 나아가서는 그 자체로서 존중되어야 할 가치처럼 생각되는 것이다.

모든 사람은 끊임없이 주임에서 계장으로, 과장으로, 국장으로 올라가는 것을 당연히 좋아하는 것으로 되어 있다. 국민학교 교감이 되거나 교장이 되어야 하고, 또 중학교 교사가 되어야 하고, 중학교 교사는 고등학교 교사, 고등학교 교사는 대학교수, 대학교수는 무슨 자문 위원 — 이렇게 올라가야 한다고 생각된다. 국회 의원이 될 수 있는 기회를 포기하는 사람은, 얼마 전에 어느 현직 국회 의원이 가정 사정으로 출마를 포기한 경우처럼, 경이와 의아의 대상이 되고 신문의 톱뉴스가 된다. 나는 군 장교를 지망하는 고등학생에게 그 동기를 물어 보고 권력을 한번 잡고 싶다는 대답을 듣고 놀란 일이 있는데 이것이 매우 소박한 대답인 대로 우리 사회 사정의 일부를 나타내고 있는 것임은 틀림이 없다.

권력과 명예에 의한 사회 질서의 위계화와 그 안에서의 자리다툼의 동기화는 무엇에 연유하는 것일까? 여기에 인간성의 원시적 한 측면이 작용하는 것도 사실이겠지만, 그것보다도 중요한 것은 역사적·사회적 사정일 것이다. 그렇다는 것은 이러한 무한정하고 무조건적인 사회적 추구는, 위에서 비친 바와 같이, 삶의 필요로는 설명되지 않는다. 그리고 이 필요에 이어져 있지 않는 한, 그것은 자연스럽게 인간 동기의 항구적 부분이 될 수 없다.

어떻든 우리는 오늘날과 마찬가지로 과거에도 관직의 상승과 권력의 추구를 삶의 핵심적 동기로 받아들여 온 것으로 보인다. 남이 장군이 '남아이십에 평천하'하지 못한 것을 한탄한 것은 모두가 찬탄하는 민간 전설의 일부이다. 또는 더 간접적으로 전통 사회의 많은 사람들은 정일품, 종삼품하는 품계에 의한 권력과 명예의 확인을 통하여 삶의 의미를 찾았다. 이러한 사회를 미국의 어느 정치학자가 중앙 집권의 소용돌이 속의 사회라고 규정한 것은 일리가 있는 일이다.(엊그제의 신문에 보면, 국회 의원을 차관급에서 장관급으로 격상할 움직임이 있다고 한다. 국회 의원은 보통 시민보다 낮고 장관보다 높다고 할 수도 있고, 그 반대라고 할 수도 있다. 그 나름의 보람 있는 삶을 이룩한 한 시민이 반드시 대통령보다 낮아야 할 이유가 있는가? 국회 의원의 격상·격하의 문제는 명예와 권력의 위계질서를 떠나서 사람을 생각할 수 없는 우리 사회의 깊은 병폐를 드러내 준다. 월급이 문제라고 할는지 모르지만, 월급의 근거는 지위의 고하 이외에 삶의 필요와 임무 수행의 필요에 있어야 한다.)

심리적으로 볼 때 권력의 필요는 무력감에서 나온다고 할 수 있다.

모든 일이 제 뜻대로 된다면 구태여 권력에 대한 갈증이 생길 리가 없는 것이다. 또 지위에 대한 욕구는 열등의식에서 생긴다고 할 수 있다. 그러나 이러한 무력감, 열등의식이 개인적인 원인에서 생기는 것은 아닐 것이다. 사회적으로 강요되는 것이기 때문에, 그러한 현상을 사회 전체에서 볼 수 있는 것일 것이다. 사실 이것은 순환적이다. 위계적 사회 질서가 무력감과 열등감을 강요하고 이것이 무한한 권력욕·지위욕을 조장하는 것이다.

물론 무력감의 한 원인은 삶 자체에 있다. 사람은 다른 사람의 도움이 있어야 살아갈 수 있다. 그러나 이 필요에서 나오는 무력은 여러 방법으로 보완될 수 있다. 여기에 대해서는 사랑의 상호적인 관계가 가장 자연스러운 보완의 방법이 될 것이다. 이것이 불가능하므로 비로소 권력에의 갈증이 불붙게 된다.

이러나저러나 우리는 권력이나 지위에 대한 무조건적인 욕망을 자연스럽게 보는 사회 풍토를 우려를 가지고 보아야 한다. 디오게네스는 알렉산더보다 낮은 사람인가? 자기의 삶의 필요와 가능성을 적절히 알고 그것을 펼치는 인생이야말로 좋은 인생으로 보인다. 이것은 권력이나 지위에 의

하여서 확보될 수 있는 것이 아니다. 중요한 것은 독특한 자기실현이며, 독특한 사회관계이다.

(김우탁 외, 『서창(書窓)에 불을 밝히고』(제삼기획, 1987))

세상에 대한 믿음

요즘 거리에는 질서 의식을 강조하는 표어가 많이 나붙어 있는 것을 보게 된다. 표어나 선전문의 일방성에 익숙해 온 우리는 곧, 강조되고 있는 질서가 어떤 종류의 질서이며 누구를 위한 질서인가에 따라서 문제는 달라진다고 생각하게 된다. 대체로 질서는 현상의 체제에서 재미를 보고 있는 사람에게 중요한 것이요, 그것으로 하여 손해를 보고 있다고 생각하는 사람에게는 파괴되어야 할, 그럼으로써 비로소 숨통이 트이게 될, 어떤 것으로 생각될 수 있는 것이다.

그러나 궁극적으로는 사람이 살아가는 데 필수적인 조건의 하나가 질서인 것은 틀림이 없다. 인간 행동의 전제는 예견의 가능성이다. 내가 이 다음 순간 무엇을 할 것인가, 오늘, 내일 또 그 다음에 무엇을 할 것인가를 전혀 생각할 수 없다면, 인간의 행동, 인간의 삶은 불가능한 것이 된다. 미래에 대한 예견을 가능하게 하는 것이 질서이다.

물론 이 질서는 나쁜 것일 수도 있고 좋은 것일 수도 있다. 그렇다고 하더라도 그것이 필수적인 것이라면, 질서는 어디에서 나오는 것인가? 그것은 우리의 의식이나 의식적 노력에 의하여 만들어진다. 그러나 그것은 또한 여러 사실적 여건에 의하여 비로소 현실 원리가 된다. 의식만으로 현실이 되는 것은 이 세상에 아무것도 없다.

다시 말하여, 질서는 삶의 현실을 나타낼 때 인간 행동의 한 규범이 될 수 있다. 한동안 버스나 택시를 타는 일에 있어서, 또는 다른 공공 장소에서 줄서기가 강조되었다. 줄서기는 시민들의 질서 의식에 의하여 어느 정도 하나의 행동 양식으로, 행동 규범으로 정착될 수 있다.

그러나 버스나 택시의 수가 한정되어 있어서, 그 한정된 숫자로는 줄 서 있는 사람들이 자기가 가고 싶은 곳으로 갈 수 없을 것이라는 것이 분명하다면, 줄서기 행위가 오랫동안 지속될 수는 없을 것이다. 통금 시간에 임박하여, 줄서기가 되지 않는 것은 누구나 익히 보아 온 일이다. 줄서기의 문화 행위를 지탱해 주는 것은 그것이 결국은 나의 문제를 해결해 주고 모든 사람의 문제를 해결해 줄 수 있다고 믿게 해 주는 사실적 질서가 있기 때문이다.

질서 있는 행동을 지탱해 주는 또 하나의 요소는 공평함에 대한 믿음이다. 줄서기에 있어서 모든 사람이 같은 조건하에서 줄서기를 하지 않는다면 — 가령 새치기를 하기 시작한다면, 그것을 그대로 참으면서 자신의 차례를 기다릴 사람은 많지 않을 수밖에 없다. 질서 있는 행동에는 두 가지 계기가 들어 있다. 하나는, 이미 말한 바와 같이, 그것이 궁극적으로 우리의 목적을 달성케 해 준다는 믿음이며, 다른 하나는 이러한 목적의 달성은 어떠한 절차적 제약을 받아들인 연후에 이루어질 수밖에 없다는 인식이다. 이 제약은 불가피한 것이어야 하고 공평하게 분담되는 것이어야 한다.

이러한 질서의 두 가지 계기 — 즉 질서가 사실적 세계에 맞아들어 가며 또 사실적 세계가 우리의 목적에 봉사하게 될 때 우리에게 부과하는 제약이 공평해야 한다는 것은 세상의 정의로움에 대한 요구라고 한데 뭉쳐서 말할 수 있다. 우리가 질서를 지키려면, 우리는 세상의 사실적 질서가 우리의 삶을 억울한 것이 되게 만은 하지 않는다고 느낄 수 있어야 하고, 또 억울함 면이 있다고 하더라도 그 억울함이 불가피한 것이고 또 여러 사람이 공평하게 짊어지는 억울함이라고 받아들일 수 있어야 한다는 말이다.

정의가 질서 있는 행동을 보장한다. 그러나 거꾸로 질서 있는 행동이 정의를 만들어 낼 수 있는 경우도 있다. 줄서기가 모든 사람의 목적지까지의 이동을 쉽게 할 수도 있는 것이다. 그러니만큼 질서의 의식은 사실의 이치나 공평성에 관계 없이 강조될 만한 것인지도 모른다. 더 나아가 사실이나 정의의 보장이 없는 경우에 있어서의 질서 있는 행동에서 인간다움의 표현을 볼 수 있다고 할 수도 있다.

사람들은 모두를 태워 갈 수 있는 만큼의 버스가 올는지 어쩔는지 모르는 상황에서도 일정한 질서를 지키며 버스를 탈 수 있는 것이다. 우리는 침몰하는 배에서 부녀자와 손님에게 구조선의 자리를 양보하고 배와 더불어 죽어간 선장의 이야기를 듣는다. 영국의 르네상스 기사도의 꽃이라고 말하여지는 필립 시드니 경이 전쟁터에서 부상하였을 때, 자기에게 가져온 물잔을 다른 병사에게 양보하였다는 이야기는 유명하다. 영웅적 미담이란 아이들을 속이기 위하여 만들어 낸 선의의 거짓말일 경우가 많지만, 이러한 고귀한 행동들이 있을 수 없는 일인 것은 아니다. 이러한 행동들은 어떻게 하여 가능할까?

물론 이러한 행동들은 단순히 질서 있는 행동이라고 할 수 없는 것이고, 또 여기에 관계되어 있는 것은 단순한 질서 의식 이상의 높은 도덕적 동기이다. 그러나 다른 한편으로 이러한 도덕적 행위 — 자기희생의 선행도 세계의 질서 또는 정의로움에 대한 어떤 느낌에 이어져 있다. 그리고 이러한 행위야말로 우리에게 참으로 깊은 의미에서의 질서 있는 행동이 어디에서 나오는 것인가를 보여 주는 행위이다.

줄서기는 잠깐의 참음이 궁극적으로 보상된다는 믿음에 의하여 가능하여진다. 마찬가지로 일단 조잡하게 생각하여 자기희생적 선행도 같은 원리를 포함하고 있다고 할 수 있다. 어떤 종교적 세계관은, 보상되지 않는 선행을 했을 때 그것은 궁극적으로는 저세상에서라도 보상되는 것이라고 말하여 준다. 천국이 있고 지옥이 있고 이 세상에서의 일이 내세를 위한 적선이 된다는 생각은 이 세상에서 보상 없는 선행을 하는 것을 조금 더 쉽게 한다. 이러한 생각은 사회 질서에도 그대로 해당되는 것이다. 한 고장에서 서로 오랫동안 보고 살 사람들 사이의 착한 일들은 결국은 언젠가는 보상을 받게 마련이라는 계산에 뒷받침될 수 있다.

물론 우리의 착한 일은 그것이 아무리 우월한 방법으로라도 결국은 보상받게 마련이라는 믿음에 의해서만 가능하여지는 것은 아니다. 이러한 믿음은 조금 더 추상화되고 일반적인 것이 될 수도 있다. 조금 더 세련된 종교적인 태도는 우리의 선행에 대한 일대일의 보상을 기대하기보다는 더 일반적으로 이 세상과 저 세상을 연결하고 있는 질서가 궁극적으로 정의로운 것이라는 것을 믿는다. 그리하여 그 안에서 우리의 작은 선행은 정당화된다고 믿는 것이다.

사회 질서의 경우에 있어서도 우리가 하는 일이 별 보상을 받지 않는다고 하더라도 사회 질서 전체가 정의로운 것이라고 믿을 수 있다면, 그러한 믿음은 우리로 하여금 조금 더 느긋한 마음으로 우리의 작은 희생을 받아들일 수 있게 한다. 사실 내가 살고 있는 질서의 전반적 정의로움에 대한 믿음 — 의식적이라기보다는 자연스러운 신뢰는 그 연장선상에서 보상 없는 희생까지도 흔쾌히 받아들이게 한다. 손익 계산의 부분적 들고 남은 여기에서 거의 문제가 되지 않는 것이다.

개인적 손해의 계산과 관계 없이 이루어지는, 타인과 이웃과 민족을 위하여 행해지는 희생적 헌신이 이러한 경우이다.

이때의 사회나 세계의 근원적 정의로움에 대한 믿음은 우리가 부딪히게 되는 경험적 사실 하나하나를 넘어가는 것이다. 그러나 결국 그 근거는 경험적인 사실들의 퇴적에 있다고 말할 수밖에 없다. 이 근거는 사실적으로 넓은 것일 수도 있고 사실적으로는 아주 좁은 것이어서 암시에 불과한 것일 수도 있다. 최선의 경우는 일상적 경험이 나에게 기쁨을 주는 것이며, 이웃과의 관계가 나로 하여금 이웃과의 선의의 유대를 느끼게 하는 것일 때이다. 이러한 것들이 쌓여서 급기야는 우리 마음 가운데 사회와 세계에 대한 믿음, 근원적 신뢰가 생기는 것일 것이다.

그러나 나의 세계와 나의 이웃이 드러내는 증거가 반드시 좋은 것이 아니라도 행하여지는 고귀한 자기 희생의 경우를 우리는 본다. 그때 사람들은 비록 그들의 세상이 험하고 사악하더라도 근본적으로는 선할 수 있다는 믿음을 갖는 것이다. 그러한 믿음은 우리가 믿고자 하기에 갖게 되는 믿음에 불과하다고 할 수 있다. 이 믿고자 하는 마음은 어디에서 오는가? 그것은 우리 자신의 깊은 생명의 충동으로부터 온다. 우리는 그것을 우리 마음 가운데 절실한 요청으로서 느낀다.

그렇다면 그것은 모든 인간에 공통된 것일 수밖에 없다. 또 우리가 다같이 그것을 믿는 경우, 그것에 입각한 세계는 창조될 수도 있는 것이다.

우리는 우리의 목숨이 좋은 것임을 믿지 않을 수 없는 만큼 그 목숨의 장으로서의 세계가 좋은 곳임을 믿을 수밖에 없다. 이것은 우리 생존의 밑바닥에 있는, 생존을 가능하게 하는 가설이다.

그러나 다른 인생의 아름다움과 이웃의 친절을 깨우쳐 주는 경험이나 마찬가지로 이 가설도 공동의 노력으로 깨우쳐지고 정립되어서 비로소 우리 삶의 동력이 된다. 이 동력에서 작은 질서의 행동과 그보다 높은 질서의 행동—윤리적 행동이 나오는 것이다.

(김우탁 외, 『서창(書窓)에 불을 밝히고』(제삼기획, 1987))

지나침이 없는 사랑

근래에 와서 사랑이란 말을 많이 듣는다. 이것은 남녀 간을 두고만이 아니라 일반적 사회관계를 두고도 흔히 쓰이는 말이 되었다. 우리는 전통적으로 감정의 지나친 표현을 쑥스럽게 생각하여 왔거니와 이것은 남녀 간이나 부모 자식 간에도 그래 왔고 사회관계에서는 더욱 그래 왔었다. 가까운 관계에서는 어질고 덕이 있어야 한다는 열도가 낮은 감정 이외에 기율이 강조되어 왔던 것이다.

그러나 이러한 예절과 기율의 강조는 아마 기본적인 정서가 당연한 것이기 때문에 오히려 두드러졌었다고 할 수도 있는 일이다. 오늘날 모든 인간관계에서 사랑이 강조된다면, 그것은 우리 사회에 존재하는 사랑의 총량이 거의 고갈 상태에 이를 정도가 되어, 그 보충이 무엇보다도 절실하게 요청되기 때문일 것이다. 다시 말하여, 사랑이 많이 이야기되는 것은 절실한 위기적 요구에 부응한 일인 것이다.

말할 것도 없이, 사랑은 이러한 소극적인 의미에서만 사람의 삶에 필요한 것은 아니다. 그것은 사람의 삶의 가장 큰 보람의 하나이다. 남녀 간, 부모 자식 간, 이웃 간에 사랑을 주고받는 것보다 더 큰 보람이 달리 있는가.

그러나 많은 시와 소설과 유행가 가사가 이야기하고 있듯이 사랑은 또한 괴로운 것이다. 그것은 좌절과 실망에 이를 수 있고, 극단적인 경우 절망과 죽음에 이를 수도 있다. 이것은 비단 개인과 개인의 관계에서뿐만 아니라 개인과 집단의 관계에서도 일어날 수 있는 일이다. 그리고 또 한 가지 주목할 수 있는 것은 사랑이 좌절할 때 그것은 그 반대의 것인 미움으로 바뀔 수도 있다는 사실이다. 또 어떤 경우, 사랑 그것은 미움의 다른 얼굴일 수도 있다. 강요된 성(性)은 형벌이며 폭력이지만 사회에 대한 강한 사랑의 표현이 그 사회의 억압적 성격에 대한 강한 증오의 다른 표현일 있는 것도 우리가 익히 아는 일이다.

사랑의 고통은 그것이 상호성 속에서 성립하는 현상이기 때문이다. 다른 사람을 동시에 다른 사람의 사랑을 받아야 한다. 그렇지 않을 경우 우리의 사랑은 매우 쑥스러운 것이 되고 고통스러운 것이 된다. 사랑에 있어서 주고받음의 계산은 사뭇 정밀한 것이어서 이 계산의 작은 들고 남이 우리 마음 가운데 질투, 불신, 의혹, 굴욕의 느낌들을 끊임없이 일으키는 것이다. 이러한 사랑의 고통은 주는 사람 측의 사랑이 받는 사람 측의 사랑보다 클 때 느끼는 것이지만, 되돌릴 수 없는 사랑을 너무 받는 사람에게도 그것은 괴로운 것이다.

사랑과 미움이 범벅이 되어 있는 신비한 유대로 하여, 받는 사랑은 우리에게 상호성의 의무를 부과시킨다. 우리를 사랑하는 사람의 기대를 저버린다는 것은 심히 어려운 일이다. 이것은 짝사랑의 대상이 된 경우에도 알게 되고 지나치게 세심한 부모의 사랑에서도 알게 되는 것이다. 또 민중의 사랑을 받는 지도자는 종종 자신의 마음에 내키지 않는 또는 자신의 판단으로 현명치 못하다고 생각하는 일을 하지 않을 수 없게 되기도 한다.

이렇게 하여 사랑은 우리가 다 같이 그 실현을 갈구하는 긍정적 가치이면서 그 반대의 것을 낳는 과정의 한 단계를 이루게 되는 수가 있는 것이다. 위에서 말한 바와 같이 그것은 절망을 낳고 미움을 낳을 수 있다. 그런데 다른 한편으로 그것은 사랑의 보편적 확산 실현을 막을 수도 있다.

다 알다시피 사랑은 쉽게 배타적 성격을 갖는다. 우리는 내가 사랑하는 사람이 나만을 사랑하기를 원하는 것이다. 이것은 사랑의 상호적 성격에 이어져 있는 것일 것이다. 내가 어떤 사람을 배타적으로 또 전적으로 사랑한다면 나도 그렇게 사랑받아야 된다고 느끼는 것이다. 그리하여 한 사람과 한 사람의 사랑은 우리가 넓게 이웃과 동포와 인간을 사랑하는 것을 방해한다. 그러나 우리의 윤리적 명령은 우리로 하여금 이웃과 동포와 인간을 사랑할 것을 요구할 뿐만 아니라, 더 나아가 우리를 적대하고 미워하는 사람까지도 사랑할 것을 요구한다. 사랑이 정의 주고받음에만 의존하고, 그것의 수지 균형에만 의존한다면, 그러한 사랑은 좁고 무상한 것일 수밖에 없다.

이러한 발상이 어떤 윤리가들에게 인간관계의 동기로서 사랑 이상의 어떤 것을 요구하게 한 것일 것이다. 물론 어떤 경우에나 사람과 사람을 묶는 끄나풀로서 사랑은 중요한 기본이 되는 것이다. 그러나 우리는 사랑의 변덕과 섬세한 손익 계산에 관계 없이 다른 사람을 사랑하고 이웃과 원수를 사랑할 수 있어야 한다. 그러기 위해서는 인간의 근본적 유대로서의 사랑 그것이 어떤 변용을 거쳐야 하는 것이다.(사랑의 운명 중의 하나는 타고난 모든 능력을 신선하게 유지하면서 동시에 이를 문화적으로 변형, 완성하려 하는 데 있는 것으로 보인다.)

러시아의 한 시인은, 자기가 기도하는 바는 '현명한 마음과 살가운 머리를 갖는 것'이라고 하였다. 보다 평상적이며 지속적인 것이 되기 위하여는, 사랑은 지혜의 훈련을 거쳐야 한다. 이것은 우리가 절실한 심정으로서의 사랑을 제어할 수 있어야 한다는 말인데, 나는 일단 나의 사랑으로부터 거리를 유지하고, 사랑의 대상과 나와 또 우리 전체를 둘러싸고 있는 상황에 대한 객관적 인식에 이르고, 이 인식에 비추어 나의 사랑의 들고 남을 조절할 수 있어야 한다. 이것은 일단은 사랑에 지적인 요인을 도입하는 것이다. 적어도 나의 절실함에 매달리지 말고, 낱낱과 모두의 속사정과 겉 형편을 알아보자는 것이기 때문이다.

그러나 심정적 일치가 없는 지적인 인식이 객관적 상황의 인간적 의미를, 또는 인간적 의미 속에 세세히 밝혀지는 객관적 상황을 재대로 알 리가 없다. 고대의 어진 마음이라든가 자비심이라든가 하는 것은 아마 심정의 현상이면서, 지적인 여유와 보편성을 지니도록 변용된 심성을 지칭하는 것이었을 것이다.

지혜의 기율을 가진 사랑은 사랑의 대상의 필요를 객관적으로 살필 수 있고 또 우리 자신의 직접적 반응을 넘어선 곳에까지 스스로를 널리 확대할 수 있다. 이것은 이리하여 무사 공평한 것이 된다.

그러나 그것이 완전히 무사 공평한 것이 될 수는 없다. 우리의 보편적 사랑은 다분히 인간의 공동 유대에 대한 느낌에 관계되어 있고 이 느낌은 나 자신을 포함하는 것이다. 나는 다른 사람의 사정을 객관적으로 인식한다. 그러면서 그의 기쁨에서 기쁨을 느끼고 그의 고통에서 연민과 공포를 느낀다. 그리하여 내가 나의 이웃의 기쁨과 고통에 동참한다면, 그것은 나의 고통에 대하여 그가 품앗이로 같은 태도와 행동을 취해 줄 것을 기대하기 때문이다.

그러나 우리의 유대감이 이러한 이기적 상호성의 계산에서만 나오는 것은 아니다. 그것은 맹자의 측은지심(惻隱之心)처럼, 이해타산을 넘어가는 직접성을 가지고 있다. 이해타산을 초월한, 이웃을 위한 희생은 대체로 이성적 동기만으로 설명될 수 없다. 그러니까 지혜 있는 사랑이 무사 공평하기만 한 것은 아니라고 할 때, 그것은 이해 계산을 가리키는 것은 아니다. 순수한 인간 유대감과 같은 것도 인간에게 원초적으로 주어진 것으로 보인다. 이에 입각함으로써 사람은 다른 사람의 사정을 초연하게 이해하면서 또 동시에 그에 깊이 동정할 수 있다.

그런데 다른 사람의 사정을 따뜻하게, 그러나 있는 그대로 살핀다고 할 때, 그들은 참으로 우리의 사랑을 필요로 하는가? D. H. 로렌스의 단편 하나를 보면, 일터에서 돌아오는 광부가 어미를 잃은 토끼를 집으로 데려온다. 그리고 아이들과 함께 이것을 집에서 기르자고 한다. 이에 대하여 그 집의 어머니는 동물이 필요로 하는 것은 사랑이 아니라 자유라고 말하며, 이를 놓아줄 것을 주장한다.

사람이 무엇보다도 원하는 것은 제 스스로의 삶을 사는 것이다. 이것은 우리가 삶에 충만해 있을 때 그렇다. 아마 사랑에 대한 필요는 생명력의 퇴조와 관계 있는 것인지 모른다. 그러나 우리가 참으로 생명의 썰물을 포함하는 전 과정이라야 한다.

우리의 고통도 삶의 위엄의 한 부분이다. 우리는 그것을 받아들일 수 있는 용의가 있어야 한다. 또 다른 사람의 행복과 고통에 동참함과 동시에 그것을 외경을 가지고 멀리 바라만 볼 수도 있어야 한다. 이때 우리를 움직이는 것은 인간 유대의 느낌이다. 그것은 사랑보다도 깊다. 사람과 사람을 묶는 보다 깊은 끈은 인간 운명의 신비에의 공동 참여에 대한 깨우침이다. 이 깨우침에서 우리는 삶의 위태로움과 아름다움을 느끼고, 또 불가피한 필연을 느낀다. 이 필연은 자연의 모든 것에 엄숙함을 부여하는 것이다. 여기에서 인간의 사랑은 애틋하고 절실하면서, 하찮은 것으로 보인다.

말할 것도 없이 이웃을 사랑하는 것은 우리에게 주어진 가장 중요한 도덕적 명령이다. 그러나 삶과 우주의 과정의 엄숙함 속에서, 우리는 사랑과 함께, 어떤 미국 시인이 말하였듯이, '사람을 사랑함에 지나침이 없게 하는 것'도 배워야 한다. 그 배움은 참으로 깊은 인간의 유대에 대한 인식으로 통하는 것이다.

(김우탁 외, 『서창(書窓)에 불을 밝히고』(제삼기획, 1987))

일상생활과 멋

무릇 모든 색깔 가운데도 아마 사람들이 가장 싫어하는 것의 하나는 지저분한 회색일 것이다. 때가 묻는 대로 내버려 두고 먼지가 앉는 대로 두고 또 문드러 닳아지는 대로 두는 것들은 조만간에 지저분한 회색 또는 흙빛으로 돌아가는 경향이 있다. 물론 모든 회색이 다 혐오감을 불러일으키는 것은 아니다. 그것은 빛깔이 드러나는 여러 가지 조건에 관계되어 있다. 맑게 씻기운 바위 등거리의 회색, 깨끗하게 타고 남은 참나무가 남기는 보드라운 회색, 회색의 비둘기 깃털, 이러한 것들은 대체로 좋은 기분을 불러일으킨다. 옷감, 특히 양복 옷감에 회색 계통의 빛이 많은 것을 보면, 회색도 사랑받는 색깔일 수 있다는 점을 상기해 준다.

그러나 대체로 사람들이 지저분한 회색을 싫어하는 것은 사실일 것이다. 도시 공간의 우울함은 온갖 너저분한 회색을 모아 놓은 콘크리트와 아스팔트와 매연의 빛깔에 어느 정도는 관계된다.

지구 상의 모든 작용과 작업은 열에너지에 의하여 이루어지거니와, 에너지가 어떤 일을 해내기 위해서는 한 지점과 다른 지점, 한 물질과 다른 물질 사이의 에너지의 강도에 차가 있어야 한다. 그러나 공간으로 끊임없이 방출되는 열에너지는 결국에 가서는 모든 공간, 모든 물질의 온도를 고르게 하리라 한다. 이 상태를 열역학에서 '엔트로피'라고 부른다. 이와 비슷하게 모든 색깔이 엔트로피의 상태에 들어간 것이 회색이라 할 수 있다.

사람이 살아가는 데 있어서도 재미없는 일상생활의 되풀이는 위에서도 말했듯이 잿빛이라는 색깔로써 표현된다. 잿빛의 느낌은 한편으로 비슷비슷한 일을 계속적으로 행해야 하는 데에서 오는 것이고 다른 한편으로는 이 일이 우리의 관심이나 흥미를 크게 자극하는 것이 아닌 데서 오는 느낌이다. 또 하고 있는 일뿐만 아니라 우리가 대하는 사물에서도 잿빛의 느낌을 가질 수 있다.(비록 물건 그것의 색깔은 잿빛의 것이 아니라 할지라도.) 그런데 대부분의 사람의 생활은 비슷한 일의 되풀이되는 같은 물건, 같은 사람의 되풀이이기 쉽다. 설령 이것들이 처음에는 상당히 흥미를 끄는 것이었다 할지라도 오랫동안 되풀이되는 사이에 우리에게 잿빛의 느낌을 주는 것이 되어 버리고 만다. 사람들은 이런 경우에 답답한 일상을 버리고 그런 모든 것으로부터 떠나가고자 하는 충동을 느끼기도 하고, 새로운 별난 일을 시도해 볼까 하는 궁리를 하기도 하고, 또는 하다못해 지금껏 입어 오던 것과는 다른 색깔의 옷이라도 입어 보고자 하는 느낌을 갖기도 한다.

멋이라는 것도 일상생활의 단조로움이나 생활의 압박에서 해방되려는 노력의 하나일 것이다. 멋이라는 말로 맨 먼저 연상되는 것은 멋쟁이라는 말이고 또 멋쟁이는 무엇보다도 옷을 잘 차려입는 사람을 말하기가 쉽다. 그러나 옷을 잘 차려입는다는 것도 끊임없이 더러워지고 꾸겨지고 잿빛으로 돌아가려고 하는 일상의 복장, 그 복장이 주는 압박감을 벗어나려는 의지의 표현이라고 보아 마땅하다. 끊임없이 혼란스러운 산발의 상태로 떨어져 가려는 머리카락을 빗어 넘기는 일도 비슷한 경우이다.

이러한 멋은 사람의 몸짓이나 사람이 사는 실내에 새로운 단장, 심지어는 건축물 같은 데에서도 느낄 수 있다. 또는 금전적 이해와 지위와 권력의 계산과 일의 성과에 대한 집착을 넘어서는 어떤 활동—삶을 공리적 계산으로가 아니라 즐김의 대상으로 볼 수 있게 해 주는 활동, 가령 서도(書道)라든지 다도(茶道)라든지 꽃꽂이라든지, 너무 힘이 들어 일이 되어 버리는 것이 아닌 운동과 같은 일을 과외로 즐길 줄 아는 사람을 우리는 생활의 멋을 아는 사람이라고 말한다.

그러나 그렇다고 해서 단정한 머리칼, 값비싸고 화려한 복장, 어떠한 종류의 스타일이 수련을 전제하는 활동만이 멋을 나타내는 것이 아니다. 경우에 따라서는 더풀거리는 머리, 털털한 옷차림, 편할 만큼 흐트러진 방차림, 아무런 세련에 거죽에 내세울 것이 없는 툭툭한 생활 태도가 멋있게 생각될 수도 있다. 기준적인 것에 변화를 더하는 것이 중요한 것이다.

그러나 기준으로부터의 편차가 너무 커서는 안 된다. 혐오감을 불러일으킬 정도의 몸가짐·몸짓, 또는 생활 태도는 멋이 있는 것으로 생각되지 아니한다. 편차는 어디까지나 기준에 의지하여서만 존재하는 것이다.

이러한 사실의 멋의 매우 중요한 한 면을 생각게 한다. 즉, 그것은 나와 다른 사람의 눈이 부딪치는 보임의 공간에 성립한다는 것이다. 머리를 단정하게 하거나 복장을 새로이 하거나 그것이 반드시 남에게 보여 주려는 것이 아닌 경우도 있으나, 적어도 남의 눈이 되어 나를 보고 있는 나의 눈이 없이는 멋이 성립하지 아니할 것이다.

글씨를 잘 쓰거나 수석을 모으거나 하는 경우도 그것을 보여 주고 이야기할 수 있는 남이 없이는 그 흥미는 상당히 줄어져 버리는 것일 것이다. 설령 혼자만이 즐기고 닦는 취미 생활이 있는 사람이라고 하더라도 그가 완전히 세속을 초월한 사람이 아니라면 적어도 그는 '내가 이러이러한 것에 숙달한 도사임을 너는 모르지' 하는 오기를 은근히 숨겨 가지고 있지 아니할까? 깨끗이 단장한 한식 방에서 전통적인 의상을 차려입고 깨끗한 화선지에 붓을 놀리는 선비는 마음의 눈으로 자기 스스로의 의젓한 품을 감상하고 있는 것이 아닐까?

멋을 나타내는 것으로서 간주되는 모든 것이 너무 기준에서 벗어날 수 없는 것은 그것이 남의 인정을 받아야 하는 것이기 때문이다. 멋은 나의 일상적 단조로움을 넘어서려는 충동의 표현이지만 그것보다는 우리 주변의 많은 사람들이 영위하는 일상생활의 일반적인 단조로움을 벗어나고자 하는 희망의 표현이다. 그것은 내가 일반적인 회색의 바탕에서도 그것을 넘어설 수 있는 여유와 여력을 가진 사람임을 보여 주고자 하는 것이다.

이때 보임의 대상이 되는 사람은 회색의 생활에 잡혀 있는 사람이고 또 이 보임은 그 회색의 마음을 기준으로 한 것이다. 또 그렇게 보이는 사람 자신 회색의 생활과 마음을 근본적으로 벗어나지 못하고 있는 것이다. 따라서 그의 일상적 잿빛을 벗어나려는 몸짓은 어디까지나 몸짓과 보임, 즉 하나의 가상에 불과하다. 멋에 무엇인가 천박한 데가 있는 것은 그것이 허망한 몸짓이기 때문이다. 멋있다는 것은 좋다는 뜻과 함께 가짜라는 뜻을 갖는다.

그러면 단조롭고 재미없는 생활과 사물의 잿빛 엔트로피로부터 벗어나는 좀 더 참다운 방법은 없을까? 그것은 우리의 삶을 참으로 내 것으로 소유하고 그것이 생활로부터의 해방의 문제를 일으키지 않을 만한 것이 되게 하는 것이다.

다만 우리의 삶이 당분간일망정 이미 잿빛의 일상성을 벗어날 수 없는 것일 때 멋의 변주(變奏) 정도라도 허가되지 못한다면, 생활의 답답함은 더욱 커질 수밖에 없을 것이다. 우리의 머리 스타일이나 옷에 변화를 주고, 일과 공리(功利)만이 아닌 취미의 세련을 즐길 수 있는 여유도 없는 삶은 그야말로 천년이 하루 같은 잿빛의 삶일 것이다. 다만 우리는 그러한 멋이 허깨비놀이에 불과하다는 것도 의식하여야 할 것이다.

(박연구 엮음, 『한국명작수필』(집현전, 1994))

눈길은 어디에 남는가

세상에는 우리의 심금을 잠깐 건드리고 지나가면서, 아무런 실체를 남기지 않고 사라져 버리는 것이 많다. 많다는 것보다도 그러한 것들로 이루어진 것이 인생인지도 모른다. 보았던 것, 느꼈던 것이 사라지는 것은 서운한 일이다. 또 보고 느끼던 눈길과 마음 길이 흔적도 없이 스러져 버리는 것도 서운한 일이다. 가령 전쟁에 나간 병사들이 우연히 무엇에 던졌던 눈길들은 어떻게 되었을까. 그러나 여기에 대한 답으로, 눈길들은 흔적이 없어도 그들을 사랑했던 사람들에게 눈길들이 갔던 자리가 소중한 것으로 남는다고 할 수는 없을까.

예술이 하는 일의 하나는 스러지는 것들을 기념하고 찬양하는 일이다. 생각해 보면 사람 사는 일의 상당 부분 중 엷게나마 흐뭇한 삶의 느낌을 주는 것은 이러한 것들의 기억이다. 다만 그것들은 예술 작품에서처럼 외면적 표현을 얻지 못할 뿐이다. 물건들도 그것과 관련해서 일어났던 일들로 인하여 우리에게 특별한 의미를 갖는 것인데, 그러한 물건들에 스쳐 가 버린 듯한 순간과 일들과 추억이 남아 있는 것이다.

여러 해 전, 이삿짐을 옮기는데 집을 보고 있던 사람이 헌 가구를 마당에 모아 태워 버린 일이 있었다. 태워 버린 의자는 남이 보기에는 값도 없고 낡은 것이었지만, 우리에게는 가족의 기억이 스며 있는 것이었다. 외양으로 보이는 것만으로는 말할 수 없는 어떤 신비를 가진 것들이 우리가 주변에 가지고 있는 물건들인 것이다.

사람이나 일의 경우도 마찬가지이다. 마음에 깊이 스쳐 가는 것은 그냥 스쳐 가는 것이 아니고 세상에 차이를 만들어 내고, 그 여운은 내 마음에서 하나의 행복의 공간을 차지하고 있다. 다른 사람의 마음도 나의 세계를 다르게 한다. 옛날의 그림에는 그것을 본 사람들의 낙관이 찍힌 것들이 있다. 어떤 사람들이 보았다는 것이 — 건성으로가 아니라 깊이 있기 보았다는 것이 후에 다시 그 그림을 보는 사람의 감흥을 다르게 하는 것이다. 경승지의 정자나 누각에 새겨 붙인 선인들의 문장도 그들의 눈길이 남아서 경치를 다르게 한다는 믿음을 나타낸 것이다. '그렇지. 그때 아버지가 여기에 오셨었는데.' — 하는 느낌이 어느 고장의 의미를 조금은 우리에게 특별한 것이게 한다. 깊이 느껴지는 사람들의 참여는 어떤 일을 깊이 만족스러운 것이 되게 한다.

얼마 전에 피천득 선생의 출판 기념회에 간 일이 있었다. 스물다섯 사람만을 초대하신다는 것이어서 기쁘게 생각하였다. 한 사람 한 사람의 마음이 포개어서, 기념회에 보이지 않는 두툼함이 생기는 것을 사람들이 느꼈음에 틀림없다. 마음을 줄 수 없는 결혼식, 장례식, 기념식은 얼마나 많은가. 수와 돈과 권세만의 건성 놀이로서 벌이는 일들, 따지고 보면, 모여진 마음은 아무것도 없는 — 그러한 것들이 우리의 삶을 공동화한다. 나도 그런 일들에 끼어들면서 결국 나와 우리의 삶을 마음 없는 빈껍데기가 되게 하는 데 기여하는 것이 아닐까.

좋은 사회는 보이지 않는 마음의 쌓임이 많은 사회일 것이다. 거기에서는 보이지 않는 여운이나 빛이 서려 있는, 남의 물건과 기억과 감각을 다칠세라 행동과 말을 조심할 것이다. 물론 남의 헌 의자를 초라하다고 해서 태워 버리는 일은 없을 것이다.

(월간에세이, 1996년 9월호)

김우창

1936년 전라남도 함평 출생. 서울대학교 문리과대학 정치학과에 입학해 영문학과로 전과했다. 미국 오하이오 웨슬리언대학교를 거쳐 코넬대학교에서 영문학 석사 학위를, 하버드대학교에서 미국 문명사 박사 학위를 취득했다. 서울대학교 영문학과 전임강사, 고려대학교 영문학과 교수와 이화여자대학교 학술원 석좌교수를 지냈으며 《세계의 문학》 편집위원, 《비평》 편집인이었다. 현재 고려대학교 명예교수, 대한민국예술원 회원으로 있다.
저서로 『궁핍한 시대의 시인』(1977), 『지상의 척도』(1981), 『심미적 이성의 탐구』(1992), 『풍경과 마음』(2002), 『자유와 인간적인 삶』(2007), 『정의와 정의의 조건』(2008), 『깊은 마음의 생태학』(2014) 등이 있으며, 역서 『가을에 부쳐』(1976), 『미메시스』(공역, 1987), 『나, 후안 데 파레하』(2008) 등과 대담집 『세 개의 동그라미』(2008) 등이 있다. 서울문화예술평론상, 팔봉비평문학상, 대산문학상, 금호학술상, 고려대학술상, 한국백상출판문화상 저작상, 인촌상, 경암학술상을 수상했고, 2003년 녹조근정훈장을 받았다.

김우창 전집 17

시대의 흐름과 성찰 2

1판 1쇄 찍음 2016년 8월 12일
1판 1쇄 펴냄 2016년 8월 26일

지은이 김우창
발행인 박근섭·박상준
펴낸곳 (주)민음사

출판등록 1966. 5. 19. 제16-490호
주소 서울시 강남구 도산대로 1길 62(신사동)
강남출판문화센터 5층 (우편번호 06027)
대표전화 515-2000 | 팩시밀리 515-2007
홈페이지 www.minumsa.com

ISBN 978-89-374-5557-5 (04800)
ISBN 978-89-374-5540-7 (세트)